Sans plus attendre

DÉJÀ PARUS DU MÊME AUTEUR

L'Amour et tout ce qui va avec
Tout sauf le grand Amour
Trop beau pour être vrai
Amis et RIEN de plus...
L'homme idéal... ou presque
Un grand amour peut en cacher un autre
A un détail près

KRISTAN HIGGINS

Sans plus attendre

Roman

MOSAÏC

Titre original :
THE PERFECT MATCH

Traduction de l'américain par KARINE XARAGAI

Le visuel de couverture est reproduit avec l'autorisation de :
Landeau : © ROYALTY FREE / GETTY IMAGES
Bébé : © ROYALTY FREE / GETTY IMAGES
Nounours : © FOTOLIA / BLUESALT
Objets féminins : © FOTOLIA / DIDECO / ROYALTY FREE
Dessous : © ROYALTY FREE / iSTOCKPHOTO / PHOTOEVENTS
Réveil : © ROYALTY FREE / iSTOCKPHOTO / JAMES BREG
Ballons : © NINETEEN GROUP

Réalisation graphique couverture : A. DANGUY DES DESERTS

MOSAÏC, une maison d'édition de la société HARLEQUIN
83-85, boulevard Vincent Auriol, 75646 PARIS CEDEX 13.
Tél. : 01 42 16 63 63

www.editions-mosaic.fr

ISBN 978-2-2803-3418-1 — ISSN 2261-4540

Je dédie ce livre à Maria Carvainis,
ma merveilleuse amie et mon agent.
Merci du fond du cœur, ma chère.

Prologue

Le jour de ses trente-cinq ans, Honor Grace Holland fit ce qu'elle avait coutume de faire chaque année pour son anniversaire.

Un frottis.

Certes, en la circonstance, il y avait plus festif qu'un examen gynécologique. Mais elle trouvait simplement cela plus commode de fixer ce rendez-vous tant redouté à une date facile à retenir. C'était pratique, voilà tout. Or, Honor était une femme pratique jusqu'au bout des ongles. Sa meilleure amie, Dana Hoffman, et ses deux sœurs, Faith et Prudence, avaient organisé une petite fête en son honneur le week-end précédent, mais une tempête de neige les avait obligées à annuler leur soirée. Ce samedi, en revanche, toute la famille devait se réunir autour d'un gâteau d'anniversaire : le frottis ne serait donc pas la seule réjouissance de la semaine.

Tandis que son médecin détournait le regard avec tact, elle se mit en position sur la table d'examen et s'efforça d'adopter la technique de respiration profonde que lui avait enseignée sa professeur de yoga. Cette femme, d'une souplesse horripilante, avait mis tant d'ardeur dans sa démonstration qu'avec Dana elles avaient été prises d'un fou rire irrépressible, comme deux gamines à la messe. Mais, sans effet durant le cours, la respiration profonde ne réussissait pas davantage à la déstresser aujourd'hui… Honor se concentra sur la reproduction de Jackson Pollock qui ornait le plafond et tâcha de penser à des choses agréables. Il fallait absolument mettre à jour le site internet… dessiner une étiquette pour le tout nouveau cru de pinot gris qu'allait lancer Blue Heron… pointer les commandes du mois.

D'un autre côté… était-il tout à fait normal que ses pensées les plus réjouissantes soient uniquement liées à son travail ? Voyons voir, quelque chose qui soit absolument sans rapport avec le travail… Une boîte de truffes en chocolat Lindt l'attendait à la maison ! Voilà ! Ça, c'était une pensée sympa !

La voix de Jeremy se fit entendre entre ses cuisses :

— Alors, Honor, qu'est-ce que tu deviens ?

— Bah, je travaille beaucoup… Tu me connais.

Effectivement, Jeremy Lyon la connaissait fort bien : ami de longue date, il était également l'ex-fiancé de sa sœur. Qu'il fût aussi homosexuel n'atténuait en rien la répugnance qu'éprouvait Honor à se faire examiner l'utérus…

Il ôta ses gants d'examen d'un coup sec et lui sourit :

— Et voilà, terminé !

Malgré l'extrême gentillesse de Jeremy et la douceur légendaire de ses mains, elle ne s'attarda pas dans cette position et s'empressa de se redresser. Il lui tendit un plaid qu'il avait pris soin de réchauffer auparavant. Car sa sollicitude allait même jusque-là… Il veillait à ne jamais croiser le regard de ses patientes quand il leur palpait les seins et plaçait toujours son spéculum sur un coussinet chauffant. Rien d'étonnant, dans ces conditions, à ce que la moitié des femmes de Manningsport soient amoureuses de lui. Même si son orientation sexuelle le portait vers les garçons. D'ailleurs, à ce propos…

— Comment va Patrick ? demanda Honor.

— Très bien, merci. Et toi, tu as quelqu'un dans ta vie en ce moment ?

Elle se sentit rougir jusqu'aux oreilles.

— Pourquoi cette question ?

Avait-il l'intention de lui présenter quelqu'un ? Et, dans ce cas, fallait-il qu'elle accepte ? Peut-être le devrait-elle, après tout. Brogan n'était jamais…

— J'ai simplement besoin de t'interroger un peu sur ta… euh, comment dire ?… sur ta vie intime. Ça fait partie de la consultation.

Elle le regarda d'un air amusé. Malgré son statut de médecin, Jeremy était resté à ses yeux le copain de fac de sa petite sœur, un garçon craquant qui avait toujours eu du mal à oublier qu'elle n'avait que quelques années de plus qu'eux.

— Alors, si c'est une question médicale, je suis obligée de te répondre, dit-elle dans un sourire.

Au fait, quelle était vraiment la réponse ?

— Disons que, oui, j'ai quelqu'un dans ma vie. Enfin, plus ou moins. Et si tu en dis un seul mot à ma famille, tu peux faire ta dernière prière !

— Non, non, je ne dirai rien, bien sûr ! Mais ça me fait plaisir pour toi. Parce que, tout de même…

Honor releva la tête, piquée au vif.

— Oui, Jeremy, je t'écoute ? Pourquoi ?

Il lui adressa un sourire timide.

— Eh bien… tu as déjà trente-cinq ans.

— Merci, je suis au courant ! Mais franchement quel rapport avec mon… Ah… je vois.

Honor eut l'impression que son estomac descendait brutalement jusqu'à ses pieds, comme si elle se trouvait dans un ascenseur en chute libre.

— Rien d'inquiétant, s'empressa-t-il d'ajouter en rougissant. Mais disons que le compte à rebours a commencé pour tes ovaires…

Je te demande pardon ? Qu'est-ce que tu racontes ?

Honor ôta son serre-tête et le rajusta d'un geste brusque qui trahissait sa nervosité.

— Tu penses que j'ai un problème ?

— Non, mais il faut que tu saches qu'à partir de trente-cinq ans la fertilité féminine diminue.

Honor fronça les sourcils… et s'en voulut aussitôt : le matin même, son miroir lui avait révélé la présence d'un sillon définitif entre ses yeux (maudite soit la lumière naturelle !). Une ride du lion qui — elle aurait pu en jurer — n'y était pas la semaine précédente !

— Déjà ? s'exclama-t-elle.

Jeremy poursuivit, visiblement mal à l'aise d'avoir à tenir ce discours à une amie.

— Je suis désolé, Honor. Mais à partir de maintenant la qualité de tes ovules va décliner. D'un point de vue médical, l'âge idéal pour concevoir un enfant se situe autour de vingt-deux, vingt-quatre ans.

Vingt-quatre ans ?

Autrement dit, un âge qu'elle avait dépassé depuis plus de dix ans ! Elle se sentit vieille tout à coup. Elle avait une ride entre les yeux, et ses ovules se desséchaient ! Changeant de position sur la table d'examen, elle entendit sa hanche craquer. Miséricorde ! Ce n'était pas qu'une impression : elle avait vraiment pris un coup de vieux !

— Et je dois m'inquiéter, à ton avis ?

— Pas du tout, non ! Mais il serait peut-être temps de songer à ce genre de choses.

Il marqua une pause, puis reprit :

— Comprends-moi bien, Honor : il n'y a pas de raison particulière pour que tu ne puisses pas avoir d'enfant. Je dis juste qu'à partir de l'âge que tu as les risques d'infertilité et de malformations congénitales augmentent. Même si pour l'instant ils sont encore faibles. Sans compter qu'aujourd'hui la médecine fait des miracles dans le traitement de la stérilité ! Tiens, par exemple, un médecin du New Hampshire qui s'occupait d'une patiente de cinquante-quatre…

— Je ne compte pas faire un enfant à cinquante ans, Jeremy !

Il lui prit la main et la tapota d'un air apaisant.

— Je suis sûr qu'on n'en arrivera pas là. Simplement, je suis ton médecin traitant et, à ce titre, il est de mon devoir de t'en parler, voilà tout. De même que je dois te conseiller de manger équilibré. Quant à ta tension, elle est plutôt élevée, mais on va dire que c'est l'angoisse de la blouse blanche…

Elle n'était pas angoissée. Du moins pas avant d'entrer dans ce cabinet ! *Mer… credi !* Non contente d'avoir une peau parcheminée et des ovaires en voie de sclérose, elle se mettait à faire de la tension !

— Tu m'as l'air en pleine forme, poursuivit Jeremy. Il n'y a sans doute aucune raison de te mettre martel en tête…

« Sans doute » ? Quand un médecin employait l'expression « sans doute », il fallait commencer à s'inquiéter.

— … mais, si tu as quelqu'un dans ta vie, il serait peut-être temps de songer à l'avenir. Encore que tu n'aies pas vraiment besoin d'un homme pour ça, Honor. Il y a une excellente banque de sperme à…

Elle retira vivement sa main de la sienne.

— C'est bon, Jeremy ! Maintenant, ça suffit !

Il lui sourit d'un air penaud.

— Pardonne-moi, je ne voulais pas te blesser…

Le moment lui parut bien choisi pour repenser à son cours de yoga : elle retenta la respiration profonde.

— Bon, en résumé, si j'envisage d'avoir un jour un enfant, le plus tôt sera le mieux, c'est bien ce que tu veux dire ?

— Exactement. Et tu ne rencontreras aucun problème, j'en suis sûr.

— Juste quelques troubles de la fertilité dus à des malformations congénitales…

Il sourit.

— Tu as tout compris ! Et sinon tu as d'autres questions ?

Depuis le parking du cabinet médical, Honor composa le numéro de son amie Dana. A l'intérieur de sa Prius, elle se sentait à l'abri, un peu comme dans le ventre de sa mère… Après une telle consultation, décidément, tout prenait une dimension obstétricale !

— La Maison du Cheveu, bonjour ?

Comme chaque fois, Honor se hérissa intérieurement à cette annonce.

— Salut, Dana, c'est moi.

— Tu tombes bien ! Je viens juste de terminer Phyllis Nebbins. Permanente et rinçage bleuté, comme tous les mois. J'étais à deux doigts de me mettre à hurler… Pourquoi ça m'intéresserait, qu'on lui ait collé une prothèse de hanche ? Enfin… Quoi de neuf de ton côté ?

— Je sors à l'instant du cabinet de Jeremy. Diagnostic : je suis vieille. Conclusion : il faut que je me dépêche de faire des bébés.

— Vraiment ? Une amie de plus sacrifiée sur l'autel de la maternité, je ne sais pas si je pourrai le supporter… Toutes ces histoires de pleurs, de coliques et d'*adorables-petits-anges-non-mais-tu-as-vu-comme-ils-sont-mignons…*

Honor se mit à rire. Dana ne voulait pas d'enfant — à l'en croire, c'était d'ailleurs la principale cause de son divorce. Souvent, lorsqu'elles se téléphonaient, son amie lui décrivait avec force détails les atroces caprices que faisaient les charmantes têtes blondes venues se faire coiffer à la Maison du Cheveu.

Honor, elle, adorait les enfants. Même les adolescents… Enfin, elle aimait surtout Abby, sa nièce de dix-sept ans. Et puis Ned, son neveu : vingt-deux ans à l'état civil, mais seulement quatorze dans la tête.

— Et sinon, embraya Dana, que dirais-tu d'aller boire quelques verres avec moi ce soir, histoire de fêter ton tout nouveau statut de vieille peau ?

Honor sentit son cœur se mettre à cogner sourdement dans sa poitrine.

— Vu ce que je viens d'apprendre, je me disais que… je ferais peut-être bien d'avoir une petite conversation avec Brogan.

— Quel genre de conversation ?

— *La* conversation.

Dana resta un instant silencieuse.

— Je vois…

— Eh bien… oui.

Nouveau silence.

— Je comprends, Honor. Des ovaires qui vieillissent, un utérus qui se ratatine…

— Pour ta gouverne, sache qu'il n'a jamais été fait mention d'un quelconque « ratatinement » de l'utérus ! Mais toi, Dana, qu'est-ce que tu en penses ?

— Si tu estimes que c'est la chose à faire, vas-y, répondit Dana avec un manque d'enthousiasme évident.

Honor rajusta son serre-tête.

— Tu n'as pas l'air très convaincue.

— Et toi, Honor, tu es vraiment sûre de toi ? Parce que, franchement, j'en doute un peu, même si tu couches avec ce mec depuis je ne sais pas combien d'années !

— Chut, ne prononce pas mon prénom si fort !

Il n'y avait pas trente-six Honor à Manningsport, Etat de New York, sept cent quinze habitants. Hélas, Dana n'avait pas la même conception qu'elle des sujets dont on pouvait discuter dans les lieux publics.

— C'est bon, pas de panique… Pour en revenir à Brogan, il est riche, il est beau, et tu en es complètement dingue. Tu as déjà tout ce qu'on peut rêver d'avoir, alors pourquoi pas Brogan comme mari officiel et des enfants en prime, n'est-ce pas ?

Une pointe d'amertume perçait dans sa voix. Comme toujours, Dana se faisait une vision idyllique de la vie de son amie, et force était de reconnaître que, sur certains points, elle n'avait pas tort. Pourtant, Honor avait ses problèmes comme tout le monde. Son statut de célibataire endurcie, par exemple. Et maintenant ses ovules sur le déclin…

Elle poussa un profond soupir et surprit son reflet dans le rétroviseur : encore ce froncement de sourcils !

— Tu as raison, reconnut-elle, il faut tout de même que je me prépare à un éventuel refus de sa part. Notre… amitié remonte à pas mal d'années… Pour rien au monde je ne voudrais la mettre en péril.

— Alors, ne lui pose pas la question.

A partir de trente-cinq ans, la fertilité féminine diminue… Elle allait devoir rediscuter de tout cela avec Jeremy. En même temps, s'il lui fallait un signe du ciel pour se résoudre à parler à Brogan, cet avertissement en valait bien un autre.

— Qui ne tente rien n'a rien, pas vrai ? lança-t-elle, en quête d'une parole encourageante de la part de son amie.

Mais Dana soupira, signe que sa patience avait atteint ses limites. Et comment lui en vouloir ?

— Ecoute, Honor, si tu tiens vraiment à parler mariage avec Brogan, fais-le ! Jette-toi à l'eau ! Je parie qu'il répondra : « Mais bien sûr, ma chérie, marions-nous sur-le-champ ! Jamais je ne voudrais prendre le risque de perdre une femme comme Honor Holland ! » Ensuite, vous filerez tous les deux chez Hart, et il t'offrira le diamant sur lequel tu louches depuis un an.

C'était une idée terriblement séduisante…

— N'allons pas trop vite en besogne, se reprit Honor. Rien n'est encore fait.

Elle repensa à cette bague qui trônait dans la vitrine de la bijouterie du centre… Elle avait confié à Dana — et à Dana seulement — que, si *d'aventure* elle venait à se fiancer, ce serait cette bague-là qu'elle voudrait à son doigt. Ce diamant tout simple, mais éblouissant — un solitaire taille émeraude, monté sur platine. Honor n'était pas vraiment fan de bijoux (elle ne portait que les perles de sa mère) ni même de vêtements (des tailleurs Ann Taylor gris ou bleus, des chemisiers cintrés, blancs le plus souvent, parfois roses lorsqu'elle était d'humeur sentimentale), mais cette bague… cette bague lui faisait vraiment de l'effet !

— Allez, conclut Dana, il faut que je te laisse, Laura Boothby vient d'arriver pour son rinçage. Pour Brogan, sors-lui le grand jeu, passez une nuit torride, puis dans la foulée tu le demandes en mariage. Sois directe, OK ? Tu verras bien ce qu'il te répondra. Allez, on se rappelle très vite !

Sur ces mots, elle raccrocha.

Immobile derrière son volant, Honor ne se décidait pas à démarrer. Elle pouvait toujours appeler l'une de ses sœurs, bien sûr, mais… ni Faith ni Pru n'étaient au courant pour Brogan. Elles savaient qu'ils étaient amis, mais elles ignoraient tout du côté romantique de leur relation. Du côté *physique*, pour être plus précise. Prudence, l'aînée du clan Holland, l'approuverait sans réserve : elle-même s'était récemment métamorphosée en grande prêtresse du sexe — peut-être un curieux effet de l'approche de la ménopause ? Mais Pru n'était pas la reine de la discrétion et risquait de mettre les pieds dans le plat lors d'un repas de famille ou autour d'un verre chez O'Rourke, le café du coin.

Elle pourrait se confier à Faith, sans doute, la plus jeune de la fratrie… Leurs rapports avaient toujours été un peu tendus, mais la situation s'était arrangée depuis son retour de San Francisco (sur huit générations de Holland, sa petite sœur était la seule à avoir vécu hors de l'Etat de New York). Oui, Faith applaudirait probablement son projet des deux mains… Mariée depuis peu, émotive et fleur bleue par nature, elle raffolait de tout ce qui était romantique.

Enfin, il y avait Jack, leur frère. Mais Jack était un garçon. Il détestait par-dessus tout être mêlé à leurs histoires qui lui rappelaient que ses sœurs étaient des filles, qui plus est dotées d'une vie sexuelle.

Non, décidément, Dana était la seule oreille compatissante de son entourage, et c'était très bien ainsi. Et puis, de toute façon, il était grand temps de retourner au bureau. Elle démarra et reprit la direction de Manningsport.

Cette petite ville était le joyau des Finger Lakes, région viticole située dans l'ouest de l'Etat de New York et dont la réputation n'était plus à faire. Les mois d'hiver constituaient la période creuse : les vacances étaient terminées, et la saison touristique ne reprendrait pas avant le mois d'avril. Les vignes avaient été taillées, et un blanc tapis de neige recouvrait les champs. Au loin, le lac Keuka, trop profond pour geler sur toute sa surface, scintillait de reflets noirs.

Le domaine de Blue Heron était la plus ancienne exploitation viticole des environs. A la vue de son emblème — un héron doré sur fond bleu —, Honor fut comme toujours envahie par un sentiment de fierté. Situées au sommet d'un ensemble nommé la Colline, les terres des Holland englobaient plus de quatre-vingt-dix hectares de champs et de forêts.

Honor dépassa la Maison Vieille. Construite en 1781, cette bâtisse coloniale à deux étages et au toit dissymétrique abritait les disputes incessantes de ses grands-parents, qui étaient à peu près aussi vieux que leur maison… Elle passa ensuite devant la Maison

Neuve (1873), vaste demeure de style fédéral qu'elle partageait avec son vieux papa chéri et avec Mme Johnson, la gouvernante qui régnait depuis toujours en maîtresse absolue sur la famille. Enfin, elle s'engagea sur le parking de la cave à vins. Seul le véhicule de Ned s'y trouvait. Pru, à qui revenait la partie « viticulture » du domaine, s'affairait probablement dans les hangars ou dans les vignes. Son père et Jack, peut-être accompagnés de Pops, son grand-père, devaient être en train de contrôler les énormes cuves en acier ou de jouer au poker. Elle était la seule à se rendre tous les jours dans les bureaux de Blue Heron, Ned n'y travaillant qu'à temps partiel.

Cet arrangement lui convenait à merveille. Elle aimait s'occuper de la partie commerciale de l'exploitation. Et ce jour-là, après la révélation fracassante de Jeremy, elle avait besoin d'un endroit calme pour réfléchir. Pour dresser des listes. Pour classer les tâches prioritaires par couleurs.

Oui, il lui fallait un plan d'action, et vite… puisque le compte à rebours avait commencé.

Elle pénétra dans le bâtiment principal, traversa le splendide caveau de dégustation, dépassa la boutique et parcourut le couloir qui desservait la suite de bureaux. La porte de celui de Ned était entrebâillée, mais son neveu n'y était pas. Tant mieux : seule, elle réfléchirait mieux.

Assise derrière son grand bureau bien en ordre, elle ouvrit un nouveau document sur son ordinateur.

Les hommes… Voilà bien un domaine dans lequel elle n'excellait pas. Elle négociait pourtant chaque jour avec des dizaines d'entre eux, l'industrie vinicole restant une branche très largement masculine. Tant que leurs discussions se limitaient à la distribution, à la couverture médiatique ou aux prévisions de récolte, elle ne rencontrait aucune difficulté.

Côté cœur, en revanche, les compétences lui manquaient clairement. Alors que Faith, par exemple, avec sa silhouette à la Marylin Monroe, sa chevelure rousse, ses yeux bleus et son regard aussi candide que celui de Bambi, n'avait qu'à descendre de voiture pour provoquer une émeute. Quant à Pru, ses manières de garçon manqué et sa tendance à s'habiller comme un homme ne l'avaient pas empêchée de trouver le mari idéal. Carl et elle sortaient déjà ensemble au lycée, et leur bonheur était, encore aujourd'hui, *presque* sans nuages — au point d'en devenir agaçant pour les autres. Même Dana, pourtant si difficile en matière de cœur, avait toujours un soupirant sous la main, un pauvre garçon dont elle ne manquait pas de se lasser très vite.

Elle, elle ne savait pas s'y prendre avec les hommes.

Son physique n'était pourtant pas en cause : taille moyenne, silhouette moyenne — un peu maigre, peut-être —, yeux bruns... Son principal atout ? De longs cheveux blonds, qui tombaient tout droit sur ses épaules. Elle avait un visage plutôt agréable, avec des fossettes, comme sa mère. Mais le tout formait un ensemble... eh bien, moyen.

En somme, tout le contraire de Brogan Cain, un véritable dieu grec. Des yeux bleu turquoise (*vraiment* turquoise), des cheveux châtains aux boucles souples. Un mètre quatre-vingt-huit. Svelte, fort et élégant. Leur amitié s'était nouée à l'école primaire, lorsqu'ils avaient tous deux été choisis par leur enseignante pour participer à un concours national de mathématiques. Les copains s'étaient bien un peu moqués d'eux, les deux « cerveaux » de la classe, mais dans l'ensemble c'était un bon souvenir. Tout au long de leur scolarité, ils avaient partagé une complicité simple et sans histoires. Ils s'asseyaient toujours côte à côte, discutaient dans les couloirs, comparaient leurs résultats dans une saine émulation. Ensemble, pendant des années, ils avaient rançonné les habitants de Manningsport pour Halloween... Puis, en grandissant, les soirées « films d'horreur » à la Maison Neuve avaient peu à peu remplacé la chasse aux bonbons.

Tout avait basculé au lycée, lors du bal de fin d'année. Brogan avait demandé à Honor d'être sa cavalière, arguant qu'ils s'amuseraient bien plus ensemble que tous ces couples qui accordaient tant d'importance à l'événement. C'était un plan plein de bon sens. Mais lorsqu'elle l'avait vu en smoking, tenant à la main le petit bouquet à épingler sur son corsage, Honor avait soudain ressenti un trouble inconnu, qui l'avait étrangement déconcertée. Il lui avait lancé un regard, et Honor avait rougi.

Une fois dans la salle de bal, ils avaient passé un bon moment à danser, jusqu'à ce que le DJ enchaîne avec un slow. Brogan lui avait enlacé la taille. Déposant un baiser sur son front, il lui avait souri avant de déclarer :

— C'est amusant, non ?

Et voilà ! Elle venait de tomber amoureuse.

La passion se propagea brusquement en elle — comme un virus, pensait-elle bien souvent. Car cet amour n'était pas réciproque.

Oh ! certes, Brogan l'aimait *beaucoup* ! Il l'aimait même tout court, d'une certaine manière. Mais c'était sans commune mesure avec ce que Honor ressentait pour lui... Pour autant, jamais il ne lui serait venu à l'idée de lui révéler son amour : elle avait bien trop de bon sens pour commettre cette erreur.

Ils couchèrent ensemble pour la première fois durant leur première année de fac. Ils étaient de retour à Manningsport pour les vacances de printemps, et Brogan avait suggéré qu'ils perdent leur virginité ensemble : « C'est mieux de le faire avec une amie, plutôt qu'avec une personne qu'on aime. » Bref, à peu près la même théorie que pour le bal de promo, mais cette fois avec des enjeux plus élevés.

Ce qu'il ignorait, donc, c'était qu'elle était bel et bien amoureuse de lui. Et qu'elle avait de toute façon du mal à le croire encore vierge. Mais, après tout, si cela leur permettait de se retrouver ensemble dans un lit, elle n'allait pas discuter ! A ses yeux, le seul fait qu'il puisse la désirer tenait du miracle : Brogan pouvait avoir toutes les filles qu'il voulait. Ils passèrent donc à l'acte et, au chapitre « perte de virginité », Honor obtint un résultat bien au-delà de ses espérances ! Quelques jours plus tard, ils firent une sortie au cinéma : rien, dans leur relation, ne semblait avoir changé ; entre eux, l'ambiance était toujours à l'amitié et la plaisanterie... Pourtant, un doute la taraudait : étaient-ils ensemble ? Vraiment *ensemble* ?

Non, apparemment pas. Lorsque Brogan la déposa devant la maison de ses parents, elle n'eut droit qu'à une bise. Et à un simple mail, quand ils eurent regagné leurs universités respectives.

Ils passèrent leur deuxième nuit ensemble l'année suivante, lorsqu'elle lui rendit visite sur le campus de New York. Il commença par la serrer dans ses bras en déclarant qu'elle lui avait énormément manqué : elle fondit littéralement. Une pizza, quelques bières, une balade en ville… tout cela s'acheva par une partie de jambes en l'air. Honor rentra chez elle le cœur rempli d'amour et d'espoir… Mais de nouveau, lorsque Brogan la rappela, ce ne fut que pour échanger quelques nouvelles. Il ne fut question ni d'amour ni même de sexe.

Quatre fois à la fac, donc. Deux fois en troisième cycle universitaire. Les choses étaient claires, en apparence : ils entretenaient une forme d'amitié amoureuse.

Et, s'ils ne faisaient que très rarement l'amour, l'amitié, elle, restait constante.

Lorsque Honor commença à travailler à Blue Heron en tant que directrice commerciale, elle se mit à appeler Brogan de temps en temps. Par exemple, quand elle devait se rendre à Manhattan pour une réunion… que celle-ci soit réelle ou fictive. Ces petits arrangements avec la réalité lui donnaient toujours mauvaise conscience.

— Au fait, j'ai un déjeuner tardif dans SoHo, lui disait-elle, l'estomac noué.

Elle se sentait incapable de lui avouer simplement : « Ecoute, Brogan, tu me manques, et je meurs d'envie de te voir. Ça te plairait d'aller dîner ou boire un verre ? »

De son côté, il était toujours ravi de la voir et n'hésitait pas à modifier son emploi du temps dès qu'il le pouvait pour la retrouver quelque part. Parfois, ils couchaient ensemble. D'autres fois, non.

Honor se sermonnait intérieurement, essayant de se convaincre que Brogan n'était pas le seul homme au monde. Elle était bien consciente que cette obsession amoureuse lui fermait d'autres portes. Mais, à dire vrai, bien peu d'hommes arrivaient à la cheville de Brogan Cain, et les prétendants ne se bousculaient pas non plus pour décrocher l'immense privilège de sortir avec elle.

Brogan devint photographe au *Sports Illustrated*, le rêve de tout Américain ne pouvant devenir un athlète professionnel ou le nouveau Hugh Hefner. Car Brogan était ce type de personne :

doté d'un charme fou et d'une chance incroyable. Il était du genre à sortir boire une bière, commenter un match de base-ball avec son voisin de bar, entamer une discussion amicale avec lui et ne se rendre compte qu'au bout d'une demi-heure qu'il parlait avec Steven Spielberg (qui, du coup, l'inviterait par la suite à une soirée à Los Angeles). Alors, photographe sportif au *SI* ? Le rêve !

Brogan eut le privilège de rencontrer l'immense Derek Jeter, put photographier les frères Manning (dont la famille aurait des racines à Manningsport, du moins selon la municipalité). Il trinqua avec le basketteur Kobe Bryant et la skieuse Picabo Street ; il visita le parc d'attractions Harry Potter dans les studios d'Universal en compagnie de l'équipe médaillée d'or de gymnastique.

Pourtant, ces prestigieuses fréquentations le laissaient, en quelque sorte, indifférent. Ce qui expliquait sans doute qu'il puisse être ami avec des stars comme Tom Brady ou David Beckham. Il voyageait aux quatre coins du pays, couvrait les jeux Olympiques, la Stanley Cup et le Super Bowl. Il avait même invité Honor — et elle seule — à assister avec lui aux Championnats du monde de base-ball depuis les loges du *Sports Illustrated* au Yankee Stadium.

C'était là son principal trait de caractère : Brogan Cain était un gars d'une *incroyable* gentillesse. En dépit de sa prestigieuse carrière, il revenait régulièrement voir les siens à Manningsport, passait la soirée chez O'Rourke… Il était même allé jusqu'à racheter la maison de ses parents lorsque ceux-ci étaient partis prendre leur retraite en Floride. Il demandait systématiquement à Honor des nouvelles de sa famille. Et peu importait qu'il ait complètement zappé la fête organisée pour les soixante-cinq ans de mariage de Pops et Goggy : ces choses-là arrivent à tout le monde.

Chaque fois qu'elle le voyait, elle sentait son visage prendre une couleur pivoine. Chaque fois qu'il l'embrassait, elle chavirait de bonheur. Chaque fois que son nom apparaissait dans sa messagerie électronique ou sur l'écran de son téléphone, elle sentait le désir électriser son corps. Or, il venait de lui faire part de son intention de réduire ses déplacements et de séjourner plus longuement à Manningsport.

Peut-être fallait-il justement saisir ce moment propice ? Le verdict de la médecine, l'installation de Brogan dans la même ville qu'elle... Un mariage pouvait-il être à l'ordre du jour ?

Décidément, faire une liste s'imposait. Elle alluma son ordinateur et se mit à pianoter sur le clavier.

LANCER L'OPÉRATION « CHOC ET STUPEUR »

- Objectif : l'amener à me voir sous un autre jour. (Réfléchir à quelque chose de marquant.)
- Lui donner l'impression que le mariage est la prochaine étape logique de notre amitié.
- Agir vite pour ne pas me dégonfler.

Trois jours plus tard, Honor descendait de voiture, resserrait la ceinture de son imperméable beige et gravissait le perron de chez Brogan en déglutissant avec peine. Elle avait la bouche sèche et les mains moites. Si jamais elle échouait...

Le compte à rebours a commencé.

Elle soupira.

Ça suffit, se reprit-elle, *l'heure n'est plus aux soupirs ! Allez, fonce, maintenant !* Eh, voilà qui était déjà plus approprié à la situation. Bon sang, elle imaginait ses microscopiques ovules décatis réclamant de la compagnie : « Nous nous sentons si seuls ! » Elle se les figura un instant prenant du ventre, portant des lunettes sur le bout du nez et commençant à développer un goût certain pour la belote. *Ne vieillissez pas trop vite !* leur ordonna-t-elle intérieurement. *Je suis en train de vous chercher des petits copains.*

L'espace d'une seconde, elle s'octroya même une idyllique vision d'avenir : la Maison Neuve de nouveau pleine d'enfants (bon, d'accord, un ou deux, ce serait déjà bien) ; des enfants qui gambaderaient à travers vignes et forêts avec son père et qui sauraient distinguer une grappe de riesling d'une grappe de chablis avant d'entrer à la maternelle ; des enfants qui auraient les magnifiques yeux de Brogan et ses cheveux blonds à elle. Ou plutôt les épaisses boucles de leur père. Oui, Brogan avait de plus beaux cheveux qu'elle.

Cette image flottant encore dans son esprit, elle frappa à la porte. Une forte odeur d'ail embaumait la maison. Son estomac se mit à gargouiller. Parmi ses innombrables qualités, Brogan faisait également très bien la cuisine…

— Salut, Hon' !

Ah, si ! Il avait bien un défaut (preuve que l'amour ne la rendait pas complètement aveugle). « Hon' », c'était le diminutif de son prénom, Honor — cinq lettres et deux syllabes —, qu'il utilisait parfois. Sauf que, dans sa tête, elle le voyait toujours écrit « On' ». Parce que, avec un *h*, Hon' aurait pu être le diminutif de *honey*, « chérie ». Or, Brogan ne l'appelait jamais par de tendres petits noms.

— Quelle bonne surprise ! s'exclama-t-il en lui faisant la bise. Entre donc !

Elle pénétra dans la maison, le cœur battant. Se força à sourire.

— Comment vas-tu ? lui demanda-t-elle d'une voix qu'elle aurait voulu moins tendue.

— Très bien ! Attends, il faut que je remue ma casserole, sinon ça va brûler. Tu restes dîner, j'espère ?

Il se tourna vers les fourneaux.

C'était le moment ou jamais.

Elle dénoua sa ceinture, ouvrit son imper et le laissa glisser à terre. Zut ! La table allait faire écran, et il ne la verrait pas en entier. Elle fit le tour, retint sa respiration, complètement nue. *Opération « choc et stupeur », opération « choc et stupeur »…* Il faisait frisquet, tout de même, dans cette maison… Elle déglutit et patienta encore.

C'est alors que le père de Brogan passa la tête par la porte de la cuisine :

— Mmm… ça sent bon. Honor ? Hum, bonsoir, ma chère petite.

Le père de Brogan.

Le *père* de Brogan.

Oh ! *Non !*

Elle plongea sous la table, renversa une chaise avec fracas, avança à quatre pattes et se mit à chercher son fichu imper à tâtons. Tiens, le sol aurait besoin d'un bon coup de serpillière…

— Honor ? Tout va bien ? demanda le père de Brogan.

— Honor est ici, dis-tu ?

Sa mère, à présent !

Mon Dieu, de grâce, faites que je meure à l'instant ! Elle jeta l'imper sur ses épaules et cria d'une voix suraiguë :

— Hum, une petite seconde !

Brogan se baissa, perplexe.

— Hon' ? Mais qu'est-ce que tu fiches sous la… oh, c'est pas vrai !

— Euh… Coucou ! fit-elle en essayant désespérément d'enfiler une manche.

— Papa, maman ? Vous voulez bien sortir une minute ?

Il s'étouffait déjà de rire.

Satanée manche ! Où était-elle donc passée ? Brogan s'accroupit près d'elle.

— Tu peux sortir de là, articula-t-il en s'essuyant les yeux. Tu ne crains plus rien pour le moment.

Elle émergea de sous la table et se remit debout, tout en s'enveloppant de son imper. Bien serré.

— Surprise ! lança-t-elle, le visage en feu. Désolée. C'est la dernière fois que je laisse libre cours à ma spontanéité.

Brogan lui releva le menton entre le pouce et l'index. Il avait son sourire coquin, un rien lascif, et ses yeux brillaient d'un éclat qu'elle connaissait bien. Elle sentit sa peau frissonner, son humiliation se mêlant au désir qu'elle ressentait pour lui.

— Tu veux rire ? Mon père ne va t'en aimer que davantage…

Ses paroles lui donnèrent de l'espoir. Elle sourit — pas facile, mais elle y parvint — et rajusta son serre-tête. Oh ! non ! Elle avait oublié de laisser ce truc à la maison… et les serre-tête imprimés de petits westies s'accordaient plutôt mal avec la nudité.

— Eh bien… salut, Brogan !

Il se mit à rire et l'étreignit d'un bras. Puis il se retourna vers le salon.

— C'est bon, les parents ! Vous pouvez revenir !

Le visage de Mme Cain affichait clairement sa réprobation, tandis que M. Cain rayonnait.

Allez, assume, Honor !

— Je suis vraiment désolée pour…

— Tu n'as aucune raison de t'excuser, l'interrompit le père de Brogan.

Il laissa échapper un petit cri de douleur lorsque son épouse lui enfonça son coude dans les côtes.

— Mes parents sont venus me rendre visite, expliqua Brogan, les yeux rieurs.

— C'est ce que je constate… Alors, vous vous plaisez en Floride ?

— C'est le paradis ! s'exclama M. Cain avec chaleur. Reste donc pour le repas, ma chère enfant.

— Oh… euh, non. Vous… Je ne peux pas. Mais merci quand même.

De nouveau, Brogan lui serra affectueusement les épaules.

— Mais si, tu peux. Ce n'est pas parce qu'ils t'ont vue toute nue que tu dois te sentir gênée. Pas vrai, maman ?

— Rira bien qui rira le dernier, marmonna Honor.

Mme Cain ne se dérida pas et continua sur un mode acerbe.

— Je n'avais pas compris que vous étiez… ensemble, tous les deux.

La mère de Brogan ne l'avait jamais appréciée, ni elle ni aucune des femmes qui tournaient autour de son fils, probablement.

Brogan revint à la charge :

— S'il te plaît, Honor, reste ! De toute façon, si tu pars, nous passerons la soirée à parler de toi.

Il lui adressa un clin d'œil. Visiblement, il n'était pas du tout déstabilisé par son petit numéro de strip-tease…

Il partit lui chercher un T-shirt et un bas de survêtement qu'elle enfila dans la salle de bains du rez-de-chaussée, cherchant à éviter son propre reflet. Bon, juste un coup d'œil, alors. Quelle humiliation ! Eh bien, qu'à cela ne tienne ! Il lui fallait assumer cette débâcle la tête haute, si elle comptait devenir l'épouse de Brogan. L'anecdote entrerait dans la légende familiale, et un jour ils en riraient tous. Personne ne s'en priverait, c'était sûr…

Le dîner se déroula dans une gêne ambiante que Brogan chercha à dissiper en parlant de son travail. Il les entretint de la prochaine saison de base-ball, de l'entraînement du printemps, des joueurs ayant déclaré forfait à cause de telle ou telle blessure… Pendant tout ce temps, Honor s'efforçait d'oublier que M. Cain l'avait vue toute nue.

Fort heureusement, les parents de Brogan ne voulaient pas partir tard : ils devaient rendre visite à une sœur de Mme Cain, à Buffalo. La soirée ne serait peut-être pas un fiasco sur toute la ligne, après tout…

Enfin, les Cain partirent. A la seconde où leur voiture quitta le garage, Brogan se tourna vers elle.

— Merci, Hon', ça restera l'un des plus beaux moments de ma vie, je pense.

Elle rougit une nouvelle fois :

— Oui, eh bien… de rien !

Elle se mit également à sourire malgré elle, car, de nouveau, elle éprouvait cette sensation diffuse, cette impatience nerveuse, ce fourmillement, ce sentiment de… gratitude. Ce n'était certes pas très reluisant, mais c'était une réalité : elle se sentait confusément heureuse que Brogan Cain, le photographe sportif super canon, lui ait simplement fait un compliment !

— Je te propose de revenir en arrière, alors, comme si la soirée venait de commencer. Qu'est-ce que tu en penses, Hon' ?

Il s'écarta d'elle, affichant un large sourire.

— Bon. Tu ressors de la maison, j'entends un petit coup frappé à la porte et en ouvrant qui vois-je ? La belle Honor Holland !

Il la raccompagna à l'entrée et la poussa doucement dehors, bien que la pluie ait viré à la neige fondue.

Elle refit tout depuis le début et, cette fois, la scène se déroula un peu plus selon son plan. Seule entorse à ce qui était prévu : la table de la cuisine n'ayant pas été débarrassée, ils décidèrent d'aller dans la chambre de Brogan.

Honor sentait son cœur battre à toute allure — d'épuisement certes, après l'amour, mais surtout de peur. Elle prit une profonde inspiration.

Calme-toi… C'est ton ami.

Oui. Brogan était son ami. Elle se redressa lentement sur un coude… il semblait dormir. Tant mieux. Dans ces conditions, elle pouvait le contempler à son aise. Il était tellement beau… Des cils noirs dignes d'une publicité pour mascara, un nez bien droit, une bouche parfaitement dessinée. Une barbe naissante donnait à son visage la juste dose de virilité. Elle avait du mal à croire qu'elle se trouvait dans un lit avec lui, même après toutes leurs… rencontres.

Il avait eu quelques copines à droite, à gauche. Au cours de ces périodes, ils ne couchaient plus ensemble, bien entendu, et elle tâchait d'afficher une parfaite indifférence quand Brogan lui parlait de ses conquêtes. Quoi qu'il arrive, il finissait immanquablement par rompre (ce qui, selon elle, était un signe révélateur).

De son côté, elle avait eu quatre relations qui avaient toutes duré entre cinq et vingt-trois jours. En dehors de Brogan, elle n'avait couché qu'avec un seul homme et, en toute franchise, le pauvre garçon ne soutenait pas la comparaison.

Honor, c'est maintenant ou jamais.

— Tu dors ? murmura-t-elle.

— Non, je me laisse contempler…

Il entrouvrit les yeux et sourit.

Elle répliqua d'un air coquin.

— Dans ce cas, sache que je trouve le spectacle à mon goût.

Elle s'humecta les lèvres. Sentant monter l'adrénaline, elle se jeta à l'eau :

— Alors…

— Alors… ?

Brogan lui replaça une mèche derrière l'oreille. Elle y vit un encouragement suffisant.

— Tu sais à quoi je pensais, l'autre jour ?

Elle sentit ses orteils se recroqueviller, mais réussit à garder un ton détaché.

— A quoi ?

— Je pensais qu'on devrait se marier.

Voilà. C'était dit. Mais maintenant un poids dans la poitrine l'empêchait de respirer normalement.

— Ben voyons…, ironisa Brogan.

Il s'étira, bâilla.

— J'ai vraiment le décalage horaire dans les pattes...

Puis son regard se posa sur elle.

— Ah... mais... tu parlais sérieusement ?

Vas-y tout en douceur, Honor, tout en douceur.

— Oui... Enfin, disons que ça m'a traversé l'esprit.

Il la considéra fixement, puis la stupéfaction la plus totale se peignit sur son visage.

— C'est vrai ?

A l'évidence, l'idée était loin de le transporter, l'intonation de sa voix indiquait plutôt une certaine... perplexité.

— Oui, enfin, je me disais que... comme nous sommes amis. Très bons amis... D'excellents amis, même...

Oh ! misère ! Tais-toi, Honor. Tu es ridicule.

— Parce que, tu sais, il y a une éternité que nous sommes amis, toi et moi. Très longtemps, je veux dire.

Elle avait l'impression d'avoir un morceau de carton à la place de la langue ! *Ça te dirait d'embrasser ma bouche sèche et ratatinée comme du carton, Brogan ? Parce que le compte à rebours a commencé, tu sais. Pour mes ovules.*

Elle eut un petit rire gêné.

— Non, mais... Moi, je disais ça comme ça... C'est vrai, ça fait bien... dix-sept ans qu'on est ensemble.

Il se redressa brusquement.

— Ensemble ?

— Euh, oui... plus ou moins. On finit toujours par revenir l'un vers l'autre...

Elle s'assit également, s'appuyant contre la tête de lit en cuir. Ses yeux s'embuèrent de larmes qu'elle s'empressa de refouler. Elle s'éclaircit la voix avant de reprendre :

— Tu comprends ce que je veux dire... toi et moi, nous sommes de très bons amis. C'est une évidence. Je te considère même comme mon meilleur ami, Brogan. Mais euh...

Il inspira un grand coup.

— Je n'ai jamais pensé que nous étions *ensemble* au sens propre du terme, Honor.

Du calme, du calme.

— Non, et d'ailleurs tu as tout à fait raison sur ce point. Simplement, je me disais que nous atteignions un certain âge, et comme, de ton côté, tu souhaitais réduire tes déplacements…

Elle fit une pause avant de reprendre :

— Et puis nous n'avons pas encore rencontré de partenaire… stable, ni toi ni moi. C'est peut-être un signe qui, justement, doit nous interpeller.

Je t'en supplie, Brogan, dis-moi que tu es d'accord ! Je t'en prie, ouvre les yeux et admets que l'idée est excellente !

Hélas, Brogan continuait de se taire, mais ses yeux s'étaient emplis de douceur. D'une douceur atroce, bien plus parlante que n'importe quel discours. Elle sentit son cœur défaillir, puis s'atrophier sous l'effet du désespoir et du dépit. Elle suivit du doigt le piqué de l'édredon pour éviter de croiser le regard de Brogan. Maintenant qu'il l'avait clairement éconduite, elle était bien sûr tout à fait capable de se ressaisir, en femme calme et rationnelle qu'elle était. Sauf, évidemment, si elle faisait une crise cardiaque. Perspective qui, en ce moment, lui paraissait presque enviable.

Au bout d'une minute, Brogan rompit le silence :

— Tu sais comment je te vois, Honor ?

Il se tourna pour la regarder dans les yeux.

— Je te vois comme un vieux gant de base-ball.

Elle accusa le coup d'un battement de paupières. C'était sans doute une plaisanterie ? Une analogie *sportive* ? Dans un moment comme celui-là ?

Il opina du chef.

— Oui, c'est ça. Comme un vieux pote, quelqu'un vers qui on se tourne en cas de besoin.

— Un gant de base-ball…

Etait-il envisageable de l'étouffer sous un oreiller ou ne voyait-on cela qu'au cinéma ? A moins qu'elle ne l'étrangle avec un collant ? Mais elle n'en portait pas. Dommage…

Elle sentit qu'il lui serrait affectueusement la main, main qu'elle lui abandonna comme un poisson inerte.

— Tu sais, c'est comme ce que me disait Jeter. A moins que

ce ne soit Pujols… Oui, c'était sûrement Pujols, puisque c'était l'époque où il jouait à Saint-Louis. Attends, ce n'était quand même pas Joe Maurer ? Non, non, Joe était receveur, donc ça aurait été un gant de receveur… Bref, je ne sais plus de qui il s'agissait, mais il me racontait que, quand il avait le moral à zéro ou qu'il ne sentait pas un match à venir, il enfilait son vieux gant de base-ball. Parce que, ce gant, ça faisait des années qu'il l'avait, tu comprends ? Et, quand il l'enfilait, c'était comme s'il retrouvait un vieil ami. Avec ce gant-là, il savait que sa journée se passerait bien.

Il se tourna vers elle et lui releva le menton. Honor battit des paupières ; ses yeux étaient brûlants.

— Mais, ce genre de gant, on n'en a pas besoin tous les jours.

Voilà, c'était sûr, maintenant : c'était le pire discours de rupture de tous les temps.

Brogan fronça les sourcils.

— OK, ce n'était pas la meilleure comparaison, admit-il.

Elle fut forcée de rire pour ne pas fondre en larmes.

— Ce que j'essaie de te dire, Honor, c'est que…

— Ecoute, Brogan… (Dieu merci, sa voix était normale.) Oublie tout ça. J'ignore ce qui m'a pris de te proposer une chose pareille. C'est peut-être parce que tes parents m'ont vue toute nue.

Il sourit de toutes ses dents.

— Mais tu as raison, poursuivit-elle d'un ton plus ferme. Pourquoi changer une équipe qui gagne ?

— Voilà ! Parce que nous formons une bonne équipe, toi et moi. Tu ne trouves pas ?

— Oh que si ! Non, non, je t'assure, Brogan… cette histoire de mariage, c'était juste… une idée en l'air. N'en parlons plus !

Il lui donna un baiser qui lui déchira le cœur. *Un vieux gant de base-ball, elle ? Pu… naise de mer… credi !* Mais il lui tenait le visage en coupe, et elle se laissait embrasser comme si rien n'avait changé entre eux.

— Tu te sens partante pour un deuxième round ? murmura-t-il.

Non, mais c'est une blague ? Après ce que tu viens de me balancer à la figure ? Je vais claquer la porte, oui…

Car en réalité, pour lui, rien n'avait changé. Elle restait ce bon vieux gant de base-ball qu'elle n'avait jamais cessé d'être.

Si elle partait maintenant, Brogan risquait de comprendre que sa proposition de tout à l'heure était des plus sérieuses : elle pourrait alors dire adieu à tout amour-propre. Or, après ce massacre en règle, l'amour-propre prenait soudain une toute nouvelle importance à ses yeux.

Une heure plus tard, elle frappait à la porte de Dana. Et, dès que cette dernière la fit entrer chez elle, les larmes inondèrent ses joues de traînées brûlantes.

Dana la dévisagea avec une expression étrange. Une expression faite de surprise, mais aussi d'autre chose.

— Bon, je crois deviner le résultat de ta démarche, dit-elle enfin, au bout de quelques secondes. Je suis désolée, ma chérie.

Honor troqua sa tenue contre un pyjama propre prêté par Dana, puis alla se rincer le visage dans la salle de bains au désordre réconfortant.

— Au moins, maintenant, tu sais où tu en es, déclara Dana, appuyée au chambranle de la porte. Il me semble qu'un petit verre s'impose, non ?

Elle prépara deux martinis bien tassés et lui tendit une boîte de Kleenex. *Shark Week*, film morbide qu'elles adoraient toutes les deux, passait en sourdine. Aussi bizarre que cela puisse paraître, Honor songea que c'était l'accompagnement idéal pour épancher son cœur. Elle se lança alors dans le récit de son après-midi cauchemardesque.

— Je me sens tellement idiote ! lâcha-t-elle en conclusion. Et, le pire, c'est qu'il a fallu cette mise au point pour que je m'aperçoive que je l'aime tant ! Tu trouves ça logique, toi ?

— Mais oui, bien sûr …

Dana vida son verre puis reprit avec un sourire malicieux :

— Ecoute, je ne voudrais surtout pas passer pour un monstre d'insensibilité, mais tu veux bien me raconter encore une fois le passage avec ses parents ?

Honor gémit de dépit mais s'exécuta, non sans avoir fait jurer à son amie de n'en souffler mot à quiconque. Depuis son salon de coiffure, Dana savait tout sur tout le monde et répandait les potins qui parvenaient à ses oreilles.

— Comparer ton vagin à un vieux gant de base-ball... c'est plutôt gonflé, non ?

— Il ne parlait pas de mon... Oh ! laisse tomber, Dana ! Changeons plutôt de sujet. Regarde ce type à l'écran ! Il est couvert de points de suture ! Brrr... je ne mettrai plus jamais un orteil dans l'océan.

Honor se rencogna sur le canapé, s'adossant involontairement à son imperméable. Saleté d'imper ! Ah, quelle réussite, l'opération « choc et stupeur » ! Avec colère, elle roula l'imperméable en boule et le jeta par terre.

— Hé, il n'y est pour rien ! Un Burberry, en plus ! se récria Dana en allant le ramasser. Toutefois, pour te montrer que je peux comprendre ton geste et que je compatis, je vais me sacrifier et accepter de t'en débarrasser. Compte sur moi : je ne le porterai jamais en ta présence.

Elle ouvrit un placard, y fourra l'imper et referma la porte.

Dana pouvait être ombrageuse, songea Honor, mais, dans des instants comme celui-ci, elle était vraiment exceptionnelle !

— Bon, et maintenant comment vois-tu les choses ? lança son amie, tandis qu'à l'écran l'homme mutilé expliquait l'effet que ça faisait de voir son bras arraché pendouiller dans la gueule d'un grand requin blanc.

Honor déglutit péniblement, sentant comme une boule hérissée d'épines lui obstruer la gorge.

— Je ne sais pas encore. Mais je ne pense pas pouvoir continuer à coucher avec lui comme si de rien n'était. Gant de base-ball ou pas, il me reste tout de même un peu de fierté.

— Bravo ! Il serait temps que tu t'en préoccupes, en effet. Allez, regarde la prochaine attaque du requin pendant que je nous sers une deuxième tournée de martinis !

1

Pour un type qui enseignait le génie mécanique dans une université de quatrième zone au beau milieu de nulle part, on pouvait dire que Tom Barlow attirait les foules.

Dans le campus sur lequel il avait exercé auparavant — et qui se targuait de posséder une école d'ingénieurs digne de ce nom —, ses étudiants portaient un sincère intérêt à sa discipline. Mais, dans la minuscule fac du Wickham College, seuls quatre élèves sur les six inscrits au départ s'étaient présentés dans sa classe, et encore, à reculons. La seule raison pour qu'ils aient porté leur choix sur le génie mécanique était qu'ils s'y étaient pris trop tard pour déposer leur dossier d'inscription et qu'il ne restait des places que dans ce cours-là. Au début, deux étudiantes avaient semblé se passionner pour le sujet, mais bien vite l'une d'elles avait demandé — et obtenu — son transfert à Carnegie Mellon.

Pourtant, à la fin de la deuxième semaine de cours, voilà que Tom Barlow s'était retrouvé en face de trente-six personnes, se serrant comme des sardines dans la petite salle. La totalité de ces nouveaux venus étaient de sexe féminin, formant un large éventail de dix-huit à cinquante-cinq ans environ. Du jour au lendemain, un échantillon ahurissant de la population féminine s'était donc pris de passion pour le génie mécanique (quel que soit le sens que pouvait avoir ce terme dans l'esprit de ces femmes).

Leur allure, en revanche, laissait quelque peu à désirer : vêtements moulants et vulgaires, hauts trop échancrés, tailles trop basses… en d'autres termes, des tenues tout à fait inappropriées.

Tom avait donc tendance à s'adresser au mur du fond pour éviter de croiser les regards avides des trois quarts de ses étudiantes.

De même, il s'arrangeait toujours pour finir son cours pile à l'heure, la Horde barbare — ainsi qu'il les appelait en son for intérieur — étant encline à lui poser des questions totalement hors sujet. « Vous êtes célibataire ? » « Quel âge avez-vous ? » « Vous êtes de la région ? » « Vous aimez les films étrangers / les sushis / les filles ? »

Seulement, voilà, il avait besoin de ce travail.

— Y a-t-il des questions ?

Une dizaine de mains se levèrent.

— Oui, monsieur Kearns ?

Soulagé, il donna la parole au seul étudiant qui assistait au cours par réel intérêt pour sa matière.

D'après son dossier, Jacob Kearns s'était fait renvoyer de l'Institut de technologie du Massachusetts pour trafic de stupéfiants. Jacob semblait être rentré dans le droit chemin mais, d'un point de vue purement universitaire, le Wickham College restait évidemment cent coudées au-dessous du MIT. Tom était cependant fort mal placé pour juger ce type de choix, étant lui-même expert en sabotage de carrière.

— A propos du devoir sur l'aéroglisseur, monsieur Barlow, je me demandais comment vous calculeriez la vitesse de libération.

— C'est une bonne question. La vitesse de libération est celle pour laquelle l'énergie cinétique et l'énergie gravitationnelle d'un corps sont égales à zéro. Vous me suivez ?

La Horde barbare (du moins, les femmes au sein de cette Horde qui faisaient semblant d'écouter) afficha un air dérouté.

— Oui, c'est très clair, merci, répondit Jacob.

Encore trente secondes à tenir avant la sonnerie…

— Bien, dit-il. Pour la prochaine fois, je vous demande de lire les chapitres 6 et 7 de vos deux manuels et de répondre aux questions qui se trouvent à la fin. Vous me ferez également passer vos propositions d'exposé pour ce trimestre. Ceux d'entre vous qui n'ont pas correctement fait les estimations concernant l'aéroglisseur devront les recalculer.

Avec un peu de chance, il pourrait décourager la Horde en lui imposant une charge de travail, aussi minime soit-elle.

— Autre chose ?

Une main jaillit. Une Barbare, naturellement…

— Oui ? fit-il sèchement.

— Vous êtes anglais ? demanda la fille, provoquant une onde de gloussements parmi ses congénères, dont l'âge mental semblait se situer autour de douze ans.

— J'ai déjà répondu à cette question lors d'un précédent cours. D'autres remarques qui soient en rapport avec le génie mécanique ? Non ? Très bien. Dans ce cas, *bye-bye* !

— Wouah… tu as entendu ? Il a dit « *bye-bye* », pouffa une blonde, fagotée comme si elle devait gagner sa vie sur les trottoirs londoniens.

La cloche retentit, et la Horde se rua littéralement vers son bureau.

— Monsieur Kearns, vous voulez bien rester une minute ?

Sept étudiantes s'étaient déjà agglutinées autour de lui.

— Vous croyez que je pourrais…, bosser, euh… genre pour un architecte ou un truc comme ça ? lui demanda l'une d'elles.

— Je n'en ai aucune idée, mademoiselle.

— Après l'exam, je veux dire.

Le regard de la fille se focalisa sur sa bouche avec insistance. Sapristi ! Ça lui donnait envie de se laver !

— Réussissez d'abord votre examen, puis posez votre candidature et vous verrez bien.

Une autre Barbare prit le relais :

— Ça vous dirait d'aller au pub, Tom ? Ça me ferait trop kiffer de vous offrir un verre.

— Ce serait surtout déplacé.

La fille lui décocha une œillade suggestive.

— Je suis majeure et vaccinée, vous savez…

— Bien ! Si vous n'avez pas d'autres questions en lien avec le cours d'aujourd'hui, je vous prierais de bien vouloir sortir, maintenant.

Il sourit pour atténuer la brutalité de ses paroles, et la Horde barbare prit enfin la porte avec force moues boudeuses et mouvements de crinière.

Quand elles se furent suffisamment éloignées, Tom s'adressa à Jacob :

— Ça vous dirait de faire un stage avec moi ?

— Carrément ! Mais ce serait pour faire quoi, exactement ?

— On fait parfois appel à moi pour effectuer quelques modifications sur des avions. Or, il se trouve que je viens de recevoir une commande. Ce type de stage pourrait faire bonne impression sur votre curriculum vitae.

— Mon quoi ?

— Votre CV, si vous préférez.

— C'est clair, que ça ferait classe !

— Bien entendu, il est hors de question que vous soyez sous l'influence d'une drogue quelconque. Est-ce que c'est un problème ?

Le jeune homme rougit jusqu'aux oreilles.

— Non. Je suis aux Narcotiques anonymes. Ça fait treize mois que je suis clean.

Il enfonça les mains dans les poches de son jean.

— Je dois pisser tous les mois dans un gobelet pour pouvoir rester à Wickham… Ils ont mon dossier à la médecine préventive.

— Très bien. Dans ce cas, je vous ferai signe dès que j'aurai besoin de vous.

— Merci, monsieur Barlow. Merci beaucoup.

Tom scella leur accord d'un hochement de tête. Le directeur du département se tenait sur le seuil de la porte et considérait avec réprobation le troupeau de pintades qui s'éloignait dans une cacophonie de basse-cour. Sitôt Jacob parti, il pénétra dans la classe et referma la porte.

Mauvaise nouvelle en perspective, pensa Tom. Droog Dragul (dont le surnom — sans surprise — ne pouvait être que Dracula) avait la figure d'un moine du Moyen Age : torturée, pâle et sévère. A cet instant, son accablement semblait plus marqué encore que d'ordinaire.

— Les enfants de cette ékôle, commença Droog avec son

accent transylvanien prononcé. (Il soupira bruyamment.) Ils ont… Mmm…

Tom frémit, craignant que la suite ne fût « la chair fraîche » ou « le sang riche en fer ».

— … beaucoup problèmes de koncentratiôn…

Ouf!

Il acquiesça :

— La plupart, en tout cas. J'ai quand même un ou deux étudiants de valeur.

— Voui, c'est sûrrr.

Droog poussa un nouveau soupir.

— Et quel succès avec les femmes tu as, Tôm ! Pét-êtrr, on pourrait une bièrr boirr, et tu donnerais tûyaux à moi !

— C'est l'accent *british*, mon ami…

— L'accent de moi pas l'airr d'avoirr même effet. Bizarr, non ? Hé, hé, hé, hé, hé !

Tom se hérissa intérieurement, mais parvint à sourire. Droog n'était pas un mauvais bougre. Un peu étrange sur les bords, mais dans l'ensemble plutôt sympa. Lors de son premier mois au Wickham College, ils avaient partagé un repas, deux soirées de billard bien arrosées à la bière et, quoique l'expérience eût été assez déroutante, Droog lui était apparu comme un brave gars.

Une fois encore, le directeur soupira, et il finit par s'asseoir, pianotant sur le bureau de ses longs doigts effilés.

— Tôm, j'ai peurr avoirr môvaise nouvelle. Nous pouvons pas rénouveler visa de toi.

Tom accusa le coup, inspirant profondément. S'il avait accepté ce poste, c'était uniquement pour le permis de travail qu'il lui offrait.

— Mais c'était une des conditions de mon contrat…

— Très conscient je suis de ça. Mais le budgêêt… trrop de charges pour contrats courrts.

— Tu m'avais pourtant affirmé que ce ne serait pas un problème.

— Je trompé. Ils ont changè avis.

Tom fit un geste d'impuissance.

— Je vois.

— Nous estimons bôcoup kômpétences et expérience pédagogiiique de toi. Pét-êtrr, autre solutiôn tu trrouverras. Nous pouvons donner jusque fin trimestrr à toi.

Droog laissa passer quelques secondes.

— Je suis bôcoup désolé.

Tom hocha la tête.

— Merci, mon ami.

Droog n'y était pour rien. Mais quand même… merde !

Une fois son collègue parti, Tom resta assis durant quelques minutes encore derrière son bureau. Ses chances de retrouver un poste au mois de février étaient plus que maigres. Le Wickham College avait été le seul établissement de l'ouest de l'Etat de New York à rechercher un professeur de génie mécanique, et il ne pouvait que se réjouir d'avoir eu la place aussi vite. La fac n'était pas prestigieuse, loin de là, mais ce n'était pas la question.

L'important, c'était son emplacement géographique.

Il lui était impossible de conserver ce travail sans avoir de visa, même si les services de l'immigration n'allaient certainement pas se précipiter à ses trousses. Le cas d'un professeur titulaire ne figurait probablement pas en tête de leurs priorités. Mais l'université ne pourrait le maintenir à son poste s'il était en situation irrégulière.

Non, s'il voulait demeurer aux Etats-Unis, il lui fallait une carte verte.

Et vite.

Avant toute chose, il décida de repasser par la maison miteuse qu'il louait en ville, puis de se rendre au bar du bout de la rue. Il avait vraiment besoin d'une boisson forte.

Quelques jours plus tard, Tom était en train de savourer un thé dans la cuisine de sa grand-tante Candace. Seuls les Britanniques savent comment faire un bon thé et, même après soixante ans passés aux Etats-Unis, la vieille dame n'avait pas perdu la main.

— Cette Mélissa, soupira-t-elle. Elle a laissé un beau gâchis derrière elle, n'est-ce pas ?

— Tu sais… il ne faut pas dire du mal des morts.

— Mais Tom ! Tu vas me manquer, à moi ! Et Charlie ? Quel âge ça lui fait, maintenant ? Douze ans ?

— Quatorze.

Son beau-fils officieux avait dix ans la première fois qu'il l'avait vu. Difficile de réconcilier le souvenir de ce petit garçon bavard et joyeux avec l'image de l'adolescent maussade d'aujourd'hui, qui n'ouvrait quasiment plus la bouche.

Il ressentit un violent coup de poignard dans le cœur : Charlie ne le pleurerait pas, il en était presque sûr. Pour la millième fois, il se demanda si sa présence apportait quelque chose de positif au jeune garçon ou si, au contraire, elle ne faisait qu'aggraver la situation. Mélissa était morte, et leurs brèves fiançailles n'avaient conféré à Tom aucun statut légal vis-à-vis de son fils, même si, quelques mois plus tard, il aurait dû devenir officiellement son beau-père.

Quoi qu'il en soit, sa marge de manœuvre était plus que réduite. Il avait envoyé un mail à son ancien directeur de département en Angleterre, qui lui avait aussitôt répondu qu'on le reprendrait sur-le-champ. Aucune autre université de l'ouest de l'Etat de New York n'était à la recherche d'un professeur ayant un bagage comme le sien. Or, enseigner était sa passion (pour peu, bien entendu, qu'il ait en face de lui des étudiants réellement intéressés par sa matière).

Il avait donc décidé de prendre la route de la Pennsylvanie, histoire de faire ses adieux à l'unique parente qu'il avait aux Etats-Unis. Voici quatre ans qu'il vivait dans ce pays, et sa tante Candace lui avait toujours apporté chaleur et réconfort. Aussi sauta-t-elle naturellement de joie lorsqu'il l'appela après ses cours pour s'inviter à dîner. Il poussa même sa vocation de martyr jusqu'à l'accompagner au centre commercial s'acheter un manteau.

— Tiens, reprends donc un peu de tarte, *darling*.

Elle poussa le plat vers lui, et Tom se servit une seconde part.

— Merci, tantine.

— Charmante petite ville, Manningsport. J'ai vécu juste à côté lorsque j'étais enfant, tu le savais ?

— C'est ce que tu m'as dit, oui.

Son adorable vieille tante était sacrément douée pour la pâtisserie !

— Finis donc cette tarte, ça vaudra mieux ! Je suis en prédiabète, à ce qu'il paraît, ou je ne sais quelle autre absurdité du même genre ! A quatre-vingt-deux ans, la perspective d'être privée de dessert pour le restant de mes jours est tout bonnement insupportable. J'ai donc décidé de me suicider par overdose de pop-corn au caramel et de quitter ce monde dans la joie et la béatitude. Au fait, qu'est-ce que je racontais, déjà ?

— Que tu avais vécu dans les environs de Manningsport.

— Tout juste ! Oh ! quelques années, à peine. Ma mère était veuve, figure-toi... Mon père avait été emporté par une pneumonie, alors elle nous a pris sous le bras, mon frère et moi, et elle est venue s'installer ici, en Amérique. Ta grand-mère Elsbeth était toujours mariée, elle, c'est pourquoi elle est restée à Manchester avec son époux, ton grand-père. Je me souviens encore de la traversée de l'Atlantique, de la statue de la Liberté qui avait surgi à l'horizon... j'avais sept ans. Ah, quelle période extraordinaire !

Elle sourit et avala une gorgée de thé.

— Et pourtant tu as fini par devenir une vraie Yankee.

Tante Candace hocha la tête.

— Nous habitions Corning, à l'époque... c'est dans cette ville que ma mère a rencontré mon futur beau-père, qui, par la suite, nous a adoptés, Peter et moi.

— Ah, je ne connaissais pas cet épisode...

— C'était un homme charmant. Un agriculteur. Il m'arrivait de l'accompagner dans ses livraisons de lait.

La vieille dame s'illumina à l'évocation de ce souvenir.

— Lorsque mon frère a été tué à la guerre, nous avons déménagé. J'avais quinze ans. Mais j'ai toujours gardé une amie, là-bas. Ou plutôt une correspondante. Tu sais ce que c'est, une correspondante ?

Tom sourit.

— Mais oui, parfaitement.

— Ah, quel dommage que tu doives partir ! Cette région est si belle...

Un éclair traversa le regard de sa tante.

— Tom, *dear*… tu sais, si tu tiens vraiment à rester aux Etats-Unis, tu peux toujours épouser une Américaine.

— C'est illégal, tantine.

— Bah, la belle affaire !

Tom se mit à rire.

— Et puis je ne m'imagine pas recourir à un procédé aussi radical ! Bien sûr, ce serait différent si… enfin ! Ce n'est pas dans mes projets.

Mais ça pourrait le devenir si Charlie émettait le souhait de le voir rester. Si le jeune garçon lui montrait qu'il était autre chose pour lui qu'une éternelle source d'ennuis, alors il serait prêt à envisager toutes les solutions.

Il y avait bien une ou deux pistes d'emploi dans l'industrie, mais elles exigeaient des compétences qu'il ne possédait pas. Il pouvait toujours tenter le coup et, si sa candidature n'était pas retenue — ce qui était probable —, remettre le cap sur cette bonne vieille Angleterre. A vrai dire, cette perspective n'avait rien d'affreux : cela le rapprocherait de son père, et puis, un beau jour, il rencontrerait une gentille fille avec qui il pourrait faire sa vie. Quant à Charlie… l'homme qu'il serait devenu se souviendrait à peine de lui.

La tarte prit soudain un goût de cendre dans sa bouche. Il repoussa son assiette.

— Je ferais mieux de partir, maintenant. Merci de m'avoir accueilli si gentiment.

Tante Candace se leva et le serra dans ses bras. Sa joue était douce contre la sienne.

— Merci à toi d'être venu rendre visite à une vieille dame. Je vais pouvoir m'en vanter pendant des jours auprès de mes amies. « Vous savez, mon petit-neveu m'adore ! »

— Mais c'est la pure vérité. Encore merci, tantine. Je t'appellerai pour te tenir au courant.

— Une dernière chose, *dear*… Si, par le plus grand des hasards, je connaissais une personne qui puisse être intéressée, tu m'autoriserais à lui donner ton numéro de téléphone ?

— Intéressée par quoi ?

— Eh bien, par le mariage !

Tom partit d'un grand éclat de rire. Mais sa vieille tante n'avait pas l'air de plaisanter et levait sur lui un regard plein d'espoir.

— Bien sûr, n'hésite pas, dit-il en l'embrassant une nouvelle fois.

Après tout, pourquoi aurait-il privé cette adorable mamie de l'illusion de se sentir utile ? Ainsi, elle aurait peut-être moins de chagrin de le voir quitter les Etats-Unis.

De nouveau, cette sensation d'un coup de poignard dans le cœur…

Il lui fallut quatre heures pour rentrer à Manningsport. Quatre heures à rouler sous une pluie glaciale, avec des essuie-glaces qui salissaient le pare-brise plus qu'ils n'amélioraient la visibilité. A l'approche des Finger Lakes, les conditions météo empirèrent encore. Peut-être arriverait-il à temps pour manger un morceau et prendre un bon verre de whisky dans ce pub qu'il commençait à apprécier un peu trop ? Il flirterait gentiment avec la ravissante barmaid et s'efforcerait de ne surtout pas penser à l'avenir.

2

Six semaines s'étaient écoulées depuis le jour de sa demande en mariage ratée, et Honor commençait à céder à la panique.

Les sites de rencontres en ligne qu'elle avait consultés ne lui avaient fourni en tout et pour tout que quatre candidats : son propre frère, Jack (à oublier), son beau-frère Carl (Pru et lui s'étaient inscrits pour voir si leurs profils seraient déclarés compatibles ; ensuite, ils comptaient se donner rendez-vous comme de parfaits inconnus, tout ça pour pimenter leur vie de couple), à oublier aussi, évidemment. Le troisième, Bobby McIntosh, vivait au sous-sol chez sa grand-mère et avait d'étranges yeux reptiliens. Le quatrième et dernier était un parfait inconnu qui avait indiqué « la réincarnation » à la rubrique des hobbies.

Et voilà. Un long week-end s'annonçait donc, qu'elle allait passer en tête à tête avec Spike, la petite chienne qu'elle venait d'adopter. Bien que d'excellente compagnie, on ne pouvait pas dire qu'elle remplaçait tout à fait un spécimen de race humaine. A choisir, elle aurait préféré Ryan Gosling, mais celui-ci avait manifestement d'autres engagements. Dana était occupée, comme souvent ces derniers temps, ce qui commençait à devenir un peu frustrant. Il faut dire que dans la région des Finger Lakes l'hiver offrait bien peu de distractions. Si en plus vous ôtiez votre meilleure amie de l'équation, le résultat était proche de zéro.

Faith, de son côté, était accaparée par ses devoirs de jeune mariée, tandis que Pru se démenait pour *prétendre* être encore une jeune mariée. Jack avait accepté de regarder avec elle d'horribles documentaires médicaux (dont ils étaient tous deux friands) sur son magnifique écran de télé flambant neuf, mais elle avait eu l'impression de l'enlever à ses copains. Quant à sa nièce Abby, c'était une adolescente très populaire : Honor ne pouvait décemment pas la supplier de venir visionner des DVD chez elle. Même chose pour Ned, qui la supportait déjà suffisamment pendant les heures de bureau.

Ce qui laissait donc Goggy et Pops, ses grands-parents, toujours ravis de la voir, mais qui passaient leur vie à se disputer, et bien sûr son père. Celui-ci se comportait de manière assez étrange ces derniers temps. Il était nerveux. Cachottier.

Bon, Mme Johnson serait-elle partante pour une petite sortie entre filles ? Parfois, elles allaient voir un film ensemble, quoique la gouvernante ne manquât jamais de signifier par des claquements de langue réprobateurs ce que lui inspirait la saleté des salles de cinéma, de leurs employés et de la race humaine en général. Hum. Mme Johnson était encore sa meilleure chance. Elles pourraient même emmener Spike, qui appréciait le septième art autant que le pop-corn.

La sonnerie du téléphone la fit sursauter si violemment qu'elle en renversa son café. Spike aboya depuis sa corbeille et se précipita sur sa jambe. Résultat : un collant filé. La petite chienne ne partageait sa vie que depuis un mois, mais elle se montrait déjà très protectrice à son égard.

— Je réponds ! lança-t-elle à Ned, unique employé du domaine présent à cette heure.

— Comme d'hab ! lui cria-t-il depuis son bureau, d'où s'échappaient les sons du jeu *Angry Birds*.

Elle souleva Spike de terre et prit une voix suave :

— Domaine viticole de Blue Heron, Honor Holland à l'appareil.

— Salut, Hon', c'est Brogan.

Un éclair de chaleur lui parcourut le corps.

— Tiens ! Bonjour, comment vas-tu ?

Du calme, ma fille, protestèrent ses ovules. *N'oublie pas qu'il nous a repoussés.*

Exact. Mais depuis cette humiliation ils n'avaient échangé que très peu de mails, et il lui manquait terriblement.

— Moi ? La grande forme ! Et toi, Hon' ?

— Euh… bien ! Très ! Très bien, je veux dire.

Soupir consterné du côté des ovules…

— Alors, écoute, reprit Brogan, je suis à Manningsport et j'espérais que tu pourrais trouver un petit créneau pour qu'on se voie.

Honor ne répondit pas tout de suite. Les mots « vieux gant de base-ball » resurgirent dans son esprit. D'un autre côté, Brogan et elle avaient toujours été amis. Et de ce point de vue rien n'avait changé.

— Qu'est-ce que tu as en tête, au juste ?

Je regrette profondément de t'avoir dit non, Honor. Ces dernières semaines m'ont permis de réfléchir : je t'aime et je veux t'épouser. Séance tenante.

— Eh bien, je peux t'offrir un verre chez O'Rourke ?

— Avec plaisir !

— Bon, c'est super, alors.

Il marqua une pause.

— J'ai quelque chose d'important à te dire. Quelque chose que je tiens à t'annoncer en face et qui, je pense… j'espère… te fera plaisir.

Elle se redressa brutalement sur son siège. Ses ovules aussi.

— D'accord, répondit-elle, plaquant ses mains sur ses joues brûlantes. Il me tarde d'y être.

— Ce soir, 19 heures ?

19 heures ! Soit dans quatre-vingt-douze minutes à peine.

— Parfait. A tout à l'heure, alors.

Elle resta pétrifiée quelques secondes, puis inspira à pleins poumons, semblant avoir oublié comment on respirait normalement. Spike, inquiète, lui lécha le menton ; Honor lui tapota la tête par réflexe. Se tourna vers son ordinateur et y entra les paroles de Brogan. Les analysa. Les lut à haute voix, très doucement pour que son neveu ne puisse pas l'entendre.

— Hé, lança justement Ned depuis le seuil de la porte.

Elle referma son portable d'un geste précipité. Ned la considéra d'un drôle d'air.

— Relax, reste zen…

— Que se passe-t-il, Neddie ?

— Ça va, Honor ? Tu as le visage couvert de taches rouges.

— Tais-toi, petit mouflet ! Qu'est-ce que tu veux ?

— Je file. J'ai un rancard. Et une vie en dehors du travail. Tu devrais essayer, un jour.

— Très drôle, Ned. Amuse-toi bien. Et sois prudent sur la route !

Elle attendit que les pas de son neveu se soient éloignés, puis rouvrit son ordinateur et se replongea dans la contemplation des mots qu'elle y avait écrits.

> J'ai quelque chose d'important à te dire. Quelque chose que je tiens à t'annoncer en face et qui, je pense… j'espère… te fera plaisir.

Se pouvait-il que… ?

Se pouvait-il que son vœu soit enfin exaucé ?

L'espace d'une seconde, la scène se joua devant ses yeux. Elle, assise à une petite table chez O'Rourke. Brogan, un genou à terre, le fameux solitaire étincelant dans son écrin de velours noir. Sa question à lui… Sa réponse à elle… Les applaudissements des clients du bar et, pour finir, les bras de Brogan autour d'elle et sa bouche déposant un long baiser sur la sienne, pour la première fois en public.

Son cœur battait la chamade. Son rêve était-il sur le point de se réaliser ? La moins imprévisible des filles Holland, le roc de la famille, serait-elle sur le point d'être demandée en mariage par Brogan Cain, enfin ?

Elle avait du mal à y croire. *Le compte à rebours a commencé, d'accord, mais ne va pas plus vite que la musique !* lui rappelèrent gentiment ses ovules.

Elle ignora l'avertissement, rajusta son serre-tête (décoré d'un motif tartan rose et vert) et relut une fois encore les mots de Brogan.

Tout de même, cette annonce ressemblait furieusement à ce qu'elle espérait. Elle en avait toutes les apparences.

Les jambes légèrement cotonneuses, elle fourra Spike dans son sac à main (quel intérêt d'avoir une chienne de deux kilos et demi si elle ne pouvait pas accompagner partout sa maîtresse ?), déposa distraitement un baiser sur son petit crâne et traversa la pelouse jusqu'à la Maison Neuve. Mme Johnson faisait un boucan d'enfer avec ses casseroles. Son père était également dans la cuisine, le visage cramoisi, un accroc au coude de sa chemise à carreaux. Il enfonça les poings dans les poches de son jean délavé.

— Salut, tout le monde ! lança-t-elle.

— Bonjour, Pétunia, répondit son père.

Il ôta sa casquette de base-ball et passa la main dans ses cheveux. Mme Johnson émit un grognement, bruit dont elle était coutumière.

— Vous allez bien, tous les deux ?

— Evidemment ! Pourquoi cette question, Honor Grace Holland ? rétorqua Mme Johnson avec son accent chantant.

Elle posa bruyamment une casserole sur le feu.

— Le repas sera prêt dans vingt minutes. Comment va ton frère ? Tu crois qu'il aura de l'appétit ?

— Mais je n'en sais rien, madame J. Passez-lui donc un coup de fil ! Et euh, à ce sujet… je ne dîne pas ici, ce soir.

— Tant mieux ! s'exclama son père en rougissant. Enfin, je veux dire… je suis bien content que tu sortes avec des amis, ma chérie.

— Madame J., vous pouvez me garder Spike ? *On va peut-être me demander en mariage.*

Le visage de la gouvernante s'épanouit.

— Mais bien sûr ! Oh… viens là, ma mignonne ! Ton poil a presque entièrement repoussé, non ? Oh ! que tu es belle, ma petite princesse ! Viens vite me faire un gros poutou !

Honor monta d'un pas léger jusqu'à ses appartements. Dernière enfant du clan à vivre encore chez son père, elle s'était octroyé l'ancienne chambre de Faith l'année précédente et l'avait convertie en séjour. Elle l'utilisait pour travailler ou regarder la télévision, le plus souvent avec son ordinateur sur les genoux. Elle avait en effet l'habitude de prendre sur ses heures de loisirs pour terminer tout ce qu'elle n'avait pas eu le temps de faire au bureau.

Elle entra dans sa chambre, ouvrit la penderie et contempla, perplexe, le défilé de bleu marine et de gris qui passait devant ses yeux. Ses vêtements se divisaient en deux catégories : soit des tenues professionnelles très strictes, soit des jeans et des sweat-shirts portant le logo de Blue Heron. Aucun ne ferait l'affaire si jamais Brogan s'apprêtait à…

Elle avait les mains moites.

« J'ai quelque chose d'important à te dire. Quelque chose que je tiens à t'annoncer en face et qui, je pense… j'espère… te fera plaisir. »

Qu'est-ce que cela pouvait être d'autre ?

Depuis les rayonnages de livres, la photo de sa mère lui souriait.

Vingt ans qu'elle n'était plus de ce monde, et elle lui manquait toujours. Elles étaient si proches, toutes les deux, elles se ressemblaient tant, avec leur tempérament pragmatique mâtiné d'une bonne dose de désirs inassouvis : Honor rêvait de fonder une famille — ce que sa mère avait fait dès sa sortie de la fac —, tandis que Constance Holland avait toujours eu l'ambition de voyager, voire de faire carrière, toutes choses qui remplissaient la vie de sa fille. Etrange… Elles désiraient chacune ce que l'autre possédait.

Maman aurait aimé Brogan, songea Honor. *Oui. Sans l'ombre d'un doute.*

Elle prit une douche, s'épila, s'appliqua un lait hydratant sur le corps. Si elle passait la nuit chez Brogan, il faudrait qu'elle prévienne son père, sans quoi il appellerait à coup sûr Levi Cooper, le chef de la police. Qui n'était autre que le mari de Faith.

Elle réglerait ce détail plus tard. Elle enfila une robe rose qu'elle avait portée lors d'un mariage quelques années auparavant et l'assortit d'un cardigan gris. Objectif : ne pas avoir l'air trop apprêtée, tout en arborant une féminité de circonstance. Elle fit ensuite le tour des maigres options qui s'offraient à elle en matière de chaussures : des sandales plates et deux paires d'escarpins très basiques. Pas l'ombre d'une chaussure un peu sexy. Abuserait-elle si elle en empruntait une paire à Faith ? Sans doute.

Lançant un « au revoir » à son père et à Mme Johnson, elle monta dans sa voiture en frissonnant dans le froid. Elle descendit la Colline et s'engagea dans le minuscule village. Ce soir, il était plus beau que jamais avec son tapis de neige, les lumières qui brillaient aux fenêtres des maisons, les devantures éclairées des vitrines en bordure de la place et là-bas, au loin, le lac Keuka, vaste et sombre. Le ciel n'était qu'un immense tourbillon d'étoiles. Le pub O'Rourke était bondé, comme toujours : c'était le seul établissement de Manningsport qui soit ouvert toute l'année. En s'approchant de l'entrée, elle entendit des rires et de la musique.

C'était si… romantique ! Il n'y avait pas d'autre mot pour qualifier l'ambiance de ce rendez-vous, et pourtant ce n'était pas un terme qui occupait une grande place dans sa vie.

Ce soir, tout serait différent.

La Porsche de Brogan était déjà sur le parking.

Nous y sommes, songea-t-elle. Soudain, elle regretta de ne pas avoir demandé à ses sœurs de l'accompagner. C'était peut-être mieux ainsi ? A moins… à moins que Brogan ne les ait invitées en secret, pour qu'elles assistent en direct à la demande en mariage ! Ça lui ressemblerait bien ! Cet homme-là ne manquait pas de panache.

Lui avoir parlé mariage la première était une mauvaise idée. Les hommes aiment mener la danse : c'est ce qu'affirmaient les neuf ouvrages de développement personnel qu'elle avait consultés afin de mieux cerner la psychologie masculine.

Par superstition, elle toucha le rang de perles qui entourait son cou, puis poussa la porte du pub. Colleen était derrière le bar :

— Salut, Honor ! Dis donc, tu es jolie comme un cœur !

— Renversante, glissa son frère Connor en même temps.

— Merci, murmura-t-elle, sans réellement voir les jumeaux O'Rourke, propriétaires des lieux.

Brogan l'attendait avec son petit sourire entendu, follement sexy.

Oh ! miséricorde… Se pouvait-il que tout cela soit vrai ? Que dans quelques minutes elle soit fiancée à cet homme ? Elle lui rendit son sourire, le cœur battant.

— Ça me fait super plaisir de te voir, dit-il en l'embrassant sur la joue.

Toujours très gentleman, il la débarrassa de son manteau et alla l'accrocher. Mon Dieu, elle l'aimait plus que jamais, et c'était peu dire !

Quelque part, au tréfonds de son inconscient, une voix lui

marmonnait quelque chose d'indistinct à propos des suppositions et autres conjectures, un peu comme ces bandeaux d'avertissement qui défilent au bas de l'écran mais auxquels on ne prête pas attention quand on regarde une émission passionnante. Bref, à cet instant, son esprit avait du mal à former une image cohérente de la réalité, phénomène d'autant plus étrange que c'était ordinairement elle, le membre le plus sensé, le plus solide et le plus calme du clan Holland. C'était même sa marque de fabrique.

Mais pas ce soir. Ce soir, elle n'était plus qu'une femme amoureuse.

De confuses pensées se bousculaient dans son esprit. La seule chose qu'elle percevait avec netteté et qui s'imprimait fermement en elle, c'était la main de Brogan dans son dos, dont la chaleur traversait son pull.

Quand elle vit Dana assise seule à une table, son cœur se serra et, l'espace d'une seconde, elle ressentit une bouffée de compassion pour son amie : Dana, qui n'avait aucun mal à rencontrer des hommes, mais qui ne parvenait pas à rester avec un seul, devrait désormais être spectatrice de son bonheur avec Brogan. Bien sûr, Dana se moquait souvent des couples heureux, mais elle était sa *meilleure* amie : elle ne pourrait qu'applaudir au bonheur de Honor. Oui, Dana saurait mettre de côté ses propres déboires sentimentaux et se réjouirait pour elle.

Brogan l'avait peut-être justement invitée dans ce but, pour qu'elle assiste au grand moment ? Mais oui ! Cela expliquerait que son amie ait été un peu évasive, ces derniers temps, un peu distante. Elle craignait de vendre la mèche, voilà tout !

Brogan lui avança une chaise à la même table, et Dana leva les yeux sur elle avec un sourire crispé que contredisait son regard.

Le petit avertissement qui défilait au bas de l'écran s'accompagnait maintenant du bip strident d'un signal d'urgence.

Honor s'assit. Brogan également.

Plus tard, elle regretterait de ne pas avoir emmené sa chienne, qui aurait pu sauter à la gorge de Brogan ou de Dana, avec un peu de chance à celle des deux, pour y planter ses minuscules crocs pointus comme des aiguilles. Elle aurait même pu leur faire pipi dessus.

La suite se déroula dans une sorte de brouillard. Le genre de brouillard délétère engendré par une catastrophe industrielle. Un brouillard qui commande qu'on évacue la zone. Les battements de son cœur martelaient ses tympans. Elle surprit le regard de son amie en train de la détailler de la tête aux pieds et regretta aussitôt d'avoir choisi cette tenue. Dana, elle, portait un cache-cœur jaune qui mettait en valeur sa taille de guêpe et sa poitrine avantageuse. Honor se sentit soudain trop habillée, d'une raideur affectée. Les cheveux bruns de son amie semblaient avoir subi une légère modification depuis la dernière fois qu'elle l'avait vue. Ça faisait déjà deux semaines ? Trois ? Après tout, Dana était coiffeuse. Elle changeait sans arrêt de coupe. Tout le contraire de Honor, qui gardait la même longueur depuis des années. Une chevelure d'Alice au pays des merveilles, la taquinait Dana, qui voulait toujours la lui raccourcir.

Elle toussa légèrement. L'heure n'était pas aux considérations capillaires. Pourtant, l'unique pensée qui aurait dû occuper son esprit peinait à s'y frayer un chemin ; pire, Honor la repoussait avec obstination. Où était donc passé ce sentiment de bonheur idyllique ? Il l'envahissait tout à l'heure et voilà qu'il l'avait totalement désertée ! *Reviens ici tout de suite, sentiment de bonheur idyllique !* Elle se força à sourire :

— Bonsoir.

Une cousine des jumeaux O'Rourke lui apporta un verre de vin qu'elle ne se souvenait pas avoir commandé. Du rouge. Un pinot noir, californien, un peu trop poivré à son goût, meilleur à l'attaque qu'en finale, qui lui laissa comme une brûlure au fond de la gorge.

Là-bas, au bar, Lorena Creech braillait : « Au dodo, tout le monde ! » ou quelque chose d'approchant. Colleen O'Rourke éclatait de son bon rire chaleureux. Quelqu'un dit : « Merci, mon ami », avec un accent qui n'était pas du coin et, pendant tout ce temps, les yeux sombres de Dana brillaient d'une lueur étrange ; son nez n'arrêtait pas de se froncer chaque fois qu'elle riait. Brogan, lui, bavardait, haussait les épaules, souriait. Seules des bribes de leur conversation parvenaient à Honor. Elle avait conscience d'incliner mécaniquement la tête sur le côté, de sourire. Ou, du moins, sa bouche s'étirait-elle de manière à faire saillir ses joues. Le résultat aurait tout aussi bien pu être une grimace. Elle n'aurait su le dire.

C'est alors que Dana lui présenta sa main gauche. A l'annulaire brillait une bague de fiançailles. Sa bague à elle. Celle qu'elle s'était choisie. Un diamant de trois carats taille émeraude, monté sur platine. Et les mots, tous ces mots que jusqu'alors son cerveau n'était pas parvenu à appréhender, lui lacérèrent le cœur. La voix de Dana, claire et acérée comme la lame d'un rasoir, finit par transpercer le brouillard qui s'était imposé à son esprit depuis qu'elle était entrée dans le pub.

— Tout ça pour dire que nous n'avions rien prémédité du tout. C'est vrai, si on y réfléchit, c'est complètement dingue ! On ne voulait en parler à personne avant d'être vraiment sûrs de nous, hein, mon chéri ? Mais tu connais le proverbe, Honor : quand c'est le bon, on le sait tout de suite ! Pas besoin de se prendre la tête pendant des années.

Tiens… Cette dernière remarque la concernait sans doute. OK, message reçu.

Dana s'interrompit, serra les doigts de Brogan.

— Bref. Je comprends que tout ça te paraisse un peu bizarre, Honor, vu que, tous les deux, vous aviez l'habitude de fricoter ensemble de temps en temps…

Elle lui décocha un sourire éblouissant, un sourire de star.

— Mais comme tu me l'as dit toi-même, entre vous, c'était mort de toute façon… On espère que tu seras heureuse pour nous.

Tous ces pronoms à la première personne du pluriel ! *Nous, nous, nous*… qu'est-ce que c'était que cette histoire ? Attendez, sans rire ! Qu'est-ce que c'était que cette histoire à la c… Non, non, elle n'était pas du genre à proférer des grossièretés, mais franchement ! Qu'est-ce que c'était que cette histoire à la… noix !

— Pardon ? parvint-elle à articuler.

Son cœur se mit à battre si vite qu'elle eut peur de s'évanouir.

— Vous allez vous marier ?

Brogan allait prendre la parole quand tout à coup il sembla enfin comprendre que quelque chose clochait.

— Euh, eh bien… oui.

Dana se pencha vers Honor, lui prit la main et lui serra les doigts avec une émotion feinte.

— Tu seras mon témoin ? Qu'est-ce que tu en dis ?

D'accord. Dana lui demandait de prendre part à son mariage, preuve, s'il en était besoin, de sa *loyale* amitié. Oui, de toute évidence, ce n'était pas Dana qui avait sauté sur l'occasion de lui voler Brogan. Bon, « voler » n'était pas le terme approprié, mais « sauter », si ! Brogan ! Pourquoi justement lui ?

Oh ! mais pourquoi pas, justement ? Brogan était beau, gentil, riche, glamour et, de son côté, Dana était une murène. Honor avait déjà vu luire ses dents carnassières, mais, malheur de malheur, jamais elle n'aurait imaginé que Dana s'en prendrait à elle !

Respirer. Voilà, c'était ce qu'il fallait faire. Respirer pour rester en vie. Elle inspira avec peine, à petits coups, une goulée d'air, puis une autre.

Brogan semblait à présent nettement préoccupé par le tour que prenait la soirée.

— Hon' ?

Elle s'arracha à la contemplation de Dana pour mettre les choses au clair.

— Mon prénom, c'est Honor.

Il cligna des yeux, de ses yeux (à la réflexion) ridiculement turquoise.

— Dis, Honor… ça ne te contrarie pas, hein ? Parce que, c'est vrai, toi et moi, on n'a jamais…

Il tressaillit, subitement très mal à l'aise.

— Je pensais que tu…

Dana s'en mêla, elle aussi :

— Honor ? Tu n'es quand même pas fâchée ? Enfin, tu sais bien… entre Brogan et toi, ça n'a jamais été autre chose qu'un plan c…

C'est alors qu'une gerbe de vin se répandit sur le cache-cœur jaune, en plein sur la poitrine, quelques coulées rouges dégoulinant dans sa profonde échancrure. La bouche de Dana s'ouvrit et se referma comme celle d'une murène hors de l'eau, et Honor s'aperçut qu'elle tenait à la main son verre vide.

Dana recula d'un bond sur sa chaise.

— Putain de merde, Honor ! Tu es folle ou quoi ?

Honor se leva, chancelant sous l'effet du choc, mais aussi d'une émotion qui lui était parfaitement étrangère… une émotion qui ressemblait fort à de la rage.

Dana se mit debout à son tour, interdite, fixant d'un air outré son cache-cœur taché de vin. Levant enfin les yeux sur Honor, elle s'écria :

— Espèce de garce !

Honor la bouscula. Pas très fort, mais tout de même ! Elle n'était pas fière d'elle et n'avait rien prémédité, mais elle n'eut pas le temps de s'appesantir sur son geste car déjà Dana la bousculait en retour, avec beaucoup plus de brutalité. Elle partit légèrement en arrière, se cognant contre sa chaise. Dana revint immédiatement à la charge. L'odeur du vin répandu lui emplissait les narines ; « *Sweet Home Alabama* », chantait le juke-box. Quelques secondes plus tard, les deux femmes roulaient à terre, s'empoignant à l'aveuglette. Honor releva la tête : un élancement lui cisaillait la peau du crâne. Bonté divine, Dana était en train de lui tirer les cheveux à pleines mains ! Ça faisait un mal de chien ! A son tour, elle enfouit ses doigts dans la soyeuse chevelure de Dana — parfumée à la noix de coco, un vrai délice ! — et tira dessus de toutes ses forces ! Une chaise s'effondra sur elles. Dans la conscience de Honor, le temps ne parvenait plus à suivre son cours normal : la scène se déroulait à la fois au ralenti et en accéléré. Soudain, Brogan intervint, agrippant Dana pour essayer de les séparer. Il se mit à crier : « Honor, mais qu'est-ce que tu fabriques ? » Alors qu'elle se relevait tant bien que mal (sans faire outrage aux bonnes mœurs, du moins fallait-il l'espérer), un claquement sec vrilla l'air et sa joue se mit à brûler.

Dana, sa meilleure amie, venait de la gifler.

Elle suffoqua sous l'effet de la douleur et de la stupéfaction.

S'aperçut qu'une serviette à cocktail était restée accrochée au niveau de son sein gauche. L'ôta. La posa sur la table.

Mon Dieu.

Un silence de mort s'était abattu sur le pub.

— Honor…

C'était la voix de Jack. Qui a dit que les grands frères n'étaient jamais là quand on avait besoin d'eux ?

— Honor, ça va ?

Elle déglutit avec peine.

— La grande forme.

Sa joue cuisait horriblement. Elle sentait palpiter l'endroit exact où la main de Dana l'avait frappée à toute volée.

Brogan affichait une mine ahurie.

— Mais Honor…, bredouilla-t-il. Je… je pensais que… Je n'avais pas compris que tu…

— Ah non ? Tu n'avais pas compris ? Dans ce cas, tu es encore plus bête que ce que je pensais.

Sa voix était calme, bien qu'elle-même fût secouée de violents tremblements.

— Viens, allons-nous-en, lui dit Jack, et l'amour qu'elle éprouvait pour son frère lui irradia le cœur.

— Alors là, j'y crois pas ! claironna quelqu'un au bar, rompant le silence.

Lorena Creech, la plus grande gueule de la ville.

— Honor Holland qui se crêpe le chignon avec une nana ! J'hallucine !

— Allez, viens, murmura Jack, je te ramène à la maison.

Mais Honor restait plantée là, incapable de s'arracher à la contemplation de Dana. Son *amie.* Celle avec qui elle regardait des films le samedi soir quand l'une et l'autre étaient célibataires, celle qui lui faisait des confidences, celle qui aimait rire avec elle et ne semblait pas lui reprocher son attitude un peu trop réservée, son côté un peu trop prévisible. Celle qui lui avait conseillé de foncer, de demander Brogan en mariage… celle qui lui avait tendu des mouchoirs quand Brogan avait dit non.

Celle aussi qui arborait un air étrange quand elle lui avait ouvert la porte, ce soir-là… une expression que Honor identifiait bien à présent : la joie triomphante.

Celle enfin qui portait au doigt la bague de fiançailles qu'elle-même avait tant convoitée.

Dans les yeux de Dana luisait une sombre satisfaction.

Honor finit par se tourner vers son frère.

— C'est bon, je peux conduire. Mais merci quand même, Jack.

Elle rajusta son pull, s'empara de son sac qui pendait au dossier de sa chaise.

Sur celle de Dana était plié un imperméable Burberry. Son imperméable à elle.

Elle tourna les talons et traversa le pub. On aurait pu entendre une mouche voler. La sortie lui paraissait soudain terriblement loin.

Un homme qu'elle ne connaissait pas se laissa glisser d'un tabouret de bar et alla lui ouvrir la porte, d'un pas un peu zigzagant, remarqua-t-elle distraitement.

— Merci beaucoup pour le spectacle.

C'était donc à lui qu'appartenait cet accent britannique qu'elle avait vaguement entendu, tout à l'heure.

— On voit de moins en moins de bagarres de filles, par les temps qui courent.

— La ferme, marmonna-t-elle en évitant de croiser le regard du type.

Celui-ci leva son verre en guise de salut et lui tint la porte. Dehors, l'air frais et humide apaisa son visage en feu.

Deux heures plus tard, une petite Spike ronflante lovée sous son menton, Honor fit la liste de ses résolutions :

- Ne plus jamais me crêper le chignon avec quelqu'un dans un bar.
- Ne plus jamais laisser mon imagination délirante échafauder des scénarios totalement improbables.
- Travailler moins et m'amuser plus (trouver un moyen de m'amuser sur-le-champ : engager quelqu'un ?).

- Vivre une histoire d'amour et fissa !
- Faire un enfant. Vite.

En d'autres termes, il était temps pour elle de profiter de la vie. Et de prendre le taureau par les cornes.

3

Honor ne redoutait rien tant que les réunions de famille. Par le passé, on y avait abordé des sujets aussi variés que le divorce de Jack, les soins et repas à fournir à des Pops et Goggy vieillissants, le(s) mariage(s) de Faith et l'effroyable bonne femme que son père avait fréquentée l'année dernière.

Ce soir, pour la toute première fois, la réunion de famille la concernait, elle.

Durant les trois jours qui avaient suivi l'épisode du bar, elle avait beaucoup réfléchi. Dans la fratrie, elle avait toujours été la « bonne » fille, ce qui ne signifiait pas pour autant que son frère et ses sœurs fussent mauvais, bien au contraire. Non, ils étaient simplement plus « hauts en couleur ». Honor, elle, ressemblait à l'aîné dans la parabole du fils prodigue : celle qui n'avait jamais rué dans les brancards, celle qui faisait toujours son devoir.

Et voilà où cela l'avait menée ! A trente-cinq ans, elle approchait de la date de péremption ovarienne, n'avait pas d'homme dans sa vie, était désespérée par l'attitude de sa meilleure amie et consternée par son total aveuglement, à elle, au sujet de Brogan. Elle vivait encore chez son père et faisait des semaines de travail de deux cents heures en moyenne. Ses seuls loisirs ? Regarder à la télévision des ablations de tumeurs ou des émissions sur des gars dont le pied, cadeau d'un frère jumeau difforme, sortait par la cage thoracique.

Toute sa famille était au courant de sa violente dispute avec Dana. Elle avait pris l'initiative d'en parler à son père et à Mme Johnson dès le lendemain matin, de peur qu'ils ne l'apprennent d'une autre source. Son père avait fait la tête de quelqu'un qui vient d'avaler un chaton vivant, tandis que Mme Johnson avait marmonné d'un air sombre et refermé d'un coup sec la porte du frigo. Faith, qui était passée la voir, lui avait témoigné beaucoup de sympathie, lui rappelant comment elle-même s'était sentie ridicule quelques années plus tôt. En partant, elle lui avait laissé deux pots de glace Ben & Jerry's dans le congélateur…

Tout laissait donc penser que la réunion de famille serait peu ou prou dans le même genre.

L'ordinateur de Honor émit un petit signal sonore, indiquant l'arrivée d'un nouveau message.

De : BroganCain@gmail.com
A : Honor@DomaineduHeronBleu.com
Objet : Coucou

Salut, Honor.
Je ne sais pas si tu as bien eu mon appel, l'autre jour.

Et comment ! Bien sûr, qu'elle l'avait eu ! Simplement, elle avait préféré ne pas donner suite.

Tu cherches peut-être à m'éviter ?

Quelle perspicacité ! Décidément, ce type était un génie.

Je suis affreusement, terriblement désolé pour hier soir, Honor. Je n'ai jamais eu l'intention de te faire de la peine ni de t'humilier, je le jure devant Dieu ! Il y a deux mois, quand on a parlé de mariage, j'étais sûr que, pour toi aussi, c'était une affaire réglée. Et puis il y a eu ce coup de foudre avec Dana… On ne savait pas trop comment te l'annoncer, mais on croyait qu'une fois au courant tu te réjouirais pour nous deux.

Elle prit conscience d'un bruit déplaisant. Ah, oui. C'était le grincement de ses dents. Brogan était vraiment le dernier des crétins.

Sauf que, de toute évidence, je me suis conduit comme le dernier des crétins.

Elle décrispa les mâchoires. Au moins Brogan avait-il toujours su lire dans ses pensées…

Je me sens vraiment trop con de m'être trompé à ce point sur la situation. Sache que ton amitié compte plus que tout pour moi. Tu es la seule personne avec qui je suis resté en contact depuis l'école primaire, tu sais ? Je donnerais n'importe quoi pour qu'on puisse continuer à être amis. Mais, si c'est impossible pour toi, je comprendrai. Ça me fera vraiment beaucoup de peine, mais je comprendrai.
J'espère que tu vas bien. Tu me manques.
Brogan.

— Tu parles, que je te manque !

Sa voix tremblait d'émotion. Car il était inutile de se leurrer. Elle lui pardonnerait. Elle se sentait déjà tout amadouée, prête à passer l'éponge.

Et zut ! C'était ça, le problème avec Brogan. Il n'avait jamais de mauvaises intentions. Ce n'était pas son genre. Avec un soupir qui fit bâiller Spike par solidarité, elle se mit à pianoter sur le clavier. Autant se débarrasser tout de suite de cette corvée.

De : Honor@DomaineduHeronBleu.com
A : BroganCain@gmail.com
Objet : Re : Coucou

Salut, toi !
Evidemment, nous sommes toujours amis. Ne sois pas bête ! J'ai seulement honte de la façon dont je me suis comportée hier soir, ça ne va pas plus loin. Je vais bien, ne t'en fais pas : ça m'a fait un choc, voilà tout. En fait,

Sa frappe se fit plus hésitante…

je ne m'étais pas aperçue que je tenais autant à cette idée que nous formions un couple tous les deux.

Une pensée épouvantable lui traversa l'esprit. Et si, depuis, Dana avait révélé à Brogan le désespoir qui avait été le sien après le fiasco de sa demande en mariage ? Savait-il désormais la force de son amour pour lui ? Dana n'aurait jamais commis une telle trahison. Non, si elle avait avoué connaître les sentiments de sa meilleure amie, elle aurait eu le mauvais rôle aux yeux de Brogan.

Mais ce « couple » n'existait que dans mon imagination, je m'en rends compte à présent. Je me suis aperçue qu'en réalité nous n'étions que deux vieux amis qui, de temps en temps, se retrouvaient au lit.

Mais flûte, à la fin ! Tout ça n'était qu'un tissu de mensonges ! Quelle sensation affreuse que de se piétiner ainsi le cœur !

En résumé, j'ai surtout honte de moi. Je ne sais pas si tu es au courant, mais je n'ai pas l'habitude de me bagarrer dans les bars ! ;-)

En être réduite à utiliser des smileys… Elle soupira, la gorge nouée.

Toi aussi, Brogan, tu occupes une place unique dans mon cœur, et je me réjouis de te savoir heureux.

Ses ovules levèrent au ciel leurs petits yeux voilés de cataracte.

S'il te plaît, oublie cet accès de folie ! En fait, j'aimerais vraiment que nous n'en reparlions plus jamais. J'ai un emploi du temps très chargé pour les deux semaines à venir,

Mensonge.

mais on pourrait peut-être se voir dans quinze jours, OK ?
Je t'embrasse,
Honor.

Mieux valait écrire ça que d'avouer la vérité. *Je t'aime. J'ai passé deux mois à essayer de me convaincre de ne plus t'aimer. Comment as-tu pu ne rien voir ? Même si tu n'avais pas vraiment conscience de mes sentiments pour toi, Brogan, Dana était au courant, elle ! Et, aujourd'hui, tu t'apprêtes à épouser l'amie qui m'a poignardée en plein cœur.*

La veille, elle était restée jusqu'à 3 heures du matin devant son écran d'ordinateur, à chercher sur Google l'expression « amitié toxique » et à lire tous les articles qu'elle avait pu glaner à ce sujet.

Dana avait une kyrielle d'ex-meilleures amies, depuis sa sœur jusqu'à sa super copine du lycée, en passant par sa voisine. Honor était bien placée pour le savoir, puisqu'elle avait dû subir le récit de chacune de ces histoires qui rendaient Dana particulièrement amère. Et, même si elle reconnaissait à son amie un tempérament un peu caractériel et des jugements trop tranchés, elle avait toujours réussi à s'en accommoder. Au cours des cinq années qu'avait duré leur amitié, rares étaient les gens qui avaient émis, à propos de Dana, des commentaires négatifs. A part peut-être Gérard Chartier, le pompier volontaire, qui lui avait un jour laissé entendre qu'elle aurait pu trouver mieux, comme amie. Ou encore Mme Johnson, qui avait toujours dit que Dana ne lui inspirait pas confiance (d'un autre côté, Mme Johnson n'accordait pas sa confiance à grand monde).

Non, décidément, elle s'était crue capable de gérer la forte personnalité de Dana. Et d'ailleurs pourquoi se seraient-elles disputées ? Honor était une amie hors pair : disponible, compatissante, toujours prête à recueillir des confidences. Leur amitié n'avait rien en commun avec celles qu'avait pu nouer Dana auparavant. Honor était parfaitement étrangère à tous ces mélodrames que son amie lui décrivait en s'emportant.

Qu'elle se sentait idiote ! Apparemment, elle ne connaissait rien aux femmes. Ni aux hommes, du reste.

Mais tout cela allait changer ! Fini le déni de toutes les évidences et l'attentisme passif ! Cette époque était révolue à jamais.

A 6 heures tapantes, son père se présenta à la porte de ses appartements, ses bons yeux remplis d'inquiétude.

— Ma chérie ? Tout le monde est là.

— Nous ne voulons pas t'embarrasser, ton père et moi, déclara Mme Johnson, qui s'était interposée entre eux pour lui dispenser simultanément petites tapes de réconfort et regards réprobateurs. Simplement, nous nous faisons beaucoup de souci pour toi. Beaucoup de souci, oui. Enormément !

— Merci, c'est gentil à vous.

Honor se força à sourire et les suivit jusqu'au caveau de dégustation. C'était vraiment le seul endroit confortable du domaine, un lieu où tout le monde pouvait s'asseoir. En bas de l'escalier, un long bar en forme de U occupait la pièce, tandis qu'en haut se trouvait une salle de dégustation privée, réservée aux grandes occasions. Cette pièce était son idée : elle ressemblait à un immense salon avec des canapés en cuir, une cheminée en pierre et un petit bar le long du mur. Le plafond s'ornait de poutres apparentes, et un tapis d'Orient très ancien recouvrait presque totalement le parquet à larges lames.

Mon Dieu, tout le monde était là, effectivement… Ils étaient vraiment trop nombreux, dans cette tribu ! A tel point que, certains jours, le statut d'orphelin lui paraissait presque enviable. David Copperfield n'était jamais tenu d'assister à une réunion de famille, si ? Oliver Twist non plus…

— Merci d'être venus, lança-t-elle à la cantonade.

Goggy ouvrit le bal.

— Une bagarre, Honor ? Dans un bar, en plus ? Et pour un homme, par-dessus le marché ?

— Je regrette d'avoir manqué ça, assura Pops en la gratifiant d'un clin d'œil. C'est toi qui as gagné, j'espère ?

— Ça n'a rien de drôle ! le tança Goggy. Depuis quand mes petits-enfants se battent-ils dans les bars ? De ta part, Prudence, ça ne m'aurait pas étonnée… mais toi, Honor ?

Pru s'insurgea :

— Et pourquoi ça ne t'aurait pas étonnée de ma part ? J'ai déjà été mêlée à une bagarre, moi ? Non. Jamais.

— Figure-toi que je te vois très bien en découdre ! rétorqua Goggy. Mais plutôt avec Carl, pas avec une autre femme…

Honor réprima un soupir. Pru était haute en couleur, Faith avait une plastique de sirène, Jack était le fils idéal… et elle, alors, elle était quoi ?

Insipide.

Mais les choses n'allaient pas tarder à changer !

— La victoire est revenue sans conteste à Honor, déclara Jack. Vous auriez tous été fiers d'elle.

— Moi, je n'ai jamais vraiment accroché avec cette fille, avoua Pru. Même si je reconnais qu'elle a de beaux cheveux.

— Passe-moi le fromage ! ordonna Pops.

Goggy mit aussitôt son veto.

— Pas de fromage pour toi ! Tu sais ce que ça fait à ton estomac.

Honor intervint d'une voix calme :

— Bon, est-il possible d'avoir un peu de silence ?

Elle adorait sa famille. Mais la présence de quatre générations au bar, soit deux beaux-frères, deux sœurs, une nièce adolescente, un neveu qui ne pouvait croiser son regard sans éclater de rire, un couple de grands-parents querelleurs, son père et Mme Johnson qui échangeaient des coups d'œil inquiets… c'était pour le moins oppressant.

— Ecoute, papa, finissons-en, tu veux bien ? J'aimerais vous faire part de certains changements.

— J'ai une annonce à vous faire, dit son père. Il va y avoir certains changements.

S'apercevant qu'il venait de faire écho à sa fille, il se tourna vers elle avec un air interrogateur.

— Vas-y, à toi l'honneur, lui dit-elle en se versant un généreux verre de vin pour tenir le coup.

Ce cru-là offrait un délicieux nez fait d'herbe coupée, de pamplemousse et d'un soupçon de calcaire.

Son père la dévisagea d'un air grave et posa sa main tannée et tachée de raisin sur la sienne.

— Tous ici présents, nous prenons pour acquis que Honor est corvéable à merci, et ce depuis bien trop longtemps, à ce qu'il me semble.

Stupéfaite, elle resta pantoise.

— Elle accumule les heures de travail, poursuivit son père, multiplie les déplacements à droite et à gauche, et s'occupe d'une centaine d'autres choses encore. C'est pourquoi, aujourd'hui, ajouta-t-il en se tournant vers Honor, j'ai engagé une assistante pour t'aider, ma fille.

Elle ne put dissimuler son incrédulité.

— Tu as fait quoi ? Est-ce que je n'ai pas mon mot à dire à propos de la personne qui va travailler sous mes ordres ?

— C'est une excellente idée, papa ! déclara Jack.

— Enfin, papa, tu ne peux pas me…

— Non, ma petite chérie, la coupa son père avec calme mais d'un ton ferme. Mme Johnson et moi en avons beaucoup discuté…

Oh ! alors, si Mme Johnson était dans le coup… elle n'avait plus qu'à s'incliner !

— De toute façon, c'est signé ! Je pense par ailleurs qu'il serait bon que Ned… (John Holland hocha la tête en direction de son petit-fils) prenne en charge la moitié des démarchages commerciaux.

— La moitié ? Non, pas autant, papa, tout de même !

Certes, elle avait souhaité insuffler un vent de changement. Mais, là, les choses allaient vraiment trop loin !

— Ecoute, papa, ce n'est pas parce que je…

— Enfin ! s'exclama Ned. Depuis le temps que j'attendais ce moment ! Si j'avais su qu'il suffisait que Honor se frite avec quelqu'un dans un bar…

— Tu ferais mieux de te taire, fiston !

John Holland reprit :

— Honor, voilà déjà un an que Ned te regarde travailler. Il est temps pour lui d'aller un peu au charbon.

— Ecoute, je suis entièrement d'accord avec toi sur ce point, ça me paraît normal… mais je t'assure que ce n'est pas la peine de modifier tout l'organigramme du domaine, juste parce que j'ai eu un petit moment d'égarement…

— Ma chérie, dois-je te rappeler qu'il y a deux jours à peine, chez O'Rourke, tu as mis une dérouillée à ta meilleure amie ?

Honor se ménagea une pause.

— Je ne lui ai pas mis une « dérouillée » à proprement parler…

Abby prit la parole :

— Au lycée, tout le monde raconte que tu lui as fait un plaquage !

— Jamais de la vie.

— Et que tu lui as balancé du vin à la figure !

— Hum… oui, ça, c'est vrai. Enfin, c'était plutôt dans son corsage que sur sa figure, mais…

Elle jeta un coup d'œil en direction de Levi, qui était venu en tenue. Il la regarda d'un air faussement incrédule, mais garda le silence.

— C'était quel vin ? demanda Jack.

— Un pinot noir de Californie. Corps sans relief, trop poivré, forte acidité.

Ned revint au sujet qui l'intéressait :

— Ça va être super, Honor ! Tu seras ma patronne.

— Je suis *déjà* ta patronne.

— Sauf que maintenant je pourrai me rendre plus utile. Ça me fera du bien. Et peut-être que, grâce à cela, je pourrai enfin me faire pardonner tous mes travers coupables…

— Gare à ce que tu trafiques, petit ! lui envoya Pru. Mais il a raison, malgré tout, Honor : il pourra te soulager d'une certaine dose de travail.

— Oui, bien sûr. Ce sera parfait…

— J'ai engagé Jessica Dunn pour être ton assistante, ajouta son père.

— Je te demande pardon ?

Jessica Dunn ? La serveuse ?

— Je n'ai vraiment pas besoin d'une assistante, papa. Ned me suffira largement. Il m'aide déjà beaucoup.

— Elle est diplômée en marketing et souhaite acquérir de l'expérience. Je me suis dit qu'elle pourrait s'occuper de la com et tout le toutim…

— Papa, sais-tu seulement ce que recouvrent le marketing et la communication ?

— Non, pas vraiment, je dois dire… mais Jessica m'a assuré qu'elle était compétente dans ce domaine.

— Eh bien, moi aussi, figure-toi ! Je n'ai pas besoin d'elle. Sans vouloir t'offenser, Levi…

Tout le monde savait que Jessica et lui étaient amis depuis l'enfance.

Passant machinalement sa main sur la nuque de Faith, Levi répondit :

— Ne t'inquiète pas, je ne le prends pas mal.

— Elle commence demain ! annonça John Holland.

— Papa…

Honor sentit ses mâchoires se crisper de nouveau. La communication… C'était justement l'aspect de son travail qu'elle préférait : rédiger les communiqués de presse, les articles pour les revues, réactualiser le site internet, alimenter le compte Twitter et la page Facebook de Blue Heron, soigner les relations avec les offices de tourisme, courtiser les journalistes, mais aussi les rédacteurs de guides de voyage et les critiques en œnologie.

— Pour la dernière fois, je n'ai pas besoin d'une assistante. Ned fait très bien l'affaire.

— Moi, ça me va, répliqua son neveu. Jessica, c'est un canon !

— N'y pense même pas ! trancha sa mère. Elle est beaucoup trop âgée pour toi, c'est clair ?

— On ne sait jamais, c'est peut-être une cougar…

Abby leva les yeux de son manuel scolaire pour fusiller son frère du regard.

— Ned, tu me donnes juste envie de vomir !

— Honor, ma petite, intervint Mme Johnson, quoi que puisse être cette « com », tu en fais trop. Tu travailles tout le temps, tu manges sur le pouce devant ton ordinateur, tu ne m'as pas donné d'enfants à gâter et, ça, c'est une terrible façon de mener sa vie. Terrible et lamentable !

— La semaine dernière encore, personne ne s'en plaignait, il me semble !

— La semaine dernière, personne ne s'était encore roulé sur le sol crasseux d'une taverne !

Mme Johnson la toisa avec un royal dédain. Son père saisit l'occasion pour enfoncer le clou :

— A présent, tu as une assistante, ma chérie. Essaye d'en profiter…

— Mais la communication, c'est la moitié de mon job ! L'autre partie, c'est la vente ! Qu'est-ce que je suis censée faire, alors ?

Honor s'en voulut de l'hystérie qui perçait dans sa voix.

— Vis un peu, lui conseilla son père. Essaye d'avoir quelques loisirs…

— Regarder *La Plus Grosse Tumeur du monde*, ça ne compte pas comme un loisir, précisa Jack.

— C'est toi qui m'as téléphoné la semaine dernière pour vérifier que j'avais bien enregistré *Cottage Cheese Man* sur la box, espèce d'hypocrite !

Faith tenta de calmer le jeu.

— La date du « Bal en noir et blanc » de Manningsport approche. Je te rappelle que c'est toi qui le présides cette année. Tu vas avoir beaucoup de travail.

— Bien, Jessica commence demain, conclut John Holland. La séance est levée ! Qui veut manger un morceau ?

— Je meurs de faim ! rugit Prudence.

Goggy s'empressa de court-circuiter Mme Johnson :

— J'ai fait du jambon. A condition, bien sûr, que vous souhaitiez manger à la Maison Vieille. Comme aucun de vous ne daigne plus nous rendre visite… enfin ! Il y a un succès aux noix pour le dessert, si jamais vous vous décidez.

— On vous rejoint là-bas dans dix minutes, promit John Holland. Honor, ma chérie, reste ici encore un instant, s'il te plaît.

Ils attendirent que la petite troupe ait quitté la pièce.

— A propos de Ned et Jessica… Je suis désolé de ne pas t'en avoir parlé avant, mais j'avais l'impression de devoir frapper un grand coup, tu comprends ? Et, comme je ne voulais pas que ça traîne indéfiniment, j'ai pris le taureau par les cornes.

Il s'interrompit, ôta sa vieille casquette de base-ball et passa la main dans ses cheveux de plus en plus clairsemés.

— Mme Johnson et moi sommes inquiets pour toi, Pétunia…

Elle les avait effectivement entendus discuter tard, la veille au soir, ce qui constituait en soi un petit événement : Mme Johnson avait l'habitude de se retirer dans ses appartements au-dessus du garage vers 20 heures, tandis que son père était généralement au lit à 21 h 30. « Couché avec les poules » et tout le folklore paysan qui va avec…

Elle joignit les extrémités de ses dix doigts, bien décidée à ne pas s'énerver.

— Papa, je me sens déjà suffisamment honteuse. Ce n'est pas

la peine que les gens s'imaginent en plus que, si j'ai craqué chez O'Rourke, c'est parce que j'ai besoin d'être secondée au domaine et qu'il faut embaucher une armée pour m'assister.

Son père garda le silence quelques instants, avant de reprendre :

— Ma foi, Pétunia… tu as quand même *un peu* craqué chez O'Rourke, l'autre soir.

— J'ai perdu mon calme, voilà tout ! Inutile d'en faire toute une histoire !

— Et depuis quand es-tu du genre à perdre ton calme, Honor ?

Flûte ! Elle s'abstint de répondre.

— Vois-tu, ma chérie, je donne sans doute l'impression de vivre sur une autre planète, mais… il y a certaines choses que je sais. A la mort de ta mère, tu…

Sa voix s'adoucit.

— Tu as mûri très vite. Tu as accompli tout ce qu'on attendait de toi, sans jamais demander l'aide de personne. Tu as fait Cornell, Wharton… puis tu es rentrée à la maison pour t'occuper de moi.

Elle tenta en vain d'avaler la boule d'émotion qui avait grossi dans sa gorge.

— C'était vraiment mon souhait, papa. J'aime la vie que je mène.

— Je te crois.

Il laissa passer quelques secondes.

— Mais je sais aussi que tu es amoureuse de Brogan depuis longtemps.

Que c'était humiliant d'entendre ces mots prononcés à voix haute ! Elle se contenta de hausser les épaules, de peur que sa voix ne lui manque.

— Et j'ai toujours espéré que vous finiriez par vous marier tous les deux. J'imagine ce que tu as dû ressentir en apprenant que ta meilleure amie allait l'épouser à ta place…

— J'ai été surprise, voilà tout, répliqua-t-elle d'une voix tremblante.

Son père posa sa main sur la sienne.

— Te voici donc à un tournant de ton existence. Il est temps que tu réfléchisses sérieusement à tes projets dans la vie, au lieu de te morfondre en attendant qu'un type comme Brogan te fasse signe !

Incroyable ! Son père ne vivait pas sur une autre planète, tout compte fait…

— Ce n'est pas une question, reprit-il, c'est un ordre ! Un ordre que je te donne en tant que père, mais aussi en tant que propriétaire de Blue Heron.

— Quelle autorité, papa… Toi qui es incapable de lacer tes chaussures sans moi !

— Tu n'imagines pas les progrès que j'ai accomplis dans ce domaine.

Les bons yeux de John Holland se plissèrent en pattes-d'oie.

— Mme Johnson m'apprend à faire des nœuds. Alors, voilà le marché. Tes horaires ont été réduits. Dorénavant, tu commenceras à 9 heures et tu quitteras le bureau à 17 heures, sinon c'est moi qui te ramènerai à la maison par la peau des fesses !

— C'est du délire… Comme si on pouvait abattre le travail d'une journée en si peu de temps !

— Justement, et c'est là toute la beauté de mon plan. Ce travail, tu ne l'abattras pas toute seule. Ned et Jessica te soulageront d'une partie. Et maintenant je file à la Maison Vieille avant que Mme Johnson et ta grand-mère n'en viennent aux mains à propos de la cuisson des pommes de terre. Et, toi, tu m'accompagnes !

Honor soupira.

— Très bien… Donne-moi quelques minutes, d'accord ?

Son père déposa un baiser sur son front et quitta la pièce. Au bout d'un moment, elle sortit, elle aussi. Dehors, il faisait déjà nuit, et les étoiles nimbaient le ciel d'un halo infini et laiteux. L'air sentait le feu de bois.

Elle aimait Blue Heron avec passion. Cette terre, c'étaient ses racines, mais aussi sa joie et sa fierté. En onze ans, que de changements s'étaient produits ! Lorsque, fraîchement diplômée, elle était entrée au domaine en tant que directrice des ventes, le vignoble était encore une charmante exploitation familiale. Mais, au lieu de laisser chacun se reposer sur ses lauriers, elle avait élaboré un *business plan* très précis qui, en s'appuyant sur les avantages existants de Blue Heron, était conçu pour multiplier les effets positifs par dix. Prestige, visibilité, reconnaissance… le tout sans perdre le côté « terroir » porté par huit générations successives de Holland. Dix ans auparavant, c'était elle qui avait suggéré la construction de la boutique et du caveau de dégustation à poutres apparentes. Elle avait entièrement remanié l'étiquetage et la marque, et avait mis au point la campagne marketing qui avait fait connaître le nom de Blue Heron à tous les magazines d'importance, du *New York Times* au *Wine Spectator*. Grâce à ses initiatives, le domaine était devenu une étape presque imposée des circuits de tourisme œnologique dans la région des Finger Lakes. Oui, elle avait de nombreuses raisons d'être fière. Qui plus est, elle adorait travailler en famille et appréciait tout particulièrement — il fallait bien l'avouer — d'être seule à la tête de toute la partie commerciale. Déléguer n'avait jamais été son fort.

Malgré tout, elle n'aurait jamais cru devoir se préoccuper un jour du vieillissement de ses ovules. Tout comme jamais elle n'avait pensé finir ses jours à la Maison Neuve, coincée entre son père et Mme Johnson.

La vie, ce devait être autre chose ! Un mari. Fonder une famille.

Elle avait envie d'être unique pour quelqu'un. Envie de voir le visage d'un homme s'illuminer en la reconnaissant. Envie que quelqu'un l'embrasse avec ardeur et passion.

Au fond, Dana lui avait ravi ce qu'elle-même n'avait jamais réussi à obtenir : l'amour de Brogan. Et le tout, en quelques semaines à peine.

Comment avait-elle bien pu se débrouiller pour en arriver là ?

Elle eut soudain l'impression de sentir de nouveau sur ses épaules le poids écrasant que le ciel lui avait fait porter à la mort de sa mère, la laissant seule au monde.

Et Dieu… comme je suis lasse d'être seule au monde ! Etait-ce là une prière ou l'aveu de sa défaite ? Elle n'aurait su le dire. Elle libéra ses cheveux de la pince qui les retenait et y passa les doigts, en soupirant dans l'air frais de la nuit.

Non, tout bien réfléchi, elle n'irait pas manger chez Goggy.

Elle regagna la Maison Neuve, monta jusqu'à la salle de bains et sortit une paire de ciseaux.

Toute sa vie, elle avait gardé à mi-dos son épaisse chevelure. D'un blond foncé que le soleil teintait de mèches plus claires... enfin, encore eût-il fallu qu'elle aille de temps en temps au soleil. Et cela faisait des lustres que cela ne lui était pas arrivé. La moitié du temps, elle portait ses cheveux en chignon. Les autres jours, elle les laissait libres, retenus par un serre-tête. En fait, sa collection de serre-tête lui semblait maintenant un peu ridicule. Combien en possédait-elle, au juste ? Vingt ? Trente ? Jusqu'à aujourd'hui, ses cheveux longs lui avaient toujours plu, elle en aimait la beauté désuète.

Mais c'était fini. L'heure du changement avait sonné.

Le crissement des ciseaux lui procura un étrange sentiment de satisfaction.

Tous les quatrièmes jeudis du mois, Honor, soucieuse de gagner sa part de paradis, accomplissait quelques heures de bénévolat à Rushing Creek, la maison de retraite médicalisée située à l'orée de Manningsport. Ce jeudi-là, Goggy l'avait accompagnée.

Au cours de l'année qui venait de s'écouler, ses grands-parents avaient légèrement décliné : rien que de très normal pour des octogénaires, qui par ailleurs se portaient toujours comme le Pont-Neuf. Mais Goggy semblait oublier de plus en plus de choses, et Honor aurait juré que Pops traînait la jambe les jours de pluie. L'un ou l'autre risquaient de faire un jour une mauvaise chute dans les escaliers raides et étroits de la Maison Vieille. De vraies chausse-trappes, ces escaliers, pleins des tours et détours typiques des architectures coloniales. Ses grands-parents n'occupaient qu'un tiers des pièces, et la bâtisse ne passerait jamais la barre des diagnostics immobiliers tant que Pops s'acharnerait à clouer la porte d'entrée — comme il l'avait fait l'hiver dernier — « pour lutter contre les courants d'air ».

Honor gardait l'espoir qu'ils emménageraient de leur plein

gré dans un endroit moins grand et plus lumineux avant qu'il y ait un accident.

— Plutôt me suicider que de venir vivre dans un lieu pareil ! décréta Goggy avec emphase lorsqu'elle franchit le seuil de la maison de retraite.

Un résident en fauteuil roulant lui lança un regard torve avant de s'engager dans le couloir à toute vitesse, galvanisé par la colère qu'avait provoquée cet outrage. Le luxe de Rushing Creek n'avait rien à envier aux plus beaux appartements de Manhattan. Pourtant, dans les yeux de Goggy, la maison de retraite prenait une allure d'asile à la Dickens.

— Nous devrions parler moins fort, suggéra Honor. Pour ma part, j'adore cet endroit. Je compte les années qui me séparent du moment où je pourrai venir m'y installer.

— Plutôt me suicider, te dis-je ! Tiens, bonjour, Mildred ! Comment vas-tu ?

— Bonjour, Elizabeth ! Et Honor est là, elle aussi ! Mais qu'est-ce que tu as fait à tes cheveux ? Tu les as coupés ! Oh… mais pourquoi, ma chérie, pourquoi ?

— Merci du compliment, répliqua Honor.

C'est vrai qu'elle n'y était pas allée de main morte, avec les ciseaux. Mais c'était justement le but. Certes, elle avait dû se rendre à Corning dans un salon de coiffure très chic et assez effrayant où un professionnel l'avait considérée avec horreur avant de redonner une forme à ses cheveux massacrés.

Ils lui arrivaient désormais à la nuque. Soulagées de leur poids, de petites mèches folles rebiquaient çà et là, et, une fois passé le choc initial, elle était plutôt contente de sa nouvelle coupe. Son père faisait mine de s'être rangé à son avis, après avoir poussé une douloureuse exclamation ; Mme Johnson avait émis un grognement indistinct, Goggy avait fondu en larmes… Quant à Pops, Pru et Jack, ils n'avaient encore rien remarqué. Faith, au moins, avait applaudi le changement avec un enthousiasme apparemment sincère.

— C'est très élégant, Honor ! Et cette coupe met tes pommettes en valeur. Tu es très belle !

Ce qui était faux, bien sûr. Elle n'était pas belle, mais le soutien de sa petite sœur lui apportait du réconfort.

— Ça te… change ! bafouilla Mildred. Enfin, quoi qu'il en soit, mes félicitations pour le mariage de ta sœur.

— Merci. Elle a de la chance, Levi est un homme vraiment formidable.

— Ils ne vont pas tarder à avoir un enfant, je parie !

— C'est fort probable, en effet.

Mildred darda sur elle un regard de conspiratrice.

— Et toi, ma chère ? Tu as quelqu'un dans ta vie ?

— Non, pas pour le moment.

— Quelle pitié ! Et que viens-tu faire chez nous, ma mignonne ? Elizabeth, tu comptes t'installer à Rushing Creek ?

Goggy fit un bond en arrière.

— Ça, non, par exemple ! Nous sommes très bien chez nous. Et je prie Dieu de ne jamais devoir en arriver à de telles extrémités.

— Goggy…, soupira Honor avant d'adresser un sourire gêné à Mildred. Nous allons passer *Les Vendanges de feu*, aujourd'hui. Vous connaissez ? C'est très romantique.

— Non, je ne connais pas, répondit Mildred en gratifiant Goggy d'un regard noir. Et la dernière fois que j'ai vu un film avec cette bande de petits vieux, la moitié n'a pas cessé de bavarder et l'autre n'entendait rien. Bonne chance !

Entre Goggy et Mildred, songea Honor, c'était à celle qui nierait le plus les caprices de l'âge. « Regarde Ellington, il continue de prétendre qu'il n'a pas besoin de lunettes. Il s'est pris un poteau la semaine dernière. » Ou alors : « Tu as appris pour Leona ? Alzheimer. Moi, Dieu merci, j'ai encore l'esprit aussi vif qu'une… qu'est-ce que je disais, déjà ? »

Elle aimait bien les femmes seules. Plutôt que d'avouer qu'elles cherchaient désespérément quelqu'un — un peu comme ces cannibales qui pourchassaient Viggo Mortensen dans le film terrifiant qu'elle avait regardé la veille —, elles invoquaient toutes sortes de prétextes. « Je sors d'une longue histoire d'amour » (voilà une bonne réplique) ; « Ah, si seulement j'avais le temps de m'engager dans une relation » (en voici une autre). Et puis il y avait le mensonge ultime : « Il faudrait vraiment que je rencontre la perle rare… Car sinon je suis très bien toute seule. » Tu parles… c'était sans doute pour cette raison que la moitié de l'humanité était inscrite sur des sites de rencontres !

Non, les errances de la vie amoureuse n'incitaient décidément pas à la franchise. Que se passerait-il, se demandait Honor, si je disais de but en blanc à un homme : « Depuis le temps, je pensais vraiment que j'aurais fondé une famille ! Je me sens seule. Et un peu frustrée, côté sexe. Mais, puisque l'homme que j'aime va épouser mon ex-meilleure amie, il se peut que je sois forcée d'investir dans un vibromasseur de luxe. »

Goggy la tira de ses réflexions :

— Viens ! Allons voir ce film avant que quelqu'un n'essaie de me séquestrer ici. J'ai entendu dire qu'ils attachaient les gens avec des sangles, dans ce genre d'endroit…

— Honor ! Comment vas-tu, ma *chère* enfant ?

Cathy Kennedy n'était pas résidente de la maison de retraite, mais elle assistait toujours aux séances de cinéma.

— Ma pauvre petite, Louise et moi étions chez O'Rourke, l'autre soir. Qui aurait cru ça de toi ?

Honor sentit son visage s'enflammer.

— Oh ! vous savez… l'hiver, il ne se passe pas grand-chose à Manningsport. J'essayais juste de mettre un peu d'ambiance…

Par chance, il était temps de lancer la projection.

Honor avait créé le club « Film & Dégustation » deux ans plus tôt. Le principe : projeter un film ayant un lien, même ténu, avec l'œnologie et le combiner à une dégustation thématique. Pour *Romance millésimée*, ils avaient bien sûr goûté un chardonnay Château Montelena. Un pinot noir pour *Sideways*. Pour *Twilight*, un cabernet bien charpenté, même si l'association du vin et du torse de Taylor Lautner s'était révélée trop éprouvante pour certaines dames : il avait fallu appeler le 911 quand Mme Griggs s'était évanouie.

Dès la première projection, ce rendez-vous mensuel avait été rebaptisé « Film & Lamentations », étant donné la propension des participants à discuter de leurs derniers problèmes de santé en date. Ils bombardaient Honor de questions, auxquelles son iPad et elle tentaient de répondre de leur mieux. Mais enfin, c'était tout de même une forme de loisir, un hobby qu'elle avait pu inscrire sur le site Match.com. « Visiteuse de malades et de prisonniers ».

Tandis qu'elle s'occupait d'installer le film dans le vidéoprojecteur du splendide auditorium, Goggy s'installa sur l'un des sièges en velours, en poussant un soupir mélodramatique.

— Par pitié, Honor, si jamais j'en suis réduite à ça, étouffe-moi avec un oreiller.

— Goggy, tu avais pourtant dit à Faith que déménager te plairait bien. Tu te souviens ? A l'époque où elle prenait ses quartiers à l'Opera House ?

— Ah, ça n'a rien à voir ! Moi, je parlais d'un endroit où je serais débarrassée de ton grand-père ! Mais ce vieil imbécile ne tiendrait pas une semaine sans moi… Il se laisserait mourir d'inanition. Franchement, Honor, je ne sais même pas s'il serait capable de trouver le frigo tout seul !

Elle s'interrompit une seconde.

— Il me vient une idée…

Goggy se dressa soudain sur son siège.

— En parlant de mariage, j'ai quelqu'un pour toi !

Honor la regarda avec méfiance.

— Hum, non, Goggy, sans façon…

Sa grand-mère lui avait récemment suggéré d'épouser Bobby McIntosh « avant qu'il ne vire tueur en série ».

— C'est un garçon merveilleux, je t'assure ! Tu devrais faire sa connaissance. En plus, il pourrait t'aider à oublier qui-tu-sais. Ensuite, tu l'épouserais et tu me donnerais des arrière-petits-enfants.

L'ampoule du projecteur était grillée. Y en avait-il une de rechange ? Honor ouvrit le tiroir du meuble vidéo. Gagné !

— Juste pour ne pas laisser mourir la conversation : qui est donc ce futur mari que tu me destines ?

— Tu te souviens de Candace, ma vieille amie ? Celle qui est partie vivre à Philadelphie en 1955 ? Tu sais bien, ces gens qui roulaient dans une énorme Packard…

Honor la regarda d'un air atterré.

— Mais Goggy… je n'étais pas née, à cette époque. Comment veux-tu que je m'en souvienne ?

— Eh bien, figure-toi qu'avant d'épouser ton imbécile de grand-père…

— Ce n'est pas le romantisme qui t'étouffe !

— Tais-toi et écoute-moi ! Avant d'épouser ton imbécile de grand-père, disais-je, j'avais été fiancée au frère de Candace. Il est mort à la guerre.

Elle gratifia Honor d'un regard empreint d'une sobre et digne souffrance, regard peaufiné par des années de pratique.

— Je sais, Goggy. C'est une bien triste mais bien belle histoire.

L'expression de sa grand-mère s'adoucit.

— Merci. Enfin, bref. Tout ça pour dire que Candace avait aussi une sœur, plus âgée qu'elle, mais qui était restée en Angleterre.

— Ah…

Quel rapport avec ses velléités de marieuse ? Mystère et boule de gomme, mais l'esprit de Goggy possédait une logique bien particulière. Honor dévissa non sans mal l'ampoule grillée.

— Cette sœur, donc, avait un fils qui a eu à son tour un fils, que Candace adore. Pour te résumer le topo, le garçon vit ici depuis quelques années et aujourd'hui il a besoin d'une carte verte.

Les yeux plissés par l'effort, Honor tentait d'extraire les informations principales de ce flot de renseignements en désordre.

— Voilà pourquoi tu devrais l'épouser. Il n'y a rien de mal à contracter un mariage de raison.

— Suivre ton exemple, tu veux dire ? Il est vrai que Pops et toi vous entendez à merveille…

Elle sortit l'ampoule de rechange du tiroir.

Sa grand-mère souffla d'exaspération.

— Oh ! je t'en prie ! Que veux-tu, à la fin : un mari ou le bonheur ?

— Ma foi… les deux !

Goggy émit un reniflement de mépris.

— Vous, les jeunes ! Des enfants gâtés, voilà ce que vous êtes. Enfin, tout ça pour te dire que ce garçon-là est bien sous tous rapports. En outre, il est charmant et fort bel homme.

Honor vissa l'ampoule neuve.

— Tu l'as déjà rencontré ?

— Non. Mais je le sais.

— Tu l'as vu en photo ?

— Non. Mais il est très gentil, en plus.

— Tu lui as donc parlé au téléphone.

— Non.

— Vous avez communiqué par Facebook ? Par mail ?

— Non, Honor. Tu sais bien que je ne crois pas aux ordinateurs.

— Bien le bonjour, Honor ! lança M. Christian du fond de l'auditorium. A ce qu'il paraît, tu t'es battue avec une fille, l'autre soir ?

— Merci de me le rappeler…, répliqua Honor. Bon, en résumé, Goggy, ce type, tu ne le connais ni d'Eve ni d'Adam.

— Qu'est-ce que tu veux savoir de plus sur lui ? Il est anglais.

— Chose qui peut plaider, ou non, en sa faveur. S'il parle comme le prince Charles, il est hors de question que je l'épouse. Est-ce qu'il a aussi des dents de cheval ?

— Ma chérie, ne sois pas si superficielle ! Il est professeur. D'électronique ou de maths… un truc dans ce goût-là.

Dans l'esprit de Honor se forma aussitôt l'image de son ancien prof de maths, à l'université, un type moite à l'haleine imprégnée d'oignon.

Goggy fit le point sur la situation :

— Ce garçon a besoin d'une carte verte et, toi, tu es célibataire. Vous devriez donc vous marier.

— Très bien. Mais avant toute chose il faut que je te précise certains détails : *primo*, je serais ravie de me marier, à condition de rencontrer un homme formidable dont je sois vraiment amoureuse. Si d'aventure cela ne devait pas se produire, je suis très bien toute seule.

Ouh, la menteuse !

— *Secundo*, il est hors de question que je me marie uniquement pour pouvoir cocher un item de ma liste de souhaits. Et, *tertio*, je suis prête à parier que contracter une union en vue d'obtenir un permis de travail est un délit puni par la loi.

Elle marqua une pause.

— Pourquoi ne rentre-t-il tout simplement pas chez lui, en Angleterre ?

— Il s'est passé une tragédie…

Nouveau regard triomphant de Goggy.

— Quelle sorte de tragédie ?

— Je n'en sais rien, en fait. Mais en quoi est-ce important, hein, Honor ? Tu as trente-cinq ans. L'âge auquel les ovules commencent à baisser en qualité. Moi, c'est à cette époque-là que la ménopause a commencé.

Tiens, copines d'ovules !

— En plus, si j'ai réussi à rester mariée soixante-cinq ans à ton grand-père sans le trucider, pourquoi diable ne serais-tu pas capable d'en faire autant avec ce garçon ?

— Mais quel âge a-t-il, ce type ? Tu n'arrêtes pas de l'appeler « ce garçon » !

— Aucune idée. Pour moi, en dessous de soixante ans, tous les hommes sont des garçons.

— Donc, si je te suis bien, il s'agit d'un prof de maths, vaguement apparenté à l'une de tes amies d'enfance. Et c'est à peu près tout ce que tu sais sur lui.

Goggy fit signe à Mme Lundqvist et la prit à témoin :

— Ah, ces jeunes ! Ils en font, des histoires !

Mme Lundqvist, ancienne maîtresse du dimanche qui avait passé sa vie à terroriser les enfants en leur narrant les sanguinaires dévastations de cités bibliques, opina du bonnet.

— Pour en revenir à nos moutons, Honor, tu es d'accord pour le rencontrer ?

Ses ovules levèrent les yeux de leur tricot. *Qu'est-ce que tu as à perdre ? Tu as entendu ce que ta grand-mère t'a dit au sujet de la ménopause ?*

Elle poussa un soupir.

— Oui, si tu veux…

Goggy se rengorgea :

— J'étais sûre que c'était une bonne idée ! La vérité, c'est que j'ai toujours eu un faible pour cette famille. Si tu savais le nombre de fois où j'ai pensé à Peter et à ce qu'aurait été ma vie s'il n'était pas mort durant la Seconde Guerre mondiale ! Mort pour la liberté et pour sauver le monde… Alors quand j'ai appris que son petit-neveu était ici, seul, abandonné, déprimé, anglais…

Tu parles d'un cadeau !

— C'est bon, Goggy, je viens de te dire que j'étais d'accord pour le rencontrer.

— C'est bien vrai ?

— Oui.

Sa grand-mère se fendit d'un ultime sourire de triomphe qui poussa Honor à ajouter :

— Mais ne commence pas à organiser un quelconque mariage, je te préviens ! Si j'accepte de faire sa connaissance, c'est par pure politesse.

L'image d'un homme au crâne dégarni et au sourire chevalin, brûlant de partager sa passion pour les théorèmes mathématiques, s'imposa à son esprit.

— Comment s'appelle-t-il, cet homme ?

— Tom Barlow.

Un nom des plus communs ! Rien à voir avec Brogan Cain, par exemple.

— Je lui ai dit que vous vous retrouveriez ce soir chez O'Rourke.

— Quoi ?

— Et pour l'amour du ciel, Honor, mets-toi du rouge à lèvres ! Une belle fille comme toi ! Et sois aimable ! Ça t'écorcherait la bouche, de sourire un peu ? Tiens, voilà Henrietta Blanchette… Il paraît qu'elle a attrapé une intoxication alimentaire avec l'espèce de bouillie qu'on leur sert ici. Je vais aller lui dire bonjour…

La projection terminée, Honor sortit de la séance tout attendrie. D'abord, le vin était remarquable, un délicieux tempranillo aux nuances de fraise, de confiture de cerises et de cuir. Ensuite, les résidents de Rushing Creek — qui adoraient « Film & Dégustation » — se répandirent en gentillesses (après l'avoir questionnée avec délectation, bien sûr, sur son altercation au bar). Généralement, l'espèce de barrière qui la séparait des personnes de son âge disparaissait totalement lorsqu'elle se trouvait au milieu de ces petits vieux qui lui donnaient du « ma chérie », « ma chère enfant », et l'entretenaient de leurs calculs hépatiques et de leurs varices. Enfin, le film lui-même n'était pas pour rien dans sa bonne humeur : ah, ce Keanu Reeves, ce faiseur de bébés, Dieu le bénisse ! Et ce baiser, ce baiser… L'avait-on déjà embrassée ainsi ?

Euh… non, en fait.

Aucun homme ne l'avait jamais embrassée avec une telle fougue. Aucun homme ne l'avait jamais embrassée comme si sa vie en dépendait. Jamais ! Et, à cet égard, l'avenir ne semblait pas plus rose, avec pour seule perspective un prof de maths d'âge mûr et de nationalité britannique…

Allez, il ne tenait qu'à elle de faire changer les choses ! Elle allait réactualiser son profil sur les sites de rencontres. Solliciter l'aide de Faith dans des domaines tels que les soutiens-gorge rembourrés et les techniques de flirt. Qui sait ? Certains hommes de son entourage professionnel cherchaient peut-être l'âme sœur ? L'un d'eux finirait peut-être par la remarquer ? C'était du domaine du possible, non ?

Le problème, c'était qu'aucun homme n'arrivait à la cheville de Brogan.

Ça suffit ! Il fallait chasser ce genre de pensées ! Brogan était tombé aux oubliettes. Enfin, presque… Disons que le processus était en cours… Bon, d'accord, elle l'avait toujours dans la peau !

Tandis qu'elle traversait Rushing Creek, un rire familier lui parvint aux oreilles.

Reçu cinq sur cinq. Dana officiait un mardi sur deux dans le salon de coiffure de la maison de retraite. C'était même elle qui l'avait recommandée pour ce poste.

Ce rire la figea sur place. Elle se sentit paralysée par un déferlement d'émotions pêle-mêle. Colère, gêne, jalousie, solitude…

Oui. Solitude.

Pourvu qu'elle ne me voie pas.

Dana leva les yeux.

— Honor ! Tu as une minute ?

Mer… credi ! Elle acquiesça, les joues brûlantes. Elle pénétra dans le salon de coiffure : bien que petit, il était beaucoup plus sympathique que la Maison du Cheveu.

— Madame Jenkins, je suis obligée de vous enlever votre sonotone, d'accord ? Et voilà le travail ! Maintenant, on peut parler tranquilles. La vieille chouette est sourde comme un pot.

Prise de court, Honor sentit une nostalgie inattendue enfler dans sa poitrine. Durant cinq ans — soit depuis l'arrivée de Dana à Manningsport —, elles avaient été amies, le genre d'amie que Honor n'avait pas eue depuis la fac. Le genre d'amie avec qui elle pouvait sortir, qu'elle pouvait appeler sans raison et qui compatissait à ses problèmes de boulot, de famille ou de cœur. Combien de bons moments elles avaient eus ! Et combien de fous rires !

Elle ne commenta pas l'initiative de Dana. Mais ne tourna pas non plus les talons.

— Ça, c'est une coupe ! Pas mal. Où est-ce que tu te l'es fait faire ? A la Parisienne ?

Honor garda le silence. Pas question de discuter coiffure avec Dana (mais, de fait, elle était allée à La Parisienne) !

— Ecoute, Honor, tu as tenté le coup, OK ? Brogan n'était pas amoureux, c'est tout. Et c'est toi-même qui m'as dit que tu ne voulais plus de lui, tu te rappelles ? Un soir, on s'est croisés chez O'Rourke, par hasard. Et de fil en aiguille… ça nous est tombé dessus, tu comprends ?

— Ce qui m'étonne, Dana, c'est que tu aies attendu aussi longtemps.

Quelle mégère elle faisait ! Mais, après tout, cela ne faisait que six semaines qu'elle avait été… trahie. Oui, trahie, il n'y avait pas d'autre mot.

— Honor, je suis désolée, je t'assure… Je sais que tu voulais que Brogan soit amoureux de toi, mais je n'y suis pour rien s'il ne l'était pas.

— Pourrais-tu baisser d'un ton, s'il te plaît ?

— Oh ! arrête, je t'en prie ! Cette vieille taupe n'entend plus un son depuis l'élection de Clinton.

Dana la regarda, prenant un air radouci.

— Combien de fois on en a discuté, toi et moi ? C'est toujours avec le dernier mec auquel tu aurais pensé que le courant passe. Et vlan ! tu craques. Il se trouve que Brogan a craqué pour moi, lui aussi. On papotait au bar, tranquillement, et tout à coup…

Elle adressa à Honor un petit sourire suffisant.

— … l'air s'est chargé d'électricité.

Dana jubilait. Brogan et elle se connaissaient, bien sûr. Il leur était déjà arrivé de sortir ensemble, tous les trois. S'il y avait eu le moindre crépitement de désir entre eux, Honor s'en serait aperçue.

Au bout d'une minute, Dana reprit la parole.

— Tu avais un faible pour lui depuis la nuit des temps, je sais bien…

— C'était plus qu'un faible, Dana ! Ne minimise pas mes sentiments pour te déculpabiliser.

— Mais je ne me sens pas du tout coupable !

Dana se retourna vers Mme Jenkins, et ses ciseaux se mirent à voleter autour de la tête de la vieille dame dans un sifflement sinistre. Elle demandait soixante-cinq dollars pour une coupe, Honor le savait. Soixante-cinq billets pour ôter un millimètre de longueur.

— Ecoute, je comprends que tu aies pu être surprise. Mais je continue de penser que tu me dois des excuses.

Un son mal identifié s'échappa de la gorge de Honor : à mi-chemin entre le bredouillis, le hoquet et le rire.

— Moi ? Des excuses ?

— Juste dégagé derrière les oreilles, intervint Mme Jenkins. Pas trop court, ma chère.

— C'est compris, madame Jenkins ! hurla Dana. Pas trop court !

Elle baissa la voix, se retournant vers Honor.

— Oui, parfaitement, des excuses. Tu sais, ça ne me plaît pas franchement qu'on me jette un verre de vin à la figure, et encore moins qu'on me bouscule devant mon mec dans un restaurant.

Honor sentit sa bouche s'ouvrir et se refermer comme celle d'un poisson hors de l'eau.

— Tu veux rire, n'est-ce pas ?

— Ecoute. Je regrette que ça n'ait pas collé entre vous, mais pour autant est-ce qu'on doit ignorer ce qu'on ressent l'un pour l'autre, Brogan et moi ?

Ses paroles auraient pu toucher Honor si l'intonation de Dana n'avait pas été aussi tranchante que ses ciseaux. L'horrible, la magnifique bague de fiançailles brillait de mille feux, tandis que ses mains s'activaient autour de la tête de Mme Jenkins.

— Sans blague, on n'a rien prémédité. Ça s'est passé sans qu'on le veuille.

Quelle expression exaspérante ! Rien, dans la vie, ne se passait « sans qu'on le veuille ». Un pénis ne rencontrait pas un vagin « sans qu'on le veuille ». Les mots qu'elle ravalait bouillaient en elle comme de la lave. *Tu me prends vraiment pour une idiote ! Moi qui te croyais mon amie ! Tu m'as préparé un martini, ce soir-là. J'ai pleuré sur ton canapé ! Nous avons regardé* Shark Week *! Et, à peine quelques semaines plus tard, tu couchais avec l'homme qui m'a brisé le cœur. Bonté divine, et tu me l'as annoncé dans un bar ! A deux contre un, dans un bar !*

C'est vrai, elle aurait pu envoyer à Dana ses quatre vérités et renoncer à toute fierté. Lui rappeler dans quel état lamentable elle se trouvait après le refus de Brogan… mais elle lui aurait alors fourni une occasion de plus de jubiler. Et n'était-ce pas exactement ce qu'elle était en train de faire ?

— Nous avons sans doute une conception différente de l'amitié, se contenta-t-elle de lâcher d'une voix tendue.

— Tu as raison. Une véritable amie ne balance pas son verre de vin à la tête de sa copine.

— Je l'admets, j'étais sous le choc et j'ai eu un geste malheureux. Mais, si mes souvenirs sont bons, ta réaction n'a pas été plus reluisante.

— Eh oui, quand quelqu'un m'envoie son verre à la figure, je le prends mal, figure-toi.

Dana lui fit un petit sourire.

— Bon, alors ? On est quittes ?

Dans le miroir, Honor vit ses yeux s'écarquiller et sa bouche béer de stupeur. Elle la referma aussitôt.

— Je ne sais pas si nous pourrons jamais être quittes un jour, Dana.

— Mais pourquoi ? C'est du passé, pas vrai ? On s'est données en spectacle toutes les deux, tu es dans tes petits souliers, moi aussi… un peu…

Elle continua à sourire, d'un air interrogateur.

— Il faut qu'on arrive à dépasser tout ça. Qu'est-ce que tu veux qu'on fasse, sinon ? Qu'on se déteste à vie ? Attends… il faut que je lui remette son sonotone, à la vieille chouette, sinon elle va finir par se douter de quelque chose.

De façon tout à fait inattendue, elle donna une brève accolade à Honor.

— En tout cas, je suis bien contente qu'on ait discuté, toutes les deux ! Bon, entre nous, la situation risque d'être encore un peu… bizarre quelque temps, mais on reste les meilleures amies du monde, pas vrai ? Et puis, bon sang ! j'ai un mariage à organiser, moi !

— Oh ! un mariage… j'adore les mariages, susurra Mme Jenkins en ajustant son appareil auditif.

— Passe donc me voir dans le salon, je te referai la frange ! A plus, Honor !

Comme elle ne savait pas quoi répliquer et qu'elle brûlait de quitter ce lieu au plus vite, Honor se contenta de tourner les talons.

4

S'enfiler deux whiskys avant de rencontrer une femme pour la première fois, ce n'était vraiment pas une idée de génie. Mais Tom ne conduisait pas, ce soir-là. Et, de toute façon, il était un peu tard pour avoir des regrets. Il n'y avait aucun intérêt à énoncer ce genre d'évidence, même pour soi : impossible de revenir en arrière quand on a bu du whisky, à moins de vomir, ce qui n'était pas dans ses projets.

— C'est parti, allons rencontrer la future Mme Barlow ! lança-t-il à son reflet dans la glace. Alors, mon vieux, content ?

Non, pas content. Il avait un mauvais pressentiment. D'abord, le côté illégal de l'affaire jetait d'avance un léger froid sur la soirée. Ensuite, en être réduit à se faire caser par une grand-tante, ça n'était pas très glorieux. Cet épisode allait sans doute lui coûter le peu de fierté qui lui restait encore après son histoire avec Mélissa. Mais bizarrement, lorsque Candace lui avait téléphoné en piaffant d'excitation, il avait accepté de bonne grâce de faire la connaissance de cette femme, la petite-fille de son amie épistolaire.

Il parcourut les trois pâtés de maisons qui le séparaient de la grand-place. Autre chose le tracassait. S'il parvenait malgré tout à rester dans ce trou perdu… eh bien, justement ! Il serait condamné à rester dans ce trou perdu ! Et, par saint George, le temps qu'il y faisait ! Par comparaison, même l'Angleterre tenait du paradis…

Oui, mais Charlie, lui, vivait aux Etats-Unis. On ne pouvait pas vraiment dire que le gamin eût manifesté le moindre désir de le voir s'incruster ici… C'était même plutôt le contraire : hier, Tom avait recouru aux bonnes vieilles méthodes, essayant d'acheter l'affection du garçon avec un iPhone. Mais, lorsqu'il avait voulu lui montrer certaines fonctionnalités, Charlie s'était avachi, puis, avec un air d'ennui suprême, s'était mis à fixer le mur, bras croisés, semblant compter dans sa tête les secondes qui le séparaient de la fin de son calvaire.

Alors aller jusqu'à se marier pour pouvoir rester dans ce pays… c'était un peu comme acheter une maison sur l'île des Damnés. Naturellement, il n'y pensait pas sérieusement… Et, pourtant, voilà qu'il se retrouvait à patauger dans la neige fondue pour aller à la rencontre d'une femme d'âge mûr qui, aux dires de tante Candace, savait tenir sa langue et ne trahirait pas le secret de cette rencontre. Quelqu'un de suffisamment désespéré pour envisager d'épouser un inconnu. Quelqu'un pour qui « l'horloge tournait ». Le pied, quoi… Il la voyait d'ici… une sorte de Judi Dench sur le retour… Une actrice de talent, c'est sûr. Mais qui avait envie d'épouser Judi Dench ? Pas lui, en tout cas.

D'un autre côté, avait-il vraiment son mot à dire ? Sa vie sentimentale n'était pas un modèle de réussite. Et Mélissa, malgré son époustouflante beauté, ne s'était pas révélée être la femme idéale, en définitive.

La chaleur du pub le réconforta. Manningsport avait au moins un avantage : cette petite taverne où l'on pouvait noyer ses chagrins.

— *Hello*, Colleen ! lança-t-il en entrant dans le pub (mieux vaut toujours se mettre la barmaid dans la poche).

— *Hello*, Tom ! répondit-elle avec une imitation passable de son accent britannique. Une bière ?

— Non, *miss*, aujourd'hui, ce sera un whisky.

— Et pas le premier de la soirée, à ce qu'il me semble…

— Ma chère Colleen, on ne peut rien te cacher ! Belle et futée à la fois… De quoi en effrayer plus d'un !

— Tu es venu en voiture ?

— Non, non, ne t'inquiète pas.

Il lui sourit. Colleen n'insista pas et lui servit son whisky, l'air intrigué.

— J'ai rendez-vous avec Honor Holland. Tu la connais ?

— Je connais tout le monde, ici, chéri ! Je te l'envoie dès qu'elle arrive.

Tom se fraya un passage jusqu'au box du fond, cherchant un endroit où Honor et lui pourraient discuter en toute discrétion. Il y avait bien, à une table voisine, un policier en tenue, mais il semblait totalement absorbé par une jolie rousse à qui il accordait toute son attention. Aucun risque, a priori, qu'il remarque son début d'ébriété. Ni qu'il comprenne qu'une escroquerie était en train de se préparer.

Il but une gorgée de whisky et essaya de se détendre. La veille, après le coup de téléphone de Candace, il avait cherché sur internet ce qu'on encourait pour une fraude à la carte verte. Pas très encourageant… Peine d'emprisonnement. Amendes exorbitantes. Expulsion du territoire avec interdiction de remettre les pieds aux Etats-Unis.

Bien sûr, il pouvait encore faire le choix de rentrer en Angleterre. Et de venir voir Charlie une ou deux fois par an. Mais, peu à peu — il pouvait déjà le prédire —, ses visites s'espaceraient ; à force, il finirait par se lasser de ne pas être payé de retour et de chercher à tisser des liens avec un gamin qui ne pouvait pas le voir en peinture. Charlie tomberait dans la drogue et écouterait à plein volume des musiques inaudibles… encore pires, certainement, que celles qu'il écoutait aujourd'hui. Tom, lui, épouserait une gentille Anglaise qui lui reprocherait régulièrement le temps et l'argent placés à fonds perdu dans ses voyages outre-Atlantique… Et, peu à peu, le souvenir de l'adorable petit garçon avec qui il jouait au cerf-volant viendrait se fondre et disparaître dans le brouillard du passé.

Qu'ils aillent tous se faire voir !

— C'est vous, Tom ?

Il leva les yeux. Devant lui se tenait Mme la Bagarreuse n° 2.

— Ah, mais c'est vous… Bonsoir !

— Nous nous connaissons ? demanda-t-elle.

— Pas officiellement, non. Quoique je garde un excellent souvenir de votre dernier passage dans ce bar…

Ma foi, il aurait pu tomber plus mal. Elle était… très bien, cette fille. Plutôt jolie. Et puis, surtout, elle avait le mérite d'avoir accepté de venir, ce qui était déjà très gentil de sa part. Pas de chance, après tous ces whiskys, il ne se sentait plus très clair. Cas typique de sabotage subliminal… Tel aurait été son autodiagnostic s'il avait été adepte de ce cher Dr Freud. Il était complètement soûl, et son accent comme son débit de parole semblaient augmenter démesurément sous les effets de l'alcool.

La femme affichait une mine contrariée.

— Je suis Honor Holland.

Il sursauta. Quelque chose remuait dans son sac à main.

— Par saint George ! Navré de vous dire ça, *darling*, mais il semblerait que vous ayez un rat dans votre sac.

— Très drôle. C'est ma chienne.

— Vraiment ? Si vous le dites. Eh bien, Honor Holland… enchanté de faire votre connaissance.

— Moi de même.

Elle s'efforçait d'être aimable, mais l'expression de son visage démentait tout à fait ses propos. Elle prit néanmoins place en face de lui. Le rat pointa le museau hors du sac et lui montra les dents. Effectivement… C'était bien un chien, si on pouvait appeler ça ainsi…

— Donc…

Elle joignit les mains devant elle — de très jolies mains, remarqua-t-il, très soignées, aux ongles courts recouverts de vernis transparent — et le regarda droit dans les yeux.

— Je suppose que vous êtes l'Anglais qui se trouvait au bar, le soir de ma petite… crise de nerfs.

— Petite ? Ah non, *darling*, c'était grandiose ! Du jamais-vu !

— Ecoutez, j'aimerais autant qu'on ne revienne pas sur ce sujet, vous voulez bien ?

— Absolument ! Quoique… Si vous avez besoin d'en parler, je suis tout ouïe. Vous avez changé de coiffure, non ? C'est beaucoup mieux. L'ancienne avait un petit côté bonne sœur, je trouve. Et puis, si jamais vous vous retrouviez mêlée à une autre bagarre, on aurait plus de mal à vous empoigner par les cheveux. C'est très bien vu de votre part ! Bon, alors… si on se mariait ?

Elle semblait totalement imperméable à son charme.

— Ça suffit, je m'en vais, lâcha-t-elle. Cette histoire ne rime à rien : je perds mon temps et je vous fais perdre le vôtre.

— Voyons, *darling* ! Accordez-nous une petite chance, vous voulez bien ? C'est ma faute… je suis un peu nerveux.

Il dégaina son arme fatale : son sourire. D'habitude, quand il souriait en cours, la plupart de ses étudiantes (plus un ou deux garçons) se pâmaient devant lui.

Elle rougit. Gagné ! Pour se donner une contenance, elle se mit à farfouiller dans son sac, au fond duquel le petit chien-rat continuait de montrer les dents. Tom essaya son fameux sourire sur l'animal. Peine perdue. Le minimolosse n'y était pas aussi sensible que sa maîtresse.

Honor salua la serveuse qui venait d'apparaître près de leur table.

— Bonsoir, Monica. Tu as quelque chose de bon à me proposer, ce soir ?

— Eh bien, nous avons un excellent Black Russian Red de chez McGregor.

— Ce sera parfait, merci.

Conclusion, miss Holland ne comptait pas partir tout de suite… Il leva son verre vide :

— La même chose pour moi !

— Je crois que monsieur s'en tiendra là pour ce soir, affirma Honor.

— On commence déjà à veiller sur ma santé, trésor ?

— Ça marche ! coupa la serveuse en foudroyant Tom du regard.

Il lui décocha un clin d'œil alors qu'elle repartait vers le bar.

— Vous êtes ivre ? demanda Honor.

— De grâce, je suis sujet britannique ! Le terme exact est « bourré comme un coing ».

— De mieux en mieux…

— OK, miss Holland : d'abord, merci d'être venue au rendez-vous.

Elle ne répondit pas, se contentant de le regarder d'un air impénétrable.

Elle n'était vraiment pas mal, cette fille, se dit Tom de nouveau. En tout cas, elle n'avait rien de laid. Des cheveux tirant sur le blond. Des yeux bruns. Une silhouette classique, même si le pull qu'elle portait ne donnait qu'une très vague idée de ses formes. Il l'aurait préféré un peu plus moulant… Quant à ce rang de perles autour du cou… pas très sexy !

Il le lui ôta en pensée. Voilà, c'était mieux. Maintenant, il pouvait l'imaginer dans des situations plus équivoques. Très nettement, même. Tout bien réfléchi, mieux valait lui laisser ses perles et lui enlever tout le reste.

Par saint George ! Il se massa la nuque pour dissimuler son trouble. La serveuse posa sur la table un verre de vin pour Honor.

Celle-ci n'y toucha pas.

— Très bien, reprit-il. Et si je commençais par vous résumer ce que je sais de vous ? Comme ça, vous pourriez remplir les blancs, qu'est-ce que vous en dites ?

— Allez-y.

— Alors, si j'ai bien compris, vous étiez amoureuse d'un type qui se servait de vous pour s'amuser un peu et qui aujourd'hui s'apprête à convoler en justes noces avec votre meilleure copine.

Elle ferma les yeux sous l'affront.

— N'oubliez pas que j'étais aux premières loges ce soir-là ! Depuis, vous vous êtes rendu compte que votre prince charmant n'était qu'un Casanova de bas étage et…

— Vous racontez n'importe quoi ! La scène à laquelle vous avez assisté n'avait rien à voir avec ça ! Je vous prie de vous taire, maintenant !

Tom s'adossa à la banquette et la considéra d'un air pensif.

— C'est étonnant, tout de même… cette façon qu'ont les femmes de toujours voler au secours des hommes qui les ont trahies… Etrange…

Il fallait qu'il s'arrête de parler, et tout de suite !

— Enfin, toujours est-il que vous avez parié sur le mauvais

numéro et que du coup vous vous retrouvez seule et abandonnée. Moralité : vous avez envie de vous marier pour prouver que vous avez oublié ce type et, au passage, fonder une famille sans trop attendre !

Honor s'étranglait littéralement d'indignation, tandis que la bouche de Tom semblait échapper à tout contrôle et continuait à débiter un flot de paroles sur le même ton.

— C'est parfait, tout ça ! De mon côté, j'ai besoin d'une carte verte. Je ne sais pas encore si je veux des enfants, mais on n'a qu'à commencer par se marier et pour le reste on verra plus tard. Vous êtes une femme, vous êtes encore jeune, vous n'êtes pas laide… Marché conclu !

Bonté divine ! Il se conduisait comme un parfait abruti.

Elle le toisa avec mépris. Cette femme-là avait de la classe, il fallait le reconnaître.

— Je vous laisse le soin de payer l'addition, monsieur Barlow.

Tom ressentit un intense soulagement mêlé de regrets.

— Alors, *bye-bye* ! Ce fut un plaisir.

— Dommage que je ne puisse pas en dire autant, répliqua-t-elle en se dégageant du box.

Il lui désigna son sac d'un signe de la tête.

— N'oubliez pas votre rat !

Elle récupéra le tout et sortit du pub sans un regard pour lui. Il se congratula à mi-voix :

— Tu as fait très fort, cette fois, mon vieux !

Un profond sentiment de dégoût pour lui-même l'assaillit. Sensation bien connue.

Il pressa brièvement ses doigts sur ses tempes, résistant à l'envie impérieuse de rattraper Honor Holland pour lui présenter ses excuses. Il s'était vraiment conduit comme le dernier des goujats.

Force lui était d'admettre que se servir ainsi de quelqu'un était plus facile à dire qu'à faire. Même pour le bien de Charlie.

Et puis il avait déjà vécu avec une femme qui avait le cœur pris par quelqu'un d'autre. Chat échaudé…

Enfin, découvrir que Honor Holland n'était autre que la

bagarreuse si… si passionnée de l'autre soir… Elle lui avait bien plu, cette fille qui balançait des verres de vin à la tête de sa rivale et lui arrachait les cheveux par poignées. Un tel tempérament méritait mieux qu'un mariage de convenance.

5

Deux jours s'étaient écoulés depuis l'entrevue de Honor et Tom…

— Je ne sais pas si je suis du genre à me farder les lèvres en rouge, hasarda Honor. Je me fais un peu l'effet du clown dans *Ça*.

— Oh ! là là ! Tu te souviens quand Jack nous a fait voir ce film ? s'exclama Faith depuis le lit où elle chahutait avec Spike. J'ai eu tellement peur que j'ai failli faire pipi dans ma culotte ! Mais tu ne lui ressembles absolument pas, Honor, s'empressa-t-elle d'ajouter. Même de loin.

Colleen O'Rourke, spécialiste autoproclamée en matière de gent masculine, examina Honor d'un œil critique.

— Mouais… tu as un petit côté clown, c'est assez vrai. Bah, il fallait bien essayer ! Mais on est sur la bonne voie, ne t'en fais pas.

Elle piocha un serre-tête rose et vert dans la corbeille qui renfermait toute la collection devenue inutile.

— En tout cas, je suis drôlement contente de savoir que tous ces trucs vont connaître le même destin que les dinosaures.

Elle jeta le serre-tête par terre. Spike s'en empara et entreprit de le ronger de ses petites dents pointues. Blue, le gigantesque golden retriever de Faith, se mit à gémir du fond de sa cachette sous le lit. Il faisait toujours le bébé devant Spike la Féroce.

Honor fronça les sourcils… avant de se rappeler qu'il ne valait mieux pas — avait-elle atteint l'âge pour les injections de Botox ? Elle ne s'était pas encore habituée à sa nouvelle coupe et n'arrêtait pas de vouloir dégager ses épaules. Mais sa main ne rencontrait que le vide. Cela s'ajoutant au fait qu'elle était bien plus maquillée qu'elle ne l'avait été ces vingt dernières années, elle avait du mal à reconnaître son reflet dans le miroir.

— Tu es superbe, affirma Faith d'un ton rassurant.

Car c'était elle qui était à l'origine de cette transformation.

Jusqu'à l'arrivée de sa sœur, une demi-heure plus tôt, la coiffeuse de Honor ne s'ornait, en tout et pour tout, que d'une brosse à cheveux et d'un pot de crème hydratante Oil of Olaz (la même que celle de Goggy, lui avait fait remarquer Faith). A présent, le plateau disparaissait sous une avalanche de produits pour fille : fard à joues, ombre à paupières, sept crèmes hydratantes (toutes différentes), rouges à lèvres, tubes et pots en tout genre.

Eh, oui ! Sa situation commençant à devenir un peu désespérée, elle avait consenti à une séance de relooking. Un nouveau fard à paupières avait-il réellement le pouvoir de changer le cours de sa vie ? C'est ce qu'elle s'apprêtait à découvrir alors qu'elle approchait de la date de péremption (« à trente-cinq ans, le compte à rebours a commencé… »).

Changer ses comportements, en revanche… Enfin, c'était bien le but, non ? Même si, pour y arriver, il fallait ressembler à un pot de peinture… Le look « bimbo » présentait peut-être certains avantages, après tout ?

— Il paraît qu'il y a « séance relooking » aujourd'hui ?

Un verre de vin à la main, Prudence déboula dans la chambre, en bottes de travail et chemise à carreaux.

— Comment se fait-il qu'on ne m'ait pas invitée ?

— Tu ne crois pas si bien dire, répliqua Colleen. Il se pourrait bien que tu sois la prochaine sur la liste ! Voilà des années que je meurs d'envie de m'attaquer sérieusement à ton cas.

— Pour tout t'avouer, je me suis pas mal maquillée, ces derniers temps… Avec Carl, on s'est fait une version perso d'*Avatar*, l'autre soir ; les draps continuent de rendre du bleu au lavage.

— Merci pour les détails, railla Faith. Encore un film que je ne pourrai plus jamais regarder.

— Je ne vois vraiment pas pourquoi… Je t'en ai gâché d'autres ?

— Au hasard : *Le Dernier des Mohicans, Les Misérables, Star Wars…*

Honor intervint :

— N'oublie pas *Lincoln*…

— Et *La Théorie du big bang*, ajouta Colleen.

— Oh ! ça va… On croyait que c'était un porno, se défendit Pru avec un large sourire. Mais allez-y, payez-vous ma tête ! N'empêche que, moi, je revendique haut et fort vingt-cinq ans de bonheur conjugal.

Elle but une gorgée de vin.

— Euh, au fait, Honor… toi aussi, tu me fais penser à un film… Tu sais, le clown, dans *Ça*. Vas-y mollo sur le fond de teint.

Honor adressa un regard appuyé à Colleen, qui lui tendit un mouchoir en papier en soupirant.

— C'est normal que le mascara fasse autant de paquets ? s'enquit Honor en se rapprochant du miroir. Je commence à avoir du mal à ouvrir les yeux.

— Appliques-en une couche supplémentaire, ça détachera les cils les uns des autres.

Sous le lit, Blue se remit à glapir, s'attirant les foudres de sa maîtresse.

— Sois un mâle, voyons, Blue ! s'exclama Faith. Cette petite Spike fait à peine deux kilos.

— Deux kilos et demi, presque ! Et elle a le courage d'une lionne ! s'enorgueillit Honor.

Blue, prudent, préféra demeurer dans sa cachette.

— Alors, c'était quoi, ce rendez-vous avec Tom Barlow, l'autre soir ? lui demanda Colleen.

Honor se détourna de son reflet dans le miroir, se tirant nerveusement sur le lobe de l'oreille… stop ! Passé trente-cinq ans, les cartilages commencent à perdre de leur élasticité, elle venait de le lire dans un magazine. Pas question d'avoir des lobes distendus en plus du reste.

— C'est le neveu, ou je ne sais quoi, d'une amie de Goggy. Bref, une rencontre de pure courtoisie.

— Il est mignon, tu ne trouves pas ?

— Tant qu'il n'ouvre pas la bouche.

Elle se frotta les lèvres à l'aide du mouchoir en papier. Il restait encore du rouge. Apparemment, ce truc était indélébile.

— Ah bon ? Il m'avait l'air plutôt sympa, pourtant. Célibataire. Du genre réservé. Dommage qu'il ne soit pas plus âgé, autrement il me ferait complètement craquer. C'est son accent anglais, je crois. Chaque fois qu'il me commande une bière, je ne suis pas loin de l'orgasme.

— Tu devrais entendre Carl parler allemand, dit Pru. *Sehr* sexy.

A cette pensée, Honor frémit d'horreur. Colleen lui passa un autre tube de rouge.

— Tiens, essaie plutôt cette teinte-là.

Elle s'exécuta, tandis que Faith et Colleen l'assaillaient de conseils et d'astuces de beauté. « Serre les lèvres, fort ! » « Ouvre la bouche ! » « Tamponne avec un mouchoir ! » « Frotte ! » « Applique par petites touches ! » « Etale bien ! » Qui aurait cru que se mettre un peu de rouge à lèvres pouvait être si compliqué ? Quand vint le tour du blush et de la poudre de soleil, Faith et Colleen se mirent à jacasser comme des pies. C'était si gentil à elles de l'aider à augmenter son capital séduction !

Le seul problème, c'est que les hommes ne couraient pas les rues dans une petite ville de sept cent quinze âmes.

En y repensant, c'était drôle, mais… Lorsque ses yeux s'étaient posés sur le neveu de l'amie de Goggy, l'autre soir, au pub, elle… elle avait bel et bien ressenti quelque chose. Son cœur s'était contracté de cette manière étrange, si caractéristique, et l'espoir qui l'avait soudain envahie avait failli la paralyser sur place.

Tom Barlow n'était ni vieux ni bizarre. Il était… il n'était pas vraiment beau à proprement parler. Des cheveux bruns coupés très court. Des traits plutôt réguliers. Et pourtant il avait un petit quelque chose qui… Mais non. Sa réaction était à mettre sur le compte de la surprise, tout simplement. Elle avait découvert un homme de son âge au lieu du prof de maths dégarni aux dents de cheval et sentant la naphtaline qu'elle avait imaginé. Cependant… même en tenant compte de l'effet de surprise, elle devait reconnaître que sa physionomie lui avait plu. Certes, il n'avait pas un visage d'adonis, comme Brogan… néanmoins, elle s'était fait la réflexion que, ce visage, elle pourrait le contempler très longtemps sans se lasser.

Il avait les yeux foncés et une petite cicatrice en travers du sourcil. Elle n'avait pas pour habitude d'être émoustillée par les blessures de guerre, mais il fallait bien avouer que ce petit détail l'avait attirée. Il avait des lèvres charnues et… incroyable ! Voilà qu'elle se mettait à fantasmer sur Tom Barlow ! Un puissant éclair de désir la parcourut et, tout à coup, ses ovules entreprirent de se pomponner devant le miroir.

En un éclair, elle réécrivit la scène. Elle, plaisantant avec lui de leur rendez-vous arrangé et des circonstances peu banales qui avaient conduit à leur rencontre. Lui, terriblement reconnaissant qu'elle ait accepté de venir… et soudain un déclic, une étincelle. Une *connivence*. Il la raccompagnait jusqu'à sa voiture, se penchait pour l'embrasser. Sensation divine, sans l'ombre d'un doute.

En réalité, qu'avait fait Tom Barlow ? Il avait levé les yeux. Lui avait souri, laissant entrevoir une rangée de dents imparfaite. L'une d'elles était légèrement de travers, minuscule défaut qui lui avait chaviré le cœur.

Puis il avait ouvert la bouche… et le fantasme s'était aussitôt évaporé.

Colleen se pencha vers elle, s'apprêtant à lui appliquer un dix-septième fard à paupières.

— Ah, non ! Pas de paillettes ! Ça suffit comme ça, vous ne trouvez pas ? Franchement, j'ai l'impression d'être maquillée comme une voiture volée.

— Tu es très belle, affirma Faith. Tu as rajeuni de dix ans.

Aïe !

— Attention, tu ne fais pas vieille du tout, hein ? ajouta précipitamment Faith avec une grimace. Ce n'est pas ce que j'ai dit. Tu sais bien qu'avoir trente-cinq ans de nos jours, c'est comme, euh… comme en avoir dix-huit.

Pru se frotta les mains avec satisfaction :

— Tu as donc un rancard ! Mais c'est très excitant, tout ça ! Comment s'appelle l'heureux élu ?

— Euh, il a un prénom slave. Droog, je crois.

— Oh ! la vache ! s'amusa Colleen. Tu t'imagines crier ça au moment crucial ? Oh ! oui… Droog ! Encore, Droog !

Honor fit la moue :

— Ça ne va pas de soi, je dois dire.

— En même temps, qu'est-ce qu'un nom ? objecta Faith. S'il est mignon, ça n'aura plus aucune importance. Tu seras même la première à trouver son prénom adorable au bout de dix minutes.

— Je déteste ce genre de rendez-vous, avoua Honor. Je suis tellement nulle avec les hommes !

— Ça, c'est bien vrai, confirma Prudence d'un air songeur, à l'instant même où Faith s'exclamait : C'est totalement faux !

— Oh ! mais si, c'est la pure vérité… par contre, je suis imbattable en comptabilité. Chacun ses talents…

— Les filles ! rugit leur père au bas de l'escalier. Levi et Connor sont là !

— John Holland ! vociféra Mme Johnson. Arrêtez de crier après vos filles comme après un troupeau de mules !

La porte de la chambre s'ouvrit.

— Bonsoir, mesdames, lança Levi.

Son regard s'arrêta sur Faith, et Honor dut réprimer ce sentiment d'envie qui, comme chaque fois, l'assaillait. Levi et sa sœur se connaissaient depuis toujours, mais ils ne s'étaient « trouvés » que depuis peu. Dès qu'ils étaient dans la même pièce, l'air se chargeait de ces phéromones propres aux jeunes mariés.

Colleen prit une mine dégoûtée :

— Regardez-moi ces tourtereaux dégoulinants ! Ah… les jeunes… moi, ça fait bien longtemps que ça m'est passé, pas toi, Honor ?

— Non, moi, j'aime les voir se regarder avec des yeux de merlan frit. Salut, Connor !

— Salut, les sœurs Holland, salut, ma jumelle. Wouah, Honor, tes cheveux… je ne m'y suis pas encore fait.

— J'ai trouvé Connor errant dans les rues de la ville, expliqua Levi. On s'est dit qu'on pourrait venir voir ce que vous trafiquiez, les filles.

— Va donc boire un verre en bas avec mon père, suggéra Faith. C'est interdit aux hommes, ici.

Colleen se récria :

— Non, au contraire, ça tombe à pic ! Les garçons, qu'est-ce que vous en pensez ? Est-ce que vous trouvez que Honor est sexy ? Pas en général, hein, mais là, maintenant ?

— Par pitié, ne répondez pas à cette question ! supplia Honor.

Les deux hommes échangèrent un regard soulagé.

Du coup, elle se ravisa. Minute ! Pourquoi ne souhaitaient-ils pas s'exprimer sur le fait qu'elle soit sexy ou non ?

— A la réflexion, si. Vous pouvez répondre. Est-ce que je suis sexy, les gars ?

— Finalement, je vais aller boire un verre en bas, dit Levi. Connor, tu viens ?

— Ne bouge pas d'ici ! ordonna Honor. Tu me dois bien ça, Levi Cooper ! OK, je comprends que ce soit gênant pour toi en tant que beau-frère, mais Colleen a raison. Un avis masculin serait le bienvenu.

— Puis-je invoquer mon droit au cinquième amendement ? s'enquit Levi.

— Non, tu n'as pas le droit de t'abstenir.

— C'est faux, rien ne m'oblige à parler !

— Alors, je ne te connais plus.

Levi la regarda avec son habituel air ensommeillé.

— Je ne te donne pas un jour pour revenir me manger dans la main.

— Mmm, moi aussi, je veux bien te manger dans la main, intervint Pru. Tu es beau gosse, Levi.

Honor se détourna vivement du miroir et darda sur les deux hommes un regard chargé d'autorité — c'était là une de ses compétences innées, et elle savait en user.

— Dites-moi, les gars, vous ne voudriez pas jouer contre mon camp, n'est-ce pas ?

— Moi, non, répondit Connor.

— Et c'est très judicieux de ta part. Détendez-vous, tous les deux… je suis juste en quête de quelques renseignements.

Pourquoi pas, après tout ? Elle avait déjà perdu toute dignité dans ce bar, l'autre soir. Et puis ces deux-là la connaissaient par cœur.

— Expliquez-moi pourquoi je ne suscite aucune pensée coquine chez les hommes.

— Ah, pardon ! protesta Connor. Chez nous, si ! De côté-là, pas de problème.

— Non, c'est faux.

— Je t'assure que si ! On est des mecs. Par définition, on évalue toujours une femme sous l'angle de la sexualité. N'est-ce pas, Levi ?

Ce dernier prit un air renfrogné. Honor restait sceptique.

— C'est bien vrai, ça ?

D'un autre côté, les hommes lui semblaient des créatures tellement étranges…

— Vous parlez sérieusement ? Quand vous regardez une femme, n'importe quelle femme, vous l'imaginez immédiatement au lit ?

— Pas moi, affirma Levi.

— Il ment, répliqua Connor. On est des mecs, je te dis ! Quand on voit une femme, on pense sexe.

— Mais ça vaut pour toutes les femmes ?

Connor opina.

— OK, dans ce cas, prenons un exemple : Lorena Creech…

Elle avait choisi volontairement la femme la plus épouvantable qu'elle connût : la soixantaine, vingt-cinq kilos de trop et un goût prononcé pour les imprimés animaux transparents.

— Tu t'es déjà imaginé dans un lit avec elle ?

— Mais oui… De la même manière que je peux m'imaginer dévoré par un requin ou les testicules pris dans un piège à ours. A partir du moment où tu es un mec et qu'une femme passe devant toi, tu la regardes, tu l'imagines au lit et, là, soit tu frissonnes d'horreur, soit tu te mets à la draguer.

Honor fit la moue.

— Autrement dit, moi, je provoque un frisson d'horreur, c'est ça ?

Connor parut accablé.

— Elle t'a eu, imbécile ! lança sa jumelle.

— Hum, mais non… Je… Tu n'es pas du tout *horrifiante*, Honor. Tu es tout à fait…

— Tout à fait quoi ? C'est ce que j'essaie d'élucider, figure-toi !

Connor commençait à transpirer.

— Hum, c'est difficile à expliquer comme ça… Tu es très, euh… séduisante.

— Connor, tu es un crétin, lâcha Prudence.

Honor poussa un soupir.

— Et toi, Levi ? Tu n'as rien à me dire ? Je suis ta belle-sœur, quand même ! Tu pourrais m'aider. En tant qu'homme, à quoi penses-tu spontanément quand tu me regardes ?

— Que tu es la sœur de ma femme.

— Idiot ! Que pensais-tu avant de l'épouser, alors ?

Il réfléchit.

— Voyons… Tu es un peu…

Faith le mit en garde :

— Fais gaffe, Levi ! Si tu vexes ma sœur, je serai obligée de te tuer. Dis-moi, tu as pris une assurance vie ? Parce que, s'il faut que je sois veuve, autant être une veuve riche !

— Non, franchement, Levi… Vas-y, réponds, s'il te plaît !

Croisant les bras sur sa poitrine, Honor attendit.

Levi s'accorda quelques secondes. Il soupira puis se lança :

— Ecoute, je crois que Connor a raison. Peut-être que ça m'a traversé l'esprit une ou deux fois, c'est vrai.

Il jeta un coup d'œil à sa femme.

— Mais pas longtemps, hein, et c'était bien avant qu'on se mette ensemble, chérie !

— Pourquoi pas longtemps ? Parce que je ne suis pas assez jolie, c'est ça ? subodora Honor.

C'était à prévoir. Du trio Holland, c'était Faith qui était la plus belle.

— Mais non ! Tu es très jolie, je t'assure.

— N'essaie pas de noyer le poisson, Levi !

— D'accord, tu n'es pas jolie ! Voilà, tu es contente ? C'est pourtant l'impression que j'avais, mais après tout tu dois avoir raison !

Voilà qui était plutôt gentil, finalement. Et Levi était connu pour sa franchise.

— Excuse-moi. Et merci pour ta réponse. Mais, si je suis si jolie, pourquoi n'as-tu jamais eu envie de coucher avec moi ?

— C'est une question très embarrassante !

— Parlons en théorie.

— Oui, Levi. En théorie, souffla Faith en écho.

— Je n'aimerais pas être à ta place, vieux, marmonna Connor.

Levi ferma brièvement les yeux.

— Ça n'a rien à voir avec ton physique, Honor. C'est plutôt à cause de ton côté un peu… inaccessible.

Elle en resta interdite.

— Comment ?

Elle n'était pas du tout inaccessible ! Elle était très affable, au contraire ! *Très* accessible ! D'une politesse *extrême* ! Presque… intransigeante sur l'étiquette. La secrétaire de la première dame, voilà ce qu'elle était : affable et polie. C'était sa vie, d'être agréable avec les gens toute la journée, même si parfois elle avait envie de leur tordre le cou.

Connor acquiesça :

— C'est ça ! Tu es… comment dit-on, déjà ? Murée dans ta tour d'ivoire. Enfermée à double tour. Tu portes une cuirasse.

— Je n'ai pas de cuirasse ! C'est faux ! Quelle cuirasse ? Je n'ai aucune cuirasse !

Spike se mit à aboyer en signe de soutien. Levi se tourna vers Faith, essayant de changer de sujet :

— Tu veux qu'on aille dîner au restaurant ?

— Tu ne te rends peut-être pas compte de l'image que tu donnes, glissa Colleen. Tes serre-tête, par exemple. Est-ce qu'ils dégagent une sensualité torride ? Non.

— Je ne suis pas inaccessible, répéta Honor à son beau-frère.

— D'accord, d'accord. Je te fais mes plus plates excuses. Faith, viens à mon secours !

— J'ai une idée, enchaîna celle-ci. Honor, tu vas faire comme si tu rencontrais Connor pour la première fois. Comme si c'était votre tout premier rendez-vous. Vous avez discuté en ligne, mais là c'est la première fois que vous vous voyez.

— Excellente idée ! dit Honor. Assieds-toi, Connor !

Inaccessible… Une cuirasse… Comment était-ce possible ? Spike trottina vers elle en réclamant qu'elle la prenne dans ses bras. Elle s'exécuta, embrassa sa petite chienne sur la tête. Elle était très accessible ! Même les animaux pouvaient en témoigner !

— Cette chienne va devoir dégager, décréta Colleen. Elle est encore plus collante qu'un chat.

— Je ne te permets pas ! protesta Honor en la fusillant du regard. Allez, Connor ! Entre dans le personnage !

— Oui, vas-y, commence et ne traîne pas, insista sa sœur. On a un bar à tenir. D'ailleurs, qui fait l'ouverture, ce soir ?

— Monica.

Connor soupira et s'assit obligeamment en face de Honor, au pied du lit.

— Salut. C'est toi, Honor ? Moi, c'est Connor.

— Oh ! Connor et Honor, ça rime ! s'écria Colleen. Oups, pardon ! Reprenez.

— Bonjour, Connor. Ravie de te rencontrer.

Totalement accessible ! Elle jeta à Levi un regard glacial. Mais celui-ci était en train de dévorer sa femme des yeux.

— Tu es encore plus jolie que sur ta photo, enchaîna Connor.

— Merci.

Elle lui décocha son plus beau sourire.

— Brrr… tu ressembles à un piranha quand tu souris comme ça, intervint Colleen. Relax, ma cocotte…

Honor soupira et tenta un nouveau sourire, en découvrant moins de dents cette fois.

— Ah, non ! Maintenant, tu as l'air timide et empruntée. Bon, ne t'en fais pas pour ça, on travaillera la gestuelle plus tard. Continue !

Connor avait l'âge de Faith. C'était un garçon sympa. Séduisant. Un excellent barman. A part ça, elle ne le connaissait pas très bien.

— Parle-moi de toi, Connor.

— Bon début, murmura Faith, tout en tapotant machinalement la main de Levi.

— Je suis un barman qui aime l'odeur des feuilles mortes en automne et le parfum du shampoing pour bébés.

Honor laissa passer quelques secondes.

— Euh… ça fait un peu froid dans le dos, ça, Connor.

— Ah, tu vois ? Tu m'as déjà dézingué. Trois minutes de dialogue à peine, et je me sens dévirilisé.

— Dans ce cas, il va falloir t'endurcir un peu, tu ne crois pas ?

— Bon, allez, ça suffit ! décida Connor. Et cette bière, Levi, ça te dit toujours ?

Pru se joignit aux garçons, tandis que Faith et Colleen passaient encore une demi-heure à abreuver Honor de conseils sur la façon de s'adresser à un homme. Un domaine dans lequel elle n'aurait jamais cru avoir besoin de leçons. Avec Brogan, elle se contentait d'être elle-même.

D'accord, l'exemple était mal choisi. La seule évocation de son prénom lui faisait terriblement mal.

Les troupes finirent par lever le camp, et Honor enfila la tenue que lui avait composée Faith. Un jean (appartenant à Colleen et dont la taille s'arrêtait dix centimètres au-dessous du nombril, sensation des plus inconfortables), des bottines en daim violet aux talons de sept centimètres (prêtées par Faith, forcément), un haut vert pâle (Colleen), des perles (celles de leur mère), quatre bracelets en argent (encore Faith) et de longs pendants d'oreilles en argent (toujours Faith).

De toute évidence, elle ne savait pas non plus s'habiller. Mais tel était justement le but de ce relooking total. Coupe courte, tenue branchée, maquillage outrancier… En un rien de temps, elle serait mariée !

— « Voici Droog… » « Je vous présente mon mari, Droog… »

C'est sûr, ça manquait un peu de panache.

Spike somnolait sur son oreiller, épuisée d'avoir réduit Blue à l'esclavage. Le gros golden retriever brûlait de lui témoigner son amour, ce que la petite chienne n'accepterait jamais. Spike avait été adoptée dans un refuge, aussi Honor ignorait-elle tout de son passé et de son comportement avec les autres chiens qu'elle avait pu rencontrer. Elle était autoritaire, à l'évidence, ce qui ne pouvait que susciter l'admiration de sa maîtresse.

De toute manière, Mme Johnson garderait Spike dans son appartement pour la soirée et lui ferait voir la série ultraviolente qui avait ses faveurs cette semaine. La gouvernante vouait à la petite chienne un amour plus fort que celui qu'elle réservait à la plupart des humains.

Honor descendit l'escalier sur la pointe des pieds, terrifiée à l'idée de trébucher avec ses bottines à talons hauts. C'était un coup à se casser la jambe ou le col du fémur ! Elle entra dans la cuisine.

— Oh ! mon Dieu !

Elle fit un bond en arrière qui la plaqua dos au mur, dans le couloir. Bonté divine !

— Pardon, je suis désolée !

— On ne faisait rien du tout ! cria son père tandis qu'une chaise se renversait avec fracas. Ce n'est pas du tout ce que tu crois !

Mme Johnson fulminait.

— Honor Grace Holland ! Qu'est-ce qui te prend de rôder dans la maison pour faire peur aux gens ?

— On ne faisait que s'embrasser ! se défendit son père.

— Est-ce que je peux revenir, maintenant ? demanda Honor.

Un début de fou rire lui chatouillait le creux de l'estomac.

— Mais oui ! Nous n'étions pas… Nous ne faisions que… eh, zut ! Ce n'est pas le téléphone que j'entends ?

— Restez ici, John Holland ! Ce n'était pas un vrai baiser, Honor, cxpliqua Mme Johnson d'un air sombre. Ton père, cet homme ridicule, m'a demandé la permission de m'embrasser, juste une fois. Et ce sera la dernière, John, puisque vous n'êtes même pas capable de savoir laquelle de vos filles patrouille dans les couloirs !

— D'accord, pas de souci, dit Honor en revenant dans la pièce.

Son père était rouge comme une tomate, et Mme Johnson écumait de rage.

— Je suis désolée de ne pas avoir fait davantage de bruit, mais j'ignorais que cette cuisine abritait une histoire d'amour. La prochaine fois, je m'accrocherai un grelot au cou.

— Pas besoin de grelot ! Il n'y a pas d'histoire d'amour ! tonna Mme Johnson. C'était une expérience, rien de plus ! Et un fiasco sur toute la ligne, étant donné ton intrusion, Honor. Nous pensions que tu étais partie avec les autres ! Ton père m'avait *affirmé* que nous étions seuls dans la maison.

— Ecoutez, madame Johnson, je vous présente toutes mes excuses, d'accord ? S'il vous plaît, n'assassinez pas mon père.

Ce dernier lui lança un regard plein de gratitude.

Au mur, la pendule égrenait les secondes.

— Récapitulons, reprit-elle. Papa et Mme Johnson. Voilà qui me plaît bien !

— Ça n'a pas à te plaire, petite chipie ! Puisqu'il n'y a rien entre nous, marmonna la gouvernante.

— Oh ! je vous en prie… Avec moi, votre petit secret sera bien gardé. Par contre, permettez-moi de vous dire que, si Faith était entrée à ma place dans la cuisine, vos deux corps auraient été immédiatement jetés à l'arrière de sa voiture et, à la minute où je vous parle, vous connaîtriez déjà la paix éternelle… Quant à Jack, c'est lui qui serait mort ! Il serait tombé raide sur le sol de la cuisine.

— Mon pauvre Jackie, murmura Mme Johnson.

Honor leva les yeux au ciel.

— Enfin, ça ne vous confère que plus de pouvoir… Bon, cette fois, je sors. Madame Johnson, vous voulez bien me garder Spike ?

— Evidemment ! Elle est où, ma pépette ? Quelle idée de l'appeler Spike ! Tu n'aurais pas pu lui donner un nom plus délicat ? Un nom de fille ! Je ne sais pas, moi… Princesse, par exemple, ou Sucre d'orge ?

— Ou Hyacinthe…, glissa John Holland.

C'était le prénom de Mme Johnson, qu'il contemplait avec un sourire niais.

Il était temps de s'éclipser… Honor leur souhaita bonne nuit et se dirigea vers sa voiture.

A l'automne dernier, son père avait décidé de faire des rencontres… enfin, pour ainsi dire. Mais, après quelques tentatives malheureuses, il avait paru renoncer à trouver l'âme sœur. De son côté, Mme Johnson était célibataire (du moins, c'était ce qu'il leur semblait à tous, mais la gouvernante était une énigme vivante) et elle s'occupait d'eux depuis la disparition de leur mère.

De là à imaginer une histoire d'amour entre ces deux solitaires… C'était peut-être évident pour tout le monde, mais Honor était passée complètement à côté.

Pourtant, en y réfléchissant, ça pouvait marcher. Quoique redoutable, Mme Johnson était quelqu'un de merveilleux, qui veillait sur leur père comme sur toute la fratrie, et qui les connaissait par cœur.

Honor trouvait agréable de pouvoir imaginer son père avec quelqu'un, moins seul, heureux, même. Naturellement, il l'avait toujours eue, elle, sa fille… mais présenté ainsi il est vrai que c'était un peu pathétique. Honor et son père avaient toujours formé un couple de célibataires vivant sous le même toit.

Un violent sentiment de solitude l'oppressa soudain. Si son père et Mme Johnson se mettaient en ménage, qu'allait-elle devenir ? Il faudrait qu'elle déménage. Pas question d'être la vieille fille qui tient la chandelle aux jeunes mariés et qui rapporte en douce des crackers dans sa chambre pour s'empiffrer devant des documentaires affligeants comme *J'ignorais que j'abritais un parasite.*

Raison de plus pour ne pas traîner, s'exclamèrent ses ovules. *Nous voulons servir à quelque chose !*

— Pour le coup, vous marquez un point, marmonna-t-elle en démarrant.

Si son père était capable de tomber amoureux, elle pouvait bien en faire autant. Le site e-mariage venait justement de lui proposer deux nouveaux candidats. Après quelques recherches préalables sur Google (merci, Faith), elle avait découvert que le premier était marié. Ce qui laissait donc Droog.

Preuve qu'elle faisait des efforts, non ? De gros efforts. Il lui fallait à tout prix vivre pleinement son existence. Et pas seulement parce que son père risquait de la coiffer au poteau dans la course à l'autel.

Trois jours auparavant, Dana lui avait envoyé un mail lui demandant si elle se sentait d'humeur à sortir. En déplacement professionnel à Poughkeepsie, elle n'avait pas eu d'autre réponse à faire que celle-ci. Et puis, la veille, Brogan lui avait à son tour laissé un message : il était rentré de Tampa et souhaitait dîner avec elle.

Dans la nuit, elle s'était soudain sentie prise de panique à l'idée de pouvoir mourir dans ce lit qu'elle avait occupé presque toute sa vie. Son père, qui la plupart du temps vivait sur une tout autre planète, ne la voyant plus, la croirait en voyage. Quant à Spike, affamée, elle finirait par lui grignoter le bout du nez. Ce qui entraînerait une cérémonie avec cercueil fermé, forcément. Cette agréable rêverie l'avait entraînée sur le site TouteSeule.com. Là, elle avait parcouru les profils des donneurs de sperme, exercice qui n'avait fait qu'accroître sa terreur. Elle avait réussi à se calmer en dressant une liste complète des préparatifs à effectuer pour le « Bal en noir et blanc » qui devait avoir lieu dans un mois et demi à peine. Au bout du compte, elle avait veillé jusqu'à 3 heures du matin.

— Maman ? dit-elle à voix haute alors qu'elle sortait de Manningsport. J'aurais bien besoin d'un peu d'aide pour rencontrer un homme. Qu'en penses-tu ? De là-haut, tu pourrais jouer les entremetteuses, s'il te plaît ?

Mon Dieu, faites que ce Droog Dragul soit quelqu'un de bien…

— Hônôrr ?

Elle tourna vivement la tête. Oh… Oh ! misère !

— Droog ?

— Voui ! Kôm jôliiie vous êtes !

Il la saisit d'emblée par les épaules pour l'embrasser. D'instinct, elle s'écarta le plus possible de lui, et les lèvres de Droog atterrirent sur son menton. Elles s'y attardèrent durant un temps effroyablement long avant qu'enfin elle parvienne à se dégager.

— Euh, bonsoir… Bonsoir, Droog. Ravie de faire votre connaissance.

« Ne pas se fier à la première impression », tel était le conseil de Faith et de Colleen. Une chance pour Droog.

Ils étaient plantés au beau milieu du foyer étudiant du Wickham College. Droog dirigeait le département de sciences et d'ingénierie. L'homme qui lui faisait face ne ressemblait que très vaguement au Droog de la photo d'e-mariage (il fallait à tout prix qu'elle arrête de se répéter son prénom : ça n'aidait vraiment pas). Pour obtenir une photo pareille, il avait sûrement fait appel à un studio professionnel et avait dû se couvrir de spray autobronzant. Sans oublier des heures de retouches acharnées sur Photoshop. Le véritable Droog (zut, encore !) affichait dix ans de plus au compteur, et son teint était nettement plus blafard. Sans oublier qu'il portait un sac. Pas une sympathique sacoche de prof en cuir fatigué, non, un véritable sac à main, qu'elle avait pu admirer la semaine passée chez Macy's.

— Vénez. Nous prenons véhikûul de moi. J'ai Dodge Omni. Vieille, mais kilométrage pétit.

Honor s'essuya le front, devenu moite.

— En fait, je m'étais dit que nous pourrions y aller à deux voitures. C'est… euh… ce sera plus simple pour rentrer.

— Kôm vous voulez.

Il restait possible, songea-t-elle alors qu'ils sortaient du bâtiment, que l'accent de Droog Dragul finisse par lui plaire. Après tout, elle avait toujours adoré la marionnette du Comte dans *Sesame Street*… Et puis sa figure en lame de couteau était peut-être plus séduisante sous un éclairage tamisé. Elle-même n'avait rien d'un top-modèle, n'est-ce pas…

Pour en revenir à Droog… Se reflétait-il dans les miroirs ? Scintillait-il au soleil ? *Arrête ces jugements hâtifs, Honor !* Ce n'était quand même pas la faute de ce type s'il était transylvanien, roumain ou hongrois.

Jusqu'à ce qu'ils arrivent sur le parking, elle afficha donc un sourire résolu (pas un sourire de piranha, du moins fallait-il l'espérer). A défaut d'autre chose, cette soirée lui servirait d'entraînement. Voilà des années qu'elle n'était pas allée à un premier rendez-vous. Des siècles !

Un rire féminin — ou plutôt une avalanche de rires féminins — lui fit tourner la tête. Un véritable troupeau s'était agglutiné autour d'un homme. Celui-ci tourna le regard vers elle.

Oh ! mer… credi ! C'était Tom Barlow.

Sans réfléchir, elle se plia en deux et feignit d'avoir perdu ses clés. Et si elle les faisait tomber pour de bon ça ferait plus authentique, non ? Ni une ni deux, elle les expédia d'un coup de pied sous la voiture. Avec un peu de chance, elle gagnerait du temps, laissant Tom et son troupeau s'éloigner.

— Vous perdû kekchôse ? s'enquit Droog en se penchant pour l'aider.

Il était immense, ce type.

— Hum, non, non… j'ai fait tomber mes clés, c'est tout.

Bien. Maintenant, il fallait qu'elle les ramasse, au lieu de rester plantée là, voûtée comme Quasimodo ! Elle s'accroupit, chercha à tâtons sous la voiture, mais ne sentit sous ses doigts que les gravillons du bitume. Elle se pencha encore pour jeter un œil. Génial ! Elle avait réussi à mettre ses clés hors d'atteinte !

— Je voudrais aider, mais cartilage de moi déchiré en lambô, pas possible pour moi asseoir à génoux. Hé, hé, hé !

Une ! aurait dit le Comte de *Sesame Street. Une grôssière erreuuur ! Deux ! Deux génoux bousillés !*

— Salut, Droog ! Salut, femme accroupie sur le bitume !

Honor soupira. Prise en flagrant délit !

— Tôm, Tôm ! Comment va, mon ami ? s'exclama Droog, ravi. Je voudrais présenter mon rendez-vous à toi, mademoiselle Hônôrr Hôlland.

Elle leva la tête. Tom la regardait d'un air moqueur, sur ses lèvres flottait un petit sourire narquois.

— Tiens, fit-elle platement. Bonsoir.

— Vous connaissez vous deux ?

Les sourcils de Droog s'envolèrent très haut sur son front de géant.

Tom gardait les yeux baissés sur elle.

— Nous habitons Manningsport, Honor et moi, finit-il par expliquer.

Son accent était nettement plus séduisant que celui du Comte...

— On s'est rencontrés l'autre soir au pub et on a fait un brin de causette. Tu sais comment ça se passe dans les petites villes... Vous avez perdu quelque chose, Honor ?

— Hum, oui, mes clés de voiture.

Quand il s'agenouilla à son côté, Honor sentit une agréable odeur de savon qui se dégageait de lui. Il ne devait pas s'être rasé récemment car son menton arborait une rugueuse barbe de trois jours. Peut-être n'était-elle pas si rugueuse que ça, d'ailleurs... Il avait peut-être la barbe douce... Ses *lèvres*, en tout cas, devaient être douces !

Ne pas paniquer. Essayer de temporiser.

Tom se tourna vers elle, et une émotion inconnue la submergea. L'espace d'une seconde, elle crut qu'il allait l'embrasser. Incroyable mais... elle n'y aurait vu aucune objection ! Bien au contraire... Elle battit des paupières ; son œil gauche resta collé par des paquets de mascara. Franchement, à quoi pensait-elle ? Tom Barlow n'allait certainement pas l'embrasser sur un parking, ni où que ce soit ! Il essayait simplement de l'aider à récupérer ses satanées clés.

Dans la manœuvre, Tom se rapprocha d'elle encore un peu plus, à tel point que sa tête finit par effleurer le ventre de Honor, provoquant en elle un trouble qui n'était pas désagréable...

— Vous avez un problème à l'œil ? lui demanda Tom avec un sourire malicieux.

— Absolument pas !

C'est sûr, elle en viendrait à détester ce type, s'ils devaient se fréquenter davantage ! Au prix d'un effort surhumain, elle réussit à décoller sa paupière ; Tom tâtonna sous la voiture, se redressa et lui tendit ses clés.

— Et voilà le travail !

Un sourire dansait au fond de ses yeux gris.

Plutôt joli, ce gris. La couleur d'un lac sombre et profond sous un ciel de novembre.

— Alors comme ça vous sortez ensemble, tous les deux ? Droog est un type formidable, vous savez.

— C'est ça, répliqua-t-elle avec brusquerie.

Le Comte ! Elle l'avait presque oublié, celui-là !

— Droog, je m'excuse pour cette histoire de clés… Si c'est bon pour vous, nous pouvons y aller.

— Amusez-vous bien ! leur lança Tom.

— A démain, Tôm ! répondit Droog en ouvrant pour Honor la portière de sa Dodge Omni bordeaux à reflets de rouille.

— Merci, dit-elle.

Tom prit la direction de sa propre voiture et lui jeta un sourire par-dessus son épaule. Zut ! C'était un sourire XXL. Et, au passage, il ne ressemblait en rien au vieux prof de maths conservé dans la naphtaline, loin de là ! De larges épaules. Un postérieur parfait.

Il lui lança un dernier coup d'œil, qui fit prendre conscience à Honor qu'elle ne l'avait toujours pas lâché du regard. Il afficha un air intrigué, comme s'il venait de se rendre compte qu'elle le regardait. Il devait avoir l'habitude, songea-t-elle. Une jolie fille n'était-elle pas justement en train de l'aborder en trottinant ? Pourquoi ne cherchait-il pas à l'épouser, alors ? Pourquoi lui donner rendez-vous à elle, Honor, si toutes les femmes se jetaient à sa tête ?

Non, décidément, ce Tom Barlow n'avait rien d'aimable. Alors que Droog, lui, la trouvait « jôliiie ». Absurde de laisser son corps ressentir un tel émoi pour un type qui s'était conduit avec elle comme le dernier des goujats.

— Bôwling, vous aimez ? lui demandait Droog une demi-heure plus tard, alors qu'ils dînaient dans un restaurant. Moi, j'adôrr. Bang, les quilles qui tômbent, hôp ! joie sur figûurr des enfants.

Il lui sourit.

— Pét-êtrr nous essayer une partie, un jourr ?

Non, il n'y aurait pas de partie de bowling un autre jour.

Honor avait définitivement rayé de sa liste toute possibilité de mariage et d'enfants avec Droog Dragul. A chaque instant, elle avait craint qu'il ne rejette soudain la tête en arrière pour hurler à la lune… ou qu'il se mette à tout compter, comme le Comte de *Sesame Street.* (« Un… un coutô pointûu ! Deux ! Deux artères dans cou ! ») Il avait tiré de son sac, une à une, un nombre incalculable de lingettes antibactériennes et avait essuyé tout ce qui se trouvait sur la table, sans oublier leurs chaises et même le sol autour d'eux.

— Voilâ, j'ai nettoyé espâace, avait-il déclaré joyeusement.

Peu à peu, c'est l'image de Dexter, le tueur en série, qui s'était imposée à elle.

Ensuite, il avait commandé une bouteille d'eau minérale et avait sorti un sandwich de son sac. Pain blanc-mortadelle.

Les quatre-vingt-trois minutes qui avaient suivi lui avaient paru interminables.

Mais il fallait rendre justice à ce pauvre Droog. Lorsqu'il avait demandé à la revoir, il avait accueilli son refus avec beaucoup d'élégance.

— Ah, voui… je comprends. Entre nous, pas le krik.

— Le cric ?

Il fit claquer ses doigts.

— Le klik.

— Ah, oui… Le déclic.

Elle s'était forcée à sourire.

— Mais j'ai été ravie de faire votre connaissance, Droog.

— Et moi vôtrr aussi, Hônôrr. Bônne nuit.

Et voilà. Envolé, le potentiel époux ! Peut-être pourrait-elle rappeler Jeremy au sujet de ces banques de sperme ?

L'ennui, c'était qu'elle voulait un mari en chair et en os. Elle ne demandait pas grand-chose : un homme sympathique, pas forcément un sosie de Brogan — yeux turquoise compris —, simplement… quelqu'un de bien. Un type normal. Pas quelqu'un qui apportait son propre panier-repas au restaurant.

Dommage que Tom Barlow se soit conduit comme un crétin.

6

— Ah, Tom ! Te voilà. Bonjour. N'oublie pas d'enlever tes chaussures.

Il s'exécuta.

— Bonjour, Janice. Comment allez-vous ?

— Bien, ma foi… Entre, je t'en prie, dit-elle en lui tenant la porte.

Il pénétra dans la maison, s'efforçant de faire taire le sentiment de déprime qui l'accablait chaque fois qu'il rendait visite aux grands-parents de Charlie. Le séjour était uniformément rosâtre, donnant l'impression de se trouver prisonnier dans les entrailles d'un saumon. Les pieds de Tom s'enfoncèrent dans le tapis de peluche rose, tandis que des dizaines de petits yeux sans vie le suivaient du regard : les poupées dont Janice faisait la collection lui avaient toujours donné la chair de poule. Il y en avait des centaines, toutes de la même taille, habillées de diverses tenues, depuis le bikini à fanfreluches jusqu'à la robe de mariée. Alignées en rangs d'oignons, elles trônaient dans des vitrines spécialement conçues pour elles. On aurait dit une armée de petits soldats maléfiques, prêts à se libérer à chaque instant de leur prison de verre pour se jeter sur le premier venu.

Pauvre Charlie ! Etre obligé de vivre entouré de toutes ces poupées… Que pouvait-il bien raconter à ses copains ? Mais en avait-il seulement, des copains ? A la connaissance de Tom, non. Aucun n'avait jamais été invité dans cette maison, en tout cas. Il se massa la nuque.

— Et que fait Walter aujourd'hui ? Il est là ?

— Non, il est chez le coiffeur. Il fuit la maison, et je ne peux vraiment pas lui en vouloir.

Comme à son habitude, Janice se mit à fixer sa braguette, ce qui le mettait toujours très mal à l'aise. Il en arrivait même parfois à craindre de lui tourner le dos.

— C'est gentil à toi d'être venu, Tom. Mais ce n'est pas la peine, tu sais… Rien ne t'y oblige.

— Mais non, je t'assure, ça me fait plaisir de passer un peu de temps avec lui.

Janice détacha à regret son regard du pantalon de Tom et afficha une moue dubitative. OK, il en faisait peut-être un peu trop. Ce qui ne l'empêcha pas d'ajouter :

— Et il peut venir me voir chaque fois que le cœur lui en dit. Il peut même dormir à la maison, s'il veut.

— Tu seras sanctifié sur terre, Tom… Prends donc un siège.

Lorsque Tom s'assit, le revêtement plastifié de la chaise émit un couinement sous son poids.

— Il fait la tête à longueur de journée. C'est à peine s'il nous adresse la parole. Et pourquoi ? Personne n'en sait rien. Après tout ce que nous avons fait pour lui…

— Oui, vous avez été admirables…, prétendit Tom.

Janice le gratifia d'un regard de martyre.

— C'est ce qu'aurait fait Jésus à notre place. Bon, il doit te tarder d'y aller… Charlie ! se mit-elle à hurler.

Tom sursauta, surpris par la brusque montée du volume.

— Tom est arrivé !

Pas de réponse.

— Je vais le chercher.

Janice soupira.

— Il s'est encore enfermé dans sa chambre ! Il ne répond jamais quand on l'appelle.

Sur ces mots, elle gravit pesamment l'escalier, abandonnant Tom, seul face à l'armée de poupées.

Il lui était impossible de ne pas les regarder. Aujourd'hui, la danseuse de flamenco lui semblait particulièrement mal disposée à son égard.

— Va te faire voir…, murmura-t-il.

Pas étonnant que Charlie soit tout le temps de mauvais poil. Et en parlant du loup…

— *Hello*, mon gars ! lança-t-il en se levant. Comment vas-tu ?

Il ressentait toujours un choc lorsque Charlie faisait son apparition : le noir était devenu sa couleur de prédilection… vêtements noirs, cheveux noirs, ongles noirs et humeur noire. Au cours de l'année qui venait de s'écouler, le garçon, marqué par une puberté particulièrement difficile, avait viré punk. Ou gothique… Tom n'aurait pas su dire exactement quel était le nom de ce look apprécié des ados. Tenues noires et baggy obligatoire, eye-liner et vernis à ongles noirs : il y avait quelques élèves comme lui à Wickham. On les voyait traîner des pieds sur le campus, dans un cliquetis de chaînes improbable. Mais ceux-là, au moins, avaient l'air heureux.

Alors que Charlie…

Le gamin passa devant lui sans le regarder et se dirigea vers la porte avec l'entrain d'un condamné à mort.

— Bon, dit Tom à Janice. Je vous le ramènerai vers 19 heures, ça ira ?

— Si tu arrives à le supporter jusque-là…, soupira-t-elle.

— Ecoutez… vous… Allez, passez une bonne journée, Janice !

Il rejoignit sa voiture où Charlie l'attendait, les écouteurs vissés dans les oreilles, avec sur la figure cet air de souffrance résignée que seuls les ados de quatorze ans savent exprimer. *Qu'est-ce que je fais ici, au milieu de ces cons ? A compter les minutes jusqu'à pouvoir enfin me tirer…*

Tom s'installa au volant et fit démarrer le moteur.

— Alors, Charlie, qu'est-ce que tu deviens ?

Pas de réponse côté passager, hormis un faible son s'échappant des écouteurs. Hum, pouvait-on vraiment appeler ça de la musique ? s'interrogea Tom.

— Tout se passe bien au collège ?

Silence radio.

— Attache-toi, mon garçon, s'il te plaît.

Toujours pas de réponse.

— Allez, Charlie, tu mets ta ceinture !

Sans dire un mot, le gamin finit par s'attacher en prenant un air excédé.

— Je me suis dit qu'on pourrait faire un tour en ville, histoire de prendre un peu de bon temps, puis on rentrerait manger à la maison — ça te va ?

Silence abyssal.

Dire qu'il allait falloir supporter ce tête-à-tête pendant quatre heures encore…

Charlie arborait un tout nouveau piercing dans le cartilage de son oreille gauche. D'après ce que Tom pouvait en voir, le trou semblait s'être infecté : la peau était devenue rouge et irritée par l'épingle à nourrice qui la perforait.

— Veille à bien nettoyer ce truc, tout de même, ne put-il s'empêcher de dire.

Puis il reprit avec obstination son bavardage en solitaire : le temps qu'il faisait, la ville, le lac, les Buffalo Bills (il ignorait si Charlie s'intéressait au football américain — lui-même s'en contrefichait —, mais il fallait bien tenter quelque chose), jusqu'à ce qu'ils arrivent enfin sur le parking. Charlie daigna ouvrir la bouche.

— Qu'est-ce qu'on fout là ?

La voix angélique du petit garçon d'autrefois était devenue ces derniers mois celle d'un baryton en herbe. Décidément, Tom n'arrivait pas à s'y faire ! On se serait cru dans *L'Exorciste*, quand la petite fille se met à parler avec la voix du démon.

— C'est une salle de sport.

Charlie lui jeta un regard plein de mépris. Où était donc passé cet enfant plein d'enthousiasme qui, jadis, lui sautait dans les bras ? Il prit le parti d'en rire.

— OK, ce n'est pas un scoop, puisque c'est écrit dessus !

Il se racla la gorge, pas très sûr de lui.

— J'ai pensé qu'on pourrait aller y faire un tour tous les deux.

A dire vrai, il ne savait pas comment occuper Charlie, dont les intérêts semblaient se résumer à la musique satanique et au *body art*. Le temps des cerfs-volants, des balades à vélo et des coupes glacées était décidément révolu.

Mais Tom avait pratiqué la boxe pendant des années. Il avait même obtenu une bourse universitaire et participé à de nombreux championnats régionaux. Il avait d'ailleurs été un peu étonné de découvrir que Manningsport possédait son propre club de boxe, un endroit à l'ancienne, saturé d'une odeur de cuir et de sueur, vibrant au rythme des hommes et des femmes qui sautaient à la corde et cognaient dans les sacs de frappe. Il s'y était inscrit dès la première semaine après son arrivée.

— Pas question que je mette un pied là-dedans, marmonna Charlie, la tête obstinément tournée vers la vitre passager.

— Je ne peux pas te laisser dans la voiture, voyons !

— Bien sûr que si.

— Il fait froid… En plus, on est ensemble jusqu'à 19 heures, alors il faut bien qu'on trouve quelque chose à faire, non ?

Il patienta. Au bout de quelques secondes, Charlie consentit à sortir de la voiture et se dirigea vers le club de gym en traînant les pieds. Tom le suivit, sac de sport à la main.

— Mais ça pue ici ! s'exclama le gamin d'un air outragé, les écouteurs toujours enfoncés dans les oreilles.

— Bah, ça sent comme dans une salle de sport, c'est tout ! Allez, viens, mon chaton ! Allons voir ce que ça donne.

— Arrête de m'appeler comme ça ! Ça fait vraiment gay !

Il parlait très fort.

Tom s'efforça de ne pas s'énerver.

— Là d'où je viens, c'est un terme d'affection.

— Tu n'es pas mon ami, tu n'es pas mon père… Ni mon beau-père non plus, d'ailleurs. Je ne supporte pas que tu dises à tout le monde que je suis ton beau-fils, OK ?

— OK. Ça ne change rien au fait que je me suis dit qu'on pourrait essayer de faire un sport ensemble. Ça ne peut pas te faire de mal, n'est-ce pas ? Ce serait même sympa pour toi de commencer à savoir boxer, non ? Attends, je vais te dégoter un short, un casque et une paire de gants. Tu vas voir, on va bien se marrer.

— Je ne vois vraiment pas en quoi ça peut être *marrant* !

— Et mets-la en sourdine, d'accord ?

Il arracha l'un des écouteurs de Charlie, qui réagit comme s'il l'avait giflé.

— Ne me touche pas ! Je n'ai pas à t'obéir !

Génial ! Voilà que quelqu'un rappliquait, maintenant ! Un grand type baraqué aux biscoteaux impressionnants, qui arborait un tatouage militaire. Le gars s'approcha, avec l'air de vouloir en découdre.

— Un problème ?

Tom afficha un sourire contraint :

— Non, rien de grave, à moins que vous ne considériez les ados mal lunés comme un problème.

Son sourire resta sans réponse, le type ne semblant guère compatir à son sort. Il revint d'ailleurs aussitôt à la charge :

— Tout va bien ?

— Non, répondit Charlie en levant les yeux au ciel d'un air excédé.

Tom souhaita presque que les globes oculaires du garçon restent coincés là-haut, comme son propre père le lui promettait toujours, à l'époque.

— Je suis Levi Cooper, le chef de la police, dit l'homme à Charlie.

De mieux en mieux !

— Mon garçon, d'où connais-tu ce monsieur ?

Tom se voyait déjà en taule pour tentative d'enlèvement sur mineur de moins de quinze ans, ou pire encore. Quoique, à la réflexion, se faire expédier en Angleterre — ou en prison — ne serait pas si terrible, en comparaison des après-midi passés avec Charlie.

Ce dernier restant muet, Tom prit les devants et expliqua :

— Je suis un ami de la famille.

Sa déclaration n'eut pas l'air d'impressionner le moins du monde le chef de la police locale.

— C'est vrai, ça ? demanda-t-il.

— Chais pas, marmotta Charlie.

— Tu veux que je te ramène chez toi ?

— Non.

Charlie lui avait répondu sur le ton qu'il affectionnait particulièrement en ce moment : légèrement teinté de dégoût.

— Et quel est votre nom, monsieur ?

Après avoir décliné son identité, son adresse et le numéro de téléphone de Janice, Tom attendit patiemment que le chef Cooper vérifie tous ces renseignements, puis qu'il appelle le poste de police afin de contrôler son casier judiciaire (heureusement, vierge). Enfin, il finit par rengainer son téléphone portable et tendit la main à Tom.

— Désolé, monsieur, mais avec les enfants on n'est jamais trop prudent.

— Pas de souci. Merci pour votre professionnalisme.

La prochaine fois, tu n'auras qu'à me faire une fouille au corps, tant que tu y es, mon pote. Allez, salut !

Le chef de la police le salua d'un signe de tête et retourna vers son sac de frappe auquel il entreprit d'expédier quelques crochets.

— Pas question que je fasse de la boxe, décréta Charlie. C'est trop *nul.*

— Très bien. Dans ce cas, assieds-toi là et observe. Et, si jamais il te prenait l'envie de t'éclipser, sache que je n'hésiterais pas à signaler ta disparition à cet aimable policier.

Tom entra dans les vestiaires, troqua sa tenue de prof pour un short de boxe et un T-shirt *Manchester United* délavé. Soupirant à la vue de son reflet dans le miroir, il ressortit.

Il avait réservé le ring pour une heure. Dans sa naïveté, il s'était imaginé que Charlie serait content d'acquérir ses premières techniques de boxe. Avant, ils jouaient à la bagarre, tous les deux. Du temps où Charlie l'aimait encore.

— Monte sur le ring, mon garçon ! lança-t-il avec un enjouement forcé.

Charlie obéit, bien que gêné par son baggy pour passer entre les cordes.

— Très bien ! Et maintenant je vais te montrer quelques coups de base. Premièrement, la position de combat ! Bien détendu, tu vois ?

Il lui fit la démonstration d'une garde haute rentrée, gants ramenés près de la tête, pieds écartés.

— Pour que tu puisses attaquer, ton poids doit reposer sur l'avant du pied. C'est ton espace à toi.

Son « faux » beau-fils se laissa glisser sur le tapis et tira de sa poche un téléphone qui se mit à émettre des bips et autres petits sons irritants. Tom s'accroupit devant lui.

— Charlie ? Tu veux bien regarder, mon grand ?

— Pour quoi faire ?

— Je ne sais pas, tu pourrais peut-être apprendre quelque chose…

— C'est naze, marmonna Charlie en recommençant à jouer sur son portable.

Tom se retint d'envoyer valdinguer d'un revers de main l'insupportable appareil.

— Bien, reprenons. Donc tu te déplaces comme ça, sans jamais interrompre ton jeu de jambes. D'avant en arrière, d'avant en arrière… Un mouvement léger, très contrôlé, les poings levés au niveau du front, le poids porté vers l'avant.

Charlie ne lui prêtait, ostensiblement, aucune attention. Et ça finissait par devenir terriblement embarrassant ! Sans compter que le flic qui les avait interpellés tout à l'heure n'arrêtait pas de les regarder. Mais, maintenant qu'ils étaient là, il fallait aller jusqu'au bout. Et, au moins, sur un ring de boxe, Tom assurait sans problème.

— Coup de poing rapide, l'avant-bras s'arrondit, l'épaule avance et hop ! tu retrouves ta garde.

Le jeu continuait de biper et de grésiller.

Ras le bol !

Au mur, à la pendule, le temps semblait s'être arrêté… Après tout, c'était bien ça, toute la question avec les gosses, n'est-ce pas ? Poser des limites. Ne pas les laisser tout régenter. Ne pas les laisser décider de quoi que ce soit, même !

Au bout de ce qui parut à Tom une éternité, l'heure réservée sur le ring finit par s'achever. Il remit son sweat.

— Si jamais vous avez besoin d'un partenaire, faites-moi signe ! lui lança le flic.

Tom leva la main.

— Je n'y manquerai pas, merci ! Allez, viens, Charlie ! On y va.

Le gamin persista dans son mutisme, sans chercher davantage le contact le temps du court trajet qui les séparait de la maison. Tom donna un tour de clé et laissa Charlie passer le premier.

— Tu verras, j'ai fait un peu de déco depuis la dernière fois que tu es venu. Histoire de rendre la maison un peu plus confortable, accueillante… Et j'ai acheté quelques trucs pour ta chambre, aussi.

Etait-ce une erreur de l'appeler la chambre *de Charlie* ? Son intention, à l'origine, avait été de lui offrir un endroit à lui, en dehors de la maison de Janice et Walter, pour qu'il puisse s'y réfugier chaque fois qu'il aurait envie de changer d'air.

Jusque-là, ça ne s'était pas produit. Malgré la visite obligatoire du mardi après-midi instaurée par Janice — plus pour s'octroyer un moment de répit que pour le bien-être de son petit-fils —, Charlie n'avait jamais saisi cette perche.

Mais aujourd'hui, à la grande surprise de Tom, qui lui emboîta le pas, Charlie se mit à gravir d'un pas lourd les marches qui menaient à l'étage, en faisant — à l'évidence — le plus de bruit possible. Le garçon jeta d'abord un d'œil à la chambre de Tom, dont la déco était pour le moins dépouillée. Puis il pénétra dans celle d'en face. Tom s'était donné beaucoup de mal pour la rendre attrayante. Il récita une petite prière en son for intérieur : *pourvu que Charlie la trouve à son goût…*

Les murs étaient blancs ; le lit, recouvert d'un édredon noir (c'était la couleur préférée de l'ado, après tout). Tom avait même installé un bureau Ikea dont le montage lui avait pris sept heures, à lui, l'ingénieur en mécanique !

Sur l'un des murs était affiché un poster de l'équipe des Manchester United. Avant, ils regardaient des matchs de foot tous les deux, les rares fois où la télévision américaine retransmettait le championnat d'Angleterre. Sur le bureau trônait le Stearman PT-17, la dernière maquette d'avion qu'ils avaient commencée ensemble et qui attendait d'être achevée. Une bibliothèque était remplie de la moitié des titres que proposait la modeste librairie de Manningsport en littérature de science-fiction et romans pour jeunes adultes — il ignorait ce que Charlie lisait en ce moment. Une édition collector du *Seigneur des anneaux*, au cas où. La série complète des *Harry Potter*, que, petit, Charlie avait adorés.

Et puis il y avait des photos. Un cliché scolaire — celui de l'an passé, un de ces affreux tirages sur fond gris — montrant Charlie le visage dur et fermé. Une photo de lui plus petit, posant debout devant une rivière. Tom l'avait emmené à la pêche, ce jour-là… ça n'avait pas mordu, mais ils s'étaient amusés comme des fous à lancer des cailloux dans l'eau.

Enfin, sur la table de nuit, un portrait de Charlie et Mélissa, souriant tous les deux.

Si cette femme n'était pas sans défauts, songea Tom, une chose était sûre : elle avait adoré son fils.

Charlie était justement en train de contempler cette photo.

Puis il se retourna et, sans un mot, s'enferma dans sa chambre en claquant la porte.

L'interminable créneau de visite ayant pris fin, Tom avait raccompagné Charlie chez ses grands-parents. Il envisageait maintenant d'aller faire un saut chez O'Rourke. Le pub proposait un remarquable assortiment de whiskys et de scotchs single malt, sans compter les dix-huit marques de bière différentes. Et puis Droog serait peut-être partant pour prendre un verre et faire une partie de fléchettes ?

En même temps, il était déjà plus de 22 heures.

Prendre un chien était peut-être la solution. Ou un chat. Même un poisson rouge.

D'un autre côté, il y avait fort à parier qu'il doive quitter les Etats-Unis d'ici peu. Il avait reçu par mail la réponse des deux entreprises auxquelles il avait envoyé sa candidature. Sans surprise, on l'informait que quelqu'un d'autre avait été engagé. Et sans permis de travail il devrait, à coup sûr, rentrer au bercail.

Finalement, ce ne serait sans doute pas plus mal, se dit Tom tandis qu'une douleur aiguë lui transperçait la poitrine. De toute façon, il n'avait plus rien à faire ici.

La sonnerie plaintive de son téléphone portable le fit sursauter. Il regarda l'écran.

— Charlie ?

C'était une première.

— Tom, tu peux venir me chercher ?

Ses paroles étaient à peine audibles dans le vacarme ambiant.

Tom marqua une petite pause.

— Oui. Bien sûr. Où es-tu ?

Charlie marmonna une adresse et raccrocha.

Vingt minutes plus tard, Tom s'engageait dans une rue crasseuse de Bryer, à deux agglomérations de Manningsport. Son cœur se serra à la vue de l'adolescent, petit tas sombre assis sur le trottoir.

— Je suis là, dit-il en baissant la vitre. Allez, monte !

Charlie obéit, sans traîner les pieds, pour une fois. Dès qu'il fut dans la voiture, il s'avachit sur son siège.

— Attache-toi, s'il te p…

— Barrons-nous d'ici, le coupa Charlie en tirant sur sa ceinture de sécurité.

Tom démarra. A cause de l'obscurité, il était difficile d'en avoir le cœur net, mais, à entendre la respiration saccadée du garçon, Tom aurait juré qu'il pleurait. Alors qu'il dépassait le pâté de maisons où Charlie l'avait attendu, un groupe de jeunes déboula en braillant sur le perron d'une habitation délabrée. La plupart arboraient des vêtements similaires à ceux de l'adolescent : noirs, déchirés, ornés de chaînes et de métal. La voiture fut soudain enveloppée par les pulsations d'une basse d'une telle violence que tout l'habitacle en fut comme ébranlé.

Charlie s'enfonça encore davantage au fond de son siège, le regard rivé sur ses genoux.

Lorsqu'ils eurent quitté le quartier, Tom lui jeta un coup d'œil.

— Mauvais plan ?

Charlie haussa les épaules. Un filet de sang lui coulait d'une oreille, celle au cartilage transpercé par une épingle à nourrice. L'espace d'un instant, Tom vit rouge. Il s'efforça cependant de garder son attention sur la route et de desserrer l'étau de ses mains sur le volant.

— On t'a fait du mal, mon chaton ? s'enquit-il d'une voix douce.

— Non.

— Tu saignes de l'oreille.

Charlie porta la main à son lobe.

— C'est mon piercing, quelqu'un me l'a accroché.

Foutaises ! Un de ces types avait osé frapper son petit garçon ! De nouveau, il dut s'obliger à décrisper ses mains sur le volant.

— Tu veux dormir à la maison, cette nuit ? lui proposa-t-il sur un ton qu'il voulait dégagé.

— OK.

Charlie avait tourné la tête et regardait par la vitre, si bien que Tom ne pouvait pas distinguer son visage.

— Mais ne raconte pas aux grands-parents que la soirée était aussi… tu vois, quoi ! Sinon, ils vont se mettre à flipper.

— D'accord. Je leur passerai juste un coup de téléphone pour les prévenir que tu dors chez moi.

A leur arrivée à la maison, Charlie monta directement au premier.

— Tu as besoin de quelque chose ? lui demanda Tom.

— Non.

— N'oublie pas de bien désinfecter cette plaie, hein ? Il y a de l'eau oxygénée dans l'armoire à pharmacie.

Il lui indiqua les toilettes d'un signe de la tête.

— OK.

A son grand étonnement, Charlie se tourna vers lui et parvint presque à croiser son regard.

— Merci, marmonna-t-il en s'adressant plutôt à la clavicule de Tom.

Malgré ses yeux charbonneux et ses piercings aux oreilles, Charlie conservait ses traits de petit garçon. Son menton encore glabre, le tendre modelé de sa mâchoire rappelèrent à Tom le bambin qui avait toujours tant de choses à lui raconter à l'heure du coucher.

— De rien, répondit-il, gêné, en se raclant la gorge. C'était avec plaisir.

Charlie ferma la porte de sa chambre, et Tom sentit monter

en lui une bouffée d'amour si violente et si incontrôlable qu'elle lui fit l'effet d'un coup de poing dans la poitrine.

Quel genre d'ordure avait pu s'attaquer à un môme de moins de cinquante kilos ? Et à qui Charlie aurait-il pu téléphoner, ce soir, si lui-même était retourné en Angleterre ?

Sa décision était prise : il devait rester aux Etats-Unis, quoi qu'il en coûte.

7

Vendredi après-midi, 16 h 45…

Honor hésitait entre plusieurs options : errer sur les sites d'e-mariage ou de TouteSeule.com, aller voir pour la quatrième fois le dernier James Bond qui passait au cinéma ? Etait-ce bien raisonnable ? D'un autre côté, Mme Johnson et son père s'étaient prévu une soirée en amoureux à la Maison Neuve, la gouvernante trouvant prématuré de sortir dans un lieu public. Honor tenait donc à se faire le plus discrète possible. Parce que… miséricorde ! Si jamais elle en venait à tout entendre de ce tête-à-tête à domicile… Spike et elle n'auraient plus qu'à se suicider !

Néanmoins, refaire le chemin jusqu'au cinéma pour se goinfrer de pop-corn et de frites acidulées (ah, le triste visage de l'addiction… ou son triste tour de hanches, plus exactement !) ne l'enchantait guère, même si c'était l'occasion de se pâmer deux heures durant devant celui qui se faisait appeler *Bond, James Bond*. Sans compter ces gros nuages ventrus qui s'amoncelaient dans le ciel, annonçant la neige. Par la fenêtre, elle pouvait apercevoir le lac d'un noir profond, les vignes sombres et tordues. Dehors, l'air était glacial et coupant.

Elle pouvait aussi faire le choix de rester travailler dans ses appartements, malgré la promesse faite à son père de respecter des horaires raisonnables. La date du « Bal en noir et blanc » approchait et, parmi toutes les manifestations caritatives organisées ou hébergées par Blue Heron, cet événement était celui qu'elle préférait. Il permettait de lever des fonds pour entretenir les espaces verts et les services récréatifs de la ville. Ainsi, les recettes cumulées des bals précédents avaient permis de financer une nouvelle aire de jeux (à la place de ces vieux équipements rouillés qu'avait connus Honor petite fille), mais aussi l'ouverture d'un *skate park* et d'une piscine municipale.

Cette année, les sommes récoltées devaient aller à la création d'une voie partagée sur les terres d'Ellis Farm. Randonneurs et cyclistes pourraient bien sûr l'emprunter, mais, si ce projet occupait une place particulière dans le cœur de Honor, c'était essentiellement parce que tous les enfants pourraient en profiter. En effet, Manningsport, parfait exemple de la bourgade américaine, comportait malgré tout des poches de pauvreté. Les gamins qui grandissaient dans le camp de mobil-homes ou dans les petites maisons de brique en bordure de l'agglomération n'avaient pas accès à toutes ces choses qui avaient illuminé son enfance : gambader à travers champs et forêts, se cacher dans des vergers, dévaler des collines sur des luges filant à toute vitesse, patiner sur une mare peu profonde… Elle s'imaginait déjà dotant le centre aéré d'une ferme pédagogique : un petit troupeau de vaches écossaises, une volée de poussins, voire quelques chevaux rescapés de l'équarrissage. Une telle propriété permettrait à ces enfants de profiter des richesses de la région, de s'arracher à leurs écrans de télé et à leurs consoles Nintendo, pour enfin ressentir — comme elle-même l'avait toujours fait — la force du lien qui les unissait à cette terre.

Le bal devait se tenir dans la Grange de Blue Heron, que Faith avait reconvertie à l'automne précédent : elle avait fait de cette ancienne dépendance à moitié écroulée une salle de réception extraordinaire, lumineuse, dominant tout le vignoble. Sa petite sœur était dotée d'un réel talent. Et d'une chevelure rousse. Sans parler de son flic de mari, super canon.

Honor, elle, ne possédait rien de tout cela. Elle se passa la main dans les cheveux. Sa nouvelle coupe n'en demeurait pas moins très réussie ! Elle était obligée d'admettre que cet Anglais insupportable avait vu juste : son ancienne coiffure lui donnait un petit côté bonne sœur.

Alors, oui : Ned et Jessica Dunn avaient beau assumer de manière tout à fait satisfaisante les fonctions commerciales qui leur incombaient désormais, les préparatifs du « Bal en noir et blanc » restaient son pré carré à elle. Donc, il fallait bien qu'elle fasse des listes… ou qu'elle les refasse… ou encore qu'elle leur applique un code couleurs.

Le téléphone se mit à sonner, tirant brutalement Spike de sa sieste réparatrice. La petite chienne jeta trois ou quatre aboiements. Honor tendit le bras vers le combiné, avant que Jessica ait eu le temps de réagir.

— Honor Holland, bonjour, dit-elle d'une voix suave, sa voix « Blue Heron ».

— Ici, ton père, Honor. Qui te rappelle que tu as une vie en dehors du travail et que tu dois quitter immédiatement le bureau.

— Voyons, papa ! Personne ne termine sa journée à 5 heures de l'après-midi.

— File, te dis-je ! Va donc prendre un verre chez O'Rourke avec tes amis.

Elle ne put s'empêcher de tressaillir en entendant cette suggestion. Manque de chance, il n'y avait eu aucun décès à Manningsport depuis sa dispute avec Dana… La police n'avait procédé à aucune arrestation, et personne n'avait eu de rapports sexuels dans un lieu public (enfin, sauf peut-être Carl et Pru, mais ils ne s'étaient pas fait pincer). En d'autres termes, toute la ville continuait à faire des gorges chaudes à son sujet. Aller au pub était donc totalement exclu.

— Et, hum, s'il te plaît, ne rentre pas avant 10 heures…, ajouta son père avec une soudaine timidité.

— Pourquoi est-ce que… ? Ah, non ! ne me dis rien… Oublie ma question, je ne veux pas savoir.

Elle soupira.

— Bon, d'accord, je sors… Je ferai peut-être un saut chez Pru pour voir si je peux dormir chez elle.

— Ça, ma chérie, ça serait *formidable* !

— Papa, par pitié !

— Euh… Désolé. Mais c'est que je… enfin, fais comme tu veux, Pétunia ! Mais si jamais tu décides de rentrer à la maison passe-moi un coup de fil. Tu laisseras sonner deux fois avant de raccrocher. Ce sera notre code.

— Message reçu. Un code pour éviter à ta vieille rombière de fille d'être traumatisée à vie par ce qu'elle pourrait apercevoir dans le salon !

— Tu n'es pas une vieille rombière. Sors un peu ! Amuse-toi ! Fréquente des gens de ton âge !

— Je déteste les gens de mon âge.

Elle garda le silence quelques secondes.

— Puis-je au moins passer à la maison pour me changer et donner à manger à ma chienne ?

— Bien sûr, bien sûr… Mais, hum, fais vite, d'accord ? Oups, il faut que je te laisse ! Mme Johnson me fait les gros yeux. Au revoir, ma chérie. Je t'adore.

— Tu pourrais peut-être l'appeler par son prénom, au point où vous en êtes.

Mais son père avait déjà raccroché. Elle soupira de nouveau. Si au moins elle avait pu rire de cet épisode avec ses sœurs (pas avec Jack, bien sûr, une telle annonce risquait de lui être fatale) ! Mais Mme Johnson lui avait fait jurer de garder le secret pour le moment.

Elle prit Spike dans ses bras et embrassa la petite tête de la chienne, s'attirant un joyeux coup de museau en retour.

— Sauvons-nous d'ici, Spike, rien que toi et moi !

Spike remua la queue en signe d'assentiment.

Des gens de son âge, des amis… En dehors des membres de sa famille, personne ne lui venait à l'esprit. Jack serait peut-être partant pour regarder un *Top Ten des tumeurs*, émission qu'ils adoraient tous les deux… Ou alors elle pouvait se rendre à Rushing Creek, pour discuter prothèses de hanche avec les pensionnaires. Voire passer chez ses grands-parents, pour parler exactement du même sujet… Elle pourrait en profiter pour les débarrasser de certaines affaires, par exemple aider Goggy à vider le garde-manger qui abritait encore des conserves datant des années 1980.

Un petit coup frappé sur l'encadrement de sa porte la fit lever les yeux. C'était Jessica Dunn.

— Excuse-moi de te déranger, mais j'ai essayé de rédiger un

communiqué de presse pour la revue de tourisme. Tu veux bien me donner ton avis ?

— Ah, très bien ! Montre un peu.

Déléguer, déléguer… C'était censé être une bonne chose pour elle.

Jessica lui tendit le papier.

— J'ai posté une photo du chai sur Facebook et sur Twitter, et puis j'ai fait un petit sondage pour savoir quelles sortes de vins les gens avaient chez eux. Je t'ai aussi listé des pistes de sujets pour le blog. Et voilà ton emploi du temps pour la semaine prochaine.

— Ah, merci, dit Honor, vaguement démoralisée.

Cela faisait désormais quinze jours que Jess travaillait au domaine, et sa redoutable efficacité avait quelque chose d'intimidant. Certes, elle ne souriait presque jamais, mais elle faisait tout le reste : vider la corbeille à papier, apporter à Honor son café du matin, mais aussi rédiger des textes, et fort brillamment, par-dessus le marché !

Jessica, sans bouger un cil, attendait que Honor ait fini de lire son communiqué de presse. L'article était écrit dans un style informatif mais chaleureux, et rien ne semblait y manquer, à la virgule près. Honor releva la tête. Jess fronçait les sourcils, attendant le verdict.

Cette fille (cette femme, plus exactement) n'avait aucune expérience commerciale en dehors de son métier de serveuse ; elle l'avait d'ailleurs parfaitement reconnu lorsqu'elle était arrivée à Blue Heron. Jusque-là, elle s'était montrée discrète, dure à la tâche et vaguement tendue, un peu comme si elle avait craint d'être renvoyée à tout moment. Faith avait un jour confessé avoir toujours eu un peu peur de Jessica Dunn…

Il n'y avait pourtant vraiment pas de quoi, songea Honor.

— C'est parfait, dit-elle. Je n'arrive même plus à me rappeler comment je faisais sans toi !

Tu bossais seize heures par jour, ma vieille.

Un petit sourire anima le visage de Jessica.

— Merci, Honor.

— Au fait, puisqu'il est l'heure de partir, ça te dirait d'aller prendre un verre avec moi ?

— Ah, zut ! J'aurais bien aimé, mais ce n'est pas possible. Je travaille, ce soir. Je suis de service chez Hugo.

— Ah, oui… c'est vrai.

Flûte !

— Bien, ce sera peut-être pour une autre fois, alors ?

— Ça me ferait très plaisir, Honor. Désolée pour ce soir, j'espère que tu ne m'en veux pas, mais… tu sais, j'ai encore besoin de ce deuxième job pour pouvoir payer mon prêt étudiant.

— Mais oui, ne t'inquiète pas, Jess, je comprends très bien !

Honor se demanda si elle avait bien fait de l'inviter. Etait-ce déplacé de sa part ? Après tout, Jessica n'avait peut-être aucune envie de prendre un verre avec sa patronne !

— Mardi, par contre, je suis libre.

Ouf ! Elle éprouva un tel soulagement qu'elle s'en trouva presque pathétique.

— Formidable ! Eh bien, parfait ! Pas de problème, donc, on remet ça à mardi !

Le téléphone sonna de nouveau ; d'un même geste, elles firent mine de décrocher, mais cette fois encore Honor fut la plus rapide.

— Domaine de Blue Heron, Honor Holland à l'appareil.

— Salut, Hon', c'est Brogan.

Elle sentit son sang se glacer dans ses veines. Depuis ce fameux soir (frémissement d'horreur), elle ne lui avait pas vraiment reparlé, excepté à travers quelques mails aussi enjoués que superficiels.

— Oh ! Bonjour, Brogan !

Sa propre voix résonnait bizarrement à ses oreilles.

— Comment vas-tu ? ajouta-t-elle.

C'était déjà mieux…

— Très bien. Et toi ?

— En pleine forme ! La pêche, vraiment ! Je me porte comme un charme !

Misère de misère… Jess lui jeta un regard plein de compassion et repartit discrètement en direction de son bureau.

— Alors, quoi de neuf ?

Brogan marqua une courte pause, semblant hésiter.

— Tu penses qu'on pourrait dîner ensemble, ce soir ? Ou juste boire un verre ?

Le visage de Honor se tordit en une affreuse grimace.

— Rien que toi et moi, précisa-t-il.

Plutôt avaler une anguille vivante, Brogan.

— Ah, zut ! Une petite seconde, Brogan, j'ai un autre appel. (Elle appuya sur la touche de mise en attente.) Jess ? Tu es toujours là ?

Son assistante réapparut.

— Oui ?

— Je suis sûre que tu as entendu parler de ma petite… altercation de l'autre jour chez O'Rourke ?

Jessica hocha la tête.

— Eh bien, figure-toi que Brogan Cain veut m'inviter à boire un verre ce soir.

— Argh !

A son tour, Jessica grimaça.

— Merci de ton soutien ! Bon, tu crois que je devrais accepter ?

— Tu l'as revu depuis la bagarre ?

— Non. Donc qu'est-ce que tu en penses ? Je dois y aller, à ton avis ?

Jessica s'adossa à l'encadrement de la porte, puis haussa les épaules.

— Oui, ce serait peut-être bien… Tu ne voudrais quand même pas qu'il s'imagine que tu boudes ?

Exactement ! C'est bien la réflexion que je me suis faite, moi aussi.

— Bon… merci, Jess, je crois que je vais suivre ton conseil.

— Vous n'avez qu'à aller chez Hugo. Je cracherai dans son verre.

— C'est vrai ?

Jessica sourit.

— Non… Pourtant, ce n'est pas l'envie qui m'en manque !

— C'est sympa de ta part.

Honor rappuya sur la touche.

— Désolée pour l'attente, Brogan. Bien sûr, on peut se retrouver pour manger un morceau. Que dirais-tu d'aller chez Hugo ?

Jess leva les deux pouces en signe d'approbation, puis s'éclipsa de nouveau.

Brogan fit entendre un long soupir de soulagement dans le combiné.

— Ah, c'est cool ! Tu peux y être dans une heure ?

Sa voix avait encore le don de la chavirer.

— D'accord. Mais… tu sais, Brogan, je ne pourrai pas rester très tard.

Elle ne devait surtout pas lui laisser le temps de la… reconquérir.

— Je, euh… je dois voir quelqu'un. Dans la soirée. Après toi. J'ai rendez-vous. Non, c'est-à-dire que… j'ai un autre rendez-vous dans la soirée. Enfin, j'ai rendez-vous avec quelqu'un, quoi !

Spike la regardait, comme hypnotisée par ses mensonges.

— C'est génial ! commenta Brogan d'une voix enjouée.

— Oui… Bon, je dois te laisser, maintenant. A tout à l'heure ! A 18 heures chez Hugo ! Prends soin de toi !

Elle raccrocha et rejeta la tête en arrière, épuisée et en sueur. Pour couronner le tout, à l'extérieur, les nuages se délestaient enfin de leur fardeau, remplissant l'air de gros flocons blancs. Spectacle magnifique, certes, sauf qu'on était au mois de mars. Juste au moment où le printemps était censé chasser l'hiver, dame Nature gratifiait la région d'une bonne tempête de neige !

Elle prit sur ses genoux sa petite Spike, qui cherchait à lui escalader la jambe.

— Il va falloir que tu restes à la maison, ce soir. Je compte sur toi pour m'enregistrer le *Top Ten des tumeurs* !

Une heure et vingt-trois minutes plus tard, en tête à tête avec le seul homme qu'elle eût jamais aimé, Honor feignait donc de s'amuser follement chez Hugo. Un peu moite, elle sentait son estomac protester contre la vodka au martini Saint-Germain que lui avait servie Jessica. Elle était pourtant légèrement douce, glacée à merveille.

C'était… quel était le mot, déjà ? *L'enfer*. Oui, voilà. C'était l'enfer. Mais elle s'appliquait à faire semblant de passer une excellente soirée. *Oh ! Satan, ce que tu es spirituel ! Ha ha ha ha ha !*

Car, hélas ! son cœur meurtri de midinette s'était mis à battre la chamade dès qu'elle avait vu Brogan. A cet instant, il était en train de lui raconter une anecdote sur un athlète dont la discipline sportive avait un vague rapport avec la course à pied. Au moins, plus rien n'obligeait Honor désormais à retenir ce genre de détails. Elle n'avait plus à concourir pour le titre de compagne la plus parfaite de tous les temps. C'était déjà ça de gagné !

C'est toi qui le dis, ma vieille ! observèrent ses ovules vieillissants.

— Non, tu veux rire ? C'est dingue, ça ! s'exclama-t-elle.

Elle n'écoutait que d'une oreille, mais avec un peu de chance sa réponse ne tomberait pas totalement à côté.

Ce n'était pas juste !

Elle éprouvait encore des sentiments pour lui. Quand on aime un homme pendant dix-sept ans, on ne peut pas l'oublier ainsi, juste en claquant des doigts ! En tout cas, Honor, elle, en était incapable.

Après le sujet « sport », Brogan se mit à lui parler de ses parents qu'il venait d'aller voir en Floride. Dire qu'à peine deux mois auparavant elle dînait chez les Cain, s'était retrouvée toute nue devant eux et avait sincèrement cru devenir leur belle-fille… C'était carrément surréaliste !

Elle espérait que la sueur ne lui ferait pas d'auréoles sous les bras, trahissant sa nervosité… Rongeant son frein, elle guettait le moment où elle pourrait enfin s'éclipser en prétextant ce second rendez-vous. Du fait des mauvaises conditions météo, le restaurant était pratiquement vide (c'était déjà ça), sans compter qu'il venait seulement de rouvrir pour le début de la saison.

Honor continuait à écouter Brogan d'une oreille distraite, plongée dans ses pensées. Elle se sentait si sûre d'elle, professionnellement, si brillante ! Au cours de ces onze années passées à Blue Heron, elle n'avait commis aucun faux pas, aucun ! Toutes ses décisions avaient été judicieuses, tous ses choix s'étaient révélés de bons investissements, d'excellentes initiatives !

Alors que, côté vie privée, c'était la bérézina. Elle avait choisi l'amie qu'il ne fallait pas et aimé un homme qui n'était pas pour elle.

La prochaine fois qu'elle aurait ainsi une lumineuse intuition sur quelqu'un, elle n'aurait qu'à faire exactement l'inverse de sa première idée.

Feignant d'accorder le plus vif intérêt à ce que lui racontait Brogan, elle se mit à le contempler. Pourquoi ses cils étaient-ils aussi longs ? Et pourquoi le bon Dieu avait-il jugé bon de lui octroyer ces parfaites boucles châtain clair ? Hein, franchement, pourquoi ? Y avait-il une personne sur cette terre qui avait la réponse à cette fichue question ?

Ils étaient attablés depuis vingt-sept minutes, exactement. Soit presque vingt-huit minutes de trop. Dana était-elle au courant de ce rendez-vous ? Dormait-elle à présent à sa droite, dans ce lit où elle-même avait…

Oups ! Les anecdotes sportives et familiales avaient pris fin, et Brogan était en train de la dévisager d'un air inquiet.

— Dis, Honor, tu ne m'en veux plus, n'est-ce pas ?

Elle sentit son visage s'enflammer.

— Non ! Mais non, plus du tout ! Absolument plus ! Cette histoire est quasiment derrière moi.

Elle s'arracha un rire forcé qui résonna comme le cri d'un phoque à l'agonie.

Simuler n'avait jamais été son fort… Jessica, qui prenait une commande à une table voisine, tourna la tête vers elle.

— Parce que depuis le temps que dure notre amitié…, enchaîna Brogan.

Satanés yeux turquoise ! L'inquiétude qu'on pouvait y lire était sans doute sincère. Brogan n'avait rien d'un hypocrite, lui non plus.

— Ecoute, répondit-elle d'une voix étouffée, je reconnais que ça m'a fait un choc, l'autre soir, et que ma réaction a été… excessive. Mais maintenant j'aimerais vraiment qu'on enterre définitivement le sujet, OK ?

Il acquiesça d'un signe de tête.

— Bien sûr. C'est juste que… je ne voudrais pas que tu penses un seul instant que je t'ai fait marcher, Honor. Je croyais sincèrement que nous étions sur la même longueur d'onde tous les deux, tu comprends ?

Elle but une longue gorgée de son cocktail.

— Mais c'est bien le cas, Brogan, je t'assure. Nous étions sur la même longueur d'onde. Nous sommes parfaitement en phase, même. Je t'aime beaucoup. En tant qu'ami. Et te proposer un mariage était une idée totalement saugrenue de ma part.

Une idée saugrenue qu'elle avait caressée durant près de six ans…

— Allons, tout ça est oublié. Je t'assure.

Il accueillit son mensonge avec un petit sourire.

— Tant mieux. Ça me fait très plaisir. Tu comptes tellement pour moi, Honor…

Miséricorde ! Cette soirée n'en finira donc jamais ?

— Est-ce que je peux vous apporter autre chose ?

Jessica, bénie soit-elle, venait d'apparaître à leur table, une carafe d'eau à la main.

— Non, ça ira, merci, répondit Brogan. Tu veux un autre martini, Hon' ?

— Ah, non ! Je veux dire… non, merci, il va bientôt falloir que je m'en aille…

Le visage de Brogan s'illumina.

— C'est vrai, j'oubliais ! Tu as un rendez-vous. Dans ce cas, seulement l'addition, Jess.

Merci, mon Dieu ! Cette interminable soirée était sur le point de s'achever. Elle allait enfin pouvoir rentrer chez elle, s'installer devant le *Top Ten des tumeurs*, et tant pis si son père et Mme Johnson étaient en train de s'envoyer en l'air sur le tapis du vestibule ! Bon, à la réflexion, elle appellerait peut-être Pru pour lui demander de l'héberger pour la nuit. Comme ça, elle pourrait regarder l'émission avec Abby.

Jessica s'éloignant, Honor se retourna vers Brogan, un sourire plaqué sur la figure. Plus que trois minutes et elle serait libre !

Brogan était abîmé dans la contemplation de son verre.

— Je suis tellement content qu'on puisse continuer à être amis… Et puis j'espère que vous parviendrez aussi à vous réconcilier, Dana et toi…

Deux minutes et demie.

— Oh ! tu sais… je… c'est…

— Elle m'a raconté que vous vous étiez un peu parlé, l'autre jour, que tu avais fait couper tes cheveux… C'est très réussi, à propos. Au début, ça surprend un peu, mais… c'est vraiment très joli.

— Merci.

Il se tortilla nerveusement sur sa chaise.

— Hum, est-ce que je t'ai dit que j'allais rejoindre les rangs des pompiers volontaires de Manningsport ? J'ai pensé que ce serait une bonne idée.

— C'est formidable, Brogan…

Encore deux minutes et vingt-quatre secondes.

— Et donc… tu sors avec quelqu'un ?

— Pardon ? Ah, oui. Oui, je sors avec quelqu'un.

— Il ressemble à quoi ?

— Hein ? Euh, il est très…

L'image de Droog astiquant le sol à la lingette surgit dans son esprit.

— Il est… c'est un Européen ! Bourré d'humour. Avec un accent tout à fait craquant.

Un ! Un affreuuux mensônge ! Deuuux ! Deux minûutes avant de pouvoirr partirr !

— Et tu crois que c'est sérieux entre vous ?

— Ça se pourrait. C'est un peu tôt pour le dire. On verra bien.

Elle lui adressa un sourire — pas celui du piranha, espéra-t-elle. Une goutte de sueur lui dégoulina dans le dos, aussi agaçante qu'une fourmi se promenant le long de sa colonne vertébrale.

— Tant mieux. Ça me fait vraiment très plaisir pour toi.

Il prit une longue inspiration, puis une deuxième :

— Honor, il faut que je te dise un truc, parce que je ne veux surtout pas que tu l'apprennes par quelqu'un d'autre que moi.

Il marqua un temps d'hésitation.

— Dana est enceinte.

Honor resta de marbre (enfin… elle en était presque sûre). En revanche… quelque chose clochait avec ses yeux. *Cligne*, lui conseillèrent ses ovules. Ah, oui… c'était ça qu'il fallait faire.

— Enceinte ?

— Oui. On vient de l'apprendre. Ce n'était pas prévu, mais on est fous de joie.

Il l'était, en effet. Ça se voyait dans ses yeux à la couleur ridicule.

Brogan Cain allait être père.

Et Dana qui n'avait jamais voulu avoir d'enfants ! Qui raillait l'obsession des jeunes mamans pour leur rejeton (« Encore une amie de perdue… »). Qui, lorsqu'une cliente la priait de lui tenir son bébé, déclinait poliment pour s'insurger ensuite : « Dis-moi un peu pourquoi j'aurais envie de m'approcher de ce bouillon de culture, hein ? Et l'odeur, Honor ! Tu t'imagines, toi, torchant les fesses d'un marmot huit fois par jour ? »

Or, oui, Honor se l'imaginait très bien, elle. C'était tout à fait dans ses cordes, même. Elle aimerait *beaucoup* nettoyer le petit derrière d'un marmot huit fois par jour. Câliner un nourrisson contre sa joue, respirer l'odeur de son adorable duvet, tenir sa minuscule menotte au creux de sa main.

— Ça va, Honor ?

— Oui, répondit-elle d'une voix à peine audible.

Oh ! zut ! Voilà qu'elle avait les larmes aux yeux, à présent ! Elle baissa la tête, puis se força à sourire.

— Je suis très contente pour toi, Brogan, vraiment. C'est merveilleux. Un enfant, c'est tellement… magnifique. C'est une formidable nouvelle ! Je suis heureuse pour vous !

— Honor ? Hum, pardon de vous interrompre, mais…

C'était Jessica, que le ciel et tous les anges la bénissent !

— Ton rendez-vous est arrivé.

Honor battit des paupières, décontenancée.

— Ah bon ?

— Oui.

Jessica la fixait d'un regard calme. D'accord. Compris. Jess, qui connaissait la chanson, lui tendait une main secourable.

Brogan continuait de la dévisager, semblant attendre quelque chose.

Il allait être *papa*. Elle pouvait voir la scène d'ici : le grand et beau Brogan Cain berçant un petit paquet dans ses bras, observant, émerveillé, sa minuscule frimousse.

Elle inspira à fond.

— Je dois y aller, Brogan. Encore toutes mes félicitations pour ce… pour cette grossesse.

Sa voix menaçait de flancher.

— Je le pense vraiment. Tous mes vœux de bonheur.

Les larmes lui nouèrent la gorge.

— Merci, Hon'.

Brogan se leva. S'il la serrait dans ses bras maintenant, elle allait craquer.

Il la serra dans ses bras. Elle sentit son cœur se recroqueviller comme un papier qui se consume en reconnaissant l'odeur familière de son eau de toilette. *Chanel for Men*. Ce parfum l'avait toujours envoûtée.

— Alors, dit-il en relâchant son étreinte. Où est-il, ce type ? Je peux aller le saluer ?

Oh ! mer… credi ! Elle se leva, attrapant son manteau au passage.

— Eh bien… on doit se retrouver sur le parking.

Si elle ne quittait pas les lieux immédiatement, elle allait se mettre à pleurer. Devant tout le monde. A sa grande honte.

— Non, il est entré dans le restaurant, intervint Jessica. Il t'attend au bar.

Quoi ? D'un même mouvement, Honor et Brogan tournèrent le regard dans la direction pointée par Jessica. Honor craignait presque de voir Droog Dragul accoudé au comptoir. Mais Jess ne connaissait pas Droog, et ç'aurait été une coïncidence inouïe qu'il se trouve justement chez Hugo ce soir-là. Non, pas de Droog à l'horizon.

Brogan sortit son portefeuille. (Parfait ! Le laisser payer, absolument !) Grâce au ciel, son téléphone se mit à jouer le générique de *Monday Night Football*, et il prit la communication.

— Salut. Comment tu vas ? dit-il en se détournant légèrement.

Honor en profita pour murmurer à Jessica :

— Mais enfin, de qui parles-tu ?

— Comment ça, de qui je parle ?

— Je n'ai rendez-vous avec personne, voyons.

Les yeux de Jessica s'écarquillèrent.

— Aïe ! chuchota-t-elle. Pourtant, je t'ai entendue dire que tu devais dîner avec quelqu'un, qu'il avait un accent craquant, etc.

— C'était un mensonge…

— N'empêche qu'il y a bien un Européen, au bar. Un Anglais, je crois.

Jessica lui désigna un homme qui leur tournait le dos.

Manningsport n'était pas à proprement parler un microcosme : on n'y trouvait pas des Européens à tous les coins de rue. Ce ne pouvait donc être que… Honor regarda dans la direction indiquée.

Gagné ! Tom Barlow ! Celui-ci, se sentant observé, sans doute, jeta un coup d'œil derrière lui, puis un second, et lui fit un petit signe de la main.

Dans les cinq secondes, Brogan allait certainement se lever et demander à être présenté à son petit copain fictif !

Dans un état second, Honor traversa la salle du restaurant et se campa devant Tom Barlow.

— Bonsoir, Tom. Ecoutez, dit-elle tout de go, je vous serais éternellement reconnaissante si vous pouviez faire semblant d'avoir rendez-vous avec moi, ce soir. Juste pour une petite minute.

Faites qu'il ne se conduise pas comme un idiot ! Et faites qu'il n'ait pas bu !

L'air étonné, il regarda la table qu'elle venait de quitter.

— Ah, d'accord… Voici donc l'objet de la querelle ! Vous me semblez sur le point d'être malade, Honor. Ne me vomissez pas dessus, s'il vous plaît. Et je vous préviens, si vous me tripotez, je vous facturerai un supplément.

Il lui passa un bras autour de la taille.

— Ah, te voilà, *darling* ! dit-il d'une voix un peu plus forte.

Et, avant qu'elle ait eu le temps de comprendre ce qu'il lui arrivait, il l'embrassa sur la bouche.

D'instinct, elle voulut s'écarter, mais il l'en empêcha, l'attirant à lui.

— Allons, allons…, murmura-t-il contre ses lèvres. N'oubliez pas que nous devons avoir l'air passionnément amoureux, vous et moi.

Il lui donna un autre baiser.

Cette bouche... Oh ! Qu'il était bon, ce baiser ! Doux et ferme (sans l'être trop non plus)... Exactement le genre de baiser qu'une femme souhaitait recevoir quand elle retrouvait son homme. Honor sentit comme une digue se rompre à l'intérieur d'elle-même.

Tom Barlow détacha ses lèvres des siennes et lui sourit.

Ça, pour un baiser, c'était un baiser ! se dit-elle de nouveau. Un baiser qui donnait matière à réflexion, même... Il faudrait qu'elle en fasse une analyse très poussée dès son retour chez elle.

Une analyse ? se récrièrent ses ovules. *Non, mais tu rigoles ?*

Jessica regardait fixement une bouteille derrière le bar quand la haute silhouette de Brogan s'approcha, toute d'élégance nonchalante.

— Bonsoir... Je suis Brogan Cain. Un vieil ami de Honor.

— Bonsoir. Tom Barlow. Un nouvel ami de Honor.

— Enchanté. Et d'où venez-vous, Tom ?

— D'Angleterre.

— Génial ! Il se trouve que j'y suis allé plusieurs fois. Pour les jeux Olympiques et pour couvrir des matchs de soccer.

— De football, mon vieux !

Brogan éclata d'un rire joyeux.

— Ah, c'est vrai ! Vous appelez ça du *football* par chez vous.

Super. Brogan était sur le point de se faire un nouvel ami...

Soudain, elle aperçut, consternée, Jeremy-« le-compte-à-rebours-a-commencé » Lyon sortant du restaurant avec son copain, Patrick. Il la salua de la main et, discrètement, leva un pouce approbateur : sûrement une façon de lui rappeler qu'il ne fallait pas traîner et que ses années de fertilité étaient quasiment derrière elle ! Et maintenant voilà qu'Emmaline Neal, la collègue de Levi au poste de police, la saluait également, tout en tenant la porte à sa mère.

Tom se retourna vers elle et, d'un doigt, lui effleura le lobe de l'oreille. Elle sentit la moitié droite de son corps s'électrifier à ce contact.

— Honor, tu as faim, *darling* ?

Troublée, elle déglutit avec peine.

— Une faim de loup ! Je défaille ! J'ai l'estomac dans les talons ! Allons manger…

Tom se mit à rire :

— J'adore sa façon de babiller dès qu'elle est en hypoglycémie.

Il serra la main de Brogan.

— Enchanté d'avoir fait votre connaissance.

— Moi de même. Passez une bonne soirée, tous les deux.

Brogan se pencha vers Honor pour l'embrasser comme il l'avait toujours fait dans un lieu public : sur la joue. Ce qui lui donnait autrefois l'impression d'être unique. Mais la situation entre eux avait changé et, dans un mouvement de recul, elle se rapprocha légèrement de Tom. Brogan se reprit et, pour la toute première fois, Honor lui trouva l'air un peu… emprunté.

— Bon. A plus, Hon' !

Tom et elle le suivirent des yeux jusqu'à la porte.

— Un connard content de lui, voilà ce que je me suis dit en le voyant, décréta-t-il.

— Merci.

Elle prit soudain conscience du poids de son bras, chaud et puissant, autour de ses épaules et fit un pas en arrière.

— Je suis vraiment désolée de vous avoir joué un tour aussi pendable, Tom. C'est ce qui s'appelle se retrouver entre le marteau et l'enclume.

— Tout à fait. Mais je vous devais bien ça, pour m'être conduit comme un crétin l'autre jour.

Il but un peu de son whisky.

— On prend un verre ensemble ?

Honor amorçait déjà un geste de refus lorsqu'elle se reprit. Changer d'état d'esprit. Changer d'attitude. C'était le plan qu'elle s'était tracé avec force codes couleurs. Il fallait maintenant qu'elle l'applique.

— Très volontiers.

Elle se tourna vers Jessica.

— Je prendrai une Grey Goose. Bien tassée, s'il te plaît.

Jess lui servit sa vodka, qu'elle vida d'un trait.

— La situation est si désespérée ? demanda Tom.

— Non, pas du tout... Je ne vois pas ce qui vous fait dire ça...

Cette façon qu'il avait eue de l'embrasser, tout à l'heure...

— Pourquoi ne pas vous installer là-bas ? suggéra Jessica en désignant une table située à l'angle du bar, près de la cheminée.

Ils allèrent s'y asseoir. Honor sentait la chaleur du feu irradier son dos ; dehors, la neige tombait à gros flocons. Puisqu'elle avait un peu de temps devant elle, elle en profita pour détailler l'homme qu'elle avait en face d'elle : il était vêtu d'un tunisien Green River — dont les trois boutons du haut, défaits, dévoilaient une chaîne en argent — et d'un jean sombre et portait de robustes chaussures en cuir.

Le tout donnait une impression très... mâle.

Jessica lui apporta l'eau pétillante qu'elle aimait boire au bureau. Une délicate attention de sa part.

— Une autre Grey Goose, Honor ? Ou tu préfères quelque chose à manger ?

— Non, non. Ça ira, je te remercie.

— Je croyais que vous mouriez de faim ? s'étonna Tom.

— Moi ? Non... Ce n'était qu'un des innombrables mensonges de la soirée.

Il lui sourit, tandis que Jessica lui tapotait gentiment l'épaule avant de s'éclipser.

— Sympa, cette fille, commenta Tom.

— Oui, c'est vrai. Elle travaille pour moi. Au domaine.

— Blue Heron, n'est-ce pas ?

— Tout à fait.

La décharge d'adrénaline s'estompait, la laissant légèrement engourdie.

— Vous devriez venir le visiter.

— Avec plaisir.

— Les visites se font tous les jours à 15 heures, puis quatre fois par jour à partir du 1er mai.

Tom Barlow lui décocha un bref sourire asymétrique ; Honor sentit son ventre se contracter.

Ah, non ! Elle n'était pas ce type de femme ! Elle n'était pas du genre à lever des hommes dans les bars ! En plus, celui-ci ne s'intéressait pas à elle. Que lui avait-il dit, déjà, l'autre soir ? « Vous n'êtes pas laide. » Plutôt nul, comme compliment ! Non. Pas question de tomber amoureuse d'un homme qui voulait se marier uniquement pour obtenir une carte verte.

Mais ce baiser… Quel baiser !

Bon, fais quelque chose ! la houspillèrent ses ovules. Ils arboraient maintenant sur le bout du nez des lunettes à double foyer et se montraient de plus en plus irritables. *Tu veux bien te bouger un peu, s'il te plaît ? Parce que nous, dès que* Danse avec les stars *est terminé, on va se coucher.*

Tom but une gorgée, tout en la regardant.

— Redites-moi ce que vous faites dans la vie, Honor. L'autre soir, j'étais tellement occupé à faire l'andouille que je n'ai pas bien écouté.

Ah, parfait ! Le travail… voilà un sujet dont elle pouvait parler pendant des heures.

— Je chapeaute le service commerce et marketing de notre domaine. Communication, ventes, recrutement, distribution. Ma sœur aînée s'occupe de la culture des vignes, mon père et mon frère assemblent le vin, mon neveu donne un coup de main à chacun et s'occupe en particulier des dégustations en pleine saison. Sans oublier mes grands-parents, qui ne sont pas tout à fait à la retraite et avec qui il faut encore compter.

— Ça semble idyllique.

Il avait l'air sincère.

— L'exploitation appartient à notre famille depuis huit générations. Nous en faisons tous partie, chacun à notre manière.

— Et c'est sympa de travailler en famille ?

— Oh ! C'est absolument merveilleux… sauf quand c'est insupportable !

Il sourit de nouveau, plus franchement. C'était un sourire éclair, d'une douceur inattendue. Encore une fois, une décharge électrique vint la titiller légèrement. Quand Tom souriait, ses traits plutôt sévères prenaient l'expression totalement craquante d'un petit gamin polisson. Et mazette ! Elle lui faisait de l'effet.

— Je me suis toujours dit que ça devait être sympa d'être issu d'une famille nombreuse.

— Il y a des bons côtés, je l'avoue.

Etait-ce parce qu'il l'avait déjà vue sous son plus mauvais jour ou parce qu'il l'avait explicitement repoussée ? Ou tout simplement parce qu'il avait gentiment accepté de se faire passer pour son petit ami ? Etait-ce la neige et la douceur de cette soirée ? Le restaurant presque vide, seule Jessica lisant un livre au bar ? Etait-ce la Grey Goose dans son estomac vide… ? Toujours est-il que Honor se détendait peu à peu, sa cuirasse commençant à disparaître (pour peu qu'il y ait eu une cuirasse, bien sûr… or, Levi se trompait certainement sur ce point).

Change tes comportements.

— Et vous, Tom ? Vous avez des frères et sœurs ?

— Non. A mon grand regret, je suis fils unique. Mon père vit toujours à Manchester.

— *Go United !*

Il lui fit un clin d'œil et lui décocha son fameux sourire.

— Je crois que je viens de tomber amoureux de vous.

Comment avait-elle bien pu le trouver pénible, l'autre soir ? Impossible de s'en souvenir.

— Oh ! ça n'a rien à voir avec vous, dit-elle. Je suis en mode cocktail.

— Répétez-moi ça…

— En mode cocktail. Je suis capable de faire la conversation sur à peu près tous les sujets.

— Tous ?

— Mais oui, parfaitement.

Les yeux de Tom s'étrécirent, et un sourire malicieux anima ses lèvres pleines.

— Eh bien, allez-y, parlez-moi donc des derniers progrès de la médecine.

— Des chercheurs viennent de mettre au point un tout nouveau médicament qui stoppe l'évolution de la maladie d'Alzheimer. L'office de contrôle des produits pharmaceutiques devrait délivrer son autorisation de mise sur le marché dans les trois prochains mois.

— C'est vrai ? Hum… Evidemment, vous pourriez tout aussi bien être en train d'inventer n'importe quoi au fur et à mesure, et je n'en saurais rien… Côté musique, vous avez quelques potins ?

— Ray Charles a eu douze enfants.

— Non ! Ça, par exemple ! Très bien, faisons un tour de mon côté de l'Atlantique, maintenant. Que pouvez-vous me dire sur la famille royale ?

— Qui ? Philip et Elisabeth, Margaret, Harry, Andrew, Kate, William, Béatrice, Pippa… ? Soyez plus précis.

— Dans ce cas… parlez-moi des divorces dans la famille royale.

— Tout le monde y est passé, à l'exception des vieux et des enfants.

Il se mit à rire.

— Bien vu. La politique étrangère des Etats-Unis ?

— S'exprimer en termes mesurés et toujours avoir un gros missile sur soi.

— Ma partie, maintenant : le génie mécanique.

— Je croyais que vous enseigniez les mathématiques ?

— Non, pas du tout. Savez-vous ce que fait un ingénieur en mécanique ?

— Hum… Vous réparez tout un tas de choses ?

Le sourire de Tom s'élargit. *Pense à ce qu'on pourrait faire avec l'ADN de ce type !* dirent les ovules avec un soupir d'aise.

— C'est à peu près ça, dit-il.

— Vous analysez par quel mécanisme les choses se mettent en branle.

La dernière partie de sa phrase lui parut vaguement osée.

— Oui.

— Vous savez où il faut appuyer pour… déclencher des choses.

Le regard de Tom s'abaissa vers sa bouche.

— Mmm-mm…

— Vous êtes doué de vos mains.

Il se pencha en avant et lui demanda à voix basse :

— Seriez-vous par hasard en train de flirter avec moi, miss Holland ?

Flûte ! Eh bien, oui, c'était ce qu'elle essayait de faire, justement !

Où était donc Colleen O'Rourke quand on avait besoin d'elle ? Cette fille qui était titulaire d'un doctorat *ès mecs* ou approchant ! Honor se redressa et posa les mains bien à plat sur ses genoux.

— Absolument pas.

— Vous pouvez continuer, vous savez... C'était tout à fait agréable.

Il se renversa contre le dossier de sa chaise.

— Pour votre gouverne, un ingénieur en génie mécanique est compétent dans la fabrication de tout ce qui existe ou à peu près. Il veille à ce que tout type de structure, de véhicule ou de chaussée soit solide, fiable et à l'épreuve du temps.

Solide, fiable et à l'épreuve du temps.

Waouh !

Allez, vas-y ! Flirte avec lui...

Mais flirter était devenu impossible à présent. Elle se creusa la tête, à la recherche d'une réplique sensuelle. Tenta de penser très fort à Colleen pour trouver l'inspiration. Peine perdue ! Elle changea de position sur sa chaise ; sa jambe toucha celle de Tom au passage. *Allez, on y est presque !* l'encouragèrent ses ovules.

Ça suffit ! rétorqua-t-elle intérieurement. *Le projet n'est pas de tomber enceinte ce soir, d'accord ? Alors, retournez vous coller devant la télé !*

— Lorsqu'on s'est croisés à la fac, l'autre jour, vous aviez l'air de crouler sous les étudiantes.

— La Horde barbare, c'est le surnom que je leur donne. La plupart de ces filles laisseront tomber les cours avant les premiers partiels. A propos, comment s'est passée votre soirée avec Droog ?

— Oh ! il m'a eu l'air très gentil...

— Est-ce qu'il a briqué la table et les chaises avant de s'asseoir ?

Elle sourit.

— Oui !

— Il fait ça partout. Mais c'est un brave type.

Il laissa passer quelques instants.

— Vous allez le revoir ?

Honor entendit soudain les battements de son cœur cogner à ses oreilles.

— Non.

Ils se turent. Le feu émettait des sifflements et des claquements secs. Dehors, le tapis blanc s'épaississait, la neige tombant bien plus dru que le léger saupoudrage prévu. Le bon sens commandait à Honor de rentrer au plus vite : les conditions météo avaient tendance à être toujours pires sur la Colline qu'au Village, à cause de la différence d'altitude.

Mais elle ne bougeait pas.

— Alors, comme ça, vous êtes toujours potes, le prince charmant et vous ? Même s'il a choisi votre copine ?

Elle sentit la chaleur monter lentement à ses joues.

— Excusez-moi, dit Tom. Ça ne me regarde pas.

— Non, ce n'est rien. Brogan et moi nous connaissons depuis l'école élémentaire. Pendant des années, nous avons couché ensemble de temps à autre.

C'était sans doute plus que ce que Tom Barlow aurait souhaité entendre.

— Ce soir, il voulait m'annoncer qu'il allait être père.

— Vous plaisantez ?

Elle fit non de la tête.

— Fichtre !

Il se massa la nuque.

— Et que fait Brogan Cain dans la vie ?

— Il est photographe sportif. Base-ball, football, basket…

— Merci, je sais ce que c'est qu'un sport, *darling*.

Il prit une gorgée de whisky.

— J'espère qu'ils vont lui choisir un prénom bien naze, à ce môme : Citizen Cain. Mac Cain. Rain. Wayne. Jane… Abel.

Honor esquissa un faible sourire. La nouvelle avait été presque trop choquante pour que son cerveau puisse l'assimiler : d'abord Dana et Brogan, et maintenant un bébé Cain en route ! Elle aurait aimé pouvoir en rire, elle aussi. Mais cette perspective était encore assez improbable.

— J'espère que votre copine va se transformer en éléphant, poursuivit Tom. Qu'elle ne resplendira pas comme la plupart des femmes enceintes, mais qu'elle se tapera tout le reste : brûlures d'estomac, acné, pieds gonflés… Sans oublier une couche de graisse épaisse comme ça, collée sur les hanches à coups de gâteaux fourrés et de crème glacée. Une nouvelle Jessica Simpson[1] !

Finalement, il allait réussir à la faire rire.

— Dit avec votre accent, c'est charmant… *Jessicker Simpson.*

— Je ne l'ai pas prononcé comme ça !

Il haussa un sourcil, celui qui était barré d'une cicatrice.

— Si, si. Mais je trouve ça mignon. Vous avez un joli accent.

— Je n'ai aucun accent, *darling.* La référence en la matière, c'est l'anglais, je vous signale. Or je suis anglais. C'est vous qui maltraitez notre langue, espèce de Yankee ingrate !

Ce Tom Barlow lui plaisait de plus en plus.

Et puis n'oublions pas ce baiser de tout à l'heure… *Quel baiser !*

— Et pour votre carte verte vous en êtes où ?

— Ça va. Tout est prêt.

Il regarda par la fenêtre.

— Encore désolé pour ma conduite de l'autre soir. C'était assez étrange, comme rencontre.

— Ne vous tracassez pas pour ça.

Elle remarqua qu'il semblait avoir changé d'humeur.

— Si j'ai bien compris, vous venez d'arriver à Manningsport, mais vous vivez aux Etats-Unis depuis un moment, n'est-ce pas ?

— C'est exact.

— Et qu'est-ce qui vous a amené à venir vous installer ici ?

Il ne répondit pas tout de suite.

— Un job.

Pourtant, elle sentit qu'il y avait autre chose. Une tragédie, avait dit Goggy. Elle enchaîna :

— Manningsport est une ville agréable. Vous ne vous y sentirez pas seul bien longtemps.

Elle s'interrompit, horrifiée. Qu'est-ce qui la prenait de dire une telle énormité ?

Tom la fixa, l'air intrigué.

1. Jessica Simpson est une personnalité de la télévision américaine qui a publié les secrets de son régime postgrossesse, alors qu'elle avait pris beaucoup de poids.

— Qu'est-ce qui vous fait penser que je me sens seul ?

Elle hésita. Franchement, d'où avait-elle sorti un truc pareil ? Et pourtant, au fond du regard de Tom, malgré cet art du flirt désinvolte qu'il semblait maîtriser à merveille, elle perçut un soupçon … de tristesse.

— Vous étiez seul au bar avant que je ne vous oblige à me parler.

— Ça vous rend tout aussi solitaire que moi, alors ?

— Ça n'a rien à voir. Je ne suis pas en train de flirter avec vous : je me contente d'être aimable avec un nouvel arrivant, rien de plus. C'est bon pour le tourisme.

— Dommage. Pensez à tout ce que deux personnes solitaires pourraient faire ensemble.

Heureusement qu'elle était bien assise, car ses genoux, devenus brûlants, n'auraient pas pu la porter. *Qu'est-ce que tu attends pour lui sauter dessus ?* fulminèrent ses ovules.

— Ce n'est pas mon genre, répliqua-t-elle d'une voix mal assurée.

— Vraiment dommage…

Elle eut l'impression de sentir fondre chacun de ses organes.

Allez ! tempêtaient ses ovules. *On en crève, nous ! Littéralement !*

Non, changer de comportement ne signifiait pas sortir avec le premier venu dans un bar. Elle cherchait le bon, quelqu'un avec qui elle pourrait se marier, pas simplement quelqu'un avec qui coucher. Ça, elle l'avait déjà fait pendant quinze ans : où cela l'avait-il menée ? Nulle part. Elle voulait qu'on lui fasse la cour, pas l'amour. Enfin, la cour *puis* l'amour, une fois la relation durablement établie. Elle avait lu tout ce qu'il fallait savoir sur le sujet : ne pas brûler les étapes ; ne pas jouer les allumeuses ; sexe prématuré = désastre assuré.

Tom Barlow avait la bouche la plus sensuelle du monde.

Il la dévisageait, avec, dans ses yeux gris, une expression indéchiffrable.

A cet instant, Jessica se dirigea vers leur table.

— Désolée, mais… on doit fermer… La neige s'accumule, dehors.

— Tu as raison, dit Honor en attrapant son sac. L'addition est pour moi, Tom. Puisque vous avez eu la gentillesse de me sauver la mise, ce soir.

Il se tourna vers Jessica.

— Je suis plutôt gentil, comme garçon, lâcha-t-il avec un clin d'œil.

— Ce n'est pas ce qui est écrit sur le mur des toilettes, rétorqua Jessica, pince-sans-rire.

Oui. Jessica était sacrément belle, songea Honor. Et Tom, *absurdement* séduisant, sans parler de son accent. Il avait flirté avec elle parce qu'elle était là, voilà tout. Parce qu'il était gentil, apparemment, et que ça lui faisait une distraction pour la soirée. Une autre fois, il flirterait sans doute avec Jessica… D'ailleurs, le fameux soir de la bagarre chez O'Rourke, n'était-il pas en train de draguer Monica ? Et qui sait s'il ne faisait pas aussi du charme à Colleen ? Tom Barlow était un tombeur. Il n'y avait rien de mal à cela ; simplement, elle ne devait pas se faire des idées.

Raté ! bougonnèrent ses ovules.

Elle posa un billet de vingt dollars sur la table.

— Bon…

Elle appellerait Pru de sa voiture pour savoir si elle pouvait dormir chez elle.

— Encore merci, Tom. A lundi, Jess !

— Passe un bon week-end !

— Merci, Tom, répéta-t-elle, cette fois du fond du cœur.

— Mais de rien.

Il était resté assis. Elle sortit.

Dehors, les rafales de neige qui s'élevaient du lac Keuka lui fouettèrent le visage. Elle s'arrêta un instant, à quinze mètres environ de sa voiture. Elle portait des escarpins en daim, à talons fort sages. Elle avait voulu se faire belle pour Brogan : pas trop… mais un peu quand même. Elle avait sa fierté, après tout ! Des talons bas, donc, mais tout de même pas des semelles antidérapantes. Bon, avec un peu de chance, elle ne glisserait pas !

— Honor ?

Tom sortait du restaurant en enfilant son manteau.

— Seriez-vous par hasard chaussée de façon totalement contraire au bon sens ? Ah, oui, c'est bien ça ! Tout sauf pratique.

Sur ces paroles, il la souleva de terre, lui arrachant un petit cri de surprise.

— Inutile de me… Reposez-moi tout de suite !

— Oh ! je vous en prie… Il paraît que les femmes adorent ce genre de chose.

— Tom, je vous assure, je…

— Cessez donc de gesticuler comme ça, vous ne me facilitez pas la tâche ! Où est votre voiture ? C'est la Prius ? Je l'aurais parié !

Elle s'accrocha timidement à son cou. C'était sûr, il était… robuste.

— C'est la seule encore sur le parking, lui fit-elle remarquer.

— Et moi qui allais revendiquer un lien de parenté avec Arthur Conan Doyle…

Etre portée par un homme… finalement, ce n'était pas aussi romantique qu'elle l'aurait cru, surtout alors qu'elle n'y était pas préparée. Elle se sentait un peu bête. En revanche, les épaules de Tom étaient larges, solides et… et elle avait de plus en plus de mal à formuler des pensées cohérentes.

Il la déposa près de sa voiture. Honor avait le visage en feu.

— Eh bien, merci, dit-elle. J'ai trouvé cette conversation très agréable.

Il passa sa main dans ses cheveux trempés de neige.

— Pareil pour moi.

Changer ses comportements.

Résolue, elle se dressa sur la pointe des pieds et l'embrassa dans la lumière diffuse des réverbères, sous un ciel aux nuances de rose. La bouche de Tom était tendre, chaude, absolument divine. Il lui rendit son baiser avec douceur, en prenant son temps. Honor avait l'impression de flotter, et cette sensation s'accrut encore lorsque la main de Tom se referma tendrement sur sa nuque.

Puis il s'écarta un peu et lui glissa une mèche de cheveux derrière l'oreille. Ses yeux avaient un éclat tendre et gentil.

— Tom ? murmura-t-elle. Je suis peut-être ce genre de femme, après tout.

Il la regarda avec un petit sourire.

— Le genre qui rentrerait avec moi, alors ?

Elle s'aperçut qu'elle avait une main posée sur son torse. Elle sentait son cœur cogner puissamment sous sa paume.

— Oui, s'entendit-elle répondre. Monte dans ma voiture.

Trente-neuf secondes plus tard, ils se garaient devant chez Tom. Il habitait l'ancienne maison des Eustace, une bâtisse toute simple avec une véranda donnant sur la rue et un petit jardin. Elle esquissa le geste d'ouvrir sa portière, mais Tom avait déjà galamment fait le tour de la voiture. Elle prit la main qu'il lui tendait. Une main large et puissante. Une *patte d'ours*, presque, qui lui engloutit la sienne.

— Tu as changé d'avis ? lui demanda-t-il.

— Non.

Pourtant, elle sentait son cœur battre à tout rompre dans sa poitrine ; un instant, il semblait s'arrêter… pour repartir de plus belle. Un léger tremblement avait envahi ses mains.

Une fois à l'intérieur, Tom alluma une lampe qui ne parvint pas vraiment à dissiper l'obscurité. Dans la demi-pénombre, elle distingua un séjour banal, un mobilier banal. Un canapé. Une table basse. Il s'approcha d'elle et se mit à déboutonner son manteau. Elle frémit, lui caressa la poitrine, sentant sous ses doigts les muscles durs, le contour du torse et des épaules tendus sous la chemise. Plongeant son regard dans le sien, Tom lui sourit.

Miséricorde ! Il avait une bouche… exquise. Ses traits n'avaient pourtant rien d'exceptionnel : des cils normaux, un nez normal… Mais l'ensemble en faisait un homme follement attirant. Honor sentait son corps tout entier *pulser* de désir pour lui.

Il la mena jusqu'au canapé. Elle n'avait jamais fait l'amour sur un canapé. Ni ailleurs que dans un lit, à la réflexion. S'apprêtait-elle vraiment à avoir des rapports sexuels dans un salon ? Par terre, peut-être ? Par terre, ce serait… quoi ? Elle n'en savait rien. Faire l'amour par terre ? Elle, Honor Holland, la sœur terne et insipide ? Oh ! bonté divine ! Comment s'y prenait-on pour faire ce genre de choses ? Allait-elle avoir la peau irritée par le frottement du tapis ? Et lui ? Est-ce que…

— Assieds-toi. Tu dois avoir les pieds gelés.

Elle s'exécuta. Tom lui ôta une de ses chaussures et entreprit de réchauffer son pied en le massant de ses immenses mains. Il avait raison : elle avait les pieds glacés, mais elle ne l'aurait peut-être pas remarqué si ses mains à lui n'avaient pas été si chaudes. Il passa à l'autre pied, le lui frictionna avec énergie, puis leva les yeux vers elle et la gratifia de cet adorable sourire qui transformait son expression solennelle en craquante frimousse.

Elle ne s'aperçut qu'elle s'était jetée sur lui que lorsque sa bouche s'écrasa contre la sienne. Oh ! zut, à la fin ! Ça faisait bien… deux minutes au moins qu'il l'avait embrassée pour la dernière fois. Et elle était *en manque*. Surpris, Tom bascula en arrière et atterrit sur le dos… mais c'était bien le cadet de ses soucis.

— Eh, mais qu'est-ce qui t'arrive ? murmura-t-il.

Elle l'embrassa encore, enroulant avec volupté sa langue autour de la sienne ; elle ne pouvait se rassasier de ses lèvres, brûlait de le savourer, de le sentir. Elle enfouit les doigts dans ses cheveux. Une odeur fraîche, teintée de savon, se dégageait de lui, et son haleine avait un léger goût de whisky qui n'était pas désagréable. Mon Dieu, elle ne pouvait pas y croire ! Voilà qu'elle le chevauchait pratiquement, ses jambes se mêlant aux siennes, sa bouche embrassant jusqu'à plus soif ces lèvres extraordinaires, si généreuses, qui la faisaient palpiter de désir jusqu'au plus profond de son corps.

D'un coup de reins, Tom vint au-dessus d'elle et prit son visage entre ses mains.

— Tu es sûre que c'est ce que tu veux, mon cœur ? murmura-t-il. Même si ce « mon cœur » n'était qu'une façon de parler, un petit nom gentil qu'en Angleterre on donnait couramment, même à des inconnus, elle choisit de le prendre au pied de la lettre.

Elle acquiesça d'un signe de tête.

— Assez parlé, alors.

Dans un sourire, il approcha sa bouche de la sienne et, subitement, elle trouva *merveilleux* d'être dans les bras de cet homme. D'ailleurs, depuis le départ, toute cette soirée avait été étrange, irréelle : d'abord Brogan et son bébé, puis Tom, l'atmosphère feutrée du bar, la neige, ce baiser, cette maison qu'elle découvrait et… bon sang ! cette façon qu'il avait de l'embrasser ! Ses lèvres pleines et douces lui offraient des sensations complètement nouvelles, sans rapport avec tout ce qu'elle avait pu connaître auparavant. Généreuses, tentatrices, elles faisaient naître en elle d'exquises envies libertines.

Elle n'était peut-être pas ce genre de femme, mais elle en donnait une imitation sacrément réussie ! Sa jupe se souleva lorsqu'elle enserra Tom de ses jambes pour l'amener tout contre elle. Quelle joie de sentir ces formes si fermes, si robustes, si viriles ! Ce corps masculin totalement inconnu, cette contrée mystérieuse qu'elle brûlait d'explorer.

D'une main, il déboutonna sa jupe, tout en honorant de sa bouche tendre et ardente cette peau qu'il dénudait peu à peu. Honor sentit sa vue se brouiller, le souffle lui manquer. D'un geste vif, elle arracha la chemise du pantalon de Tom et parcourut son dos de ses mains impatientes, remontant des reins jusqu'à la nuque, jouissant de pouvoir toucher ces muscles puissants, cette peau brûlante. Alors qu'elle lui ôtait complètement sa chemise, quelque chose de métallique la frôla — un médaillon accroché à une chaîne en argent.

Tom s'écarta un peu pour la contempler. Sa respiration était saccadée, et son visage, qui quelques instants plus tôt n'exprimait que douceur, était si sérieux qu'il sembla à Honor presque… effrayant. A peine cette pensée lui eut-elle traversé l'esprit que tout son corps frissonna de désir.

Il lui dégagea le front :

— Tu es ravissante, tu sais…

Aïe ! Elle était en train de tomber un tout petit peu amoureuse…

Pesant de tout son poids sur elle, il la terrassa par un baiser brûlant, profond et fougueux qu'elle lui rendit avec passion, ses mains explorant le chaud et ferme continent de son dos, ses bras robustes et musclés. Elle haleta :

— Tu n'es pas bâti comme un prof de maths…

— Je ne suis pas prof de maths, marmonna-t-il, et elle le sentit sourire contre sa bouche.

Honor passa sa langue sur les voluptueuses lèvres de Tom, telle une déesse du sexe exerçant avec le plus grand naturel son art consommé de l'érotisme. Elle avait l'impression d'être la plus belle femme du monde. Les doigts de Tom s'enfoncèrent dans ses cheveux, sa bouche glissa le long de son cou, puis descendit plus bas. Ses mains habiles dégrafèrent son soutien-gorge… Ses lèvres entreprirent de suivre le sentier tracé par ses caresses…

Et Honor découvrit qu'elle était tout à fait ce genre de femme.

8

Tom se réveilla, le corps fourbu et l'esprit traversé par des éclairs de bonheur inhabituels qui le firent sourire avant même d'avoir ouvert les yeux.

Puis sa main effleura quelque chose de doux, et là ses paupières se dessillèrent pour de bon.

Honor Holland dormait près de lui, allongée sur le ventre, lui tournant le dos. Elle était nue.

Eh oui…

La nuit dernière avait été pour le moins… inattendue. Faire semblant d'avoir rendez-vous avec elle devant le type qui lui avait mis le cœur en miettes, ça n'avait pas été bien difficile. Du reste, il lui devait bien ça. Après la façon dont il s'était conduit le soir de leur première rencontre… quand il avait tout fait pour se rendre antipathique.

L'ennui… eh bien… c'était qu'elle n'était pas mal du tout, cette miss Holland ! Quand il l'avait vue, toute frémissante de chagrin — une fois encore à cause de ce Brolin, de ce Bro… machinchose —, il n'avait eu qu'une envie : la réconforter. Alors il s'était mis à flirter un peu avec elle (un talent, c'est un talent, inutile de se voiler la face).

Et puis, au cours de la soirée, un changement subtil s'était produit. Quand elle lui avait balancé qu'il se sentait seul… il avait eu l'impression de recevoir un direct de Mike Tyson en pleine poitrine. Marrant, comme on peut réussir à nier l'évidence jusqu'à ce que quelqu'un vous la jette à la figure ! Et, avant même d'avoir compris ce qui lui arrivait, il était en train de la porter jusqu'à sa voiture.

Quand elle l'avait embrassé, il s'était pris une décharge de dix mille volts à laquelle il ne s'attendait pas. Pareil pour la suite de la soirée… Au départ, Tom n'avait pas du tout l'intention de lui proposer un dernier verre. Mais Honor avait fait mouche : il se sentait seul. Et peut-être qu'en dépit de la nombreuse tribu qui l'entourait elle était solitaire, elle aussi.

Et voilà le résultat : maintenant, il avait une femme nue dans son lit ! Et, au-delà de cette évidence, il ne savait pas bien comment il allait se dépêtrer de la situation. Ni ce qu'il allait pouvoir dire à Honor quand elle se réveillerait.

Prenant bien soin de ne pas la déranger, il se glissa hors du lit, attrapa un jean et un pull, sortit de la chambre et referma la porte derrière lui.

La cuisine était encore un peu en désordre. Il fit du café, inspecta le contenu du réfrigérateur. Bon. Il pouvait proposer un petit déjeuner à miss Holland, si d'aventure elle avait faim. Enfin, il lui faudrait d'abord débarrasser la table… La veille, il y avait installé la maquette du Stearman PT-17, l'un des zincs les plus prestigieux de la Seconde Guerre mondiale. Trois ans auparavant, Charlie avait assisté avec lui à un meeting aérien dans lequel évoluait cet avion. Dès le lendemain, il avait offert la maquette au jeune garçon. Une fois terminée, elle aurait été la sixième qu'ils auraient assemblée ensemble. Tom se demanda ce qu'étaient devenues les cinq autres.

Le Stearman, lui, était toujours en pièces détachées : son fuselage attendait d'être complété, et les nombreux éléments en balsa étaient éparpillés sur la table. Il s'était dit qu'à voir l'avion ainsi exposé Charlie aurait peut-être envie de le terminer. Le gamin était censé venir dîner la veille et, même s'il y avait autant de chances que ça marche que d'être dévoré par un poulpe géant, Tom était prêt à tout essayer pour renouer le contact avec Charlie. Comme on dit : « Tant qu'il y a de la vie, il y a de l'espoir » — et autres foutaises…

Mais Janice avait finalement appelé pour dire que Charlie

avait mal au ventre (un mensonge, à tous les coups) et qu'il ne viendrait pas. D'où le choix d'aller prendre un verre chez Hugo, l'ambiance turbulente du O'Rourke ayant paru à Tom un peu trop tapageuse pour son état d'esprit.

D'où, également, ce rapprochement inattendu avec Honor Holland. Un rapprochement sans doute malavisé de sa part… mais une nuit de sexe étonnamment réussie ! Et ça, il ne fallait jamais le regretter.

A cet instant, des pas résonnèrent dans l'escalier. Honor jeta un œil dans la cuisine. Tom sentit aussitôt le désir l'envahir. Le transpercer.

— Bonjour.

Elle se mit à rougir. Avec ses vêtements tout froissés et ses cheveux en bataille, elle était le portrait vivant de la fille honteuse après.

— Bonjour, murmura-t-elle.

— Un café ?

— Oui, merci.

Il lui servit une tasse. Elle y trempa les lèvres. Ses mains tremblaient légèrement.

— Tu as bien dormi ? lui demanda-t-elle en rougissant de plus belle.

— Très bien. Et toi ?

— Pas mal.

Elle posa sa tasse sur le comptoir.

— Ecoute, Tom, ce qui s'est passé cette nuit… n'a rien à voir avec mon modus operandi habituel.

Bigre ! Du latin, de si bonne heure ?

— Pourtant, tu m'as paru tout à fait experte en la matière, dit-il en souriant de toutes ses dents.

La rougeur se propagea à son cou.

— Il n'est pas dans mes habitudes de me conduire de manière aussi… euh… dévergondée. Je ne voudrais pas que tu aies une fausse idée de moi.

— Il n'y a aucun mal à être dévergondée. De mon point de vue, en tout cas.

— Ce n'est pas ce que je… Vois-tu, en règle générale, je ne…

Il lui tapota affectueusement l'épaule.

— Allez, c'était juste un plan cul, Honor, avoue-le ! Tu m'as levé dans un bar, revendique-le ! Sois-en fière !

Elle se passa la main dans les cheveux et s'abîma dans la contemplation du sol. Tom regretta aussitôt sa taquinerie gratuite. De toute évidence, Honor n'appréciait guère ce genre d'humour…

— J'ai passé un très joli moment, reprit-il, plus sérieusement. J'espère que toi aussi.

Ses joues étaient tellement cramoisies qu'elles semblaient dégager de la chaleur.

— Hum, oui.

— Assieds-toi. Je peux te préparer un petit déjeuner si tu veux.

— Oh ! non, ça ira, merci.

Elle prit place à table, cependant.

— Des maquettes ?

Il s'assit en face d'elle et ramassa une pièce du PT-17.

— Il m'arrive aussi de travailler sur de vrais avions, au cas où tu serais en train de remettre en cause ma virilité. C'est un peu un job d'appoint. Une des nombreuses choses que peut faire un ingénieur en mécanique… encore une donnée à stocker dans ton cerveau, pour ton mode cocktail. Adapter des avions aux caprices d'une richissime clientèle.

Elle semblait vouloir se dissimuler derrière sa tasse de café.

— Autrement dit, c'est un passe-temps ?

Il prit quelques secondes avant de répondre.

— Je faisais ces maquettes avec mon beau-fils officieux, s'entendit-il dire. Celle que tu vois ici, nous l'avons commencée il y a quelques années.

— Qu'est-ce que c'est, un beau-fils « officieux » ?

Il se mit à limer une languette en aluminium qui s'ajustait mal.

— C'est un ado maussade, le fils d'une femme à qui j'ai été fiancé autrefois. Il s'appelle Charlie.

L'étape suivante, c'était l'assemblage des mâts de cabane. Hors de question d'aller trop vite… Il ne voulait pas finir l'avion tout seul, on ne sait jamais : Charlie pourrait avoir envie de l'aider — hypothèse plus qu'improbable.

— Tu as été fiancé ? interrogea Honor.

— Oui. Mais Mélissa est morte.

Une exclamation étouffée indiqua à Tom qu'elle avait accusé le coup.

— Oh ! Tom… Je suis navrée.

Il rassembla le reste des pièces pour les ranger dans la boîte.

— Ne t'en fais pas.

Il lui jeta un regard.

— Ça fait trois ans déjà.

Honor accueillit cette précision d'un petit hochement de tête. Elle tenait toujours sa tasse comme s'il s'était agi d'un bouclier.

— Et quel âge a-t-il, ce beau-fils officieux ?

— Quatorze ans.

— Vous êtes proches, tous les deux ?

Tom se massa la nuque.

— Nous l'étions, oui, du temps où j'habitais avec sa mère. Aujourd'hui, ce n'est plus le cas.

— Il vit chez son père ?

— Non.

Comme chaque fois qu'il pensait à Mitchell DeLuca, Tom se mit à voir rouge.

— Il vit chez ses grands-parents, Janice et Walter Kellogg. Tu les connais peut-être ? Ils se sont installés ici il y a quelques mois, et j'ai suivi le mouvement.

Honor fit un signe de dénégation. But une gorgée de café. Resta silencieuse. Il la bénit intérieurement : il n'avait pas eu la chance de rencontrer souvent quelqu'un qui savait ainsi réfléchir avant de parler… voilà qui le changeait agréablement !

— Depuis combien de temps es-tu aux Etats-Unis ?

— Quatre ans. J'ai rencontré Mélissa pendant des vacances que je passais ici et je ne suis jamais reparti. Nous nous sommes fiancés dans les mois qui ont suivi, puis elle est décédée…

— Est-ce que je peux te demander dans quelles circonstances ? s'enquit Honor avec douceur.

— Elle a été renversée par une voiture en traversant la rue.

Un accident parfaitement stupide qui aurait pu être évité. Il rangea le Stearman dans sa boîte avec le plus grand soin.

— Je compatis de tout cœur, dit Honor. Ma mère est décédée dans un accident de voiture, elle aussi. C'est une façon atroce de perdre un être cher. Non qu'il y en ait de bonnes, mais…

— C'est vrai.

Il se leva.

— J'ai des œufs et du pain grillé ! Tu es sûre que tu ne veux pas que je te prépare un petit déjeuner ? J'en serais ravi…

— Non, ça ira, merci.

— Un peu plus de café, alors ?

— Volontiers.

Il lui servit une autre tasse.

— Comment se fait-il que vous vous soyez éloignés, Charlie et toi ?

Tom était en train de lui tendre sa tasse et, troublé par la question, renversa un peu de café sur sa jupe.

— Oh ! Merde ! Pardon !

Il s'empara d'un torchon et se mit à éponger la tache.

— Ce n'est pas grave, Tom. Ne t'en fais pas pour ça.

Alors qu'il était agenouillé devant elle, il la regarda, droit dans les yeux.

Au plus profond de ses beaux yeux bruns. Oui, beaux. Sombres et calmes à la fois. Des yeux qui le fixaient d'un air pragmatique, d'un air qui ne tolérait pas les mensonges. Mais il y avait autre chose aussi dans son regard…

De la bonté.

Baissant les yeux, il se remit à frotter la tache qui maculait la jupe de Honor.

— Le gamin me rend responsable de la mort de sa mère. Mélissa était… partie lorsque c'est arrivé. Avec le père de Charlie, qui, manifestement, aimait bien se pointer quand l'envie l'en démangeait, juste le temps de semer la pagaille dans l'esprit de tout le monde. Un week-end, Mélissa s'est tirée avec lui. Et, moi, je suis resté comme un con avec Charlie. Comme un con, vraiment ! Je m'occupais du gosse de ma fiancée pendant qu'elle couchait avec un autre. Puis elle a décidé de m'envoyer un texto en traversant la rue alors que le feu était vert, et voilà.

— Mon Dieu…

— Quand l'agitation est retombée, le père de Charlie a refusé d'assumer la garde de son fils.

De nouveau, un voile de colère l'aveugla.

— Moi, je voulais adopter Charlie, mais je n'avais aucun droit sur lui.

Au-dessus de la porte, la pendule égrenait les secondes. Honor ne le lâchait toujours pas du regard.

— Si je comprends bien, cette histoire de carte verte, c'est pour rester auprès de Charlie ?

— C'est ça.

— Et tu ne l'as pas obtenue, n'est-ce pas ?

Il se massa la nuque et soupira :

— Non, je ne l'ai pas obtenue.

Il alla déposer bruyamment sa tasse dans l'évier. Dehors, les branches des arbres laissaient tomber des paquets de neige fondue : la température était brusquement remontée dans la nuit.

Lorsque Honor se leva, les pieds de sa chaise raclèrent le sol. Elle fit quelques pas puis s'adossa au comptoir de la cuisine, les bras croisés.

— Tu as d'autres options ?

— Pas vraiment, non. Ça fait un moment que je cherche du travail dans la région, mais jusqu'ici ça n'a rien donné. En fait, je crois que Charlie sera plutôt soulagé d'être débarrassé de moi. C'est à peine s'il m'adresse la parole.

Honor baissa la tête, inspira à fond, puis, exhalant tout l'air de ses poumons :

— Dans ce cas, marions-nous.

Il lui lança un regard aigu.

— Ah, non ! Ce plan-là n'est plus à l'ordre du jour. C'est très gentil, mais ce n'est pas… nécessaire.

— Bien sûr que si ! Tu aimes cet enfant, Tom, tu dois être présent pour lui. Alors, je vais t'épouser, et tu pourras rester ici.

D'ailleurs, tu aurais dû m'en parler tout de suite au lieu de te conduire comme un parfait imbécile !

Il lui décocha un petit sourire.

— C'est vrai. Toutes mes excuses. Mais il n'est pas question que tu te maries avec moi, Honor. Epouser un inconnu, ce n'est pas ça qui va t'aider à résoudre tes problèmes avec Brighton…

— Brogan.

— Si tu veux… En plus, tu as envie d'avoir des enfants, ça se voit, et moi tu me connais à peine. Je t'imagine plus avec un donneur de sperme. Ça te permettrait d'avoir la totale : cheveux blonds, yeux verts, études à Harvard… et hop ! Une joyeuse maman célibataire, nantie d'un adorable bébé ! Peut-être même des jumeaux, tu commences à avoir l'âge, non ? Il paraît qu'on a plus de chances d'avoir un « lot de deux pour le prix d'un » après quarante ans…

— J'ai trente-cinq ans, Tom. Et ne recommence pas ton numéro d'abruti !

Oups, démasqué !

— Pardon.

— Et ses grands-parents… il est proche d'eux ?

— Ils font de leur mieux.

— Je prends ça pour un « non ».

Elle plissa les lèvres.

— Ecoute. Je ne vais pas laisser un pauvre gosse déjà trop souvent abandonné voir son beau-père, même « officieux », se faire expulser du territoire. Tu as besoin d'une carte verte. Je te l'offre.

L'oreille en sang de Charlie s'imposa à l'esprit de Tom. Sa respiration saccadée dans la voiture, tant il prenait sur lui pour ne pas montrer qu'il pleurait.

— Tu as raison. Je veux rester auprès de Charlie. Mais il y a d'autres façons d'y parvenir.

— Que tu as déjà toutes essayées, sans succès.

Il inspira un grand coup.

— Honor, c'est vraiment très généreux de ta part, et je t'en suis très reconnaissant. Mais je t'aime bien, tu vois, et je ne veux pas t'épouser simplement parce que tu compatis au sort d'un gamin que tu ne connais même pas. Enfin, quoi ! Qu'est-ce que ça te rapporterait, à toi ? C'est un peu radical, comme solution, tu ne crois pas ?

— Certaines situations exigent parfois des mesures radicales.

Elle poursuivit, sans ciller.

— Bon, alors : tu veux te marier ou pas ?

9

Honor parvint à réintégrer son foyer en catimini, sans tomber ni sur son père ni sur Mme Johnson. Quant à savoir pourquoi aucun des deux n'était à la maison à cette heure-là, c'était une question qu'elle préférait éviter de creuser. Au moins cela lui avait-il permis de rentrer sans se faire pincer après sa nuit de débauche.

Car il y avait bien des années qu'elle n'avait pas passé la nuit avec un homme. Enfin, toute la nuit. Avec Brogan, elle mourait généralement d'envie de rester, mais… il y avait toujours un *mais* : il ne séjournait qu'un jour ou deux à Manningsport, il prenait l'avion très tôt le lendemain matin… A cela s'ajoutait le fait qu'en dépit de son âge « avancé » elle-même habitait encore chez père, à qui elle devait rendre des comptes chaque fois qu'elle découchait.

A cet instant, toutefois, ce n'était pas le sujet qui la préoccupait. Elle venait de demander Tom Barlow en mariage, un homme qu'elle n'avait vu en tout et pour tout que trois fois dans son existence. Sa seconde demande en mariage en deux mois ! Et elle devait le rejoindre dans le courant de l'après-midi pour en discuter.

Par tous les orgasmes de la création ! A quelles extrémités pouvait vous pousser une partie de jambes en l'air réussie, tout de même… Par terre, en plus ! Comme la vie pouvait être belle, au niveau des pâquerettes… Certes, elle avait un genou un peu irrité par le frottement contre le tapis… Une épaule aussi. Mais tout le reste de son corps avait apprécié l'exercice sans réserve.

Tom n'avait pas eu l'air non plus d'y trouver quoi que ce soit à redire. Rien du tout, même !

Le souvenir de sa bouche extraordinaire et de son visage capable de passer de l'expression la plus intense à la plus nigaude pour finalement s'illuminer de tendresse la fit défaillir dans l'escalier. Alors, rentrer la tête basse, à d'autres ! Aujourd'hui, c'était une femme triomphante qui revenait au bercail.

— Salut, Spikey-chou !

Pelotonnée sur son oreiller, sa petite chienne ronflait.

— Ça te dit de faire du patin à glace ?

Elle fit couler l'eau de la douche. Comme c'était drôle ! Avant cet instant, prendre une douche n'était pour elle qu'un moyen d'être propre et voilà que, soudain, elle s'enduisait voluptueusement le corps de gel moussant, se laissait aller à de folles rêveries, laissait libre cours à des fantasmes plus brûlants encore que la vapeur d'eau qui commençait à envahir la salle de bains.

Honor Holland : la femme qui levait des *British* trop canon dans les bars. Qui allait chez Tom « Sexy » Barlow et s'envoyait au septième ciel.

La femme qui allait peut-être l'épouser.

Une onde de panique la parcourut, transformant le jet brûlant en douche glacée. Miséricorde ! Qu'est-ce qu'il lui avait pris ?

Elle devait le revoir un peu plus tard dans la journée, après la dégustation en famille qui était prévue à 16 heures. Ressentant le besoin d'une rapide séance de patinage sur la mare, elle s'habilla, revêtit Spike d'un pull pour chien en polaire rose, sema quatre baisers sur son petit museau et la fourra à l'intérieur de son blouson. Dans le débarras, elle récupéra ses patins et prit la direction de Willow Pond, là où la glace était encore assez épaisse.

Honor était née avec des patins aux pieds. Avant le décès de sa mère, elle s'était même essayée à la compétition. C'est pourquoi, lorsque e-mariage lui avait demandé d'énumérer ses hobbies, elle avait constaté avec soulagement qu'il lui en restait au moins un qui n'était pas « regarder des documentaires traitant de pathologies rares ».

Elle ne patinait plus très souvent, à peine quelques séances, l'hiver, avec Abby, et bien sûr le jour de Noël, tradition familiale oblige. Les Finger Lakes étaient bien trop profonds pour geler, mais le domaine de Blue Heron possédait une petite mare qui pouvait être prise dans la glace : un joli coin de nature, dissimulé près des Tom's Woods, bordé de pruches de l'Ouest et de sapins de Douglas.

Lorsque Honor arriva, le vent avait chassé la couche de neige de la surface, et elle se fit la réflexion qu'il n'existait nulle part au monde un endroit plus beau que celui-là.

Elle s'assit sur son rocher habituel, laça ses patins, vérifia que Spike était bien à l'abri dans son blouson et s'élança sur la glace. Elle fit le tour de la mare. Le vent labourait ses cheveux courts et noyait ses yeux de larmes. Un cardinal fila, à tire-d'aile, au-dessus de la neige ; Spike jeta un bref aboiement et se trémoussa de plaisir. Pousser, glisser… pousser, glisser… Elle fit demi-tour et se mit à patiner en arrière, pour protéger sa petite chienne des rafales.

Tom BARLOW

Arguments pour :

- super coup au lit (superficiel, mais tellement vrai !) ;
- a une noble raison de vouloir rester aux Etats-Unis ;
- aime les enfants ;
- a manifestement le sens de l'engagement ;
- a l'air gentil.

OK, ce dernier argument était plutôt faiblard. Elle se voyait d'ici le servir à son père…

Arguments contre :

- à la base, un parfait inconnu ;
- c'est un acte puni par la loi ;
- n'est pas amoureux de moi.

— D'un autre côté, objecta-t-elle à haute voix malgré ses difficultés croissantes à respirer, ce dernier point n'a rien d'exceptionnel. Personne n'a *jamais* été amoureux de moi.

Spike aboya.

— A part toi, oui. Toi, tu m'aimes.

Rien n'autorisait à penser que Tom pût être pire que les candidats d'e-mariage. Et puis il y avait Pops et Goggy ! Leur couple s'était construit sur un mariage de convenance. Oui, bon… Mauvais exemple.

Si je réussis ce saut, c'est le signe que je dois me lancer dans l'aventure.

Elle effectua le saut le plus simple qu'elle connaissait, un tout petit saut de rien du tout. Tomba sur les fesses.

— Si je réussis ce second saut, dit-elle à Spike, c'est le signe que je dois me lancer dans l'aventure.

Elle chuta une seconde fois.

Honor passa le reste de la journée au bureau, à faire des recherches sur les mariages blancs et les fraudes à l'immigration. De quoi se préparer, en prime, un joli petit ulcère. Bonté divine ! Pour se rassurer, elle s'obligea à pointer quelques commandes de ses distributeurs, effectua un rapide inventaire, esquissa une nouvelle étiquette pour un grand cru et vérifia que le lien du « Bal en noir et blanc » était actif. Jessica était une formidable collaboratrice, mais heureusement que Honor avait encore quelque chose à faire ! Puis, à 16 heures pile, elle prit sa petite Spike sous le bras et se rendit au caveau de dégustation.

C'était, évidemment, l'aspect qu'elle préférait dans le commerce du vin. La famille se réunissait plusieurs fois par an pour goûter le tout dernier cru, débattre de ses saveurs et mettre au point des arguments de vente. S'il s'agissait d'une nouveauté, ils lui choisissaient un nom : Chardonnay Demi-Lune, par exemple, parce que les vendanges s'étaient déroulées par une nuit d'octobre, sous un beau croissant de lune, bien dégagé.

Tout le monde était déjà là. Pru, accompagnée de Carl, qui leur faisait la grâce d'une de ses rares apparitions, et leur fils Ned. Faith et Levi, main dans la main. John et Jack Holland, le père et le fils arborant tous deux une chemise de travail décolorée et une casquette de base-ball au logo de Blue Heron. Mme Johnson disposait des verres à vin. Pops et Goggy, assis chacun à un bout du bar à dégustation, parvenaient malgré tout à se lancer des piques. Abby, pelotonnée sur sa chaise, était en train de lire. Honor déposa un baiser sur la tête de sa nièce :

— Coucou, ma chérie.

S'avisant de sa présence, Goggy fondit sur elle avec une agilité surprenante pour une octogénaire.

— Alors, comment ça s'est passé avec *qui-tu-sais* ? demanda-t-elle en l'entraînant à l'écart. Celui qui avait besoin de la *tu-sais-quoi*.

— Hum, on en parlera plus tard, murmura Honor entre ses dents.

— Un garçon sympathique, n'est-ce pas ? Et physiquement ? Tu l'as trouvé comment ? Beau ?

Très beau, Goggy, et un super coup au lit.

— Très sympathique, oui.

— Ah, tu vois ! Je te l'avais bien dit !

Sa grand-mère afficha un sourire triomphant, fit bouffer ses cheveux et regagna son siège.

Honor refusait de laisser Tom s'immiscer dans ses pensées. Elle s'occuperait de son cas bien assez tôt ! Pour l'heure, elle avait du pain sur la planche.

Lorsque, fraîchement émoulue de Wharton, elle avait été engagée à Blue Heron, son premier défi avait été de rénover le caveau de dégustation, et aujourd'hui encore ce lieu faisait sa joie et sa fierté. Un long bar incurvé, réalisé par un artisan mennonite dans un bois qui avait poussé ici, sur la terre des Holland. Un sol en ardoise bleue, des poutres cintrées au plafond, dans un angle, une cheminée en pierre et, pièce maîtresse du caveau, des fenêtres donnant sur le vignoble et les forêts qui se déroulaient en pente douce jusqu'au lac Keuka.

Cette vue la transportait.

En sa qualité de monarque absolue du domaine, elle se tourna vers sa famille.

— Tout le monde est prêt à déguster d'excellents vins ?

Elle servit le premier, un pinot gris, et porta le verre à ses narines. Pomme verte — ce fut l'arôme qui lui vint spontanément à l'esprit —, puis vanille et clou de girofle. Très agréable.

— Quelqu'un a-t-il senti la pomme ? questionna son père.

— Moi ! dit Goggy. La pomme verte. Acidulée.

— Moi, je sens plutôt la pomme rouge. Cueillie avant maturité. Une McIntosh, avança Pops.

Goggy le fusilla du regard.

— Nez de pomme verte, sans contestation possible.

— Pour moi, c'est pomme rouge, persista Pops avec gaieté. Une pomme rouge pas encore mûre.

— Une pomme verte, donc ! fulmina Goggy.

— Vous ne croyez pas qu'il serait temps d'installer l'un des deux dans une sympathique maison de retraite ? murmura Ned.

— J'ai tout entendu, jeune homme ! lança Pops. Un peu de respect pour tes aînés !

— J'aimerais bien en être capable…

— Un soupçon de calcaire, peut-être ?

Honor encouragea Faith d'un hochement de tête. Ces dernières années, sa sœur n'avait guère fréquenté la région. C'était bon de la retrouver.

— Moi, je sens la murcine, déclara Mme Johnson.

— En effet, oui… Il y a comme une senteur de murcine, acquiesça John Holland.

Il sourit à Mme Johnson, qui avait apparemment des difficultés à croiser son regard.

— Qu'est-ce que c'est que ça, la murcine ? demanda Jack.

— Je ne sais pas, mais je parie que c'est divin, murmura son père.

— Moi, je sens plutôt le foin, pas vous ? s'enquit Pru.

— Tout à fait, répondit Ned. Le foin mouillé.

— Et moi je perçois des nuances de brume mêlées de larmes de licorne, ironisa Abby depuis le canapé. Le tout agrémenté d'un soupçon de rires d'enfants.

Honor sourit à sa nièce et entra les autres commentaires dans son ordinateur. Le nez du vin, son goût, sa fin de bouche. Son corps, ses nuances, ses larmes. Le vin était comme un être vivant que chacun percevait de manière un peu différente, qui se modifiait avec l'âge et la qualité de l'air et dont la création dépendait de la vie qui l'avait précédé.

La dégustation, c'était l'apothéose du travail des Holland. Des soins donnés au sol et aux vignes, en passant par les vendanges jusqu'à la fabrication à proprement parler, chacun avait apporté sa pierre, petite ou grosse, à l'édifice. La famille au grand complet contribuait à faire tourner l'exploitation. Un peu comme une mafia, tendance plus joviale. C'est-à-dire sans avoir recours au meurtre, quoique cette éventualité ne fût jamais à exclure avec Pops et Goggy, qui poursuivaient obstinément leur débat pomme verte - pomme rouge.

Comme c'était étrange d'imaginer Tom au milieu de ses proches… Elle allait peut-être se marier. Prochainement.

Cette pensée lui transmit des impatiences dans les jambes.

Au bout d'une heure, ils avaient goûté quatre nouveaux cépages. Dans quelques semaines, Honor organiserait une seconde séance de dégustation avec les employés et les commerciaux, afin de recueillir leurs impressions à eux aussi.

Son père prit la parole :

— Puisque vous êtes tous là…

Goggy et Mme Johnson se battaient pour débarrasser les verres, chacune disputant à l'autre l'honneur d'être celle qui trimerait le plus pour la famille.

— J'ai, hum… j'ai une nouvelle à vous annoncer. Enfin, une nouvelle… en quelque sorte. Bref, j'ai quelque chose à vous dire, les enfants.

Il avala sa salive. Rougit. Fourra les mains dans ses poches.

— Maman ? Madame J. ? Pourrais-je avoir votre attention, s'il vous plaît ?

— Parfait, dit Goggy. Je ferai la vaisselle tout à l'heure.

— Non, c'est moi qui la ferai tout à l'heure, gronda Mme Johnson.

— Madame Johns… euh, Hyacinthe ? Vous voulez bien approcher ?

Honor retint son souffle. Elle se tourna vers Mme Johnson, qui évita soigneusement son regard.

Tiens donc… Subitement, elle sentit sa gorge se nouer. Jeta un coup d'œil à Faith, qui, bouche bée, attendait la suite, puis en direction de Jack, qui dégustait un morceau de fromage avec Pops.

— Qu'est-ce qui se passe ? demanda Goggy avec inquiétude. Quelqu'un est mourant ?

— Mais non, maman…, souffla John Holland en s'essuyant le front avec une serviette. Vous vous souvenez tous que, cet automne, j'ai recommencé à… fréquenter des dames.

— Ha, cette bonne femme ! Cette Lorena Creech ! Toujours fagotée comme une… Tiens, je l'ai encore vue au marché, la semaine dernière ! Eh bien ! Elle ne portait rien d'autre qu'un…

Pops la coupa :

— Chut ! Ton fils essaie de nous dire quelque chose.

Il marqua une seconde d'hésitation :

— Rien d'autre qu'un quoi ?

— Je ne te le dirai pas, vieux croûton ! Puisque tu m'as grossièrement donné l'ordre de me taire !

— Continue, papa, soupira Jack. Enfin, s'il le faut…

— En fait, c'est plutôt drôle… Euh, non… drôle, ce n'est pas le mot. Euh… et si vous preniez la parole, madame… hum, Hyacinthe ?

— Parce que vous avez un prénom, madame Johnson ? s'étonna Abby.

— Chut, petite !

Mme Johnson croisa les bras sur sa poitrine.

— Faith, tout est ta faute, évidemment. Partir en croisade avec Honor pour marier votre pauvre père !

— Hé ! Moi aussi, j'en faisais partie, de la croisade ! s'écria Pru. Mais on ne me rend jamais justice pour ce genre de choses. C'est parce que je ne m'habille pas comme une dame, c'est ça ?

— Très bien. Dans ce cas, mettons que vous êtes toutes les trois responsables.

— Mais responsables de quoi ? demanda Abby.

— Et merde ! lâcha Jack dans sa barbe.

— Tss-tss… Ne dis pas de gros mots, Jackie chéri, le reprit Mme Johnson. Mais le fait est qu'après avoir enduré pendant des semaines les sollicitations de votre père et ses incursions dans mon travail j'ai fini par capituler.

— Je ne comprends pas, grommela Pops. Vous rendez votre tablier, madame Johnson ?

John Holland ne répondit pas, mais ses yeux étaient brillants de larmes et il souriait. Il se tourna vers Honor et, d'un léger signe de tête, la pria de clarifier la situation pour son grand-père.

— Mais non, Pops, dit-elle sans quitter son père du regard, ses propres yeux s'embuant d'émotion. Ce que papa et Mme Johnson essaient de nous dire, c'est qu'ils vont se marier.

Elle ne pouvait s'empêcher de penser que sa mère aurait applaudi à cette idée.

La voiture de Tom, une modeste Toyota grise, s'engagea sur le parking, devant le chai de Blue Heron. Il en descendit, la mine sombre. En le voyant, Honor peina à déglutir. Ce qui, ce matin, lui avait semblé si facile à dire lui apparaissait à présent nettement plus ardu. Bonté divine, ce n'était que la quatrième fois qu'ils se voyaient ! Et encore ! Si l'on comptait la fois où, sur le parking, il lui avait récupéré ses clés.

— *Hello.*

Cet accent craquant, c'était vraiment déloyal. Elle s'éclaircit la voix :

— Bonjour. Ravie de te revoir.

— Moi aussi.

Il lança un regard à la ronde.

— Alors, voici la fameuse exploitation familiale ?

— Oui, voici Blue Heron. Tu veux que je te fasse visiter ?

Il la dévisagea d'un drôle d'air. Après tout, ils étaient là pour parler mariage, pas œnologie.

— Avec plaisir.

Bon, elle était peut-être la seule à éprouver de la nervosité, finalement.

— Allons-y, alors. Nous cultivons sur le domaine sept variétés différentes de raisin. En bas, du cabernet franc et du pinot noir ; à l'ouest, du gewurztraminer et du merlot. A l'est, nous avons du chardonnay et du pinot gris. Et là-haut, sur la colline, il y a le fameux riesling qui fait la réputation de la région. Comme tu l'ignores peut-être, nous faisons venir ici des rieslings qui figurent parmi les meilleurs au monde.

— Je sais, j'ai lu les brochures.

— C'est cette terre, elle est magique. Enfin, pas magique au sens propre, bien entendu, mais le climat, combiné aux lacs et aux collines… bref, nous vendangeons vers le mois d'octobre. Là, tu peux voir la machine à vendanger : les bras secouent les ceps de vigne et les grappes mûres tombent sur le tapis roulant.

— Fascinant.

— Mais oui, répliqua sèchement Honor.

— Non, je le pense vraiment. J'adore les machines. Je suis ingénieur en mécanique, je te rappelle.

— C'est vrai, excuse-moi…

— Continue, je t'écoute…

Elle lui fit faire le tour de la grange pour le mener jusqu'au pressoir. Là, elle lui expliqua comment le raisin était chargé, puis doucement compressé pour ne pas que les pépins soient écrasés, ce qui rendrait le vin amer. Elle lui montra comment le jus de raisin passait dans les tuyaux pour arriver dans les cuves de fermentation.

— Environ quatre-vingt-dix pour-cent de notre vin est élevé ici, dans ce chai, dit-elle en le faisant entrer dans la grange qui renfermait les gigantesques conteneurs en acier où fermentait le jus de raisin.

— L'élément le plus important dans le processus de vinification, c'est le temps, reprit-elle. Mais nous ajoutons aussi des ingrédients tels que levure, blancs d'œufs, sucre…

Tom jaugea l'une des cuves du regard.

— Un processus très scientifique, n'est-ce pas ?

— Oui. Jack aime à dire que la fabrication d'un vin, c'est quatre-vingt-dix pour-cent de science et dix pour-cent de chance.

— Et qui est Jack ?

— Ah… Hum, c'est mon frère. Il a trois ans de plus que moi. Mon père et lui sont nos maîtres de chai, sans oublier mon grand-père. Ma sœur Pru s'occupe des vignes et, moi, je suis à la tête de la partie commerciale.

— Je vois.

Il parcourut le chai du regard.

— Vous n'utilisez plus de fûts de bois ?

— Si, mais nous employons surtout des cuves. Viens voir la salle d'embouteillage.

— Encore des machines, j'adore ! s'exclama Tom en la gratifiant de son sourire asymétrique. Le bonheur !

Honor entreprit de lui expliquer le fonctionnement de l'embouteilleuse et de l'étiqueteuse, mais de toute évidence Tom avait déjà compris. Il s'agenouilla pour examiner l'envers du tapis roulant. Quel plaisir de pouvoir discuter avec quelqu'un qui s'intéressait sincèrement au processus de fabrication, pour une fois ! En général, les visiteurs avaient surtout hâte d'arriver au caveau de dégustation.

— Et ici, en bas, nous avons le chai d'élevage. C'est là que se trouvent les fûts. Attention à la marche. C'est un peu vieillot, mais c'est joli et puis ça plaît aux touristes.

— Je comprends pourquoi.

Il faisait sombre dans ce chai, vaste salle aux murs de pierre qui servait jadis à entreposer les récoltes de pommes de terre, d'oignons et autres denrées périssables. Aujourd'hui, elle contenait plusieurs dizaines de fûts de bois, une longue table en chêne au plateau tout abîmé, des chaises tendues de cuir, sous un éclairage tamisé… l'illusion était parfaite : on se serait cru sur le Vieux Continent.

— Nous nous servons d'une essence différente pour chaque vin. Le chêne de Hongrie dégage une saveur épicée très agréable, le chêne de France est particulièrement moelleux, et le chêne américain apporte une sensation de fraîcheur et de propreté.

— Intéressant…

Tom donna un petit coup à l'un des fûts.

— J'ai un peu l'impression d'évoluer dans un conte d'Edgar Allan Poe.

— Oui, c'est un endroit très intime. Je me suis dit que nous pourrions y parler au calme.

Son cœur battait déjà à toute allure.

— Tout à fait.

Tom s'assit et joignit les mains.

— J'imagine que ces bouteilles ne sont pas là pour être bues…

— Oh ! mais bien sûr que si !

Elle lui servit un verre du cabernet franc que l'on gardait à cet usage, et regarda Tom le vider d'un trait.

Lui aussi était nerveux.

— Bien, commença-t-elle. J'ai effectué quelques recherches.

— Pourquoi ça ne m'étonne pas de toi ?

— Il faut bien que je sache dans quoi je m'engage !

— C'est sûr. Bon, je t'écoute, dans ce cas.

Honor tira de son sac le récapitulatif qu'elle avait établi dans la journée sur son ordinateur (puis supprimé de son disque dur, au cas où les fédéraux viendraient fouiller).

— Alors… Il y a dans notre pays l'INS, l'Immigration & Naturalization Service, qui a été rebaptisé autrement il y a quelques années…

— Oui, c'est l'USCIS, United States Citizenship and Immigration Services, dit Tom.

— C'est ça.

Evidemment, elle ne devait rien lui apprendre.

— La loi stipule que nous devons rester mariés pendant deux ans au minimum. Sinon, tu seras expulsé du territoire national et tu ne pourras plus jamais prétendre à la carte verte ni à la citoyenneté américaine.

— Je sais.

— Si nous nous faisons prendre et condamner pour fraude au mariage, tu seras expulsé et, moi, j'encourrai dix ans de prison. Sans compter une amende de deux cent cinquante mille dollars.

— C'est un peu sévère, tu ne trouves pas ? Certains meurtriers s'en tirent avec moins que ça.

— Oui. Mais c'est la loi.

Elle joignit les extrémités de ses dix doigts et s'efforça de prendre un ton neutre, professionnel.

— Ecoute, Tom, voilà ce que je souhaite. Plutôt que d'envisager tout cela comme une fraude, je préférerais y voir une sorte de mariage de convenance. J'aimerais m'engager dans cette aventure dans un état d'esprit positif.

— Que veux-tu dire ?

Gênée, elle fixa un point au-delà de son épaule.

— Simplement que... Eh bien, que nous puissions nous marier avec l'espoir d'une union durable.

— Tu veux dire, avec dans l'idée de rester mariés et de vieillir ensemble ?

— Hum, c'est ça.

Il la considéra d'un air sceptique.

— Tu es déjà raide dingue de moi, Honor ? Si vite ?

— Pas du tout.

Zut ! L'heure était venue de jouer cartes sur table. Durant des années, elle avait ménagé la chèvre et le chou avec Brogan, sans que cette attitude ne la mène nulle part.

— Ecoute, Tom. J'ai trente-cinq ans. Je n'ai jamais rencontré d'homme dont je sois vraiment...

— A part Braedon.

— Brogan.

— Si tu veux.

— Oui, à part Brogan. Et je suis suffisamment mûre pour ne plus être naïve : mon opinion sur le mariage a évolué. Je ne vais pas te raconter d'histoires : j'ai envie de me marier. J'ai envie d'avoir un enfant.

— Rien qu'un ? Et pourquoi pas deux ?

— Hum, oui, bien sûr. Deux, ce serait bien.

— Voire trois ?

— Ma foi... j'ai trente-cinq ans, Tom.

— Dans ce cas, il faudrait les produire à la chaîne, comme au tiercé. Ou avoir des triplés, peut-être ? Et pourquoi pas des quintuplés ?

Il sourit largement, dévoilant sa dent légèrement oblique.

Honor marqua un temps d'hésitation.

— Tu pourrais être sérieux une minute ? J'essaie de trouver une solution qui puisse nous convenir à tous les deux.

— Pardon. Tu disais donc que ton opinion sur le mariage avait évolué, ma chère Honor. Et dans quel sens, s'il te plaît ?

Elle prit le temps de bien peser ses mots.

— Je pense que, de nos jours, on attend peut-être trop du mariage. Ce qui expliquerait qu'on ait tant de mal à trouver la bonne personne. Parce que, naturellement, nul n'est parfait. Toi, tu es plutôt gentil. Tu es intelligent. Tu m'as l'air d'un type bien…

— N'oublie pas : « Tu es un super coup au lit. »

— Mais oui, si tu veux… Cette nuit, c'était… sympa, c'est vrai.

Elle transpirait. Il ne faisait pourtant pas bien chaud dans le chai…

— Je veux bien t'épouser, Tom. Mais j'aimerais pouvoir me dire que de ton côté tu y mettras aussi du tien. Que tu ne te borneras pas à me… me tolérer pendant deux ans.

Soudain, l'expression charmeuse de Tom céda la place à une certaine gravité.

— Et si jamais tu rencontres quelqu'un, Honor ? Quelqu'un de sérieux, je veux dire ? Et que tu en tombes vraiment amoureuse ? Un bonheur de carte postale, quoi…

— Dans ce cas, je t'accorderai malgré tout ces deux ans. Tu sais, Tom, je saisis très bien l'enjeu de notre arrangement.

Elle s'éclaircit la voix et essuya ses mains moites sur son pantalon.

— Quant à cette histoire d'enfant, nous pourrions attendre un peu, le temps de voir si nous sommes réellement compatibles, toi et moi.

Il détourna le regard et se passa machinalement le pouce sur la lèvre inférieure, l'air pensif.

— En d'autres termes, tu consens à me donner deux ans de ta vie, dans le seul but que je puisse rester auprès de Charlie ?

Honor baissa les yeux sur ses mains.

— Oui.

— C'est un geste d'une noblesse peu commune. Qu'est-ce que tu y gagnes ?

— Très franchement, tu es ma meilleure perspective depuis des années.

Le sourire de Tom fit une réapparition éclair.

— Tu n'as pas des critères très élevés, n'est-ce pas ?

Il y avait une drôle de lueur au fond de ses yeux gris… de la pitié ? Elle se crispa :

— Je n'en sais rien. Mais je peux te dire que je me donnerai à fond pour que ça marche. Je suis quelqu'un de loyal, Tom, jamais je ne te tromperai et… et c'est tout. Si, de ton côté, tu peux me promettre la même chose… alors tentons le coup !

— Tant qu'on y est, tu as autre chose à me dire ?

A part Brogan, tu es le premier homme à m'avoir embrassée en six ans. Voilà pourquoi je préfère avoir une histoire avec un inconnu que rien du tout avec personne.

— Non.

— Qu'as-tu noté d'autre sur ta liste, trésor ?

A ce mot doux, ses orteils se recroquevillèrent dans ses chaussures.

— Nous devrions établir un emploi du temps.

— Très bien.

— Penses-tu que les services de l'immigration vont lancer une enquête à ton sujet ?

— Je n'en ai aucune idée.

— Dans tous les cas, nous devons nous mettre en ménage, et le plus tôt sera le mieux, me semble-t-il. Chez toi. Mon père se marie : je ne veux surtout pas m'incruster chez lui et devenir une gêne.

— Tu habites encore chez ton père ?

— Oui… Bon, résumons : nous devons vivre ensemble, apprendre à nous connaître. Ensuite, je pourrai rencontrer Charlie. De cette manière, si jamais l'Immigration mène des vérifications sur toi, nous serons en mesure de donner le change.

— Voire de former un couple heureux.

Honor leva la tête de ses notes. Son cœur lui parut soudain trop gros pour sa poitrine.

— Pourquoi pas ?

Il ne répondit rien, se contentant de la regarder.

Zut ! Elle aimait déjà beaucoup trop ce visage.

Elle rompit le silence en lui tendant une feuille de papier.

— Donc, voilà quelques renseignements de base me concernant. Tu devras mémoriser ce document…

— Avant de le brûler ?

— Tout à fait. Ah, je vois… c'était une plaisanterie. Très drôle… Mais en effet tu devras t'en débarrasser.

— Honor Grace Holland. Joli nom. Née le 4 janvier. Cornell, Wharton… très impressionnant, *darling*.

— Merci. Nous devrons également inventer une petite histoire sur les circonstances de notre rencontre, expliquer comment, hum, nous sommes tombés amoureux. Et surtout il faudra être absolument certains que ta grand-tante et ma grand-mère sauront tenir leur langue.

— D'accord. Du côté de ma tante Candace, aucun risque, j'en réponds. Et ta grand-mère, elle sait garder un secret ?

— Goggy ?

— Bonté divine, ne me dis pas que tu l'appelles comme ça pour de vrai ?

— Si… Oui, Goggy sait tenir sa langue. Enfin, je l'espère.

Ce serait une première, en fait…

— Dans ce cas, nous n'avons plus qu'à croiser les doigts.

— Donc : dans quelles circonstances nous sommes-nous rencontrés ? demanda Honor.

Ses joues se remirent à cuire. Le premier venu aurait eu une histoire plus convaincante à raconter que la leur ! Même les couples qui s'étaient rencontrés sur internet avaient toujours une charmante anecdote à raconter sur *le* mail qui avait allumé la flamme entre eux ou sur le premier rendez-vous : ils s'étaient souri et hop ! Coup de foudre ! Même des profils compatibles sur e-mariage avaient l'air plus romantiques qu'un arrangement conclu dans une cave : on aurait dit deux espions corrompus passant un accord illicite.

— Et si on s'en tenait au plus près de la vérité ? suggéra Tom. Tu m'as dragué un soir dans un bar, on s'est envoyés en l'air et, comme tu ne rajeunis pas, on s'est dit : après tout, pourquoi pas ?

Honor se raidit.

— Sais-tu à quoi j'ai passé mon après-midi, Tom ? A regarder des interviews sur YouTube pour connaître les détails qui pourront faire la différence auprès des services de l'immigration. Car pour avoir une chance d'obtenir la carte verte il faut contracter un mariage d'amour, Tom, c'est le seul argument reconnu par l'Administration.

Tom sourit de nouveau.

— Désolé. Je t'aime, Honor. Veux-tu devenir ma femme ?

Décidément, il était impossible !

— C'est ton avenir qui est en jeu, Tom. Et ta relation avec Charlie. Alors, un peu de sérieux, tu veux bien ? Qu'est-ce que tu aimes chez moi ?

— Pas ton sens de l'humour, en tout cas.

Comment avait-elle pu le trouver charmant ? Esseulé ? Adorable ? C'était quand, déjà ?

— Pardon... Je me rends compte de tout le mal que tu te donnes, Honor. Simplement... toute cette histoire me rend nerveux, tu comprends ? Pas seulement parce qu'on risque de se faire prendre, mais aussi à cause du sacrifice que tu fais pour moi.

Il détourna le regard, gêné, se massa la nuque, puis revint vers elle.

— Personne ne m'a jamais fait un tel cadeau.

Ah, c'était donc ça...

La sincérité.

— Bon, reprit-elle d'une voix un peu enrouée. Tentons le coup.

Elle laissa passer quelques secondes.

— Mais, hum, je ne pense pas que nous devrions coucher ensemble. Enfin, recommencer à coucher ensemble. Enfin, je veux dire... tu vois ? Jusqu'à ce qu'on sente si ça va coller ou pas entre nous.

Mais qu'est-ce qui t'a pris de lui sortir un truc pareil ? s'agacèrent ses ovules. *Pourquoi fais-tu ça ?*

Parce que. Elle prenait déjà d'énormes risques. Elle allait devoir mentir à sa famille, s'unir à un inconnu (ou presque), commettre un délit.

Pas question de s'exposer en plus à un chagrin d'amour. Pas si vite. Car, si la nuit passée ensemble avait valeur de présage, son cœur allait suivre son corps et s'ouvrir entièrement à Tom.

— Ça me semble raisonnable, admit-il.

Honor ne put se défendre d'une pointe de dépit.

— Tu vas devoir me fournir aussi quelques renseignements sur toi, Tom. Sur ta famille, ton parcours scolaire...

— Entendu.

— Et puis tu dois rencontrer les miens. Mercredi conviendrait bien, il me semble. Je peux leur raconter que nous sortons ensemble depuis un mois… Je ne pense pas pouvoir aller au-delà.

— Tu fais un peu peur, Honor, tu le sais, ça ?

Elle darda sur lui un regard acéré.

— C'est parfait. Mercredi, ça me va très bien. Pas de problème.

— Ensuite, nous emménagerons ensemble.

— Ensuite, nous emménagerons ensemble.

Ils se dévisagèrent, chacun d'un côté de la table. Puis Tom se pencha vers elle, et ils scellèrent leur accord d'une poignée de main.

10

Tom attendit le départ du dernier bus de ramassage scolaire avant de pénétrer dans le lycée. L'établissement était bien plus vaste et lumineux que celui qu'il avait lui-même fréquenté en Angleterre. Pour commencer, l'odeur y était plus agréable… sans doute parce que, contrairement à l'endroit où Tom avait fait sa scolarité, il n'était pas situé juste à côté d'une usine de pneus !

— Je peux vous aider ? lui demanda la secrétaire à l'accueil.

— Oui, s'il vous plaît. Je souhaiterais m'entretenir avec le proviseur.

— Vous êtes un parent d'élève ?

— Non. Mais je viens vous signaler mes craintes quant à un possible harcèlement.

Elle jeta sur lui un regard sans expression, puis, sans le quitter des yeux, décrocha le téléphone et appuya sur un bouton.

— Plainte pour harcèlement.

A peine une seconde plus tard, une femme faisait irruption dans le bureau. Petite, trapue, les cheveux grisonnants, elle semblait à l'étroit dans un tailleur peu seyant.

— Bonjour. Ah, mais on se connaît, non ? Vous boxez dans ma salle de muscu !

— Bonjour. Je suis Tom Barlow.

— Madame Didier, proviseure de ce lycée. Mais appelez-moi Ellen ! C'est amusant, j'ai failli vous demander de me servir de partenaire, l'autre jour. Je fais de l'haltérophilie. Tournois, compétition… la totale, quoi ! Je suis un peu vieille pour passer pro, mais j'adore ça. Je peux développer presque cent quinze kilos en position couchée. Et vous ?

— Euh, je n'en sais rien.

— On devrait s'entraîner ensemble !

Elle lui sourit d'une oreille à l'autre.

— Bon, alors ! Qu'est-ce que je peux faire pour vous ? Harcèlement, vous avez dit ? Entrez !

Une femme chaleureuse, il fallait le reconnaître. Son bureau était particulièrement encombré. D'un geste vif, elle ôta sa veste de tailleur, révélant des épaules de déménageur. Elle fit jouer ses biceps.

— Pas mal, hein ?

— Très impressionnant. Bien… je souhaitais vous rencontrer parce que je me fais du souci pour l'un de vos élèves, Charlie Kellogg.

Mme Didier s'assit, pianota sur son ordinateur puis fronça les sourcils.

— Vous ne faites pourtant pas partie de la liste des personnes à prévenir. Quel est votre lien avec Charlie ?

— J'étais fiancé à sa mère. Elle est morte il y a quelques années.

Mme Didier hocha la tête, puis, joignant les mains sur sa nuque, s'étira en faisant craquer ses articulations.

— Je suis désolée, mais je ne vais pas pouvoir discuter de quoi que ce soit avec vous concernant Charlie.

— J'en suis tout à fait conscient. Je suis moi-même professeur à Wickham.

— Super !

— Mais je voulais absolument attirer votre attention sur le fait que Charlie est victime de brutalités.

Elle poussa un soupir.

— Vous êtes donc toujours en contact avec lui ? Bien que sa mère soit décédée il y a… trois ans, c'est ça ?

— Oui.

— Ses tuteurs légaux sont-ils au courant que vous continuez à vous occuper de lui ? Parce que, lorsqu'un adulte sans lien de parenté avec un gamin lui témoigne un certain intérêt… vous savez bien… Le système d'alarme se déclenche tout de suite.

Tom cilla.

— Je vous demande pardon ?

— Appelons un chat un chat, la question que tout le monde se pose dans ce genre de cas est : ne seriez-vous pas un pédophile ?

— Dieu du ciel ! Jamais de la vie !

— Je vais quand même demander à la police de vérifier votre casier, OK ? C'est la routine.

— Mais je ne suis pas un prédateur ! Et puis c'est inutile, la police a déjà parlé de moi aux Kellogg.

Comme si une telle réplique pouvait faire bonne impression sur Mme la proviseure…

— Ecoutez, reprit-il plus calmement, j'ai vécu un temps avec ce garçon et sa mère. Ses grands-parents ne sont pas toujours très… présents, et son père fait à peine partie du tableau. J'essaie simplement de m'occuper un peu de lui.

— Qu'est-ce que vous entendez par là, exactement ? Parce que, pour tout vous dire, cette situation me paraît pour le moins… inhabituelle, monsieur Barlow.

Ah, voici que maintenant elle lui donnait du « monsieur Barlow ». Alors que, quand elle voulait l'enrôler pour faire de l'haltérophilie, c'était « Tom ».

— J'entends par là : alerter cette fichue école si je pense que Charlie se fait tabasser !

La proviseure leva les mains en signe d'apaisement.

— C'est bon, calmez-vous. Je comprends votre inquiétude ; en retour, je vous demande de comprendre la mienne. De nos jours, on n'est jamais trop prudent. J'appellerai les grands-parents de Charlie pour leur signaler que vous êtes passé me voir, histoire de les tenir informés de la situation.

— Très bien.

Génial ! Comme ça, Janice le dirait à Charlie, et Charlie serait furieux contre lui.

Et pourtant…

— Qu'est-ce qui vous fait penser que Charlie est victime de harcèlement ? interrogea Mme Didier.

— Il y a quinze jours, je suis allé le chercher à une soirée et il saignait de l'oreille. Bien sûr, il m'affirme que tout va bien, mais c'est un ado très renfermé.

— Il vous a raconté ce qui s'est passé ?

— Pas vraiment, non. Un piercing qu'on lui aurait accroché par mégarde… Une vraie saleté, ce truc !

Tom peina à déglutir, encore bouleversé par ce souvenir.

— Donc c'est bien ce qui a pu se passer, non ?

— Oui. Mais ça peut tout aussi bien être un sale gosse qui lui a mis une baffe, qui a tiré volontairement sur sa boucle d'oreille ou qui…

— Ecoutez, Tom, sur la question du harcèlement, notre établissement mène une politique de tolérance zéro. Si nos élèves ont été témoins d'une quelconque maltraitance à l'égard de Charlie, ils savent depuis la maternelle qu'ils ne doivent pas cautionner ce genre de comportement et que se taire est une forme de complicité.

Elle leva les yeux au plafond.

— Même si nous savons tous, bien sûr, que la méthode n'est pas toujours 100 % efficace ! Des gosses continuent de se faire molester. Simplement, aujourd'hui, c'est devenu plus subtil.

— Alors, comment comptez-vous agir ?

Elle grimaça.

— Nous allons faire tout ce qui est en notre pouvoir, monsieur Barlow. Si vous avez un nom à me donner, si Charlie veut bien se confier à un membre du personnel pédagogique ou au conseiller d'orientation, si quelqu'un se présente spontanément ou si un témoin assiste à une scène, nous mènerons une enquête musclée. Nous ne tolérons pas le harcèlement. Mais nous ne pouvons pas non plus contrôler tout ce que font ces petits cons pendant leur temps libre, excusez ma façon de parler ! Et, très franchement, je ne peux rien faire à partir d'une vague plainte émanant d'une personne qui n'est même pas concernée par la garde de Charlie. Je suis désolée. J'ouvrirai l'œil, je demanderai aux professeurs d'en faire autant, mais ça s'arrêtera là.

Merde !

Il ne put retenir la question qui le démangeait :

— Et en classe ça va, il travaille bien ?

Elle lui adressa un petit sourire compatissant.

— Désolée. Je n'ai pas le droit d'en parler avec vous.

Elle poussa un soupir.

— Vous êtes en relation avec ses grands-parents ?

— Oui.

Des grands-parents qui étaient aussi réceptifs qu'un couple de parpaings : Janice matait sa braguette, Walter cajolait amoureusement son verre, et tous deux s'apitoyaient sur ce sort injuste qui les obligeait à s'occuper d'un petit-fils récalcitrant.

— Je regrette de ne pas pouvoir faire plus.

— Très bien. Merci de m'avoir accordé votre temps, madame Didier.

Il se leva et lui serra la main.

— De rien ! A un de ces jours, à la salle de muscu !

Elle lui présenta son poing à cogner en guise de salut, et il s'exécuta.

En sortant sous la pluie, il se souvint qu'à son époque les bagarres avaient lieu dans la cour de récréation ou dans les rues délabrées du quartier. Les histoires se réglaient au grand jour, « à la régulière ». Mais aujourd'hui les enfants semblaient plus futés et plus cruels ; la moitié des parents ne s'intéressaient pas à leur progéniture ou bien refusaient catégoriquement de croire que leur petit Sam ou leur petit Taylor puisse être autre chose qu'un charmant angelot : l'admettre les aurait obligés à passer plus de dix minutes par jour avec l'être qu'ils avaient engendré. Le harcèlement semblait être devenu un sport couramment pratiqué, et si jamais un gosse y laissait la vie, bah… c'était qu'il ne devait pas être bien malin. Pas de quoi empêcher les petits Sam et Taylor de dormir sur leurs deux oreilles.

En d'autres mots, Charlie était seul.

Non, il avait Tom. Et, que ça lui plaise ou non, il aurait bientôt aussi tout le clan Holland derrière lui. Le dossier que lui avait remis

Honor précisait qu'elle avait un neveu, mais également une nièce encore lycéenne. Avec un peu de chance, ça pourrait être utile.

Une heure plus tard, Tom ayant réussi à extraire Charlie de sa chambre chez les Kellogg, il l'avait fait monter dans sa voiture.

Le garçon ressemblait de plus en plus à un vampire avec ses cheveux noirs et ses yeux charbonneux, son teint blafard, son accoutrement gothique et son état d'épuisement général.

— Tu manges correctement, ces temps-ci ? lui demanda Tom tandis qu'ils roulaient vers le lac.

Charlie émit un grognement.

— Je me suis dit qu'un bol d'air frais nous ferait du bien à tous les deux. On pourrait se faire une petite randonnée, si tu veux.

— Je ne veux pas.

Sans surprise.

— D'accord, on peut aussi s'oxygéner sans avoir besoin de bouger, si tu préfères.

Tom se gara sur une aire de parking en bordure d'une voie ferrée désaffectée. Ils sortirent de la voiture. La municipalité envisageait de développer une piste cyclable le long des rails, avait-il lu quelque part. Ce serait vraiment formidable de pouvoir pédaler à travers ces champs et ces forêts ! Au sommet de la colline, un cerf-volant rouge sillonnait le ciel gris.

Tom le pointa du doigt.

— Regarde !

Mais c'est à peine si Charlie lui accorda un coup d'œil. Si ce cerf-volant lui rappelait leurs jeux d'autrefois, en tout cas, il ne le montra pas. Tom, pourtant habitué à de telles réactions depuis trois ans, sentit sa gorge se serrer.

— Charlie… ça fait un moment maintenant que ta maman est partie. Je me demandais comment ça se passait pour toi, comment tu te sentais…

Le gamin haussa les épaules et articula un vague grommellement de quatre syllabes que Tom décida d'interpréter comme un « je ne sais pas ».

— Bon. Sache que si jamais tu as envie de parler je suis là.

Charlie leva les yeux au ciel. Avoir à supporter ainsi la crétinerie des adultes semblait l'épuiser totalement… pour un peu, il s'effondrerait presque sous le poids de l'ennui, songea Tom.

— Ecoute, il faut que je te parle de quelque chose.

Il se massa la nuque.

— J'ai rencontré quelqu'un.

Charlie, pourtant déjà immobile, parut se transformer en statue de sel.

— Une femme vraiment très bien.

Pas de réaction.

— Elle a hâte de faire ta connaissance.

Toujours rien. Ah, si… peut-être un frémissement du côté de la bouche.

— Elle s'appelle Honor Holland. C'est la tante d'Abby Vanderbeek. Tu connais Abby ?

Pas de réponse.

— Elle a deux ans de plus que toi. Elle est en première au lycée.

Silence.

— Voilà, je voulais que tu le saches. Et ne t'imagine pas que je vais oublier ta maman pour autant parce que…

— J'ai des devoirs à faire. On peut y aller, maintenant ?

Sans attendre de réponse, Charlie se leva d'un bond et retourna d'un pas traînant jusqu'à la voiture, l'humeur aussi noire que ses vêtements. Criant contraste avec le cerf-volant lumineux qui virevoltait au-dessus de la colline.

11

— Je t'avais bien dit qu'il était parfait, ce garçon, se rengorgea Goggy de sa voix éraillée. Enfin quelqu'un qui m'écoute !

Honor ressentit le besoin de lui mettre les points sur les *i*.

— Que les choses soient bien claires, Goggy : interdiction formelle de fanfaronner à ce propos ! Tu ne dois en aucun cas mentionner son problème de carte verte. Je ne voudrais surtout pas que les gens se fassent des idées ! Tu sais, Goggy, contracter un mariage blanc avec un étranger, c'est parfaitement illégal. J'aurais de très gros pépins !

— Evidemment, je n'en soufflerai mot à personne ! Tu crois peut-être que je ne sais pas garder un secret ? Ton grand-père a perdu dix mille dollars en Bourse, l'an dernier : eh bien, est-ce que je l'ai dit à quelqu'un ? Non. Une vraie tombe ! Et, quand j'ai surpris Carl et Prudence en pleine action sur la table de la cuisine, est-ce que j'en ai parlé à qui que ce soit ? Pas à âme qui vive !

Honor se massa les tempes, commençant à se sentir accablée.

— Hum, d'accord, je vois. Donc, cette fois, motus et bouche cousue, n'est-ce pas, Goggy ? C'est vraiment *très* important. Tom et moi, nous… nous nous aimons. Ça a été rapide, mais… nous sommes tombés amoureux.

Quatre heures de plus passées sur internet avaient fini de convaincre Honor de l'importance colossale de ce léger détail. « Le seul critère qui doive motiver votre union avec un citoyen non américain, c'est l'amour », martelaient les avocats, les uns après les autres. « Voici un petit échantillon des questions qu'on risque de vous poser : “Qui a préparé le repas, hier soir ? Qu'avez-vous fait le week-end dernier ? Quel est le dessert préféré de votre conjoint ?" »

— Je le savais ! J'étais sûre que tu tomberais amoureuse de lui ! Il est merveilleux, ce garçon ! Et tellement beau, par-dessus le marché !

— Tu ne l'as jamais vu, Goggy.

— Pas la peine !

Sa grand-mère croisa les bras sur sa poitrine, radieuse.

— Oh ! ma petite Honor va se marier ! Attention, hein : je veux des arrière-petits-enfants dare-dare !

— C'est entendu. Merci, Goggy. Je voudrais aller annoncer la nouvelle à papa, maintenant, alors inutile de lui téléphoner, d'accord ?

Elle promena son regard sur le salon surchargé de ses grands-parents. Comme beaucoup de demeures coloniales, celui-ci s'ouvrait à la fois sur la cuisine, le perron et la salle à manger.

— Ta facture de chauffage serait bien moins élevée si tu fermais toutes ces portes, Goggy.

Elle marqua une pause.

— J'aimerais vraiment te voir installée ailleurs, tu sais. Au moins dans une maison de plain-pied ! Ça m'ennuie que tu aies à monter et descendre ces escaliers toute la journée.

— Quoi, ça ? Bah, ça me fait faire de l'exercice ! Et maintenant sauve-toi, file ! Attends, tu veux des cookies avant de partir ? Je viens de les faire.

Et comment ! Tout fortifiant était bon à prendre en prévision de l'entretien que devait avoir Honor avec son père. Car son petit doigt lui soufflait que ça n'allait pas être facile…

Effectivement, elle avait vu juste. Son père était dans le salon en train de savourer un verre de riesling sec à petites gorgées. Il attendait que Mme Johnson l'autorise à entrer dans la cuisine pour y prendre son repas.

— Pétunia ! s'écria-t-il, comme s'il y avait des semaines — et non deux heures — qu'ils s'étaient vus pour la dernière fois. Comment va ma fille ?

— Très bien, papa, et toi ? Impatient à la perspective du mariage ?

Son père et Mme Johnson souhaitaient convoler en justes noces sans tarder « avant que l'un de nous deux passe l'arme à gauche », selon les propres termes de la future mariée. La cérémonie aurait donc lieu dans six semaines, juste après le « Bal en noir et blanc ».

— Oui, j'ai vraiment hâte ! Et de ton côté quoi de neuf, ma petite fille ?

— Hum, eh bien, c'est drôle que tu me poses cette question, papa, parce que…

Elle s'éclaircit la voix. A quand remontait le dernier mensonge fait à son père ? Plusieurs dizaines d'années, au bas mot. En fait, elle ne lui avait jamais vraiment menti.

— Tu sais, papa… cet homme que je fréquente depuis quelque temps…

Son père afficha une mine perplexe.

— Non, qui ça ?

— Mais si… cet homme dont je t'ai parlé…

La porte de la cuisine s'ouvrit avec fracas.

— Jackie ! appela Mme Johnson depuis son royaume. Tu as faim, mon garçon ?

— Madame Johnson, vous êtes chaque jour plus resplendissante que la veille…

Honor leva les yeux au ciel. Naturellement, une seconde plus tard, son frère entrait dans le salon, pourvu d'une part d'un quatre-quarts au citron auquel elle-même n'aurait jamais eu le droit de toucher.

— Salut, papa ! Quoi de neuf, petite sœur ?

Bon. Tant qu'à faire, mieux valait nouer alliance avec son grand frère (si tant est que Jack puisse être un allié).

— Je parlais à papa d'un homme avec qui je sors depuis quelque temps.

— Sans blague ? Moi qui te croyais mûre pour le couvent…

Elle braqua sur Jack un regard sévère.

— Jack… ne m'oblige pas à te frapper une fois de plus.

John Holland posa son journal.

— Revenons-en à cet homme… Comment s'appelle-t-il, déjà ?

— Tom. Tom Barlow. L'ingénieur en mécanique, tu te souviens ?

La tactique d'approche consistait à glisser l'air de rien quelques renseignements à son père dans la conversation, tout en lui faisant croire qu'il était déjà au courant.

Il fronça les sourcils, intrigué.

— Hum. Je ne devais pas écouter quand tu me l'as dit. Bon, et alors ? Tu veux l'inviter à dîner ?

— Ah, euh… oui, bien sûr… Mais… la grande nouvelle, c'est que… nous allons nous installer ensemble, lui et moi.

L'espace d'un instant, elle crut que son père allait porter une main crispée à sa poitrine et s'écrouler, raide mort. Une chape de plomb s'abattit sur la pièce, un silence de mauvais augure. Sur la cheminée, la pendule faisait entendre un tic-tac assourdissant.

— C'est hors de question ! vociféra son père. Je ne connais même pas ce type ! D'où sort-il, d'abord, ce Tom ? Jamais je ne te laisserai partir avec un parfait inconnu ! Pourquoi diable ferais-tu une chose pareille ? C'est à cause de Mme Johnson et moi, c'est ça ?

— Tu ne pourrais pas l'appeler par son prénom, papa ? lui demanda Jack, la bouche pleine de quatre-quarts. Vu que tu couches avec elle…

— Jackie ! Ne t'aventure pas sur ce terrain, mon garçon !

Mme Johnson fit cogner une casserole dans la cuisine, puis entra dans le salon d'un pas martial.

— Tout ça, c'est votre faute, John Holland ! Vous et vos stupides idées de mariage ! Quant à toi, Honor, tu n'iras nulle part. John, je refuse d'être un obstacle entre vos enfants et vous.

— Bravo, sœurette, regarde ce que tu as fait… Je peux avoir une autre part de gâteau, madame J. ?

— La ferme, Jack ! Quant à vous, madame J., de grâce, ne dites pas de bêtises ! s'écria Honor. Vous allez épouser papa, il n'y a pas à discuter là-dessus. J'ai trente-cinq ans, je suis une grande fille ! Alors, on se calme…

— Autrement dit, tu ne rajeunis pas…, glissa Jack.

Honor lui jeta un regard assassin.

— Je suis libre de vivre avec qui je veux si le cœur m'en dit. Or il se trouve que c'est le cas. J'aimerais bien habiter ailleurs que dans la maison où je suis née !

— Tu es née à l'hôpital, répliqua sèchement son père.

— Mais tu ne peux pas te mettre en ménage avec un type sorti de nulle part ! s'insurgea Mme Johnson. Je ne tolère pas qu'on vive ainsi dans le péché !

— Dans ce cas, vous devriez cesser de batifoler avec papa, non ?

En entendant ces mots, son père parut frôler sérieusement l'infarctus, et Mme Johnson la toisa d'un regard glacial.

— Je vous demande pardon, madame J. Mais rien ni personne ne m'empêchera d'emménager chez Tom. Il a une très jolie petite maison en ville, et surtout c'est ce que je souhaite, moi. Ma décision n'a rien à voir avec vous deux. Elle est entièrement liée à… lui.

Elle sentit son visage s'embraser.

— C'est quelqu'un de merveilleux, je vous assure.

— Non, c'est faux ! glapit son père. Il n'est pas merveilleux du tout ! Et puis, même s'il l'était, comment se fait-il que je ne l'aie jamais rencontré, hein ? Depuis combien de temps ça dure, cette petite histoire entre vous ?

— Pas depuis bien longtemps, John Holland, pas depuis bien longtemps, psalmodia Mme Johnson. Mais vous, évidemment, vous ne vous êtes rendu compte de rien, n'est-ce pas ? Trop occupé à courir le guilledou…

— Ce ne serait pas vous, par hasard, le guilledou en question, madame J. ? interrompit Jack.

— … pendant que votre fille s'apprête à aller vivre avec un parfait inconnu qui pourrait tout aussi bien être un tueur en série !

— Et vlan ! fit Jack.

— Il est prof de maths. Euh, non ! Ingénieur en mécanique, je veux dire. Il enseigne au Wickham College. Et il est très gentil. Anglais, de surcroît.

— Quel rapport ? rétorqua son père. Parce que tu crois qu'il n'y a pas de tueurs en série en Angleterre ? Tu n'as jamais entendu parler de Jack l'Eventreur ?

Il se tourna vers son fils unique, en quête d'un soutien.

— Mais dis-lui, toi, Jack ! Dis-lui que tout ça est ridicule ! Tu peux sortir avec ce type, Honor, mais pas vivre avec lui ! C'est beaucoup trop précipité !

Jack et Mme Johnson s'empressèrent d'acquiescer. Décidément, songea Honor, les critères qui s'appliquaient dans la famille Holland à chacun des quatre enfants — tous pourtant majeurs et vaccinés — étaient vraiment à géométrie variable. On ne remettait jamais en cause les décisions de Faith, la fleur délicate de la fratrie, ses crises d'épilepsie occasionnelles la dispensant de tout compte à rendre. Bien sûr, ça n'était pas un choix de sa part, mais Faith, parfois, semblait tirer profit de sa condition de malade. Prudence, elle, avait fait les quatre cents coups dans sa jeunesse, alors que ses sœurs étaient encore petites. A une époque où leurs parents avaient fort à faire entre changer des couches à tour de bras et courir toute la journée après des bambins déchaînés, c'était passé totalement inaperçu. Et puis, Pru avait épousé Carl à l'âge de vingt-trois ans, donné naissance à deux magnifiques enfants, et il y avait belle lurette que ses frasques d'adolescente n'inspiraient plus d'inquiétude à personne. Au contraire, toute la famille s'en amusait. Quant à Jack, fils héritier et petit prince régnant, il était, à ce titre, au-dessus de tout soupçon : personne ne lui faisait jamais de reproche.

Pour Honor, en revanche, la barre semblait toujours très haut placée. Elle était celle qui ne créait jamais la surprise, celle qui se conformait exactement à ce qu'on attendait d'elle, qui n'avait jamais causé le moindre souci à ses parents. Cette bonne vieille Honor ! Terne et insipide.

Eh bien, justement ! Il était grand temps que cela change. Etrangement, cette résolution la remplit d'aise.

— Bon, ça suffit, maintenant ! Je pars habiter chez Tom, que vous approuviez ou non ma décision. Je suis navrée, mais je ne suis plus une gamine.

— Tu vis sous mon toit, Honor. Alors, sous *mon* toit, on se plie à *mes* règles.

— Papa ! Je viens de te dire que je déménageais…

— Quel mec faut-il être pour avoir envie de vivre avec toi, Honor ? Mauvaise fille que tu es…

Jack riait de bon cœur.

— Jackie, tu devrais avoir honte ! se récria Mme J. en un sursaut de reproche assez rare pour être souligné.

— Ta sœur n'est pas une mauvaise fille, dit John Holland. C'est mon petit ange.

Honor gratifia son frère d'un sourire suave.

— Un ange, murmura-t-elle d'un air malicieux à l'adresse de son frère.

— Un ange qui devrait faire preuve d'un peu plus de jugeote ! ajouta son père.

Jack était hilare.

— Laisse-la partir, papa. Si elle ne saute pas sur l'occasion, elle finira sa vie ici, à changer tes couches, entourée d'un nombre croissant de chats.

— Je suis plutôt chiens.

— Ah bon ? Je croyais pourtant que tu avais un chat.

— Spike est une chienne.

— Non ! Tu en es sûre ?

— Va au diable, Jack ! Bref, j'aimerais beaucoup que vous fassiez tous la connaissance de Tom. C'est pourquoi je souhaiterais l'inviter ici, en compagnie de quelques autres personnes. Mercredi soir, ça vous irait ? C'est bon pour vous, madame Johnson ? Vous voulez que je fasse appel à un traiteur ou vous…

— Quel toupet ! Ma cuisine te fait donc tellement horreur que tu…

— Oh ! mince ! Regardez l'heure qu'il est ! J'ai encore des tas de choses à faire. Ecoutez, vous n'avez qu'à en discuter entre vous, dit Honor en quittant la pièce.

Trois jours plus tard, un sourire aux lèvres, Honor accueillait le jeune garçon qui se tenait sur le seuil de la Maison Neuve.

Argh. Quelle allure !

— Bonsoir ! Tu dois être Charlie… Je suis très contente de faire ta connaissance. Je m'appelle Honor.

L'adolescent leva sur elle ses yeux soulignés d'eye-liner, avec une lenteur telle qu'on aurait pu penser que ses paupières pesaient une tonne chacune. Il entra dans le vestibule d'un pas traînant.

— Alors, c'est vous ? s'enquit une dame d'un certain âge.

— Euh, oui ! Bonsoir ! Je suis Honor Holland. Ravie de faire votre connaissance, madame Kellogg.

— Mmm.

M. Kellogg pénétra à son tour dans la maison.

— Bonsoir… C'est moi ou ça sent le moisi, par ici ? Parce que, attention, je suis allergique aux moisissures. Et au fromage. J'espère qu'il n'y a pas de fromage au menu, ce soir. Je suis intolérant au lactose. Mais je prendrais volontiers un scotch. Merci, ma chère.

Mon royaume pour un Xanax, pensa Honor.

Elle avait décidé de provoquer sans délai une rencontre entre tous les Kellogg et tous les Holland, histoire de faire d'une pierre autant de coups qu'il y avait de personnes dans les deux familles. La prochaine fois qu'une idée aussi lumineuse lui viendrait à l'esprit, elle espérait que quelqu'un prendrait l'initiative de l'assommer avec un pied-de-biche. Car rien n'aurait pu être plus inconfortable que cette soirée.

— Tom est trop craquant, lui glissa Faith à l'oreille. C'est vrai… qu'est-ce qu'il est mignon !

Le visage de Honor s'illumina de bonheur.

— Où l'as-tu déniché ?

Prudence s'approcha de ses sœurs.

— Vous parlez du mec super sexy que s'est dégoté Honor ? J'adore son accent ! J'ai zappé environ trente pour-cent de ce qu'il a dit, j'étais trop occupée à mater son cou. J'y fourrerais bien ma bouche si j'étais encore célibataire. Hé, Carl ! Va me chercher un autre verre de vin, s'il te plaît, mon grand.

— Ta famille est absolument terrifiante, *darling*.

Tom arriva dans son dos et lui passa les bras autour de la taille.

— Embrasse-moi, tu veux bien ? Oh ! Salut, les filles ! Je ne vous avais pas vues…

Honor regarda ses sœurs : toutes deux étaient au bord de la pâmoison.

Elle, pas tant que ça. D'abord, elle ignorait quelle quantité d'alcool Tom avait ingurgitée depuis le début de la soirée. Sa jovialité excessive la rendait nerveuse. Ensuite, elle trouvait qu'il jouait le rôle du fiancé avec un peu trop d'ardeur. Ce n'était pas désagréable, mais c'était embarrassant, car factice. Non, vraiment pas désagréable malgré tout… En d'autres termes, tout ceci était pitoyable : elle se délectait des douces paroles de Tom tout en sachant pertinemment qu'il jouait la comédie. Ce qui ne rendait pas son étreinte moins fabuleuse. Décidément, cet homme n'était pas du tout bâti comme un prof de maths. Ni comme un ingénieur en mécanique.

— Je parie que tu es un super coup au lit, lui dit Prudence.

— Il paraît, répliqua-t-il. Quoique Honor soit mieux placée que moi pour disserter de mes talents, n'est-ce pas, *darling* ?

— Mme Johnson m'appelle, bafouilla-t-elle en s'extrayant de ses bras musclés.

Une éternité plus tard, ils étaient serrés comme des sardines autour de la table de la salle à manger. Mme Kellogg, incapable de détacher son regard de Tom, se passait constamment la langue sur les lèvres. Honor en avait la chair de poule lorsqu'elle songeait que :

1) Tom avait été fiancé à la fille de Mme Kellogg ;

2) il était sur le point de se fiancer avec elle ;

3) Mme Kellogg avait bien trente ans de plus que lui.

Il y avait d'un côté les femmes cougars et de l'autre… des bonnes femmes tout à fait répugnantes !

Pendant ce temps, M. Kellogg reniflait chaque morceau qu'il piquait avec sa fourchette avant de le mettre dans sa bouche. Abby rédigeait des textos sur son téléphone en se cachant à peine, et le regard de Charlie passait son temps à naviguer entre la jeune fille et le fond de son assiette. Ned, Goggy, Pops, son père et Mme Johnson semblaient parler tous en même temps. Carl engloutissait d'énormes bouchées sans prendre le temps de respirer, et Levi, apparemment très satisfait que les hommes soient pour une fois en majorité, caressait de temps à autre la nuque de Faith d'un air viril.

Tom avait pris place à côté de Honor, collant son épaule chaude et solide à la sienne.

L'interrogatoire menaçait de commencer à tout instant. Le thème musical des *Dents de la mer* se mit à résonner dans la tête de Honor…

Da-dam. Da-dam. Dadamdadamdadamdadamdadam…

— Alors, comment avez-vous fait la connaissance de ma fille ? demanda John Holland d'un ton sévère.

Tom avala un bon tiers de son verre de vin.

— Chez O'Rourke. Un endroit charmant. Des gens adorables, ces jumeaux.

— Et ça remonte à quand, exactement ?

Tom se tourna vers Honor, la mine perplexe.

— C'était quand, déjà, *darling* ?

Il se retourna vers John Holland.

— Honor était en plein combat avec une autre fille au beau milieu du bar, et je me suis dit : « Mon vieux Tommy, on dirait bien que tu as rencontré la femme de tes rêves ! »

Carl se mit à rire, avant d'enfourner une gigantesque bouchée de pommes de terre. Les autres se taisaient, suspendus aux lèvres de Tom. Honor lui donna un léger coup de coude dans les côtes pour l'inviter à poursuivre.

— J'ai enquêté pour savoir qui elle était, puis je l'ai harcelée jusqu'à ce qu'elle accepte de sortir avec moi. Mais de toute façon… comment dit-on, déjà, trésor ? On était faits l'un pour l'autre…

— C'est formidable ! déclara Goggy d'une voix forte en adressant à Honor un regard entendu. On voit clairement à quel point vous vous aimez, tous les deux. C'est l'amour qui vous unit, c'est évident…

Manifestement, sa grand-mère avait elle aussi visionné quelques vidéos sur YouTube avant le dîner…

— Qu'est-ce que tu racontes, Goggy ? répliqua Abby. Je ne vois pas en quoi c'est un scoop : de nos jours, tu sais, les gens ne sortent pas ensemble s'ils ne peuvent pas se saquer !

Cette remarque valut à Abby un reniflement approbateur de Charlie — son premier signe de vie depuis le début de la soirée.

— En tout cas, dit Tom, si j'ai bien compris, notre futur mariage n'est pas le seul à l'ordre du jour. Monsieur Holland, madame Johnson, tous mes vœux de bonheur.

Un ange passa. Fait rarissime dans la famille.

Oh ! miséricorde !

— Quoi ? Tu vas te marier, Honor ? s'écria Abby d'une voix suraiguë.

S'ensuivirent des cris de surprise, des débordements de vin et des exclamations bruyantes. Mme Kellogg se mit à pleurer (pas de joie), et Charlie quitta brutalement la table. Honor, tremblante, se tourna vers Tom :

— Nous voulions attendre un peu avant de l'annoncer, chéri.

— Oups ! On dirait bien que j'ai vendu la mèche, pas vrai ?

Il se massa le front.

— Je vais aller parler à Charlie, lâcha-t-il en quittant la pièce.

— Enfin, Honor, tu ne peux pas l'épouser ! aboya John Holland. Vous commencez à peine à sortir ensemble !

— Dois-je te souligner l'hypocrisie de ton discours, papa ? rétorqua-t-elle tandis que Faith la serrait dans ses bras.

— Je connais Mme Johnson depuis vingt ans, maugréa son père.

— Et pourtant tu n'arrives toujours pas à l'appeler par son prénom, lui fit remarquer Jack.

Mme Johnson renchérit :

— Et puis nous, nous sommes âgés, ma petite Honor. Je suis obligée de me ranger à l'avis de ton père. Attends un peu, toi, avant de sauter le pas.

— Eh bien, moi, je ne suis pas du tout d'accord avec vous ! claironna Goggy en lançant un regard noir à Mme Johnson. Nos tourtereaux doivent se marier. Et tout de suite. Sinon…

Honor la coupa :

— Ecoutez-moi, tous !

Mme Kellogg se servit trente centilitres de vin dans un verre à eau qu'elle vida cul sec.

— Nous sommes tous deux majeurs et vaccinés. Nous nous marierons quand bon nous semblera.

— J'exige d'être ta demoiselle d'honneur ! lança Faith.

— Quoi ? Pas d'accord ! riposta Pru.

— Tu n'as qu'à me prendre, moi, dit Abby. Comme ça, tu n'auras pas à choisir entre tes sœurs.

— Ou moi, proposa Jack en l'entourant d'un bras et en se servant un verre de vin. Garçon d'honneur. C'est très à la mode.

Leur père interrompit leur petit bavardage :

— Nous reparlerons de tout ça plus tard. Honor, tu ne peux pas te fiancer à un homme que tu viens à peine de rencontrer !

— Non seulement je peux, mais je vais le faire, papa !

Il la foudroya du regard. Elle ne baissa pas les yeux.

Ah, la famille ! Migraines. Brûlures d'estomac.

— Il reste du fromage ? s'enquit Pops.

Bonté divine ! Si elle survivait à ce repas, il faudrait crier au miracle.

— Charlie ? Rentre, mon chaton.

Au moins il ne gelait pas ce soir, même si le vent était coupant comme une lame de rasoir.

— Allez, Charlie, ne fais pas l'idiot…

Tom songea qu'il n'était décidément pas doué avec les gosses. A une époque, pourtant, c'était ce qu'il avait cru. C'était même pour cette raison qu'il était devenu enseignant. Il adorait son métier. Pour lui, rien n'était meilleur au monde que des jeunes comme Jacob Kearns, avides de savoir et dont les yeux se mettaient à briller chaque fois qu'ils apprenaient quelque chose de nouveau.

Mais, au cours des trois longues années qui avaient suivi la mort de Mélissa, il avait perdu la main. Surtout avec Charlie. En plus, il s'était mis à boire de temps en temps, ce qui n'était pas très malin de sa part.

Le gamin regardait fixement devant lui. Son eye-liner avait coulé. L'ambiance n'était pas vraiment à la bonne humeur !

Tom se baissa pour se mettre à sa hauteur.

— Ecoute, c'est vraiment une chouette fille. Je pense que tu l'aimeras une fois que tu auras appris à la connaître.

— Qui a dit que j'allais apprendre à la connaître ?

Bien. Charlie s'exprimait, c'était déjà ça.

— Je crois que tu le feras. Parce que, tu sais, ce mariage ne change rien pour toi et moi.

— Sauf que tu vas avoir une femme.

— Oui. C'est vrai. Mais je n'ai pas changé d'avis : je veux toujours que tu viennes à la maison, je souhaite t'enseigner la boxe, assister aux événements de ton lycée et tout le reste.

Cela faisait des années que Charlie ne l'avait pas invité à un événement scolaire.

— Tout ce que tu voudras, mon chaton.

Pas de réponse.

— Ils sont sympas dans cette famille, tu ne trouves pas ? Abby et toi, vous pourriez vous voir, au lycée.

Coup d'œil de Charlie dans sa direction.

— Et ce serait peut-être bon pour toi aussi d'augmenter le cercle de tes relations. D'avoir une famille plus élargie.

— Ces gens-là ne seront jamais ma famille. Même toi, tu n'es pas de ma famille.

Le gamin savait où appuyer pour faire mal, il fallait le reconnaître.

— C'est pourtant l'impression que j'ai, moi.

— Tu as tort.

— Très bien, Charlie. Je te laisse.

Tom fit mine de rentrer dans la maison, se ravisa et se pencha de nouveau vers lui.

— J'aimerai toujours ta maman, tu sais. Ça, ça ne changera jamais.

— Pourquoi ? Elle, elle ne t'aimait pas.

Et vlan ! Un autre direct, en plein dans la poitrine ! Il fallut à Tom une seconde pour recouvrer l'usage de la parole.

— Rentre, si tu as froid.

Honor le rejoignit à la porte de la grande maison blanche.

— Il va bien ? s'inquiéta-t-elle alors que Tom traversait le vestibule.

— Oh ! super bien ! C'est un gosse du tonnerre…

— Ma foi, ici, tout le monde s'angoisse.

— Ah…

Elle baissa la voix :

— Tom, tu dois prendre toute cette affaire un peu plus au sérieux. Nous devons être convaincants si nous ne voulons pas nous faire pincer. Levi dirige la police de Manningsport, je te rappelle ! S'il sent que nous ne formons pas un vrai couple…

Il l'empoigna par les épaules et l'embrassa avec violence, sans aucun effort pour paraître tendre. C'était un baiser brutal, primaire, qui n'avait rien à voir avec la passion ou l'amour. C'était un déchaînement de frustration.

Elle ouvrit les lèvres et posa les paumes sur son torse. Il la plaqua contre la porte, épousant au plus près le moelleux de son corps. Son baiser se fit plus tendre. Il prit sa tête entre ses mains, caressant doucement ses cheveux. En goûtant la saveur de sa bouche, Honor eut l'impression de tout oublier. Il ne resta plus que la douceur de ses lèvres, la chaleur de son corps tout entier.

Puis il la relâcha brusquement et recula d'un pas.

— Et là ? C'était assez convaincant ?

Elle le fixait, les yeux agrandis par la surprise.

— Désolé, lâcha-t-il.

Et sur ces mots, loin de s'être calmé, il replongea dans le vacarme de la salle à manger.

12

Tom avait oublié que le rat aussi emménageait chez lui.

Spike. Rien que depuis le début de la journée, ce sale petit rongeur l'avait déjà mordu à deux reprises. Certes, il avait des crocs de la taille d'une agrafe, mais c'était justement le propre des rats !

Par saint George ! Le salon de Tom croulait sous les affaires de Honor. Des montagnes de cartons. Des bouquins. Un ordinateur géant. Des photos encadrées. Deux énormes valises.

Elle prenait son déménagement très au sérieux.

— Bon, dit-elle lorsqu'il eut sorti le dernier sac de sa voiture. Eh bien, je vais déballer, maintenant !

Tom n'arrivait pas à détacher son regard de l'amas de cartons.

— OK.

— Tu veux que je prenne quelle chambre ?

— Ah, oui, c'est vrai… Eh bien, prends celle que tu veux.

Les joues de Honor se teintèrent de rose.

— Si l'Immigration effectue un contrôle à domicile, il vaudrait mieux que nos affaires soient regroupées, Tom. Dans la même chambre, je veux dire.

Il leva les yeux vers elle.

— Oh… Ah, d'accord, je comprends. Ma chambre, c'est celle de droite.

— Très bien. Je vais y ranger mes affaires, donc, et… hum, je dormirai dans l'autre chambre, d'accord ?

— Parfait.

— Il faudra aussi qu'on prenne quelques photos de nous deux, pour donner l'image d'un couple qui nage dans le bonheur. Des photos d'amoureux. Dans des lieux différents.

— Bien sûr, quand tu voudras.

Elle scella leur accord d'un petit signe de tête.

— Bon, je vais m'installer, alors.

— Tu veux un coup de main ?

— Non, non ! ça va, merci. Tout va bien.

Elle monta rapidement au premier étage. Etait-elle impatiente de faire son nid ou de s'éloigner de lui ? Un peu des deux, peut-être.

La petite chienne s'accroupit et fit pipi sur le tapis. Charmante bestiole, vraiment ! Puis elle entreprit de suivre Honor à l'étage : elle était tellement minuscule qu'elle devait sauter de marche en marche.

Tom jeta un coup d'œil à la pendule de la cuisine. 16 heures. Trop tôt pour prendre un verre, hélas ! Bon. Il pouvait toujours corriger les copies calamiteuses de la mi-trimestre, puis étudier les plans du petit Piper Cub qu'il était censé modifier. Il pensa même appeler Jacob pour lui fixer un rendez-vous, histoire que son jeune élève se fasse une idée des compétences d'un ingénieur en mécanique.

Pourtant, un verre, ce serait quand même bien agréable… Surtout qu'il était désormais fiancé à une certaine Honor Grace Holland qui avait très envie que ça marche entre eux.

Et, s'il n'avait pas réussi avec Mélissa, pourquoi est-ce qu'il y arriverait mieux maintenant ?

Quatre ans auparavant, Tom, venu passer l'été à Manhattan, mettait les pieds aux Etats-Unis pour la première fois. C'était aussi son premier voyage hors d'Angleterre : jusqu'alors, il avait toujours été trop pris par son travail, par la boxe ou par ses études. Il avait prévu de commencer son périple par la légendaire mégapole, puis d'enchaîner avec la visite des parcs nationaux dont les Yankees tiraient une si grande fierté.

Au bout de quelques jours, quittant Manhattan, il s'était rendu chez sa grand-tante Candace à Philadelphie : le « Berceau de la liberté », proclamait la pancarte à l'entrée de la ville. Ces Américains ne manquaient pas d'air ! s'était dit Tom. Il connaissait à peine sa tante Candy : c'était la petite sœur de sa défunte grand-mère, et son père, qui gardait d'elle un souvenir attendri, avait insisté pour qu'il lui rende visite. Tom avait donc loué une voiture et s'était exécuté. Candace l'avait accueilli comme un fils perdu de vue depuis trop longtemps. Elle lui avait montré tous les hauts lieux de la ville : la cloche fêlée, l'Independence Hall. Quand elle l'avait conduit au musée des Arts, il avait grimpé les marches quatre à quatre (avec d'autres touristes) et, arrivé en haut, avait dansé comme un boxeur autour de la statue de Rocky Balboa, ce qui avait fait rire sa tante. Il l'avait invitée à dîner et, lorsqu'elle lui avait demandé de rester un jour de plus pour qu'elle puisse parader avec lui devant ses amies, il avait accepté. C'était vraiment une adorable grand-tante, et il n'avait pas de raison de le lui refuser.

Le lendemain, il l'avait donc accompagnée au pique-nique de la paroisse : toute la journée, ces dames s'étaient extasiées sur son accent et s'étaient répandues en compliments sur sa modeste personne. Sans oublier toutefois quelques claquements de langue réprobateurs : comment ? Un homme comme lui n'était pas encore marié à l'âge avancé de vingt-huit ans ?

— Vous voulez bien m'aider à réparer ça ? avait fait une petite voix.

Tom avait baissé les yeux. Un garçonnet, la bouche pleine de quenottes trop grandes pour lui, brandissait un cerf-volant de mauvaise qualité. L'une des baguettes en plastique s'était cassée.

— C'est le petit-fils de Janice Kellogg, avait expliqué Candace. Charlie, je te présente mon petit-neveu, Tom.

— Voyons voir ça, mon bonhomme.

Il avait tiré un canif de sa poche, était allé couper une petite branche sur un arbuste voisin, l'avait courbée pour augmenter sa résistance au vent, en avait taillé les extrémités en pointe, puis avait découpé une longue bande de nappe en plastique pour remplacer la queue. Quelques minutes plus tard, le cerf-volant de Charlie prenait son envol, s'élevant plus vite et plus haut que tous les autres cerfs-volants du parc. Qui mieux que lui — ingénieur en mécanique, option aéronautique — aurait pu réparer un cerf-volant ? En voyant l'expression de ravissement qui s'était peinte sur le visage de l'enfant, Tom avait senti son cœur fondre... Il s'était agenouillé auprès du petit garçon fou de joie et lui avait montré comment faire des huit avec son cerf-volant.

— Merci d'être venu en aide à mon fils, avait soudain dit une voix de femme.

Tom avait levé la tête et reçu le choc de sa vie.

Mélissa Kellogg était incroyablement belle, avec sa chevelure noire et ses yeux d'azur. Elle avait eu Charlie à vingt ans et, à trente, elle était célibataire.

— Son père est un salaud doublé d'un rat, lui avait-elle confié à l'oreille, mais j'essaie de donner une bonne image de lui à Charlie.

Mélissa était assistante juridique et adorait son fils. Elle arborait un tatouage fleuri sur le cou, à la lisière de sa tunique.

A la fin du pique-nique, elle lui avait demandé s'il voulait dîner avec Charlie et elle.

Or, il en avait justement très envie.

Ils avaient mangé ensemble ce soir-là, puis le lundi, le mercredi et même le jeudi suivants. Le vendredi, les grands-parents Kellogg avaient gardé Charlie pour la nuit, et Tom avait mis Mélissa dans son lit.

Il n'avait jamais pu visiter ces fichus parcs nationaux.

En septembre, il avait obtenu un permis de travail et un poste de maître-assistant. Certes, c'était un cran au-dessous de sa chaire à l'université de Manchester, mais cela lui avait semblé un prix bien faible à payer. Follement épris de la mère et de l'enfant, il avait emménagé dans le duplex qu'occupaient Mélissa et Charlie dans un quartier pauvre mais respectable de Philadelphie.

Le gamin était un véritable moulin à paroles : curieux de tout, il ponctuait son discours d'obscures références aux maîtres Jedi et à un certain Dr Who... Or, Tom était un véritable expert dans ce domaine ! Mélissa avait l'habitude de dire qu'ils avaient le même âge mental, tous les deux. Charlie demandait à Tom de lui construire des cabanes dans les arbres, sollicitait ses conseils pour fabriquer des voitures de course en caisses à savon et confectionnait tellement d'avions en papier que Mélissa se plaignait de ne plus pouvoir trouver une seule feuille vierge pour faire sa liste de courses.

Dans les premiers temps, Tom avait vécu un bonheur sans nuages. Une femme splendide, un gosse super, un job correct. Au lit, le pied total. Sa carrière d'enseignant — qui avait démarré sur les chapeaux de roues en Angleterre (il était passé devant trente-sept autres candidats pour une titularisation express) — ne comptait plus autant à ses yeux. Pour mettre du beurre dans les épinards, il jouait les experts-conseils auprès d'un type qui fabriquait des avions sur mesure pour de riches clients. Autrement dit, tout allait bien. Tout indiquait, même, qu'il avait trouvé la famille idéale.

Oh ! bien sûr, il lui était déjà arrivé de tomber amoureux, à commencer par Emily Anne Cartright, sa voisine d'enfance, qui avait rompu avec lui à l'âge de six ans. Mais Mélissa, c'était autre chose… Mélissa était unique. Une tornade sous la couette (et aucun homme ne minimiserait cet aspect des choses…), mais également une femme pleine de feu et de drôlerie. Elle semblait aimer se disputer pour des broutilles, mais, puisque leurs escarmouches se terminaient le plus souvent sur l'oreiller, Tom s'était mis lui aussi à goûter ces prises de bec.

Et puis, c'était une bonne mère. Certes, elle recourait un peu trop aux raviolis en boîte, certes, elle laissait trop longtemps Charlie devant la télévision ou les jeux vidéo violents… Mais, à l'évidence, elle adorait son fils. Elle lui racontait des histoires, s'extasiait sur ses créations en Lego, s'amusait avec lui à l'heure du coucher.

Au début, Tom n'arrivait pas à y croire. Comment une femme aussi belle pouvait-elle être libre ? Mystère. Mélissa paraissait avoir tout pour elle. Elle semblait… parfaite.

Elle ne l'était pas, bien sûr.

Passé la première période de bonheur, il s'était peu à peu rendu compte qu'elle était perpétuellement insatisfaite. Elle n'aimait pas leur maison, alors que Tom la trouvait plutôt agréable. Elle voulait changer de travail. Détestait ses collègues, jugeait injuste la politique de son entreprise concernant les arrêts maladie, la pause-déjeuner et la prise de congés. En sept ans, elle avait successivement occupé onze emplois, de serveuse à shampouineuse dans un salon chic, en passant par assistante médicale. Lorsqu'il suggérait qu'elle pouvait s'orienter vers autre chose, elle lui répliquait sèchement qu'elle ne savait pas ce qu'elle voulait, puis partait dans des délires qui semblaient à Tom totalement irréalistes : vétérinaire, restauratrice, architecte... professions pour lesquelles elle n'avait ni les compétences ni les diplômes, et encore moins la motivation.

Au bout de quelques mois, il avait commencé à percevoir que l'insatisfaction de Mélissa portait également sur lui. Se retrouver ainsi sur la sellette était terrifiant. A sa façon de le regarder, il avait toujours l'impression qu'elle allait le mettre dehors d'une minute à l'autre. S'il lui parlait de ses élèves, elle se mettait à soupirer ou à griffonner des petits dessins, pour manifester clairement son indifférence. Alors qu'il aimait le train-train de leur vie quotidienne — regarder des films avec Charlie le vendredi soir, se balader à vélo dans les rues de la ville le dimanche —, Mélissa, elle, avait sans cesse envie de sortir, d'aller assister à des concerts, de *faire la bringue*, euphémisme pour « se prendre une grosse cuite ». Leur première grosse dispute avait eu lieu un soir. Les Kellogg n'étant pas en mesure de garder Charlie, Mélissa avait décidé de laisser le petit tout seul à la maison.

— On ne peut pas faire ça, avait objecté Tom. Charlie est trop jeune.

— Je suis tout de même capable de prendre les décisions qui concernent mon fils, avait-elle répliqué d'un ton glacial. Il a presque onze ans.

— C'est la loi, Mélissa.

— Très bien. Tu n'as qu'à rester à la maison, alors ! De toute façon, c'est lui que tu préfères. Moi, il est hors de question que je passe la soirée à moisir ici !

Sur ces paroles, elle avait claqué la porte et n'était revenue qu'à 4 heures du matin, alors que Tom hésitait à appeler la police. Mais Mélissa s'était montrée douce et pleine de repentir. Elle l'avait attiré dans le lit, puis lui avait présenté ses excuses pour être rentrée si tard. Invoquant le stress qu'elle avait subi ces derniers temps, elle avait prétexté un simple besoin de décompresser.

Mais ce besoin était ensuite revenu de plus en plus souvent…

A Noël, Tom avait compris qu'il était peut-être allé un peu vite en besogne avec Mélissa. L'ennui, c'est qu'entre-temps il s'était pris d'affection pour son fils et que Charlie le lui rendait bien. Or cet amour profond était, apparemment, devenu un motif de rupture pour elle.

Mélissa était jalouse.

Un jour, alors qu'elle s'était fait porter pâle à son travail (une fois de plus), Charlie était rentré de l'école en trombe : « Tom ! Tom ! Tooooommmm ! » avait-il crié en serrant un papier dans sa main.

— Tu veux dire « Maman, maman ? » l'avait repris Mélissa sur un ton acerbe. A moins que Tom ne soit devenu ta maman ?

Elle ne s'était pas rendu compte que Tom, grâce à ses horaires d'enseignant, était devenu celui qui accueillait Charlie chaque jour à la maison depuis des mois. Du reste, elle n'avait même pas cherché à savoir quelle était cette feuille que brandissait son fils. Il s'agissait du résultat de son évaluation en orthographe : un A+. C'était la première fois qu'il réussissait à écrire tous les mots correctement, notamment grâce à l'intervention de Tom, qui l'avait fait réviser.

Un autre jour, elle avait lancé :

— Charlie, mon petit lapin, si on allait manger une glace, rien que toi et moi ?

Elle avait jeté à Tom un regard mauvais :

— Strictement en famille.

Mais quand elle était revenue, ce soir-là, avec un Charlie tout poisseux de guimauve, elle avait embrassé Tom et lui avait tendu une crème glacée à la sauce au chocolat. La glace à moitié fondue suintait du gobelet en polystyrène.

Et tel était bien le problème. Si encore elle avait été odieuse en permanence, il serait parti… sans doute. Mais dans ces moments-là Mélissa montrait un tout autre visage : celui d'une femme qui ne se plaignait pas, ne dénigrait pas ses collègues de travail et ne s'emportait pas pour un rien. C'était en tout cas ce dont

Tom essayait de se persuader. Mère célibataire à vingt ans, elle n'avait quitté le domicile de ses parents que depuis deux ans… Elle cherchait peut-être encore ses marques. Elle était brillante. D'un humour féroce. Quand elle était dans un bon jour, c'était une fille extraordinaire.

Mais, quand elle était mal lunée, elle pouvait passer une semaine sans lui adresser la parole. En général, elle s'efforçait alors d'être une super maman pour Charlie, comme pour bien lui montrer qu'elle était son seul parent véritable.

Moralité, en homme peu expert en matière de sentiments amoureux, il avait fini par se dire qu'il fallait la demander en mariage.

Bien.

Cette décision figurait tout en haut de la liste des Grandes Décisions de son Existence, à égalité avec la fois où il avait tenté de faire du skate sur une rampe en métal (ce qui lui avait valu un postérieur meurtri qui l'avait fait souffrir pendant près de trois semaines).

Toujours est-il qu'il lui avait donc demandé sa main. Il avait acheté une bague, s'était procuré une douzaine de roses rouges et, vêtu de son seul et unique costume, s'était présenté à son bureau, se disant qu'elle aimerait qu'il lui sorte le grand jeu. Il avait mis un genou en terre, lui avait posé *la* question et, quand elle avait répondu « Putain de merde, Tom ! », il avait pris ça pour un *oui*. Tout comme les collègues de Mélissa, d'ailleurs, car rires, applaudissements et félicitations s'étaient mis à fuser de toutes parts. Toute rougissante, Mélissa avait contemplé sa bague de fiançailles, apparemment au comble du bonheur.

Et, durant un temps, le bonheur avait bien été au rendez-vous. Mélissa aimait se prêter aux essayages de robes, tester les différents gâteaux et rayer de la liste des invités tous ceux qui l'avaient contrariée… pour ensuite les y remettre (ou pas).

Mais elle était aussi devenue de plus en plus distante avec lui. Ils faisaient l'amour moins souvent. Elle sortait davantage avec ses copines et rentrait de plus en plus tard. Puis les coups de téléphone avaient commencé. Mélissa bondissait pour répondre la première, puis disait à son interlocuteur : « Attends une minute ! » avant de foncer dans les toilettes pour poursuivre sa conversation.

Au mois d'avril, Tom avait acquis la certitude qu'elle avait une liaison.

— Mélissa, tu es bien sûre de vouloir m'épouser ? lui avait-il demandé un soir, alors qu'ils étaient allongés côte à côte dans le noir, sans se toucher.

— Ah, sympa, Tom…

Elle avait poussé un soupir avant de continuer.

— Mais oui, je veux me marier avec toi. J'ai accepté, il me semble ? Alors, tu peux arrêter de revenir sans arrêt là-dessus ?

Une bonne douzaine de fois, il avait été à deux doigts de rompre. Mais qui s'imaginait-il berner ? Quitter Mélissa, c'était perdre Charlie, et cette pensée lui était intolérable. Peut-être était-ce d'ailleurs pour cette raison aussi que Mélissa restait avec lui. Car elle avait beau lui envoyer des piques sur leur « petit club de mecs », son fils adorait Tom et, pour la première fois de sa vie, il avait une référence masculine stable. Même Mélissa, dans ses bons jours, reconnaissait que la présence de Tom était profitable au petit garçon.

A ceci près que les bons jours devenaient de plus en plus rares.

Puis, un vendredi, Tom en rentrant de ses cours l'avait trouvée en train de jeter quelques affaires dans un sac de voyage.

Elle ne lui avait accordé qu'un bref regard.

— Je pars en week-end avec un ami. Tu resteras ici, d'accord ? Charlie n'aime pas se faire garder par mes parents.

— Où vas-tu ? De quel ami s'agit-il ?

— Tu peux arrêter ton interrogatoire, oui ?

— Mélissa… Je pense avoir le droit de savoir où tu vas.

Elle avait soupiré et interrompu le pliage de ses vêtements. Il n'avait pas pu s'empêcher de remarquer que ses dessous les plus provocants se trouvaient déjà dans le sac.

— Ecoute, Tom, avait-elle articulé lentement. J'ai besoin d'un peu de temps pour réfléchir, d'accord ? Alors, ne me pose pas trop de questions. J'ai juste besoin de respirer un peu. Je serai là dimanche.

Charlie s'était figé sur le seuil de la chambre :

— Je peux venir avec toi, maman ?

— Pas cette fois, mon chou.

Elle avait soulevé le sac.

— Je te rapporterai un cadeau, d'accord ? Et maintenant viens me faire un gros bisou.

Charlie s'était exécuté et était sorti avec Tom sous la véranda pour la regarder partir.

— Retournez à l'intérieur, leur avait-elle crié. Ça caille dehors. Au revoir ! A dimanche !

Ils lui avaient obéi.

— Qu'est-ce qu'on pourrait faire, ce soir ? avait demandé Charlie. On peut aller au cinéma ?

— Mais bien sûr, mon chaton. Laisse-moi juste, euh… aller chercher le journal pour vérifier les horaires des séances, d'accord ?

Il était ressorti dans le petit jardin en se grattant la nuque, perplexe.

Mélissa était là, à quatre maisons de la leur, tirant son sac à roulettes derrière elle. Au carrefour l'attendait une grosse cylindrée de couleur bleue, un de ces monstres grondants fabriqués à Detroit. Un homme en était descendu, lui avait ouvert la portière, avait jeté sa valise à l'arrière, puis s'était remis au volant. La seconde d'après, ils étaient partis.

Tom avait accusé le coup, un goût de bile lui restant dans la bouche.

Mélissa avait donc bel et bien une liaison. Au fond de son cœur, il le savait, mais en être témoin c'était comme se prendre un crochet du gauche en plein dans les reins.

— Il n'est même pas entré, avait dit Charlie d'une toute petite voix derrière lui.

Tom s'était retourné. Le garçonnet était pâle, ses petits sourcils tout froncés.

— Qui ça, mon chaton ? lui avait-il demandé distraitement.

— Mon père.

*
* *

Mélissa ne répondait pas au téléphone, malgré les onze messages que Tom lui avait laissés. Il lui disait que Charlie les avait vus, Mitchell et elle, et que l'enfant ne comprenait pas pourquoi ses parents ne l'avaient pas emmené. Tom était surpris par sa propre amertume. Mais cette fois Mélissa avait vraiment exagéré ! C'était une chose d'être volage et de courir les aventures, c'en était une autre de fuguer avec le père de son fils, sans même prendre la peine de le faire entrer pour qu'au moins il dise bonjour au petit ! Sans oublier la cerise sur le gâteau : elle lui avait tout de même demandé, à lui, son fiancé, de garder Charlie pendant qu'elle s'envoyait en l'air avec un autre homme !

Pourtant, lorsque, le dimanche suivant, elle n'était pas revenue, Tom avait attendu que Charlie soit installé devant la télévision pour prendre le taureau par les cornes. Il avait appelé Janice Kellogg.

— Oh ! pour l'amour du ciel ! s'était exclamée la grand-mère lorsqu'il lui avait rapporté les paroles de Charlie. Ma fille n'apprendra donc jamais !

Janice lui avait alors confié que, depuis sa première rencontre avec Mitchell DeLuca, Mélissa était devenue accro à ce type. Entre eux, les allers-retours n'en finissaient pas : Mitchell entrait dans la vie de Charlie, puis disparaissait pendant un an, parfois plus. Juste le temps de perturber complètement le petit.

— Vous avez une petite idée de l'endroit où elle pourrait être ? Charlie se fait du mauvais sang. Il ne mange plus.

— Je n'en sais strictement rien, avait répliqué Janice, d'un ton plus agacé que véritablement inquiet. Mon pauvre Tom, si je devais compter le nombre de fois où ça s'est produit… Avec Walter, on a même failli t'en parler à plusieurs reprises. Allez, je suis sûre qu'elle va revenir. Au bout de quelques jours, ces deux-là finissent toujours par se disputer et par se se quitter de nouveau. Enfin, jusqu'à ce qu'ils décident qu'ils ne peuvent plus vivre l'un sans l'autre, bien sûr.

De mieux en mieux !

— Merci, Janice.

Il avait raccroché. Dans le séjour, une série quelconque laissait éclater de bruyants rires enregistrés. Charlie regardait droit devant lui. Le pauvre gosse n'avait pas dit grand-chose depuis qu'il avait vu partir ses parents sans lui. Tom s'était mis à appeler toutes les amies de Mélissa pour la retrouver, y laissant chaque fois un peu plus de sa dignité.

Hélas, Mélissa ne devait jamais revenir.

Aux dires de Mitchell DeLuca — et selon le rapport de police —, les deux tourtereaux s'étaient violemment disputés, assez fort pour que les occupants du motel voisin les entendent. Mélissa avait bu quelques verres. Etait sortie se promener. Avait décidé d'envoyer un texto.

Tom, tu ne seras jamais…

C'était à cet instant qu'une voiture l'avait renversée, la tuant sur le coup.

Quelle terrible expérience pour Tom que de se retrouver dans la peau du fiancé trompé à la veillée funèbre, de se tenir près du cercueil de la femme qu'il avait cru épouser, serré entre ses parents et son ex-mari ! Puis de rentrer à la maison, la gorge nouée de chagrin, avec son petit Charlie au visage blême. Il se sentait tellement impuissant !

Mitchell DeLuca était venu le voir après l'enterrement et s'était adressé à lui d'un air affable :

— J'aimerais parler à mon fils.

Et Tom Barlow — l'homme qui avait un jour mis au tapis d'un coup de poing le champion des poids moyens de Grande-Bretagne — s'était simplement écarté pour le laisser entrer.

Depuis la mort de sa mère, Charlie s'était comme… ratatiné. Mais, à cet instant, lorsqu'il avait vu son père, sa frimousse s'était illuminée… piétinant le cœur de Tom, pourtant déjà en miettes.

— Je vais… euh… mettre le dîner en route, s'était-il excusé en se dirigeant vers la cuisine.

Cela lui permettrait de tendre l'oreille, au beau milieu des plats préparés par les bonnes dames de la paroisse de tante Candy.

— Est-ce que je vais aller habiter chez toi, maintenant, papa ? avait demandé Charlie.

Tom avait senti son estomac se tordre et les larmes lui monter aux yeux.

Dis oui, espèce de salaud ! avait-il ordonné mentalement à Mitchell.

— Si seulement c'était possible, mon bonhomme…

On aurait presque pu entendre le cœur du petit se briser pour la seconde fois en une semaine.

Son mode de vie, avait expliqué Mitchell à son fils, ne convenait pas à un enfant. Il voyageait trop. Il en était navré, bien sûr, mais c'était comme ça.

Ensuite, il avait recommandé à Charlie de bien travailler à l'école, lui avait ébouriffé les cheveux, s'était levé et avait quitté les lieux sans plus de cérémonie.

Tom avait laissé passer quelques secondes avant de retourner dans le séjour.

— Ça va, mon chaton ?

— Papa est très triste de pas pouvoir m'emmener, tu sais, avait murmuré Charlie.

Tom avait dû prendre sur lui pour ne pas courir après Mitchell et en faire de la chair à pâté. Au lieu de ça, il avait déclaré :

— C'est vrai. Mais on voit qu'il t'adore.

— Je le sais très bien, avait répliqué Charlie, et pour la première fois Tom avait perçu de la haine dans la voix du petit garçon qu'il aimait tant.

Il avait demandé aux Kellogg la permission d'adopter Charlie. Ils avaient refusé. Après tout, Tom ne connaissait le garçon que depuis moins d'un an. Et puis, que ferait un homme de vingt-neuf ans d'un gamin de dix ans ? En revanche, il pouvait toujours venir le voir, s'il le souhaitait.

Charlie était donc allé habiter chez ses grands-parents. Le jour où ils avaient quitté leur petit duplex, l'enfant s'était tourné vers lui. L'espace d'une seconde, Tom avait cru qu'il allait se jeter dans ses bras.

Il se trompait.

— Pourquoi tu as été aussi méchant avec elle ? s'était mis à hurler Charlie.

Il s'était précipité sur Tom pour l'assaillir de coups de poing, le griffer au visage.

— C'est à cause de toi qu'elle est partie ! Je te déteste ! Je te déteste ! Je te déteste !

Charlie était allé voir un thérapeute spécialisé dans le travail de deuil. Sans résultats notables. Déménager dans un autre quartier signifiait un changement d'école, ce qui n'avait pas facilité les choses : une mère décédée, un père irresponsable et, maintenant, la séparation d'avec ses copains de classe. Tom, lui, persistait à lui rendre visite. Et voyait le petit garçon cher à son cœur se replier de plus en plus sur lui-même. Le Charlie qu'il connaissait semblait avoir disparu, sans compter qu'il avait grandi du jour au lendemain. Il n'aimait plus regarder des films de science-fiction, fabriquer des maquettes d'avion ni taper dans un ballon de football. Sa mère était morte, son père ne voulait pas de lui, ses grands-parents se contentaient de faire leur devoir de mauvaise grâce, et Tom… Tom était, à ses yeux, la cause de tout ce désastre.

13

Une semaine après avoir emménagé chez Tom Barlow, Honor commençait à déchanter. Il fallait qu'elle ait eu un moment de folie (possible), d'ivresse (improbable) ou de désespoir (profond) pour avoir accepté de marcher dans une telle combine !

Depuis maintenant sept jours, Tom et elle passaient toutes leurs soirées ensemble. Dans le silence, la plupart du temps. Elle rentrait du bureau, il rentrait du travail. Ils échangeaient quelques civilités d'une extrême courtoisie. Préparaient le dîner à tour de rôle. Elle prenait un verre de vin. Tom, plutôt une bière… ou un verre de whisky. Parfois plus d'un (elle s'efforçait de ne pas les compter). Ils mangeaient. La conversation était réduite au strict minimum. Tom paraissait tendu, et Honor ne l'était pas moins. Puis, chacun se terrait dans un coin opposé de la maison, Honor mettant au point les détails du « Bal en noir et blanc », Tom corrigeant des copies ou préparant ses cours.

Ils s'étaient réparti les tâches ménagères de manière équitable, et Honor avait découvert avec soulagement que Tom était plutôt ordonné, même s'il faisait son lit de travers (il faut dire que le sien aurait pu figurer dans un magazine de décoration). Il rinçait le lavabo après s'être rasé et possédait un aspirateur.

Un soir, ils avaient regardé un DVD ensemble, mais Tom étant, comme elle, du genre à observer un silence poli durant le film, l'expérience n'avait pas créé entre eux de complicité particulière.

« Bon film », avait commenté Tom. Ce à quoi elle avait répondu : « Oui. En effet. »

Le mardi, Charlie était venu dîner à la maison. Tom s'était forcé à paraître enjoué, ignorant le fait que Charlie ne répondait pas à ses questions, ne touchait pas à son assiette et évitait son regard.

— Comment ça se passe au lycée ? lui avait demandé Honor.

Elle n'avait obtenu qu'un grognement en guise de réponse.

— Tu as Mme Parrish en anglais ?

Soupir et hochement de tête.

— Moi aussi, je l'ai eue comme prof.

Charlie avait fait l'effort de porter les yeux sur elle comme pour dire : « Qu'est-ce que tu veux que ça me fasse ? »

— Est-ce qu'elle sent toujours autant le menthol ?

Haussement d'épaules.

— Charlie. Réponds, mon chaton, avait dit Tom.

— Oui. Mme Parrish sent toujours autant le menthol.

— Tu veux un peu de tarte aux pommes ?

Elle l'avait confectionnée en prévision de cette pénible soirée, dans l'espoir que le dîner se passerait mieux que les échanges qu'elle avait eus avec Charlie jusque-là.

— Il n'a pas fini son assiette, avait objecté Tom.

Elle avait regardé le garçon.

— Bah, ce n'est pas un soir comme les autres, n'est-ce pas, Charlie ? Ton premier dîner avec nous ! Pour une fois, on pourrait peut-être assouplir les règles, tu ne crois pas, Tom ?

Il avait hésité, puis :

— Très bien. Tu veux de la tarte, Charlie ?

Haussement d'épaules. Ce qui, avait constaté Honor avec satisfaction, n'avait pas empêché l'adolescent d'engloutir trois parts. Sans un mot, certes, mais trois parts quand même ! Après avoir raccompagné Charlie chez ses grands-parents, Tom était parti courir. Longtemps.

Bref, la communication n'était pas leur fort, apparemment.

Entre Honor et Tom, tout était contraint, rien n'était naturel. Bien sûr, leur union n'était qu'un arrangement et n'avait donc pas à être romantique. Ils n'avaient pas besoin de se mettre la traditionnelle pression des jeunes couples qui viennent de s'installer ensemble et sont censés filer un parfait bonheur. Mais, tout de même, ils avaient déjà fait l'amour… et, la nuit, lorsque le grondement occasionnel d'une voiture ou les bruits de Manningsport Village — auxquels son oreille n'était pas encore habituée — parvenaient à Honor, elle se demandait si elle n'avait pas été stupide d'insister pour faire chambre à part. Une certaine complicité sexuelle aurait peut-être mis un peu d'huile dans les rouages.

D'un autre côté, si ça ne devait pas coller entre eux, le sexe n'aurait fait que compliquer les choses, surtout dans une situation qui, au départ, manquait totalement de naturel.

Cette absence de relations physiques n'empêchait pas Honor d'observer Tom à la dérobée. Lui ne semblait guère frustré par cette chasteté imposée… ou, s'il l'était, il cachait bien son jeu.

Le jeudi soir, Faith avait appelé Honor pour lui proposer un tête-à-tête entre sœurs. Elle avait accepté à contrecœur… Jouer le rôle de la fiancée éperdue d'amour n'allait pas être chose aisée, surtout si l'on considérait que Faith, elle, était une authentique épouse énamourée. Sa sœur avait proposé de les conduire au restaurant et lui avait donné rendez-vous au club de boxe Cabrera — la boxe, c'était le « truc » de Levi. Honor avait donc parcouru les trois pâtés de maisons à pied, l'adorable petite tête noire et fauve de Spike émergeant de son sac, toujours sur le qui-vive.

Auparavant, elle n'avait jamais mis les pieds au Cabrera, chose étonnante pour quelqu'un qui, comme elle, connaissait tous les commerces et entreprises de Manningsport. De prime abord, le club lui avait fait l'effet d'un des neuf cercles de *L'Enfer* de Dante : froid, sombre, chichement éclairé. L'endroit résonnait de toutes sortes de bruits évoquant des supplices variés : claquements secs, coups sourds et autres sons inquiétants en tout genre. Faith, facile à repérer dans sa robe jaune, était en train d'observer un ring plongé dans la pénombre.

Alors que Honor se dirigeait vers elle, elle avait marqué soudain un temps d'arrêt en apercevant un adolescent assis sur une chaise métallique. C'était Charlie Kellogg, vêtu d'un bas de survêtement gris et d'un T-shirt orné d'un bouc satanique. Il devait faire partie d'un club qui se réunissait après les cours… Serrant un téléphone portable entre ses mains, le gamin était isolé du monde extérieur par ses oreillettes.

— Salut, Charlie !

Il avait levé la tête, mais ne lui avait pas répondu.

— Ça me fait plaisir de te voir, avait-elle murmuré en poursuivant son chemin.

Faith était comme hypnotisée par le spectacle des combattants sur le ring : visiblement, Levi aimait se faire admirer par sa femme pendant qu'il boxait. Honor avait poussé un soupir de lassitude. Regarder deux hommes en sueur se taper dessus, voilà qui n'était guère sa tasse de thé. Néanmoins, l'adversaire de Levi semblait lui donner du fil à retordre. Le type arborait des tatouages sur les deux épaules, et ses muscles luisaient de transpiration. Tout compte fait, la boxe avait peut-être quelques aspects positifs… Les deux hommes portaient un casque, mais Honor pouvait voir Levi sourire tout en décochant de rapides coups de poing. Tout à coup, son adversaire avait répliqué par une combinaison gauche-droite-gauche qui l'avait fait chanceler. Recouvrant l'équilibre, Levi avait adressé quelques mots inintelligibles au second boxeur.

— C'est qui, le type qui est en train de mettre une raclée à Levi ? avait-elle murmuré.

Faith l'avait regardée d'un drôle d'air.

— Ton fiancé.

Honor avait eu un sursaut de surprise.

— Suis-je bête… mais bien sûr ! Tu vois, avec ce casque et sous cet éclairage particulier, il me faisait un peu penser à… euh… Gérard Chartier. Le pompier.

Du haut de son mètre quatre-vingt-seize, Gérard ressemblait plutôt à M. Propre. Tom, lui, avait bien treize centimètres et cinquante kilos de moins… En outre, il portait l'Union Jack tatoué sur l'épaule, détail qui aurait dû lui mettre la puce à l'oreille… Cela dit, la seule fois où elle l'avait vu torse nu, il était couché sur elle (ô bienheureux souvenir !) et elle était bien trop occupée à l'embrasser pour remarquer ce détail.

Le gong avait retenti et les deux hommes s'étaient tapé dans les gants avant de descendre du ring. Levi avait enveloppé sa femme d'une étreinte mouillée, lui arrachant des cris d'orfraie, puis avait conclu sur un baiser. Tom, lui, en parfait fiancé (hum…), s'était penché pour embrasser Honor.

Un baiser rapide, mais qui l'avait prise de court et lui avait envoyé dans tout le corps une décharge électrique si puissante qu'elle aurait pu jurer que les lumières avaient vacillé. Ah, cette bouche ! Elle était si… exquise ! Et cette odeur virile de savon mêlé de sueur… La séance de boxe avait fait à Tom une coiffure de hérisson, et ses abdos saillaient magnifiquement, d'une façon presque immorale… sans parler du filet de transpiration qui traçait la voie vers son…

— *Hello, darling !* Tu es venue me soutenir pendant que je mettais mon beau-frère au tapis ?

Il se comportait avec un parfait naturel. Honor s'était alors forcée à revenir sur terre et à détacher son regard du torse puissant pour s'intéresser plutôt à son visage.

— Ma foi, techniquement, Levi n'est pas encore ton beau-frère, mais euh… quelle était ta question, au fait ?

— Je te demandais ce que tu faisais ici, ma douce.

— J'ai rendez-vous avec Faith. Dis-moi, tu m'as l'air en pleine forme, euh… chouchou.

— La vache, tatie… Ne me dis pas que tu l'appelles comme ça, quand même ?

Honor avait fait volte-face, se retrouvant nez à nez avec sa nièce, qui venait d'apparaître brusquement à ses côtés. Elle remorquait derrière elle sa meilleure amie, Helena Meering.

— Coucou, ma chérie.

— Salut !

Abby s'était adressée à Levi, les mains campées sur les hanches.

— Tu es déjà sorti du ring ? Je croyais que tu devais nous apprendre à nous défendre ? C'est pour ça qu'on est venues !

Ah oui… Prudence en avait parlé l'autre jour. Elle voulait que sa fille apprenne quelques rudiments d'autodéfense avant de faire son entrée dans le monde des garçons.

Levi avait pris un air faussement navré.

— Vous avez une heure de retard, mesdemoiselles. Je vous avais dit 16 heures. Il est 17 h 07.

— Ce que vous êtes sexy, chef Cooper ! s'était extasiée Helena.

— Commentaire tout à fait déplacé, jeune fille.

Mais déjà Helena avait repéré Tom.

— Vous aussi, monsieur, lui avait-elle susurré alors qu'il ôtait ses gants de boxe.

Qu'il les ôtait avec ses dents…

Helena ne s'y était pas trompée.

— Pr Barlow, je te prie, l'avait tancée Levi.

Soudain, il avait fait mine de songer à quelque chose.

— Dis donc, Tom, au fait : ça t'intéresserait d'animer un cours d'autodéfense avec moi ?

— Oh ! dites oui, s'il vous plaît ! avait supplié Helena. Je suis sûre qu'on se bousculerait toutes pour s'inscrire ! Il y aurait facile une centaine de filles qui viendraient, c'est certain !

Quelques mètres plus loin, Charlie s'était redressé sur sa chaise et avait ôté l'une de ses oreillettes.

Honor l'avait fait remarquer à Tom d'un petit signe de tête, et l'ombre d'un sourire avait traversé son regard gris. De nouveau, elle s'était sentie comme électrisée par un puissant fourmillement.

— Pas de souci, Levi, je veux bien te filer un coup de main. Avec grand plaisir, même.

La copine d'Abby avait émis un gloussement.

— Vous êtes anglais ? Moi, c'est Helena. J'aurai dix-huit ans dans sept mois.

D'un ton sec, Abby avait ôté toute illusion à sa copine :

— Il est pris, OK ? Il va bientôt devenir mon oncle, je te signale. C'est le fiancé de ma tante.

Helena s'était tournée vers Honor, avec un air médusé qui n'était pas pour l'embellir.

— Votre fiancé… à vous ? Non, sérieux ?

Difficile d'imaginer réaction plus exaspérante !

— Mais oui, Helena. Tom et moi, nous… nous allons nous marier.

Mon Dieu ! Comme c'était difficile de l'énoncer à voix haute ! Surtout en présence d'un représentant de l'ordre. Elle avait l'impression que ses jambes ne la portaient plus… Du coin de l'œil, elle avait aperçu Charlie s'approcher de leur petit groupe, tandis que Tom faisait les présentations :

— Tom Barlow. Enchanté. Et voici mon… beau-fils, Charlie Kellogg. Lui aussi aime bien boxer, parfois.

— Cool, avait lâché Helena.

— Salut, Charlie, avait dit Abby.

— Salut, Abby.

Le rouge avait envahi le visage encore enfantin de l'adolescent.

— Bon ! Nous, on file ! avait lancé Faith en embrassant une dernière fois Levi. Je te préviens, Tom, j'ai l'intention de soutirer à ma sœur le maximum de renseignements croustillants sur ton compte : un homme averti en vaut deux !

— Merci pour l'info.

Il avait passé un bras puissant autour de la taille de Honor.

— Je compte sur toi pour ne pas éventer tous nos petits secrets, *darling*.

Honor avait senti ses joues s'embraser. Mon Dieu ! Elle devait avoir le visage tout marbré ! Tom était nettement plus rompu qu'elle à ce genre de… mascarade.

— Reçu cinq sur cinq, avait-elle répondu d'une voix un peu trop forte. Allons-y, Faith, maintenant !

Elle avait passé les heures suivantes à mentir. A sa propre sœur. Enfin, pas tout à fait à mentir, non. Elle s'était contentée de prendre quelques raccourcis avec la vérité. Oui, tout avait été très rapide entre eux. Oui, l'accent de Tom était vraiment craquant. Oui, c'était un homme très séduisant. Oui, oui, oui.

Le secret qu'elle gardait au fond d'elle-même l'avait tourmentée toute la soirée. Mais elle avait beau s'être rapprochée dernièrement de sa petite sœur, elle ne pouvait pas lui demander de cacher une chose aussi grave à son policier de mari. Elle ne pouvait pas non plus en parler à Pru, qui avait souvent tendance à claironner les informations qu'il aurait mieux valu taire. Quant à Jack, ce n'était même pas la peine d'y penser. A la rigueur, elle aurait pu se confier à Jessica Dunn… Mais elle était son employée, et Honor trouvait déloyal de la rendre ainsi complice d'une fraude.

Etrange comme, il y a peu de temps encore, Dana aurait été la seule à qui elle aurait pu ouvrir son cœur.

Tous les mercredis soir, Blue Heron accueillerait désormais « Cerfs-volants et Œnologie », un événement mis en place par Honor pour attirer du monde toute l'année au domaine. L'idée lui était venue quinze jours plus tôt en voyant des cerfs-volants évoluer dans le ciel : il s'agissait d'organiser un rassemblement de passionnés, suivi d'une dégustation au caveau. Cette manifestation était destinée à un public célibataire.

Tout en peaufinant les fiches de dégustation, elle repensait aux paroles de Tom l'autre jour : et si jamais elle rencontrait quelqu'un ? Un hétéro, célibataire, d'âge compatible et doté d'une bonne situation professionnelle. Cet homme idéal serait beau, mais pas trop… Il serait intelligent, cultivé et… et surtout il lui ferait la conversation, ce qui n'était pas le cas de Tom ! Oui. Son futur mari ne jouait de son charme que devant les autres.

Si elle avait souhaité emménager rapidement chez Tom, c'était pour pouvoir établir une certaine complicité avec lui. Elle s'était imaginé que leur relation s'établirait sous le signe du rire et de la détente et qu'ils passeraient de bons moments ensemble. En un rien de temps, leurs affinités seraient devenues une telle évidence qu'ils n'auraient plus eu besoin de jouer la comédie et se seraient mis à filer le parfait amour.

Ben voyons… Ils n'en étaient pas encore à cette étape. Loin de là.

Spike se mit à lui lécher la main. Honor lui caressa la tête du bout des doigts. Pauvre petite bête ! Elle en avait fait, du chemin, depuis que leurs regards s'étaient croisés, au refuge…

— Par exemple, toi, Spikey, c'est l'amour qui t'a transformée, n'est-ce pas ? Allez, il est temps de battre le rappel de nos chers célibataires. Tu es prête ?

C'était vraiment l'après-midi rêvé pour un rassemblement de cerfs-volants. Le ciel de début avril resplendissait d'un bleu si pur qu'il en était presque aveuglant, et la chaleur du soleil avait fait grimper le thermomètre jusqu'à 11 °C. Pour autant, Honor restait sur ses gardes. La neige ferait certainement une dernière apparition avant que le printemps ne s'installe pour de bon. Elle gravit la colline en direction de Rose Ridge où s'égaillait déjà une troupe de cerfs-volistes solitaires. L'air était imprégné de la douce odeur des vignes. Un vent vif venu de l'ouest soufflait en rafales.

Tous ces cerfs-volants et ces vêtements multicolores formaient un joli spectacle. Le soleil faisait luire pas moins de six têtes grises et trois crânes chauves… Pourquoi les manifestations de célibataires attiraient-elles toujours le troisième âge ? *Dis donc ! Avant de critiquer, tu ferais bien de balayer devant ta porte*, la reprirent vertement ses ovules. Oh ! misère ! Pops était venu, lui aussi… Restait à espérer qu'il ne ferait pas trop le joli cœur ou bien Goggy lui donnerait du bâton ! Ouf ! il y avait également quelques participants plus jeunes : Lorelei, la boulangère, Julie, la bibliothécaire… Hélas, l'homme de ses rêves manquait à l'appel. Comme d'habitude.

Elle aperçut un homme et une femme entre lesquels le courant semblait bien passer. Au moins, la journée ne serait pas perdue pour tout le monde, se dit-elle avec satisfaction. L'homme se retourna. Elle s'arrêta net.

C'était Brogan. Accompagné de Dana.

Dana qui attendait leur enfant.

Elle s'exhorta intérieurement à reprendre sa marche. Força son visage à sourire.

Brogan s'avança vers elle :

— Salut, Honor ! Tu vas bien ? Une idée de génie, cette petite fête ! On était à la maison, quand tout à coup j'ai dit à Dana : « Il faut absolument qu'on y aille ! » Et puis, bien sûr, c'était l'occasion de te voir.

Pauvre Brogan… Il se donnait du mal. Un peu trop, même, mais c'était sa façon à lui de préserver leur amitié. Ses efforts lui broyaient le cœur. Par égard pour lui, elle opta pour la franche hypocrisie :

— Ça me fait plaisir de vous voir, tous les deux. Mais je ne m'attendais pas à vous trouver ici.

— Comment résister ? C'est super sympa, comme sortie !

minauda Dana en souriant si largement que son nez se fronça. Comment vas-tu, ma chérie ? Ça fait un bail !

— Eh, oui… Hum, à propos, encore toutes mes félicitations pour l'heureux événement !

Elle lui avait déjà envoyé un mail, bien entendu.

— C'est vraiment une grande nouvelle.

— Merci, Honor. Nous sommes fous de joie.

La main de Dana se posa sur son ventre — un peu haut, remarqua Honor, comme si elle souffrait de brûlures d'estomac. Du reste, elle espérait bien que Dana en avait, des brûlures d'estomac. Bien douloureuses. Et des vomissements, aussi. *Allons, allons…*, soufflèrent ses ovules. *Ne sois pas vache. Après tout, ce sera peut-être ton tour très bientôt ! Parce que, nous, on est prêts !*

Honor secoua la tête, comme pour chasser cette pensée.

— Oui… Comme je disais, je ne m'attendais pas à vous voir ici, étant donné que la cible de la manifestation, ce sont les célibataires…

— Ah bon ? s'étonna Dana. Ce n'était pas précisé dans le journal.

Au même moment, Jessica arriva en courant, le visage chiffonné par la contrariété.

— Honor, je suis affreusement désolée ! Le journal a supprimé la ligne précisant que l'événement était strictement réservé aux célibataires. La moitié de ces gens sont… oh ! Bonjour, Brogan.

— Salut, Jess, ça roule ? dit Brogan.

Bonté divine, pourquoi fallait-il qu'il soit si aimable avec tout le monde ? Il prit la main de Dana. Ce geste familier et charmant constituait à lui seul une déclaration d'amour. Brogan ne lui avait jamais tenu la main, à elle. Non, jamais.

Comment, mais… il n'est pas encore passé à la trappe, celui-là ? rouspétèrent ses ovules.

— Ce n'est pas grave, assura Honor à Jessica. Ils font toujours une erreur quelque part. Nous mettrons les choses au clair la semaine prochaine. Pour aujourd'hui, laissons tout le monde s'amuser et goûter notre vin !

Elle prit un instant avant de poursuivre, à l'attention de Dana :

— Sauf toi, bien entendu.

— Pourquoi, sauf moi ? Ah, oui ! J'oublie tout le temps. Pour rien au monde je ne voudrais faire quoi que ce soit qui puisse nuire à notre petit *bambino*, dit-elle en se blottissant contre Brogan.

— Honor ! lança Carol Robinson, l'une des personnes mariées de l'assemblée. Quand est-ce qu'on passe au buffet ? Je meurs de faim !

— Holà, un peu de patience ! Nous allons commencer par une petite séance de présentations. Mes chers amis, je suis au regret de vous annoncer qu'il manquait une ligne à l'article paru dans le journal : ce rendez-vous hebdomadaire est destiné aux cœurs solitaires. Mais, qu'à cela ne tienne, nous sommes ravis de votre présence à tous ici aujourd'hui ! Par contre, le mois prochain, nous nous retrouverons entre célibataires…

— Dis-moi, ce ne serait pas une forme de discrimination, ça ? lui glissa Brogan à l'oreille.

Elle tressaillit de le sentir si proche. Il affichait son éternel sourire ravageur.

— Chut…, lui dit-elle dans un murmure, soudain rattrapée par un frémissement de désir qu'elle aurait préféré ne pas ressentir. Bon ! Je disais donc : ceux d'entre vous qui sont effectivement célibataires, veuillez vous regrouper sur la gauche, avec Jessica. N'hésitez pas à faire connaissance ! Les autres, vous pouvez vous amuser à lancer ces magnifiques cerfs-volants dans le ciel, d'accord ?

Et pour appuyer ses paroles elle brandit un cerf-volant à bout de bras, un spécimen commandé spécialement pour l'occasion, bleu foncé et frappé d'un héron doré, l'emblème du domaine.

— Nous allons passer une magnifique journée à Blue Heron ! Et que Carol se rassure ! Nous irons ensuite déguster un succulent buffet, accompagné d'excellents vins.

C'était son côté « relations publiques ». Un large sourire aux lèvres, restant concentrée sur la meilleure image à donner de l'exploitation familiale, elle était toujours à la recherche d'idées pour attirer les gens à Blue Heron. Sans jamais oublier la devise des Holland : la vie est trop courte pour boire du mauvais vin.

Les cerfs-volants s'élancèrent dans le ciel. Pops emmêla ses ficelles dans celles de Carol Robinson (une erreur volontaire, sans doute : Carol était une femme charmante). Lorelei, la boulangère au caractère enjoué, écoutait avec attention les paroles d'Elvis Byrd, un concepteur informatique maigre et pâlichon, un peu plus jeune que Honor. Il était en train de lui expliquer comment le procédé d'extraction du gaz de schiste allait provoquer de gigantesques séismes qui mettraient un terme à la vie sur Terre. Suzette Minor flirtait avec Ned. Il allait d'ailleurs falloir y mettre un terme, quand bien même le jeune homme y trouverait à redire : Suzette était bien trop âgée et trop dévergondée pour lui ! De son côté, Jessica prenait des photos. Les cerfs-volants virevoltaient dans le ciel bleu pâle.

Dana et Brogan avaient l'air de passer un excellent moment. Ils formaient un couple très séduisant, il fallait bien le reconnaître. Un couple de carte postale. Dana, adossée à son homme, pouffait comme une collégienne. Derrière elle, Brogan, fort et viril, faisait décrire des boucles et des descentes en piqué à leur cerf-volant.

Honor croisa le regard de Dana et s'empressa de détourner la tête. Elle alla voir son grand-père et déposa un baiser sur sa joue parcheminée.

— Salut, Pops ! Comment vas-tu ?

— Très bien, ma chérie. Tu crois que l'une de ces dames pourrait me convenir ? Je songe à divorcer de ta grand-mère.

— Pff… Tu ne saurais même pas trouver la porte d'entrée sans elle !

— Et après ? Je l'ai clouée, la porte. Mais tu as sans doute raison… Elle ou une autre…

— Décidément, Pops, tu seras toujours un incorrigible romantique, ironisa Honor en lui rajustant le col.

Son grand-père lui tapota affectueusement la joue.

— Tu comprendras un jour, toi aussi…

Lorsque le soleil commença à décliner, teintant l'horizon de nuances pêche et lavande, le groupe regagna le caveau de dégustation où l'attendait un buffet de fromages et de hors-d'œuvre. Honor fit la démonstration de ses talents d'œnologue, évoquant le mariage des vins et leurs saveurs, le bouquet de chaque cru, son corps, sa texture, sa fin de bouche… Spike contemplait Lorelei avec adoration — la boulangère lui donnait toujours une petite friandise lorsqu'elle la croisait. Pops et Carol flirtaient allègrement.

Dana et Brogan semblaient incapables de rester une seconde sans se toucher.

Durant toutes ces années, Honor ne se souvenait pas avoir jamais vu Brogan amoureux. Mais aujourd'hui son bonheur crevait les yeux.

Jessica invita enfin tous les participants à se rassembler dans la boutique où, espérait-elle, ils achèteraient en grande quantité les vins qu'ils venaient de déguster. Il était presque 20 heures et la nuit commençait à tomber. Honor souleva Spike et blottit son petit corps chaud sous son menton. Puis elle se dressa sur la pointe des pieds pour regarder par les étroites fenêtres qui couraient en haut du mur de pierre.

A l'horizon, le ciel bleu cobalt s'ornait encore de traînées de pourpre et de violet. A la Maison Vieille comme à la Maison Neuve, les lumières étaient allumées. Elle se sentit soudain submergée par une douloureuse nostalgie. Son foyer lui manquait. Le grand et confortable salon, la cuisine vieillotte, sa splendide chambre à coucher avec ses murs bleu ciel et son moelleux tapis blanc… Le salon où elle avait passé tant d'heures merveilleuses devant *Drôles d'histoires aux urgences* ou *Trouvez le bon diagnostic !* en compagnie de Jack ou de Mme Johnson.

Peut-être qu'un jour Tom et elle pourraient revenir vivre au domaine, s'ils décidaient de se marier (et de le rester). Mais pour l'instant c'était prématuré. Elle ne s'imaginait pas vivre dans le mensonge au milieu des siens. La demeure familiale était trop précieuse pour être ainsi souillée par un amour factice.

Car la perspective d'un amour *véritable* — en tout cas, avec Tom — devenait de plus en plus improbable. Après dix jours de vie commune, elle ne l'avait pas vu sourire une seule fois. Or, si quelque chose en lui l'avait conquise, c'était bien son sourire. Un sourire porteur de toutes sortes de promesses. Où était-il passé ? Parce que, lorsque Tom troquait sa mine joviale de grand bêta contre le visage fermé qu'elle lui connaissait ces derniers temps, il était loin d'être aussi craquant. En fait, elle le trouvait parfois un peu intimidant.

— Alors, il paraît que tu vas te marier ? fit une voix.

Dana se tenait dans l'entrée, les bras croisés sur la poitrine.

— Oui.

Spike, dont la taille du cerveau avoisinait celle d'une noix de cajou, se mit à remuer la queue en jappant. La traîtresse !

Mais Dana ne lui accorda pas un regard.

— On ne parle plus que de ça en ville. Dommage que je l'aie appris de la bouche de Laura Boothby… Et tu ne m'as même pas dit si tu acceptais d'être ma demoiselle d'honneur.

Parlait-elle *sérieusement* ? Certes, Dana ne s'était jamais vraiment intéressée aux histoires des autres, n'attendant que l'occasion de ramener la couverture à elle. Personne n'avait le droit de vivre quelque chose de plus palpitant qu'elle ! En était-il toujours allé ainsi au cours de leur amitié ? En y pensant… oui, plus ou moins. L'existence de Dana était en permanence remplie de mélodrames, de disputes, de trahisons, de triomphes. Celle de Honor, en comparaison, avait toujours été plutôt normale. Et heureuse.

— Tu sais, Dana, j'ai été un peu occupée ces derniers temps…

Elle installa Spike dans son sac où la petite chienne se pelotonna instantanément.

Dana contemplait obstinément sa bague de fiançailles.

— Quelle coïncidence, non ? C'est vrai, quoi… je n'avais même pas compris que tu sortais avec quelqu'un.

— Tout s'est passé très vite.

Comme entre Brogan et toi, s'abstint-elle d'ajouter.

Son ex-amie leva les yeux sur elle.

— Intéressant, comme enchaînement… Quand on pense que tu étais folle amoureuse de Brogan… assez en tout cas pour me jeter un verre de vin à la figure. Je n'aurais jamais cru que tu te fiancerais du jour au lendemain.

Honor prit un air dubitatif.

— Mais étais-je *réellement* amoureuse de Brogan ? Souviens-toi : tu m'as expliqué toi-même que ça n'était qu'un coup de cœur.

— Si tu le dis… Ecoute, si tu ne veux pas être ma demoiselle d'honneur, ce n'est peut-être pas plus mal. Ma sœur — Carla, hein, pas Penny — y tient vraiment beaucoup. A propos, je songe à réserver la Grange pour le mariage.

Il était absolument hors de question que Dana Hoffman et Brogan Cain s'unissent à Blue Heron ! Ça, jamais !

— Tu n'as qu'à appeler Jessica. C'est elle qui s'en occupe, maintenant. Mais je dois te prévenir que nous croulons sous les réservations.

C'était la vérité. L'œuvre de réhabilitation entreprise par Faith avait fait forte impression sur les organisateurs d'événements dans tout l'ouest de l'Etat de New York.

Mais déjà Dana contre-attaquait :

— D'un autre côté, la Grange risque de ne pas être assez grande. Tu connais les parents de Brogan... Nous essayons de ne pas dépasser les cinq cents invités ! Et, de toute façon, avec toutes les célébrités sportives qui vont y assister, il va nous falloir un endroit tout à fait extraordinaire. Nous recevrons des personnalités comme Derek Jeter ou Jeremy Lin... alors je tiens à leur offrir un décor vraiment fabuleux. Et puis, bien sûr, nous aimerions que la cérémonie ait lieu avant la naissance du bébé.

— Bien sûr...

Bien joué, Honor ! Rien de tel que l'indifférence pour provoquer la colère de Dana.

— Enfin, pour en revenir au sujet de départ, je dois dire que Brogan et moi avons vraiment été très surpris par l'annonce de tes fiançailles.

— Eh bien, comme tu l'as souligné toi-même, Dana, quand c'est le bon, on le sait tout de suite.

Dana croisa les bras et haussa un sourcil incrédule.

— Donc mes fiançailles avec Brogan n'ont rien à voir là-dedans ?

— Quelle idée ! Je ne comprends pas ce qui pourrait te faire penser une chose pareille.

— Oh ! je t'en prie, Honor !

Dana leva les mains au ciel, ne parvenant plus à masquer son exaspération.

— Tu voudrais me faire croire que tu ne te maries pas par

dépit ? Brogan et moi, on décide de se fiancer et, comme par hasard… à peine un mois après, voilà Honor Holland qui se fiance, elle aussi ! C'est vrai, quoi ! Comment as-tu pu sortir ce mec de ton chapeau ? Si tu veux mon avis, ça sent la combine à plein nez !

Et c'était bien le cas, en effet… Mais, sur le moment, ce ne fut pas ce qui lui fit le plus de peine : ce qui la blessa, surtout, ce fut de retrouver cet aspect de la personnalité de Dana, cette hargne qu'elle l'avait maintes fois vue déverser sur ses proches. Honor, elle, s'était toujours crue à l'abri de ce déchaînement d'amertume. Les larmes se mirent à lui brûler les paupières. Dana et elle avaient ri, bu et pleuré ensemble sur leur sort, elles avaient regardé des films pendant des soirées entières et souffert le martyre en cours de yoga.

— Parce que c'est le cas, n'est-ce pas ? insista Dana, les poings sur les hanches. Tu ne supportes pas que Brogan et moi nous vivions quelque chose d'unique, alors il a fallu que tu te dégotes une espèce de *minable* pour te…

— *Hello, darling !*

Tom se tenait dans l'embrasure de la porte, les yeux rivés sur elles.

— Jessica m'a dit que je te trouverais ici. Excusez-moi, mesdames, je ne voulais surtout pas interrompre votre conversation.

Honor s'éclaircit la voix.

— Hum… Tu ne nous déranges pas du tout.

Le visage de Dana avait viré à l'écarlate.

Spike se réveilla et, apercevant son ennemi juré, se jeta sur la chaussure de Tom en grognant.

— Allons, Ratibus, je croyais ce débat clos !

Il souleva la chienne et la tendit à Honor.

— Tom Barlow, dit-il en avançant la main vers Dana. Le compagnon de Honor. Je ne pense pas avoir eu le plaisir de vous rencontrer.

Tom se souvenait très bien de Dana, Honor l'aurait juré. Après tout, il s'était bien souvenu d'elle ! Pour une raison obscure, les hommes adoraient les bagarres entre filles.

— Dana Hoffman, dit-elle en marmonnant.

Tom se rapprocha de Honor, déposa un baiser sur sa tempe, puis prit sa main moite et la serra tendrement.

— Je venais juste te faire un petit coucou, trésor.

— Tu as bien fait.

Elle lui rendit sa pression de doigts complice. A cet instant, elle songea qu'elle l'aimait bien.

— Et ce rassemblement de cerfs-volants, ça s'est passé comme tu l'espérais ?

Rectification : elle l'aimait tout court. Elle avait rapidement fait allusion à cette manifestation la veille au soir, et elle aurait juré qu'il ne l'avait écoutée que d'une oreille, les plans d'un avion s'étalant sur l'écran de son ordinateur.

— Oui, je te remercie.

— Tant mieux. Alors, Dana, tu fais quoi dans la vie ?

— Je suis coiffeuse.

— Ah, sympa.

Tom sourit.

— Bon, je ne voulais pas m'immiscer dans votre conversation, les filles. Honor, je te dis à tout à l'heure, à la maison. A moins que tu préfères que je reste ici pour t'aider à tout ranger ?

— Non, c'est… j'ai certaines choses à régler avant. Mais, oui, on se verra à… la maison.

Il se pencha vers elle, caressa sa joue de sa large main et l'embrassa. Elle lui rendit avidement son baiser. Si Dana n'avait pas été plantée là, l'air incrédule, elle lui aurait même sauté dessus, tant elle lui était reconnaissante.

Tom considéra Honor de son regard gris indéchiffrable, son sourire envolé. Puis il se tourna vers Dana :

— J'ai été ravi de faire ta connaissance.

— Il faudrait qu'on dîne ensemble, un de ces soirs, suggéra-t-elle à la grande surprise de Honor. Tous les quatre.

— Avec plaisir, répondit Tom. Et qui serait le quatrième convive ?

Décidément, elle était folle de ce type ! Elle appellerait leur premier-né Tom, garçon ou fille.

Dana émit un reniflement (peu séduisant, fut ravie de constater Honor) :

— Eh bien, Brogan, voyons.

— Et qui est Brogan ?

Si elle avait des jumeaux, elle les appellerait Tom *tous les deux*.

— Sans blague, tu ne sais pas qui c'est ? Je m'étonne que Honor ne t'ait jamais parlé de lui. Vu qu'ils couchaient ensemble il y a peu.

Tom se tourna vers Honor.

— Ah, oui… c'est cet ami à toi que j'ai rencontré chez Hugo l'autre soir ? D'accord. Je n'avais pas compris que c'était ton ancien amoureux, Honor, prétendit-il d'une voix délicieusement chaude. Il faut absolument qu'on se fasse un dîner, alors ! Tu as d'autres ex comme lui en réserve ?

— Oh ! je… tu… Ryan Gosling ? (Elle parlait d'une drôle de façon.) Non, aucun. C'est…

Tom sourit largement.

— Bon, allez, cette fois, je vous laisse.

Il gratifia Honor d'un dernier baiser qui la fit presque chanceler. Elle dut vraiment se retenir pour ne pas lui courir après.

Lorsque ses pas se furent éloignés, Dana se tourna lentement vers elle, les lèvres pincées.

— J'ai du mal à croire que ce mec soit tombé du ciel avec une demande en mariage à la main.

— Je te l'ai dit, ça s'est passé très vite. Nous n'avons rien prémédité, tu sais.

Autre réplique empruntée à Dana elle-même. Mais cette dernière ne parut pas reconnaître sa propre expression et lâcha avec un sourire hypocrite :

— J'ai hâte d'être à ce dîner.

Tom avait déjà bu un verre de whisky. Il s'employait à vider le deuxième quand la porte d'entrée s'ouvrit, laissant entrer sa fiancée. La tenue qu'elle portait ne faisait rien pour mettre en valeur sa silhouette (par ailleurs tout à fait correcte… et même très jolie, à la réflexion). Tailleur bleu marine tout simple, chemisier blanc, chaussures désespérément sages. La petite tête du chien-rat dépassait de son sac à main.

— Bonsoir, dit Honor en posant par terre le rongeur, qui se mit aussitôt à lui montrer les dents. Merci d'être venu à mon secours, tout à l'heure.

— Pour Dana, tu veux dire ?

Tom gardait la chienne à l'œil. La veille, Ratibus avait fait pipi sur son sac de sport.

— Oui, pour Dana. Je te revaudrai ça.

— Hum… vraiment ?

Il avait bien quelques idées de dédommagement possibles — lui ôter cette tenue de bonne sœur, pour commencer. Avec un peu de chance, elle portait peut-être des dessous coquins !

Allons ! Ce genre de pensée n'était pas fait pour l'aider.

La seule chose qui le rassurait concernant cette histoire de mariage, c'était que tous deux l'envisageaient comme un simple arrangement. Car l'amour ne leur avait réussi ni à l'un ni à l'autre, n'est-ce pas ?

Pourtant, quand il avait entendu cette Dana s'en prendre à Honor, faisant resurgir de mauvais souvenirs, il avait eu envie de lui venir en aide. Misant tout sur son légendaire charme britannique, il avait joué à fond le rôle du fiancé dévoué et avait prétendu ne pas connaître Dana et… Brighton.

Quand il avait embrassé Honor, une espèce de décharge électrique l'avait parcouru tout entier. Mauvais signe, ça… Hors de question pour Tom de se retrouver de nouveau avec le cœur en miettes. Mélissa était très bien parvenue à le lui briser, et son fils poursuivait son œuvre. Mais Honor, elle, était *gentille*. Honor était agréable. Gentille et agréable, voilà tout ce qu'il pouvait supporter d'une femme pour le moment. Alors les désirs soudains et le besoin impérieux d'enfiler un costume de chevalier servant… ce n'était vraiment pas ce qu'il lui fallait.

Tous deux s'observaient sans mot dire.

— Ma foi, reprit-il, je commence à bien savoir jouer la comédie. Et toi aussi.

Il vit une lueur s'éteindre dans le regard de Honor.

— En effet. Tu es un acteur remarquable.

Elle s'assit sur le canapé et se débarrassa de ses chaussures sans fantaisie.

— A propos, j'ai acheté ça, aujourd'hui.

Il lui tendit un petit écrin de velours.

Curieusement, il lui avait fallu un temps infini pour choisir une bague. Il avait pourtant prévu d'entrer dans le premier magasin venu, de prendre une bague qui était dans ses prix et hop ! affaire réglée ! « Merci, madame, et au revoir… » Au lieu de quoi, il avait examiné chaque fichue bague avant d'opter finalement pour celle-ci.

Honor ouvrit l'écrin.

— Oh…

— Elle te plaît ? Sinon je la rapporte, et tu en choisiras une autre plus à ton goût.

Il se rendit compte, un peu tard, qu'il retenait sa respiration.

— Non, non… Celle-ci est… très belle.

— C'est un bijou ancien.

— Oui…

Elle leva lentement les yeux sur lui, et Tom se força à détourner le regard pour ne pas voir la douce et tendre émotion qui les faisait briller.

— Merci, dit-elle tout bas. Ce n'était pas la peine.

— Bien sûr que si ! Nous sommes censés être follement amoureux et à la veille de nous marier. Il faut que tu portes une bague de fiançailles.

Terminant son verre d'un trait, il se leva.

— Je suis content qu'elle te plaise. Bon, j'ai des copies à corriger. Et puis je dois appeler Charlie, juste pour le plaisir de l'entendre souffler son mépris au téléphone.

— D'accord. Encore merci, Tom. Pour… Enfin, merci pour tout !

Attention où tu mets les pieds, mon vieux, l'avertit sa conscience. *Hors de question de faire du mal à une gentille fille comme elle.* Mais Honor n'était pas une *fille*. C'était une femme mûre, qui savait très bien ce qui les réunissait. En tout cas, elle avait intérêt à le savoir.

Après cette petite mise au point intérieure, il monta à l'étage, la laissant seule sur le canapé, perdue dans la contemplation de sa bague.

14

— Ce ne sont pas mes affaires qui encombrent la maison. Ce sont les siennes.

Goggy croisa les bras sur sa poitrine, le regard mauvais.

Commettre un « grand-parenticide »... L'idée devenait de plus en plus attrayante. Honor poussa un soupir de découragement. En théorie, elle avait mieux à faire un samedi matin que d'essayer de désencombrer la maison de ses grands-parents ! Même faire un frottis serait plus amusant !

— Goggy, une telle accumulation, ça devient pathologique ! Et vous êtes tous les deux concernés.

— N'importe quoi ! Ah, ces gosses ! Tiens, j'ai du linge à plier à l'étage.

— Laisse-moi te le plier, Goggy ! Tu ne peux pas passer tes journées à monter et descendre les escaliers ! Un accident est si vite arrivé.

— Et comment veux-tu que je fasse de l'exercice, sinon ? C'est Jeremy qui m'a conseillé d'en faire. Alors, j'obéis.

Sa grand-mère la narguait d'un air triomphant.

— Tu sais... il y a une très belle piscine à Rushing Creek, riposta Honor.

— Où les gens se noient.

— Personne ne s'est jamais noyé dans cette piscine, voyons.

— Ce n'est qu'une question de temps.

Goggy lui tourna le dos et entreprit de gravir péniblement les abominables escaliers de la Maison Vieille, une main sur la rampe, l'autre collée au mur.

Faith avait, elle aussi, tenté d'apporter sa contribution à la cause, le week-end dernier. Elle s'était arrangée pour escamoter l'un des plus hideux cardigans de leur grand-mère : un exploit, quand on connaissait l'entêtement de Goggy, qui était pire qu'un troupeau de mules ! Prudence, elle, n'avait pas rencontré autant de succès : elle avait fait remarquer à Goggy qu'avoir quatre tamis à farine rouillés n'était peut-être pas indispensable. Mais sa tentative avait aussitôt conduit la vieille dame à en commander deux de plus chez Williams-Sonoma, sans pour autant se séparer des quatre autres.

Pops se montrerait peut-être plus conciliant ? Installé à la table de la cuisine, il avait choisi d'ignorer les deux femmes pour se concentrer sur sa grille de mots croisés.

— Allez, Pops ! Voyons un peu ce dont nous pourrions nous débarrasser, d'accord ?

Elle tira d'un coup sec sur un tiroir de la cuisine qui refusa de s'ouvrir. Et pour cause : il était bourré à craquer de choses parfaitement inutiles ! Elle glissa ses doigts dans l'interstice pour tenter de le décoincer. En prenant bien soin de ne pas accrocher sa bague.

Et quelle bague !

Etrange, dire qu'elle pensait adorer la simplicité austère de celle de Dana, ce solitaire sans chichis qui lançait ostensiblement ses feux… La bague qu'avait choisie Tom était de style Art déco (et d'époque, selon toute apparence). Un diamant carré entouré de deux diamants triangulaires, le tout serti dans une monture en platine gravé… Un bijou très ornementé, tout à fait original et absolument magnifique, d'une beauté hypnotique.

Le tiroir céda soudain avec fracas.

Bonté divine !

— Tout ce qu'il y a là-dedans, j'en ai besoin, indiqua Pops sans lever le nez de son journal.

— Pops, voyons… il te faut combien de tire-bouchons ?

— Je suis viticulteur, moi ! Des tire-bouchons, il m'en faut plein !

— Mais enfin, il y a au moins… deux douzaines de tire-bouchons dans ce tiroir ! Laisse-moi voir…

Elle se mit à les compter.

— Pops, tu n'as pas besoin de vingt-sept tire-bouchons !

— Je sais parfaitement combien il y en a.

Le vieil homme la regardait d'un air renfrogné.

— Et tu te sers vraiment de chacun ?

— Oui.

Elle se prit la tête entre les mains.

— Pops, tu n'aimerais pas vivre dans un endroit propre, lumineux et bien agencé où tu pourrais avoir plus d'une prise électrique par étage ? Où tu pourrais laisser toutes les portes ouvertes parce que tu n'aurais plus besoin de les clouer pour arrêter les courants d'air ? Où tu ne craindrais pas de te rompre le cou dans les escaliers ?

— C'est ta grand-mère qui cavale dans les étages cinquante fois par jour. Moi, je ne monte jamais là-haut.

— Et si jamais elle tombait et se cassait le col du fémur ? Comment crois-tu que tu te sentirais, hein ? Tu serais anéanti, Pops, tu le sais bien !

Subrepticement, elle retira un tire-bouchon du tiroir. Si elle ne pouvait pas convaincre son grand-père d'accepter la purge, elle subtiliserait une à une chacune de ces cochonneries et les apporterait en douce chez Emmaüs. Même si on pouvait raisonnablement douter que des tire-bouchons d'occasion puissent intéresser quelqu'un…

— Sérieusement, Pops. Tu ne peux plus grimper aux échelles comme tu le fais pour nettoyer les chéneaux. C'est devenu bien trop dangereux.

Son grand-père grogna :

— Quand tu auras mon âge, ma petite, tu ne voudras pas plus que moi qu'on te dicte ce que tu dois faire. Si je ne peux plus nettoyer les chéneaux, que va-t-on m'interdire encore ? De m'habiller tout seul ? De manger tout seul ? Ici, c'est *chez moi* ! Tout ceci, ce sont *mes affaires* ! Ne fais pas de moi un vieillard impotent dont il faudrait changer les couches.

Honor sentit son cœur se serrer de compassion.

— Pops, là n'est pas la question. Mais tu dois regarder les choses en face : tu n'as plus ton équilibre d'antan, et cette maison est truffée d'embûches. Tu risques de trébucher ou de tomber d'une échelle, comme tu l'as fait l'année dernière.

— C'est possible… J'ai du mal à te croire, mais tu as peut-être raison. Bon, maintenant, remets donc ce tire-bouchon à sa place. C'est mon préféré.

On frappa à la porte de la cuisine. Honor leva la tête.

C'était Tom. Et Charlie.

— *Hello !* lança son fiancé. On s'est dit qu'on allait te donner un coup de main.

— Oh ! C'est… c'est vraiment très gentil !

Au petit déjeuner, elle l'avait prévenu qu'elle se rendait chez ses grands-parents ce matin. Mais elle ne s'attendait certainement pas à le voir débarquer.

Tom salua Pops.

— Monsieur Holland, vous vous souvenez de mon beau-fils, n'est-ce pas ?

L'adolescent poussa un bruyant soupir et leva les yeux au ciel, apparemment incapable de mobiliser assez d'énergie pour corriger Tom quant à son titre.

— Charlie, dis bonjour.

— Salut, marmonna Charlie en serrant la main de Pops.

— Salut, jeune homme ! répondit celui-ci en lui donnant une tape sur l'épaule. Toi, au moins, tu vas peut-être te ranger de mon côté et empêcher ces envahisseurs de fourrer leur nez dans mes affaires…

Charlie fit la moue. Honor regardait Tom.

Elle crut discerner sur son visage une impression fugace… le même désespoir que celui qu'on pouvait lire dans le regard d'un animal abandonné qui, du fond de sa cage à la fourrière, ne peut se défendre de dresser les oreilles en entendant des pas… alors que jamais personne ne s'arrête pour le regarder.

Lorsqu'il s'aperçut qu'elle l'observait, il lui adressa un bref sourire qui fit disparaître en un éclair toute trace de solitude.

C'était un coriace, ce Tom Barlow ! Quelqu'un de bien plus complexe que ce qu'elle s'était imaginé au premier abord.

— Alors, pour quand votre mariage est-il prévu ? demanda Pops.

— Hum, bientôt.

— Nous devrions d'ailleurs commencer à nous en occuper, non ? murmura Tom.

Oui, il allait falloir le faire. A partir du moment où ils auraient obtenu une licence, ils disposeraient de soixante jours pour se marier. Au-delà de ce délai, Tom serait reconduit à la frontière. Mais c'était justement la raison pour laquelle Honor n'avait pas encore déposé de demande. Cette aventure, qui lui avait paru être une bonne idée au départ, lui apparaissait à présent aussi fragile et périlleuse que la couche de glace qui recouvrait la mare au début du printemps.

— Pops, dit-elle, tu veux bien m'accompagner à la cave ? Je sais qu'en bas il se trouve tout un tas de choses qui ne servent plus à rien.

— Je dois aller voir mes vignes, protesta Pops.

— N'essaie pas de te défiler ! Tu étais d'accord pour m'indiquer ce qu'on pouvait jeter.

— Rien ! Voilà. Tu vois, je te facilite la tâche.

Goggy réapparut dans la cuisine ; elle avait changé de robe et portait une petite écharpe, signe qu'elle sortait.

— Bonjour, les garçons ! Venez me faire un bisou ! Moi qui me demande toujours quand j'aurai la chance d'embrasser un bel homme, voilà qu'il m'en arrive deux d'un coup !

Tom s'exécuta. Charlie aussi, et Goggy lui tapota la joue. Elle avait eu la délicatesse de ne pas lui montrer à quel point elle réprouvait ses piercings et son trait d'eye-liner noir. Si Charlie avait été un enfant Holland, il n'aurait pas manqué d'en entendre parler !

— Je vais à une réunion paroissiale, annonça Goggy. Il y a tout un débat en ce moment : faut-il ou non remplacer la nappe de l'autel ? Cette Cathy Kennedy peut être carrément mauvaise ! A tout à l'heure, mes chéris ! Ne touchez à rien à l'étage, mais surtout faites un peu de vide dans le bazar de votre grand-père.

— Ce n'est pas du bazar, vieille toupie !

Ignorant l'insulte, Goggy sortit dans un nuage de parfum.

— C'est moi, je suis là, fit la voix lasse de quelqu'un qui arrivait par la porte de derrière. J'obéis aux ordres… Comme si je n'avais rien d'autre à faire un samedi !

Abby les rejoignit.

— Salut, tout le monde ! Tiens, salut, Charlie ! Je ne savais pas que tu étais ici. Toi aussi, tu viens jouer les esclaves pour ma tante ?

Charlie s'empourpra.

— Faut croire, marmonna-t-il.

Ah, l'adolescence ! En y repensant, Honor se rendait compte qu'au même âge elle-même devait avoir l'air tout aussi godiche avec Brogan…

— Mettons-nous au travail ! lança-t-elle. Les gants en caoutchouc sont sous l'évier, et j'ai pris des réserves de sacs-poubelle. Et toi, Pops, cesse de me faire les gros yeux !

— Ça ferait une super planque pour cacher un cadavre, fit remarquer Abby tandis qu'ils descendaient les marches branlantes qui menaient à la cave. Tu imagines, Charlie, que cette maison a été construite en… En quelle année, Pops, déjà ? 1781 ?

— C'est ça, ma chérie. Le premier de la lignée des Holland a obtenu cette terre en récompense, pour avoir combattu votre peuple, Tom.

— Une récompense, c'est vrai ? Hum, quand je vois le temps qu'il fait ici, je parlerais plutôt de châtiment…

Difficile de le contredire, la température ayant chuté à 6,5 °C, la nuit précédente.

— Bien, dit Honor. Une bonne partie de tout ce qui se trouve ici doit gagner directement la poubelle.

Elle commença à fouiller dans l'amas de choses accumulées, à la recherche d'une première victime à sacrifier.

— Pose ça immédiatement ! ordonna son grand-père. J'en ai besoin !

— Voyons, Pops, c'est une galette de siège en mousse, toute moisie. Et déchirée, en plus !

— C'est dégoûtant, déclara Abby.

— Oh ! ne croyez pas que je vais rester planté là à vous écouter dénigrer mes affaires ! J'ai des vignes à aller voir, moi ! Enchanté de t'avoir revu, jeune homme, dit-il à Charlie. Et vous aussi, ajouta-t-il en direction de Tom. Epousez ma petite-fille et faites-en une honnête femme !

— Bien, monsieur.

Tom lui serra la main, et Pops entreprit de remonter d'un pas lourd le vieil escalier de bois.

— C'est bon, il est parti ! Et si on mettait carrément le feu à toute la maison ? suggéra Abby.

Ils passèrent l'heure qui suivit à remplir des sacs-poubelle — jusqu'à ce qu'ils soient pleins à craquer — avec les précieux trésors de Pops : un club de golf tordu, un miroir brisé, des journaux des années 1960, et bien d'autres choses encore. Abby (grâce au ciel) était un véritable moulin à paroles. Elle discutait avec Charlie, qui lui répondait un peu timidement au début, puis avec plus d'assurance lorsque leur conversation s'orienta vers la musique.

A l'autre bout de la cave, Tom avait trouvé quelque chose…

— Tiens, tiens… intéressant. Ça peut valoir son pesant d'or !

Il leva les yeux vers Honor et lui adressa un large sourire.

C'était une pile de magazines… de magazines masculins, plus précisément.

Tom en ouvrit un au hasard.

— Miss septembre 1972. Pas mal.

Il se redressa.

— Tu crois qu'on devrait regarder à quel prix on peut les revendre sur eBay ?

— Pouah !

— Il n'y a pas de *pouah !* qui tienne. Elle est ravissante, cette fille.

— Chut ! Contente-toi donc de jeter toutes ces revues !

Bonté divine ! Il y en avait des dizaines…

— Imagine un peu si on apprend dans la semaine que la collection de *Playboy* qui a été retrouvée à la décharge a une valeur inestimable !

Tom jeta un coup d'œil dans le coin où se tenait Charlie.

— Mais je crois que tu n'as pas tort. Mieux vaut se débarrasser de cette littérature avant qu'il ne tombe dessus. C'est déjà suffisamment difficile d'être un garçon en pleine effervescence hormonale, sans avoir en plus à subir ce genre de stimulation.

Alors qu'ils enfournaient les magazines dans un sac-poubelle, l'odeur du savon de Tom parvint aux narines de Honor, mêlée à celle des vieilles pierres et des papiers anciens qui les entouraient. Elle avait l'impression que des années s'étaient écoulées depuis la nuit passée ensemble.

Quand tous les *Playboy* furent emballés, Tom se redressa et ôta ses gants en caoutchouc.

— Honor, tu veux toujours te marier, n'est-ce pas ? s'enquit-il à voix basse.

Elle chercha immédiatement à capter son regard.

— Oui, évidemment.

— Parce que, sinon, il faut que je prévoie un plan B.

— Mais non… Je suis toujours partante…

Elle prit une profonde inspiration.

— Et toi ?

— Oui, moi aussi. Je n'ai pas changé d'avis.

Le visage de Tom était solennel.

— Tu en es bien sûr ?

— Parfaitement. Sans compter que toutes ces femmes dénudées n'ont fait qu'attiser mon désir de consommer notre union au plus vite !

Il lui décocha un sourire malicieux, et Honor sentit ses jambes se dérober sous elle. D'un côté, elle aurait bien aimé pouvoir parler sérieusement avec lui plus d'une minute ; mais, de l'autre, son sourire était si craquant qu'il la transportait de désir.

— Hé ! s'écria Abby. Regardez ce qu'on a trouvé !

Les deux adolescents s'approchèrent.

Tom regarda dans leur direction.

— Il est vivant ? fit-il.

— Ouais ! dit Charlie en brandissant son trophée.

C'était un serpent.

— Mon Dieu, un serpent ! hurla Honor d'une voix suraiguë en bondissant pour se cacher derrière Tom. Un serpent ! C'est un serpent !

Sursautant à ces cris, Charlie recula vivement et… le lâcha au beau milieu de la cave ! Le serpent se mit à onduler sur le sol, noir et malveillant. Puis il disparut lestement tandis que Honor escaladait maladroitement le sac-poubelle rempli de *Playboy* pour se cramponner au cou de Tom. Agrippée à son dos, elle saisit sa tête à deux mains.

— Tu ne serais pas un peu phobique, par hasard, ma chérie ? demanda-t-il pour la taquiner.

— Où est-il ? Où est-il passé ? bégaya Honor, en sueur.

Si cette chose se glissait sur son pied… ou dans sa culotte… Oh ! mon Dieu ! La seule idée de ce corps hideux et froid ondulant contre sa peau lui donna un haut-le-cœur. Elle était terrorisée.

— Oups ! J'avais oublié que tu avais peur des serpents, s'excusa Abby.

— C'est bon, il est parti, maintenant, marmonna Charlie en s'accroupissant.

Elle s'accrochait si fort à Tom qu'elle était presque montée sur son dos.

— Calme-toi, trésor, tu as dû lui faire peur.

— *Moi*, je lui ai fait peur ? Mais il faut être fou pour ramasser un serpent à mains nues ! Et s'il avait été venimeux ?

— C'était une couleuvre, répliqua Charlie.

— Et si c'était une couleuvre venimeuse ?

— Ça n'existe pas, *darling*.

Tom se déplaça d'un pas.

— Ne me pose pas par terre ! Je t'en supplie ! Fais-moi sortir de là.

Ses mains se crispèrent autour de la gorge de Tom, qui émit un bruit étouffé. C'était plus fort qu'elle.

— Tiens, le revoilà, dit Charlie.

— Ah non ! Fais-le partir, Charlie ! Par pitié !

Elle serra Tom si fort qu'il laissa échapper un sifflement de poitrinaire. Essayant de se dégager de l'étau autour de son cou, il s'adressa à Charlie :

— Vas-y, mon bonhomme, débarrasse-t'en !

— Tu veux le tenir, Honor ? lança Charlie, amusé.

Elle éclata en sanglots.

— Oh ! zut, je suis désolé, s'exclama l'adolescent d'un air catastrophé.

Abby posa la main sur son épaule.

— Ne t'en fais pas, ma tante a la phobie des serpents, c'est tout. On va le faire partir, OK ?

— Je suis vraiment désolé, répéta Charlie.

Il s'était rembruni.

— Moi aussi. Je vous demande pardon, parvint à articuler Honor, le visage baigné de larmes. J'ai… j'ai très peur des serpents.

— Oui, ça, on l'avait compris !

Quelle humiliation ! Enroulée tant bien que mal autour de Tom, elle était terriblement gênée, mais pour rien au monde elle n'aurait mis un pied par terre. Pas question, pas dans cet endroit infesté de vipères !

Tom fit mine de la reposer.

— Non ! lui cria-t-elle dans l'oreille, le faisant sursauter. Et s'il y en avait d'autres ? Ne me pose pas ! Ne bouge pas ! Ne me lâche pas !

— C'est bon, Honor, calme-toi. Allez, change de côté, pour que je puisse voir ton visage.

Il tenta de la faire passer face à lui, alors qu'elle le montait toujours tel un jockey, les bras noués autour de son cou.

— Mon Dieu, Honor, tu ne me facilites vraiment pas les choses, tu sais !

— Je ne peux pas, OK ? J'ai trop peur ! Ce n'est pas un crime, tout de même…

Les épaules de Tom se mirent à tressauter. De rire, peut-être ? Le misérable ! Au bout de quelques tentatives, il parvint enfin à la faire repasser devant, contre lui. Mais elle était toujours incapable de se décrocher : au lieu de se remettre debout et de lui faire face, elle se nicha au creux de son épaule, tremblant comme une feuille.

— Allons, ma douce… C'est fini, il est parti.

Il sentait si bon… Après une heure à s'affairer dans une cave sale et humide, Tom sentait la pluie et le savon. Et puis il était chaud, solide, rassurant.

Au bout de quelques instants, la respiration de Honor redevint régulière et ses larmes se tarirent.

— Ça va aller ? Je peux te reposer par terre, maintenant ?

De toute façon, elle ne pouvait pas rester dans cette position éternellement… C'était plutôt… intime, ses jambes enroulées comme ça autour de sa taille.

Elle desserra son emprise et posa ses pieds sur les siens, redoutant toujours le contact avec le sol. Tom s'écarta un peu. Il lui prit le visage en coupe et, des deux pouces, il essuya ses joues baignées de larmes.

— Tu te sens mieux ?

Elle hocha la tête.

Il lui envoya un sourire lumineux. Déposa un baiser sur son front. Puis sur son nez. Puis sur ses lèvres.

Et, cette fois, ce n'était pas pour donner le change devant les autres : ils étaient seuls dans la vieille cave humide. La bouche de Tom épousait parfaitement la sienne. Il inclina la tête sur le côté et, bien à l'abri dans la forteresse de ses bras, elle se laissa aller à cette sensation merveilleuse entre toutes. Il avait des cheveux aussi doux que ceux d'un bébé. Elle avait oublié ce détail. Et sa bouche avait un goût si délicieux…

— Hé, vous deux ! C'est dégoûtant !

La voix d'Abby lui fit faire un bond en arrière.

— Désolée de vous avoir fait peur… mais maintenant ça suffit ! J'ai déjà largement ma dose à la maison.

Tom se racla la gorge.

— Allez, on se remet au boulot, d'accord ?

Pour rien au monde, Honor ne serait restée une seconde de plus dans cette cave. S'il y avait un serpent, il pouvait y en avoir mille, un million peut-être ! Elle frissonna à cette idée.

— Moi, je remonte, dit-elle. Je vais m'attaquer à la cuisine.

Et pourtant, même aux prises avec un nid de serpents, elle avait terriblement envie de rester…

Quand Tom et Charlie les eurent quittés pour se rendre à la salle de sport, quinze sacs-poubelle remplis à ras bord attendaient devant la maison. Pru, chargée de les transporter à la décharge, était arrivée entre-temps au volant de son robuste 4x4. Chose atroce : l'état de la cave comme celui de la cuisine semblaient ne pas s'être améliorés d'un iota.

— On se retrouve à la boutique de mariage ? demanda Pru.

— Bonne idée.

Aujourd'hui, les trois sœurs Holland allaient choisir une robe pour Mme Johnson. Contre l'avis de celle-ci, bien entendu !

— Tant qu'on y est, on pourrait en profiter pour acheter la tienne, fit remarquer Pru à Honor.

— Ah, non ! Aujourd'hui, c'est le jour de Mme Johnson.

— Comment allons-nous l'appeler, maintenant ? interrogea Pru. « Maman » ? Je ne le sens pas. Ma parole, il y a encore quelques semaines, je ne savais même pas qu'elle avait un prénom !

— Franchement, je n'en ai aucune idée. Ecoute, il faut que je file à la maison prendre une douche. On se retrouve là-bas, d'accord ?

Quatre heures plus tard, Honor, Faith et Prudence patientaient dans le salon d'essayage du magasin Vœux de Bonheur, tandis que Gwen, la propriétaire de la boutique — échevelée et en nage —, apportait à Mme Johnson une seizième robe à essayer. Jusque-là, tous les modèles que les filles avaient choisis avaient écopé d'un zéro pointé : ils étaient tous « ridicules », « hideux » ou, pour une raison mystérieuse, « arrogants ». Les exigences de la gouvernante étaient sans fin : il ne fallait rien de racoleur (donc bretelles obligatoires, de son point de vue), rien de vulgaire (comprendre : ni perles ni paillettes), rien de nunuche (pas de dentelle). Aucune robe de bal ne serait tolérée (trop m'as-tu-vu). Aucun modèle de fourreau (trop robe de chambre). Rien qui arrivât au-dessus de la cheville (irrespectueux) et rien qui fût assorti d'une traîne (pompeux).

— Quelqu'un a pensé à prendre de l'alcool ? s'enquit Faith. Parce qu'un petit verre ne me ferait pas de mal.

— Ou un Valium, suggéra Pru.

— Et toi, Honor, qu'est-ce que tu comptes faire pour ton mariage ? demanda Faith.

Honor sursauta.

— Oh ! un simple passage devant le maire, sans tralala.

— Quoi ? Ah, non ! Vous devez vous marier à la Grange ! protesta Faith.

Honor s'éclaircit la voix :

— Ça ne se fera pas à la Grange. Nous… euh, nous pourrions peut-être nous enfuir tous les deux juste après la cérémonie…

— Tu veux tuer ton père, Honor Holland ? tonna la voix de Mme Johnson du fond de sa cabine d'essayage.

Cette femme avait l'ouïe plus fine que celle d'une chauve-souris.

— Hum. C'est vrai, je n'avais pas pensé à ça.

Faith se tourna vers elle.

— Passons aux détails croustillants. Raconte-nous ton premier baiser avec Tom. C'était bien ?

— Hein ? Euh… oui, c'était super.

Réponse vaseuse. Pour éviter les questions, Honor contre-attaqua :

— Et toi, avec Levi, c'était comment ?

— Surprenant… Je venais d'avoir une crise d'épilepsie.

— Dis-moi, tu es sûre qu'il avait le droit ? Ce n'est pas interdit par la loi, ça ? la taquina Pru.

— Pas dans l'Etat de New York ! En fait, c'était le lendemain matin et c'était torride. Mais, la toute première fois, ça s'est passé au lycée. Cela dit, Levi est le meilleur embrasseur du monde.

— Ça, je n'en jurerais pas, rétorqua Pru.

Honor partageait son avis. Tom avait également quelques dons dans ce domaine. Le souvenir de leur baiser dans la cave lui faisait encore… tourner la tête.

— Tu rougis, remarqua Faith.

— Oh ! si tu savais où on a fait l'amour, ce matin, Carl et moi, tu rougirais, toi aussi ! s'exclama Pru. Ah, c'est à Honor que tu parlais, Faith ? Oui, Tom est super sexy, c'est clair. Et cet accent… c'est irrésistible ! Même si je ne comprends pas les trois quarts de ce qu'il dit.

— C'est un accent cockney, tu crois ?

— Non. C'est plutôt l'accent de Manchester. Celui des usines et des quartiers ouvriers.

Et force lui était de constater que cet accent avait son charme.

Une fois encore, Gwen passa en trombe devant les trois sœurs, le visage — à juste titre ! — pétrifié d'angoisse, puis revint les bras chargés d'une nouvelle robe. Une fille courageuse, vraiment ! Elle murmura quelque chose à Mme Johnson, qui, en retour, émit un grognement sonore.

Prudence soupira.

— Je n'arrive pas à croire que nous ayons oublié de prendre du vin. Pour des Holland, c'est quand même un comble ! Allez, madame J. ! Montrez-nous le résultat, enfin !

— Comme vous voulez, petites mal élevées ! Mais je vous préviens que j'ai l'air ridicule.

Elle sortit de la cabine, et les trois sœurs se penchèrent pour mieux voir.

— Oh ! Madame J…, souffla Honor. Que vous êtes belle !

C'était un modèle tout simple : une robe style sirène avec un ruché et les indispensables bretelles (pour ne pas faire « racoleur ».) Elle moulait à ravir la renversante silhouette de Mme Johnson. Sa peau sombre et luisante contrastait avec le tissu blanc, et ses cheveux coupés très court lui faisaient un cou de cygne.

— Vendu ! déclara Prudence.

— J'adore…, murmura Faith.

Mme Johnson jeta sur la robe un regard dubitatif et se mit à tirer sur le corsage.

— Elle t'irait mieux à toi, Honor. Moi, je suis une vieille femme.

— Au fait, quel âge avez-vous ? demanda Pru.

— Ça ne te regarde pas, petite effrontée !

— Allons, dit Faith. N'oubliez pas que vous allez devenir notre belle-mère. Alors, soyez gentille !

— C'est ma conception à moi de la gentillesse.

Elle les gratifia d'une moue hautaine.

Honor alla se placer à côté de la gouvernante et l'embrassa sur la joue.

— Papa va vous adorer dans cette robe. Venez donc vous admirer !

La prenant par le bras, elle la conduisit jusqu'au miroir.

— Souhaitez-vous que nous ajoutions un voile pour vous faire une idée de l'ensemble ? demanda Gwen.

— Est-ce que j'ai une tête à porter un voile ? rétorqua Mme Johnson.

Pourtant, sa voix était devenue légèrement rêveuse.

Elle ne cessait de fixer le reflet qu'elle voyait dans la glace.

— Mais oui, allez lui chercher un voile ! s'exclama Pru. D'ailleurs, je viens avec vous. Et toi aussi, Faith ! Parce que, moi, je ne connais rien à toutes ces fanfreluches.

De fait, Pru était venue dans sa tenue de vigneronne, celle qu'elle portait le plus souvent.

Elles quittèrent un instant le salon pour se rendre dans la pièce consacrée aux accessoires. Honor, elle, contemplait Mme Johnson.

— Je crois que c'est la bonne, murmura-t-elle. Pas vous ?

— Tu as peut-être raison.

Un sourire adoucissait son visage, habituellement sévère.

— Je suis tellement contente que vous vous soyez trouvés, papa et vous !

— Ça fait des années que je l'aime, tu sais, avoua Mme Johnson. Mais ne le dis à personne, surtout ! Ma réputation en pâtirait affreusement.

Elle pressa les doigts de Honor.

— Pourtant, c'est la vérité.

— Vous cachiez bien votre jeu, tous les deux, dites-moi…

Mme Johnson darda sur elle un regard aigu.

— Et toi, Honor ? Tu caches aussi quelque chose, n'est-ce pas ?

Elle se sentit terriblement coupable de devoir lui mentir.

— Hum, non, je ne vous cache rien, madame J.

— Oh ! je t'en prie ! souffla-t-elle. Tu n'as jamais su me berner, ma petite. Pas plus aujourd'hui que quand tu étais enfant.

— J'avais seize ans la première fois que vous m'avez vue !

— Parfaitement. Et tu mentais déjà effroyablement mal. Alors, dis-moi : pourquoi veux-tu épouser cet homme que tu viens juste de rencontrer ?

— Chut ! Madame Johnson, voyons !

Honor aperçut son visage dans le miroir : elle était cramoisie.

— C'est une histoire de carte verte, n'est-ce pas ?

— Taisez-vous, enfin ! Ce serait une fraude au mariage ! Et je n'ai rien d'une hors-la-loi, figurez-vous ! Je ne suis pas franchement du genre Jesse James ou Tony Soprano, vous ne croyez pas ?

— Non. Et c'est bien ce qui me préoccupe.

— Je me marie uniquement par… amour.

— Bah, à d'autres !

— Madame Johnson, je vous en prie…

— Honor, ma chère petite…, l'interrompit-elle avec douceur. Je n'en soufflerai mot à personne. Mais penses-tu qu'il soit sage de t'unir à quelqu'un que tu n'aimes pas ? De jeter ton dévolu sur un homme simplement parce qu'il est sympathique et qu'il a besoin d'aide ?

Honor s'essuya les mains sur sa jupe.

— Hum, non. Ça n'est certainement pas sage de ma part. Mais je…

Elle inspira péniblement, la poitrine soudain oppressée.

— Vous ne devez sous aucun prétexte le dire à papa, chuchota-t-elle. Dans la vie, certaines personnes doivent faire contre mauvaise fortune bon cœur.

— Et c'est ce que tu fais depuis que je te connais, Honor Grace Holland ! Cesse de toujours vouloir te sacrifier pour les autres !

— Se sacrifier, c'est la devise de la famille. Vous devriez le savoir, depuis le temps. Et puis Tom est un homme charmant. C'est quelqu'un de bien. Enfin, il se trouve que j'éprouve de réels… sentiments pour lui.

— Et lui, il a des sentiments pour toi ?

— Oui. Je crois. C'est bien possible, en tout cas.

— Tous ces « peut-être » ne sont guère encourageants…

Mme Johnson continuait à la fixer avec intensité.

Honor poussa un profond soupir.

— Attention, voilà Faith et Pru qui reviennent !

— Ma foi, si tu as besoin de parler à quelqu'un, ma petite chérie, tu sais que tu peux toujours venir me trouver.

Honor baissa la garde.

— Merci, madame J.

Ses sœurs s'approchèrent, accompagnées de Gwen, qui était chargée d'un long voile en dentelle traînant jusqu'à terre.

— Ne m'embêtez pas avec ce voile ! déclara tout net Mme Johnson. Il est hors de question que je me mette ça sur la tête. C'est indécent. La robe, en revanche, je la prends.

Alors qu'elles s'acquittaient de la facture, Faith se pencha par-dessus le comptoir.

— Gwen, tant que nous y sommes, pourrions-nous fixer un rendez-vous pour ma sœur ?

Elle adressa un grand sourire à Honor.

— Tu es d'accord, hein ? Tu ne peux quand même pas t'enfuir avec Tom ni te contenter d'un simple passage devant le maire ?

Honor déglutit, émue.

— Oui, c'est d'accord. Après tout, pourquoi pas ?

Le fait est qu'après ce baiser dans la cave elle avait plus que jamais envie d'épouser Tom Barlow. Que ce fût légal ou pas.

15

— C'est bien, Charlie. Garde haute, mon gars !

Tom se tenait derrière le lourd sac de frappe, attentif à ne pas laisser voir à quel point il était consterné. Les coups de poing de Charlie étaient pitoyables.

— Engage bien ton épaule, tu te souviens ?

— Mais j'essaye !

Justement, c'était bien la question : le gamin ne faisait aucun effort.

— Bien ! Et, maintenant, ton crochet ! Allez, sur le côté du sac ! Monte-moi cette main !

Charlie lança mollement le poing et expédia dans le sac un prétendu crochet, faiblard et décentré.

— Super ! Alors, comment ça se passe à l'école en ce moment ? *Est-ce que tu t'es encore fait tabasser ?*

Pas de réponse.

Si Charlie avait été victime de harcèlement, il aurait pu avoir envie d'apprendre à se défendre. Finalement, son désintérêt apparent pour ces cours de boxe était peut-être bon signe.

La porte de la salle de sport s'ouvrit, et Charlie, se jetant soudain à fond dans l'effort, se mit à bourrer le sac de coups de poing, tel un petit diable, son T-shirt XXL battant autour de son torse comme deux ailes mouillées de transpiration. Le gamin lança un regard vers la porte : ce n'était pas Abby Vanderbeek. Ses bras retombèrent le long de son corps.

— Garde haute ! reprit Tom.

D'une rapide détente, il toucha Charlie sur le côté de la tête, pour lui montrer qu'il avait laissé une brèche à son adversaire.

— Ne me touche pas ! grogna Charlie en reprenant ses coups de poing faiblards.

— Il va bientôt y avoir un tournoi, dit Tom, plus pour faire la conversation que parce qu'il pensait Charlie susceptible d'être réellement intéressé. A partir de quatorze ans, division par poids. Tu pourrais t'y inscrire. Tu fais de gros progrès, tu sais.

C'était un mensonge, bien sûr.

Le gong retentit, et sans un mot Charlie se laissa mollement tomber à terre. De toute évidence, le cours était terminé.

Pour couronner le tout, le gamin refusait de se doucher au club. Le trajet de retour jusqu'à la maison des Kellogg se fit donc dans une odeur de fauve. Dans la voiture, Charlie, le regard tourné vers la vitre, s'appliqua à l'ignorer totalement.

Ce gosse avait une capacité de rancune absolument sidérante, songeait Tom en s'engageant dans Apple Blossom Drive. Même si Charlie avait ses raisons de lui en vouloir pour la mort de Mélissa, quand se déciderait-il à lui pardonner ? Ce n'était tout de même pas lui qui conduisait la voiture qui avait renversé sa mère ! Ce n'était pas lui qui avait demandé à Mélissa de lui envoyer un texto en traversant un carrefour sans regarder ! Ces dernières années, il avait réécrit entièrement sa vie pour Charlie, et voilà que ce petit crétin ne voulait plus entendre parler de lui !

Il adorait Charlie. Qui le détestait. Il avait tout le temps peur pour lui. Chaque jour apportait son lot d'histoires tragiques sur des suicides d'adolescents. Ces visages qu'on voyait au journal télévisé — si jeunes, déjà condamnés — lui donnaient des sueurs froides.

Il se gara devant la maison des Kellogg.

— Bon, à bientôt, mon chaton !

Fait étonnant, Charlie ne quitta pas immédiatement la voiture.

— Il y a quelqu'un d'autre qui participe à ce tournoi ? demanda-t-il sans regarder Tom.

— Euh, non, pas que je sache.

Par « quelqu'un d'autre », il pensait sans doute à Abby Vanderbeek.

— J'en parlerai mardi, au cours d'autodéfense. (Il fit une pause.) Ça t'intéresse ?

Charlie haussa les épaules.

— Chais pas. Faut voir.

— Cool ! C'est génial !

Finalement, la boxe lui permettrait peut-être de se rapprocher du gamin. Et à Charlie, d'impressionner les filles. Il n'y avait rien de mal à ça, non ? Dans les deux cas, c'était un pas dans la bonne direction.

— Je peux me renseigner pour toi, dit-il. Mais j'aurai besoin de la permission de tes grands-parents.

Nouveau haussement d'épaules.

— Bon. Je te raccompagne à la porte et je leur en parle, d'accord ?

Comme à son habitude, Janice le salua en le déshabillant du regard.

— Bonsoir, Tom, dit-elle à son entrejambe.

— Bonsoir, Janice.

— Alors, il a été comment ? Insupportable ?

— Au contraire, il a été formidable. A plus, Charlie !

Tom lui fit signe de la main, mais ne reçut pas de réponse. Toutefois, il n'obtint pas non plus de doigt d'honneur… Peut-être alors pouvait-on parler de progrès ?

— Ecoutez, Janice, il y a un tournoi de boxe qui pourrait intéresser Charlie. Ça s'adresse aux jeunes de son âge.

— Ah oui ? Hum, je ne le vois pas battre qui que ce soit…

— Ce n'est pas une attitude très positive, ça… Si Charlie est motivé…

Janice eut un reniflement de mépris.

— Il a du potentiel, vous savez. D'accord, ce n'est peut-être pas un sportif-né, mais si la boxe lui plaît autant l'encourager.

— Très bien. Je suppose que tout ça va encore coûter de l'argent ?

— Non, ne vous faites pas de souci, c'est moi qui paierai.

Janice regardait fixement son cou tel un vampire, à supposer qu'il existât des vampires d'âge mûr en survêtement rose.

— Je ne comprends pas pourquoi tu te donnes tout ce mal, Tom. Ce gamin, ce n'est vraiment pas un cadeau.

Tom se retint d'exploser.

— Pour moi, si.

— Très bien !

Un air moqueur se peignit sur les traits de Janice et, l'espace d'un instant, il lui sembla voir Mélissa.

— Bon, je vous tiens au courant, conclut-il.

— Comme tu veux. Mais ne compte pas sur lui pour te suivre. C'est un tire-au-flanc, comme sa mère.

Après lui avoir jeté un dernier regard concupiscent, elle referma la porte.

Quelle adepte du renforcement positif, cette bonne femme !

Il regagna sa voiture, se sentant à cran. Pour couronner le tout, il faisait un temps épouvantable alors qu'on était censé être au printemps. Un froid de gueux… humide, par-dessus le marché !

Comment Charlie pouvait-il être plus heureux avec ces grands-parents de malheur qu'avec lui ? Le petit aurait peut-être une chance de s'en sortir dans la vie si les gens qui l'hébergeaient lui témoignaient un peu plus d'amour. S'ils ne passaient pas leur temps à le traiter, en sa présence, de tire-au-flanc ou de gosse insupportable !

Tom avait besoin d'un verre.

Quand il rentra chez lui, le chien-rat piqua une crise de nerfs et se lança dans un concert de jappements ininterrompus.

— Spike ! Suffit !

La chienne l'ignora.

Où était Honor ? Lui avait-elle signalé quelque chose de particulier, ce soir ? Poursuivait-elle son opération de nettoyage par le vide chez ses grands-parents ? Elle n'avait pas laissé de mot ni de message sur son téléphone. Bah, il pouvait toujours l'appeler. Mais pour lui dire quoi ? *Où es-tu ? Rentre à la maison, je suis d'une humeur de dogue et je n'ai surtout pas envie d'être seul ?*

Yark ! Yark ! Yark ! La petite chienne déboula dans la pièce en dérapant des quatre pattes, puis elle se mit à grogner.

— Vraiment très impressionnant, ironisa-t-il en se versant deux doigts de whisky. Je meurs de peur.

Il s'assit, tâchant d'ignorer le rongeur qui lui plantait ses crocs minuscules dans le pantalon.

— Voyons, dit-il en se penchant pour soulever la petite chienne. Et si on faisait la paix, toi et moi, hein ?

Spike lui croqua le pouce.

— Ah ! Fiche le camp, Ratibus !

Il reposa le maudit chien par terre et alla rincer dans l'évier le sang qui coulait de son doigt. Quelle ridicule saucisse sur pattes ! Le mieux serait de prendre un bon gros toutou qui, avec un peu de chance, enseignerait les bonnes manières à cette minuscule péronnelle ! Il empoigna son ennemie par la peau du cou — histoire qu'elle ne puisse pas le mordre de nouveau —, gravit l'escalier, ouvrit la porte de la chambre de Honor et déposa Spike sur le lit. La petite princesse continua à lui montrer les dents, ressemblant plus à un hérisson enragé qu'à un véritable chien.

Que cette chambre sentait bon ! Une odeur citronnée flottait dans l'air. Aucune affaire ne traînait, tout était impeccable, comme si personne n'y dormait : c'était la conséquence de la paranoïa de Honor, qui craignait tout le temps d'être démasquée. Une partie de sa garde-robe était rangée dans la chambre de Tom, mais il n'y avait pas assez de place pour tous ses vêtements. Il ouvrit un tiroir.

Plutôt mignonnes, ces petites culottes… Du rose, des petits pois noirs et blancs… Des soutiens-gorge assortis. Ça, par exemple… Cette femme qui s'habillait comme une puritaine des temps modernes possédait de fort jolis dessous. Presque sexy, en fait. N'était-ce pas un point positif à souligner dans le bilan conjugal ?

Yark ! Yark !

Le rat était de retour, lui mordillant les chevilles.

— Tu sais, Ratibus, pour un rongeur, tu es un casse-pieds de première ! Tiens, goûte donc un moment privilégié de solitude !

Sur ce, il referma la porte derrière lui, ignorant les petites pattes qui grattaient désespérément contre le panneau de bois. De retour au rez-de-chaussée, il s'aperçut que sa cheville ne saignait pas : les crocs de la chienne devaient s'être enfoncés directement dans la moelle osseuse !

Il avala d'un trait le whisky qu'il s'était servi. S'en versa un deuxième. Il en avait déjà bu la moitié quand la porte s'ouvrit, laissant entrer sa future femme.

— *Darling*, où étais-tu ?

— Nous sommes allées acheter une robe de mariage.

Par saint George !

— On est vraiment obligés d'en passer par tout ce cirque ?

Il se tourna vers elle. Elle était… jolie. C'en était même agaçant.

— Justement, Tom, il faut qu'on en parle.

Le rouge lui était monté aux joues.

— On m'a fait remarquer aujourd'hui que ma famille s'attendait à autre chose qu'une cérémonie menée à la va-vite entre toi, moi et un officier de l'état civil.

— Ah, non ! Tu ne vas pas te transformer en maniaque de la robe-meringue, Honor ?

— Pas du tout. Je dois simplement tenir compte de mes proches, surtout si l'on veut que notre mariage paraisse authentique : il le sera d'autant plus que nous y mettrons les formes. Avec robe blanche, fleurs et tout le reste. Je précise, cela dit, que la robe d'aujourd'hui n'était pas pour moi. Nous l'avons choisie pour Mme Johnson.

Elle marqua une légère pause.

— Mais j'ai pris rendez-vous, moi aussi, à la boutique, pour en essayer quelques-unes.

Le visage de Honor vira à l'écarlate. Tom persifla :

— Tu veux qu'on demande à Pippa Middleton si elle est libre, au cas où tes sœurs ne seraient pas assez bien pour te servir de demoiselles d'honneur ?

— Pourquoi es-tu aussi hargneux, Tom ?

— Ta chienne m'a mordu. Deux fois.

— Pauvre chérie…

Tom comprit « pauvre chéri », au masculin.

— Merci.

— Non, je parlais de Spike. Et d'ailleurs où est-elle ?

— Je l'ai dévorée !

Honor ne broncha pas.

— Elle est dans ta chambre.

— Quoi ? Je t'avais pourtant bien dit qu'elle devait pouvoir circuler dans toute la maison ! Si on l'enferme, elle va faire pipi partout.

— Décidément, elle me plaît de plus en plus !

Honor monta au premier et en redescendit avec Ratibus, qui, la tête fourrée sous le menton de sa maîtresse, jouait les demoiselles outragées.

— C'est une rescapée de la fourrière, Tom. Il ne faut pas la mettre à l'écart. Ça l'angoisse.

— Mais je viens de te dire qu'elle n'arrête pas de me mordre !

— Elle pèse deux kilos et demi.

— Oui, et elle a des dents pointues comme des aiguilles !

— Sois un homme !

Il haussa un sourcil faussement interrogateur. Mimique qu'elle lui retourna aussitôt.

Le téléphone sonna. Tout en portant son verre à ses lèvres, Tom contempla sa future épouse. Elle était mignonne. Assez craquante, même. Empourprée, ravissante et légèrement irritable. Ses yeux étincelaient. Alors qu'il ébauchait un sourire, l'insupportable petite chienne se remit à gronder.

Nouvelle sonnerie du téléphone. Honor se décida à aller répondre.

— Allô ? Pardon ?

Elle changea de physionomie.

— Oh ! Bonsoir, monsieur Barlow ! Comment allez-vous ? Je suis Honor.

Tom tendit la main vers le combiné.

— Passe-le-moi ! Je le prends.

D'un air effronté, elle refusa de lui obéir.

— Honor Holland… La fiancée de votre fils. Comment ! Il ne vous a rien dit ?

Elle le fusilla du regard.

— Oh ! je suis navrée, monsieur Barlow. Je pensais que vous étiez déjà au courant…

— Génial, merci, maugréa Tom.

Son père, l'incurable romantique, allait sauter au plafond !

— Non, ça s'est décidé très vite… Oh ! mais bien sûr… Votre fils est vraiment un homme exceptionnel.

— Passe-moi ce combiné, bon sang !

Honor continuait de faire la sourde oreille. Depuis quand l'obéissance ne faisait plus partie des devoirs conjugaux, hein ? On ne promettait plus d'aimer son mari, de l'honorer et de lui *obéir* ?

— Ce qui m'a plu chez lui ?

Elle leva les yeux au ciel.

— Oh ! c'est difficile à dire !

— Tu n'as qu'à lui raconter la vérité, fit Tom en se rapprochant d'un pas. Je suis un super coup au lit. Donne-moi ce téléphone, Honor !

— Son amour des animaux, je pense…

— OK, maintenant, ça suffit !

Il la plaqua contre le comptoir et parvint à lui faire lâcher l'appareil. Incroyable, ce qu'elle sentait bon ! Ratibus se mit à montrer les dents et planta ses crocs dans la manche de Tom. Mais il resta de marbre, pas mécontent de sentir Honor prisonnière contre lui…

— Salut, papa !

— Fils ! Espèce de petit cachottier !

La voix de Hugh Barlow vibrait d'une joie sans mélange.

— Quand est-ce arrivé ?

— Je voulais t'annoncer moi-même la nouvelle, papa, mais Honor est tellement impatiente qu'elle n'a pas pu tenir sa langue ! Elle est folle de moi, tu comprends.

— Ben, voyons…, marmonna Honor.

— Ça ne m'étonne pas, mon garçon, répondit Hugh Barlow. A quoi ressemble-t-elle ?

Tom dévisagea sa promise.

— Elle est charmante. Autoritaire. Très affectueuse. Toujours à me câliner et m'embrasser.

Honor lui fit la grimace. Il lui sourit et vit son visage se colorer.

A l'autre bout du fil, son père laissait éclater son enthousiasme :

— Formidable ! Et, donc, à quand le grand jour ? Je tiens absolument à assister au mariage de mon fils.

Tom redevint sérieux et fit un pas de côté, libérant Honor.

— La date n'est pas encore fixée, papa, mais nous envisageons une petite cérémonie très simple, rien que nous deux.

— Mais non, nous voulons un grand mariage ! cria Honor à tue-tête, pour être sûre d'être entendue. Très bientôt, monsieur Barlow.

— Rien que nous deux, répéta Tom. Mais ensuite nous t'enverrons un billet d'avion, pour que tu puisses venir passer un peu de temps ici.

Il éloigna le téléphone de sa bouche.

— Tu feras du boudin à mon père, hein, *darling* ? C'est le plat qu'il préfère.

— Comme vous voudrez, les enfants ! s'exclama le vieil homme. C'est une merveilleuse nouvelle, Tommy ! Un grand bonheur !

Tom sentit son estomac se nouer.

— Merci, papa.

— J'espère que ça marchera mieux pour toi, cette fois.

— Oui, moi aussi.

— Tu peux me repasser ta future femme ?

— Bien sûr. Honor, ma chérie, mon père aimerait faire plus ample connaissance. Papa, je te reprends tout à l'heure, d'accord ?

Il tendit l'appareil à Honor.

— Rebonjour, monsieur Barlow. Bon, si vous voulez… Hugh.

Tom finit son verre, tout en regardant Honor sourire au téléphone. Avec ce mariage… ils ne fraudaient pas seulement le gouvernement américain. Ils trompaient aussi tout leur entourage : les Holland, les amis de Honor, mais aussi Charlie, les Kellogg et même son père, à présent !

Et raconter des histoires, surtout à sa famille, n'avait jamais été son fort.

Honor raccrocha.

— Sympa, ton père.

— Oui.

— Tu as d'autres parents ?

— Non.

Elle posa la petite chienne par terre ; Ratibus entendit un bruit dans la rue et fila faire son inspection.

— Qu'est-il arrivé à ta mère ?

— Elle est partie quand j'étais gosse.

Honor hocha la tête, le regard perdu.

— Désolée.

— Tu n'y es pour rien, il me semble, non ?

A entendre le ton de sa voix, on aurait pourtant pu croire le contraire !

— Excuse-moi, ce n'est pas ce que je voulais dire. Merci, Honor. Bon, j'ai des copies à corriger. Tu as faim ?

— Non. Nous sommes allées manger un morceau avec mes sœurs et Mme Johnson après notre séance de shopping.

— Très bien. Ecoute, achète la robe qui te fait plaisir. Après tout, ça m'est bien égal.

Et merde ! Une fois de plus, il n'avait pas choisi les bons mots. Il vit un éclair de chagrin traverser le regard de Honor.

Mais, franchement, à quoi pouvait-elle bien s'attendre ? Ce n'était pas une situation normale. Il se fichait *vraiment* de ce qu'elle porterait, il se fichait *vraiment* de se marier entouré de toute sa famille ou pas.

L'important pour lui, c'était qu'elle ne commence pas à se faire des idées avec cette histoire de mariage… qu'elle ne parte pas dans ce délire de « bonheur pour la vie » et autres balivernes dont raffolaient les femmes. Personne n'avait donc tiré aucun enseignement du fiasco de Charles et Diana ? Si Tom avait accepté de jouer cette comédie, c'était uniquement parce qu'il n'avait pas trouvé d'autre moyen pour rester aux Etats-Unis. Et puis aussi parce que Honor avait accepté de marcher dans la combine en toute connaissance de cause. C'était une fille pleine de bon sens, pas du genre à… enfin… c'était une fille pas comme les autres, quoi !

Mais la tournure que prenaient les événements commençait à lui déplaire fortement. D'abord, ce baiser dans la cave, tout à l'heure. Et, maintenant, ce désir qui l'assaillait : voilà qu'il se demandait ce qu'elle ferait s'il l'embrassait de nouveau. Et s'il la prenait là, brutalement, sur la table ?

— Bon, j'y vais, dit-il. J'ai oublié un truc à la fac.

Enorme mensonge. Mais un mensonge qui lui fournissait un prétexte pour sortir de la maison.

Tom rentra plus tard que prévu. Comme il s'était rendu en bus à la fac, forcément, le trajet avait été plus long. Mais, même s'il se comportait parfois comme un abruti, jamais il n'aurait pris le volant après avoir éclusé tant de whisky. Non, sa bêtise n'allait pas jusque-là. Conduire ivre mort… conduire en composant un texto… traverser la rue en écrivant un texto… pas question de finir comme ça ! Du coup, quitte à passer quelques heures à la fac, il en avait profité pour mettre au point une expérience pour ses étudiants sur l'effet de cisaillement du vent et le moment de torsion.

Ensuite, Droog avait débarqué, et la journée s'était achevée autour d'une bière. Tom avait annoncé à son supérieur ses projets de mariage imminent.

— Ah, s'était exclamé Droog. Toi et miss Holland, vous avez le klik ! Voui ! Je pensais avoirr senti cé fameux soirr kekchôse dans l'airr ! Félicitatiôns, mon ami !

— Eh oui ! Merci, vieux. Hum, ça nous ferait bien sûr très plaisir de te compter parmi nos invités.

Droog lui avait ensuite proposé de le raccompagner, mais Tom, doutant des capacités de sa vieille guimbarde à le conduire à bon port, avait préféré prendre les transports en commun. Il avait juste oublié un détail : les bus ne circulaient plus à partir de 22 heures. Il avait donc dû rentrer à pied. Une marche de seulement huit kilomètres… mais dans une sacrée nuit noire !

Lorsqu'il franchit la porte, le silence régnait dans la maison — rien d'étonnant à 1 heure du matin. Il ôta son manteau et se frotta les yeux. Prit un siège et alluma la télévision. La télécommande était toute mâchonnée. Il allait vraiment falloir acheter des jouets à Ratibus !

Les programmes ne l'inspiraient pas. Des publireportages. Un match de basket… pas vraiment son sport préféré. Une émission spéciale consacrée aux demeures de la reine Elisabeth Ire, *Queen*

Bess Good. Après tout, pourquoi pas ? Il pourrait voir à quoi servaient ses impôts payés en dollars…

— Salut.

Il leva la tête.

— Désolé. Je ne voulais pas te réveiller.

— Ce n'est pas grave.

Honor s'assit à côté de lui, les cheveux en désordre. Elle portait un pyjama de coton à pois et des pantoufles en forme de lapin.

Plutôt mignon.

Spontanément, il lui enlaça les épaules. Sans rien dire, le regard rivé à l'écran. Mini-Démon bondit sur les genoux de sa maîtresse avec un petit grognement, et Honor se mit à caresser le poil rêche de l'animal. Ratibus émit un gémissement de plaisir. Tom en fut presque jaloux.

En fait, il se sentit même carrément jaloux.

— Tu regardes une émission sur ta famille ? le taquina Honor.

Il se força à revenir sur terre.

— Eh oui. Ça, c'est tata Liz. Et voici cousin Chuck. Les garçons… des gosses adorables.

Ils continuèrent à regarder la télé en silence.

— Comment s'est passée la fin de ta journée ? lui demanda-t-elle enfin.

— Très bien. Au fait, tu ne m'as pas dit si Mme Johnson s'était trouvé une robe ?

— Oui. Une splendeur.

— Tant mieux pour elle.

Honor reporta son regard sur l'écran avant de demander :

— Alors comme ça tu aimes les documentaires ?

Etrangement, il lui sut gré d'avoir posé cette question neutre.

— Oui. Surtout ceux qui montrent les procédés de construction des ouvrages d'art. Les ponts, les barrages, les métros… ce genre de choses. Et toi ?

— Moi, je suis fan d'émissions médicales. *La Tumeur qui pesait 75 kilos*, par exemple, j'adore !

— Hum… une vraie romantique !

Il coula un regard dans sa direction : elle souriait.

— Honor, je regrette notre dispute de tout à l'heure. Ce n'est pas parce que nous ne formons pas un vrai couple que ça ne doit pas marcher entre nous.

Il vit son regard s'adoucir.

— Moi aussi, je suis désolée, Tom.

— C'est que, tu comprends… je ne veux pas… te décevoir.

— Tu ne me décevras pas. Tu ne me déçois pas, d'ailleurs.

— Ça, je n'en suis pas si sûr.

Elle soutint son regard jusqu'à ce qu'il fuie dans le coin opposé du canapé. *Ne l'embrasse pas*, se dit Tom. *Ce serait stupide de ta part.*

Certes, mais après tout ils seraient bientôt mariés… Et ils pourraient recommencer à s'envoyer en l'air dès qu'elle lui aurait donné son feu vert. Ce qui pouvait intervenir dans les trois minutes, s'il lui sortait le grand jeu…

— Tom ?

Tiens donc ! Elle était peut-être dans la même disposition d'esprit que lui ?

— Oui, trésor ?

— Tu bois beaucoup, non ?

OK, il s'était vraiment fait des idées.

— Peut-être. Mais, tu sais, je suis anglais, c'est culturel…

— Oui… enfin, je tenais quand même à aborder le sujet avec toi.

— Tu me surveilles déjà comme une bonne petite épouse, *darling* ?

Honor ne mordit pas à l'hameçon.

— C'est un sujet qui me préoccupe, c'est tout.

Après avoir laissé passer une bonne minute sans dire un mot, il soupira.

— Oui, tu as sans doute raison. Et l'alcool n'arrange jamais rien, n'est-ce pas ?

— Non.

— Bon, je vais essayer de réduire ma consommation à un verre par jour, alors. Deux si je le mérite vraiment, mais pas plus ! « Parole de scout », comme on dit chez vous, les Yankees.

Cette fois, ce fut elle qui se laissa aller en arrière pour mieux le dévisager.

— Tu es un type bien, Tom.

Il sentit son cœur se serrer.

— Ça me fait plaisir que tu le penses.

— Ton père a une très haute opinion de toi.

Il sourit.

— C'est réciproque.

— Il est boucher, c'est ça ?

— Oui. D'ailleurs, méfie-toi : si tu commences à l'entreprendre sur les meilleurs morceaux de bœuf, il devient intarissable.

Il laissa passer quelques secondes.

— Ma mère est partie de la maison quand j'avais six ans.

— Je suis navrée, Tom.

— Bah, ce n'était pas une très bonne mère. Pas mauvaise non plus... pas faite pour ça, c'est tout.

De nouveau, il s'interrompit.

— Les deux premières années, elle est revenue nous voir de temps à autre, puis ses visites se sont espacées. Mon père ne s'est jamais remarié.

— Le mien non plus. Il est seul depuis le décès de ma mère. C'est pour ça que nous sommes tous si heureux qu'il refasse sa vie avec Mme Johnson.

— Ta mère s'est tuée dans un accident de voiture, n'est-ce pas ?

— Oui...

— Quelle saloperie...

Il eut de nouveau une folle envie de l'embrasser.

— Je suis désolé pour toi, Honor.

— Sa mort a été très dure à supporter pour moi. Nous étions très proches, toutes les deux.

Elle enchaîna :

— Je n'ai pas connu beaucoup d'hommes, tu sais. Mais tu l'avais sans doute deviné...

Il lui glissa une mèche de cheveux derrière l'oreille.

— Je me demande ce que ta mère penserait de tout ça, dit-il d'une voix douce.

Honor sourit.

— Moi aussi.

Elle baissa les yeux sur sa petite chienne et ses joues se teintèrent de rose.

— Si tu es d'accord, je crois que le moment est venu de demander une licence de mariage, Tom.

Ce qui enclencherait le compte à rebours pour la célébration de leur union… et pour l'obtention de la carte verte.

— Oui.

— Je m'en occuperai dès lundi, alors.

Il lui prit la main et se mit à caresser la peau incroyablement douce à la naissance du poignet.

— Merci, murmura-t-il.

Il souleva la main de Honor pour déposer un baiser au creux de sa paume.

Sa fiancée le regardait avec de grands yeux pleins de douceur, les lèvres légèrement entrouvertes. Tom était irrésistiblement attiré par sa bouche ; comme hypnotisé, il ne pouvait en détacher son regard.

Et puis, juste au moment où il allait l'embrasser, elle se leva brusquement et serra la petite chienne endormie contre sa poitrine.

— Il faut… Je dois monter me coucher. Euh… bonne nuit, Tom.

Et, sur ces mots, elle monta l'escalier à pas feutrés, le laissant seul dans le séjour glacial.

Voici bien quelque chose qu'il n'avait absolument pas prévu !

16

C'était un jour « sans ». Un de ces jours où tout va de travers.

Pour commencer, Tom l'avait réveillée en prenant sa douche. Il sifflotait — pas très juste —, et elle était entrée machinalement dans la salle de bains : la vision de ce corps chaud, ruisselant et luisant de savon l'avait totalement troublée.

Tom et elle allaient *se marier.* Ils iraient jusqu'au bout. La veille, en quittant son travail, elle s'était rendue à la mairie pour demander la fameuse licence. Sa requête enregistrée, ils avaient désormais soixante jours pour concrétiser leur union. En d'autres termes, d'ici le 10 juin, elle serait l'épouse de quelqu'un.

L'épouse de Tom.

Cette pensée lui inspirait autant la terreur que l'incrédulité, le tout mâtiné d'un soupçon de désir et — pour faire bonne mesure — d'une certaine dose de panique. Ils allaient le faire, *pour de vrai.* Ils s'apprêtaient à commettre une fraude à l'encontre du gouvernement des Etats-Unis d'Amérique.

Mais il ne fallait pas oublier le soupçon de désir : il jouait un rôle non négligeable dans l'équation…

La veille, elle s'était installée à la table de la cuisine, après le repas, et avait rempli tous les formulaires requis. Ce qui lui avait permis, au passage, d'apprendre quelques détails sur Thomas Jude Barlow. *Primo*, il avait trois ans de moins qu'elle (juste au cas où elle n'aurait pas encore compris que « le compte à rebours avait commencé »). *Secundo*, il était né à l'arrière d'un taxi.

Tertio… elle ne parvenait plus à se souvenir du *tertio.* Il faut dire qu'avec Tom sous la douche à quatre mètres d'elle c'était assez difficile.

Il avait été à deux doigts de l'embrasser, hier soir, lorsqu'ils étaient sur le canapé. Mais elle ne s'était pas laissé faire. Pourquoi ? Elle n'aurait su le dire ! Par lâcheté, peut-être. Parce que, si Tom l'avait embrassée, ils se seraient retrouvés au lit. Et, si elle couchait avec lui, elle était pratiquement sûre de tomber amoureuse. Inutile de courir ce risque, alors que, déjà, il lui faisait tourner la tête. Et qu'elle, en revanche, le laissait totalement indifférent. De marbre, même.

Les hommes n'avaient décidément pas la même vision du sexe que les femmes. Ils prenaient ce qu'on leur offrait, exactement comme ils n'auraient jamais refusé un cookie sortant du four. Il n'y avait que les femmes pour compter les calories et tomber amoureuses. Et ça, c'était parfaitement injuste ! Bon, d'accord, Pru, elle, ne prêtait pas vraiment attention aux calories, à voir l'utilisation massive qu'elle et son mari faisaient de la sauce au chocolat ces derniers temps… Et Faith non plus. D'ailleurs, chaque fois qu'elle dégustait un dessert — ce qui lui arrivait plus souvent qu'à son tour —, sa petite sœur avait toujours l'air d'une star du porno.

Lorsque le bruit de la douche cessa, Honor dut résister à l'envie de se précipiter dans le couloir pour apercevoir Tom vêtu d'une simple serviette autour des reins. Au lieu de quoi, elle s'habilla maladroitement, tant le désir la rendait gauche et irritable. Elle ne passa en tout et pour tout que quatre minutes avec Tom, avant qu'il parte retrouver la Horde barbare à la fac. Elle se sentait presque jalouse de ses étudiantes. Songea à s'inscrire elle aussi au cours de génie mécanique…

Sa matinée de travail ne se présentait guère mieux… Au programme : pas moins de huit entretiens téléphoniques et une réunion « marketing » avec Ned, Jack et Jessica. A l'ordre du jour : la vente des vins du domaine dans les clubs œnologiques et la rédaction d'un article pour une revue de tourisme.

Après le déjeuner, Honor dut « kidnapper » Goggy, qui avait

débarqué dans son bureau alors qu'elle terminait une conférence téléphonique avec ses commerciaux.

— Qui est cette fille ? demanda sa grand-mère en désignant Jessica d'un air soupçonneux.

— C'est Jessica Dunn, Goggy, mon assistante. Votre attention, tout le monde ! dit-elle à ses interlocuteurs. Ma grand-mère vient d'entrer dans le bureau.

Un chœur de voix s'éleva du haut-parleur :

— Bonjour, madame Holland !

— Mais comment fais-tu ça ? l'interrogea Goggy. On dirait que vous êtes une douzaine dans cette pièce !

Sa grand-mère était toujours éberluée de constater que l'invention d'Edison pouvait avoir autant d'usages mystérieux.

— C'est une conférence téléphonique.

— Incroyable !

La vieille dame émit un claquement de langue en signe de respectueuse terreur.

— Bon, appelez-moi si vous avez d'autres questions, conclut Honor. Merci !

Le haut-parleur ayant émis un « au revoir » collectif, elle raccrocha.

— Goggy, je te présente Jessica Dunn. Tu l'as déjà rencontrée.

Etait-ce un effet de son imagination ou Goggy oubliait-elle de plus en plus de choses, ces derniers temps ?

— Ah oui ?

Sa grand-mère prit un air pincé.

— Je ne m'en souviens pas. Vous êtes très jolie, ma chère.

— Merci, madame Holland. Je vous sers un café ?

— Ah non, merci ! Ça m'empêche de dormir. Avant, je pouvais en boire toute la journée, mais plus maintenant.

— Jess, tu voudras bien envoyer un mail à tous nos commerciaux pour récapituler les points dont nous avons discuté ? demanda Honor.

Finalement, elle trouvait très agréable d'avoir une assistante.

— Pas de problème. Ça m'a fait plaisir de vous revoir, madame Holland.

— Je suis désolée de t'avoir interrompue, Honor. Je n'avais pas vu que tu étais *au téléphone*, chuchota Goggy.

Il n'était jamais trop tard pour s'en rendre compte...

— J'ai un tas de choses à faire, Goggy. Que puis-je pour toi ?

Sa grand-mère soupira.

— Vous, les jeunes... Toujours à courir par monts et par vaux...

— Il faut que j'aille à Rushing Creek. Tu veux venir avec moi ?

Une étape de plus sur le chemin de la sainteté, se dit-elle. Elle était presque sûre d'avoir gain de cause, mais elle aimait trop sa grand-mère pour lui imposer quoi que ce soit.

— A Rushing Creek ? Plutôt me faire égorger dans mon propre lit que d'aller vivre dans un endroit pareil ! s'écria gaiement Goggy. Mais je viens avec toi, bien sûr ! Avec plaisir, ma poulette !

De retour à la Maison Vieille, il fallut près d'une demi-heure à Goggy pour trouver un manteau (« au cas où il pleuvrait »), remettre une couche de rouge à lèvres *Pêche vermeil* (« on ne sait jamais sur qui on peut tomber »), aller aux toilettes (« je risque d'attraper une saleté dans cette horrible maison de fous ») puis cheminer lentement jusqu'à la voiture.

Après cet épisode, Honor ne voyait pas comment la sainteté pourrait lui être refusée.

— Comment se porte Tom ? lui demanda Goggy alors qu'elles étaient en route.

— Comme un charme.

— Rappelle-moi : comment vous vous êtes rencontrés, déjà ?

Honor jeta un rapide coup d'œil à sa grand-mère. Mais non, Goggy semblait tout à fait sérieuse.

— Euh, mais c'est toi qui nous as mis en relation, tu te souviens ?

— Tu ne m'apprends rien, ma chère petite. Ce que je veux savoir, c'est *où* tu l'as rencontré. J'ai dû mal m'exprimer. Et ne fais pas cette tête-là ! Je n'ai pas encore Alzheimer.

— Nous nous sommes rencontrés chez O'Rourke.

— Ah, oui, c'est vrai... Je suis bien contente pour toi, ma chérie. Ça me fait plaisir de penser qu'au moins l'une de nous deux aura trouvé le bonheur dans un mariage arrangé.

— Il ne s'agit pas à proprement parler d'un mariage arrangé,

Goggy, rectifia Honor, espérant que sa grand-mère n'allait pas tout gâcher par étourderie. C'est toi qui as joué les entremetteuses, c'est tout. Il faut dire que tu as le chic pour rapprocher les gens…

Avec un peu de chance, flatter sa grand-mère permettrait de changer de sujet.

— C'est vrai, se rengorgea Goggy. Je l'ai toujours pensé, mais ça me fait plaisir de te l'entendre dire. Bon, tu peux m'expliquer comment marche cette voiture, s'il te plaît ? Il n'y a même pas de clé !

Comme elles pénétraient dans le complexe de Rushing Creek, Honor regretta une fois de plus que ses grands-parents soient si hostiles à l'idée d'y emménager. C'était tellement plus sûr, plus propre, plus lumineux…

— Tu es certaine de vouloir finir tes jours auprès de Pops à la Maison Vieille ?

— C'est chez nous, ma chérie.

— Je sais, mais tu n'as jamais eu envie de vivre autre part ?

Sa grand-mère haussa les épaules.

— J'y ai songé. Mais, tu sais, je n'ai jamais vécu ailleurs que sur la Colline.

— Il y a quelques semaines, je pouvais en dire autant. Tu ne crois pas que ce serait amusant de découvrir un endroit différent ?

— Bah, qui sait ? Peut-être…

Tiens, il y avait du progrès ! C'était une réponse bien plus positive que celle que lui avait donnée sa grand-mère la dernière fois.

— Au fait, qu'est-ce qu'on est venues faire ici ? demanda Goggy.

— Je dois déposer des billets pour le Bal en noir et blanc. Vous viendrez, Pops et toi, n'est-ce pas ? Je compte sur vous.

— Bien sûr, ma chérie. Sauf qu'il va falloir que je m'habille…

Goggy poussa un profond soupir.

— Et probablement que je danse avec ce vieux fou ! C'est qu'il a deux pieds gauches, ton grand-père !

— Ah oui ? Pourtant, vous étiez plutôt mignons au mariage de Faith et Levi.

Sa grand-mère ébaucha un petit sourire.

— Mignons ? J'en doute…

Honor sortit son téléphone portable et envoya un court texto à Margaret, la directrice de Rushing Creek.

Serait-il par hasard possible de visiter une unité ? J'essaie de convaincre ma grand-mère en douceur.

Aussitôt, Margaret fit le nécessaire.

— Il y a beaucoup d'espace de rangement ici, dit-elle à Goggy en l'attirant dans un ravissant appartement. Et même une chambre d'amis pour les visiteurs.

— Oh ! de toute façon, plus personne ne vient me rendre visite, répliqua Goggy en adressant un regard appuyé à sa petite-fille.

— Ah, non, pas de ça avec moi ! gronda Honor gentiment. Tu as vu, Goggy, cette cuisine ? Tu as remarqué le plan de travail ? Il est bien plus grand qu'à la Maison Vieille…

— Peuh ! Qu'est-ce que je ferais d'une surface aussi grande ?

— Imagine-toi en train de confectionner des cookies de Noël ici, ce serait tellement plus pratique que de devoir tout faire sur la table de la cuisine !

— Est-ce que j'ai déjà raté une fournée de cookies ?

Honor lui passa un bras autour des épaules.

— Jamais ! Tu es la meilleure cuisinière au monde, mais chut ! Pas un mot à Mme Johnson, elle me tuerait ! Non, je dis simplement que ce serait plus agréable pour toi de vivre dans un endroit comme celui-ci : neuf, spacieux et fonctionnel. Après tout, tu l'as bien mérité.

— Ma foi, dit Goggy, radoucie, c'est une belle pensée que tu as là, ma chérie.

Oui, décidément, le progrès était en marche !

Quittant Rushing Creek, elles se rendirent en ville pour discuter avec Laura Boothby des compositions florales à prévoir pour le bal.

— J'avais pensé à des centres de table ivoire, avec des rubans en velours noir noués autour des vases, suggéra Honor en feuilletant un album de photos.

— Magnifique, approuva Laura. Excellente idée !

Goggy protesta :

— Mais c'est le Bal en noir et blanc ! Pas le bal en noir et ivoire.

— Certes, mais ça apporterait une touche de contraste. Souviens-toi, il y a deux ans, quand le bal a eu lieu au Lyon's Den : il y avait des fleurs roses.

— Justement, j'avais trouvé ça du plus mauvais goût.

— Oh ! non, vous ne pouvez pas dire ça ! se récria Laura. C'était très beau. Jeremy a un goût parfait. Sans compter ses qualités de médecin !

— Là, ce n'est pas moi qui vous dirai le contraire ! renchérit Goggy. Jeremy est comme un petit-fils pour moi ! Et il a des mains… d'une douceur…

A l'évocation de Jeremy, Honor songea qu'elle et Tom devraient faire une prise de sang. Ce n'était pas obligatoire, certes, mais elle y tenait. Histoire de s'assurer qu'ils pourraient avoir des enfants sans risque.

Laura, en bonne commerçante, enchaîna habilement :

— Honor, puisque vous êtes là, aimeriez-vous jeter un œil aux bouquets de mariée ?

— Euh… Non, ça ira, merci. C'est encore un peu tôt.

— Oh ! voyons… Juste pour avoir un petit aperçu.

Le petit aperçu dura plus d'une heure. L'autre jour, toutes ces robes de mariée. Et maintenant des bouquets de roses, de lys et d'hortensias ! Comme une mariée traditionnelle… Ce que, bien sûr, elle n'était pas.

Ce qui était certain, en revanche, c'est qu'elle était en train de tomber amoureuse de Tom. Elle en avait parfaitement conscience. Mais comment aurait-il pu en être autrement ? Pour commencer, il y avait son sourire. Son accent. Même ses tatouages : elle, qui n'en raffolait pas d'ordinaire, les adorait sur sa peau.

Et puis il y avait cet inébranlable amour que Tom vouait à Charlie, un adolescent difficile, qui ne lui rendait pas une miette de son affection, et pour lequel il était en train de bouleverser sa vie.

Enfin, il y avait ses baisers. Et cette unique nuit passée au septième ciel, quand elle s'était vue agir comme une inconnue, tout en se sentant parfaitement à sa place. Une nuit de folie qu'elle revivait sans cesse, perdue dans ses pensées, s'interrompant au beau milieu d'une phrase, même des semaines après.

O miracle de l'érotisme !

Tout ceci était probablement lié à l'atmosphère imprégnée d'amour et de désir dans laquelle elle baignait ces derniers temps… Son père et Mme Johnson, blottis l'un contre l'autre sur le canapé, se chamaillant tendrement pour savoir qui serait le futur gagnant de *Top Chef.* Faith et Levi, semblables à deux aimants dès qu'ils se retrouvaient dans la même pièce, toujours collés l'un à l'autre, toujours en train de se toucher. Sans parler de Pru et Carl, amoureux comme au premier jour, arborant des sourires niais, et riches d'une solide confiance l'un en l'autre.

Entre Tom et elle, il s'agissait d'un pur arrangement. L'intérêt de chacun bien compris, en somme. Lui, obtiendrait sa carte verte, et elle, sauverait la face.

Car les gens la considéraient à présent avec un tout autre regard, un respect nouveau. Tom Barlow, ce *British* super canon au sourire ravageur, avait jeté son dévolu sur *elle*, la tranquille, fiable et terne Honor Holland.

Mais elle savait — et ne devait jamais oublier — que Tom avait accepté cet arrangement uniquement pour pouvoir veiller sur Charlie.

Jamais, dans d'autres circonstances, elle n'aurait pu susciter l'intérêt d'un homme comme lui.

— Honor ?

Elle leva brusquement la tête.

— Pardon, Goggy. Tu disais ?

— J'aime bien ceux-ci. J'ai toujours eu un faible pour les œillets.

— Très joli, oui… J'y réfléchirai. Eh bien, merci beaucoup, mesdames ! Bon, Goggy, nous devons filer, maintenant. Je dois encore faire la tournée des commerçants de la ville pour leur proposer de participer à la tombola.

Elles se rendirent chez O'Rourke, où Colleen la félicita une fois de plus « d'avoir mis Tom dans son lit et dans sa vie » ; à la Sunrise Bakery, où Lorelei, la boulangère à la bonne humeur inoxydable, proposa de lui confectionner gratuitement son gâteau de mariage (en remerciement de toutes les commandes que Blue Heron lui avait passées) ; chez Mel's Candy Store, la confiserie, où M. Stoakes lui affirma que, maintenant qu'elle était (enfin) casée, elle pouvait manger autant de bonbons qu'elle voulait. Elles passèrent enfin à la bijouterie Hart. Apparemment, c'était dans cette boutique que Tom avait acheté sa bague de fiançailles, car elle fut accueillie avec mille grâces, comme si elle avait été un soldat de retour du front.

— Elle vous plaît vraiment, alors ? lui demanda Mme Hart.

— Je l'adore, répondit-elle en toute franchise.

Toutes les fois qu'elle contemplait sa bague (autrement dit, à chaque instant), elle avait l'impression de remarquer un détail supplémentaire.

— Quel homme adorable… Bien joué, ma chère, lui glissa Mme Hart, le visage rayonnant.

— C'est moi qui ai organisé leur rencontre, claironna Goggy. C'est bien simple, c'était écrit, je le savais. Ces deux-là étaient faits l'un pour l'autre. Un couple de rêve. Les grands-mères sentent ce genre de choses. Nous avons un sixième sens pour…

— Bon, Goggy, nous allons y aller… Merci pour votre générosité, madame Hart.

— A très bientôt, Honor ! N'hésitez pas à revenir pour faire le choix des alliances !

— Voilà ! Oui ! Et encore merci.

— J'ai faim, annonça Goggy. Allons dîner. Il n'est pas trop tôt ?

Elle consulta la montre d'homme qu'elle portait au poignet.

— Non… 16 h 30, c'est parfait.

— Encore une petite visite, tu veux bien, Goggy ? La salle de sport m'a promis d'offrir un abonnement de six mois pour la tombola.

— Pourquoi diable les gens fréquentent-ils les salles de sport ? s'étonna Goggy.

— Aucune idée ! Pourtant, elles sont pleines !

La voiture de Tom était d'ailleurs garée sur le parking. Bien sûr ! C'était le jour de son cours d'autodéfense. Honor l'avait-elle vraiment oublié ? Probablement pas…

Ils entrèrent dans le club Cabrera, Goggy se cramponnant à son sac comme si elle craignait de se faire voler ses coupons de réduction. Il y faisait sombre. Honor se dit que l'obscurité permettait sans doute de masquer les aspects les moins engageants. Les haut-parleurs déversaient une musique assourdissante.

— Je peux vous aider ? demanda un jeune homme à l'accueil.

— Pourrais-je parler à Carlos ?

— Il est là-bas, avec les jeunes.

Honor regarda dans la direction qu'il lui indiquait.

Ils étaient tous là : Charlie, Helena, Abby et pas mal d'autres adolescents. Le cours semblait remporter un franc succès.

Tom était là, lui aussi. En short de boxe noir et T-shirt bleu délavé barré de l'inscription « Gulfstream », ses manches laissant à peine apercevoir le bas de l'Union Jack. Tom avait les cheveux trempés de sueur. Sa médaille de saint Christophe disparaissait sous son T-shirt, et le souvenir de ce bijou, du métal chaud effleurant ses seins, fit déferler en elle une vague de désir brûlant.

Troublée, elle peina à déglutir.

— *Hello*, Goggy ! *Hello, darling !*

Il se dirigea vers Goggy et lui fit la bise.

— Les amis, pour ceux d'entre vous qui ne la connaissent pas, je vous présente Honor Holland, ma fiancée, et sa délicieuse grand-mère, Mme Holland.

— Appelez-moi Elizabeth, murmura Goggy en battant des quelques cils qui lui restaient.

— Coucou, tatie ! lança Abby.

— Salut, Honor, fit Charlie en écho.

Tiens, tiens… Charlie daignait lui adresser la parole. Et de son propre chef, en plus !

— Honor, je ne savais pas que vous étiez fiancée à notre Tom ! Toutes mes félicitations ! s'exclama Carlos.

— Eh oui…, répondit-elle d'une voix à peine audible, tout en s'arrachant à la contemplation de la bouche de Tom.

— Vous venez chercher les chèques-cadeaux pour votre bal machin-chose, c'est ça ? Je m'en occupe ! Je reviens dans une petite minute ! lança Carlos avec un sourire, trottinant à petite foulée vers son bureau.

Tom passa un bras autour des épaules de Honor.

— Tu veux bien me donner un coup de main, *darling* ?

L'odeur de son savon, mêlée à celle de sa sueur, l'enivra au point de lui couper les jambes. Serait-ce vraiment mal de lui lécher la joue devant tous ces enfants ? Oui, sans doute. Quoique…

— Bon, les jeunes ! reprit Tom. Comme je vous le disais à l'instant, la boxe est un sport qui s'adresse à tout le monde, pas vrai, ma chérie ?

— C'est la pure vérité, répondit Honor.

— Et figurez-vous que mon adorable fiancée elle-même est une grande fan de boxe. C'est difficile à imaginer quand on la voit, et pourtant nous avons regardé *Rocky* ensemble une bonne vingtaine de fois.

Tom lui adressa un immense sourire qui transforma les genoux de Honor en guimauve. S'efforçant néanmoins de rester debout, elle entra dans son jeu :

— Oh ! oui ! Je l'ai vu vingt fois au moins, c'est vrai ! Et j'adore aussi *De l'ombre à la lumière*.

— Exact ! renchérit Tom en resserrant son étreinte autour de ses épaules.

— Sans oublier *Warrior*, bien sûr.

— Et *Raging Bull*.

Il inclina la tête vers elle, sa bouche frôlant presque son oreille.

— Tu n'imagines pas à quel point ça m'excite que tu connaisses tous ces films, murmura-t-il, le souffle court.

Il se retourna vers les adolescents.

— Et Honor, telle que vous la voyez, pèse environ… *Darling*, tu peux nous en dire plus ?

— Bien essayé, mais non.

— Enfin, Honor pèse moins que moi, vous l'aurez compris, poursuivit Tom sans se départir de son sérieux un seul instant. Mais si elle sait frapper au bon endroit…

— A l'aine, par exemple, le coupa-t-elle avec un grand sourire. Visez les cacahouètes, les filles ! Désolé, les garçons, mais c'est la vérité.

Goggy marqua son approbation d'un hochement de tête.

Tom se retourna vers Honor.

— *Darling*, voyons ! Je ne te connaissais pas cette violence ! Cela dit, Honor a raison, les filles : l'aine est une excellente cible. Et cela vaut aussi pour les garçons. Mais imaginons que vous n'ayez pas cette possibilité. Vous avez encore plein d'autres solutions : malgré son faible poids, si Honor savait où et comment frapper, elle pourrait m'expédier directement au tapis. N'est-ce pas, trésor ?

— Oh que oui ! J'en serais tout à fait capable, c'est sûr.

Ah, ces yeux gris… C'était si… injuste, en un sens ! Ils avaient exactement la couleur douce d'un ciel de pluie par une froide matinée d'hiver. Comment ne pas se sentir romantique en les regardant ? Et cette bouche… Honor pensa à toutes les choses qu'elle pourrait faire avec cette bouche. Ou, plutôt, toutes celles que Tom pourrait lui faire…

Alors qu'est-ce que tu attends ? s'impatientèrent les ovules.

De ne plus être face à un public de mineurs, peut-être ? répliqua mentalement Honor.

Oh ! pas de mauvais esprit, jeune fille ! On essaie juste de faire avancer les choses, nous !

— Allez, monte sur le ring ! lui lança soudain Tom.

Pardon ? Elle sentit son estomac se retourner.

— Oh ! non… ce ne serait pas raisonnable. Je ne suis pas habillée pour ça.

C'était le moins qu'on puisse dire ! Une jupe crayon, un chemisier, des escarpins à robustes talons que Faith, lors de leur dernier déjeuner au restaurant, avait jugés mettables, suffisamment en tout cas pour ne pas « faire trop bonne sœur ».

— Ça, c'est sûr, hein, les amis ? Honor n'est vraiment pas en tenue pour boxer !

Tom s'éloigna d'elle alors qu'elle s'appuyait contre lui, ce qui faillit lui faire perdre l'équilibre. Soudain, elle se rendit compte qu'elle avait froid sans lui… Mais il était déjà en train de monter sur le ring d'un pas bondissant.

— Mais c'est tout l'intérêt, justement ! ajouta Tom d'un ton enjoué. Vous devez pouvoir vous défendre à tout moment, quels que soient les circonstances ou les vêtements que vous portez !

Allez, Honor, rejoins-moi, montrons à ces novices comment il faut s'y prendre !

Honor jeta un regard aux adolescents, qui attendaient la suite, pleins d'espoir.

— Vas-y ! lança Abby.

— Oui, ma chérie, vas-y ! insista Goggy. Je suis curieuse de voir ça.

Elle gravit les marches qui menaient au ring, le pas hésitant.

— Euh… Comment je fais pour entrer ? murmura-t-elle à Tom, qui lui écartait les cordes.

L'opération lui semblait passablement compliquée.

— Tu te dépêches, c'est tout.

— Très bien.

Elle passa un pied, puis l'autre, en tirant sur sa jupe. Trébucha (évidemment), ce qui obligea Tom à la rattraper par le bras.

— Et voilà ! fit-il.

L'ombre d'un sourire passa sur ses lèvres.

— Dis donc, Honor ! Tu assures ! fit une voix derrière elle.

Oh ! mer… credi ! Une sensation de chaleur se mit aussitôt à lui piquer les joues.

— Salut, Brogan.

Elle le regarda s'approcher du ring, un sac de sport en bandoulière. Son ancien… enfin, cet homme… avait la démarche fluide d'un athlète-né.

— Salut ! C'est bien *Tom*, n'est-ce pas ? On s'est déjà rencontrés. Chez Hugo…

Tom se pencha par-dessus les cordes pour lui serrer la main.

— Bien sûr, oui… Ravi de te revoir. Honor et moi étions justement en train de montrer un enchaînement à ces gosses.

— Génial ! J'arrive au bon moment.

Brogan posa son sac par terre et croisa les bras sur sa poitrine. Il adressa un clin d'œil à Honor.

Après leur rencontre de l'autre jour — et sa petite confrontation avec Dana dans le chai —, Brogan lui avait envoyé un mail chaleureux, la félicitant pour son mariage et lui proposant quelques dates pour un dîner. Hélas, Honor n'avait aucune disponibilité ces jours-là, ni les suivants, d'ailleurs… Elle n'avait même pas eu besoin de consulter son agenda professionnel pour le savoir. Mais à cet instant, devant le visage souriant de Brogan, elle ne put s'empêcher de constater qu'il lui manquait, lui qui avait toujours été son meilleur ami.

Oui. Et elle était soulagée de constater que, pour la première fois, la présence de Brogan ne la faisait pas frissonner de désir. Elle lui rendit son sourire.

— Prête, *darling* ? demanda Tom un peu brusquement.

Elle reporta vivement son regard sur lui. Il semblait contrarié.

— Euh… Prête à quoi ?

— A nous montrer comment tu cognes.

— Pas vraiment, non. Quelqu'un d'autre pourrait-il s'en charger à ma place ?

— Tout va bien se passer, ma chérie… Alors, les jeunes ! Soyez attentifs. Un uppercut doit partir d'ici…

Il se mit en position de garde haute, les poings au niveau des tempes.

— Vous ne devez pas plonger en avant, mais à peine plier les genoux et pivoter, comme ça…

Il effectua un mouvement de rotation en abaissant l'épaule.

— … puis frapper en engageant tout votre corps.

Tout en continuant à regarder ses jeunes élèves, il alla toucher du poing le menton de Honor.

— Donc : vous pliez les genoux, vous pivotez sur vous-mêmes de façon à ce que ce ne soit pas seulement le bras qui fasse le boulot, mais le corps tout entier, et vous faites ensuite partir votre poing avec un engagement total.

Il décomposa de nouveau le mouvement, au ralenti.

— A toi de jouer, Honor.

Ce qui, à première vue, semblait un geste fluide et facile à reproduire se révéla beaucoup plus dur que prévu à exécuter. Elle se sentait empruntée, gauche, gênée par tous les regards qui étaient braqués sur elle… D'autant plus que, parmi les spectateurs, se trouvaient les deux tiers des hommes avec qui elle avait couché dans sa vie. Franchement, pouvait-on imaginer moins sexy qu'un Mohammed Ali en jupe crayon et escarpins « pas trop bonne sœur » ?

Tom l'encourageait :

— C'est bien, continue ! Entraîne-toi un peu, Honor. Vous aussi, les mômes !

Il l'abandonna dans son coin, à sautiller sur place comme une idiote, et rejoignit les jeunes de l'autre côté du ring.

— Garde haute, n'oublie pas ! Tu ne dois pas laisser d'ouverture à l'adversaire. Et vous, madame Holland — Elizabeth —, ne restez pas plantée là ! Bougez-vous un peu, ma chère !

Goggy, qui était montée elle aussi sur le ring, pouffa, roucoula, leva les poings à hauteur de ses yeux et se mit à boxer dans le vide avec vigueur.

Miséricorde !

— Parce qu'elle est difficile et brutale, cette attaque n'est efficace que si on se trouve à proximité de l'adversaire, continuait Tom.

Il leur fit de nouveau la démonstration.

— Alors, si quelqu'un vous accule contre un mur, par exemple, c'est cette frappe que vous devez choisir. Exécutée correctement, c'est le K-O assuré. Voilà, Molly, tu as compris ! Bien, Charlie ! Pivote un peu plus sur toi-même. Abby, bravo !

A l'évidence, Tom savait s'y prendre avec les jeunes. Et ils avaient l'air de bien l'aimer, eux aussi. Même Charlie était un peu plus enjoué que d'habitude, ce qui n'était pas peu dire ! L'adolescent devait dîner chez eux, ce soir. Avec un peu de chance, il leur accorderait la grâce de dire quelques mots…

— Wouah, tu déchires, Hon' ! lança Brogan, hilare.

Elle leva les yeux au ciel.

— Non, sans blague ! Tu me rappelles Mike Tyson ! renchérit-il.

— Merci. Nous sommes très proches, lui et moi.

— C'est un chic type, tu sais. Je l'ai photographié il y a quelques années, à Las Vegas.

Il changea de sujet.

— Qu'est-ce que tu deviens ?

— Ça va bien. Je suis très occupée. Avec toutes ces histoires de… mariage ! Enfin, tu sais ce que c'est, pas vrai ?

— Oui, c'est sûr. Dana ne pense plus qu'à ça, elle est complètement hystérique ! Il faut dire que notre mariage devient... euh... assez urgent, maintenant.

Il affichait une expression embarrassée.

— Tu comprends, on doit régulariser la situation avant la naissance de l'enfant.

— Ah oui, je vois...

Tom était en train de montrer à Helena comment tourner autour de son bras ; l'adolescente ne se sentait plus de joie.

— Enfin... ça me fait plaisir de te voir, Hon'.

— Moi aussi. Et toi, tu... ça t'arrive de faire de la boxe ? lui demanda-t-elle. *Tout plutôt que de rester plantée là, toute seule, à lancer des coups de poing dans le vide !*

— Un peu. De temps en temps. Tu me connais...

Eh oui, elle le connaissait ! Brogan aimait tout ce qui avait trait au sport, de l'escalade à l'aviron en passant par le football et la voile. Rien que d'y penser, elle avait toujours été épuisée d'avance... elle pour qui les activités de plein air se résumaient à la lecture d'un bon roman dans son jardin. Tom revint vers elle :

— Allez, tu recommences, Honor ?

— Je recommence quoi ?

— A me cogner, *darling* !

Les gamins éclatèrent de rire. Brogan aussi.

— Non, sans façon. Je n'ai aucune envie de te cogner, Tom.

Il la rapatria au centre du ring et lui glissa dans le creux de l'oreille :

— Désolé, je ne voulais surtout pas interrompre ta causette avec Brandon.

— Brogan.

— C'est ça.

Il la considérait d'un air indéchiffrable.

— Tu n'as rien interrompu du tout, Tom... je t'assure. Ce n'était rien.

— Evidemment ! Puisque tu es folle de moi.

Il fit volte-face pour se tourner vers les ados.

— Regardez bien ! Honor, garde haute !

— Il n'est pas question que je te frappe.

Cette idée lui donnait vaguement la nausée.

— Non, vraiment, je n'y tiens pas, répéta-t-elle.

— Mais si, voyons ! J'ai les moyens d'encaisser, tu sais.

— Arrête, Tom. Ça me met mal à l'aise.

— C'est exactement là que je voulais en venir ! Vous avez entendu, les jeunes ? Honor est mal à l'aise à l'idée de se battre. Et sur ce point elle n'a pas tort. En règle générale, les filles ne se bagarrent pas dans la cour de récré, pas vrai ? Peut-être parce qu'on les a conditionnées depuis l'enfance à ne pas faire de mal aux autres. Je reconnais que ça peut aller à l'encontre de leur nature profonde, mais justement, mesdemoiselles ! Raison de plus pour ne pas vous laisser faire et apprendre à vous battre !

Honor se sentait un peu ébranlée par ce discours. Tom était dans le vrai : sa mère, par exemple, piquait une crise dès que ses enfants faisaient mine de se bagarrer. Du coup, la seule fois où il aurait fallu qu'elle se batte — exception faite de sa dispute avec Dana, bien sûr —, elle était restée tétanisée, étourdie par le choc.

Aïe ! Ce n'était pas le moment de se rappeler cet épisode. Son cœur s'était mis à battre de manière saccadée, et un bourdonnement lui emplissait les oreilles.

— Allez, vas-y ! dit Tom. C'est une bonne leçon que tu leur donnes.

Intrigué par l'absence de réaction de Honor, il haussa un sourcil, celui que barrait une cicatrice.

— Et ne t'inquiète pas, tu ne perdras rien de ton charme devant ton petit chéri, bien au contraire.

— Ce n'est pas mon…

— Alors, prête ?

Il posa les mains sur ses épaules et se tourna vers son public.

— Imaginons que j'agresse notre *charmante* Honor.

Brusquement, il l'emprisonna dans un étau qui lui immobilisa les bras le long du corps. Elle sentit une décharge d'adrénaline parcourir tous ses membres. Elle respirait avec peine. L'atmosphère de la salle lui sembla soudain étouffante.

— Puis, je l'accule contre un mur, continua Tom. Elle n'a plus aucune issue.

Il la poussa avec douceur contre le piquet d'angle du ring et se pencha en avant :

— File-moi ton fric, ma jolie, sinon... Tu sais que t'es mignonne, toi..., dit-il en faisant mine de la menacer. Bon, bref, vous voyez le topo...

Qu'est-ce qui la rendait aussi nerveuse ? Ses jambes tremblaient, et des taches grises dansaient devant ses yeux.

— Elle ne peut pas s'enfuir, elle est totalement sans défense, ce n'est qu'une petite biche aux abois. Du moins, c'est ce que pense son agresseur. Allons-y, *darling*, à toi de jouer ! A trois, un uppercut droit ! Plie les genoux, fais pivoter ton...

Comme si son corps ne lui appartenait plus, Honor vit son poing gauche surgir de nulle part et atteindre Tom en plein dans l'œil. Il chancela et fit un pas en arrière en se tenant la tête. Les jeunes poussèrent une exclamation étouffée, portant spontanément la main à leur bouche. Honor fit de même, pétrifiée de stupeur.

— La vache, elle l'a cogné pour de vrai ! cria une fille. Ça, c'est un coup bas !

— Tu te sens bien, Honor ? demanda Tom.

Elle voulut répondre, mais la voix lui manqua. Elle se borna donc à hocher la tête.

Il saignait ! Le sang dégoulinait même abondamment sur son visage. Apparemment, la bague de fiançailles l'avait entaillé juste sous l'œil. Goggy, qui semblait s'inquiéter, lui tendit un mouchoir en papier qui s'étoila aussitôt de rouge.

— Bon... On dirait que je me suis trompé sur la biche aux abois, pas vrai ? ironisa-t-il sur un ton un peu crispé.

Les phalanges de Honor devenaient douloureuses. Carlos Mendez débarqua sur le ring, armé d'une serviette. Des gouttes de sang tombaient sur le tapis de sol. Brogan se glissa lui aussi entre les cordes, et elle sentit sa main chaude se poser sur son épaule.

— Ça va, Honor ?

— Je suis affreusement navrée, balbutia-t-elle, la voix tremblante, à l'adresse de Tom.

Celui-ci se tourna vers ses élèves :

— Je vais bien, les jeunes, pas d'affolement ! Honor vient juste de nous démontrer un point crucial. Quand la situation l'exige, nous sommes tous capables de déployer plus de force qu'on ne l'aurait cru. Sa bague de fiançailles m'a un peu égratigné. Rien de bien grave. Mais ça vous permet au moins de comprendre l'importance des techniques de blocage, pas vrai ?

— Il va te falloir des points de suture, mon pote, constata Carlos.

Tom se tourna vers Honor ; elle put voir son œil qui commençait déjà à enfler.

— Eh bien, c'est parti pour une petite virée à l'hôpital ! Les amis, le cours est fini pour aujourd'hui ! Vous avez tous bien bossé. Abby, tu veux bien ramener Charlie à la maison ?

— Ecoute, je t'avais prévenu. Je n'ai pas arrêté de te dire que je ne voulais pas le faire ! lança Honor d'un ton sec.

— Et de toute évidence tu étais sincère !

Tom souleva le pansement de gaze que lui avait donné l'infirmière à son arrivée aux urgences.

— On peut dire que tu es douée pour la boxe, toi !

— Oui, et tu as parfaitement raison ! Ce que tu as dit tout à l'heure était juste.

Elle détourna la tête.

— La plupart des femmes ne se bagarrent pas pour le plaisir. Je n'en avais pas envie, Tom, j'étais nerveuse. Je t'avais dit de ne pas m'obliger à le faire, mais tu n'as rien voulu entendre !

— Bientôt, ça va être ma faute… « A trois », tu sais ce que ça veut dire, *darling* ? Ou tu avais une bonne raison de m'envoyer ton poing dans la figure ?

— Je te le répète, j'étais nerveuse ! Je te demande pardon, d'accord ? Je suis vraiment désolée pour ce qui s'est passé !

Il l'observa de son œil encore valide. L'autre était tout rouge et boursouflé.

— Oh ! mais, je t'en prie, *darling*, n'hésite pas à te faire pardonner : je connais au moins dix trucs que tu pourrais essayer pour…

— Ne joue pas les abrutis, s'il te plaît ! coupa Honor.

Pourtant, la plaisanterie de Tom lui avait envoyé une drôle de sensation au bas du ventre, un peu comme si elle avait été prise soudain dans un étau brûlant.

— Salut, tout le monde !

La porte de la salle d'examen s'ouvrit sur une minuscule Asiatique d'un mètre cinquante-deux et quarante-cinq kilos. On lui aurait donné seize ans à peine. Honor se fit aussitôt l'effet d'une comtesse douairière. Ce qui n'était pas vraiment flatteur…

— Je suis le Dr Chu. Voyons voir ce que nous avons là…

— Une entaille de rien du tout, répondit Tom. Ma copine a mauvais caractère.

— C'est juste un petit accident, s'empressa d'ajouter Honor.

— Aïe, vilaine blessure, mon vieux ! déclara le médecin. Vous devez morfler !

— Quel âge avez-vous, par curiosité ? s'enquit Honor d'un air innocent.

— J'ai vingt-trois ans. En fait, je suis entrée hyper-jeune à la fac, vous voyez, vers… quinze-seize ans, quoi. Mais je suis un vrai docteur, hein, ne vous inquiétez pas ! Enfin, presque un vrai docteur… Je suis interne. Et, le truc, c'est que je n'ai encore jamais fait de points de suture… alors ça me botte bien de pouvoir m'entraîner sur vous !

— Formidable ! répliqua Tom. J'ai une confiance absolue en vous, docteur Chu.

— Super ! s'exclama-t-elle avec un enthousiasme débordant.

Elle ouvrit le robinet.

— Lavage des mains, OK… Attitude aimable envers le patient, OK. Alors, racontez-moi tout : qu'est-ce qui vous est arrivé, monsieur euh… Barlow ?

— Ma fiancée m'a mis son poing dans la figure.

— Waouh ! Elle n'y est pas allée de main morte, votre chérie !

Elle se tourna vers Honor.

— Et vous, madame, vous êtes… ?

— Euh… Eh bien, je suis la fameuse fiancée dont il parle, voyons !

Elle a dû te prendre pour sa mère, lancèrent les ovules en ricanant.

Tom était hilare. Honor — qui s'en était tout de même un peu voulu de l'avoir frappé — sentait sa culpabilité fondre comme neige au soleil.

— Non, c'est vrai ? Monsieur Barlow, ça ne vous pose pas de problème qu'elle assiste à l'examen ?

Tom fit mine de réfléchir à la question, tandis que Honor poussait un soupir consterné. Il finit par sourire à l'interne lilliputienne.

— Vous me protégerez contre elle, n'est-ce pas ?

— *Yes !* Et puis je peux toujours appeler la sécurité, si elle devient agressive.

— Dans ces conditions, je ne risque rien.

Pendant que le Dr Chu enfilait des gants d'examen, Tom fit bouger son sourcil encore intact, lançant une œillade amusée à Honor.

— Alors comme ça vous êtes entrée à l'université à seize ans à peine ? Vous devez être sacrément intelligente.

— Ce n'est pas pour me vanter, monsieur Barlow, mais je suis sortie de Stanford major de ma promo.

— Mes félicitations. C'est impressionnant.

— Merci ! Alors, faites voir… Hum, elle vous a cogné et rien d'autre ? Parce que cette entaille que vous avez là est drôlement profonde. Elle n'a pas été faite à mains nues, si ?

— C'est sa bague de fiançailles.

— Alors, ça, c'est marrant ! L'ironie du sort, quoi…

— Je n'aurais pas dit mieux, répondit Tom, rieur.

Tous deux avaient en commun un sourire craquant. Honor estima que le moment était venu de se défendre :

— Il donnait un cours de boxe, et c'est *lui* qui m'a demandé expressément de le frapper.

Mais le Dr Chu ne parut pas l'entendre, trop occupée à ôter la gaze qui recouvrait l'œil de Tom.

— Génial ! Elle est vachement profonde, cette entaille ! Je vais m'éclater à vous recoudre, vous savez… En plus, je dirais que vous êtes bon pour un œil au beurre noir ! Avec un peu de bol, ça vous donnera un air sexy !

— Si vous le dites, docteur.

Son large sourire dévoila sa dent de travers : on aurait dit l'Artful Dodger d'*Oliver Twist*, mais en version adulte et totalement irrésistible !

— Bon, c'est parti ! Je vais vous recoudre, OK ?

De toute évidence, c'était le plus beau jour de la jeune existence du Dr Chu.

— Kit de suture, OK ! Stérilisation du champ, OK ! J'adore ce job…

— J'adore les femmes qui aiment leur job, commenta Tom.

— J'y suis accro, vous voulez dire ! Et vous, vous faites quoi dans la vie ?

— Je suis professeur de génie mécanique.

— Wouah… trop fort ! Bon, ça va piquer, là. Désolée, hein ? Compassion envers le patient, OK !

— Vous débordez de compassion, c'est vrai.

— OK de chez OK, alors ! pouffa le Dr Chu en brandissant la seringue d'antalgique qu'elle s'apprêtait à planter sous l'entaille.

Malgré les facéties de Tom, Honor se sentait encore vaguement coupable, état d'âme qui lui était peu familier.

Elle baissa les yeux sur sa main. Elle était légèrement enflée… Un juste châtiment, sans doute. Pour la première fois de sa vie, elle avait frappé quelqu'un.

Enfin, pas tout à fait la première… Elle avait giflé Dana, après tout. Au bout du compte, elle commençait à se faire une petite réputation…

— Vous avez un médecin traitant ? demanda le Dr Chu. Il pourra vous enlever les points dans une semaine environ. Mais si vous préférez, moi aussi, je peux le faire, hein ? N'hésitez pas à revenir. Je peux même vous donner mon numéro perso si vous voulez connaître mes horaires de service.

Tom jeta un coup d'œil à Honor.

— Tu pourrais plutôt aller voir Jeremy, suggéra-t-elle. C'est un ami de la famille.

— Oui, c'est ce que je vais faire.

— OK, pas de souci ! Visez-moi un peu ces points de suture ! Magnifiques, pas vrai ? Bon, c'était sympa de vous rencontrer, en tout cas… Je dois juste vérifier un truc avec mon supérieur : ça m'étonnerait qu'on ait besoin de faire une radio, mais je préfère être sûre.

— Merci.

— De rien ! Je reviens dans une seconde !

Elle quitta la pièce comme une fusée.

Honor se força à regarder le visage tuméfié de son fiancé.

— Pas mal, commenta-t-elle.

Le Dr Chu s'exprimait peut-être comme une préado en mal d'amour, mais ses points de suture étaient impeccables : discrets et bien nets.

— Tant mieux. Un si joli visage… ça m'aurait fait mal d'être défiguré.

— Je suis vraiment navrée, Tom, je te le répète. Même si je te l'ai déjà dit quinze ou vingt fois.

— Ne t'en fais pas, Honor. C'est moi qui suis désolé de t'avoir mise dans cette situation.

Il se massa la nuque, les yeux au sol.

Du couloir leur parvenaient les bruits de l'hôpital, le cliquetis des brancards et le chuintement des portes automatiques. Un bébé pleurait.

La question de Tom la prit par surprise :

— Pourquoi as-tu eu aussi peur ?

Elle haussa les épaules d'un air désinvolte, mais sentit les battements de son cœur repartir de plus belle.

— Oh ! je n'en sais rien…

Elle allait éluder la question, puis se ravisa.

— En fait, je me suis déjà fait agresser. Le type m'a… euh… il m'a poussée contre une porte. Exactement comme dans ton petit scénario.

La stupeur se peignit sur le visage de Tom.

— Tu plaisantes, Honor ? Tu ne crois pas que c'est le genre de choses qu'il aurait fallu que je sache *avant* ?

— Tu ne m'as rien demandé. Et, moi, je n'ai pas pensé à t'en parler.

— Mais pourquoi, bon sang ? Je n'aurais pas fait semblant de t'agresser si j'avais su ça, Honor ! C'est incroyable que tu ne m'aies rien dit ! J'aimerais comprendre pourquoi…

— Mais je ne sais pas, Tom ! Et arrête de me crier dessus ! C'était il y a longtemps, à Philadelphie. Je terminais mon troisième cycle, un type m'a assaillie et m'a demandé mon sac. Il avait un pistolet, alors j'ai obéi sans discuter. Puis il est parti. Rien de bien méchant.

— On t'a menacée avec une arme et, toi, tu dis que ce n'était pas méchant ?

— Si tu pouvais arrêter de crier, Tom… Moi qui croyais que les Anglais étaient des gens flegmatiques ! Et surtout ne raconte à personne que j'ai été agressée, ajouta-t-elle, un ton plus bas. Toi seul es au courant.

Il continuait à la dévisager, interloqué.

— Mais bien sûr, Honor, tu as raison : n'allons surtout pas laisser croire que tu puisses être humaine !

— Qu'est-ce que ça veut dire, ça ? Tu t'imagines peut-être me connaître ?

On frappa à la porte.

Levi entra dans la pièce, en uniforme de police. Il marqua un temps d'arrêt en les voyant.

— Ah… Salut, vous deux…

— Salut, Levi, dit Honor, contente de voir un visage amical. Qu'est-ce que tu viens faire ici ?

Il prit une profonde inspiration.

— Je dois poser quelques questions à Tom.

— A quel sujet ? s'enquit l'intéressé.

— Le médecin soupçonne un cas de violence conjugale. Et moi aussi, d'ailleurs. En plus, je viens de vous entendre crier.

Honor se sentit soudain accablée. D'abord, sa bagarre avec Dana, et maintenant ça ! Décidément, rien ne lui serait épargné !

— Vas-y, fais ton travail, soupira-t-elle avec lassitude.

— Ce n'est rien du tout, Levi, je t'assure. Honor me donnait un coup de main pour mon cours d'autodéfense et elle m'a chopé par surprise.

— Franchement, Tom, c'est un peu ta faute, protesta Honor. Ce cours, c'était ton idée.

— C'est juste, reconnut-il. Honor n'a absolument rien à voir là-dedans.

Mais Levi semblait prendre la situation très au sérieux.

— Laisse-moi seul une minute avec Tom, Honor. Je dois suivre la procédure, même si tu es la sœur de Faith. *D'autant plus* que tu es la sœur de Faith, même.

— Mais je t'en prie, vas-y…

Honor sortit dans le couloir. Son beau-frère, le super flic de Manningsport, était en train d'enquêter sur elle ! Elle soupira, découragée, puis se força à sourire à un vieil homme qui déambulait équipé d'un masque à oxygène. Le pauvre resta impassible… Elle détourna la tête.

Depuis la mort de sa mère, les hôpitaux lui donnaient la chair de poule. Cette expérience avait été la pire de toute son existence, le comble de l'horreur. Ce jour-là, elle était seule à la maison pour répondre au téléphone. Son père travaillait dans les vignes, et elle attendait que sa mère et Faith rentrent de Corning. Elles tardaient à revenir, et Honor commençait à être jalouse. Elle les imaginait en train de déjeuner quelque part ou de faire du shopping dans les jolies boutiques de Market Street.

— Ton père est là, ma petite Honor ? lui avait demandé le chef Griggs, et, à la seconde même, elle avait su que quelque chose de terrible était arrivé. Il faut quc je lui parle.

— Pourquoi ?

— Il le faut, ma petite chérie.

Une terreur blanche l'avait envahie d'un froid glacial. Elle avait senti ses genoux défaillir, puis s'était ressaisie.

— Est-ce qu'elles… sont mortes ? avait-elle murmuré.

— Ne bouge pas de chez toi, d'accord ? Ton père est là ?

— Oui.

— J'arrive, ma puce, avait conclu le chef de la police. Et l'effrayante douceur de sa voix avait confirmé ses pires craintes.

Elle avait reposé le téléphone sur le comptoir, à côté de son classeur de chimie. La mort se tenait à côté d'elle dans la cuisine. La mort l'avait suivie jusqu'à la porte de derrière, jusque dans le jardin. Et pourtant c'était d'une voix calme qu'elle avait appelé son père.

Maman et Faith. Mortes. C'était donc ce que voulaient dire les gens lorsqu'ils racontaient que, sur le coup, ils s'étaient sentis comme *anesthésiés*.

Son père allait avoir besoin d'elle. Elle le tenait par la taille lorsque le chef Griggs s'était engagé dans l'allée. Elle avait entendu les terribles paroles.

« Faith va bien, mais Constance n'a pas survécu. »

Elle avait senti son père accuser le coup, l'avait entendu émettre un horrible bruit de gorge. Avait tenu sa main sèche et osseuse durant tout le trajet jusqu'à l'hôpital. Une ambulance y avait transporté Faith. Une autre, leur mère.

Celle-ci aurait pu rouler plus lentement, avait-elle songé. Pas de gyrophares, pas de sirène. Elle resta seule devant la porte de la chambre de Faith, tandis que son père y entrait. Quelque part, au sous-sol, quelqu'un faisait glisser le corps de sa mère dans un placard sombre et froid.

Maman.

L'effroyable ampleur de la perte menaçait de l'engloutir tout entière. La seule personne qui la comprenait vraiment, celle qui lui donnait l'impression d'être unique, avait *disparu*. C'était fini. La vie ne serait plus jamais la même, plus jamais aussi belle, aussi pleine, aussi heureuse.

Mais ce sombre chagrin devait être tenu à distance. Elle était la fille de sa mère : calme, logique, pragmatique. Toutes deux ne ressemblaient pas aux autres membres de la famille. Honor allait serrer les dents, rafistoler son cœur brisé pour ne pas craquer devant tout le monde et accomplir ce qui devait être fait.

Quant aux jours heureux, aux jours de plénitude… Ces jours-là étaient révolus.

Il n'y avait qu'avec Brogan — et seulement de temps à autre — qu'elle était parvenue par la suite à retrouver un semblant de ce bonheur. Elle n'avait pas été malheureuse, non. Simplement, le moteur de sa vie n'avait plus jamais carburé à plein régime. Depuis l'âge de seize ans, elle attendait que quelqu'un la *répare*, et quand Brogan l'invitait à dîner au restaurant, ou quand il oubliait le décalage horaire et l'appelait au beau milieu de la nuit, elle entrapercevait l'espace d'un instant l'étendue de ce qu'elle avait perdu, une vision fugace du bonheur.

Alors que faisait-elle, au juste, avec Tom ? A bien des égards, c'était encore un inconnu pour elle… Un inconnu qui flirtait avec toute créature dotée d'une paire de seins. Un inconnu qui, à l'occasion, pouvait être si merveilleux qu'elle avait recommencé à espérer. Peut-être pourrait-il lui rendre la pièce qui manquait à son moteur ? Pourquoi alors lui ôtait-il tout espoir quelques secondes plus tard ?

La porte s'ouvrit, et Tom apparut, suivi de près par Levi.

— J'ai décidé de ne pas porter plainte, déclara Tom. Mais à partir de maintenant tu as intérêt à te tenir à carreau, ma jolie.

— Très drôle.

— Vous avez besoin de quelque chose, tous les deux ? demanda Levi.

— Non, tout va bien, répondit Honor. Merci, Levi. Désolée de t'avoir fait déplacer jusqu'ici.

— Bah, ça fait partie du job. A plus !

Il fit mine de s'éloigner, se retourna et les regarda, le front plissé.

— Vous êtes sûrs que ça va, tous les deux ? Vous n'avez rien à ajouter ?

— Tout va bien, l'ami ! affirma Tom en passant un bras autour des épaules de Honor. Pas vrai, *darling* ?

— Mais oui ! Absolument. La journée a été longue, c'est tout.

Levi les considéra d'un air pensif, et Honor fut saisie par l'angoisse. Elle posa sa tête sur l'épaule de Tom et sourit.

— Encore merci, Levi. Dis à Faith que je l'appellerai tout à l'heure.

Son beau-frère opina, leva la main en guise d'au revoir puis quitta les lieux.

Tom inspira un grand coup, puis souffla lentement.

— Bon, allez, qu'on en finisse, murmura-t-il en retournant dans la salle d'examen pour attendre le médecin.

17

Tom avait pourtant été prévenu : dans la région, la météo était imprévisible. Mais, là, on frôlait le ridicule ! Quatre jours auparavant, alors qu'il se rendait à la fac, il faisait 18 °C, les arbres étaient en bourgeons… bref, l'explosion du printemps avait commencé !

Et aujourd'hui voilà qu'il se mettait à neiger ! Après quatre années passées dans ce pays, Tom détestait toujours autant conduire dans ces conditions. En s'engageant dans le Village, il avait zigzagué et avait failli emboutir la petite Prius de Honor, qui s'était garée dans la rue (et non dans l'allée, pour une raison que seul pouvait comprendre un cerveau féminin).

Il descendit de voiture et se dirigea vers la maison. Alors qu'il ouvrait la porte, un amas de neige lui tomba dans le cou. Une fois à l'intérieur, la petite chienne se jeta sur lui :

— Lâche-moi, Ratibus !

— Ce n'est pas un rat, protesta vainement Honor.

Elle s'était servi un verre de vin. Tom remarqua qu'elle portait toujours son sévère tailleur bleu marine et ses affreuses chaussures. Pourquoi diable Honor Holland ne s'habillait-elle pas de façon un peu plus sexy ? Pourquoi ne mettait-elle pas ses atouts en valeur ? Mystère. Alors que cette fille était vraiment jolie.

— Comment va ton œil ? interrogea-t-elle.

— Bien, merci.

Ils ne s'étaient guère parlé depuis deux jours, à part pour se répandre en excuses mutuelles : lui, pour l'avoir mise dans une situation inconfortable, et elle, pour l'avoir blessé jusqu'au sang.

Dire qu'un mec lui avait collé un flingue sous le nez ! Et qu'elle n'en avait jamais soufflé mot à personne ! Bonté divine ! Chaque fois que Tom y repensait, la colère l'aveuglait. Il aurait voulu mettre au tapis le salaud qui lui avait fait ça, qui avait choisi de s'attaquer à cette jeune femme vulnérable et peu au fait de la vie urbaine. La cible idéale, évidemment. Ce qui ne faisait qu'accentuer la fureur qui l'habitait. Une rage qui bloquait dans sa gorge les mots qu'il aurait voulu lui dire. *Je ne veux plus qu'il t'arrive du mal. Ne prends plus jamais de risques. Ne tombe pas malade. Ne pars pas. Ne meurs pas.*

Il poussa un soupir.

— Qu'est-ce qui te ferait envie pour le dîner ? lui demanda-t-elle.

— Ça m'est égal. Tu veux que je fasse la cuisine ?

— Ça ne me dérange pas de la faire.

— Moi non plus. Allez, assieds-toi, décompresse ! Tu m'as l'air un peu tendue.

Elle se hérissa.

— Pas du tout.

Elle souleva Spike et déposa un baiser sur la tête de l'animal.

— Bon.

Décidément, la communication n'était pas leur fort.

Au moins, ils étaient doués au lit. Du moins, si sa mémoire était bonne. Parce que ça commençait à faire un bail ! Des semaines. Des semaines qu'il vivait comme un moine.

Le carillon de la porte retentit. Ratibus se lança dans un concert d'aboiements qui, pensa Tom, allaient finir par le rendre cardiaque.

— J'y vais, dit Honor en emportant sa bestiole.

Il ouvrit le réfrigérateur et considéra les options qui s'offraient à lui. Un des avantages de la vie commune, c'était que le garde-manger était nettement mieux pourvu que du temps où il vivait seul. Bien sûr, il essayait toujours d'avoir en réserve quelques bricoles à grignoter, au moins pour Charlie. Mais, depuis l'arrivée de Honor, ils croulaient littéralement sous les victuailles. Poulet, bœuf, laitue, tomates, oranges, épinards, faisselle, parmesan, yaourts, houmous. Sans oublier toute une série de bonnes bouteilles.

— Tom ? Euh, *bichon ?*

Cet infâme surnom lui fit faire volte-face. Honor avait le visage marbré de rouge et les yeux légèrement agrandis par la peur. Une femme la suivait.

— Je te présente Bethany Woods. Elle travaille pour les services des douanes et de l'immigration.

Par saint George !

Il la salua d'un large sourire.

— *Hello !*

Bethany avait la quarantaine. C'était une femme robuste et trapue avec des frisettes noires et des lunettes à monture sévère, mais ornées de strass de chaque côté.

— Tom Barlow ! Enchanté !

— Bonsoir. Je suis ici dans le cadre d'une visite à domicile inopinée, à la demande du gouvernement américain. J'espère que vous n'y voyez pas d'inconvénient… ?

— Pas du tout, répondit Tom. Et que nous vaut un tel honneur ?

Bethany esquissa un sourire crispé.

— Nous avons été informés que Mlle Holland et vous pourriez être sur le point de contracter un mariage blanc.

Tom jeta un regard à Honor, qui semblait sur le point de faire un malaise.

— Un mariage blanc ? Comment ça ? Oh ! mais excusez-moi, je manque à tous mes devoirs ! Asseyez-vous, Bethany, je vous en prie ! Je vous sers un verre de vin, une tasse de thé ?

— Rien, merci.

La femme le jaugea rapidement du regard. *On dirait Janice*, se dit-il.

— Prenez au moins un siège, je vous en prie. *Darling ?*

Il tira une chaise pour Honor, qui hésita avant de s'y asseoir avec raideur.

— Professeur Barlow, commença Mme Woods. Nous avons pris contact avec la faculté où vous enseignez et nous avons appris qu'elle n'envisageait pas de renouveler votre carte verte.

— C'est exact.

Honor se mordillait la lèvre inférieure. Si elle continuait, elle allait se faire saigner. Il lui prit la main sous la table et y appliqua une petite pression d'avertissement. Ratibus se mit à grogner, s'attirant un regard appuyé de Bethany Woods.

— D'après nos dossiers, votre licence de mariage a bien été enregistrée, poursuivit-elle. Et, il y a quelques jours, quelqu'un a appelé notre bureau de manière anonyme pour nous informer que vous vous connaissiez à peine.

Tom n'en croyait pas ses oreilles. Qui diable avait pu faire une chose pareille ? Le père de Honor, peut-être ? Le bonhomme n'arrivait toujours pas à le regarder dans les yeux. Ou Droog ? Par jalousie, après avoir été éconduit par Honor ? Ce serait très surprenant, Droog était un brave type.

— Ma foi, tout s'est passé très vite, je vous l'accorde, répondit-il. Mais nous allons nous marier parce que nous nous aimons. Pas vrai, *darling* ?

— Nous nous aimons, répéta Honor comme un perroquet enroué.

Il effectua une nouvelle pression de doigts, ce qui lui valut un regard affolé en retour.

— Je suis ravie de vous l'entendre dire, répliqua vivement Mme Woods.

De nouveau, elle le détailla de la tête aux pieds.

— Quoi qu'il en soit, sachez que la fraude au mariage est passible d'une peine d'emprisonnement de dix ans et d'une amende pouvant aller jusqu'à deux cent cinquante mille dollars. J'espère que vous en êtes conscients.

Honor déglutit bruyamment, et le chien-rat se mit à geindre, remuant la queue et gigotant pour atteindre sa nouvelle amie. Jusqu'ici, Ratibus n'avait jamais paru détester personne d'autre que Tom.

— Il arrive très fréquemment qu'un citoyen américain se prête à ce genre de fraude pour venir en aide à un ami, poursuivit Mme Woods en tendant un doigt vers Spike, qui se mit à lui lécher la main avec empressement.

— Mais qu'il est mignon, ce chien-chien ! s'exclama soudain l'inspectrice des douanes et de l'immigration. Hein, qu'il est mignon ? Mais oui, il est mignon, ce chien-chien ! Il est trop mignon, hein ? Oh ! oui ! Oh ! oui, qu'il est trop mignon ! Et comment tu t'appelles, toi ? Hein ? C'est quoi, ton petit nom tout mignon ?

— Elle s'appelle Spike, lâcha Honor dans un souffle.

— Oh ! c'est adorable… Je le trouve charmant ce petit nom, moi ! Oh ! oui ! Je l'adore ! Hum… Quoi qu'il en soit, mademoiselle Holland, sachez que le fait de vouloir aider un proche n'enlève rien à l'illégalité d'un mariage blanc.

— Mais enfin, madame Woods, nous ne sommes pas dans cette situation…

Tom remarqua qu'elle avait les mains moites.

— Tant mieux. Alors, je suis sûre que vous ne m'en voudrez pas si je m'entretiens séparément avec chacun de vous pour vous poser quelques questions.

— Bien sûr que non, affirma Tom. N'est-ce pas, Honor ?

— Non, murmura-t-elle.

La bouche de Bethany Woods se tordit en un rictus crispé.

— Parfait. Pourriez-vous me faire visiter l'étage pour commencer ?

— Pas de problème, suivez-moi, répondit Tom.

Il se leva et lui tendit la main, tout sourire. Mme Woods la prit en rougissant légèrement.

— C'est une très jolie maison que vous avez là…

— Oui, elle nous plaît beaucoup.

Dieu merci, Honor avait apporté quelques affaires, et l'endroit avait été considérablement amélioré par rapport à l'époque où il vivait seul. Des photos ornaient les murs, le canapé regorgeait de coussins, les toilettes proposaient des serviettes assorties… Bref, la maison ressemblait à un vrai foyer et pas seulement à une garçonnière provisoire.

— Depuis combien de temps êtes-vous ensemble ? interrogea Mme Woods.

Elle s'aperçut que la chienne trottait à ses côtés.

— Vous avez dit qu'elle s'appelait Spike, cet amour ? Alors, Spikey, dis-moi, depuis combien de temps papa et maman sont ensemble, hein, mon bébé ? Hein ?

Dieu tout-puissant…

— Deux mois, répondit Tom. Un vrai coup de foudre.

— C'est ça, croassa Honor.

— C'est ta balle, ça, Spikey ? C'est ta baballe à toi ? Allez, mon bébé, va chercher !

Bethany Woods lança la balle, qui alla rouler sous une chaise.

— Attends, mon bébé joli, je vais aller te la chercher !

Alors qu'elle s'agenouillait pour récupérer la baballe de bébé-joli, Tom se tourna vers Honor et lui donna un rapide baiser.

— Ressaisis-toi…, murmura-t-il contre ses lèvres.

— D'accord, chuchota-t-elle, mais elle continuait de darder des regards affolés dans tous les sens.

Il l'embrassa encore, plus lentement cette fois, en prenant sa tête entre ses mains. Ses cheveux étaient fins et doux, comme un duvet soyeux. Il émanait d'elle une odeur de propre toute simple, tellement agréable ! Elle s'appuya contre son torse, et ses lèvres répondirent à son baiser.

Ils devaient faire semblant d'être follement amoureux, mais Tom n'avait pas besoin de jouer la comédie lorsqu'ils s'embrassaient. C'était une sensation extraordinaire. Elle avait une façon bien à elle de se fondre en lui. Honor, sa soi-disant fiancée, si cassante et autoritaire, paraissait… désarmée et fragile quand il la tenait dans ses bras. Douce, tendre et un peu surprise.

— On monte à l'étage, Spikey ? poursuivit Mme Woods. Allez, viens, mon bébé ! On y va !

Tom s'écarta de Honor.

— Par ici, je vous prie.

Spike poussa un jappement, définitivement conquise par Bethany.

Par chance, côté ménage, Honor était un brin obsessionnelle : le lit de Charlie était fait au carré, et rien — pas une pantoufle, pas une boucle d'oreille — ne trahissait le fait qu'elle dormait dans cette chambre. Une fille futée, en somme, songea Tom. Qui avait prévu le coup. Il lui revaudrait ça. Et tout le reste, d'ailleurs.

— Qui construit des maquettes d'avion ? s'enquit Mme Woods, en s'arrêtant devant l'ébauche de Stearman posée sur le bureau.

— Un jeune garçon nommé Charlie que je considère comme

mon beau-fils. J'étais fiancé à sa mère, il y a quelques années, mais hélas elle est décédée. Son fils et moi sommes restés très proches.

Mensonge.

— Il est superbe, cet avion ! Et c'est tout à votre honneur, monsieur Barlow. Hein, Spike, qu'il est très gentil, papa Tom ? Hein ? Oh ! que oui !

Elle souleva la petite chienne de terre et l'embrassa.

— Merci, dit Tom, en essayant d'ignorer la respiration saccadée de Honor, qui se tenait à ses côtés.

Il fallait absolument qu'elle se calme ! Et Bethany aussi, du reste, à qui Spike léchait maintenant la bouche. Dégoûtant !

Mme Woods pénétra dans la seconde chambre et ouvrit la penderie. Là encore, bien joué, Honor ! A voir ainsi ses vêtements soigneusement rangés à côté de ceux de Tom, on aurait vraiment pu croire qu'ils partageaient la même chambre.

— Alors, c'est pour quand, ce mariage ?

— Bientôt, répondit Honor.

— Nous songions à nous enfuir tous les deux, plaisanta Tom, mais sa famille tient à assister à la cérémonie. Et puis Honor veut à tout prix une belle robe blanche et tout ce qui va avec. Quant à moi, bien sûr, je veux seulement qu'elle soit heureuse.

Il la regarda.

— Tu seras magnifique en robe de mariée, *darling.*

— J'adore les mariages, approuva Bethany Woods.

— Dans ce cas, c'est avec grand plaisir que nous vous convions au nôtre !

Honor poussa un glapissement qu'elle tenta de dissimuler derrière une petite toux. Mme Woods sourit et, reprenant ses déambulations dans la maison, entra dans la salle de bains. Ouvrit le placard et hocha la tête.

— Tu en fais un peu trop, souffla Honor à Tom.

— Elle gobe tout ce que je lui raconte, chuchota-t-il. Ça te ferait mal de sourire un peu ? On est censés être amoureux, je te signale.

— Je ne sais pas bien jouer la comédie.

— Oui, j'ai vu ! Tu n'as qu'à suivre mon exemple, *darling.*

Bethany Woods était repassée en mode professionnel :

— Vous voulez bien rester en haut et répondre seule aux quelques questions du formulaire prévu à cet effet, mademoiselle Holland ?

Elle ouvrit son énorme sac et en sortit une liasse de documents.

— Pas de problème, déclara Honor.

Elle esquissa un mouvement vers la chambre de Charlie, fit volte-face et entra rapidement dans celle de Tom.

Bethany haussa un sourcil.

Miséricorde !

Tom emboîta le pas à Mme Woods et la suivit tandis qu'elle redescendait l'escalier et retournait dans la cuisine.

— Si vous le permettez, nous allons attendre que Honor redescende avec ses réponses, dit-elle en s'emparant de Ratibus.

— Pas de souci. Vous êtes sûre de ne pas vouloir un verre d'eau ? Ou un peu de ce vin ?

Il lui sourit de nouveau.

— J'imagine que nous sommes votre dernière visite de la journée ?

— Ah, alors, vu sous cet angle… pourquoi pas ? Du blanc, si vous avez.

— Vous êtes bien tombée, nous n'en manquons pas ! Honor est issue d'une famille de viticulteurs. Nous avons toutes sortes de bonnes bouteilles à vous proposer. Gewurztraminer ? Pinot gris ? Chardonnay ?

— Un chardonnay, merci.

— Parfait !

Il lui servit un généreux verre de vin.

— Ça vous ennuie si je commence à préparer le repas ?

— Faites donc, je vous en prie.

Tom ôta son pull, révélant le T-shirt à col « boutonnière » qu'il portait en dessous. Bethany Woods rougit, les yeux rivés à son tatouage représentant l'Union Jack.

— On ne peut pas oublier d'où je viens, pas vrai ? lui lança-t-il avec un clin d'œil.

— Et vous en avez un second sur l'autre bras ? s'enquit-elle en buvant une gorgée de vin.

— Oh ! oui. Mais, celui-là, c'est un peu une erreur de jeunesse…

Il remonta sa manche gauche et lui dévoila un tatouage représentant un cercle celtique. Ce symbole, qui ne signifiait strictement rien pour lui, lui avait paru le comble de la classe à dix-sept ans. En faisait-il un peu trop pour plaire à Mme Woods ?

Oui, probablement.

— Qu'est-ce qui est arrivé à votre œil ? murmura-t-elle.

— Ça ? Ah, c'est une histoire assez amusante.

Et il lui narra l'anecdote : le cours d'autodéfense, la bague de fiançailles de Honor, les urgences.

— Ça va mieux, maintenant. Le médecin m'a joliment recousu, vous ne trouvez pas ?

Il se pencha vers elle pour qu'elle puisse examiner les points de suture et lui sourit.

— Pauvre de vous, articula-t-elle, la voix rauque.

Voyant Tom s'approcher de sa nouvelle amie, Spike montra les dents.

— Depuis quand travaillez-vous pour les services de l'immigration, Bethany ?

— Depuis quatorze ans. Mmm… Vous aviez raison, ce vin est remarquable.

— Ravi qu'il vous plaise.

Il sortit du poulet, une botte de persil et quelques gousses d'ail, et se mit aux fourneaux.

— Vous devez en avoir, des histoires à raconter, avec votre métier…

Faire la cuisine, avait-il constaté au fil des années, était une activité étrangement propice à l'intimité. A l'époque où ils vivaient encore ensemble, certaines des conversations les plus enrichissantes qu'il avait eues avec Charlie s'étaient tenues dans la cuisine, pendant la préparation du repas. Avec Mélissa aussi : elle lui savait toujours gré de ne pas avoir à préparer le dîner en rentrant de sa journée de travail.

Et la méthode fit également ses preuves avec Bethany.

— Nous voyons toutes sortes de choses dans notre travail, reconnut-elle, en prenant une nouvelle gorgée de vin. Ces visites à domicile, nous les appelons les « vérifs de lit ». On s'assure que le couple vit bien ensemble et ne fait pas simplement semblant. Vous voyez ce que je veux dire : est-ce qu'il y a ses affaires à elle dans la salle de bains ou juste les siennes à lui ? Est-ce qu'ils partagent une réelle intimité ou est-ce que ce sont de parfaits inconnus l'un pour l'autre ? Si vous saviez le nombre de gens qui s'imaginent pouvoir nous berner à propos de ce genre de choses…

— Ah oui ?

— Tenez, je me souviens d'une fois…

Et là-dessus elle s'embarqua dans une histoire de réseau d'escroquerie à la carte verte, dans lequel des couples tentaient de donner l'impression qu'ils étaient ensemble depuis des mois par le biais de photos retouchées, notamment en collant leur tête sur le corps de quelqu'un d'autre.

— Donc, sur une photo, la femme pesait environ cinquante kilos. Mais sur la suivante, en théorie prise lors des mêmes vacances au ski, elle pesait au moins le double ! Vous vous rendez compte ? Tu te rends compte, toi, Spikey ?

Tom sourit.

— Oui, c'est amusant. Stupide, mais amusant.

— Enfin…, conclut Bethany. Vous deux, au moins, vous n'avez pas menti sur la durée de votre relation.

Elle termina son verre de vin.

— Au fait, comment vous êtes-vous rencontrés ?

— Chez O'Rourke, répondit Tom, tout en remuant les morceaux de poulet dans la poêle. Le petit pub de la ville. Quand j'ai vu Honor, je me suis dit : « Mon vieux Tommy, c'est elle ! C'est ta future femme. » C'était comme si le ciel m'était tombé sur la tête !

Il la gratifia d'un grand sourire.

— Ça fait un peu fleur bleue, je sais…

— Mais non. Pas du tout. C'est très romantique. N'est-ce pas, Spikey chérie, que c'est romantique ?

Honor revint dans la cuisine. Ses vêtements étaient fripés, et elle avait l'air d'avoir transpiré.

— Fini, dit-elle en tendant les papiers à Mme Woods.

— Très bien. Oh ! bonté divine ! Comme ça sent bon, ce que vous préparez, Tom ! Je meurs de faim.

— Restez donc dîner avec nous, proposa-t-il.

Honor lui jeta un regard meurtrier.

— Avec grand plaisir ! répondit Bethany.

Lorsqu'elle leur tourna le dos, Honor leva les mains au ciel, épouvantée.

— Ah, parfait ! enchaîna Tom. Tu veux bien mettre la table, *darling* ?

Elle s'exécuta, posant bruyamment les assiettes. Elle faillit lâcher le plat de semoule que Tom lui avait confié. Il lui lança un regard d'avertissement, mais elle semblait incapable de se détendre.

— Vous êtes un cuisinier remarquable ! décréta Mme Woods en se jetant sur son assiette comme si elle venait de faire une retraite de quarante jours dans le désert. Mmm… C'est délicieux ! J'ai le droit d'en donner un petit bout à Spike ?

En voilà au moins une qui passait une bonne soirée…

Honor, elle, ne parvenait pas à avaler quoi que ce soit et demeurait silencieuse. Sous les regards appuyés de Tom, elle finit par se mettre à picorer sans entrain. Ce n'était pas comme ça qu'elle allait convaincre Bethany qu'ils filaient le parfait amour !

— Bon ! lança justement Mme Woods. Et maintenant, Tom, j'aimerais vous poser les mêmes questions que celles auxquelles Honor a déjà répondu, pour voir si vos réponses concordent.

— Très bien, allons-y !

En voyant la tête que faisait Honor, il lui expédia un coup de pied sous la table.

A son air désespéré, on aurait pu croire que sa chienne venait de se faire aplatir par un bulldozer ! A ce propos, où était passée Ratibus ? Elle était en train d'honorer une de ses chaussures, peut-être ?

— Tom, quelle est la couleur préférée de Honor ?

Bon Dieu !

Il n'en avait pas la moindre idée ! La plupart de ses vêtements étaient…

— Bleu.

— Et plus particulièrement ?

— Le bleu foncé.

— Marine. Bon, je vous l'accorde…

Bethany lui décocha un sourire assorti d'un petit clin d'œil.

— Quelle est la date de son anniversaire ?

— Oh ! non, pitié ! C'est sur cette question que se plantent la plupart des futurs maris, n'est-ce pas ?

Il regarda Honor, hilare. Mais celle-ci ne lui rendit pas son sourire. Elle braquait sur lui des yeux agrandis par l'angoisse.

— Le 4 janvier.

Merci, Honor, pour ton dossier d'obsessionnelle compulsive !

— Bonne réponse !

Bethany tendit le bras pour lui toper dans la main et, une fois de plus, laissa ses yeux errer sur l'Union Jack.

— Quel est son rang dans la fratrie ?

Aïe ! Voyons, réfléchissons : il y avait la sœur accro au sexe qui avait l'air plus âgée, mais qui se conduisait comme une gamine… L'autre sœur, mariée à ce flic… celle-là faisait plus jeune que Honor. Mais le frère… ?

— Elle se comporte toujours comme l'aînée… n'est-ce pas, mon amour ? C'est vrai, tout le monde se tourne vers elle en cas de problème. Et puis elle est d'un tempérament plutôt autoritaire.

Il sourit. Honor semblait toujours à deux doigts de s'évanouir.

— Mais, en réalité, elle est au milieu.

— Correct ! dit Bethany, sans remarquer qu'il avait un peu trafiqué sa réponse. Son émission de télé préférée ?

Tom fit la grimace.

— Ces horribles documentaires médicaux sur les tumeurs et autres atrocités. Terrifiant !

Bethany lui sourit.

— Je suis bien d'accord avec vous. Bon, question suivante : d'après Honor, quel est votre principal vice ?

Il fronça les sourcils. Honor, elle, ferma les yeux.

— La boisson. Mais attendez un peu qu'elle fasse la connaissance de certains de mes potes, en Angleterre !

— La boisson, c'est exact, Tom.

Bethany lui tapa derechef dans la main.

— Quel moyen de contraception employez-vous ?

Il avala son verre d'eau de travers.

— Hum, bonne question.

Il s'accorda une seconde de réflexion.

— Nous espérons fonder une famille très rapidement. Donc, aucun.

— Ce n'est pas ce qu'a répondu Honor.

Il se tourna vers sa promise.

— *Darling ?* Je croyais pourtant qu'on en avait déjà discuté ?

— Je, euh… oui. Mais tu sais…

Elle transpirait, son front luisait de sueur.

Il lui prit la main et la força à s'asseoir sur ses genoux où elle s'immobilisa, aussi détendue qu'un sac de briques.

— Je pensais que tu voulais un enfant tout de suite, mon amour, dit-il en lui serrant le genou, dans l'espoir qu'elle saisirait l'allusion.

— Eh bien, euh, je ne… C'est exact, très bientôt. Mais on peut sans doute attendre quelques mois après le mariage avant d'arrêter euh… la pilule ?

— Je suis impatient, tu sais !

Il tenta de l'attirer à lui pour un baiser, mais elle était tendue comme une arbalète. Alors, il appuya sa tête contre son épaule et sourit à Bethany.

— D'autres questions ?

— Non, non. Vous êtes très mignons, tous les deux. Et Spikey, où elle est, Spikey ? Pas vrai, qu'ils sont mignons, mon bébé ? Oh ! oui ! Ils sont trop mignons !

Merci, petit Jésus ! Dans cinq minutes, il allait se servir un whisky bien tassé. Rien qu'un, notez bien, mais… bien tassé.

Il se leva, fut obligé de pousser Honor pour qu'elle quitte ses genoux, puis lui agrippa la main.

— Ma foi, nous avons été ravis de faire votre connaissance. Merci d'être passée, Bethany.

— Merci à vous pour le repas ! se récria-t-elle en enfilant son manteau. C'était vraiment très sympa de votre part de m'inviter. La plupart des gens n'attendent qu'une chose, que je m'en aille !

— Ah bon ? fit Tom. Je ne vois vraiment pas pourquoi.

— En tout cas, bonne chance à vous deux !

Et Bethany, tout sourire, échangea avec eux une solide poignée de main.

— Merci, articula Honor en laissant échapper un énorme soupir de soulagement.

Tom lui jeta un regard noir avant de se retourner vers Bethany. Il la raccompagna jusqu'à l'entrée, remorquant Honor à sa suite, et ouvrit la porte.

Par saint George !

Il était tombé trente centimètres de neige durant la soirée.

— Oh ! zut ! s'exclama Bethany. Je ne sais pas si je vais pouvoir rouler dans ces conditions. Les pneus de ma voiture sont complètement lisses, et il me faut bien une heure et demie pour rentrer chez moi. Et encore… par beau temps !

— Pas de souci, vous pouvez passer la nuit ici. Ça ne nous dérange pas du tout. N'est-ce pas, *darling* ?

Honor avait l'impression que sa tête allait exploser. Elle contempla son reflet dans le miroir de la salle de bains. A force de cuire, son visage avait l'air brûlé par le vent.

Quatre heures que cette bonne femme était là ! Quatre heures durant lesquelles Tom lui avait léché les bottes, avait joué au fiancé dévoué, quatre heures durant lesquelles elle avait essayé de mentir alors que, dans son esprit, les mots « dix ans de prison » tournaient en boucle. Certes, elle savait déjà ce qu'elle risquait, mais cet avertissement prenait une tonalité tout à fait différente dans la bouche d'un agent fédéral !

Enfin — Dieu soit loué ! —, Bethany avait bâillé (comme un hippopotame)… Elle avait souhaité tendrement une bonne nuit à Tom, qui semblait prêt à lui tomber dans les bras.

— A demain, les tourtereaux ! Et ne faites pas trop de bruit, d'accord ?

Le clin d'œil canaille qu'elle leur lança acheva définitivement Honor.

Et maintenant elle allait devoir dormir avec Tom !

Elle allait être *obligée* de dormir avec Tom.

Dans des circonstances normales — enfin, normales pour eux —, cette perspective l'aurait rendue nerveuse, mais franchement excitée. Avec un agent fédéral de l'autre côté du couloir, c'était une autre histoire ! Elle était sur le point de perdre le contrôle de ses nerfs.

Pourtant, quelque chose l'intriguait. Comment Tom avait-il pu savoir que sa couleur préférée était le bleu marine ? Et sa petite théorie sur le fait qu'elle se conduisait comme l'aînée de la fratrie… Etait-il dans le vrai ?

— La salle de bains est libre ? demanda Bethany à travers la porte.

— Hum, une seconde !

Quel dommage qu'elle n'ait pas de somnifères sous la main ! Elle aurait pu droguer leur petit trio. Pour le coup, tout aurait été plus simple !

Elle ouvrit la porte, sourit à Bethany, entra dans la chambre de Tom et referma derrière elle.

— Tu ne pourrais pas essayer d'être un peu moins figée, non ? chuchota-t-il.

— Pardon ?

— Tu es restée assise toute la soirée comme une bûche, Honor !

Ces quatre heures de stress avaient laissé des traces.

— Peut-être, mais ça me paraît mieux que de faire un strip-tease pour lui changer les idées, siffla-t-elle. Tu crois que je n'ai pas remarqué ton petit manège ? Qu'est-ce que tu comptais faire si elle avait continué à te poser des questions, un numéro à la *Full Monty* ?

Dans la salle de bains, on ouvrit un robinet.

— Il fallait bien que l'un de nous deux fasse la conversation, *bibiche* !

— Tu crois peut-être que ça va faire avancer notre dossier si Bethany y inscrit la mention : « Le futur marié se la joue Chippendale » ?

— Je ne lui ai pas fait de strip-tease ! J'ai juste enlevé mon pull. Ça m'a paru important de la distraire, vois-tu, puisque tu restais muette comme une carpe !

— Désolée d'être normale, chuchota-t-elle, et d'avoir été un tant soit peu impressionnée par la présence d'un agent fédéral venu contrôler si on disait la vérité ! Agent que tu as jugé bon d'inviter à dîner, puis à rester dormir !

— Baisse d'un ton, elle sort de la salle de bains !

— Bonne nuit ! lança Bethany.

— Bonne nuit ! répondirent-ils d'une même voix avec une gaieté forcée.

Ils se regardaient en chiens de faïence.

Spike, au moins, était à son aise : elle bondit sur le lit et se pelotonna sur un oreiller, puis bâilla et ferma les yeux.

Le radiateur cliquetait.

— Allez, *darling*, au dodo !

Ses *darling* à répétition commençaient à lui taper sur les nerfs, d'autant que pas une seule fois Tom n'avait employé ce terme de façon sincère. Mais il avait raison sur un point au moins : il était plus que temps d'aller se coucher…

Et pour cela elle devait se mettre en pyjama.

— Hum, tu veux bien fermer les yeux un instant ? murmura-t-elle.

— Je t'ai déjà vue toute nue, je te signale.

— Oui, bon, c'est vrai… mais ce soir ce n'est pas la même chose.

— Comme tu voudras.

D'un geste plein de grâce — celui du prédateur masculin habitué des conquêtes —, il fit passer son T-shirt par-dessus sa tête, le lança dans un coin de la chambre, puis entreprit de déboutonner son pantalon.

Bon. Sans doute fallait-il qu'elle-même se retourne, pour lui laisser également un peu d'intimité ?

Elle n'allait pas tarder à se retourner, bien sûr… D'un moment à l'autre… D'ici demain, en tout cas.

Car il avait un corps particulièrement splendide, et très viril. Un corps de boxeur avec des bras galbés par des muscles puissants, un large torse presque imberbe et des abdos saillants et parfaitement dessinés qui l'hypnotisaient. Elle se souvint du plaisir qu'elle avait eu à laisser courir ses doigts sur son corps, cette fameuse nuit qui l'avait vue se transformer en amante féline et sensuelle, cette nuit où elle ne s'était pas reconnue.

Tom jeta soudain un œil dans sa direction et leva un sourcil interrogateur. Aussitôt, elle lui tourna le dos, les joues brûlantes.

L'instant d'après, elle entendit les ressorts du lit grincer.

— Bon, et maintenant ferme les yeux, murmura-t-elle.

— C'est fait.

— C'est bien vrai, hein ?

— Honor, par saint George ! Tu veux bien venir te coucher, s'il te plaît ?

Elle lui jeta un regard par-dessus son épaule. Tom était assis dans le lit, les yeux clos. Son magnifique torse d'athlète était comme une invitation ardente à venir l'examiner de plus près. Son œil meurtri et ses tatouages lui donnaient un irrésistible côté *bad boy* et, chose étrange, sa médaille de saint Christophe soulignait son incroyable sex-appeal. Qui aurait cru qu'un homme tel que lui pourrait un jour lui demander de venir le rejoindre dans son lit ? Si l'on mettait de côté les circonstances particulières qui les avaient réunis…

Elle commença donc à se déshabiller : veste, jupe et chemisier auréolé de sueur allèrent s'empiler sur le dossier de la chaise. Heureusement que ses dessous étaient plutôt jolis. Non que Tom pût les voir, bien sûr, puisqu'il avait fermé les yeux comme un bon petit garçon obéissant. Elle dégrafa son soutien-gorge et se glissa aussi vite que possible dans son pyjama de coton.

Lorsqu'elle se retourna, Tom avait les yeux grands ouverts et la contemplait sans ciller. Sans sourire.

L'air parut se charger d'électricité, et elle sentit son cœur battre à tout rompre.

Peut-être parce que, s'étant rapprochée, elle pouvait maintenant lire l'expression de son regard. Ou peut-être parce qu'elle était suffisamment près pour l'embrasser…

— Allez, viens, maintenant, dit-il en repoussant les couvertures.

Elle n'allait *jamais* pouvoir dormir.

De toute façon, elle passait des nuits épouvantables depuis qu'elle avait emménagé dans cette maison. Mais ce soir plus qu'aucun autre elle était à fleur de peau, à la fois terrifiée à l'idée de finir derrière les barreaux et frémissante de désir et d'excitation…

Justement, puisque tu parles de désir…, intervinrent ses ovules en réglant leurs jumelles pour contempler l'adonis de plus près.

Elle se dirigea vers le côté du lit laissé libre par Tom et se glissa entre les draps.

— Bonne nuit, dit-elle sans le regarder.

Tom éteignit la lumière et se coucha sur le dos.

— Il va falloir qu'on lui propose de partager notre petit déjeuner, murmura-t-il. Tu crois que tu pourras faire preuve d'un minimum d'hospitalité ?

Honor se retourna pour lui faire face ; la lumière de la rue éclairait son profil.

— Tom, chuchota-t-elle, et si on se fait prendre ?

— On ne se fera prendre que si tu continues à te comporter comme une criminelle, *darling*.

— Mais c'est plus fort que moi !

— Ecoute, lui fit-il remarquer avec calme, tu m'avais assuré que tu te lançais là-dedans en toute connaissance de cause. C'est toi qui m'as dit que tu avais conscience des risques et que tu les acceptais.

— Je sais, mais…

On frappa à la porte et, dans un sursaut de panique, Honor se colla à Tom.

— Oui ? répondirent-ils en chœur, tandis que Tom la prenait précipitamment dans ses bras.

Bethany ouvrit la porte.

— Je ne voudrais pas vous déranger, dit-elle sans trop de conviction. Oh ! coucou, Spikey-baby ! Vous êtes bien, là, tous les trois, mon chien-chien ?

Honor avait le visage enfoui dans le cou de Tom. Quel refuge agréable ! Ou, du moins, ça aurait pu l'être si elle n'avait pas fait un accès de tachycardie ventriculaire (merci, *Mort aux urgences*).

— Vous avez besoin de quelque chose, Bethany ? s'enquit Tom.

— Euh, je me demandais juste si je pouvais avoir un verre d'eau.

Bonté divine !

— Mais bien sûr, répondit-il en s'apprêtant à sortir du lit.

Honor l'arrêta.

— Je vous en prie, servez-vous. Les verres sont juste à côté de l'évier.

Bethany marqua un temps d'hésitation puis poussa un soupir déçu.

— D'accord, merci. Dormez bien.

La porte se referma.

— Un verre d'eau, tu parles ! chuchota Honor. Tout ce qu'elle voulait, c'était te voir torse nu.

— Au moins, ça intéresse quelqu'un dans cette maison, maugréa Tom.

— Qu'est-ce que ça signifie ?

— Que tu aurais peut-être moins de mal à jouer les futures épouses si nous couchions ensemble.

Elle se rendit compte qu'elle était toujours blottie contre lui. De façon intime. En fait, si elle n'avait pas été emmaillotée dans son pyjama en coton, elle lui aurait déjà sauté dessus.

— On a dit qu'on attendait d'être mariés, objecta-t-elle dans un souffle.

Tom marmonna.

— Eh bien, moi, je trouve ça très hypocrite. Vu que nous avons déjà fait l'amour trois fois.

— Une seule nuit. En trois… hum… sessions.

S'il l'embrassait maintenant, elle ne lui opposerait aucune résistance. Le stress de cette soirée l'avait épuisée et, surtout, elle se sentait tout engourdie par le désir. Le souvenir du poids de Tom sur elle, la sensation lisse, dure et puissante de son…

— Parle-moi de ton agression, suggéra-t-il d'une voix douce.

— Pardon ? Ah… Hum, pourquoi ?

— Parce que je veux savoir.

Elle déglutit.

— Je t'ai déjà tout dit.

— Oui. Mais j'étais en colère et trop occupé à te crier dessus.

Il l'attira tout contre lui jusqu'à ce qu'elle se retrouve la tête contre son épaule, sensation tout à fait exquise. Elle ne put faire autrement que de poser sa main sur son torse. Elle sentait son cœur battre à coups sourds, et cette secrète intimité avec la mécanique de son corps était, à elle seule, un plaisir délicieux.

Les pas de Bethany résonnèrent dans l'escalier. Ils entendirent la porte de sa chambre s'ouvrir puis se refermer.

— Je rentrais de la bibliothèque à pied, murmura Honor. Ma colocataire et moi partagions un petit appartement à environ trois rues du campus. Il n'était que 22 heures, et je ne pensais pas courir de risque.

Sur ce point, elle s'était bien trompée. Combien de fois son père lui avait-il fait part de son inquiétude parce qu'elle vivait dans une grande ville ? Combien de fois lui avait-il déconseillé de rentrer chez elle à pied ?

— Tout à coup, un type m'a empoignée par le bras, m'a poussée dans le renfoncement d'une porte cochère et m'a ordonné de lui donner mon sac. Il avait une arme, et je l'ai regardé en essayant de bien mémoriser ses traits… mais je n'y suis pas parvenue. Les détails ne faisaient que traverser mon esprit sans s'y imprimer, comme si mon cerveau refusait d'appréhender ce qui m'arrivait.

Elle s'interrompit, privée de voix par la sensation de panique qui l'envahissait de nouveau à cette évocation.

— Il m'a demandé mon argent. Je lui ai jeté mon sac à la tête et je me suis mise à courir de toutes mes forces. Jusqu'à un poste de police.

Tom posa sa main sur la sienne, et elle sentit sa gorge se serrer.

— C'était très intelligent de ta part, dit-il.

Sa voix grave n'était qu'une douce vibration.

— Merci.

— Pourquoi n'en as-tu jamais parlé à personne ?

Elle hésita.

— Si, je l'ai fait. Je ne l'ai pas dit à ma famille car l'histoire était terminée, et ils n'auraient fait que s'inquiéter pour moi après coup. Mais j'en ai parlé à la police. Et euh… à un ami.

Elle se mit à trembler légèrement.

— A Brogan, tu veux dire ?

C'était la première fois qu'il n'écorchait pas son prénom.

— Oui.

— Et est-ce qu'il t'a… Quel est ce mot, déjà, que vous aimez employer à tout bout de champ par ici ? Est-ce qu'il t'a *épaulée* ?

— Evidemment. Il a été très gentil.

Elle laissa passer quelques secondes.

— Brogan est un homme bien.

— Je n'en doute pas.

Tom parlait d'une voix douce, mais, soudain, elle se sentit mal à l'aise. Elle avait la nuque raide et, sous sa tête, l'épaule de Tom semblait s'être muée en un bloc de granit.

— Est-ce que les flics ont attrapé ton agresseur ?

— Non.

— Désolé.

— Je te remercie. Pour ton soutien et pour m'avoir interrogée sur cet épisode de ma vie…

— Normal. Je suis un scientifique, après tout. Ça ne collait pas avec ton caractère, cette façon que tu as eue de me cogner. Je me suis dit qu'il y avait forcément une cause plus profonde à ta réaction.

Une voiture passa dans la rue.

Tom avait donné à Honor l'envie de lui parler encore, de lui confier ce mélange de sentiments changeants qui balayaient son cœur comme une tempête du Midwest. Mais peut-être était-elle la seule à éprouver cette sensation d'une intimité partagée ? Peut-être Tom ne ressentait-il rien pour elle à cet instant… ? Peut-être qu'en bon ingénieur, comme il le disait lui-même, il aimait simplement comprendre le mécanisme des phénomènes qu'il observait ?

— Dors bien, Honor.

— Toi aussi, Tom.

Elle se tourna de l'autre côté, loin de lui, et ferma les yeux. Mais il lui fallut attendre longtemps avant que Morphée ne l'enveloppe enfin de ses bras apaisants.

18

De son bureau, Honor jouissait d'une vue spectaculaire sur le domaine et pouvait voir les vignes s'étendre en pente douce jusqu'aux bois. Le lac Keuka lui semblait aujourd'hui particulièrement beau, scintillant de reflets bleu acier. Mais la météo la rendait soucieuse : le froid ne se décidait pas à céder du terrain. Certes, elle ne s'attendait pas à ce que le printemps s'installe pour de bon un 21 mars ; après tout, elle était une enfant du pays. La neige avait fondu en grande partie, même si de larges nappes blanches recouvraient encore les vignes. Toutes les nuits, la température chutait au-dessous de zéro et elle n'atteignait les 7 °C qu'au plus chaud de l'après-midi. Et pourtant elle savait d'expérience que le mercure pouvait tout aussi bien monter à 21 °C d'ici quelques jours : le climat d'avril semblait rebelle à toute logique, aussi était-ce le mois le plus cruel de l'année pour des vignerons.

Aujourd'hui, il était prévu qu'il fasse aux alentours de 10 °C : les présentateurs météo l'avaient promis. Mais Honor savait bien qu'on ne pouvait pas réellement s'y fier. Restait juste à croiser les doigts pour que, pour une fois, ils aient vu juste : un peu de soleil pourrait suffire à faire fleurir les jonquilles à temps pour le « Bal en noir et blanc », qui avait lieu ce week-end. L'automne dernier, Faith avait planté des milliers de bulbes autour de la Grange et quelques fleurs s'étaient déjà épanouies dans les parterres épargnés par la neige. Leurs lumineuses trompettes jaunes illuminaient la colline comme un message d'espoir.

Parmi les événements prévus, la Grange devait accueillir, dans le courant du mois, le premier mariage du printemps. Faith avait, à ce propos, demandé à Honor si Tom et elle comptaient eux-mêmes s'unir à cet endroit. Honor savait bien à quel point cette question avait de l'importance pour sa petite sœur : s'ils décidaient de se marier dans ce lieu magique qu'elle avait entièrement réinventé, Faith serait folle de joie. Pourtant, à cette idée, Honor se sentait profondément mal à l'aise. Certes, Tom présentait toutes les qualités d'un excellent mari : il était dévoué à Charlie, adorait son métier d'enseignant et avait beaucoup d'humour. Il avait le sens des responsabilités. Un caractère stable. Et une bonne dose de sex-appeal ! Mais elle allait promettre de l'aimer, de l'honorer et de le chérir toute sa vie… et, si ce rôle d'épouse n'était pas pour lui déplaire, elle ne pouvait oublier que Tom — tout affectueux et reconnaissant qu'il soit à son égard — n'était pas amoureux d'elle. Il ne la trouvait même pas séduisante. En d'autres termes… les plateaux de la balance étaient complètement déséquilibrés.

Alors qu'elle, de son côté, se sentait tout à fait capable de succomber en un clin d'œil à son charme.

A propos de mariage, les fiançailles de Brogan et Dana venaient d'être publiées dans le journal du matin. Honor se sentait toujours aussi perturbée par l'absence, à cette étape clé de sa vie, de ses deux compagnons de toujours. Surtout celle de Dana. Brogan, lui, faisait quelques efforts pour ne pas perdre le contact : il continuait à lui envoyer par mail des liens vers des articles ou des dessins humoristiques. La semaine dernière, elle avait même reçu une carte postale de Los Angeles. C'était très gentil de sa part, vraiment : il l'aimait encore suffisamment pour se donner cette peine.

Du côté de Dana, en revanche, silence radio. Et c'était malgré tout très bien ainsi. L'impression de solitude que Honor ressentait parfois quand elle pensait à elle tenait plus du réflexe que d'une réelle envie de la revoir. Et puis elle pouvait désormais compter sur de nouveaux soutiens. Elle n'avait jamais été aussi proche de Faith, par exemple, et cette situation la comblait de joie. Elle pouvait aussi s'appuyer sur Jessica, qui se révélait être à la fois une brillante recrue pour Blue Heron et une assistante de confiance. Colleen et Connor, qui avaient toujours été les meilleurs amis de Faith — et donc, d'une certaine façon, sa chasse gardée —, lui semblaient également plus proches, plus chaleureux. Et puis, naturellement, il y avait son père, Pru et Jack, sans oublier Mme Johnson, qu'elle voyait chaque jour à l'heure du déjeuner.

Il y avait Tom, aussi.

En un sens.

Elle aperçut son père, au loin, dans les vignes de merlot, en compagnie de Pru. Elle sourit et leur fit signe de la main, puis fit faire bonjour à Spike de la patte. Au loin, tous deux lui rendirent son salut d'un même geste. Le père et sa fille aînée se ressemblaient vraiment comme deux gouttes d'eau ! Ils portaient des chemises à carreaux très similaires. Pas de parka, bien entendu. Ils étaient des Yankees, des vrais ! Un peu de vent et de froidure n'allaient pas faire peur à des vignerons comme eux !

— Honor !

Ned apparut dans l'encadrement de la porte.

— Je vais faire un saut chez certains détaillants. Histoire de prendre un peu la température et d'organiser une dégustation ici ou là. Après tout, l'*happy hour* n'est plus très loin.

— OK, tu as besoin de quelque chose ?

— Non, ne t'inquiète pas, j'assure !

Son neveu lui sourit.

— C'est vrai que tu assures, Ned !

Contrairement à son père, ou même à Pru et Jack — qui préféraient qu'on les laisse s'occuper en paix de faire fermenter leur raisin —, Ned était incroyablement doué pour les relations publiques.

— Tu es devenu un homme, mon petit neveu chéri. Pour autant, je n'oublie pas que tu as sucé ton pouce jusqu'à sept ans...

— Oh ! mais je continue, tu sais ! répliqua-t-il avec un bon sourire. Pourquoi abandonner une si délicieuse habitude ? Allez, à plus, tatie !

Qu'il était donc agréable de pouvoir compter sur un autre membre de la famille pour représenter Blue Heron ! Durant onze ans, elle avait assumé seule cette partie du travail, ne parvenant à traîner son père hors du domaine qu'une fois de temps en temps. Ned, lui, avait ça dans le sang.

La voix de Jessica se fit entendre :

— Salut, Tom ! Comment ça va ?

— Jess, ça me fait plaisir de te voir !

Honor sentit ses joues s'embraser et ne put se défendre de vérifier son reflet dans l'écran de son ordinateur. Il y avait un petit quelque chose dans cet accent britannique qui la faisait frissonner chaque fois.

Elle avait bien conscience qu'avec Tom ils étaient près de passer à l'acte. Ils en étaient même si proches qu'elle avait failli lui sauter dessus, la nuit dernière, quand il lui avait embrassé la main. Par ailleurs, ils venaient d'obtenir leur licence de mariage, et l'incroyable événement allait bel et bien avoir lieu. Mais elle savait aussi pertinemment que, dès que tout ceci se concrétiserait, elle tomberait folle amoureuse de lui. Bref, elle serait la candidate idéale au concours des cœurs brisés.

Et alors ? Ça vaut mieux que de mourir vieille fille, non ? s'insurgèrent ses ovules. *Allez, bouge-toi !*

Elle les voyait d'ici, ses petits ovules outragés, pointant du doigt le microscopique cadran de leur montre-bracelet pour lui faire prendre conscience du temps qui s'écoulait.

Promis, elle allait passer à l'action… quand elle aurait trouvé le moment propice ! Car Tom avait cette étrange faculté d'être à la fois merveilleux et distant dans le même laps de temps. Leur discussion de l'autre jour sur l'agression en était la parfaite illustration. Tom s'était montré étrangement attentionné, ils avaient partagé un instant très intime, jusqu'au moment où… *Clac !* Il s'était fermé.

Hier soir, à la fin du dîner — dîner qui s'était déroulé dans un silence quasi-total —, il l'avait interrogée sur le « Bal en noir et blanc », sur sa signification, et elle s'était entendue l'inviter à faire le tour du domaine. Ellis Farm jouxtant les champs à l'arrière de Blue Heron, ils dépasseraient Rose Ridge et redescendraient par les terres arables en friche où bientôt, espérait-elle, commencerait l'ouverture de la voie de passage. Depuis maintenant six mois, elle était en pourparlers avec un concepteur de pistes cyclables et avait obtenu un prêt de l'Etat, qui l'aiderait à assumer certains frais.

— *Hello*, Honor !

La tête de Tom apparut par l'embrasure de la porte.

— Comment s'est passée ta journée ?

— Très bien. Et la tienne ?

— Sans souci.

Il sentait l'air frais et le bon café.

— Je t'ai apporté quelques friandises.

Il brandit un sachet au logo familier : Lorelei's Sunrise Bakery.

— Merci.

Elle ouvrit le sachet et jeta un œil à l'intérieur, tandis que Spike ne se gênait pas pour fourrer carrément toute la tête dedans. Des cookies au sucre. Une délicate attention.

Tom portait un jean délavé, des chaussures de randonnée et un blouson de cuir marron plutôt fatigué. Sexy, sans avoir l'air d'y toucher. Flûte ! Il la regardait, un léger sourire plissant ses yeux gris, conscient qu'elle le matait.

— Tu ne t'habilles pas comme un prof de maths, lui fit-elle remarquer pour masquer sa gêne.

— Mais je ne suis toujours pas prof de maths !

Son sourire s'élargit, découvrant sa fameuse dent oblique, et Honor sentit l'espoir lui transpercer le cœur avec la force et la rapidité de l'éclair.

L'amour la guettait dangereusement.

Elle ôta ses escarpins — ceux que Faith avait jugés « tragiquement sages », mais qui étaient très confortables — et enfila des bottes. Il faut dire que sa petite sœur collectionnait les chaussures sophistiquées, absolument mortelles pour les pieds, mais qui lui donnaient une allure délurée en diable que Honor lui enviait.

— Spike, ça te dit d'aller faire une petite promenade ?

Honor sourit en voyant les oreilles chiffonnées de sa chienne se dresser lorsqu'elle entendit le mot magique. Elle lui attacha la laisse rose fluo qu'elle lui avait achetée la semaine passée. Elle était déjà tout effilochée à l'endroit où Spike l'avait mâchonnée.

Ce serait la quatrième laisse détruite par cette minuscule terreur sur pattes depuis son adoption.

Dehors, le vent était vif, et l'air devenait plus froid à chaque minute. Il faudrait que la balade soit courte ou Spike allait se geler les oreilles. En dépit du temps glacial, les crocus avaient réussi à percer, et les érables affichaient des bourgeons rouges, promesse du printemps. Ils gravirent tous les trois la colline jusqu'à la zone naturelle préservée. Les oiseaux paradaient dans le ciel et effectuaient des descentes en piqué tout en s'interpellant.

— C'est magnifique, déclara Tom.

Il fit une halte devant le cimetière familial.

— Oui. Tu vois, ils sont tous là, depuis l'ancêtre qui a combattu aux côtés de Washington jusqu'à ma mère.

Honor ouvrit le portillon qui fermait le petit carré abritant les tombes. Elle posa Spike par terre, la laissant se lancer à la poursuite d'ennemis imaginaires dans les amas de branchages arrachés par le vent. Honor balaya de la main les quelques feuilles mortes qui recouvraient la dalle de sa mère et arrangea le bouquet de pensées qu'elle y avait déposé la veille.

Elle songea qu'à trente-cinq ans elle avait passé plus de la moitié de son existence privée de sa mère. Cela lui paraissait tout bonnement impensable. Tom rompit le silence qui s'était installé :

— La famille Holland possède un sacré bout de terrain, n'est-ce pas ?

Ils avaient repris leur marche et gravissaient la colline.

— En effet.

— Et voilà que moi, le petit rat des villes qui a grandi dans un appartement trois pièces, je vais me marier avec une femme de la noblesse américaine.

— Oh ! loin de là ! De la paysannerie américaine, plutôt.

Le visage de Tom s'épanouit.

— A la campagne, ça revient un peu au même, non ? Les paysans sont les seigneurs de la terre.

— Je le dirai à mon père, tiens ! S'il avait quelques réserves à ton égard, elles s'évanouiront totalement.

— Ah bon, il a quelques réserves à mon égard ?

Elle souleva Spike, qui allait avoir froid à ses petites papattes, pour la fourrer sous son manteau.

— Nécessairement… C'est un père, tu sais. Et nous ne nous connaissons pas depuis très longtemps, toi et moi. Il préférerait sans doute que nous attendions encore un an pour nous marier.

— Bah, j'imagine que je réagirais de même si j'avais une petite fille !

Une petite fille… A cette idée, Honor sentit son cœur déborder d'émotion et d'envie.

Le pick-up de Faith se trouvait sur le parking gravillonné, au sommet de la crête.

— Ma sœur travaille à la Grange. Tu veux qu'on aille la saluer ?

— Je ne préférerais pas, répondit-il en lui prenant la main. Parce que, avec la tête de ce chien qui dépasse de ton manteau, tu as l'air un tantinet ridicule, ma chérie… Adorablement ridicule, j'entends.

Honor sourit, émue. C'était tellement… C'était gentil.

La main de Tom était chaude. Chaude et robuste, et tellement large que la sienne s'y perdait. Tout à coup, elle se sentit incroyablement femme… et remplie de désir. Que faire ? et quand ? Elle ne parvenait pas à trouver la réponse adaptée.

Pourtant, elle n'avait eu aucun mal à trouver la bonne attitude ce fameux soir où elle lui avait arraché sa chemise, avait passé sa langue ardente dans son cou et l'avait embrassé avec passion jusqu'à ce qu'il la plaque contre son corps en lui maintenant les mains au-dessus de la tête. Les gestes lui étaient venus, tout naturellement.

On se tient prêts, nous, OK ? Alors à toi de jouer ! l'encouragèrent ses ovules en se recoiffant et en ôtant leurs lunettes à double foyer.

— « Zone protégée d'Ellis Farm », lut Tom sur la pancarte. Très bien, miss Holland ! Allez-y, débitez-moi votre petit baratin !

— Ce que tu vois ici, ce sont des terres arables inoccupées. On n'en trouve plus de nos jours.

— Et c'est tout ?

— C'est tout, oui ! Nous allons créer une piste cyclable qui reliera ce terrain à la voie ferrée. Et une ferme éducative. L'association qui la gérera pourra se servir de cette grange ; il y aura aussi une aire de pique-nique et des chemins de randonnée.

— Joli projet.

— Et tu vois cette mare ? En hiver, nous l'inonderons pour pouvoir patiner dessus.

Elle marqua une pause.

— Tu sais faire du patin à glace ?

— Non.

— Je t'apprendrai. Tu verras, je suis plutôt douée.

Il sourit.

— Ça ne m'étonne pas de toi.

Elle imaginait très bien la scène : les cieux lourds et gris, la main de Tom dans la sienne alors qu'elle l'entraînait sur la glace, l'air froid et coupant… Puis le retour à la maison, une bonne douche chaude pour se réchauffer. Nus l'un contre l'autre.

— Et ta soirée de ce week-end doit servir à financer tout ça ?

— Pardon ? Ah ! Euh… non, pas en totalité. Mais c'est vrai que le bal permet d'apporter des fonds. Le reste provient de dons privés. Des entreprises du coin, entre autres.

— Parmi lesquelles Blue Heron.

— Et comment !

Spike gigotait pour se libérer. Sa maîtresse la reposa à terre et l'autorisa à s'aventurer aussi loin que le lui permettait sa laisse.

Honor contemplait l'horizon qui s'étendait au-delà de la colline. Une grande partie de la neige avait fondu sur les champs les plus exposés au soleil. La mare, elle, était toujours gelée.

Autrefois, il lui arrivait souvent de patiner dessus avec les petits Ellis, à l'époque où le domaine lui semblait une contrée étrangère, remplie de mystères que nul n'avait encore résolus et dont seuls les enfants de sept ans détenaient la clé. Ensuite, leur petite bande redescendait jusqu'à la Maison Neuve, où la mère de Honor leur servait un chocolat chaud accompagné de biscuits : on se serait cru dans un tableau de Norman Rockwell.

Quelle joie de penser que, bientôt, ce bonheur-là serait à la portée de tous les enfants de Manningsport ! Les jeunes qui avaient grandi dans le camp de mobil-homes, comme Levi et

Jessica. Ceux, comme Charlie, qui passaient le plus clair de leur temps enfermés dans leur chambre. Tous pourraient jouir de ces privilèges que les Holland avaient reçus à la naissance : la terre, la nature, la faune et la flore. Des centaines d'hectares, faits de bois, d'eau et de forêts, peuplés du chant des oiseaux. Et des heures de jeux en plein air.

Spike se mit à gémir, signe qu'elle avait envie de faire pipi. Or, pour satisfaire ses besoins naturels, Mademoiselle avait besoin d'intimité... Tom, perché sur la barrière qui séparait Ellis Farm des terres de Blue Heron, contemplait le paysage.

— Mais oui, Spike, dit Honor en redescendant la colline. On va te trouver un petit coin bien tranquille.

Soudain, la chienne se redressa, aux aguets, et commença à tirer sur sa laisse.

— Ce sont des biches, mon bébé. Elles sont bien trop grandes pour que tu les attrapes, alors mieux vaut t'en tenir aux fourmis, d'accord ?

Mais Spike n'était pas de cet avis et se remit à tirer. La laisse céda d'un seul coup, à l'endroit où le tissu s'était effiloché. En un éclair, la petite chienne détala dans l'herbe.

— Spike, non ! Allons ! Reviens ici !

Honor se mit à courir maladroitement, gênée par ses bottes. Il y avait des coyotes dans le coin, même s'il faisait encore jour.

— Spike ! Au pied !

Mais celle-ci restait sourde à ses cris et fonça en direction des biches, en aboyant de toutes ses forces. Les cervidés s'élancèrent en bondissant vers les bois, de l'autre côté de la mare.

Spike les pourchassait toujours.

Oh ! mon Dieu, non...

— Non ! Non, Spike, arrête !

La chienne s'était engagée sur la mare gelée.

Le temps avait été froid, certes, mais pas au point que la glace soit solide. La mare était alimentée par un torrent et, quand Honor et ses amis étaient petits, M. Ellis ne les laissait jamais patiner dessus, à moins que la température ait été négative pendant au moins dix jours d'affilée. Ce qui n'était pas le cas. La surface gelée faisait environ six mètres sur douze. Si jamais la couche de glace cédait… Elle l'appela :

— Spike ! Spike !

Dans son dos, Tom lui cria quelque chose, mais le vent qui soufflait à ses oreilles l'empêcha de l'entendre.

Puis, en clin d'œil, Spike disparut. Elle était parvenue aux deux tiers de la mare environ, elle trottinait sur la surface et, la seconde d'après, elle n'y était plus ! Elle avait été engloutie par l'eau sombre, à l'endroit où le courant était trop fort pour que la glace puisse se former. Honor hurla le nom de sa chienne d'une voix affolée qu'elle reconnut à peine.

— Honor, non ! s'écria Tom derrière elle.

Mais elle s'était déjà engagée à son tour sur la glace.

Elle pouvait le faire ! C'était une patineuse. Elle connaissait cette mare par cœur. Elle fit défiler à toute vitesse dans sa tête les étapes du plan qu'elle allait suivre. Elle resterait sur le bord, là où la couche de glace était la plus épaisse, elle se dirigerait vers l'extrémité de la mare, et le courant lui ramènerait Spike. Alors, elle pourrait l'empoigner et…

A cet instant, la glace céda sous ses pieds, et le froid la transperça d'une centaine de poignards acérés. Sous le choc, ses poumons se vidèrent d'un seul coup. Mais la mare n'était pas profonde, elle le savait, peut-être un mètre, au maximum. Si elle parvenait à se rapprocher de l'endroit où Spike avait coulé à pic, elle pourrait la retrouver.

— J'arrive ! hurla-t-elle. J'arrive, Spike !

Deux pas. Quatre. Le fond de la mare était glissant. La vase glacée aspirait ses bottes.

Honor trébucha, perdit l'une de ses chaussures et sentit l'eau se refermer sur sa tête. Mon Dieu ! Le froid était atroce, un froid de mort qui la glaça jusqu'aux os. Elle tenta de retrouver son équilibre, le corps si engourdi qu'elle sentait à peine la boue sous ses pieds. Elle glissa encore, puis émergea de nouveau, le souffle coupé. Son plan ne valait rien. C'était une mauvaise idée. Mais il s'agissait de Spike, sa loyale petite chienne, sa compagne si câline, sa seule…

Elle tenta de se hisser sur la partie encore ferme de la surface, mais la glace se rompit sous ses mains insensibilisées par le froid. Ses bras étaient trop lourds, ses jambes ne lui obéissaient plus. « Le rôle du corps est de préserver le cœur et le cerveau. » Elle avait l'impression d'entendre en voix off le narrateur d'un documentaire médical. Et, de fait, la probabilité pour qu'elle finisse dans l'émission *Ramenés d'entre les morts* augmentait à chaque seconde.

Enfin… dans le meilleur des cas. Si elle s'en sortait.

Oh ! Spike… Elle fut secouée d'un sanglot. Sa petite chienne avait déjà traversé tant d'épreuves ! Elle ne méritait pas de mourir bêtement comme ça, seule dans cette eau aveugle et glacée.

Elle glissa de nouveau. Cette fois, la morsure du froid lui parut moins douloureuse, et ses jambes furent encore plus lentes à réagir.

Soudain, elle se sentit saisie par des bras puissants, tirée vers le haut. Tom la tenait serrée contre lui. Il arrivait à marcher, et la glace se brisait au fur et à mesure qu'il se forçait un passage jusqu'à la rive. Elle ne l'entendait pas tant le sang cognait à ses oreilles, si fort qu'il lui faisait mal. Tout son corps n'était que douleur. Son manteau trempé l'alourdissait, et l'eau ruisselait de ses cheveux.

A cet endroit, la rive était abrupte. Tom la tira avec force hors de la mare. Elle retomba sur la terre durcie avec un bruit sourd, ses os s'entrechoquant.

Elle voyait remuer les lèvres de Tom et… miséricorde ! Il avait l'air si en colère qu'elle en fut presque effrayée.

— Spike, articula-t-elle avec peine, toute grelottante de froid. Je t'en prie, Tom.

— Par saint George !

Du moins, c'est ce qu'elle crut comprendre à voir les mouvements que faisait sa bouche. Elle tremblait si fort qu'on aurait dit sa sœur en train de faire une crise d'épilepsie. Elle essaya de se remettre debout pour aider Tom, car *oui !* il retournait dans l'eau.

Si Tom avait un jour pensé savoir ce qu'était le froid, en comparaison de cette mare gelée, toutes ses expériences antérieures ressemblaient à une balade sur une plage tropicale ! Quelle idiote, franchement, de s'être élancée ainsi après cette stupide chienne !

Si la couche de glace n'avait pas pu supporter un rat de deux kilos et demi, comment diable aurait-elle pu résister au poids d'une femme adulte ?

Un léger courant agitait l'eau, plaquant ses vêtements contre son corps. Il effectua un rapide calcul de tête — poids, vélocité, profondeur, vitesse acquise, résistance — et pataugea jusqu'à l'endroit où cet imbécile d'animal devait se trouver.

A vrai dire, les chances de sauver Ratibus étaient proches de zéro. Il avait du mal à respirer, et toute sa peau se hérissait pour lutter contre le froid. Si son cœur lâchait et qu'il tombait raide mort, ça lui ferait les pieds, à cette crétine de Honor ! Non, mais c'est vrai, quoi ! Elle lui avait fichu la trouille de sa vie !

Il tâtonna au fond de l'eau. Rien.

Ce n'était pas bon signe. Il jeta un œil en direction de la rive. Honor bougeait à peine. Au diable ce chien ! La priorité, c'était de la réchauffer.

Au même instant, sa main effleura quelque chose. Il s'en saisit. C'était bien Spike, inerte et glacée, deux fentes à la place des yeux.

Elle semblait morte.

Son regard croisa celui de Honor, qui laissa échapper un cri déchirant.

— Par saint George !

Il tint la chienne la tête en bas et appuya sur son petit ventre. De l'eau sortit de sa gueule. Elle ne bougeait toujours pas.

Honor se traîna dans sa direction en sanglotant. Elle avait les mains en sang.

Il saisit le museau de Spike et se mit à souffler dans ses minuscules narines. C'était le bouquet ! Il était en train de faire du bouche-à-bouche à un rat qui le haïssait, le mordait à tout bout de champ, bousillait ses chaussures, pissait sur sa serviette de bain et tentait de manger son ordinateur.

Il lui souffla de nouveau dans le museau. Les babines de la chienne se soulevèrent légèrement. Il resserra sa prise. Souffla encore. Deux fois. Trois fois.

Une douleur aiguë lui transperça la lèvre, lui faisant rejeter violemment la tête en arrière. Spike se mit à cracher de l'eau. Elle lança un aboiement mouillé puis s'ébroua, recommença à tousser et aboya de nouveau. Ratibus était bien vivante. Tant mieux. Comme ça, il pourrait la tuer lui-même un peu plus tard !

Il pataugea jusqu'à la rive et tendit à Honor l'infernale petite bestiole.

— Spike ! Spike, mon bébé !

Elle serra la chienne contre sa poitrine, les mains secouées par des tremblements incontrôlables.

Frigorifié, il aida Honor à se relever, écarta le col de son manteau et lui fourra la chienne à même la peau.

— Tu as intérêt à bien tenir ce petit rat, parce qu'il est hors de question que je retourne risquer ma vie pour elle, déclara-t-il avant de soulever Honor de terre.

Un de ses pieds était nu.

Hors d'haleine, il la porta jusqu'à l'endroit où était garée la voiture de Faith. Une crampe lui contractait le mollet. Et il ne se rappelait pas avoir jamais éprouvé une telle colère.

Il lâcha Honor sans douceur sur le siège passager du pick-up. Heureusement, Faith avait laissé les clés sur le contact ! Pas le temps de lui demander la permission d'emprunter sa voiture ! Tom se mit au volant, démarra, enclencha une vitesse et redescendit la colline à toute allure.

Honor était toujours secouée de violents tremblements. Recroquevillée sur elle-même, elle serrait les bras contre sa poitrine, tout en étreignant sa chienne. Décidément, se dit Tom, il n'y en avait pas une pour rattraper l'autre.

— Merci, dit-elle.

— Ne me parle pas !

Ils dépassèrent la maison de son père, puis celle, toute biscornue, de ses grands-parents. Dans un crissement de pneus, il bifurqua sur Lake View Road, écrasa l'accélérateur et roula à tombeau ouvert jusqu'à chez lui. Dans l'air froid de l'habitacle, son haleine formait des petits nuages de vapeur. On aurait dit qu'il écumait de fureur.

Il s'engagea dans l'allée, bondit hors du pick-up, ouvrit la portière passager à toute volée et prit Honor dans ses bras. Sans doute avec une certaine brutalité, à en croire le cri de surprise qu'elle poussa. Aucune importance !

Dans la maison, ses chaussures gorgées d'eau couinèrent sur le sol. Direction l'étage, la salle de bains. Il la fit asseoir sur le rebord de la baignoire, ouvrit les robinets à fond et entreprit de la déshabiller. Ses mains à elle tremblaient trop et étaient recouvertes de boue et de sang.

Sous le pull de Honor, la chienne remuait. Elle était donc encore en vie. Dommage !

Il lui ôta ses vêtements sans ménagement. Sa peau avait commencé à bleuir.

Par saint George !

Il empoigna la chienne et la flanqua dans la baignoire où elle se mit à aboyer. Puis il y poussa Honor, la plaça sous le jet brûlant de la douche et la suivit, tout habillé.

Il n'arrivait toujours pas à la regarder en face. Il était trop en colère.

A moins qu'il n'y ait une autre raison.

Au contact de l'eau qui ruisselait sur sa peau, Honor retrouva rapidement une couleur rosée. Elle avait une ecchymose à la jambe et plusieurs coupures. Ses yeux étaient démesurément grands. Tom souleva la chienne et la colla sous l'eau, elle aussi, puis il l'enduisit de shampoing sans tenir compte des grognements mauvais qu'elle lui lançait. Lorsqu'il fut bien certain qu'elle avait retrouvé sa température normale — et sa capacité de haine habituelle —, il la sortit de la baignoire. Le rat s'ébroua aussitôt.

— Merci, répéta Honor.

Elle avait cessé de grelotter.

— Tu aurais pu y rester à cause de ce stupide animal ! lui lança-t-il d'un ton crispé. Pense au chagrin que tu aurais causé à ta famille !

— Je suis désolée de t'avoir fait peur, mais…

— Non, Honor ! Tu n'as aucune excuse.

Sa voix de stentor se répercuta sur les murs carrelés.

— C'était complètement idiot ! La vie d'un chien ne vaut pas celle d'un humain ! Regarde dans quel état tu es ! Lacérée de partout, couverte de sang ! Sans compter que tu aurais pu mourir dans cette eau glacée, merde !

— Comment fais-tu pour ne pas être gelé, toi ?

— Je suis fou de rage, ça me tient chaud ! Voilà comment je fais ! Qu'est-ce que je deviendrais sans toi, moi, hein ?

Il s'empara de sa « fleur de douche », un drôle de machin rose en plastique, et l'inonda de gel moussant.

— Concernant l'Immigration, je veux dire…

Elle ne répondit rien et, après lui avoir savonné les épaules pendant une longue minute, il leva la tête. Elle avait les larmes aux yeux.

— T'as pas intérêt à pleurer après ce que tu viens de me faire subir ! J'ai pris vingt ans d'un coup, moi ! Et toi, tu pleures ? Je te l'interdis !

— Je ne pleure pas…, articula-t-elle d'une voix entrecoupée de sanglots. C'est l'eau qui…

Il jeta la fleur de douche et l'embrassa. De toutes ses forces.

— Tu m'as foutu une trouille bleue, ne recommence jamais ça ! murmura-t-il.

Puis il l'embrassa de nouveau, avec plus de tendresse, cette fois.

Elle était en vie. Elle était en sécurité. Elle était mouillée, nue et chaude dans ses bras.

Il préféra sortir de la baignoire pour ne pas être tenté de lui sauter dessus là, sous la douche. Il quitta la salle de bains, dégoulinant d'eau, trempé jusqu'aux os.

Pas question de se laisser rattraper par les sentiments !

19

Quand Honor sortit de la douche, elle entendit le téléphone sonner. Les chaussures mouillées de Tom gisaient près du lit, et sa voiture n'était pas dans l'allée.

Elle décrocha.

— Allô ?

— Salut !

C'était Faith.

— Je suis dans la cuisine de la Maison Neuve. Tom m'aurait-il emprunté mon pick-up ? Papa l'a vu passer, pied au plancher. Tout va bien chez vous ?

Spike, le pelage hérissé d'épis encore humides, bondit à côté d'elle et entreprit de lui ronger le pouce. Honor caressa doucement son petit ventre rebondi, et la chienne se mit à remuer la queue, tout heureuse. Au moins Spike était-elle sauvée. Grâce à Tom.

Elle s'essuya les yeux.

— Oui, tout va bien. Excuse-nous pour le pick-up, Faith, mais… j'ai eu un petit accident sur la mare. Je suis passée à travers la glace.

— Mon Dieu ! Tu vas bien ?

— Oui. J'ai encore un peu de mal à me réchauffer, c'est tout.

— Et Tom ?

— Il va bien, lui aussi. Il est… euh, il n'est pas là pour le moment.

Sa voix chevrotait légèrement. Légèrement, mais assez pour mettre la puce à l'oreille de Faith.

Sa petite sœur garda le silence quelques secondes, puis décréta :

— Bon, papa va me conduire chez toi. Je passerai nous prendre quelque chose à manger en route, ça te va ?

Honor sentit de nouveau les larmes lui monter aux yeux, mais de gratitude, cette fois.

— Très bonne idée.

Une heure plus tard, elle était confortablement installée sur le canapé, enveloppée d'un douillet plaid en polaire, nourrie d'un délicieux poulet *tikka masala* acheté au Taj's Indian et arrosé de deux verres de pinot gris. Spike ronflait doucement, lovée sur sa poitrine.

Son père et Mme Johnson — qui avait absolument tenu à les accompagner — l'avaient interrogée sur sa conduite irresponsable. Mme Johnson lui avait apporté une réconfortante miche de pain aux bluets et avait inspecté le garde-manger pour s'assurer qu'il contenait suffisamment de provisions. Ensuite, son père l'avait dûment sermonnée, lui rappelant à quel point la glace pouvait s'avérer dangereuse. Il avait fallu à Faith plus d'une demi-heure pour réussir à les mettre à la porte. Puis elle avait installé sa sœur sur le canapé et l'avait bordée avec mille marques de tendresse. Blue, tapi sous la table de la cuisine, mâchonnait sa répugnante balle de tennis ; le gros golden retriever n'osait pas approcher Spike à moins de dix mètres.

— Raconte-moi encore comment Tom t'a balancée sur la rive, demanda Faith.

— Eh bien… comme un sac à patates.

— C'est follement romantique ! Il est vraiment baraqué, pas vrai ? Levi prétend qu'avec son crochet du droit il pourrait arrêter un tank.

— Tu sais, il était plutôt hors de lui.

— Evidemment… Ça aussi, c'est follement romantique.

— Tu trouves ?

— Bien sûr ! Crois-moi, il devait être mort d'inquiétude. Il t'a sauvée et il a sauvé Spike. C'est bon signe !

Honor termina son verre de vin et le reposa sur la table basse, en prenant bien soin de ne pas déranger sa chienne.

Sa sœur la considérait d'un air songeur.

— Honor, tu n'es pas obligée de te marier avec lui, tu sais. Si tu n'es pas sûre de toi.

— Oh ! mais je suis tout à fait sûre de moi. Non… c'est juste qu'il a ses humeurs…

— C'est un homme ! Forcément, il a ses humeurs.

— Imagine ce qu'ils doivent dire de nous !

— Les hommes ne parlent pas de nous. Ce sont des hommes.

Elle marqua une pause.

— Je trouve que vous allez bien ensemble, Tom et toi.

— Ah oui ?

— Oui… Vraiment.

Honor dévisagea Faith un instant. Sa ravissante petite sœur avait connu deux fois le grand amour : d'abord avec Jeremy — M. Perfection —, puis avec Levi, qu'elle connaissait depuis toujours. Cela faisait-il d'elle une experte ? Etait-elle à même de deviner que quelque chose clochait entre Tom et elle ?

— Salut !

La porte de derrière s'ouvrit avec fracas, livrant passage à une Pru plus déchaînée que jamais.

— Il paraît que tu as traversé la glace ? C'est carrément stupide !

— Merci pour ta compassion, Pru. Regarde, Faith m'a apporté le repas, Mme Johnson, le dessert… Et toi, que viens-tu m'offrir ?

— Tous mes vœux de rétablissement ! Tom est sous la douche ? Je peux le voir ?

— Non, il a dû sortir.

Son père aussi l'avait interrogée sur ce que faisait Tom. Elle était un peu embarrassée de ne pas savoir où il se trouvait (elle n'avait pas voulu le harceler en l'appelant sur son portable).

— Ah, zut !

Prudence se laissa tomber dans un fauteuil.

— Où est papa ? Je pensais le trouver ici avec Mme Johnson.

— Ils étaient là tout à l'heure, répondit Faith. On s'est débarrassées d'eux il y a trente minutes, environ. Nous étions en pleine conversation à cœur ouvert avec Honor.

— Cool ! Cette maison est très coquette, Honor. Beau boulot ! Tu pourrais m'inviter de temps en temps, quand même !

— Désolée, Pru, tu as raison.

La maison était jolie, en effet. De nombreuses photos de famille et quelques reproductions ornaient les murs. Honor avait rempli un rayonnage avec ses livres de poche, pour faire pendant aux ouvrages de Tom sur les avions et les ponts. Faith était assise dans le fauteuil club en cuir que Honor avait rapporté de la Maison Neuve.

Bref, l'endroit commençait à ressembler à un authentique foyer.

— Alors, quand avez-vous décidé de vous passer la bague au doigt ? s'enquit Pru.

Elle prit un bout de *naan* à l'ail et le replia avant de le fourrer tout entier dans sa bouche.

— Très bientôt.

A moins que Tom ne la quitte en rentrant, bien sûr…

— Peut-être début juin.

— A propos, on va porter des robes assorties au mariage de papa ? demanda Pru. Parce que, moi, j'aimerais autant mettre un jean.

Honor s'insurgea :

— Pas question que tu mettes un jean ! Et demain soir non plus. Il faudra que tu sois en noir ou en blanc.

— Pas la peine de monter sur tes grands chevaux… Faith m'a déjà obligée à acheter une robe. Qu'est-ce que vous êtes autoritaires, les filles ! Bon, il faut que je file. J'étais juste passée pour m'assurer que tu allais bien, Honor.

Pru se pencha et gratifia sa sœur d'un baiser sur la tête.

— A demain. Eh, à propos ! Devinez ce qu'on a fait, Carl et moi, hier soir ? La tarte au potiron n'a jamais été aussi torride ! Vous voulez que je vous raconte ?

— Non, merci ! se récria Honor.

— Surtout pas ! fit Faith en écho.

— C'est bon, c'est bon… De toute façon, mes histoires à moi n'intéressent jamais personne.

La porte d'entrée s'ouvrit sur leur frère.

— Salut, vaurien ! Quoi de neuf ? lança Pru.

— Salut, les filles !

Jack se coupa une tranche de pain aux bluets.

— Il paraît que tu as été assez bête pour t'engager sur la mare des Ellis ?

— Eh oui ! Mais j'ai sauvé ta nièce canine, alors tu pourrais me témoigner un tant soit peu de reconnaissance.

Elle désigna Spike, endormie.

— Tu devrais vivre un peu plus pour toi, Honor.

Les trois sœurs pouffèrent en même temps d'un air narquois.

— Quoi ? fit Jack.

— L'hôpital, répliqua Honor. Tu sais bien ? Celui qui se moque de la charité… Moi, au moins, je vis avec quelqu'un et je m'apprête à me marier, alors épargne-moi tes commentaires, petit frère !

— Peut-être, mais, *moi*, je ne me balade pas sur une mare à moitié dégelée pour m'étonner ensuite que la glace ait cédé sous mon poids.

— Merci, Jack !

La voix de Tom les fit tous se retourner d'un bloc.

Il ne souriait pas, et son regard se contenta d'effleurer Honor avant d'aller se poser sur le reste de la fratrie.

— C'est très gentil à vous d'être venus prendre des nouvelles de votre sœur, mais j'espère que vous ne m'en voudrez pas si je préfère que vous nous laissiez maintenant.

— Pour ma part, je tiens à rester, dit Pru. Il paraît que tu as été très héroïque, et très viril, mon petit Tom…

— Oui, ce n'est pas faux, dit-il en s'autorisant un léger sourire.

— Mais il faudrait quand même que vous partiez.

— Je le ferai si tu ôtes ta chemise.

— Allez, file, Pru ! ordonna Honor.

— Oh ! ça va… Tu as vu le mari que j'ai ? Donne-moi au moins un os à ronger !

Elle se mit à jauger Tom d'un œil appréciateur.

— Faith l'a vu boxer avec Levi. A présent, c'est mon tour.

— Allez, nous levons le camp ! décréta Faith. Ne fais pas attention à Pru, Tom, elle a ses bouffées de chaleur.

— C'est vrai que je n'arrête pas d'en avoir en ce moment, acquiesça cette dernière, la mine pensive. J'ai même dû me rouler dans la neige, aujourd'hui. J'avais envie de tuer quelqu'un et de pleurer en même temps.

— Pourquoi faut-il toujours qu'on en revienne à vos petits soucis féminins ? s'interrogea Jack à voix haute.

— Toi, la ferme, gros bébé !

Prudence attrapa son anorak.

— Bon, à plus, les enfants !

Jack serra la main de Tom.

— Bonsoir, et merci d'avoir sauvé notre idiote de sœur.

Faith se leva à son tour et entreprit d'empiler les barquettes vides, reliquat de leur dîner indien.

Tom l'arrêta.

— Merci, Faith, je m'en occuperai.

— D'accord.

Elle l'embrassa chaleureusement.

— On serait tous perdus sans elle, tu sais ?

Elle étreignit ensuite Honor, qui s'attarda sur sa joue ronde et veloutée, parfumée de cette merveilleuse odeur de *Faithie*. Quand sa sœur se redressa, ses yeux étaient humides.

— A demain.

Elle caressa la tête de Spike, puis fit sortir Blue de sa cachette sous la table et s'en alla.

Une fois tout le monde parti, la maison parut soudain à Honor beaucoup plus grande et vide. Tom s'assit dans le fauteuil en face du canapé et la contempla, le visage dénué d'expression.

— Comment tu te sens ?

— Bien. Je te remercie.

Etrangement, elle avait du mal à le regarder dans les yeux. Sans doute à cause du fougueux baiser qu'il lui avait donné, sous la douche. Alors qu'elle était nue. Baiser qui n'avait cependant pas suffi à le retenir auprès d'elle ce soir.

Faith avait raison. Les hommes étaient déconnectés de leurs émotions.

— Pourquoi as-tu mis ma famille à la porte ?

— Je voulais te présenter mes excuses.

A ces mots, elle sentit fondre toutes ses résistances.

— Je suis désolé de t'avoir embrassée, tout à l'heure.

Ah zut ! Décidément, les hommes étaient des mufles ! Même lui, ce spécimen qui se tenait devant elle et qui avait pourtant sauvé la vie de Spike.

— Oui, bon, si tu veux..., bredouilla-t-elle.

— Et je regrette aussi de m'être mis en colère.

Nous, on l'adore, ce mec, clamèrent ses ovules.

— Oh ! ça va, ça suffit ! marmonna-t-elle.

— Pardon ?

— Euh, non, rien... ça ne s'adressait pas à toi.

Elle se redressa et réinstalla sa chienne sur ses genoux. Celle-ci poussa un soupir et agrippa son pouce de sa minuscule patte.

— Tu n'as pas à t'excuser, Tom. Tu nous as sauvées toutes les deux, et ça je ne l'oublierai jamais. Jamais.

— Oui...

Il hésita.

— Je veux que tu me promettes quelque chose, Honor.

— Quoi donc ?

— De ne plus jamais risquer ta vie pour un animal. Même pour Ratibus. Ça n'en vaut pas la peine.

Le poil de Ratibus, euh... de Spike, était tout doux sous ses doigts ; elle sentait sa frêle cage thoracique se soulever et s'abaisser à chaque respiration.

— Promis ?

— Non.

Il se redressa brutalement comme si une guêpe l'avait piqué.

— Honor...

— Non. Désolée, Tom, mais non. Je ne peux pas te le promettre.

— Ne dis pas de bêtises, allons !

— Ecoute, je regrette que tu aies dû venir à mon secours. Je le regrette du fond du cœur. Je ne me suis pas levée ce matin en pensant : *Tiens, si jamais Spike passait à travers la glace, je risquerais ma vie sans hésiter pour la sauver.* J'ai agi... par réflexe. Ça n'était pas prémédité et, encore une fois, je suis navrée que tu aies dû intervenir.

— Tu devrais plutôt m'en être reconnaissante ! Car je te rappelle que, sans moi, tu serais morte, à l'heure qu'il est !

Il inspira profondément avant de reprendre d'une voix plus calme :

— Mais tu ne dois plus risquer ta vie pour une chienne, Honor. Ce n'est pas un enfant.

— Je le sais bien. Mais elle compte énormément pour moi.

— Trop, c'est évident.

Honor caressa le sommet du petit crâne osseux de Spike.

— Tu sais, Tom, autrefois, j'étais comme toi. Je trouvais les gens parfaitement ridicules avec leur chien. Mais, avant Spike, je ne savais pas ce que c'était. Bien sûr, il y avait toujours eu un animal à la maison chez mes parents, mais, un chien *à moi*, je n'en avais jamais eu.

Tom resta silencieux.

— J'ai demandé Brogan en mariage, est-ce qu'il te l'a dit ? Le jour de mon anniversaire. Je pensais… Bah, j'étais fatiguée d'attendre ! Alors je me suis lancée, bille en tête. Et tu sais ce qu'il m'a répondu ?

— Il a décliné ta proposition.

— Oui. Il m'a expliqué que, pour lui, j'étais comme un vieux gant de base-ball. Quelque chose qu'on garde, mais dont on n'a pas l'usage tous les jours.

— C'est la pire métaphore que j'aie jamais entendue !

— En l'occurrence, il s'agit d'une comparaison, pas d'une métaphore, mais merci pour ton soutien. N'empêche que j'ai perdu *des années* à cause de lui. Dix ans de ma vie d'adulte, à attendre qu'il me voie vraiment. Ce qui n'est jamais arrivé. Si quelqu'un m'avait décrit une relation semblable à la nôtre, j'aurais jugé que cette femme vivait dans le déni, refusait d'admettre qu'il profitait d'elle. Mais chaque fois que nous étions ensemble, Brogan et moi, je me disais : *Cette fois, il va enfin me dire ce que j'ai envie d'entendre. Il s'est rendu compte qu'il m'aimait, que j'étais la femme de sa vie, celle avec laquelle il souhaitait passer le restant de ses jours.*

Honor songea que ce souvenir était toujours aussi humiliant…

toutes ces années gâchées, tous ces hommes à qui elle comparait celui qui ne l'avait jamais vraiment aimée.

— Mais Brogan ne m'a jamais dit ces choses-là, évidemment…

Elle soupira.

— Et puis un jour, après une énième rebuffade, alors que je regardais Faith et son gros patapouf de chien, l'idée m'est venue d'appeler le vétérinaire. Je lui ai demandé si, par hasard, il connaissait un animal en mal de foyer.

Sa gorge se serra.

— Il soignait justement une petite chienne qui allait peut-être s'en sortir. Quelqu'un l'avait arrosée d'essence. Elle n'avait presque plus de poils, elle était sourde d'une oreille et se remettait à peine d'une fracture de la patte.

Tom se massa la nuque.

— Honor, je…

— Quand son état a permis que je la ramène à la maison, on a dû l'envelopper de gaze et la transporter dans un sac spécial, car on lui aurait fait trop mal en la soulevant. Et, alors que je traversais le parking pour regagner ma voiture, Gérard, un pompier que je connais, s'est approché de moi. Gérard mesure un mètre quatre-vingt-quinze et pourrait sans doute déplacer une voiture à mains nues. Eh bien, sais-tu comment Spike a réagi en le voyant ? Elle lui a montré les crocs. Oui, elle voulait me protéger ! Deux kilos et demi, maltraitée et cassée de partout, le corps emmailloté de gaze, et elle me défendait encore contre cet inconnu qui pesait cinquante fois plus lourd qu'elle. Elle m'a aimée à la minute où nos regards se sont croisés. D'un amour inconditionnel.

— Je comprends, mais…

— Alors, quand je l'ai vue couler à pic, je suis allée à son secours, c'est tout. Sans réfléchir, parce que l'idée de la laisser mourir seule dans cette eau noire et glacée m'était intolérable.

C'est ce moment-là que Spike choisit pour éternuer, se tirant elle-même du sommeil. Honor l'embrassa. La petite chienne lui lécha le nez en retour.

— La prochaine fois, il faudra que tu réfléchisses avant d'agir, dit Tom avec douceur. Je t'en prie, Honor. Tu es une fille, une sœur, une tante. Et un jour tu seras une maman. Tu ne peux pas risquer ta vie pour un chien, quel que soit l'amour que tu lui portes.

Devant l'insistance de son regard, elle finit par hocher la tête. Evidemment, elle ne supportait pas l'idée que Faith pût mourir en essayant de sauver Blue. Ou Jack, en venant au secours de son affreux chat auquel il manquait une oreille. Tom avait raison, même si cela lui paraissait difficile à admettre.

Au passage, elle remarqua qu'il n'avait pas dit : « Un jour, tu seras une épouse. »

Il se leva et se pencha vers elle et sa chienne.

— Allez, toutes les deux, il est l'heure d'aller au lit, maintenant.

— Je peux marcher, tu sais.

— Mais c'est plus amusant comme ça, non ?

Il lui décocha son fameux sourire… celui qui ne se reflétait jamais complètement dans ses yeux. Il n'était pas factice, non : simplement, Tom semblait fuir le bonheur… et l'amour. Comme s'il avait cadenassé son cœur.

— Si, bien sûr. Vas-y, fais-moi donc ton petit numéro de mâle…

Pour la troisième fois de la journée, il la prit dans ses bras et lui fit monter l'escalier, ignorant les grognements et les trémoussements de Spike, qui essayait de lui planter ses crocs dans le bras.

L'espace d'une seconde, Honor crut que Tom allait peut-être se diriger vers sa propre chambre. Elle le souhaitait si fort que sa gorge et sa poitrine se serrèrent douloureusement… mais non. Il la porta jusqu'à son lit, dans la chambre de Charlie, et la borda soigneusement, remontant le drap et la couverture jusque sous son menton.

— Tu as besoin de quelque chose ?

Oui. De toi.

— Non, murmura-t-elle.

— Dors bien, alors.

— Toi aussi.

Sur ces paroles, il éteignit la lumière. Il s'apprêtait à franchir la porte.

— Honor ? ajouta-t-il.

Son cœur bondit.

— Oui ?

Il passa une main dans ses cheveux et soupira.

— Je suis très content que vous soyez saines et sauves, Ratibus et toi.

Ce n'était pas ce qu'elle espérait. La déception la fit s'enfoncer encore un peu plus au creux du lit.

— Merci, Tom. Pour tout.

— A demain.

Il referma la porte et traversa le couloir, la laissant seule dans le noir avec sa petite chienne rescapée.

20

Le matin suivant, Tom se rendit au terrain d'aviation, non sans avoir arraché à sa fiancée la promesse qu'elle ne se surmènerait pas pour les derniers préparatifs du bal.

Il n'avait pas réussi à fermer l'œil de la nuit. Chaque fois que le sommeil le gagnait, la vision de Honor en train de disparaître sous l'eau le faisait bondir hors du lit. A quatre reprises, il était entré dans sa chambre. Mais non, tout allait bien, elle reposait en paix (enfin…, se dit Tom, ce n'était peut-être pas l'expression la plus appropriée). Ratibus avait montré les dents chaque fois. Sale petit rongeur ingrat ! Elle était absurdement mignonne, cependant, pelotonnée sur l'oreiller de Honor comme si elle veillait sur sa maîtresse.

Nuit blanche ou pas, ce matin, il avait du boulot. Son salaire d'enseignant était correct, mais pas mirobolant. A l'université, il avait effectué son stage de fin d'études chez un petit constructeur d'avions. L'entreprise possédait une filiale à New York et, plusieurs fois dans l'année, on lui confiait la modification d'un appareil à la demande de son propriétaire. Ces compléments multipliaient pratiquement par trois son revenu annuel et, quoique l'enseignement soit sa vocation première (pour peu que ses étudiants se montrent motivés), il aimait bien « mettre les mains dans le cambouis ».

Jacob Kearns avait sauté de joie quand Tom l'avait appelé. Il s'agissait cette fois d'augmenter la puissance d'un Piper Cub pour qu'il puisse réaliser des cascades en plein vol. Et, comme un moteur plus puissant aurait pesé trop lourd et déséquilibré l'appareil au décollage, il fallait reconfigurer la surface portante en adaptant les gouvernes de direction.

Jacob se montrait efficace et joyeux, plein de cœur à l'ouvrage : il effectuait des calculs et savait faire preuve de discernement. Tom lui expliqua comment la surface de portance créait un vide qui aidait l'avion à décoller. Dire que ce gosse était un toxico en cours de sevrage…

En un éclair, Tom se mit à paniquer : et si c'était ça, le problème de Charlie ? La drogue ! Et si ça expliquait son attitude morose et renfermée ? Mais non, se rassura-t-il, Charlie se comportait ainsi depuis la mort de sa mère. Et puis Janice Kellogg lui avait fait faire une prise de sang l'année dernière, dans le cadre de son bilan médical. Elle voulait justement déceler une éventuelle trace de stupéfiants, et Charlie avait été furieux qu'on puisse le soupçonner de se droguer, simplement parce qu'il se maquillait et écoutait de la musique à s'en écorcher les oreilles.

— Donc c'est à nous de faire toutes les modifications ? demanda Jacob, enthousiaste.

— Oui. L'appareil devra passer l'inspection avant de pouvoir voler, mais il ne devrait pas y avoir de problème.

— Vous savez piloter ?

— J'ai mon brevet de pilote, oui. Tu devrais prendre des cours, toi aussi.

— C'est une idée ! J'aurais l'air trop cool ! Succès garanti avec les filles !

Tom sourit.

— C'est sûr !

Ils travaillèrent d'arrache-pied les heures suivantes. Puis Jacob partit chercher des sandwichs et passa le déjeuner à questionner Tom sur son cursus et son expérience professionnelle. Apprendre que Tom avait été champion de boxe amateur à Manchester le mit en joie.

— La vache, vous imaginez si les filles de la classe l'apprenaient ? Elles deviendraient complètement dingues.

— Interdit de leur en parler, hein ! Elles me font déjà suffisamment peur…

Vers 16 heures, Tom commença à ranger ses outils.

— Allez, mon gars ! On va s'arrêter là. Moi, je sors ce soir !

— Quel genre de soirée ?

— Le genre gala de bienfaisance. Sauvons les terres agricoles ! Mais depuis la journée de la veille il les avait en horreur, les terres agricoles ! Ou peut-être juste cette mare diabolique.

— Affreux ! dit Jacob en compatissant. Moi aussi, j'ai des projets pour ce soir. J'espère conclure avec la petite nana qui est assise à côté de moi en cours et la mettre dans mon lit.

— Tu ne devrais sans doute pas me raconter ce genre de choses, tu sais… Même si, aux yeux de la loi, nous sommes tous les deux majeurs. Enfin… conduis-toi en gentleman, n'oublie pas de sortir couvert, etc.

— Merci, maman…

Jacob afficha un large sourire.

— Et merci de m'avoir pris en stage, professeur Barlow ! ajouta-t-il.

L'étudiant lui serra la main et partit au petit trot vers sa voiture.

Obtenir de Charlie ne serait-ce qu'un dixième de l'amabilité si sincère de Jacob tiendrait du miracle. Seul le cours d'autodéfense échappait à la règle : Charlie semblait alors tolérer sa présence, et encore, peut-être juste parce que Abby était là.

Il aurait dû s'y habituer, depuis le temps. Les dix mois durant lesquels Charlie avait été comme son fils étaient bien loin, désormais.

Sur le trajet du retour, il s'arrêta chez un fleuriste et, tout en se sentant un peu idiot, demanda s'ils vendaient des petits bouquets à épingler.

— Un petit bouquet à épingler ? Mais quel âge a votre amie ? s'enquit la vendeuse.

— Trente-cinq ans.

— Pourquoi ne prendriez-vous pas plutôt un bracelet de fleurs ?

— Un quoi ?

— Un bracelet de fleurs. Il se porte au poignet. La plupart des femmes ne veulent pas épingler quoi que ce soit sur leur robe, vous savez.

— Très bien. Si vous le dites…

— De quelle couleur est sa robe ?

— Je n'en sais rien. Noire ou blanche, je suppose.

La fleuriste le dévisagea :

— Vous êtes anglais ?

— En effet, oui. Anglais et fiancé.

— Bah, qui ne tente rien n'a rien ! répliqua la fleuriste avec bonne humeur. Bon. Accordez-moi dix minutes.

Pendant qu'il attendait, son portable se mit à sonner, ce qui n'arrivait que rarement. Honor avait peut-être besoin de lui…

C'était Janice Kellogg.

— Tom, soupira-t-elle. Walter et moi, on n'en peut plus, on a besoin de souffler un peu. Charlie est vraiment un gamin très pénible !

Charmante réflexion, surtout venant de la grand-mère dudit gamin…

— Est-ce que tu pourrais venir le chercher ? Encore une minute à ses côtés et je vais me mettre à boire !

Il entendit le cliquetis des glaçons dans un verre. Ben voyons, pourquoi attendre, Janice ? Autant s'en jeter un tout de suite, n'est-ce pas ?

— Pas de souci, répondit Tom, je passe le prendre.

— Ah, mais attends, j'oubliais… Tu dois déjà avoir des projets… Les Holland donnent leur petit raout ce soir…

Elle prit une voix doucereuse, soulignant avec force soupirs l'étendue de son abnégation :

— Laisse tomber, va… On s'en sortira, tu sais, comme d'habitude…

— Non, Janice, ne vous en faites pas ! J'aime mieux venir le chercher, quitte à ce qu'il nous accompagne au bal.

Cliquetis de glaçons.

— Ecoute, Tom, à toi, je ne vais pas raconter d'histoires. On trouverait ça bien agréable de passer une soirée tranquille, pour une fois. Parce que c'est sans fin, tu comprends ? Ce gosse se complaît dans son attitude de petit con, il n'y a rien à en faire !

Tom entendit dans le ton de Janice comme un écho de la voix de Mélissa, qui résonnait désagréablement à ses oreilles.

— Je serai très content de l'avoir avec moi, ce soir.

— Dans ce cas, tant mieux ! Tu n'as qu'à nous le ramener vers 23 heures, d'accord ? Il doit aller à l'église, demain. Tu sais combien ça compte pour nous, la religion.

Eh oui… rien de tel que la religion pour pouvoir se vautrer dans le martyre… En élevant ce vaurien de Charlie, Janice et Walter Kellogg ne faisaient qu'accomplir leur devoir de chrétiens.

— A 23 heures, c'est noté, Janice. Je serai chez vous dans une quinzaine de minutes.

Quand Tom arriva chez les Kellogg, Charlie, comme à son habitude, monta dans la voiture sans dire un mot, l'ignorant ostensiblement.

— Content de te voir, mon chaton ! lança Tom dans le vide. Nous sommes de sortie, ce soir. Ça ne te dérange pas, j'espère ?

Silence.

— Nous allons à un bal… Ne t'inquiète pas, moi non plus, je ne suis pas très à l'aise dans ce genre de sauterie. Mais on pourra toujours souffrir à deux, pas vrai ?

Toujours pas de réaction.

— Tout va bien, Charlie ?

— Ouais, grogna l'ado.

Tom le dévisagea de plus près.

— Est-ce que quelqu'un te harcèle au lycée ?

— Non.

— Parce que, si c'est le cas, tu peux te confier à moi, tu sais.

— Non, je ne peux pas.

— Mais si ! s'écria Tom un peu trop fort. Bien sûr que si ! Et puis tu sais te battre, maintenant. Tu es capable de te défendre.

— Ce n'est pas ça ! Ça n'a rien à voir.

— C'est quoi, alors ? Parle-moi, mon bonhomme.

Charlie se borna à lever les yeux au ciel.

Alors que Tom se garait devant la maison, Charlie sauta de la voiture avant même qu'elle se soit complètement immobilisée.

— Attention ! lui lança Tom.

Mais il était déjà loin. Tom se prit la tête dans les mains et se massa le front avec vigueur.

Bon Dieu ! Si jamais il arrivait quelque chose à ce gosse, il serait anéanti. Pourquoi Charlie refusait-il de se confier à lui ? Avait-il des problèmes ? Misère !

Il prit dans la boîte à gants le bracelet acheté chez la fleuriste et suivit Charlie à l'intérieur.

Honor était là, enveloppée dans un peignoir de bain.

— Coucou, dit-elle.

— Salut. Comment te sens-tu ?

L'égratignure sur sa main droite était encore bien visible.

— Je vais bien.

Elle parlait d'une voix calme et posée.

— Tu as Charlie pour la soirée ?

— Oui, Janice m'a demandé de le garder quelques heures. J'ai pensé qu'il pourrait nous accompagner au bal, si ça ne t'ennuie pas.

Elle hocha la tête.

— Bien sûr que non.

— Sinon, on peut rester ici, Charlie et moi.

— Au contraire, j'aimerais beaucoup que vous veniez ! Ce serait même formidable !

Son regard tomba sur la boîte qu'il tenait entre ses mains. Tom se troubla :

— Ah, oui… C'est pour toi.

Le visage de Honor s'éclaira.

Elle était ravissante et semblait ne même pas s'en apercevoir ! Certes, il n'avait pas eu le coup de foudre la première fois qu'il l'avait vue — enfin, la seconde fois : la première, elle l'avait carrément impressionné avec son crochet du droit. Sa beauté était de celles qu'on ne remarque pas immédiatement. Elle avait une très jolie peau, des fossettes qui se creusaient quand elle souriait — ce qui n'arrivait pas assez souvent au goût de Tom —, et ses prunelles d'un brun profond brillaient d'un éclat de bonté.

Honor était quelqu'un de bien : on pouvait le lire sur son visage.

Elle leva les yeux sur lui.

— Merci, Tom.

— Oh ! il n'y a pas de quoi, c'est vraiment trois fois rien… J'espère qu'il ira avec ta robe.

— Oui, il est parfait.

— Tant mieux. A quelle heure faut-il être prêt ?

— Un peu avant 19 heures.

— Je ferais bien d'aller me doucher, alors. Tu es sûre que ça ne te dérange pas que Charlie nous accompagne ?

— Certaine. Et puis ma nièce sera là, il aura au moins quelqu'un à qui parler.

— Je vais lui dire de ce pas. Abby devrait lui rendre la soirée moins pénible.

Par saint George ! Une fois de plus, il s'était mal exprimé. Il se lança dans une explication confuse, se rendit compte qu'il s'empêtrait et, finissant par jeter l'éponge, préféra monter au premier.

Honor essayait sa robe pour la cinquième fois.

Décidément, ça n'allait pas du tout. Certes, la robe était noire et respectait bien le code imposé (en blanc, de toute façon, elle avait l'air d'une tranche de pain de mie qu'on aurait oubliée sous la pluie). Mais cette robe-là avait un petit côté… bonne sœur.

S'emparant du téléphone, elle composa le numéro de Faith.

— Est-ce que, par le plus grand des hasards, tu aurais quelque chose qui pourrait me convenir dans ta garde-robe ? Quelque chose de noir ?

— Et comment ! Attends, laisse-moi jeter un coup d'œil dans mon dressing… Et puis non, j'ai une meilleure idée ! Et si tu venais à la maison, plutôt ? Je pourrais aussi t'aider à te coiffer et te maquiller.

Dix minutes plus tard, Honor contemplait avec ahurissement la penderie de sa sœur.

— Mais… tu en as combien, des robes noires, au juste ?

— Euh… six ? Non, sept ! Le problème, c'est que la moitié d'entre elles seront trop grandes pour toi, veinarde !

C'était la pure vérité. Faith était tout en courbes voluptueuses. Honor, non.

— Celle-ci ? Non. Elle est déjà trop large pour moi. Ou l'autre, là ? Ah non, laisse tomber, c'est du coton. Pas assez chic pour un bal. Celle-là ? Hum… non. Trop de fanfreluches, ce n'est pas ton genre. Oh ! attends un peu ! Je crois que je tiens la bonne. Je l'ai achetée dans un moment d'égarement, croyant qu'un jour je ferais une taille de moins.

— Tu es parfaite comme tu es, lança Levi en passant la tête dans l'encadrement de la porte.

— Merci, mon amour ! Tu as gagné ton câlin de ce soir !

Il afficha un large sourire.

— Note bien qu'il n'en est pas privé…, ajouta Faith à l'attention de Honor.

— Je suis ravie de l'apprendre, Faith. Je me demande vraiment pourquoi Pru et toi croyez devoir me parler de ce genre de choses. Cela étant dit, à côté de notre grande sœur, tu es vraiment une petite joueuse !

— Je sais. Elle t'a raconté sa soirée « coupes glacées maison » ? Moi, j'appelle ça gâcher sept bons desserts. Enfin… Levi, mon amour, sors de cette chambre ! Et toi, Honor, commence les essayages !

C'était une longue robe de soie noire, sans manches, avec un col montant égayé par un décolleté en goutte d'eau. Le tissu glissa sur son corps dans un mouvement fluide, comme une caresse légère sur sa peau.

— Elle te va à la perfection ! s'écria Faith. Franchement, je me trouve douée ! Et des chaussures, tu en as ? Question idiote : tu n'en as pas qui soient mettables… Tiens, essaie donc celles-ci !

Elle lui tendit une paire de talons hauts à lanières, noirs et ornés de strass.

— Et laisse-moi m'occuper de ton maquillage, d'accord ? Tom va tomber raide en te voyant.

— J'espère bien que non.

Faith appliqua en tapotant un fond de teint sur sa joue, qu'elle entreprit ensuite d'estomper à l'aide d'une petite éponge.

— Bon. Papa m'a dit un truc que je ne suis pas censée te répéter, mais tant pis, je me lance !

Honor se vit froncer les sourcils dans le miroir.

— Qu'est-ce qu'il t'a dit ?

Sa sœur ajouta encore un peu de fond de teint avant de répondre.

— Eh bien, il trouve que vous vous précipitez, Tom et toi. Il aimerait que vous attendiez un peu avant de vous marier.

— Tu m'étonnes, répliqua Honor d'un ton volontairement détaché. Il voudrait peut-être qu'on attende encore vingt ans, c'est ça, comme lui et Mme Johnson ?

— Oui, je suis sûre qu'il préférerait ça !

Faith se mit à rire, s'empara d'une ombre à paupières couleur pêche, l'approcha de l'œil de Honor, puis changea d'avis et opta pour une autre teinte.

— Ne le prends pas mal, Honor. Il n'aimait pas non plus me voir sortir avec Levi… Ferme les yeux… Voilà… Non, papa a simplement dit qu'il n'était pas… convaincu.

Miséricorde ! Manifestement, sa famille sentait qu'il y avait anguille sous roche.

— Bah, tu connais papa…, objecta-t-elle faiblement.

Faith resta silencieuse un instant.

— Ecoute, je t'ai déjà dit ce que j'en pensais. Pour ma part, je vous trouve très bien assortis, tous les deux. Et je crois dur comme fer au coup de foudre, à l'amour surgi de nulle part qui te frappe en un éclair. Mais… d'un autre côté, papa n'a pas tout à fait tort. Tu viens à peine de rencontrer Tom…

— Je sais, répliqua sèchement Honor. Mais, vois-tu, il se trouve que pour moi le compte à rebours a commencé ! C'est vrai, quoi ! J'ai trente-cinq ans, Faith !

— Et alors ?

— Et alors je ne suis pas comme toi ! Les hommes ne se bousculent pas pour me demander ma main. Tu sais combien d'amoureux j'ai eus en cinq ans ? Aucun, ni plus ni moins !

— Pourtant, j'avais cru comprendre que tu fréquentais quelqu'un, à l'automne dernier ?

Ah, oui… En octobre, elle avait confié à Faith qu'elle avait un homme dans sa vie. C'était à l'époque où elle croyait encore qu'un avenir avec Brogan était possible. Franchement, comment avait-elle pu se méprendre à ce point, alors que tous les signaux étaient dans le rouge ?

— Eh bien, non ! Je ne fréquentais personne. Alors si Tom veut m'épouser et si, moi, je veux avoir un enfant avant d'avoir atteint la ménopause, j'ai intérêt à me bouger !

Bien envoyé, ma grande ! applaudirent les ovules.

— Du calme, ma belle…

Faith haussa un sourcil, surprise par la réaction épidermique de sa sœur.

— Je comprends très bien, mais…

— Mais non, Faithie, tu ne comprends rien du tout.

— … tu ne devrais pas pour autant épouser le premier venu.

— Le premier venu ? Tom est un homme merveilleux, OK ? Il m'a portée dans ses bras… Il m'a portée de la mare des Ellis jusqu'à ton pick-up tout en haut de la Colline ! C'est un homme extraordinaire !

— Personne n'a dit le contraire.

Faith posa une main sur la sienne.

— Et je l'aime vraiment beaucoup, je t'assure. Mais tu n'es pas forcée de…

— Ecoute, Faith, tout le monde ne peut pas être comme Levi et toi. Nous sommes heureux ensemble. Nous sommes… satisfaits de notre sort. Alors, s'il te plaît, maintenant, laisse-moi tranquille avec ça, d'accord ?

— OK. Je trouvais simplement qu'il était de mon devoir de te le dire. Je t'aime, Honor. Ne m'en veux pas, je t'en prie.

Le coup de la petite sœur, ça marchait chaque fois ! Sans doute parce que les mots de Faith venaient du cœur. La colère de Honor retomba aussitôt.

— Excuse-moi… je sais que ça partait d'une bonne intention.

— Ecoute, si jamais tu as besoin de parler, sache que tu peux te confier à moi. Allez, passons au mascara ! J'en ai un absolument génial qui ne file pas pendant plusieurs jours !

— Ah, et c'est génial, ça ?

— Fais-moi confiance. Tu vas avoir des cils de star.

Quand Faith eut terminé, Honor ne se reconnut pas dans le miroir.

Elle se trouvait presque… belle, mais oui. Les ingrédients

magiques que Faith avait trouvés dans sa corbeille avaient illuminé son visage. Ses joues étaient roses, ses yeux, charbonneux, et ses lèvres, simplement rehaussées d'une touche de brillance.

— Tu es sublime, déclara Faith. Et comme tu ressembles à maman !

Emue, elle la serra dans ses bras.

— Et maintenant file ! Parce qu'il faut que je me prépare pour le bal, moi aussi. Et avant de partir je me ferais bien un petit câlin vite fait avec Levi.

— Mais c'est quoi, le problème de mes sœurs ? s'interrogea Honor à voix haute. Pourquoi sont-elles incapables de garder certaines choses pour elles ?

— Hep, j'ai tout entendu !

Levi venait de réapparaître.

Il raccompagna Honor jusqu'à la porte et lui tendit son manteau.

— Désolé que tu doives partir si vite. Alors, à tout à l'heure, au bal !

Tout juste s'il ne lui claqua pas la porte au nez.

Marchant à pas mesurés sur les hauts talons de Faith, Honor remonta en voiture et repassa chez elle. Il fallait qu'elle se rende à la Grange. Elle voulait arriver un peu en avance pour vérifier certains détails, mais pas trop tôt non plus. Goggy et Pops devaient camper là-haut depuis 5 heures de l'après-midi, et elle redoutait leurs petites exigences : « Je peux avoir un petit verre d'eau, ma chérie ? Pas trop grand, hein, parce que sinon je ne pourrai pas tout boire et je ne voudrais surtout pas gaspiller. Et comment se fait-il que tu ne proposes pas de hareng frais au buffet ? »

A la maison, Tom et Charlie l'attendaient.

— Salut, marmonna Charlie.

— Salut, Charlie ! Tu es beau comme un astre, dis-moi.

L'adolescent flottait dans une veste de sport bleu marine qui devait appartenir à Tom. Il avait ôté l'eye-liner qui lui soulignait d'ordinaire les yeux et portait un jean noir qui, pour une fois, n'était pas taillé pour contenir trois personnes. Sur son T-shirt s'étalait une pierre tombale envahie par les ronces, d'où émergeait une main squelettique.

Peu importe, il avait fait des efforts — peut-être parce que Abby serait là, ce soir, ou peut-être parce que Tom ne lui avait pas laissé le choix. Quoi qu'il en soit, le cœur de Honor se remplit d'émotion.

Quant à Tom, il avait une allure… délicieusement comestible ! Comme il consultait son téléphone, elle put le contempler à loisir. Avec son costume noir et sa chemise assortie à col ouvert, il était l'archétype du bel Européen ténébreux, un rien dangereux. Pas de cravate. Et une petite barbe de deux jours qui, étrangement, lui donnait un air plus sophistiqué.

Et son odeur ! Ce qu'il pouvait sentir bon… Un mélange de savon et d'épices. Elle éprouva l'envie soudaine et irrésistible de se frotter à lui, comme une chatte gourmande.

Mais ce n'était pas le moment : l'air était chargé d'ondes négatives, Tom et Charlie ayant certainement dû se disputer avant qu'elle n'arrive. L'adolescent fixait obstinément le sol avec une expression de profond ennui, tandis que Tom, au contraire, vibrait de colère rentrée. Il jeta un coup d'œil à Honor, puis un autre, sans que ses traits trahissent la moindre émotion. Sur le comptoir se trouvait un verre de whisky. Son premier de la soirée (et dernier, espérait-elle). Mais, puisqu'il avait la responsabilité de Charlie, elle était presque sûre qu'il n'abuserait pas de la boisson.

Tom prit la boîte contenant le bracelet et le tendit à Honor.

— Pour vous, miss Holland.

Il la gratifia d'un sourire sans chaleur, tout en effleurant du bout des doigts la peau de son bras. Elle sentit son corps se liquéfier, en dépit de l'expression vide que Tom continuait d'afficher. Il lui tint la porte.

— Après toi.

21

Le « Bal en noir et blanc » permettait de lever des fonds. C'était, en quelque sorte, sa raison d'être, son principal intérêt. Outre le fruit de la vente des billets d'entrée et des tombolas, un bienfaiteur anonyme avait fait un don de dix mille dollars. Grâce à cette coquette somme, ils avaient d'ores et déjà dépassé l'objectif prévu.

Mais la soirée en elle-même était plutôt barbante.

Juchée sur les talons incroyablement hauts de Faith, Honor avait les pieds en compote, mais elle faisait de son mieux pour ignorer vaillamment les élancements douloureux qui lui sciaient les talons. Elle s'entretenait avec Marian White, le maire de la ville, ainsi qu'avec les différents membres du Conservation Trust — les plus gros donateurs. Son père et Mme Johnson faisaient sans doute leur première sortie en public en tant que couple. Mme Johnson était très en beauté dans sa robe blanche. Son père s'était également mis sur son trente et un.

Le DJ prenait note des demandes de dédicaces, au tarif de vingt dollars la chanson. Chaque sou ainsi récolté contribuerait au financement du projet caritatif. Du coup, les ballades romantiques se succédaient, chacune précédée par la dédicace demandée : « Pour Harley, de la part de Lana, *Still the One*… » ; « Pour Victor, de la part de Lorena, *Let's Get It On'*… » ; « Pour Prudence, de la part de Carl, *Love in an elevator*… »

Honor poussa un soupir. Et elle, alors ? Qui aurait pu dire où en était sa vie sentimentale ?

Tom était fermé à double tour, ce soir, pour des raisons qu'elle ignorait. Chaque fois qu'elle l'apercevait, elle avait l'impression qu'il lui jetait des regards noirs. Ou bien son attention était focalisée sur Charlie, qui, assis à une table au fond de la salle, jouait sur son téléphone.

— Qu'est-ce que je m'ennuie ! lâcha Abby en buvant une gorgée de son diabolo *cranberry*.

— Voyons, ma chérie, ne dis pas ça ! Tu es jeune, tu portes une nouvelle robe et tu es absolument superbe !

— C'est vrai que j'ai assuré, ce soir !

— Dis-moi, Abby, ça t'ennuierait d'aller parler un peu à Charlie Kellogg ? Il m'a l'air bien seul, le pauvre…

— Pas de souci ! Il est sympa, ce mec. Un peu couillon sur les bords, mais sympa, si tu vois ce que je veux dire !

— Très bien, oui, affirma Honor, bien que sa propre expérience avec Charlie se résumât pour le moment à un échange de trois syllabes. Est-ce qu'il a des amis au collège ?

— Euh… oui, je crois. Bon, je vais aller le voir. Au pire, on pourra toujours faire une petite partie d'*Angry Birds*.

Abby s'éloigna, et Honor partit en quête d'une table où elle pourrait s'asseoir et soulager un peu ses pieds martyrisés. Comment Faith arrivait-elle à supporter ces escarpins ? Mystère !

— Pour Meghan, de la part de Steve, *One more for love*, annonça le DJ. Super chanson, ça !

— Honor ! Tu es divine !

Jeremy Lyon lui colla une bise sur la joue. Il était à tomber dans son smoking.

— Tu n'es pas mal non plus. Bonsoir, Patrick.

Le compagnon de Jeremy lui fit un petit salut de la main. Il était d'une grande timidité qui le rendait adorable.

— Alors, comme ça, tu vas te marier, dit Jeremy. Est-ce que tu m'inviteras ? Allez, Honor, dis-moi oui ! S'il te plaît !

— Mais oui. Bien sûr, que je t'inviterai !

Jeremy lui fit un clin d'œil.

— Tu me fais signe si jamais je peux faire quelque chose pour toi, d'accord ?

— Merci, Jeremy. Et maintenant allez danser, tous les deux. Donnez une bonne leçon à tous ces hétéros coincés !

Ils obéirent sans hésiter.

— Comment ça va, chef ? lui demanda Jessica.

— Bien, merci, Jess.

— Je peux faire quelque chose ?

— Absolument pas ! Et, au passage : tu es très belle.

— Merci.

Elle portait une robe blanche à col roulé qui aurait eu l'air fade sur n'importe quelle autre femme. Mais ce soir Jessica ressemblait à un top-modèle norvégien. Escarpins noirs. Pas de maquillage. Bref, une allure simple et époustouflante ! A côté, Honor avait l'impression d'en avoir fait des tonnes.

— Ta journée est finie, Jess. Amuse-toi, d'accord ? Profites-en, bois un verre, régale-toi !

— C'est ce que je vais faire. Mais toi aussi, OK ?

— Promis, merci.

C'était agréable de voir que quelqu'un pensait à elle. Jessica alla parler à Levi, son ami d'enfance. Cette femme savait s'y prendre avec les hommes, c'était indéniable. Peut-être devrait-elle brancher Jack avec Jessica ? Mais, au fond, qu'est-ce qu'elle y connaissait, elle ?

— Bonsoir, Honor. Tu es magnifique.

Brogan.

— Tiens, bonsoir…

— De la part de Paul pour Liza, *Someone Like You*, claironna le DJ, et les haut-parleurs firent entendre la chanson d'Adele, lamentation sur le malheur éternel et l'incapacité à tourner la page.

— On dirait que la soirée fait un tabac, commenta Brogan, un sourire aux lèvres.

— Oui, c'est le cas. Et nous avons reçu un don anonyme de dix mille dollars, répondit-elle en cherchant ses sœurs du regard.

Elle ne voyait ni Faith ni Pru. Jamais là quand on avait besoin d'elles !

Brogan lui fit un clin d'œil.

— Ah bon ? Dix mille dollars ?

— Mais oui ! C'est très… ah, d'accord. C'était toi, n'est-ce pas ?

— Je croyais que c'était un don anonyme, répliqua-t-il en souriant de plus belle.

— Merci.

Etrangement, Honor avait comme un goût amer dans la bouche. Cet argent, c'était le prix de la mauvaise conscience. Brogan contribuait généreusement à sa cause parce qu'il…

— Ah, chéri, te voilà ! Tiens, salut, Honor. Qu'est-ce que tu es jolie, ce soir !

— Bonsoir, Dana. Toi aussi, tu es très en beauté.

Dana portait une robe courte en dentelle blanche, nuptiale au possible. Sa bague de fiançailles lança un éclair auquel répondirent les diamants assortis à ses oreilles. Dire que Honor avait tant aimé ce bijou, avant de s'apercevoir grâce à Tom que le style ancien lui seyait bien mieux.

— Alors, où est donc ton fiancé ? lui demanda Dana. Il est dans les parages ?

— Oui, évidemment. Il doit être en train de soigner ses relations, j'imagine.

Restait à espérer que Tom ne s'était pas refugié dans un coin, pour noyer dans l'alcool son humeur noire.

— Comment va son œil ? s'enquit Brogan.

— Il va mieux.

Honor sentit son visage s'empourprer.

— Mais oui, au fait ! Il paraît que tu l'as expédié aux urgences ! Eh bien, Honor…

Dana haussa un sourcil ironique.

— Impressionnant.

— Ma future femme ne connaît pas sa force, pas vrai, *darling* ? Tiens, voici le verre de vin que tu m'avais demandé.

Tom ! Merci, mon Dieu !

Il passa un bras protecteur autour de ses épaules, endossant de nouveau avec conviction le rôle du fiancé transi d'amour.

Et après ? Elle n'allait pas faire la fine bouche.

— Alors, c'est pour quand, ce mariage ? demanda Dana.

— Pour le 2 juin. On est bien calés sur cette date, ma chérie ? fit Tom.

— Je pense que oui.

— C'est ta bague de fiançailles ? Fais voir…

Dana lui saisit la main.

— Oh… Elle est vraiment très mignonne. Hein, Brogan, c'est joli, non ?

— Oui, elle est très belle.

Le regard de Brogan était… empreint de bonté. Puis ses yeux se posèrent sur Dana, et son regard changea. Honor reconnut tout de suite cette expression pour l'avoir vue dans le miroir quinze années durant sur son propre visage. Chaque fois qu'elle avait rendez-vous avec lui.

L'amour. Une touche de désarroi, un brin de confusion, un soupçon de vulnérabilité et une avalanche de bonheur. Il n'avait pas prévu de tomber amoureux de Dana, c'était évident. Ça s'était fait comme ça… pour lui, du moins.

— Nous, nous avons réservé chez Pierre, babillait Dana, parce que Brogan connaît les Steinbrenner, forcément… et, avec toutes les affaires qu'ils font là-bas, ils ont pu nous l'obtenir… Bref, ça devrait être assez génial. En même temps, j'avoue que je suis un peu nerveuse à l'idée de rencontrer tous ces dieux du stade ! Robby Cano, vous imaginez ! A mon mariage !

— Et qui est-ce, Robbie Cano ? demanda Tom.

Honor eut envie de l'embrasser.

— C'est la troisième base des Yankees.

— Deuxième base, rectifièrent en chœur Brogan et Honor.

Tom se tourna vers elle. Lui décocha son adorable sourire que contredisait son regard demeuré sombre.

— Alors, Tom ? Il paraît que tu es un héros ? fit une voix.

— Colleen ! s'exclama-t-il avec une chaleur non feinte. Ma barmaid préférée !

— Mon British adoré ! Salut, tout le monde ! Alors, vous vous amusez bien ?

— Tout à fait, répondit Honor.

— Et qui est le petit veinard qui te sert de cavalier, Colleen ? s'enquit Tom.

— Mon frère.

Tom s'esclaffa.

— Ah ! Situation ô combien désolante pour nous tous !

Colleen éclata d'un grand rire jovial.

— On est amis, rien de plus, comme on dit ! Alors, Tom ! Tout se sait dans une petite ville, tu dois t'en être aperçu. Il paraît que tu as sauvé Honor de la noyade. Je ne vais pas te raconter de salades : je trouve ça hyper-sexy, mon petit Tommy.

— Quoi ? se récria Brogan. Tu as failli te noyer ?

Le regard de Dana s'était étréci.

— Je n'étais pas en train de me noyer, protesta Honor.

Tom la regarda d'un air étonné.

— Mais c'est vrai qu'il s'est montré très courageux, ajouta-t-elle précipitamment.

— Wouah…, murmura Colleen.

— Arrête de flirter, toi, lança Connor en rejoignant leur petit groupe. Il est déjà pris.

— Ça, je le sais ! Je t'avais dit qu'ils étaient faits l'un pour l'autre.

— Ah bon ?

— Mais oui ! Je l'avais vu venir de loin. Tu ne te souviens pas ?

— Non.

Connor adressa à Tom un regard de connivence.

— J'ai tendance à ignorer les trois quarts de ce qu'elle raconte.

— C'est dommage pour toi, souligna Colleen. Tu apprendrais peut-être quelque chose. Moi, je sais tout !

— Huit fois sept ? l'interrogea son frère.

— OK, sauf en maths.

Colleen sourit à Honor.

— Et pour nous ? interrompit Dana. Tu l'avais prédit, pour Brogan et moi ?

Un ange passa.

— Non, Dana, répliqua Colleen d'un ton glacial. Ça, je n'aurais vraiment pas pu l'imaginer.

— Je sais. Ça nous est tombé dessus par surprise à nous aussi.

Elle sourit. *Un peu trop*, songea Honor, et, l'espace d'une seconde, elle eut pitié de son ancienne amie. A Manningsport, Dana avait toujours été à l'écart ; certes, elle paradait maintenant au bras de Brogan, mais elle n'appartenait à aucun groupe… à aucune bande d'amis. Attirer l'attention sur elle, finalement, c'était la seule solution qu'elle ait trouvée pour qu'on ne l'oublie pas.

Dana souffrait d'un sentiment d'insécurité. Amusant. Honor ne s'en était jamais aperçue jusqu'à ce soir.

— J'espère que vous serez très heureux ensemble, dit-elle.

Colleen soupira.

— Merci, répondit Brogan d'une voix pleine de tendresse.

— Oui, merci, Honor, c'est trop gentil ! minauda Dana. Dis, mon chou, si on allait danser ?

Et, sur ces mots, elle entraîna Brogan sur la piste et noua ses bras autour de son cou.

— Je la hais ! lâcha Colleen. Il me faut un verre. Conn, viens avec moi ! Je vais te dégoter une cavalière autre que ta sœur jumelle. A plus, les amis !

Honor se retrouva seule face à Tom.

— *Hello.*

— Coucou.

Il regarda autour de lui.

— On va s'asseoir ?

Honor entendit ses pieds sangloter de gratitude.

Tom tenait à elle. Elle le savait. Peut-être même éprouvait-il pour elle une sincère affection.

Mais il ne l'aimait pas. L'amour qui brillait dans les yeux de Brogan lorsqu'il regardait Dana n'illuminait pas le regard de Tom. Tom Barlow n'était qu'un nœud d'émotions inextricable — oui, c'était exactement ça —, et les sentiments ou l'attirance qu'il pouvait éprouver pour elle étaient bridés par le souvenir d'anciens déboires amoureux. Ils étaient muselés par la peur, barricadés derrière des murs infranchissables. Toute sa tendresse, toute sa douceur, était enfouie au plus profond de lui, ne s'échappant qu'à de rares instants quand il baissait la garde.

Car Tom était un solitaire, elle le savait, et lorsqu'elle y pensait elle avait vaguement envie de pleurer.

— Alors…, commença-t-elle, mais à cet instant Charlie

apparut soudain à côté de Tom, ses mèches noires lui retombant sur le front.

— Hé, Tom ! Abby m'a dit qu'elle serait assez branchée par le tournoi de boxe.

A ces mots, les beaux yeux gris de Tom s'illuminèrent, et Honor sentit son cœur se serrer devant tout l'espoir qu'elle y lut. Elle vit à cet instant dans son regard à quel point Tom se sentait démuni, impuissant, face à l'amour qu'il ressentait pour ce garçon qui ne serait jamais son fils, ni même son beau-fils.

Flûte !

Et voilà. Elle était amoureuse.

— Attends, intervint Abby. J'ai dit que ça m'intéresserait *peut-être*, mais ce n'est pas sûr ! Je fais déjà suffisamment fuir les mecs, OK ?

Elle se laissa choir sur la chaise voisine de celle de Honor.

— Euh… ouais, peut-être, bredouilla Charlie en piquant un fard magistral.

— Tu ne peux pas imaginer ce que c'est, Charlie, parce que t'es trop gentil, comme mec, expliqua Abby d'un ton décontracté. Mais franchement ! Mon oncle est le chef de la police. Mon débile de frère montre des photos de moi bébé, boudinée et toute nue, à chaque personne qui passe la porte de la maison. Papa fait les gros yeux à tous les garçons de la ville, et il y a toujours quelqu'un pour me rappeler que ma mère s'est pointée à un concert du lycée déguisée en Hobbit.

— Et alors ? Raison de plus ! lança Tom. Devenir championne de boxe, ça ne peut que faire du bien à ta réputation. Pas vrai, mon gars ? ajouta-t-il à l'attention de Charlie.

— Ouais ! Carrément !

L'adolescent s'assit à côté de Tom, qui croisa le regard de Honor.

C'était pour Charlie que Tom allait se marier avec elle, uniquement pour Charlie.

Honor Holland, éternelle laissée-pour-compte et vieux gant de base-ball à l'occasion.

Une fois encore, elle était tombée amoureuse d'un homme qui ne partageait pas ses sentiments.

— Encore une dédicace ! annonça le DJ. « Pour Dana de la part de l'homme qui a hâte de devenir son mari », Paul Anka, *You're Having My Baby*.

— Oh ! la vache ! s'exclama Abby. Et ce Brogan est ton ami, Honor ? Dis-lui d'arrêter !

— Oui, *darling*, je t'en prie, renchérit Tom.

Certes, la dédicace de Brogan était maladroite et déplacée. A moins que non, justement, songea Honor en regardant Dana danser, accrochée à son cou. Ils ressemblaient à un couple de futurs mariés. Il fallait peut-être trouver ça mignon…

Elle, rouge comme une pivoine, affichant un sourire un peu crispé, consciente sans doute du mauvais goût qu'il y avait à annoncer la grossesse de sa femme par le biais d'une chanson à l'eau de rose… au concentré d'eau de rose, même ! Lui, continuant à danser comme s'ils étaient seuls au monde…

A cet instant, Honor se sentit rattrapée par la réalité. Qu'elle puisse tomber enceinte un jour, que Tom et elle connaissent le bonheur — ou au moins la satisfaction d'être en couple — lui parut soudain totalement improbable. Ses chances de remporter le prix Nobel de physique étaient plus grandes. Elle ne serait jamais une mère, une épouse, elle ne fonderait jamais son propre foyer. Non, cela n'arriverait pas. Sa gorge se serra douloureusement.

Lorsqu'elle reporta son attention sur le trio, Tom s'était éclipsé.

Son père et Mme Johnson, en revanche, étaient en train de s'approcher de leur table, suivis de près par Pops et Goggy.

— Ça va ? s'enquit John Holland en s'asseyant à ses côtés. Tu t'amuses bien, Pétunia ? Tu es très en beauté !

— Cette soirée est très réussie, décréta Mme Johnson d'un ton raide. Tu as fait un travail splendide, ma petite Honor.

Goggy vint mettre son grain de sel :

— Personnellement, je ne tiens pas aux crevettes. Je préfère de loin le hareng.

— Tu en as pourtant mangé sept d'affilée, des crevettes, lui fit remarquer Pops.

Ce qui lui valut un coup de coude dans les côtes de la part de sa tendre épouse.

Son père prit un air faussement détaché :

— Où est Tom ? Je ne vous ai pas vus danser… Tout va bien entre vous ?

— Oh ! tu sais ce que c'est, papa… Quand on organise, on doit s'occuper de tout et de tout le monde !

Mauvaise excuse.

Discrètement, elle chercha Tom du regard, espérant ne pas le trouver au bar.

Au même moment, la chanson de Paul Anka prit fin (merci, petit Jésus), saluée par quelques applaudissements sans conviction.

— Une autre dédicace, les amis ! Cette fois pour l'organisatrice de cette magnifique soirée, Honor Holland…

Oh ! oh…

— … de la part de son fiancé. Drôle de choix, mais il a insisté ! C'est sa chanson préférée, paraît-il. Les Rolling Stones, *Paint It Black* !

Les accords nasillards des premières mesures se firent entendre, tirant Honor de sa stupeur.

— J'adore cette chanson ! s'exclama Abby. C'est cool, tatie ! Je ne savais pas que tu aimais les Stones !

Comme Mick Jagger commençait à se lamenter sur son âme affligée, tous les yeux se tournèrent vers Honor.

— Euh… oui ?

— Pourquoi ce garçon veut-il repeindre sa porte en noir ? s'interrogea Goggy, les sourcils froncés. En rouge, ce serait bien plus joli.

Tom s'approcha :

— *Darling ?* Tu veux bien m'accorder cette danse ?

Il accompagnait déjà Mick Jagger à pleine voix, se trémoussant comme un beau diable devant elle, et… il faut reconnaître qu'il assurait ! On aurait dit Faith en pleine crise d'épilepsie, mais en plus frénétique encore.

— Allez, viens, en piste !

Il la saisit par les mains, la fit se lever d'un coup et la remorqua jusqu'à la piste de danse. Oh ! misère… Elle entrevit Faith riant à gorge déployée. Colleen était hilare aussi, et Levi souriait d'un air incrédule. Tom, lui, se démenait tout autour d'elle avec des gestes saccadés, dans un total abandon, s'époumonant en chœur avec ses célèbres compatriotes. Un immense sourire lui plissait les yeux, il chantait faux et il était complètement craquant.

Puis Abby saisit la main de Charlie et l'entraîna sur la piste où il se mit à sauter comme un cabri ; sa nièce, elle, évoluait de manière nettement plus gracieuse. Mais Honor n'eut pas le temps d'en voir davantage : Tom lui empoigna la main, lui fit faire une pirouette et, alors que Mick désespérait de retrouver le bonheur un jour, l'enlaça pour lui appliquer un baiser sonore sur la joue.

Entre-temps, Levi et Faith les avaient rejoints sur la piste de danse, ainsi que Pru et Carl, Connor et Colleen. Tom lui marchait sur les pieds, mais elle s'en moquait éperdument.

Tout à coup, la soirée était devenue belle.

Tom était en nage, ridicule et totalement irrésistible. Son sourire asymétrique le faisait passer de « stratosphériquement canon » à « grotesquement nigaud » et, franchement, s'il avait pu lui sourire comme ça tous les jours, Honor aurait été comblée. Elle n'aurait rien pu souhaiter de plus.

A part son amour, bien sûr. Et un enfant de lui.

Au diable leur arrangement raisonné ! Elle voulait conquérir son cœur.

Ce fut presque à regret que Tom vit le bal prendre fin.

— On s'est bien marrés, déclara Charlie alors qu'ils se garaient devant la maison des Kellogg. Bon, à plus !

Tom faillit s'étrangler de surprise. Deux phrases complètes, spontanées ! Et polies, par-dessus le marché !

— Ça m'a fait très plaisir que tu passes cette soirée avec nous, mon bonhomme !

— Oui, merci d'être venu, Charlie, renchérit Honor. Et merci d'avoir dansé avec Abby.

L'adolescent sourit. Eh oui, Charlie Kellogg était capable de sourire ! Cela faisait bien longtemps que Tom n'avait pas vu ça !

Ils attendirent qu'il soit rentré dans la maison de ses grands-parents, puis Tom reprit la route pour les ramener chez eux, à deux pas de là.

A présent qu'ils se retrouvaient seuls, le silence s'était de nouveau installé.

Oui, mais il l'avait fait sourire, pensa Tom. Rire, même ! A son humble avis, on pouvait carrément dire qu'il lui avait sauvé la mise, ce soir, et c'était bien la moindre des choses, vu le mal qu'elle s'était donné pour organiser ce bal. Demain matin, on parlerait plus de Honor Holland et de son drôle de British que de Brogan et de sa petite fiancée fielleuse avec son polichinelle dans le tiroir.

Il avait vu le visage de Honor quand elle regardait danser les deux tourtereaux. Une expression désemparée qu'il connaissait par cœur, un air désorienté… Celui qu'il croisait si souvent dans le miroir à l'époque où il vivait avec Mélissa. Peut-être aurait-il dû éprouver de la jalousie envers Brogan mais, sur le moment, il n'avait pensé qu'à une chose : distraire Honor de son chagrin.

Il se gara devant leur maison. Etrange, de dire ça… Leur maison. Leur foyer. Il descendit le premier et se hâta de contourner la voiture pour ouvrir la portière avant Honor. Elle lui adressa encore un sourire qui lui fit penser qu'elle était sous le charme…

Il s'inclina cérémonieusement :

— Miss Holland ?

Elle prit la main qu'il lui tendait. Et ne la lâcha pas. Elle chancelait un peu sur ses talons hauts. Assez coquins et suggestifs, du reste. Il ne lui aurait pas déplu de la contempler avec ces seuls escarpins et rien d'autre que le paysage de sa peau diaphane qui…

— Merci, Tom. Pour la chanson.

— Quelle chanson ? Ah, ça… Bah, ce n'était rien.

Il lui lâcha la main pour tourner la clé dans la serrure, ce qui tira Ratibus de son sommeil. La chienne se rua contre la porte.

— Honor… Cette opinion n'engage que moi, bien sûr, mais je pense que ton Brogan est une vraie buse.

Elle cilla et se mit à tripoter son sac nerveusement.

— Une buse, c'est un oiseau de proie, n'est-ce pas ?

— C'est surtout un crétin. Un abruti. Un sombre crétin parfaitement abruti.

Elle esquissa un petit sourire.

— Ah, je vois… Merci, c'est sympa.

— Tu étais la plus belle, ce soir.

Chapeau, Tom… On aurait dit une réplique tirée d'un roman de gare.

Elle le regarda d'un air sceptique.

— Euh… Merci.

— Je le pense vraiment.

— Ecoute, Tom, tu n'es pas obligé de…

Mais, déjà, il l'embrassait dans la fraîcheur de la nuit, tandis qu'à l'intérieur de la maison le rat continuait de se jeter contre la porte. La bouche de Honor était tendre et veloutée. Il enlaça la jeune femme fermement, à peu près sûr de crever de désir si quelque chose devait mettre fin à leur étreinte. De ses lèvres, il descendit jusqu'à sa gorge, effleurant sa peau du bout des dents. Il la serrait très fort contre lui, incapable de se rassasier. Il allait la prendre là, sous la véranda, si elle…

— Tom ?

Il s'écarta, le souffle court. Attendit la suite.

Elle le fixait de ses grands yeux pleins de douceur.

— Je… je ne voudrais pas faire quelque chose de stupide.

Il lui remit une mèche de cheveux derrière l'oreille.

— Ce qui m'exclut *de facto*, c'est ça ?

Elle émit un petit rire mal assuré.

Il palpitait de désir pour elle, chaque battement de son cœur lui ordonnait de la faire entrer dans la maison et de la déshabiller sur-le-champ…

— Viens avec moi, Honor. Viens dans mon lit…

Elle frémit, et ses mains se refermèrent sur sa chemise. Mais elle ne répondait toujours pas.

— S'il te plaît, insista-t-il dans un murmure.

Ce fut comme un déclic. Elle se dressa sur la pointe des pieds et noua ses bras autour de son cou. Enfin, ses lèvres épousèrent les siennes ! Sans interrompre ce baiser, il ouvrit la porte à tâtons. Quand ils furent à l'intérieur, Spike lui mordit la cheville. Mais c'était le dernier de ses soucis.

Une fois dans la chambre, ils se laissèrent tomber sur le lit. Tom l'embrassa comme si sa vie en dépendait, parce que c'était exactement ce qu'il ressentait. Puis il fit glisser sa fermeture Eclair et la libéra de son écrin de soie, sa bouche suivant fébrilement le sillage de sa robe.

Il laissa la lumière allumée.

Honor garda ses talons hauts.

22

Tout avait changé.

OK, en apparence, rien n'avait changé, à part que, maintenant, Tom et elle couchaient ensemble. Non seulement ils dormaient dans la même chambre, dans le même lit, mais surtout ils faisaient l'amour. *Toutes les nuits.* Parfois même le matin, en s'éveillant.

La vie était belle. La vie était divinement, merveilleusement, douloureusement belle. Honor ne faisait plus semblant. Elle vivait une véritable passion.

Certes, durant plus de quinze ans (d'accord, dix-sept, exactement), elle avait été indéniablement amoureuse de Brogan Cain. Mais avec Brogan il lui fallait toujours faire des efforts, se montrer sous son meilleur jour, ne jamais laisser paraître un agacement ni une impatience, voire carrément se taire. Elle se mettait en quatre pour tenter de l'égaler, d'être la personne la plus fascinante, la plus brillante, la plus spirituelle qu'il eût jamais rencontrée. Elle vivait plus ou moins dans la crainte que Brogan — qui parcourait le monde et photographiait les célébrités les plus en vue de la planète — ne s'aperçoive un jour qu'elle était bien moins intéressante que lui.

Alors que Tom, au contraire, semblait l'aimer telle qu'elle était.

Un soir, épuisée par un bienheureux manque de sommeil, elle s'était endormie dans le séjour. Quand elle s'était réveillée, il la regardait, assis à l'autre bout du canapé. Elle avait les pieds posés sur ses genoux ; Spike s'était lovée contre son épaule. Malgré son air grave, il était clair que Tom manifestait un certain… intérêt pour sa petite personne. Alors, il avait posé Spike par terre — la petite chienne s'était laissé faire, ne montrant plus qu'une faible hostilité à son égard —, s'était couché sur elle, avait déboutonné son chemisier et passé la main sous sa jupe, tel un adolescent polisson en train de peloter sa copine sur le sofa.

Le lendemain matin, en buvant un café, elle lui avait parlé de son nouveau plan de promotion commerciale, ainsi que du concours lancé pour trouver l'appellation de leur tout dernier cru. Tom lui avait posé plein de questions, s'était souvenu de ce qu'elle lui avait dit la semaine précédente à ce sujet et n'avait pas semblé ennuyé une seconde par ses explications. Plutôt charmé, en fait. Puis il l'avait embrassée, lui avait souhaité bonne chance et était parti sur un sourire enchanteur.

Donc, oui, tout était différent.

Allait-il jusqu'à éprouver des sentiments pour elle ? Il avait peut-être besoin d'un peu de temps encore pour tomber amoureux, pour oser lui ouvrir son cœur et lui confier la clé de cet endroit secret qu'il avait verrouillé à double tour.

Mais qu'à cela ne tienne ! Pour l'heure, elle était heureuse. Plus heureuse qu'elle ne l'avait jamais été.

Le mercredi après-midi, elle se gara devant la salle de sport avec l'intention de faire un saut au club Cabrera. Les séances d'autodéfense de Tom s'étaient en effet transformées en véritables cours de boxe, les lycéens semblant prendre du plaisir à subir toutes ces tortures moyenâgeuses : faire des pompes, monter des escaliers au pas de course… Elle aperçut Tom s'entraînant sur un ring avec un adolescent aux mensurations de géant. Tous deux portaient un casque et des gants, mais, sitôt qu'elle s'approcha, l'un des combattants vint à sa rencontre : c'était un splendide spécimen de mâle dominant, bourré de testostérone, blindé de muscles et trempé de sueur.

— Surtout, ne me touche pas, Rocky Balboa ! s'écria-t-elle avec le secret espoir qu'il lui désobéirait.

Ce qu'il fit.

Gêné par ses gants, il l'attira à lui et l'embrassa à pleine bouche.

C'était un baiser tendre et brûlant à la fois, un baiser ravageur qui se prolongea jusqu'à ce que les élèves de Tom manifestent leur impatience par des plaintes et des grognements sonores. Concluant leur étreinte par un sourire insolent, il remonta sur le ring, la laissant haletante et sonnée, comme si elle-même venait de combattre durant plusieurs rounds. Elle se sentait affolée de désir.

Une femme d'allure plutôt massive s'avança vers elle.

— Vous êtes la fiancée de Tom, pas vrai ? Je suis madame Didier, la proviseure du lycée de Charlie.

— Oh ! bonjour ! Honor Holland, la tante d'Abby Vanderbeek. Nous nous sommes déjà rencontrées.

— Ah oui ! Maintenant que vous me le dites… Bon, Charlie s'en sort comme un chef, vous ne trouvez pas ? Il en a fait, du chemin, ce gosse !

— C'est vrai, oui, c'est impressionnant.

Effectivement, de ce côté, il y avait des progrès notables. Mardi, au cours du dîner, Charlie avait daigné répondre à quelques-unes de leurs questions. Sans être vraiment bavard, il paraissait un peu moins tourmenté. Quant à la boxe, il maîtrisait maintenant très correctement les coups de base. C'est ce que Honor était justement en train de constater, alors qu'il faisait la démonstration de quelques frappes sur le lourd sac d'entraînement.

Tom prit la parole :

— Votre attention, les jeunes ! Concernant le tournoi qui aura lieu dans trois petites semaines, se sont d'ores et déjà inscrits : Abby, Charlie, Bethany, Michael et Jesse. Y a-t-il d'autres volontaires ? Ne vous souciez pas de votre manque d'expérience : ils acceptent des débutants d'un niveau largement inférieur au vôtre. Oui ? Devin, tu es partante ? Bravo, je suis fier de toi ! Bon, vous serez tous là vendredi, alors ? Et maintenant filez, vos parents vous attendent !

Tom rejoignit Honor d'un pas bondissant.

— Je dois me dépêcher de ramener Charlie chez les Kellogg. Tu m'accompagnes ?

— Non, je dois passer chez mes grands-parents. Je poursuis mon entreprise de nettoyage par le vide !

Apercevant une goutte de sueur qui glissait de la mâchoire de

Tom jusque dans son cou, elle dut résister à l'envie impérieuse de la lécher. Oh... Quelle petite dévergondée elle était devenue ! C'était à peine croyable.

Oui, bah, il était temps ! soupirèrent ses ovules.

— Pour une fois, je suis bien d'accord, murmura-t-elle.

— Tu disais, *darling* ?

— Euh... non, rien. Au fait, j'ai oublié de te dire que nous organisions une petite réunion ce soir, à Blue Heron. Une petite réunion... de famille, pour être exacte.

Elle marqua un temps d'hésitation.

— Alors, j'espère que tu pourras venir. Et Charlie aussi.

— Une réunion de famille ? Pourquoi pas ! Ça peut être amusant. Même si, pour tout te dire, j'avais plutôt l'intention de te faire la cuisine, ce soir.

Elle poussa un soupir de profond bien-être. Non seulement Tom lui faisait l'amour comme un dieu, mais en plus il lui mitonnait de bons petits plats...

— Oh ! mais rien ne t'empêche de me préparer un délicieux repas...

... à condition de me faire l'amour d'abord !

Le visage de Tom s'éclaira d'un large sourire, comme s'il avait pu lire dans ses pensées. Il repartit néanmoins vers ses élèves, tandis que Honor quittait la salle de sport pour se rendre chez Pops et Goggy.

John Holland avait lui aussi prévu de passer à la Maison Vieille. Lorsque Honor arriva, il écoutait patiemment ses parents lui démontrer pourquoi ils n'avaient nul besoin d'une douche au rez-de-chaussée.

— Quand j'étais gosse, nous n'avions même pas l'eau courante à la maison ! déclara Pops comme s'il venait de sortir de sa manche un argument massue. Alors une seconde salle de bains... pour quoi faire ?

— Je ne sais pas ce qui vous tracasse tant dans le fait que je monte les escaliers vingt fois par jour, renchérit Goggy. Si ce vieux fou passait l'arme à gauche, je pourrais toujours prendre sa chambre.

— Peuh ! Tu me pleurerais, oui ! Ta vie n'aurait plus aucun sens.

— Ah, tu crois ça ? Chiche ! lança Goggy d'un air de défi. Ah, Honor ! Ma chérie ! ajouta-t-elle en voyant sa petite-fille. Comment vas-tu, ma poulette ? Tu as l'air complètement épuisée.

Si tu savais, Goggy… Je n'en ai pas seulement l'air. Oh ! non… c'est la pure vérité.

Honor toussa légèrement, gênée par certaines images qui lui revenaient à l'esprit.

— Et vous deux, alors, comment allez-vous ?

— Figure-toi que ton père s'imagine que nous avons besoin d'une douche au rez-de-chaussée !

— Je suis du même avis, répliqua Honor en embrassant sa grand-mère.

— La salle de bains du haut me va très bien comme ça !

— *Ma* salle de bains du haut lui va très bien comme ça ! fit Pops en écho.

— Tu ne peux pas nous obliger à avoir une salle de bains plus pratique ! s'insurgea Goggy.

— Nous détestons les salles de bains pratiques !

Honor perdit patience :

— Pops, Goggy, soyez raisonnables ! Vous faites vivre un enfer à papa. Il va se remarier ! Il a mieux à faire que de s'assurer cinq fois par jour qu'aucun de vous ne gît dans une mare de sang.

— Ah oui ? Eh bien, puisque ça te pèse tant, John, ne viens plus nous voir ! Après tout, je ne suis que ta pauvre mère. Je n'ai jamais eu l'intention d'être un tel fardeau pour mon fils. Même s'il m'a fallu trois jours pour te mettre au monde…

Honor la coupa :

— Et moi aussi je vais me marier. Et Jack, de ce point de vue-là, n'est d'aucune utilité, comme chacun sait. Alors, parlons des choses qui peuvent vous permettre de rester chez vous en toute sécurité. A moins, bien sûr, que vous n'envisagiez de passer vos hivers en Floride.

Goggy s'en étouffa :

— Quoi, dans l'antichambre de la mort ? Tu as perdu la raison, ma petite ?

— Est-ce que j'ai une tête à visiter Disney World ? s'indigna Pops.

Honor considéra ses grands-parents.

— Ecoutez. Nous vous aimons. Nous ne souhaitons pas vous voir partir d'ici. Mais le meilleur moyen pour que vous puissiez demeurer dans cette maison, c'est justement d'effectuer quelques changements mineurs.

— Tu nous trouves trop vieux, c'est ça ? s'indigna Goggy.

— Mais maman, intervint John Holland, vous *êtes* vieux. Pas décrépits, bien sûr, mais âgés. Il faut l'admettre… Moi non plus, je ne suis plus tout jeune. J'ai déjà soixante-huit ans.

— Ça, je peux te dire que je ne suis pas près de l'oublier, John. Après tout ce que j'ai souffert pour te mettre au monde… Trois jours !

John Holland poussa un soupir découragé et ferma les yeux.

Honor enchaîna :

— Bien. J'ai ici une liste…

— Le contraire m'eût étonné, ironisa Pops dans sa barbe.

— … une liste des choses qui doivent être faites. Voilà : j'ai noté dix-sept modifications à effectuer. Que diriez-vous d'en choisir cinq pour commencer ?

— Deux, négocia Pops.

— Aucune, tenta Goggy.

Une heure et vingt-trois minutes plus tard, après avoir étayé son dossier d'arguments assez solides pour tenir devant la Cour suprême, Honor avait conduit ses grands-parents à accepter deux des dix-sept propositions de la liste. Un monte-escalier et une chaudière neuve, histoire qu'ils ne meurent pas asphyxiés par le monoxyde de carbone.

— C'est très bien, tout ça, marmonna Goggy. Mais il est hors de question que je me serve de votre monte-escalier à la noix ! C'est un truc pour les vieux, ça.

— Mais tu es vieille, Elizabeth, rétorqua Pops.

— Et toi, carrément croulant !

John Holland se leva de son siège, la tête entre les mains.

— Bon, je file. Ce soir, c'est la cérémonie des semailles. Honor, ma petite chérie, viens avec moi jusqu'à la Maison Neuve ! Nous ne t'avons pas beaucoup vue, cette semaine, Mme Johnson et moi.

— Tu parles ! Comme si je te manquais... Je repasserai, Goggy. Et toi, Pops, sois sage !

Elle parcourut avec son père la courte distance qui séparait les deux maisons, entendant en contrebas le doux concert des rainettes s'élever de la mare. Dans une heure, il ferait nuit noire.

— Dis-moi, ma chérie, comment ça va avec Tom ?

— Très bien, papa.

Son père la regarda, la mine songeuse.

— Pour tout t'avouer, je ne le sentais pas trop, ton Anglais. Pas au début, du moins. Mais il m'a l'air d'être un type bien.

— Il l'est.

— Et tu l'aimes ? Tu en es sûre ?

Enfin, elle pouvait regarder son père dans les yeux.

— J'en suis sûre, papa.

Il passa un bras autour de ses épaules et lui dit d'un ton bourru :

— Tu ressembles tellement à ta mère quand tu souris... Bon, ce n'est pas pour autant que je suis pressé de te voir partir, tu sais. En ce qui me concerne, tu pourrais rester toute ta vie à la Maison Neuve avec Mme Johnson et moi. Même avec Tom... ça ne me dérangerait pas.

— Oh ! je ne crois pas que ce serait l'idéal, papa.

— Vous pourriez prendre la maison et, moi, j'emménagerais avec Mme Johnson dans son appartement : il est parfait pour deux personnes. Comme ça, Tom et toi, vous pourriez me donner des petits-enfants plus rapidement. Tu comprends ? J'aimerais tellement avoir plein de petits-enfants ! Et puis, la Maison Neuve, c'est chez toi.

Elle lui sourit.

— Je lui en parlerai, papa, c'est promis.

Car la vision d'une famille unie — Tom et elle, parents d'un ou deux enfants — lui était beaucoup plus facile à concevoir ces derniers temps...

*
* *

Une heure plus tard, alors que le fin croissant de la nouvelle lune montait à l'horizon, tous les membres du clan Holland, ainsi que Tom et Charlie, étaient rassemblés près du cimetière familial.

La cérémonie des semailles avait lieu le premier jour de la première nouvelle lune du mois d'avril. Les origines de ce rituel étaient obscures, mais… une tradition était une tradition !

Tom s'approcha de Honor — fraîchement douché, il embaumait le savon — et l'embrassa sur la joue. Abby et Charlie ricanaient ; Levi, au téléphone avec sa sœur, grognait à propos de quelque chose, puis il passa l'appareil à Ned (avec une satisfaction non dissimulée). Pru et Carl se tenaient enlacés, Goggy s'occupait des rafraîchissements disposés sur une couverture, à l'arrière du pick-up rouge de son fils. Elle émit quelques claquements de langue désapprobateurs à l'adresse de Mme Johnson, qui tentait de l'aider, ce qui lui attira la même chose en retour. Jack et son père discutaient des niveaux de pH à prévoir pour la dernière cuvée de riesling, tandis que Faith était assise par terre, à côté de la pierre tombale de leur mère, le visage empreint d'une douce nostalgie.

— Alors, en quoi consiste cette cérémonie, au juste ? s'enquit Tom.

— Il s'agit de bénir les récoltes, expliqua Honor. Chez nous, ça se fait depuis des générations.

— Rassemblez-vous tous ! ordonna Pops.

La famille forma un demi-cercle autour du petit cimetière. Pops bomba un peu le torse et prit la main de Goggy.

— Très bien. En tant que père, grand-père et arrière-grand-père…

— Et en tant que mère, grand-mère et arrière-grand-mère, enchaîna Goggy, nous vous souhaitons la bienvenue ici ce soir.

— *De liefde van God zij met u.*

— « Que l'amour de Dieu soit avec vous », traduisit Honor pour Tom et Charlie.

— Ce soir, nous implorons Dieu de bénir les récoltes de l'année à venir. Nous prions pour que la pluie tombe avec clémence sur les champs, pour que le soleil répande la chaleur de ses rayons et pour que les plantes que nous cultivons fassent vivre notre famille toute l'année, ainsi que les suivantes.

— Amen ! répondirent-ils tous en chœur.

Goggy tendit la première bouteille à Pops.

— C'est un vin que nous produisons exclusivement pour la famille, commenta Honor, tandis que son grand-père maniait l'un de ses innombrables tire-bouchons. Nous l'appelons le vin de la bénédiction : il est réservé aux mariages, aux baptêmes et à la cérémonie des semailles.

Tom la regarda, et elle sentit une vague de chaleur lui picoter les joues. Très bientôt, ils goûteraient de nouveau ce vin, d'abord pour le mariage de son père, puis pour le leur.

Et avec un peu de chance, dans un an environ, pour le baptême de leur premier enfant.

— Cool, fit Charlie en regardant Pops déboucher avec adresse la première bouteille, suivie de deux autres.

— Pour commencer, on en boit une gorgée, puis on en verse quelques gouttes sur le sol, expliqua Honor alors que commençait la dégustation. De cette manière, nous honorons nos ancêtres et la terre qui nous fait vivre.

— C'est très beau, dit Tom. Je regrette que mon père ne soit pas là pour voir ça. Ce genre de cérémonie lui plairait beaucoup.

— L'année prochaine, peut-être.

Il lui décocha son fameux sourire.

Oh ! mon Dieu ! Elle l'aimait tant que son cœur lui semblait transpercé de flèches délicieuses.

Faith lui passa la bouteille, elle but une gorgée. Amusant : tout le rituel œnologique en rapport avec l'ouverture et l'aération du vin, l'évaluation de son bouquet, de sa texture, de sa myriade de saveurs… tout cela n'était pas de mise lors de la cérémonie des semailles. Non, ce soir, ils buvaient au goulot un vin doux et fumé que Honor préférait à tous les autres. Une gorgée à savourer, quelques gouttes par terre, une petite prière pour le bien-être de la famille… et pour celui de Tom. Et de Charlie.

Elle passa la bouteille à ce jeune garçon qui allait bientôt devenir son beau-fils à elle aussi, ou quel que soit le titre qu'il convenait de lui donner. L'adolescent se tourna vers Tom d'un air interrogateur ; ce dernier opina du chef, et Charlie prit une petite gorgée de vin, fit la grimace, avala et en versa un peu par terre.

— Bien joué, lui dit-elle.

Il lui sourit, puis passa la bouteille à Tom, qui, à son tour, se conforma au rituel.

Lorsque tout le monde eut bu sa gorgée de vin au goulot, Pops tira une boîte d'allumettes de la poche de sa chemise et alluma le feu que Ned avait préparé au cours de la journée. Comme le bois se mettait à craquer, les premières flammes éclairèrent les visages d'une douce lueur. Tom prit la main de Honor.

— Je suis très heureux de vous avoir rencontrée, miss Holland.

Les paroles pouvaient paraître banales, mais le sentiment qu'elles révélaient était tout sauf commun.

— Mon cher Tom, dit Goggy, vous devez faire quelque chose pour nous. Puisque vous êtes le dernier entré dans la famille.

— Ça ne serait pas plutôt Charlie ? plaisanta Abby avec un sourire malicieux.

— Bon, d'accord, Tom *et* Charlie, alors. Allez-y, mes enfants.

Elle leur fit passer une assiette.

— C'est quoi ? demanda Charlie. Oh ! non… C'est une blague… ?

Honor sourit de toutes ses dents.

— C'est la tradition, Charlie ! Chaque nouveau membre de la famille doit…

— Qu'est-ce que c'est, trésor ? interrompit Tom en inclinant la tête sur le côté pour mieux voir le plat qu'on leur servait.

— C'est du hareng frais aux oignons, répondit Honor. Un plat typiquement hollandais. Il faut tout finir, les garçons.

Ah, ces Hollandais… Il n'y avait qu'eux pour aimer ce qui, à l'origine, était quand même de la nourriture pour chat ! Elle-même avait horreur du hareng ; la seule vue de ce poisson lui retournait l'estomac. Faith, qui partageait son dégoût, fut d'ailleurs prise d'un très léger haut-le-cœur.

— Tu sais, Honor, si on y regarde de plus près, je ne fais pas vraiment partie de votre famille, fit valoir Charlie. C'est Tom qui va se marier avec toi… Moi, je suis juste là… à titre officieux, comme il dirait lui-même.

— Pas dans notre cœur, répliqua Abby d'un air grave. Allez, mange !

Ned compatit :

— Ce sont les vingt premières années qui sont les plus difficiles, après, ça se calme.

— Qu'est-ce que vous racontez ? s'indigna Goggy. C'est délicieux !

Tom se tourna vers Charlie.

— A toi l'honneur, mon gars…

— Rien qu'un petit morceau, fiston, dit John Holland. Tu n'es pas obligé de tout manger.

— Il faut bien que quelqu'un le fasse, pourtant, fit remarquer Faith. Allez, Tom, sois un homme !

Charlie souleva le poisson plein d'arêtes.

— Oh ! bon sang…

Il ferma les yeux, en prit une toute petite bouchée du bout des dents, surmonta un haut-le-cœur et, bravement, se força à l'avaler.

— Ce n'est… pas mauvais, articula-t-il dans un souffle, les larmes aux yeux. Un peu fort, peut-être.

— Bravo !

Pops lui donna une claque dans le dos.

— Tom ? A vous, fiston ! Et finissez l'assiette !

Tom se tourna vers Honor. Elle lui sourit, l'air faussement contrit.

— C'est pour toi que je le fais, mon amour.

Ecœuré, il saisit le poisson et, dans un crissement d'arêtes, le sectionna d'un coup de dents. Son visage se tordit en une grimace de dégoût qui fit rire tout le monde. Il mastiqua, déglutit, puis ingurgita l'autre moitié. Par saint George !

— Ça, c'est un homme ! approuva Mme Johnson.

— Bravo, mon chéri ! dit Honor.

Elle le débarrassa de l'assiette. Pouah… Quelle odeur ignoble ! Pauvre Tom… Il était temps de passer à une nourriture digne de ce nom : ragoûts, jambons et tartes.

— Pas si vite, *darling* !

L'empoignant par les épaules, Tom lui fit faire volte-face.

— Tu ne m'embrasses pas ?

— Non ! Surtout pas ! Tom, attention, je te préviens !

Elle se libéra de son étreinte et courut se cacher derrière Levi.

— A l'aide, monsieur l'agent ! Cet homme a une haleine qui empeste le hareng !

Levi fit un pas de côté.

— Pour rien au monde je ne voudrais m'immiscer entre un mari et son épouse.

— Nous ne sommes pas encore mariés ! protesta-t-elle d'une voix aiguë.

Entre deux éclats de rire, elle esquiva Tom, qui la poursuivait toujours. Elle se dirigea en courant vers la rangée de vignes la plus proche.

— Et ça ne risque pas d'arriver si tu persistes dans cette comédie ! Papa, au secours ! implora-t-elle en riant.

Mais son traître de père se contenta de s'esclaffer.

— Attrape-la, Tom ! lança Pru.

Au même instant, la main de Tom se referma sur son bras. Il lui fit faire volte-face.

— Alors, *darling* ? Tu ne m'aimes plus ?

Son adorable sourire asymétrique illumina l'obscurité.

Il la gratifia d'un long baiser au goût prononcé de hareng.

Mais finalement ce ne fut pas si terrible. Alors que toute la famille les acclamait, Honor sentit Tom sourire contre ses lèvres. Puis il l'embrassa de nouveau et la serra très fort dans ses bras.

— C'était charmant, dit-il en redevenant sérieux. Merci de nous avoir fait participer à cette soirée.

— Et maintenant venez donc prendre un repas digne de ce nom, les tourtereaux ! s'écria Goggy d'un ton guilleret. Vous ai-je déjà dit que, depuis le début, je savais que ces deux-là étaient faits l'un pour l'autre ?

23

Le samedi, Tom coinça Honor juste à la sortie de sa douche. Peu de choses lui semblaient aussi attirantes qu'une femme nue enveloppée d'une serviette, la peau encore rose et humide. Une fois la serviette ôtée, la vie devenait presque parfaite !

Mais Charlie l'attendait.

— Tu veux sortir avec nous, Honor ? demanda-t-il.

— Volontiers, répondit-elle, tandis que ses joues devenaient légèrement rouges. Où allons-nous ?

— C'est une surprise.

Ils s'arrêtèrent à la Sunrise Bakery où ils firent des provisions de sandwichs et de thé glacé, servies par la rayonnante Lorelei. Puis ils passèrent prendre Charlie et mirent le cap au nord. Le jeune garçon, les écouteurs vissés aux tympans, se déchirait les oreilles avec la musique qui passait sur son téléphone. Mais, pour une fois, il ne faisait pas la tête. Comme un adolescent normal, se dit Tom. Spike lui tenait compagnie à l'arrière ; Ratibus continuait de réserver à Tom l'exclusivité de sa hargne et semblait plutôt satisfaite de pouvoir s'étaler sur la cuisse de Charlie en échange d'un agréable massage de bidon.

Charlie était en train de changer de physionomie, constata-t-il dans le rétroviseur. Il commençait tout doucement à perdre les traits poupins du petit garçon, et son ossature devenait de plus en plus marquée. Ses taches de rousseur s'étaient estompées, et son regard s'était affûté.

Il ressemblait beaucoup à Mélissa.

Un jour, un autre enfant serait peut-être installé à l'arrière, à côté de Charlie et Spike. Leur enfant, à Honor et à lui. Un siège-auto, un sac à langer, un sac à dos, tout le bazar, quoi !

A cette pensée, ses mains devinrent moites. Mais c'était le *deal*, pas vrai ?

En plus, il aimait les enfants. Un bébé, il saurait assumer.

C'était plutôt le côté famille qui le rendait nerveux. Nerveux, sans y être hostile non plus.

A propos de famille, il avait rappelé son père cette semaine. Puisqu'il comptait séjourner ici quelque temps, Tom allait l'encourager à venir s'installer définitivement dans la région.

Il prit la sortie de l'autoroute.

— Alors, mes amours, lança-t-il joyeusement, devinez un peu où nous allons ! Vous avez droit à trois réponses.

— Au terrain d'aviation de Brigham ?

— Charlie, tu es un génie ! Oui, je me suis dit qu'on pourrait faire voler une de mes dernières réalisations.

Il s'engagea sur la route de l'aérodrome. Dix minutes plus tard, ils contemplaient tous les trois le Piper.

— Alors, qu'est-ce que tu as bricolé dessus ? lui demanda Charlie.

— Eh bien, nous l'avons doté d'un moteur plus puissant, ce qui nous a obligés à modifier les ailes et à adapter les gouvernes de direction. Le propriétaire de cet avion souhaite faire des cascades en vol.

— Cool !

De l'extérieur, l'appareil avait fière allure ! Tom en fit le tour en leur énumérant toutes les vérifications à effectuer avant le décollage et en leur montrant les différentes parties d'un avion. A son grand étonnement, Charlie paraissait suivre ses explications avec intérêt — pas d'écouteurs dans les oreilles, pas de regard maussade. Quand il eut fini sa démonstration, il ouvrit la portière.

— Allez, Charlie ! Monte, mon garçon ! Tu seras mon copilote.

— Tu as ton brevet de pilotage, Tom ? s'enquit Honor.

— Oui. Mais, comme je ne vole pas souvent, il va falloir t'accrocher !

Il lui décocha un clin d'œil auquel elle répondit par un sourire creusé de fossettes.

A l'intérieur du cockpit, il montra à Charlie les différentes commandes, vérifia les interrupteurs, les valves et les écrans, puis il appela la tour de contrôle et mit les moteurs en route.

L'ascension se déroula correctement, malgré quelques cahots. Charlie avait sans doute fortement ressenti les secousses — comme c'est toujours le cas à bord des petits avions — car il lui parut un peu pâle. Mais, une fois la bonne altitude atteinte, il resta subjugué par la vue.

— Wouah... C'est géant..., s'exclama-t-il.

En dessous s'étendaient les collines verdoyantes caractéristiques de la région, les champs luxuriants, les granges peintes en rouge et les forêts profondes, d'où émergeait çà et là un clocher blanc. Le ciel était parfaitement dégagé.

— Qu'est-ce qui se passe si une oie du Canada percute un des moteurs ? l'interrogea Charlie.

— On fait ses prières.

— Et ça t'arrive de regarder des films catastrophe qui se passent dans un avion ?

— A vrai dire, non.

— Moi, l'année dernière, j'en ai vu un vraiment génial !

L'adolescent se lança alors dans un récit que personne n'avait envie d'entendre à cette altitude. Tom regarda Honor. Elle souriait.

Il se sentit remué par une étrange émotion.

— Alors, Charlie, prêt à piloter ce petit bijou ? Tout ce que tu as à faire, c'est tenir le manche fermement, d'accord ? Bien stable, les mains à 10 h 10, comme sur le volant d'une voiture.

— Mais je ne sais pas conduire, rétorqua Charlie, légèrement inquiet.

— C'est bon, je suis à côté de toi. Tu peux y arriver, mon gars. Et si ça te plaît on te fera préparer ton brevet de pilote. Tu sauras voler avant de savoir conduire ! Prêt ? Allez, je te passe les commandes.

Evidemment, il n'était pas question de laisser Charlie faire quoi que ce soit de stupide ou dangereux : en cas de problème, le gamin n'aurait certainement pas le sang-froid requis. Mais, pour Tom, l'expression de son visage à cet instant n'avait pas de prix.

D'abord sérieuse, extrêmement concentrée… et puis, miracle ! Charlie se tourna pour lui sourire.

— Ça va ? Je le fais bien ?

— Tu t'en sors comme un chef, mon chaton !

Au bout de dix minutes environ, Tom reprit les commandes et fit décrire des cercles à l'appareil pour qu'ils puissent admirer le lac Canandaigua, le plus proche des Finger Lakes. Ce matin, ses eaux étaient d'un bleu cobalt.

— C'est là que nous allons pique-niquer, annonça-t-il en leur désignant un champ au-dessous d'eux.

— On va se poser sur le lac ? demanda Charlie.

— Non… Ce n'est pas un hydravion. Le moteur est trop lourd. Mais il existe des avions amphibiens qui peuvent atterrir et amerrir, pas vrai, Honor ?

— Tout à fait. Il y a un meeting aérien d'hydravions tout à fait spectaculaire, en juin, sur le lac Keuka. Il faudra que nous y allions.

Quelques instants plus tard, ils retrouvaient la terre ferme, après un atterrissage en douceur dans le champ que Tom leur avait montré d'en haut. Le lac miroitait, les oiseaux tournoyaient dans le ciel en lançant des trilles pleins de joie. Ils pique-niquèrent sous un agréable soleil qui les réchauffa.

Si, deux mois auparavant, quelqu'un avait dit à Tom qu'il partirait en pique-nique avec sa fiancée et son petit Charlie — et que celui-ci lui adresserait la parole —, il aurait cru que c'était une blague. Sans oublier la cérémonie des semailles, l'enracinement dans une histoire centenaire, la solidarité de la famille Holland et son hospitalité envers Charlie et lui… il se demandait ce qu'il avait bien pu faire pour mériter ça.

Charlie se prélassait dans l'herbe, allongé sur le dos. Il alla s'étendre à côté de lui, bientôt imité par Honor. Quelques nuages ventrus défilaient dans le ciel.

— La pluie arrivera d'ici ce soir, murmura Honor.

Et elle savait de quoi elle parlait. Il n'y avait pas grand-chose qui échappât à sa connaissance, se dit Tom.

Il la regarda. La brise ébouriffait ses courts cheveux blonds.

Elle n'avait pas été très bavarde aujourd'hui, faisant juste un commentaire de temps à autre. Elle avait surtout passé son temps à les observer, Charlie et lui, comme si elle avait compris à quel point cette journée était cruciale.

Aujourd'hui, l'ancien Charlie était de retour. Enfin, pas totalement, bien sûr. Les retours en arrière, ça n'existe pas, Tom le savait bien. La mort de Mélissa avait changé son fils de façon irréversible. Mais le gamin que Tom avait toujours imaginé qu'il deviendrait en grandissant — intelligent, sociable, concentré, bien élevé —, ce gamin-là s'était révélé à leurs yeux, sans même qu'il y ait une Abby à impressionner.

Et Honor était pour beaucoup dans cette évolution.

Durant toute cette période, pas une fois elle ne s'était plainte des manières de Charlie, de son attitude maussade, de son pas de déménageur, de son refus de manger à table, des portes qu'il faisait claquer. Jamais elle n'avait levé les yeux au ciel d'un air exaspéré, jamais elle n'avait exprimé autre chose que du plaisir quand il venait chez eux, jamais elle n'avait soupiré ni pesté contre lui. Elle lui avait donné une famille, mais aussi une amie en la personne d'Abby. Elle semblait même avoir de l'affection pour lui.

Il tendit le bras pour lui prendre la main. Y déposa un baiser qui alluma une douce lueur dans le regard de Honor.

Deux heures plus tard, alors que l'une des plus belles journées de sa vie s'achevait, il raccompagna Honor chez eux, l'embrassa rapidement et lui promit d'être rentré un quart d'heure plus tard.

— Elle est sympa, dit Charlie tandis que Tom prenait la direction de la maison des Kellogg.

— Oui.

Tom lui lança un coup d'œil.

— Ça te plairait d'être mon témoin ?

— Sérieux ?

— Oui.

Charlie haussa les épaules d'un air faussement dégagé.

— OK.

Pour Tom, c'était suffisant. Largement suffisant.

Il se gara.

Une Mustang d'époque bleu foncé stationnait devant la maison et, soudain, il eut l'impression de prendre un uppercut particulièrement brutal, juste sous le menton.

Charlie jaillit de la voiture comme un éclair.

— Papa ! Hé, papa !

24

Mitchell DeLuca descendit de sa Mustang sans se presser, tout sourire, tandis que Charlie se jetait dans ses bras. Il ébouriffa les cheveux de son fils et tourna la tête en direction de la voiture qui l'avait déposé.

Tom en sortit, le cœur battant à tout rompre. Les poings serrés au fond de ses poches, il alla à la rencontre de cet homme qu'il haïssait.

— Bonsoir.

— Salut. Mitch DeLuca, je suis le père de Charlie. Enchanté.

Il lui tendit la main.

— Nous nous sommes déjà rencontrés, dit Tom.

— Ah oui ?

Le pire, c'est qu'il paraissait sincère !

— J'étais fiancé à Mélissa.

Charlie intervint.

— C'est Tom, papa ! Tom Barlow.

— Tom, bien sûr ! Pardon, vieux ! Content de te revoir.

Mitchell considéra Tom d'un air perplexe, l'air de dire : « Et on peut savoir ce que tu fous là, exactement ? » Puis il se tourna vers Charlie. La ressemblance entre père et fils était saisissante, et fit à Tom l'effet d'un nouveau coup de poing. Certes, le garçon avait des traits de sa mère… Mais il tenait également beaucoup de son père.

— Comment ça va, fiston ? Ça fait un bail, pas vrai ? Tu seras bientôt aussi grand que moi, dis donc !

Charlie sourit avec fierté, et Tom eut l'impression qu'on lui enfonçait un poignard dans la poitrine. Il lui avait fallu deux années — deux années entières — pour obtenir un simple sourire de Charlie, alors que Mitchell… Mitchell, lui, avait droit à un accueil plus que cordial. Charlie n'éprouvait aucun ressentiment envers son père. Non, aucun…

— Alors, quoi de neuf, bonhomme ?

— Hum, je vais peut-être passer mon brevet de pilote. Et puis je fais de la boxe. Il y a un tournoi dans deux semaines, il faudra que tu viennes !

— On verra ça. Allez, viens, on se tire… Ta grand-mère n'est pas franchement ravie de me revoir, tu vois. Bon, on va manger un morceau quelque part, mon pote ?

— Oh ! oui ! Bien sûr !

Mitchell se tourna de nouveau vers Tom.

— Euh, écoute, vieux… Je vais passer un peu de temps avec mon fils, OK ?

Tom acquiesça d'un signe de la tête.

— Pas de problème.

Il regarda Charlie.

— Je t'appelle, mon chaton.

— Mon chaton ?

Mitchell afficha un sourire narquois.

— Fais gaffe, mec, ce mot peut avoir un sens particulier ici.

Il lança un coup d'œil en direction de Charlie.

— Pas vrai, mon pote ?

L'espace d'une seconde, Charlie parut tiraillé par un conflit de loyauté. Puis il se tourna vers son père et l'approuva avec une moue suffisante.

— Ouais… J'arrête pas de lui dire.

Puis, prenant un air mi-las, mi-exaspéré :

— Ça fait trop gay, Tom…

Ah. OK.

— Bon, à bientôt, alors.

Mais Charlie discutait déjà avec son papa, fou de joie de le revoir. Puis Mitchell, ce sale con égoïste, ce père négligent et bon à rien, passa son bras autour des épaules du gamin et le conduisit jusqu'à la Mustang.

Charlie ne se retourna pas.

Ça ne veut rien dire, pensa Tom.

Hélas, il n'était pas assez naïf pour le croire.

Le téléphone mobile de Honor se mit à vibrer. Un texto.

Ai dû aller à Wickham. Retour dans la soirée.

C'était… bizarre. Top succinct. Bien sûr, un texto pouvait vite être mal interprété. Elle appuya sur la touche « appel » et attendit. La boîte vocale de Tom se déclencha.

« Vous êtes bien sur le répondeur de Tom Barlow. Veuillez me laisser un message, je vous rappellerai dès que possible. Merci. »

— Tom, c'est Honor.

Elle grimaça, se sentant stupide. Avec un peu de chance, il devait connaître sa voix, depuis le temps…

— Je voulais juste m'assurer que tout allait bien. Tu travailles, je suppose ? Hum, si tu veux dîner, fais-moi signe. Sinon, on pourrait aller chez O'Rourke ou même ailleurs, si ça te dit. Enfin, je voulais que tu saches que j'avais passé une merveilleuse journée.

Elle marqua une pause.

— Bonne fin d'après-midi. Ciao. A tout à l'heure. On se rappelle très vite.

Raccroche ce fichu téléphone !

Elle raccrocha.

Il t'évite, c'est certain, firent observer ses ovules avec une assurance teintée de compassion.

— Absolument pas. Vous n'avez aucune preuve de ce que vous dites.

Mais, à 21 heures, les preuves commençaient à s'accumuler.

Que s'était-il passé ? Pourquoi ce silence après dix jours idylliques, alors que le fardeau sur leurs épaules s'était enfin évanoui, que les remparts semblaient s'être écroulés ? Toujours pas de coup de téléphone. Rien qu'un texto :

Ne pense pas pouvoir être de retour pour dîner.

Elle ne cessait de repasser la journée dans sa tête. Quatre heures en compagnie de Tom et de Charlie. Avait-elle commis une maladresse ? Charlie avait-il un problème ? Charlie avait-il dit à Tom quelque chose du genre : *Ne te marie pas avec Honor, je ne peux pas la voir en peinture* ? En toute franchise, elle pensait pouvoir affirmer que Charlie l'aimait bien.

Et merde ! Elle s'empara du téléphone… et le reposa. Envisagea d'envoyer un texto à Tom, composa quelques mots… puis les effaça.

Spike vint se frotter contre son mollet. Honor se pencha pour s'emparer de la petite boule de poils.

— Tu as une idée, toi ?

Spike se mit sur le dos, offrant son petit ventre aux caresses. Honor entreprit de le lui grattouiller, l'esprit ailleurs.

Elle passa une heure devant la télévision… *Le Monde mystérieux des maladies d'origine porcine.* Se demanda vaguement si son corps abritait un ver solitaire. Si oui, pouvait-elle s'empiffrer de glace à la cannelle Ben & Jerry's en quantité illimitée ? Lorsque son portable se mit à sonner, elle s'étira pour l'attraper, ce qui lui valut un aboiement de protestation de Spike.

— Allô ?

— Salut. C'est Dana.

Honor tressaillit.

— Salut.

— Comment ça va ?

Spike se mit à bâiller : cette conversation la barbait déjà.

— Je vais bien. Et toi ?

— Tu as l'air d'avoir le cafard, dit Dana.

— Pas du tout.

L'époque où elles se confiaient leurs états d'âme était révolue.

— Que puis-je faire pour toi ?

Dana resta silencieuse un long moment.

— Je ne sais pas. Je t'appelais comme ça, sur un coup de tête.

Toutes les amitiés ne sont pas vouées à durer éternellement, Honor le savait. Pourtant, elle ne pouvait s'empêcher de regretter les jours heureux, tout en sachant qu'ils ne reviendraient jamais.

— Et pour toi, Dana, comment ça se passe ?

— Ça se passe très bien.

— Tu te sens en forme ?

— Bien sûr. Pourquoi je ne me sentirais pas en forme ?

Honor hésita.

— Hum, dans ton état…

— Ah, oui… Non, non, je me sens comme d'habitude. Normale. Tout est normal, quoi.

Un ange passa.

— Vous nous avez bien fait rigoler, Tom et toi, au Bal en noir et blanc.

— On s'est bien amusés, oui.

— Il a l'air… génial, comme mec.

Dans la voix de Dana perçait comme une note d'envie… Assez étrange, vu les circonstances.

— Il l'est, en effet.

Silence au bout du fil.

— Alors, tu appelais pour quoi, Dana, au juste ?

— Je n'en sais rien.

Elle soupira.

— Est-ce qu'il t'arrive parfois d'avoir peur que Tom découvre quelque chose sur toi et qu'ensuite il ne t'aime plus ?

Mer… credi ! Elle n'avait aucune envie de papoter avec Dana. Dana… celle qui feignait d'ignorer l'amour profond qu'elle avait eu pour Brogan. Celle qui l'avait prise en traître et avait délibérément piétiné ses sentiments.

D'un autre côté, se dit-elle, Dana avait peut-être raison, finalement, au sujet de Brogan. L'avait-elle aimé tant que ça, elle qui à présent était tout à fait sûre d'être amoureuse de Tom ? Son délicieux British, cet homme qui laissait libre cours à un humour mordant, mais refoulait tout le reste.

— Pas vraiment, répondit-elle avec hésitation. Et d'ailleurs je ne vois pas ce qu'il pourrait découvrir sur moi. Qu'il ne sache déjà, je veux dire.

— Je n'aurais sans doute pas dû t'appeler pour te parler de tout ça, murmura Dana d'une voix triste.

— Ma foi, c'est un peu étrange, en effet…

— Tu as toujours été une bonne amie.

Honor sentit une boule d'émotion tout à fait inattendue se former dans sa gorge.

— Merci.

— Moi, non, par contre…

— Tu es train de me faire des excuses, c'est ça ?

Dana soupira.

— Oui.

— Je les accepte.

— Alors, on est de nouveau amies ?

Honor lissa le haut du crâne tout ébouriffé de Spike.

— Je n'en sais rien.

— Mais puisque tu viens de dire que tu acceptais mes excuses…

Déjà, Dana se mettait sur la défensive.

— Notre amitié m'a énormément apporté, expliqua Honor en pesant ses mots. Mais je ne suis pas sûre que nous puissions reprendre notre relation comme avant.

— Enfin, puisque je viens de te faire des excuses ! Tu sais bien à quel point ça m'est difficile, non ?

— C'est vrai. Mais…

Elle hésita.

— Dana, tu dois comprendre que…

— Ecoute, Honor, j'ai fait le premier pas, bien que ça me coûte ! Dans la vie, tout le monde fait des conneries, et je te dis que je regrette les miennes ! Alors quoi, tu vas m'en vouloir jusqu'à ta mort, c'est ça ?

— Mais non. J'ai tourné la page, je t'assure. Simplement, je ne…

— Je vois ! Tu veux bien me pardonner, mais tu es incapable de digérer le fait que j'ai osé séduire le mec que tu convoitais. Tu veux que je te dise ? Laisse tomber.

— Dana…

Inutile. Elle avait raccroché.

Et c'était tout aussi bien. Dana était une fille exigeante, égoïste, qui s'arrangeait toujours pour se donner le beau rôle dans ses rapports avec les autres. C'était toujours elle la partie offensée, jamais celle en faute.

Si pendant quelque temps le quotidien avait pu lui sembler bien vide sans l'amitié de Dana, elle avait également l'impression d'avoir fait le ménage dans sa vie. D'autres personnes avaient comblé l'espace laissé vacant par Dana et Brogan.

A présent, elle avait Tom, n'est-ce pas ?

Dans la maison, le silence était assourdissant.

Où était-il ? Que s'était-il passé, aujourd'hui ? Allait-elle vraiment devoir appeler Levi pour s'informer d'un éventuel accident ?

Spike bâilla, puis se mit à lui ronger le pouce.

La porte s'ouvrit. Tom entra en titubant.

Elle se leva pour l'accueillir.

— Ah, te voilà…

— *Hello, darling !*

Il voulut poser sa sacoche, rata la console de l'entrée. La sacoche tomba par terre.

— Tu as bu ?

— Oui.

— Et tu as pris le volant ? s'emporta-t-elle.

— Non, *darling*. Je ne suis quand même pas con à ce point-là ! Non, j'ai fait le trajet de la fac jusqu'à chez O'Rourke sobre comme un chameau, et ensuite j'ai bu un coup. Plus d'un. Et puis je suis rentré à pied vers notre doux logis, pour retrouver ma petite promise qui s'inquiétait gentiment pour moi.

— Je me suis fait beaucoup de souci, c'est vrai. Pourquoi ne m'as-tu pas appelée, Tom ?

— Désolé. J'aurais dû. Avec le recul… Mais, bon, je suis là, c'est l'essentiel.

Spike sauta du canapé et lui montra les crocs.

— *Hello*, Ratibus ! Fais gaffe, ça m'embêterait de te marcher dessus.

Spike planta les dents dans ses lacets et se mit à secouer frénétiquement sa petite tête.

La sonnerie du téléphone retentit de nouveau. Honor alla répondre.

— Salut, c'est Colleen. Je voulais juste m'assurer que Tom était bien rentré. Connor lui avait confisqué ses clés de voiture.

— Oui, il est arrivé sans encombre. Merci, Coll. Et remercie également Connor de ma part.

— Pas de souci, cocotte ! C'est vraiment un amour, ton Tom. A plus !

Elle raccrocha.

— Je croyais que tu devais ralentir sur la boisson.

— Mais j'ai ralenti ! Trois verres, ce n'est pas ce que j'appelle se prendre une cuite, espèce d'adorable rouspéteuse à la sauce puritaine ! Et quatre non plus.

— Connor O'Rourke a été obligé de te confisquer tes clés.

— Non, trésor. C'est moi qui les lui ai confiées au cas fort improbable où, dans un accès de bêtise, j'aurais décidé de prendre la voiture.

De fait, il n'avait pas l'air ivre mort.

— Et maintenant, *darling*, je vais me coucher. Ça te dit de monter avec moi ?

Elle ne répondit pas.

— Très bien. Alors, bonne nuit !

Sur ces paroles, il secoua doucement le pied pour se libérer de Spike et prit l'escalier, laissant Honor plantée au beau milieu du séjour, une fois encore engloutie par le silence.

25

Mitchell DeLuca était revenu depuis cinq jours, et Tom perdait espoir.

Mitchell séjournait dans un motel, près du pressing. Charlie n'avait pas revu son père depuis la mort de sa mère, hormis à l'occasion de quatre repas en trois ans. Deux expéditions chez McDonald's, une chez Pizza Hut et une autre chez Wendy's. Et voilà qu'aujourd'hui — à coup sûr pour une raison complètement bidon — Mitchell se pointait la bouche en cœur, soudain très concerné par son rôle de parent après quatorze années de désintérêt total.

C'était dégueulasse.

Honor avait bien senti que quelque chose n'allait pas. S'il avait pu lui en parler, il l'aurait fait, mais les mots restaient coincés dans sa gorge. Admettre qu'il avait perdu Charlie après tout ce temps… merde, alors ! Il avait l'impression que le simple fait de le dire allait le briser en deux. Il avait envie de la prendre dans ses bras, de l'emmener au lit, de s'enfouir au plus profond d'elle… Au lieu de quoi, il se montrait agressif et à bout de nerfs.

Charlie n'avait pas voulu le voir mardi, jour où, d'habitude, ils passaient la soirée ensemble. Ça pouvait se comprendre, bien sûr. Le gamin ne voyait son imbécile de père qu'une fois par an — voire moins — et naturellement il avait envie de passer le plus de temps possible avec lui.

— Charlie vient à la maison, ce soir ? demanda Honor.

— Son père est venu le voir, répondit-il en tournant une page de son magazine.

Il aurait eu bien du mal à dire de quel magazine il s'agissait.

— Ah…

Elle fronça les sourcils.

— Et comment le vis-tu ?

C'était bien une question d'Américaine, ça ! Mieux valait ne pas lui dire la vérité.

— Bien.

Et ça, typiquement une réponse d'Anglais !

Elle ne lui posa plus de questions.

Jeudi… Séance au club de boxe. Tom commença son cours au comble de l'anxiété. Après, il devait passer à Blue Heron et jeter un coup d'œil au système d'embouteillage : le père de Honor lui avait demandé de vérifier le bon fonctionnement de la machine, puisqu'il était ingénieur. Dans l'esprit de Tom, c'était sa façon de lui donner sa bénédiction paternelle, bénédiction qu'il lui reprendrait aussitôt s'il apprenait pour quelle raison Tom épousait sa fille.

Bien entendu, Tom avait répondu qu'il s'en occuperait au plus vite. Il s'était imaginé aller à Blue Heron avec Charlie, passer peut-être un agréable déjeuner avec sa future belle-famille, histoire de rappeler à Charlie que lui aussi faisait partie du clan Holland.

Mais Charlie ne vint pas au club de boxe. Apparemment, il avait aussi séché les cours.

— Bien ! lança-t-il. Commencez par faire quelques tours d'échauffement. Je dois passer un appel. Allez, dix tours, les jeunes, en courant !

Il se réfugia dans le coin des lourds sacs de frappe pour téléphoner à Janice. Oui, Charlie avait manqué l'école pour accompagner son père à une course de voitures.

— Et vous trouvez que c'est une bonne idée, Janice ? De le laisser passer autant de temps avec son père ?

— Bien sûr, que c'est une bonne idée ! répliqua-t-elle sèchement. Pourquoi ça ne le serait pas, hein ?

— Parce que Mitchell a tendance à disparaître sans prévenir le petit, voilà pourquoi.

— Et alors ? Cette fois, c'est peut-être différent.

Il entendit le cliquetis révélateur des glaçons tournoyant dans un verre.

— Charlie est grand maintenant, il est beaucoup moins pénible qu'avant. Il va peut-être vouloir aller vivre avec Mitchell.

Nom de Dieu ! Sa main se crispa sur le téléphone.

— Janice, vous ne parlez pas sérieusement ?

— Et pourquoi pas ? Nous avons déjà élevé notre fille, Tom ! Nous ne nous sommes jamais engagés à reprendre du service.

— Mais enfin, quand, *moi*, je vous ai réclamé la garde de Charlie, vous m'avez répondu que…

— Tu n'es pas son père, que je sache ? Juste un type avec qui ma fille a couché pendant quelques mois.

Un bon direct du gauche, en plein dans les poumons.

— Merci, Janice.

— Mais… tu comprends ce que je veux dire, tout de même ! Ecoute, Tom, je dois te laisser, maintenant. On se rappelle très vite.

Le cours de boxe lui sembla durer une éternité.

Il rangeait ses gants quand son téléphone se mit à vibrer. Un texto. De Charlie.

Pourrai pas faire tournoi semaine prochaine. Désolé.

Tom appuya sur le bouton « appel ». Dieu merci, le gamin répondit.

— Charlie, c'est Tom.

— Ouais. Je sais. Ton nom s'affiche à l'écran.

Sa voix avait retrouvé l'accent de mépris que Tom ne connaissait que trop bien.

— Ecoute, mon garçon, ne laisse pas tout tomber si près du but.

Il y eut un long silence.

— Ouais, mais… en fait, c'est que… c'est pas trop mon truc. La boxe et tout ça.

— Je croyais pourtant que ça te plaisait, moi…

Il se maudit en entendant le ton implorant de sa voix.

— Ben… pas vraiment, non.

Tom entendait derrière lui le bruit de nombreuses conversations, sur un fond de musique.

— Où es-tu ?

— Avec mon père.

— Je peux te voir ? Te parler seul à seul ?

— Pourquoi ?

— Parce que, Charlie, tu t'es beaucoup investi dans la préparation de ce tournoi. Et tu vas manquer au reste de l'équipe.

— Je m'en fous. J'arrête, je te dis.

Tom se massa la nuque.

— Je peux parler à ton père ?

Pour toute réponse, il obtint un soupir accablé.

« C'est Tom », l'entendit-il dire, puis un rire assourdi s'éleva dans le fond. Une seconde plus tard, la voix de Mitchell résonnait dans le téléphone.

— Ici Mitch DeLuca.

— Mitchell ? Ecoute, euh… je donne des cours de boxe à Charlie, je l'entraîne, et il est vraiment…

— Ouais, je sais… Il m'a dit que ça le gavait. Personnellement, je suis d'avis qu'il ne faut pas forcer les gosses à faire des trucs qu'ils n'ont pas envie de faire.

Ah, parce que ce crétin avait des principes d'éducation, maintenant ?

— Il aimait beaucoup la boxe jusqu'à ce que tu débarques. Je suis sûr que si tu l'encourageais un peu…

— C'est un ado, pas un bébé. Il est capable de prendre ses décisions tout seul.

Tom se gratta la nuque.

— Ecoute, je trouve ça formidable que tu viennes le voir, et je sais que Charlie t'aime énormément.

— Ça fait vachement gay, ce que tu dis là, Tom…

— Mitchell, le petit en bave vraiment depuis que Mélissa…

— Mec, je n'ai pas besoin qu'un type sorti de nulle part m'explique comment va mon fils, OK ? Je ne le vois pas aussi souvent que je voudrais, mais entre lui et moi il y a un lien indestructible. Pas vrai, mon pote ?

— C'est clair, papa.

En entendant Charlie derrière son père, Tom pouvait tout à fait imaginer son petit visage illuminé d'espoir.

— Parlons-en, Mitchell : pourquoi tu ne viens pas le voir plus souvent, ton fils ? lui demanda-t-il plus durement. Je me suis toujours posé la question.

— Ça ne te regarde pas, mec, mais il se pourrait bien que ça change, figure-toi.

Tom eut l'impression qu'une lame glaciale lui transperçait le cœur.

— Mitchell, si tu veux prendre part à sa…

— Je t'ai déjà dit que ce n'était pas ton problème. Et maintenant je raccroche. *Bye-bye. Mon chaton.*

Ce fut tout.

— Salut.

Tom leva lentement les yeux de son portable. Levi Cooper se tenait devant lui.

— Tout va bien ?

Tom rangea le téléphone dans son sac de sport.

— Le bonheur…

— Ça te dit de faire quelques rounds ?

— Et comment !

Et, grimpant sur le ring, il entreprit de mettre une dérouillée au chef de la police de Manningsport.

Six rounds plus tard, Levi leva les gants en signe de reddition.

— Ça suffit, Tom ! Tu vas me tuer si ça continue. Et, si tu me tues, ma femme te tuera.

Tom sentait encore la rage bouillir en lui. Mais, par saint George, il n'avait aucune intention de passer sa colère sur Levi, qui semblait être un type bien.

— Désolé.

— Non, ce n'est rien.

Levi le regarda avec insistance, jusqu'à ce que Tom, gêné, détourne la tête.

— On va boire une bière ?

Non. Mais merci quand même.

— OK. Bon, si jamais tu changes d'avis, appelle-moi.

— Merci, Levi.

Dans les vestiaires, Tom prit une longue douche brûlante. Il avait les côtes en marmelade. Levi avait peut-être eu l'impression qu'il risquait sa peau sur un ring face à Tom, mais ça ne l'avait pas empêché d'expédier lui aussi quelques coups bien sentis !

Il sortit de la douche et passa des vêtements propres. 18 heures… cette journée n'en finissait pas, à croire que temps s'était enlisé.

Son portable se mit à sonner. *Janice.* Il répondit immédiatement.

— Ah, Tom. Ecoute, je sais que ça ne va pas te faire plaisir, mais Charlie vient de rentrer et devine un peu : il part vivre à Philadelphie avec Mitchell ! Walter et moi sommes fous de joie. C'est la meilleure solution pour le gosse, tu ne trouves pas ? Hein, qu'est-ce que tu en dis, Walter ? Euh, Tom, je dois te laisser… On se rappellera. Sûrement.

Elle raccrocha.

Il pouvait toujours suivre Charlie à Philadelphie, évidemment. Ça ne serait pas la première fois qu'il déménagerait pour rester auprès de lui.

Mais, maintenant que Mitchell avait décidé de s'intéresser à son fils, les choses étaient différentes. Demander à Janice et Walter de le laisser voir Charlie de temps en temps, c'était une chose. Mais avec Mitchell ce serait une autre paire de manches. Et d'ailleurs, même si Charlie avait été malheureux chez ses grands-parents, il ne l'était certainement pas en compagnie de son père.

Non. Tom ne pouvait pas continuer à prétendre que Charlie souhaitait le voir rester à ses côtés. Certes, durant ces dernières semaines, il avait failli y croire. La boxe, la famille Holland… lui-même… mais, de toute évidence, rien de tout cela ne pouvait rivaliser avec l'amour d'un père.

Il aurait dû se réjouir pour Charlie. Après tout, il était bien placé pour savoir le vide que laissait l'absence d'un parent. Simplement, il ne supportait pas ce crétin de Mitchell DeLuca, et pas seulement à cause de l'accident qui avait coûté la vie à Mélissa. C'était en partie pour ça, bien sûr. Mais c'était aussi et surtout parce qu'il avait brisé le cœur de son fils, parce qu'il avait abandonné ce petit garçon qui venait de perdre sa mère, sous prétexte que ce n'était pas pratique pour lui sur le moment. Il l'avait laissé seul dans un chagrin abyssal. Et, maintenant que Charlie commençait à retrouver un peu goût au bonheur, Mitchell faisait irruption dans sa vie et prétendait vouloir partager quelques moments de complicité père-fils !

Bien sûr, ce n'était pas ainsi que le gosse voyait les choses. Oui, il était sûrement temps pour Tom de reconnaître son échec.

Charlie allait partir.

Il avait l'impression d'avoir un bloc de glace souillée à la place du cœur. Il avait fait tout ce qui était en son pouvoir pour Charlie Kellogg. Il avait essayé de répondre présent, d'être toujours là pour le fils de cette femme insaisissable qu'il avait cependant sincèrement aimée. Cela en valait peut-être la peine… Pourtant, une chose aujourd'hui demeurait froidement, implacablement vraie.

On n'avait plus besoin de lui.

Il se courba pour lacer ses chaussures. N'y parvint pas vraiment et se retrouva assis par terre, la tête entre les mains. Le silence qui régnait dans les vestiaires accentuait le vide dans sa poitrine.

Mitchell allait bousiller Charlie. Une fois de plus. Il allait lui offrir une existence éphémère, faite de courses de voitures, de bars, d'école buissonnière et de tatouages réalisés dans des endroits douteux. Charlie ne mangerait plus jamais de légumes verts de sa vie. Il ne ferait pas d'études supérieures. On ne l'obligerait pas à faire des randonnées ni à s'inscrire à des activités après ses cours. Il jouerait à *Soldier of Fortune* et à *Call of Duty* toute la journée, deviendrait obèse et négligé, et ne tarderait pas à oublier ce type qui, à une certaine époque, couchait avec sa mère.

Il n'était pas le père de Charlie. Même pas son beau-père. Juste un idiot qui ne savait pas quand jeter l'éponge ni quelle était sa place, qui habitait en location, enseignait dans une fac de quatrième zone, vivait à un océan de chez lui et s'apprêtait à commettre une fraude au mariage dans le seul but de rester auprès d'un enfant qui n'était même pas le sien.

Et d'ailleurs qu'avait-il dans sa vie à lui, hein ?

Rien.

Les basses de la musique d'ambiance faisaient vibrer les murs des vestiaires.

Rien.

A moins que… peut-être… Il avait peut-être quelqu'un.

Une femme au doux regard qui savait écouter sans juger. Qui attendait patiemment qu'enfin il se rende compte de ce qu'il avait sous le nez.

S'accrochant à cette pensée réconfortante, il empoigna son sac de sport et sortit du bâtiment au pas de course.

26

— Cet endroit est une catastrophe ! déclara Goggy d'une voix forte.

Une vague de froncements de sourcils déferla sur les visages ridés du club « Film & Dégustation ».

— Regarde-moi tous ces gens… On dirait des chiens perclus de douleur, abandonnés par leurs maîtres à la fourrière.

— Je trouve ce lieu très beau, au contraire. J'aimerais même pouvoir y emménager dès maintenant, si ce n'était pas réservé au troisième âge, répliqua Honor en remplissant l'ultime verre de vin.

— Nous serions enchantés de vous compter parmi nous, signala M. Tibbetts à ses seins.

Bah, peu importe ! Dieu bénisse ce brave homme !

Elle avait bien besoin d'un peu de baume au cœur en ce moment. Car, manifestement, elle venait d'accéder la semaine dernière au rang de vieux gant de base-ball aux yeux de Tom.

— Bien ! Notre séance de cinéma va commencer, lança-t-elle avec un enjouement forcé. Servez-vous un verre de merlot, notez au passage sa magnifique robe rouge sang et asseyez-vous confortablement le temps de regarder le chef-d'œuvre d'Alfred Hitchcock *Psychose*. Excellente séance à tous !

Eh oui ! Elle était à court de films en rapport avec l'œnologie. Et puis ce grand classique du cinéma convenait bien à son humeur. Les résidents de Rushing Creek ne parurent pas s'offusquer de son choix. Après tout, *Psychose* était sorti en salles à leur époque.

Spike sommeillait sur l'ample poitrine d'Emily Gianfredo ; elle avait l'air trop bien pour qu'on la dérange. Honor s'assit et tâcha de s'intéresser à l'intrigue.

— C'est le fils ! déclara Mildred, alors que Janet Leigh roulait vers le Motel Bates. Il a assassiné sa propre mère et il a gardé le corps. Il s'habille même avec ses vêtements !

— Merci beaucoup, tu nous as gâché tout le film, maugréa son mari.

— Mais tu connais déjà la fin ! Seulement, tu as oublié. On est allés voir ce film avec les Merrill, à l'époque où il est sorti. Tu te souviens, c'était dans ce cinéma qui a brûlé ?

— Plutôt me faire poignarder que de devoir vivre ici, marmonna Goggy, dédaigneuse.

Un peu plus de vin ? demandèrent aimablement les ovules.

Très volontiers, merci, leur répondit Honor mentalement, tout en s'octroyant un second verre. Elle en avait bien besoin.

Une fois de plus, elle était amoureuse d'un homme qui ne partageait pas ses sentiments. Une fois de plus, elle s'était raconté une belle histoire, remplie de papillons et de truffes en chocolat, mettant en scène un homme au charme ravageur qui l'aimait follement, mais ne le savait pas encore.

Et, une fois de plus, elle avait le pressentiment qu'il allait la quitter.

A l'évidence, il s'était passé quelque chose avec Charlie.

Ces dix jours (et demi) qui avaient suivi le bal avaient été… un rêve. Tom lui avait offert des fleurs et, en femme pathétique qu'elle était, elle avait même conservé un pétale de rose. Parce que, flûte !, c'était la première fois qu'un homme lui offrait des fleurs, à l'exception de son père. Il l'avait plaquée contre le mur, l'avait fait chavirer sous ses baisers, puis ils avaient fait l'amour sur la table de la cuisine. Mais oui, sur la table de la cuisine ! Inimaginable !

Quant à la cérémonie des semailles en famille… aurait-elle jamais pu s'imaginer qu'un jour elle fuirait en riant, poursuivie par son amoureux cherchant à lui voler un baiser ? Non. Jamais. Et puis il y avait eu ce tour en avion, le comble du bonheur. L'espace de quelques instants, tout avait été si parfait que l'air lui-même semblait scintiller de reflets irisés. Ils avaient formé une famille

— un couple et leur fils adolescent —, et au diable les liens du sang ! Enfin, quand Tom lui avait embrassé la main en souriant, elle avait vu dans ses yeux gris un sentiment nouveau.

La paix.

Mêlée peut-être d'un peu d'amour.

Je crois que c'est ce qu'on appelle « prendre ses désirs pour des réalités », susurrèrent ses ovules, le regard scotché à l'écran. Anthony Perkins épiait Janet Leigh par le trou de la serrure.

— Ah, là... ça y est ! Elle entre dans la douche, s'émut Mildred. Non, ma poulette, n'y va pas ! Il va te tuer !

Non, mais franchement ! C'était comme regarder un film avec Faith.

— Je n'y vois rien, râlait Margie Bowman. Juanita, qu'est-ce qui t'a pris de vouloir une permanente ? Ça te fait une tête beaucoup trop grosse. La prochaine fois, assieds-toi au fond !

A ce stade de l'histoire, Honor envisageait deux scénarios possibles. Option n° 1 : elle épouserait Tom et vivrait dans l'espoir chimérique qu'il se ressaisirait. Avec un peu de chance, elle aurait un enfant. Se consumerait d'amour pour Tom. S'habituerait peu à peu au fait qu'il ne l'aimait pas ou qu'il ne pouvait pas l'aimer. Demanderait le divorce. Retournerait vivre à la Maison Neuve avec son père et Mme Johnson, élèverait son enfant seule, retrouverait toujours avec un peu de mélancolie les traits de Tom sur son visage et déprimerait chaque fois que ce dernier viendrait chercher leur fils ou leur fille le mercredi soir et un week-end sur deux. Elle continuerait à organiser « Film & Dégustation » à Rushing Creek et, petit à petit, elle ajouterait ses propres genoux douloureux et son intolérance au lactose au cahier de doléances de la maison de retraite. Elle enverrait son enfant à l'université, puis emménagerait ici et parlerait toute seule avec ses ovaires ratatinés... ses ovules, eux, s'étant suicidés depuis longtemps.

Option n° 2 : même scénario, mais sans enfant.

— Anthony Perkins aurait fait une femme très séduisante, remarqua Frank Peters, alors que Norman Bates assassinait le détective. Il a de beaux yeux.

— Ma mère avait la même robe..., murmura Louise Daly.

A la fin du film, Honor ralluma les lumières. Elle tressaillit à la vue de Victor Iskin et Lorena Creech en train de se peloter au dernier rang. Emily lui rendit Spike.

— C'est un petit amour que vous avez là.

— Merci, madame Gianfredo. C'est vrai que tu es un petit amour, chuchota-t-elle à l'oreille de sa chienne. Hé, mais où allez-vous ? Il nous reste encore la discussion…

Pitoyable ! Elle préférait s'attarder à Rushing Creek plutôt que d'affronter la tension qui régnait chez elle.

— Excuse-nous, ma chérie, expliqua Goggy, mais les jeannettes ont apporté des tartes aux pommes et nous ne voudrions louper ça pour rien au monde.

— *Nous ?* Parce que tu manges ici, maintenant ? Que sont donc devenues toutes ces histoires d'intoxication alimentaire ?

— Ça n'a rien à voir ! Ces tartes-là, ce sont les jeannettes qui les ont cuisinées. Jamais un scout ne songerait à empoisonner qui que ce soit. Ton grand-père va me rejoindre ici, alors tu n'as qu'à y aller si tu veux. Et salue le beau Tom de ma part !

— Très bien.

Elle adressa un petit signe de la main aux spectateurs de « Film & Dégustation », qui se ruaient déjà vers le réfectoire en essayant de ne pas se marcher dessus.

Incapable de réprimer un soupir, elle installa Spike dans son sac, se leva et entreprit de ranger le matériel de projection.

— Honor ?

Elle sursauta, se cogna dans le meuble vidéo, et Spike lança un aboiement avant de se mettre à gémir.

— Brogan !

Elle s'éclaircit la voix.

— Ça, alors ! Comment vas-tu ?

— Bien. J'ai appelé ton bureau. Ned m'a dit que tu étais ici.

— Oui. *Psychose.* Ça fait partie du ciné-club.

Un sourire à peine esquissé anima le visage de Brogan.

— Tu as une petite minute, Honor ?

Il avait les traits tirés, l'air tendu. Elle jeta un coup d'œil à la ronde : l'auditorium était vide. Même Victor et Lorena avaient déserté les lieux.

— Bien sûr. Que t'arrive-t-il ?

Brogan passa sa main dans son épaisse chevelure. Il se pencha pour caresser Spike, qui, tout bien réfléchi, décida qu'elle n'avait de griefs qu'envers Tom.

— Ecoute, je suis vraiment désolé de te faire un coup pareil, Hon', mais…

Sa voix se brisa.

— Tu es toujours ma meilleure amie…

Il déglutit, visiblement bouleversé.

Honor n'avait pas encore eu le temps de débarrasser le vin et le fromage.

— Hum, un petit verre de merlot ? Il est vraiment très agréable. Une texture veloutée, des nuances de confiture de mûres et de bluet, une fin en bouche de chocolat noir et de tabac.

Brogan lui adressa un sourire, plus franc cette fois.

— Merci, Hon'. Tu es… une fille exceptionnelle.

Mais oui, c'était la vérité ! Elle lui servit un verre de vin et s'assit, l'œil sur la montre. 18 heures. Tom devait être rentré du club de boxe. L'ambiance serait-elle plus détendue, ce soir, à la maison ? Elle en doutait un peu.

— Alors, que se passe-t-il ? demanda-t-elle.

— Je t'ai appelée, tu sais. Plusieurs fois. Mais tu avais éteint ton portable.

— Oui. C'est à cause du film, tu comprends… Tu me connais, je suis un peu vieux jeu, je n'aimerais pas qu'une sonnerie de téléphone vienne interrompre notre séance.

Il la dévisagea de ses yeux d'un bleu étincelant. A sa grande surprise, elle s'aperçut qu'ils étaient pleins de larmes.

— Dana n'est pas enceinte.

Spontanément, elle lui prit la main.

— Oh ! Brogan ! Je suis navrée pour vous.

Pauvre Dana ! Une fausse couche, juste au moment où…

— Elle ne l'a jamais été.

Honor resta interloquée.

— Comment ?

Brogan prit sa tête dans ses mains.

— Elle m'a menti, Honor. Ce matin, elle m'a dit qu'elle craignait d'avoir fait une fausse couche, alors je l'ai conduite en urgence au cabinet de Jeremy. Elle se comportait bizarrement… elle résistait beaucoup. Et puis, une fois là-bas, elle a refusé que je l'accompagne dans la salle de consultation. Moi, j'étais terrorisé, tu comprends ? Je voulais l'emmener immédiatement à l'hôpital… Mais, au bout d'un moment, Jeremy m'a demandé d'entrer à mon tour dans son cabinet. Et là elle m'a tout avoué. Elle n'a jamais été enceinte !

— Mais… elle croyait qu'elle l'était ?

— Non.

— Pourquoi t'aurait-elle menti sur un sujet aussi grave ?

Brogan secoua la tête, désemparé.

— Elle m'a accusé de lui mettre trop de pression pour avoir un enfant. L'espace d'une journée, elle a bien cru qu'elle était enceinte et, à partir de cet instant, elle s'est plus ou moins enferrée dans son mensonge. D'autant plus qu'elle voyait que j'étais fou de joie. On a eu une dispute épouvantable, et maintenant je ne sais plus quoi penser.

— Pfff…, souffla Honor. Je suis désolée, Brogan, du fond du cœur.

Elle laissa passer quelques secondes.

— Où en êtes-vous, alors ?

— Je n'en sais rien, répondit-il d'une voix mal assurée… Comment veux-tu que j'épouse une femme capable de me mentir ainsi ? Ce serait raisonnable, tu crois ? Et puis surtout, Hon'… j'étais tellement heureux d'être papa !

Elle lui pressa gentiment les doigts.

— Je sais ce que tu ressens… Moi aussi, j'ai très envie d'avoir des enfants.

Il tenta de lui sourire.

— J'espère que, Tom et toi, vous en aurez toute une ribambelle… Oh ! pauvre Brogan !

— Ecoute, je pense que pour le moment tu as surtout besoin de faire le point. Et peut-être aussi de te calmer un peu.

Il acquiesça d'un signe de la tête. Puis, brusquement, il posa sa main sur la sienne et la serra très fort.

— Tu sais ce que j'aurais voulu, Hon' ? J'aurais voulu tomber amoureux de toi. Ça restera mon plus grand regret.

— Mon Dieu, je... Merci.

— Non, je le pense vraiment.

Ses yeux brillaient de larmes.

— Toi et moi, nous sommes faits l'un pour l'autre. Je ne sais pas ce qui n'a pas collé entre nous. On a les mêmes goûts, on peut discuter de tout pendant des heures, tandis qu'avec Dana... notre relation n'est peut-être basée que sur le sexe, après tout. Une réaction physique, primaire, et c'est tout. On passe notre temps au lit, tu sais...

— Oui, bon ! Epargne-moi les détails, tu veux bien ? Ecoute, je suis profondément navrée de ce qui t'arrive, mais franchement c'est avec Dana que tu devrais avoir cette conversation.

— Je t'ai toujours aimée, Hon'.

Elle prit une profonde inspiration.

— Je garde pourtant le très net souvenir d'avoir été comparée à un vieux gant de Derek Jeter. Et puis de toute façon, Brogan, pour le moment tu es bouleversé et...

— Je n'ai peut-être pas su t'apprécier à ta juste valeur.

— Ma foi, à la lumière des derniers événements, cela me paraît assez évident...

— Mais maintenant je ne m'y tromperai plus. Surtout après cette histoire avec Dana. Je n'en reviens toujours pas qu'elle m'ait menti ! Je l'avais annoncé à tout le monde, Honor ! A tout le monde ! Toi, tu n'aurais jamais fait une chose pareille...

Elle poussa un soupir, retira ses mains des siennes et se mit à lui tapoter le genou d'un geste apaisant.

— Ecoute, Brogan, tu viens de subir un choc énorme, et j'en suis désolée. Mais à présent tu as des choses à régler de ton côté et, moi, il faut que je m'en aille.

— Je t'aime, Hon'. Je t'aime vraiment. Après tout, si nous sommes restés amis, ce n'est certainement pas un hasard. On devrait peut-être se donner une autre chance, toi et moi.

— Brogan… tout cela commence à devenir très gênant pour moi. Et puis tu ne penses pas ce que tu dis, tu es bouleversé, c'est tout.

— Au contraire, je t'assure.

Sur ces paroles, il se pencha vers elle et, après une seconde d'hésitation, lui donna un baiser.

Elle aurait très bien pu l'arrêter, mais elle se laissa faire. Peut-être voulait-elle mesurer l'emprise qu'il avait encore sur elle ? Peut-être était-ce un simple réflexe, la conséquence de toutes ces années durant lesquelles elle avait accepté avidement toutes les marques d'affection que Brogan daignait lui accorder. A moins que ce ne soit son cerveau qui était trop lent à réagir ? Quoi qu'il en soit, ses lèvres demeurèrent scellées, et elle n'éprouva rien. Absolument rien. Enfin, non, pour être exact, cela lui rappela quelque chose… En cinquième, elle s'entraînait à embrasser le pilier en ciment du sous-sol de l'église. Eh bien, l'impression était assez similaire : un néant glacé.

Brogan s'écarta d'elle.

— Tu vois ?

— *Hello, darling !*

Là, en revanche, elle ressentit quelque chose…

Tom affichait un air dangereusement calme. Ce visage qui, à travers un simple battement de paupière ou un demi-sourire, pouvait exprimer tant d'émotions était à présent totalement dénué d'expression. Honor sentit un étau se refermer sur son cœur.

— Salut, Tom. Hum, ça va ?

Quelle judicieuse question, vraiment !

— Oui, excuse-moi. Je ne voulais pas vous interrompre. Mais ton téléphone était éteint, Honor.

Son regard était aussi glacial que le lac Keuka par une froide journée de décembre.

— Ecoute, vieux, je suis désolé que tu aies vu ça, commença Brogan.

— Mais pas du tout. C'était très instructif, au contraire.

Tom la dévisagea encore un instant, toujours sans laisser paraître la moindre émotion.

— Bon.

Et, là-dessus, il tourna les talons.

— Tom ! s'écria-t-elle. Ce n'est pas ce que tu crois !

Son cœur s'affolait, battant à grands coups irréguliers dans sa poitrine.

— Tom, je…

Brogan s'avança :

— Je suis désolé, Hon'… Je ne sais plus du tout où j'en suis. Je ne voulais pas te causer d'ennuis avec ton fiancé. Mais apparemment c'est ce que j'ai fait… Je n'en sais rien, en fait. Je… je tiens énormément à toi, Hon'. Et finalement c'est peut-être mieux comme…

— Oh ! la ferme, Brogan !

Elle attrapa son sac et traversa le couloir à toute vitesse vers la sortie.

— Hon' ! cria Brogan. D'après toi, qu'est-ce que je dois faire au sujet de Dana ?

— Débrouille-toi ! J'ai mes propres problèmes à régler !

Mais, quand elle arriva sur le parking, Tom était déjà parti.

27

Tom n'était pas à la maison. Honor versa en toute hâte quelques croquettes dans la gamelle de Spike et repartit aussitôt vers la porte. Elle revint en courant sur ses pas, griffonna un petit mot qu'elle scotcha sur la porte d'entrée :

« S'il te plaît, téléphone-moi dès que possible ! »

Elle essaya de joindre Tom sur son portable. Il ne répondit pas. Comment lui en vouloir ?

Devait-elle se rendre à Wickham ? Avant de s'imposer un tel trajet, elle préféra téléphoner à la fac.

— Dr Dragul à l'appareil. Kômment je puis vous aider ?

— Ah, Droog, bonjour ! Ici, Honor Holland. Je cherche Tom. Serait-il à l'université, par hasard ?

— Ah, Hônôrr, quelle joie pourr moi vôtre voix d'entendre ! Nooon, j'ai peurr il n'être pas là, mais je dirai à lui que vous téléphonez si je le vois. Je dois à lui parler aussi, mais j'ai rendez-vous ce soir. Avec très jôliiie jeune femme qui a nom de Clarissa, et je sens trèèès…

Elle le coupa :

— Eh bien, bonne chance ! Désolée, Droog, mais il faut que je vous laisse ! A une autre fois peut-être.

Elle se mordit la lèvre.

Bon, en fin de compte, tout cela était assez puéril. Elle n'avait pas embrassé Brogan *pour de vrai* ! Son cœur cognait si fort qu'elle se sentait au bord de l'évanouissement. Tom comprendrait dès qu'elle lui aurait expliqué la situation.

Il fallait qu'elle le retrouve, c'est tout.

A cet instant, son portable se mit à sonner, la faisant sursauter si fort qu'il lui échappa des mains. Spike se jeta immédiatement dessus.

— Rends-moi ça !

Elle retira l'appareil de la minuscule gueule de sa chienne.

— Allô ? Tom ?

— Salut, c'est Pru. C'est quand, déjà, votre mariage ?

— Euh, écoute, je te rappelle, hein ?

— OK. Je vais poser la question à Tom, alors. C'était bien mon intention au départ, mais figure-toi que ça m'est sorti de la tête quand il a enlevé son pull. Ses tatouages me font un de ces effets ! Je me demande si Carl serait d'accord pour s'en faire faire un…

— Ecoute, je vais… Quoi ? Quand ? Où dis-tu que tu l'as vu ?

Prudence marqua une pause.

— Ça va, Honor ? Tu as une drôle de voix.

— Où est Tom, Pru ?

— Dans la salle d'embouteillage, en train de réparer un truc à la demande de papa.

— Merci, à plus !

Quelques minutes plus tard, Honor s'engageait sur le parking du domaine. La voiture de Tom était là.

Peut-être n'était-il pas fâché contre elle, finalement. Il était venu aider son père, en futur genre idéal. Oui, il avait compris, certainement. Lui en voulait-il un peu ? Beaucoup ?

Beaucoup, apparemment.

Il était allongé par terre, vêtu d'un jean et d'un T-shirt. Pru avait raison : c'était un très joli spectacle ! Sans compter que ce prof de fac s'était transformé en bricoleur averti juste pour ses beaux yeux.

— Salut.

Il ne leva pas la tête. Donna un tour de clé anglaise, dévissa un raccord et se remit en position assise, le tout sans avoir l'air de faire le moindre effort.

— Tom, il faut que je t'explique, ce n'est pas du tout ce que tu crois, dit-elle alors que, s'étant levé, il passait devant elle sans s'arrêter.

Il descendit l'escalier qui menait au chai d'élevage où couraient certains câbles reliés aux embouteilleuses. Elle le suivit en se tordant les mains.

La jalousie masculine ne lui était pas familière. C'était un phénomène qu'elle n'avait pas souvent eu l'occasion de rencontrer. La situation était assez angoissante pour elle, mais, d'un autre côté, pas totalement négative non plus. Disons négative à soixante-quinze pour-cent. Mais, pour les vingt-cinq pour-cent restants, Honor ressentait surtout de l'excitation. Une excitation mêlée de culpabilité.

Le chai était sombre, comme toujours, même avec les lumières allumées. Les tonneaux massifs montaient la garde dans l'agréable odeur de calcaire qui émanait des murs. Tom s'efforçait d'attraper un câble qui ressortait par le plafond du chai et devait venir du sol de la salle d'embouteillage. Il tira un couteau de sa poche et entreprit de dénuder le fil électrique.

— Bien, voilà toute l'affaire, commença Honor (Tom devait au moins pouvoir l'écouter). Hum, ce n'est pas du tout ce que tu crois.

— Oui. Ça, tu me l'as déjà dit. C'est marrant, cette expression ! On l'emploie toujours quand on a besoin de justifier sa mauvaise conduite.

Elle pinça les lèvres.

— Je n'ai rien fait qui mérite un tel jugement, Tom.

— *Darling*, ce n'est pas parce que nous avons conclu un arrangement administratif que ça me plaît de te voir rouler une pelle à ton ex.

— Nous n'étions pas en train de…

— Tu avais ta bouche sur la sienne, Honor. Chez moi, ça s'appelle « rouler une pelle ».

Prise de court, elle sentit la moutarde lui monter au nez.

— Je ne suis pas ce genre de femme, Tom ! Je n'ai jamais flirté avec le fiancé d'une autre ! Je ne jette pas de détritus sur la voie publique, je n'enfreins pas les limitations de vitesse, et jamais l'idée de te tromper ne m'a effleuré l'esprit !

— Ah non ? Et quand tu embrasses ton grand amour…

— Pour être franche, je m'étonne que tu l'aies seulement remarqué. Vu que tu as passé toute la semaine à m'ignorer !

— Et c'est une raison pour me tromper ?

— Mais je ne t'ai pas trompé ! Jamais je ne ferais une chose pareille.

— Pourtant, c'était très convaincant, comme démonstration.

— Si tu voulais bien m'écouter…

Il tira sur le câble qui pendait du plafond et s'enquit sèchement :

— Pourquoi ? Pour t'entendre me dire que tu l'as embrassé *involontairement* ? C'est bien ce que tu voulais, non ? Ta meilleure amie t'a piqué ton mec, et tu lui as rendu la monnaie de sa pièce.

— Non ! Ce n'est pas ça du tout ! Je ne cherche pas à reconquérir Brogan. De toute façon, il n'a jamais été à moi et, franchement, il est complètement bouleversé par ce qui lui arrive…

— Oh ! pauvre petit agneau…

— Et c'est lui qui m'a embrassée. Ce n'est pas du tout la même chose !

— Si tu t'entendais, ma pauvre fille… tu es ridicule.

De nouveau, il tira sur le fil avec l'agressivité d'un pitbull.

Honor prit une profonde inspiration.

— Tom, tu ne comprends pas. Brogan et moi, nous sommes amis depuis l'âge de neuf ans. Je ne peux pas, du jour au lendemain…

— Ne te fatigue pas, *darling*, je connais la chanson.

Sa voix avait retrouvé un calme glacial, mais il persistait à éviter son regard.

— Ça fait huit jours que tu ne me parles pas, et maintenant tu refuses de m'écouter ?

— Il me semble pourtant m'être adressé à toi ce matin même.

— Oui, pour me proposer du café ! Tu sais très bien ce que je veux dire, Tom. Il s'est passé quelque chose avec Charlie, je l'ai bien vu, sauf que tu refuses de me confier quoi que ce soit. Il n'y a donc rien entre toi et moi ?

— Si, un simple arrangement. L'intérêt de chacun bien compris, tu te rappelles ?

Honor sentit son agacement se muer en véritable colère.

— Tu sais quel est ton problème, Tom ?

— Ah, j'adore quand les femmes commencent une phrase de cette façon ! Je t'en prie, vas-y, dis-moi quel est *mon* problème.

— Une grande partie de ton cœur est fermée à double tour. Et quand, de temps en temps, quelque chose transparaît, vite ! tu te dépêches de tout refouler de nouveau. Du coup, moi, je n'ai pas le moindre indice sur l'homme que tu es vraiment, Tom. Et, à mon avis, c'est bien plus problématique pour nous que cette stupide histoire avec Brogan qui m'a sottement embrassée. Tout ça parce qu'il était bouleversé à cause de son idiote de Dana !

Tom jeta la clé anglaise, qui tomba par terre dans un fracas métallique qui sembla lui faire du bien.

— Et moi je trouve problématique que chaque épisode de notre relation soit lié aux agissements de Brogan.

— Quoi ?

— Tu es venue à notre premier rendez-vous uniquement parce que tu ne savais plus quoi faire pour l'oublier. La première fois que tu as couché avec moi, c'est quand il t'a annoncé que Dana était enceinte. Tu as accepté de m'épouser pour lui montrer que tu ne soupirais plus après lui et, le soir de ce bal ridicule, tu as de nouveau couché avec moi par dépit, après les avoir vus danser joue contre joue. Et maintenant tu profites de la première occasion pour le laisser t'embrasser. Alors, tu as raison : j'ai un problème, en effet ! Mon problème, c'est que je n'ai pas signé pour ça, moi !

— Oh ! mais détrompe-toi, je sais très bien pour quoi tu as signé, Tom ! Tu as signé pour qu'une célibataire américaine accepte de se rendre coupable de fraude au mariage et te garantisse une carte verte. Nous ne sommes pas au tribunal, alors épargne-moi le numéro du mari jaloux, d'accord ?

Il se dirigea d'un pas rageur vers l'escalier.

Ah, non ! Pas vers l'escalier…

Vers elle.

Il l'empoigna par les épaules et l'embrassa avec une telle violence qu'elle laissa échapper un petit cri de surprise. La repoussant contre une immense barrique, il écrasa brutalement contre ses lèvres sa bouche avide, impérieuse. Enfin ! L'enserrant de ses bras puissants, il la plaqua contre lui, contre son corps aux muscles tendus… et toute la frustration qu'il avait accumulée cette dernière semaine se libéra en un baiser profond, qu'elle lui rendit avec passion. Elle s'abandonna, prenant autant qu'elle donnait. Il était à elle ! Ils s'appartenaient l'un l'autre.

Elle sentit les mains de Tom descendre vers ses fesses pour la soulever contre lui. Ses doigts se glissèrent fébrilement sous sa jupe et… bonté divine ! C'était absolument torride, sensuel et merveilleux ! Elle lui emprisonna la taille entre ses cuisses et passa ses mains dans ses cheveux courts. Elle avait terriblement envie de lui, tout son corps vibrait d'un désir insatiable, elle voulait qu'il la prenne, là, tout de suite !

C'était violent, urgent et tellement bon ! Tom, haletant, continuait de la porter, les muscles de ses épaules saillant sous l'effort…

Quand ce fut fini, il la garda contre lui, la soutenant toujours. Cela valait mieux, d'ailleurs, car ses jambes étaient tellement tremblantes que, s'il l'avait lâchée, elle se serait effondrée.

Ils avaient fait l'amour dans le chai d'élevage…

Qui aurait cru qu'elle était aussi libertine ?

Ses jambes enroulées autour de la taille de Tom frémirent d'épuisement. Elle déposa un baiser appuyé au creux de son cou trempé de sueur, ce qui parut le tirer de sa torpeur.

Sans cesser de la regarder, il dégagea le visage de Honor, lissant ses cheveux en arrière. Puis il s'écarta d'un pas, lui remit sa jupe en place et reboutonna son jean.

— Je suis désolé…

Ma foi, Honor ne l'était pas, elle !

— Inutile de t'excuser, murmura-t-elle, encore tout émoustillée.

Elle n'aurait pas été contre un deuxième round, en revanche…

Il se détourna en se massant la nuque.

— Non, Honor, je suis désolé. Tu mérites mieux que ça.

— Je ne pense pas que ça puisse exister, plaisanta-t-elle.

Mais il ne souriait pas.

— Je ne t'aime pas.

Ces mots lui firent l'effet d'une gifle et firent disparaître en un instant toute la magie du moment. Des larmes de dépit lui brûlèrent les paupières.

— Je regrette, mais… Je suis navré, vraiment.

Il allait ajouter quelque chose — une, deux secondes s'écoulèrent — puis il se ravisa.

— Je suis désolé.

Il se rua vers l'escalier, quitta le chai et retourna dans la salle d'embouteillage pour terminer ses réglages.

Tom attendit que la voiture de Honor ait quitté le parking. Elle avait pleuré. *Sympa, Tom. Tu es un mec formidable, vraiment !*

Il brûlait pourtant de lui dire ce qu'elle avait envie d'entendre. Mais c'était impossible. On ne peut pas sauver tout le monde, n'est-ce pas ? Et les gens ne peuvent pas *tous* devenir meilleurs. Sa mère, par exemple, n'avait pas réussi à changer. Elle n'était jamais revenue, ne lui avait plus jamais tendu la main après son huitième anniversaire. Mélissa ne s'était pas transformée en épouse aimante… Tom n'avait pas réussi à la guérir de son insatisfaction permanente. Elle l'avait quitté, elle aussi, pour retourner avec Mitchell.

Et manifestement il ne parviendrait pas à sauver Charlie non plus. De toute façon, il ne saurait sans doute jamais ce que deviendrait le garçon.

Il pouvait même ajouter son propre nom à la liste.

Il savait parfaitement ce que Honor attendait de lui. Seulement, il en était incapable.

Il avait échoué à retenir l'amour et l'attention de sa mère, n'avait pas mieux réussi avec Mélissa et voilà qu'aujourd'hui, au bout de trois longues années d'efforts, il échouait également à retenir Charlie.

Alors aimer et se faire aimer de Honor Holland, franchement… Il n'en était pas question !

L'amour ne figurait pas au contrat. Elle était censée être pour lui une compagne agréable, facile à vivre et peu exigeante. Lui, de son côté, n'était pas supposé casser la gueule à son ex-petit copain (il s'en était fallu de peu !), la prendre contre une barrique de bois brut, ni lui baiser les pieds en signe de reconnaissance, sous prétexte qu'elle s'était laissé faire. Il n'avait pas à craindre qu'elle puisse le quitter un jour pour ce minable qui l'avait repoussée. Il n'avait pas à supporter l'idée qu'elle se contentait de lui faute de mieux parce que, *bien sûr*, pour elle, il n'était qu'un choix par défaut.

Merde, c'était bien ça, le problème !

Entre eux, tout était faussé. Depuis le début. Il ne l'aimait pas. Pas encore…

Et, même s'il l'aimait, celui lui suffirait-il ? Ne lui avait-elle pas démontré maintes fois qu'elle attendait autre chose ?

Et si elle le quittait ? Et si elle mettait leur bébé au monde puis s'en allait ? Et s'il échouait aussi auprès de cet enfant-là, comme il l'avait fait avec Charlie ? Et si Honor Grace Holland — qui incarnait à merveille ses deux prénoms — décidait soudain qu'elle avait envie d'autre chose ? Il serait anéanti, encore plus ravagé qu'il ne l'était déjà.

Deux heures plus tard, il était dans sa salle de cours, à Wickham. Dans sa boîte de réception l'attendait un mail de Jacob Kearns lui demandant une lettre de recommandation pour intégrer l'université de Chicago l'année prochaine.

Son seul étudiant de valeur ! Bah, après tout, quelle importance… De toute façon, il aurait regagné l'Angleterre entre-temps, maintenant que la seule personne pour laquelle il voulait rester partait vivre à Philadelphie.

La porte s'ouvrit.

— Ah ! Tom ! Keske tu fairr assis tout seul ? Je pensais tu serais chez toi rentré avec jôliie Hônôrr ! Elle a appelé toi, tu savais ?

Tom s'arracha à la contemplation de son écran d'ordinateur pour s'adresser au directeur du département.

— Comment ça va, Droog ?

— Je vais bien, merciii, Tom ! Je pense j'ai la bônne persônne rencontré, kôm vous dites. Elle est tellement… jôliiie !

— C'est formidable, mon ami ! Ça me fait très plaisir pour toi.

— Et j'ai bônne nouvelle, Tom ! Encore et encore, je requête au conseil de l'université et voui ! Tu vas ton permis de travail avoirr, finalement !

Ah, l'ironie du sort… Toujours là pour donner le coup de grâce. Il allait obtenir sa carte verte juste au moment où il n'en avait plus besoin !

Lorsqu'il rentra à la maison, Honor n'était pas encore couchée. Elle regardait la télévision avec Ratibus à côté d'elle. La chienne s'étalait sur le dos, vautrée sur un coussin du canapé.

En voyant Tom, Honor se mit debout d'un bond.

— Bonsoir.

A l'écran s'étalait la radio d'une femme présentant un crochet métallique dans l'œil. Elle devait regarder le *Top des plus beaux empalements*, l'une de ces répugnantes émissions médicales dont elle était friande. Il allait presque les regretter, ces programmes !

— Ecoute, Tom, j'aimerais te dire quelque chose.

— Et moi j'ai une nouvelle à t'annoncer.

— Ah ? D'accord.

Il s'empara de la télécommande et éteignit la télévision.

— La fac a renouvelé mon permis de travail.

— C'est merveilleux !

Elle dut ensuite comprendre ce que cela impliquait, car sa joie retomba aussitôt.

— Ah…

— Oui. Quant à Charlie, il part vivre en Pennsylvanie avec son père.

Ces quelques mots, coincés dans sa gorge depuis qu'il avait appris la nouvelle, étaient enfin sortis, sans trop de difficulté après tout. Il considéra Ratibus.

— Par conséquent, je ne… je n'exige plus de toi que tu te rendes coupable de fraude.

Il marqua un temps, puis se força à la regarder dans les yeux.

— Mais je te serai toujours infiniment reconnaissant d'avoir été prête à le faire, Honor.

Devenue très pâle, elle murmura :

— Est-ce que cela signifie que tu me quittes, Tom ?

— Oui. Je suis désolé.

Il vit sa gorge se contracter.

— Tom, je… Je t'ai bien écouté, tout à l'heure. Quand tu as dit que tu ne m'aimais pas. Et, bien sûr, je te crois. Mais je pense que peut-être tu pourrais m'aimer un jour. Parce que, moi, je t'…

— Ne le dis pas, *darling*.

Elle s'interrompit, serra les lèvres, puis reprit, tremblante :

— Parce que moi, si. Moi, je t'aime, Tom. Tu disais vrai, tout à l'heure. Nous étions sur le point de nous marier pour des raisons qui n'avaient rien à voir avec l'amour, chacun ayant des intérêts différents. Mais tout cela n'est plus valable, plus maintenant, plus pour moi. Je souhaite quand même t'épouser. Je m'occuperai bien de toi, tu sais.

Ses paroles vinrent frapper Tom au cœur, mais semblèrent rebondir dessus.

— J'en suis persuadé, ma chérie, répondit-il avec la plus grande douceur. Cependant, je ne suis pas sûr que la réciproque soit vraie.

— Moi, je le crois, chuchota-t-elle. Et je m'estimerais heureuse d'être ta femme.

Il alla vers elle et déposa un baiser sur son front.

— La vérité, avoua-t-il dans un murmure, c'est que je n'ai plus rien à donner, trésor. Je suis desséché, tari de l'intérieur.

Il vit deux larmes glisser le long de ses joues diaphanes.

— Ce n'est pas du tout comme ça que je te vois, dit-elle.

— Ce qui en dit plus sur toi que sur moi, *darling*. Je suis désolé.

Il était sincère.

Et il n'y avait plus rien à ajouter.

28

Honor avait retrouvé ses quartiers à la Maison Neuve.

Chose étrange, sa famille avait été abasourdie par sa rupture avec Tom. Même Goggy et Mme Johnson, qui connaissaient pourtant la vérité, semblaient accablées par la nouvelle. Son père voulait repousser la date de son propre mariage, ce à quoi Honor s'opposait avec force. Faith et Pru étaient venues la consoler, mais elle se sentait étrangement calme, se bornant à expliquer que, non, ça n'avait pas marché entre eux et que, non, il n'y avait aucun espoir de réconciliation. Jack avait proposé d'aller casser la figure à Tom (il en aurait été bien incapable, mais ça partait malgré tout d'un bon sentiment), puis il était resté avec elle pour regarder *Amputations en urgence*.

Le silence régnait dans la maison. Son père s'était installé dans l'appartement de Mme Johnson et avait la ferme intention d'y rester, bien qu'il y eût dix fois plus de place à la Maison Neuve. C'était donc la toute première fois qu'elle vivait seule, à l'âge canonique de trente-cinq ans. Au lycée, puis à l'université, elle avait toujours eu une coloc. Mais aujourd'hui la solitude lui apportait un véritable réconfort.

Elle habiterait probablement cette maison jusqu'à la fin de ses jours. C'était à cela qu'elle songeait en déambulant de pièce en pièce. Faith et Levi tenaient à rester dans le quartier du Village. Pru et Carl possédaient une magnifique demeure de l'autre côté de la ville, et Jack occupait la maison qu'il s'était construite quelques années auparavant.

Comme c'était étrange, d'être de retour ici, au milieu des

affaires de ses parents ! Elle avait vécu cinq semaines seulement avec Tom et pourtant elle avait eu du mal à quitter son nouveau foyer. Elle avait attendu que Tom soit parti à la fac, puis elle était entrée dans sa chambre pour respirer une dernière fois son odeur. Elle avait laissé sur le secrétaire sa belle bague de fiançailles, si différente de celle qu'elle avait cru convoiter à une époque.

Et voilà. Retour à la Maison Neuve où régnait un air d'abandon, malgré le zèle de Mme Johnson, qui venait religieusement y passer l'aspirateur deux fois par semaine.

Puisque la maison était à elle, il était temps de se l'approprier pour de bon. Après avoir consulté son père, elle convoqua son frère et ses sœurs et les pria de faire main basse sur tout ce dont ne voulaient plus les futurs mariés. Ned, qui louait un appartement à l'Opera House — l'ancienne résidence de Faith et Levi —, prit bon nombre de meubles. Abby, elle, réclama quelques affaires pour son prochain déménagement : elle partait étudier à l'université dans un peu plus d'un an. Carl et Pru, qui avaient terminé d'aménager leur sous-sol, emportèrent un lit *king size* pour des raisons que la décence ordonne de taire (ce qui ne les empêcha pas d'en parler).

Cela fait, Honor se lança dans des travaux de peinture, en commençant par sa chambre. Ses murs bleu pâle devinrent rouge cerise. Sa morne courtepointe fut remplacée par une couette aérienne, blanche et duveteuse, agrémentée d'un assortiment d'oreillers de toutes tailles que Spike s'appropria sur-le-champ. Elle fit recouvrir son fauteuil d'un tissu à gros pois bleus et l'installa près de la fenêtre qui donnait sur le grand érable. Un tapis blanc moelleux et une commode de bois de cèdre complétèrent le tout. Sans oublier le clou de sa décoration : un mobile déniché dans une boutique de souvenirs de Manningsport, représentant des petits oiseaux en papier dans un arc-en-ciel de couleurs vives. Après avoir fait un tour chez un bouquiniste, elle revint avec deux sacs bourrés à craquer de romans féminins et d'histoires d'horreur, avec la ferme intention de les dévorer tous.

Sa chambre n'était plus celle d'une vieille fille obsédée par son travail. C'était la chambre d'une femme enfin bien dans sa peau. D'une femme capable de se détendre. D'apprécier le confort matériel. Une femme qui ne verrait aucun mal à s'envoyer en l'air dans ce grand lit d'acajou.

Bien que, pour le moment, l'idée de s'envoyer en l'air avec quelqu'un d'autre que Tom ne lui semblât d'aucun attrait.

Mais les choses allaient changer. Elle ne resterait pas seule éternellement.

C'était une situation transitoire. Provisoire, même. Ensuite, elle se réinscrirait sur les sites de rencontres et trouverait certainement quelqu'un de bien. Ou alors elle irait se renseigner sur cette banque de sperme, comme l'avait suggéré Jeremy. Elle pouvait aussi se mettre en contact avec une agence d'adoption. Elle ne voyait aucun inconvénient à s'occuper d'un enfant un peu grand, voire entré dans l'âge ingrat. Si elle avait pu amadouer Charlie, elle pouvait gagner l'affection de n'importe qui.

Enfin, sauf celle de Tom, bien sûr...

Ses ovules gardèrent le silence.

On était au mois de mai, le mois des pommiers en fleur et du lilas. La saison touristique commençait à prendre de l'ampleur. Le meeting d'hydravions sur le lac Keuka était pour bientôt, et à cette occasion se tiendrait également une dégustation de vins sur la grand-place de Manningsport. Juste après, Honor avait prévu un déplacement professionnel à New York. Pour le moment, de nouveaux cars de tourisme se garaient chaque jour sur le parking de Blue Heron, et Ned et elle animaient chacun à leur tour deux visites quotidiennes de l'exploitation. Chaque fois qu'ils arrivaient dans le chai d'élevage, le cœur de Honor se mettait à cogner sourdement.

Malgré tous ses efforts pour garder la tête froide, Tom lui manquait affreusement. Son sourire asymétrique lui manquait, mais aussi son rire soudain, sa bouche, ses doux yeux gris, son infinie patience avec Charlie, et même sa façon de surnommer Spike « Ratibus ». Son accent lui manquait, ses « *darling* », ses mains larges comme des pattes d'ours et son sens de l'humour irrévérencieux. Faire l'amour avec Tom lui manquait, pas seulement pour le sexe, même si — elle devait bien se l'avouer — le sexe comptait beaucoup pour elle maintenant ! Le bruit de sa respiration lui manquait, la chaleur de sa peau, la sensation, au réveil, de son bras pesant sur elle, les fines pattes-d'oie qui apparaissent au coin de ses yeux quand il s'apprêtait à lui faire une blague. Désormais, les petits ronflements de Spike et sa propension à monopoliser l'oreiller ne lui suffisaient plus.

Charlie avait quitté Manningsport. Seule Abby avait eu droit à un texto d'adieu. C'est tout.

Quinzième soirée de solitude… Honor tournait en rond. Devait-elle réorganiser la bibliothèque du salon ? Cuisiner de bons petits plats ? Faire de la pâtisserie ? Dîner ? Regarder les *Pires échecs de la chirurgie esthétique* (une chaîne en diffusait un marathon jusque tard dans la nuit) ?

Qu'aurait dit maman ? Qu'aurait-elle fait à ma place ?

Ces dernières semaines, l'absence de sa mère avait achevé de déchirer son cœur faible et meurtri. Si elle avait été là, elle l'aurait soutenue avec compassion et énergie, elle lui aurait trouvé des occupations, elle se serait assise près d'elle, dans sa chambre, et lui aurait livré quelques paroles de sagesse comme elle le faisait lorsqu'elle était enfant et qu'elle avait un gros chagrin. Honor invoqua du mieux qu'elle put le souvenir de sa mère : la douce courbe de son cou, l'odeur de ses cheveux, ses belles mains agiles. Elle alla se planter devant son portrait :

— Qu'est-ce que je dois faire, maman ?

« Sors prendre l'air et laisse le vent nettoyer ton esprit de tout ce qui le noircit. » C'était l'une des formules préférées de sa mère.

Elle avait raison ! Il était temps d'aller faire un tour chez O'Rourke. Elle n'avait plus besoin de fuir. Maintenant, elle se sentait capable d'affronter la question : « Mais qu'est-ce qui s'est passé entre vous, ma chérie ? » Elle avait préparé sa réponse : « Nous n'étions pas faits pour nous entendre, tout compte fait. »

Ce qui était à peu près aussi proche de la vérité que : « Je suis vraiment trop occupée pour m'engager dans une relation amoureuse en ce moment. »

Car, au fond, Tom Barlow lui était apparu comme l'homme idéal. Oh ! pas tous les jours, certes, et sûrement pas au début… Mais à présent elle ne pouvait plus imaginer aimer avec la même force quelqu'un d'autre que lui. Bien sûr, elle s'était consumée d'amour pour Brogan durant des années, mais elle s'apercevait maintenant que c'était une passion adolescente, irréaliste et à sens unique. Elle avait idolâtré Brogan.

Tandis que Tom, elle le connaissait. Avec ses défauts et ses qualités. Tom était réel. Il était son foyer, il était à elle.

Ou, du moins, il avait failli l'être.

Ah, flûte ! Voilà qu'elle se mettait à pleurer ! Dans un soupir, elle s'essuya les yeux et s'exhorta mentalement à réagir.

— Spike, je sors. Si tu manges mes chaussures, je te le retiendrai sur ton argent de poche, vu ? Je t'aime, ma louloute.

Spike remua la queue, sauta sur le canapé et s'enfouit sous un coussin, ne laissant dépasser que sa minuscule tête. On aurait pu croire qu'elle était en train de concourir pour figurer en première page du calendrier spécial « Chiens ridiculement craquants ». Honor l'embrassa, grattouilla son petit menton et prit la route de la ville.

Lorsqu'elle poussa la porte du pub, elle l'aperçut immédiatement.

Assis au bar, en pleine conversation avec Colleen, il souriait, mais ses yeux étaient sombres. Etait-elle donc la seule à percevoir cet abîme de tristesse dans son regard, même quand il souriait ? N'y avait-il donc personne pour voir à quel point il était seul ? Pour comprendre que le déménagement de Charlie lui avait arraché le cœur ?

Comme s'il avait senti sa présence, il leva les yeux sur elle. Son sourire s'amenuisa. Elle lui adressa un petit signe de la main, auquel il répondit par un hochement de tête.

Le pub était très bruyant, ce soir, constata-t-elle avec soulagement. La télévision retransmettait un match des Yankees et, à en juger par les acclamations qui fusaient çà et là, l'équipe était dans un bon jour. Sans compter que la brigade des pompiers volontaires avait choisi O'Rourke pour organiser l'une de ses fameuses rencontres. Ils se livraient à des jeux tout ce qu'il y a de plus sérieux et avaient entraîné avec eux Jessica : elle était en train de jouer à pile ou face avec une pièce de vingt-cinq cents posée en équilibre sur son coude. Brogan, nouvelle recrue de la brigade dont elle avait aperçu la voiture l'autre jour devant la caserne, n'était pas parmi eux : c'était déjà ça ! Gérard Chartier murmura quelque chose à l'oreille de Jessica, qui leva les yeux au ciel et le gratifia d'une tape affectueuse sur la tête. Voilà au moins une femme qui ne se tracassait pas d'être célibataire ! Comme quoi c'était possible… Il fallait qu'elle en prenne de la graine.

Bon. Il était temps pour Honor d'aller saluer son ex-fiancé.

Elle prit une profonde inspiration pour se donner du courage et se dirigea vers lui, le cœur battant.

— Bonsoir, Tom.

— *Hello*, Honor.

Oh ! mer… credi ! Pourrait-elle un jour oublier cette façon unique qu'il avait de prononcer son prénom ? Saurait-elle guérir de ne plus entendre sa voix grave et onctueuse comme du chocolat chaud ?

Ce n'est pas gagné, répondirent ses ovules en frictionnant leurs genoux arthritiques à l'aide de gel anti-inflammatoire.

— Comment vas-tu ? lui demanda-t-elle d'une voix assez posée (ce qui était en soi un miracle).

— Très bien. Et toi ?

— Parfaitement, merci.

Comment va Charlie ? As-tu de ses nouvelles ? Comment va ton père ? Tu es toujours à Manningsport ? Je t'en supplie, ne pars pas sans me dire au revoir. Je pense à toi tout le temps.

— Ça me fait plaisir de te voir, dit-elle, d'une voix devenue rauque.

C'était une erreur. Elle n'aurait jamais dû venir ici. Il y avait toutes les chances qu'elle se mette à pleurer.

— Salut, Honor, fit une voix derrière elle.

Elle s'arracha à la contemplation de Tom pour regarder qui s'adressait à elle.

— Ah, Dana. Salut.

Le regard de Dana passa de Honor à Tom.

— Euh, tu bois quelque chose ? demanda-t-elle à son ancienne amie.

Honor attendit… quoi, elle n'aurait su le dire. Peut-être que Tom demande à lui parler seul à seul, et lui avoue avoir commis une terrible erreur.

— Eh bien, bonne soirée, alors, conclut-il en retournant à sa bière. Prends soin de toi, Honor.

Il lui sembla entendre comme une altération dans sa voix, mais ses yeux restèrent rivés sur le match des Yankees.

— Toi aussi, Tom.

Elle suivit Dana jusqu'à une table et s'assit, tournant le dos au bar.

— Il paraît que vous avez rompu, tous les deux ? s'enquit Dana, en prenant place face à elle.

— Oui.

— Je suis vraiment désolée, tu sais.

Curieusement, elle avait l'air sincère.

— Merci.

La serveuse lui apporta un martini.

— Sur le compte de la maison. Avec les compliments des patrons de notre respectable établissement.

— Merci, c'est très gentil de leur part.

Elle reporta son attention sur Dana.

— Alors, comment vas-tu ? J'ai… euh… j'ai parlé avec Brogan, il y a une quinzaine de jours.

Depuis ce baiser fatidique, il lui avait envoyé deux mails pour se répandre en excuses, lui faire part de sa confusion la plus totale au sujet de Dana, etc.

Brogan était un brave type. Mais il commençait à lui taper sur les nerfs.

— Tout le monde doit être au courant, je pense, répliqua Dana d'une voix tendue. Eh oui, j'ai fait semblant d'être enceinte.

— C'est ce qu'il m'a appris, en effet.

— Tu ne me demandes pas pourquoi j'ai fait ça ?

— Pourquoi as-tu fait ça ?

Dana soupira.

— Je ne sais pas.

— Bien sûr que si, tu le sais.

Dana leva ses sourcils parfaitement épilés.

— Oui, bon… tu as sans doute raison.

Elle haussa les épaules et porta son verre de vin à ses lèvres. Sûrement un zinfandel blanc, songea Honor en frémissant d'horreur.

— Je vais te dire, Honor. Les hommes veulent toujours qu'on fasse tout ce qu'ils désirent.

— Mais veulent-ils pour autant que leur femme s'invente une grossesse ?

— OK, ça va… j'ai sûrement mérité un peu de vacherie de ta part. Brogan et moi, nous sommes toujours séparés. Définitivement, sans doute. Mais tu dois déjà être au courant.

Le chagrin qu'exprimait son visage contredisait son ton désinvolte.

— Tu auras peut-être ta chance avec lui, finalement, dit-elle avec amertume.

— Merci, sans façon, rétorqua Honor.

— Pourquoi ? Je croyais que c'était à cause de ça que vous aviez rompu, Tom et toi.

— Non.

Elle n'avait aucune envie de parler de Tom avec Dana. Non, vraiment, c'était la dernière personne à qui elle aurait voulu se confier.

— As-tu jamais été amoureuse de Brogan, Dana, ou était-ce une simple… toquade ?

Dana baissa les yeux.

— Je l'aimais. Comment pourrait-on ne pas l'aimer ?

— Dans ce cas, pourquoi lui as-tu menti ?

Sans répondre, Dana secoua la tête et, tout à coup, Honor se sentit très lasse.

— Et si je te disais ce que j'en pense, moi ? De mon point de vue, il n'y a qu'une seule raison pour qu'une femme prétende être enceinte : pour retenir un type qu'elle a peur de perdre.

Une larme glissa le long de la joue de Dana et s'écrasa sur la table.

— Tu as tout compris. Félicitations, Honor Holland. Comme d'habitude, vous savez tout mieux que tout le monde !

— Qu'attends-tu de moi, au juste ? s'impatienta Honor.

Le visage de Dana se crispa alors qu'elle tentait de masquer son chagrin.

— C'était vraiment stupide de ma part…, murmura-t-elle, le regard toujours rivé à la table. Honor, ça ne t'arrive jamais de… je ne sais pas comment dire. D'avoir l'impression d'être en dehors du coup, spectatrice des autres ?

— C'est une sensation que tout le monde éprouve de temps à autre.

— Eh bien, moi, ça m'arrive sans arrêt depuis que je te connais. Avec Brogan, vous aviez une relation unique. Je le trouvais tellement génial, ce mec… Et puis tu avais ta grande famille autour de toi, avec tous ces frères et sœurs extraordinaires, sans oublier ton super job. Et moi… moi, j'étais jalouse ! Atrocement jalouse.

Dana déglutit avant de poursuivre :

— Et j'aimais vraiment Brogan. Je l'ai toujours aimé. Mais jamais je n'aurais fait la moindre tentative tant que vous étiez ensemble. Même si tu dois admettre que votre relation était quand même un peu bizarre…

— C'est vrai, oui.

— Mais, lorsque vous avez rompu, tu m'as dit que tu ne voulais plus entendre parler de lui. Alors, oui, je l'avoue, j'ai sauté sur l'occasion de lui faire des avances. Tu comprends, un homme comme lui, célibataire, en plus, ça ne se trouve pas à tous les coins de rue ! Alors, imagine un peu ma surprise quand j'ai vu qu'il se laissait tenter.

Une grosse larme dégringola sur la table.

— Les hommes veulent coucher avec moi, Honor. Mais, au fond, c'est toi qu'ils aiment.

Honor poussa un soupir incrédule.

— Mais si… Prends Tom, par exemple. Il débarque à Manningsport et hop ! Il vient à peine de te rencontrer et il tombe amoureux de toi.

— On ne peut pas dire que ce soit une franche réussite, murmura-t-elle.

— Si tu veux. Mais tous les mecs d'ici te respectent, Honor, ils t'apprécient et te trouvent intelligente. Ils n'ont pas le même comportement avec moi. Brogan, lui, avait l'air de vouloir autre chose que simplement coucher avec moi. Et pourtant tu as raison : j'avais peur qu'à force de me côtoyer il finisse par se lasser, parce que c'est toujours ainsi que ça se termine avec moi. Alors, je me suis inventé une grossesse, en me disant que, de toute façon, je ne tarderais pas à être enceinte. Je n'ai pas réfléchi plus que ça…

— Je croyais que tu ne voulais pas d'enfants.

— Avec Brogan, si. Jamais je n'aurais cru que je prononcerais un jour ces mots-là…

Elle s'essuya furtivement les yeux.

Soudain, Honor eut envie d'en finir avec toute cette histoire. Cela faisait bien trop longtemps que Brogan occupait une place démesurée dans sa vie. Sans même qu'il le sache. Et, au cours de ces derniers mois, Dana aussi avait été au centre de ses préoccupations.

Il était temps d'y mettre un terme.

— Ecoute, Dana. C'était une initiative malheureuse, c'est certain. Mais tu ne peux pas réécrire le passé. Alors maintenant assume, prends tes responsabilités et vois où ça te mène. A mon avis, Brogan t'aime sincèrement. Je ne sais pas pourquoi, mais c'est l'impression qu'il me donne. Et, si tu lui parles comme tu viens de le faire, je crois que tu as encore une chance de le reconquérir.

Dana releva la tête, ses yeux verts inondés de larmes.

— Tu le penses vraiment ?

— Mais oui ! Bon et maintenant, si tu veux bien m'excuser, je rentre chez moi ! Le *Top Ten des tumeurs* m'attend, ce soir.

Dana émit un faible rire à travers ses larmes, puis lui saisit la main.

— Je suis désolée, Honor. Du fond du cœur.

— Ecoute, ne pense plus à tout ça. Je t'assure que ça va. Et bonne chance avec Brogan !

Aussi étrange que cela puisse paraître, ses propos étaient parfaitement sincères.

— Honor ? Ecoute, je… il faut que je te dise… J'ai alerté l'Immigration à votre sujet il y a quelque temps. Je me demandais si tu épousais Tom à cause de cette histoire de carte verte et… voilà, quoi ! J'espère que je n'ai pas tout fait foirer.

Ah. Le mystère était donc résolu.

— Non. Ça n'a rien à voir.

Tout en cherchant ses clés au fond de son sac, elle jeta un regard en direction du bar. Mais Tom était parti.

Samedi… Honor décida de faire une balade à vélo, parce que, après tout, c'est ce que font les gens lorsqu'ils sont en week-end.

Le mois de mai s'annonçait radieux : les arbres fruitiers se couvraient de fleurs dans le petit verger que la famille Holland continuait d'entretenir. Tiens, Goggy était en train d'étendre du linge ! Comme elle dépassait la Maison Vieille d'un coup de pédale, sa grand-mère lui fit un petit signe de la main. Demain, Honor se rendrait chez ses grands-parents et, avec un peu de chance, elle parviendrait peut-être à évacuer encore quelques vieilleries vers la décharge : les piles de journaux que gardait Pops commençaient à prendre des proportions terrifiantes. Mais ce n'était pas au programme d'aujourd'hui : pour l'heure, c'était exercice et grand bol d'air !

— Nous allons respirer la gaieté, annonça-t-elle à Spike, nichée au creux d'un plaid en polaire dans le panier avant. Parce que nous sommes des filles optimistes, n'est-ce pas, Ratibus ?

Spike jappa en guise d'assentiment. Elle adorait les balades à vélo.

Les cornouillers et les pommiers sauvages déroulaient leur splendeur le long de Lake View Road, jusqu'au pied de la colline. Elle passa devant Bobby McIntosh qui tondait sa pelouse, et l'odeur de l'herbe coupée fit naître un sourire sur ses lèvres. La vie était belle. On ne pouvait pas parler de plénitude, mais le bonheur était là. Sa ravissante bourgade, son métier qu'elle adorait, sa famille, sa fidèle petite chienne… cela lui suffisait. Pour l'instant. Le reste viendrait en temps voulu.

Au bout de quelques kilomètres, elle s'engagea sur une aire de parking en très léger dénivelé, au pied du chemin de randonnée du lac Keuka. Mettant son vélo sur sa béquille, elle attacha la laisse au collier de Spike.

— Allez, viens, mon bébé ! On va faire une petite promenade.

Les oiseaux pépiaient en sautillant dans les arbres, et le bouillonnement d'un torrent, invisible mais tout proche, parvenait à ses oreilles. Le soleil était chaud, le vent soufflait en rafales.

Il y avait un banc un peu plus loin, qui offrait une très belle vue sur le lac Keuka. Justement, quelqu'un y était assis. Une silhouette familière, toute de noir vêtue. En l'apercevant, Spike devint comme folle, se mit à tirer sur sa laisse et à aboyer frénétiquement.

— Charlie ?

Le jeune garçon tourna la tête, puis reporta brusquement son regard sur le paysage, comme si un insecte l'avait piqué.

— Salut, Charlie ! Je ne m'attendais pas à te voir ici. Qu'est-ce que tu deviens, dis-moi ?

Elle prit place à côté de lui. Spike sauta sur le banc en remuant la queue, ravie de retrouver son copain.

Charlie ne répondit pas, mais il donna sa main à flairer à la petite chienne, provoquant des jappements joyeux.

— Tu es venu nous faire une petite visite, c'est ça ?

Tom est-il au courant ? Mon Dieu, il doit être fou de joie que Charlie soit venu le voir…

— Je suis revenu pour de bon, marmonna l'adolescent en passant machinalement son doigt dans un trou de son jean.

Bon sang ! Elle ne connaissait pas le père de Charlie, mais elle fut soudain prise de l'envie furieuse de lui tordre le cou.

— Je suis désolée.

— Pourquoi ? Mon père n'a pas pu faire ce qu'il avait décidé, c'est tout. Ce n'est pas la fin du monde. Et puis qu'est-ce que ça peut te faire, à toi ?

— Tom sait que tu es de retour ? lui demanda-t-elle prudemment.

Il haussa les épaules.

— Tu l'as appelé ?

— Non. Et merde ! Fous-moi la paix, OK ?

— Tu devrais l'appeler, Charlie. Il tient énormément à toi.

— Je m'en fous ! Je me fous de Tom, tu comprends ?

Spike se mit à aboyer comme une folle.

— Ce n'est pas mon père. Je ne lui ai jamais rien demandé ! Je ne voulais pas faire de la boxe ! Je ne lui ai *jamais* demandé de m'apprendre. Il me traite comme un débile avec ses maquettes et ses cadeaux à la con. Je ne suis plus un bébé ! Comme s'il pouvait m'acheter ! Comme si je ne voyais pas qu'il me déteste !

Yark ! Yark ! Yark !

— Spike, ça suffit ! ordonna Honor.

Elle la prit dans ses bras. La petite chienne se tut, tout en regardant Charlie de travers. Hum… Adolescent. Mauvaise humeur. Rester à distance. Elle émit un profond bâillement.

— Tu n'es plus un bébé, dis-tu ?

— Non !

— Alors, cesse de te conduire comme un gamin !

Oups. C'était sorti comme ça, sans prévenir…

— Mais qu'est-ce que tu en sais, toi ?

Charlie donna un coup de pied rageur dans le sable.

— Beaucoup plus que toi, apparemment. Tom a passé trois ans à essayer de rester dans ta vie. Trois longues années !

— Je ne lui ai jamais demandé de…

— Ça suffit, Charlie ! Ecoute, je sais que ça doit être terriblement dur pour toi d'avoir perdu ta mère. La mienne est morte quand j'étais très jeune, moi aussi.

— Ma mère n'est pas simplement morte, rétorqua-t-il. Elle était… partie.

Honor se radoucit.

— Je sais, mon bonhomme.

— Et si elle n'était pas revenue ?

— Moi, je suis sûre qu'elle comptait revenir.

— Ouais, tu dis ça, mais tu n'en as aucune idée.

Pourquoi fallait-il toujours que les adolescents s'enferment dans un malheur qu'ils pensaient unique au monde ?

— D'après ce qu'on m'a raconté, ta maman t'aimait. Et, même si elle était partie pour le week-end, je suis sûre qu'elle avait l'intention de rentrer.

Charlie ne répondit pas. Honor soupira.

— Perdre sa mère, c'est certainement ce qu'il y a de plus dur. On ne s'en remet jamais tout à fait. En tout cas, je suis navrée que ça te soit arrivé, Charlie.

— Merci, madame. Ça me fait une belle jambe…

Oh ! cette satanée mauvaise humeur…

— Et je suis désolée que ton père soit un sombre crétin.

— Ce n'est pas un crétin ! Tu mens ! (Spike se remit à aboyer.) Il est formidable, mon père !

— Tu veux qu'on te traite en adulte ? Alors, grandis un peu et ouvre les yeux, Charlie ! Ton père entre et sort de ta vie quand ça lui chante, puis il te largue chez tes grands-parents dès que tu le gênes dans ses projets.

— Ce n'est pas ça du tout !

— C'est tout à fait ça, au contraire, et persister à ne pas voir cette réalité en face ne va pas t'aider, tu sais.

Charlie ouvrit la bouche pour protester, la referma, et ses yeux se noyèrent de chagrin. Il fourra ses mains dans ses poches, le regard au sol. Une larme frappa son jean noir. Honor passa un bras autour de ses maigres épaules.

— Je te déteste !

— Si tu veux. Mais, Tom, lui, t'aime pour de bon. Toute sa vie tourne autour de toi depuis le jour où il t'a rencontré. La preuve : il était même prêt à épouser une inconnue rien que pour demeurer ici auprès de toi.

Aïe… elle n'aurait peut-être pas dû parler de ça. Charlie lui jeta un regard méfiant.

— Qu'est-ce que tu racontes ?

Elle se passa nerveusement une main dans les cheveux, puis se lança en soupirant.

— Le Wickham College ne voulait pas lui renouveler son permis de travail alors, pour rester aux Etats-Unis — pour rester près de *toi*, Charlie —, il a dû trouver une femme qui accepte de l'épouser pour obtenir une carte verte. En d'autres termes, moi.

— Je ne te crois pas.

— Tu n'es pas obligé de me croire. Tu peux passer ton temps à remâcher ton amertume et ta haine : parce que ta mère est partie en vous laissant, parce qu'elle est morte, parce que ton père est un minable… Ou bien tu peux admettre qu'il existe une personne qui t'aime depuis le premier jour et qui a remué ciel et terre pour pouvoir rester auprès de toi, quelqu'un qui était prêt à risquer la prison pour toi. Voilà. Tu fais comme tu veux.

Charlie gardait le silence.

Bien, au moins, elle aurait essayé. C'était sans doute stupide de sa part de lui parler de tout ça, mais de toute façon il était trop tard pour avoir des regrets.

Ramassant la laisse de Spike, elle se leva, puis marqua un temps d'arrêt avant de se remettre en marche.

— Tu veux que je te ramène chez toi ? Je suis venue à vélo, mais je peux téléphoner à mon père.

— Je rentrerai à pied, répondit-il sans la regarder.

— D'accord. J'appellerai ta grand-mère dans une heure pour être sûre que tu es bien arrivé.

Il leva les yeux au ciel. Mais ne protesta pas. Au bout d'un instant, Honor repartit.

29

Quand Janice Kellogg l'appela pour lui annoncer que Mitchell DeLuca leur avait ramené Charlie, Tom serra si fort sa tasse de café qu'elle se brisa. Un voile rouge lui masquait la vue.

— Tu pourrais le prendre pendant quelques heures ? Il nous épuise. Franchement, je ne sais pas ce que nous avons fait au bon Dieu pour mériter ça.

— Bien sûr, répondit-il en essayant de garder son calme.

— On te le dépose chez toi dans dix minutes.

— Parfait.

Il entendait son cœur cogner à ses tympans sur un rythme effréné. Un éclat de porcelaine dépassait de sa paume : il se l'ôta d'un coup sec, anesthésié par la fureur qu'il ressentait.

Quel salaud ! DeLuca avait-il donc une pierre à la place du cœur pour oser rendre ainsi son fils aux Kellogg, comme on ramène un chien dont on ne veut plus à la fourrière ? Non, cette comparaison était injuste : la fourrière, au moins, observait certaines règles. Jamais on ne laisserait un individu comme Mitchell DeLuca prendre un chien, comme les Kellogg l'avaient laissé emmener Charlie. C'était un si gentil garçon. Du moins, il l'avait été à une époque. Mais les adultes qui l'entouraient l'avaient sans doute irrémédiablement détruit. Quelle était la limite du supportable pour un enfant ? Qu'était-il censé pouvoir endurer ?

Il ramassa les débris de sa tasse, nettoya le café renversé et pansa sa main blessée. A cet instant, la porte d'entrée s'ouvrit, et Charlie pénétra dans la maison.

— Salut, mon grand, dit Tom, avec toute la tendresse dont il était capable.

Charlie ne s'arrêta même pas pour le saluer. Il passa devant Tom de sa démarche traînante, son horrible jean balayant le sol. Et, dans un cliquetis de chaîne de ceinture, il gravit l'escalier : quarante-cinq kilos de haine et de chagrin. Après une seconde d'hésitation, Tom le suivit à l'étage.

Se tenant immobile au milieu de sa chambre, le gamin regardait autour de lui comme s'il découvrait la pièce pour la première fois.

— Je suis vraiment désolé pour ton père.

Charlie se tourna vers lui d'un air incrédule. Puis il regarda son bureau où l'attendait le Stearman PT-17, toujours inachevé ; il le saisit à deux mains et le jeta par terre de toutes ses forces. L'avion explosa en mille morceaux qui se répandirent dans toute la pièce. Charlie se déchaîna ensuite contre ce qui restait de la maquette. Il s'acharna à la piétiner frénétiquement, anéantissant leur travail dans un horrible crissement de tôle broyée qui ne parvenait cependant pas à couvrir ses hurlements. Puis il arracha le poster de Manchester United, se rua sur la photo qui le représentait avec sa mère et projeta le cadre contre le mur.

Il fit voler la couette, renversa la table de nuit d'un coup de pied et, enfin, tomba à genoux, à court d'objets à détruire. Des sanglots déchirants sortaient de sa gorge. Tom s'agenouilla parmi les débris de l'avion et serra fort Charlie dans ses bras.

— Lâche-moi ! Je te déteste ! Je te déteste !

Charlie se débattait comme un beau diable, mais Tom tenait bon.

— Je suis désolé, murmura-t-il à son oreille. Je suis désolé, mon bonhomme. Je te comprends.

Charlie lui asséna un coup de poing et tenta de nouveau de se dégager de son étreinte. Mais Tom était plus grand et plus fort, et pour une fois il se servit de cet atout. Charlie le frappa encore en hurlant :

— Je te déteste ! Je te déteste !

Sa voix dérapa, sa dernière phrase s'achevant dans un souffle étranglé.

Soudain, tout son corps s'affaissa. Il restait secoué de sanglots, venus du plus profond de son âme. Tom ferma les yeux et le serra encore plus fort contre lui.

— Pourquoi est-ce que tu continues à m'aimer comme ça ? demanda Charlie d'une voix entrecoupée.

Tom sentit une fêlure lézarder son cœur.

— Je ne sais pas, chuchota-t-il en lui caressant les cheveux. Je t'aime, c'est tout. Et je t'aimerai toujours.

— Il ne veut pas de moi, lâcha Charlie dans un sanglot, et le cœur de Tom se brisa pour de bon.

— Tant pis pour lui, il ne sait pas ce qu'il perd.

Bon Dieu ! Que pouvait-il faire de plus ? Si seulement il avait su trouver les mots capables de mettre un peu de baume sur les plaies de cet enfant en détresse !

— Je suis terriblement désolé pour toi, Charlie, mais je le suis encore plus pour lui.

Le garçon pleurait toutes les larmes de son corps. Tom n'osait pas bouger, de peur que Charlie s'enferme à clé dans sa chambre, ou qu'il fasse une fugue et qu'on ne le retrouve jamais. Il le gardait serré contre lui, en lui murmurant des paroles de réconfort. Il se sentait totalement désemparé face à un tel chagrin. Enfin, les sanglots s'espacèrent.

— Tu dois la détester, non, ma mère ? lui demanda Charlie, le visage encore enfoui au creux de son épaule. Elle t'a quitté pour un autre mec et, toi, tu es resté coincé avec le gosse dont elle ne voulait plus.

Tom s'écarta pour le contempler. Le gamin avait l'air si jeune qu'il en fut bouleversé.

— Je pense que ta mère aimait vraiment ton père, Charlie. Elle voulait recoller les morceaux pour que vous puissiez former une vraie famille, tous les trois. Je ne la déteste pas, non. Je l'aimais. D'accord… elle m'a fait du mal et elle n'a pas toujours été très correcte, mais ça, mon chaton, c'est la vie…

— C'était carrément débile d'envoyer un texto en traversant la rue. Elle n'aurait jamais dû mourir.

— Je sais. Mais ta maman ne t'a pas abandonné, Charlie. C'est moi qu'elle a quitté.

— Si, quand même. Elle est partie sans moi avec mon père.

— Le temps d'un week-end, c'est tout. Elle ne t'aurait jamais laissé pour de bon, Charlie. Tu étais son fils, la prunelle de ses yeux.

— Tu en es sûr ou tu dis ça juste pour me consoler ?

— Je le sais. Elle t'aimait plus que tout au monde.

Il plongea son regard dans celui de Charlie, tout barbouillé d'eye-liner.

— Je crois que, si ta mère est restée aussi longtemps avec moi, c'est parce qu'elle voulait que je veille sur toi. Elle l'a fait pour ton bien.

Une lueur traversa le regard de Charlie.

— Dis, tu allais vraiment te marier avec Honor pour pouvoir rester avec moi ?

— Qui t'a dit ça ?

— Elle.

Tom sentit une étrange émotion lui contracter la poitrine.

— Oui, c'est vrai.

Charlie sembla méditer longuement sur ce que Tom venait de dire. Puis, du revers de la manche, il s'essuya les yeux… et le nez — franchement, les garçons de quatorze ans étaient parfaitement dégoûtants… et il était exactement comme lui à son âge !

Le gamin garda le silence une bonne minute encore, puis prit la parole :

— Tom ?

— Oui, mon chaton ?

Charlie se frotta les yeux.

— Tu sais, quand tu dis à tout le monde que je suis ton beau-fils ?

— Oui.

— Je déteste ça.

— OK. C'est juste que je ne sais pas comment t'appeler autrement. Mais je ne le dirai plus, promis.

— Tu pourrais peut-être…

La voix de Charlie se brisa.

— Tu pourrais peut-être laisser tomber le « beau »…

Tom inclina la tête, si ému qu'il se serait écroulé s'il n'avait pas déjà été à genoux. Il attira Charlie contre lui, et cette fois le gamin n'opposa aucune résistance. Et, si celui-ci ne lui rendit pas complètement son étreinte, il le ferait un jour. Oui, Tom en était sûr maintenant. Dans un avenir assez proche, Charlie le serrerait à son tour dans ses bras. Tom avait hâte d'y être.

Par terre, le visage de Mélissa lui sourit dans son cadre brisé.

Et là, dans cette chambre dévastée, il comprit. Durant tout ce temps, il avait cru devoir rester ici pour sauver Charlie.

Mais c'était tout le contraire. C'était Charlie qui lui avait donné une famille, un but, une place.

En réalité, c'était Charlie qui l'avait sauvé, lui.

30

Par une belle journée de printemps, devant le vieil érable qui portait encore la balançoire de leur enfance, le père de Honor et Mme Johnson se dirent oui, et Mme Johnson devint Mme Holland.

Pour l'occasion, Jack servait de cavalier à sa sœur.

— Je me sens complètement incestueux, lui fit-il remarquer. Un peu comme si j'étais Connor O'Rourke.

— Je te comprends. Et nous n'avons même pas l'excuse d'être jumeaux ! répondit Honor en riant.

Les festivités se déroulaient dans le jardin, les mariés n'ayant pas souhaité organiser une grande réception. En dépit de leurs vingt ans de rivalité autour de la dinde de Thanksgiving, Goggy ne cessa de pleurer tout au long de la cérémonie. Elle répétait en boucle que Mme Johnson était comme sa fille. Il fallut partir à la recherche de Pops, qui avait complètement oublié la noce : on le retrouva dans un champ de vignes, en train de susurrer des mots doux aux premières grappes de la saison. Faith piqua des fleurs dans les cheveux de Mme Johnson, et Abby interpréta la marche nuptiale au saxophone.

Quoique brève, la cérémonie fut très réussie.

A midi, tout le monde s'installa dans l'herbe pour déguster le déjeuner. En sa qualité d'aînée, Pru fut la première à lever son verre pour porter un toast aux jeunes mariés :

— Papa, madame J… Hé, au fait ! Comment faut-il qu'on vous appelle, maintenant ? Enfin, bref, j'espère que vous êtes heureux en ce beau jour de printemps et que vous prenez du plaisir à vous découvrir l'un l'autre… si vous voyez ce que je veux dire.

Hum, d'ailleurs, je me demandais si… Mais non, je crois qu'il ne faut pas compter sur l'arrivée d'autres petits frères et sœurs, n'est-ce pas ? Quel âge avez-vous, au fait, madame J. ? Bon, peu importe ! Longue vie à vous, recevez tous nos vœux de bonheur et éclatez-vous au lit !

— Bah alors, maman…, dit Abby en désignant les yeux de sa mère. On dirait que tu pleures !

— Et alors ? Ce n'est pas donné à tout le monde de savoir parler en public, rétorqua Pru en vidant son verre d'un trait.

— Serais-tu en train de nous avouer que tu es un peu fleur bleue ? la taquina Ned.

— Honor, pitié, trouve quelque chose à dire ! lança Pru. Je ne sais pas, moi… Quelque chose comme : ces collants dissimulent une contrée où la main de l'homme n'a jamais pénétré… C'est pas mal, ça, non ?

— Dieu tout-puissant, murmura Levi, tandis que Faith s'étranglait de rire.

— Encore quinze mois avant de pouvoir quitter la maison et fuir à l'université ! soupira Abby. Mais c'est bon, je tiendrai le coup…

Honor s'était levée. Elle baissa les yeux sur son père, tout fringant dans son beau costume, et sur Mme Johnson, très élégante dans la pimpante robe blanche qu'elles avaient choisie ensemble. Elle sentit son cœur se remplir de joie.

— Regardez-vous, tous les deux. Durant toutes ces années, madame Johnson, vous vous êtes occupée de nous. Vous avez nettoyé nos bêtises, vous avez cuisiné pour nous, vous nous avez crié dessus, aussi ! Je ne pense pas que vous ayez manqué un seul concert à l'école ni une seule remise de diplôme. Et, durant toutes ces années, vous avez vu papa endurer la solitude et faire de son mieux pour être heureux. Mais certaines personnes ne peuvent s'épanouir que si elles ont quelqu'un à aimer, et je crois que papa en fait partie.

Son père s'essuya les yeux et donna un baiser à Mme Johnson.

— Et toi, papa, quel courage d'avoir osé embrasser Mme Johnson la première fois ! Tu devais t'attendre à prendre un coup de casserole sur la tête !

— Du courage, il m'en a fallu, en effet ! Merci de le souligner, ma fille.

Honor lui adressa un large sourire.

— Alors merci, papa, d'avoir choisi une femme aussi merveilleuse, et merci à vous, madame J., d'aimer notre père et d'avoir été une seconde mère pour Pru, Faith, Jack et moi depuis la mort de maman.

— Bravo ! s'écria Jack, tandis que Mme Johnson se relevait en hâte pour donner à Honor un baiser mouillé de larmes.

Puis Abby brancha son iPod, et la voix d'Etta James se fit entendre. *At Last*, « enfin »... C'était le cas de le dire !

Les voitures klaxonnaient en passant devant la maison, la nouvelle du mariage s'étant répandue. John Holland et Mme Johnson donnèrent le signal de la danse. Faith et Levi, Pru et Carl, Ned et Abby, Pops et Goggy les rejoignirent et, lorsqu'en soupirant Jack tendit la main à Honor, elle la prit.

— J'ai horreur des mariages, déclara-t-il en lui marchant sur les pieds.

— Aïe ! Tu es triste de ne plus être le chouchou de Mme Johnson, c'est ça ?

— Et pourquoi est-ce que je ne serais plus son chouchou ?

— Euh... eh bien, parce que maintenant c'est papa !

— Peuh, tu me fais rire ! Hé, madame J. ! Dites-moi, est-ce que je suis toujours votre chouchou ?

— Bien sûr, mon Jackie !

— Tu vois ? fit-il d'un ton suffisant, en se rapprochant de leur père.

Ce dernier s'avança pour danser avec Honor.

— Comment va ma fille ? lui demanda-t-il en collant sa joue contre la sienne.

Il fredonnait. L'espace d'un instant, une douce sensation d'enfance lui revint, celle qu'elle avait lorsque son père rentrait des vignes et la prenait dans ses bras pour la faire danser. Comme elle se sentait grande ! Comme sa main à elle lui paraissait minuscule sur la nuque de cet homme grand et fort qui était son papa ! Comme elle se sentait aimée et à l'abri de tout !

— Je t'aime, papa.

— Moi aussi, je t'aime, Pétunia. Ma belle petite fille.

Il courba la tête pour la dévisager de ses yeux bleus pleins de bienveillance.

— Comment vas-tu *vraiment*, ma chérie ?

Vraiment ? Tu me demandes s'il pleut dans mon cœur, papa ?

— Très bien, répondit-elle.

— J'ai beaucoup aimé ton discours, murmura-t-il. Evidemment, tu pourrais suivre ton propre conseil. S'épanouir à deux, être la moitié d'un tout, etc.

— Je viens de me commander un mari sur eBay.

— J'ai vu Tom, l'autre jour. J'avais pourtant l'impression qu'il avait déménagé…

— Pas que je sache, non.

— Il n'y a pas la moindre chance pour que vous vous retrouviez, tous les deux ?

Elle trébucha légèrement sur son pied.

— Pardon… Je ne sais pas. Je ne crois pas, non.

« Je ne t'aime pas », lui avait-il dit.

— En tout cas, quoi qu'il arrive, Honor, déclara son père comme s'il lisait dans ses pensées, tu seras toujours l'âme de notre famille.

Ces paroles représentaient un tel cadeau pour elle que ses yeux s'embuèrent. Elle appuya sa joue contre l'épaule de son père et l'étreignit très fort.

Bien plus tard dans la nuit, alors que les jeunes mariés étaient partis passer la nuit à New York avant de s'envoler le lendemain pour la Jamaïque — destination de leur voyage de noces —, alors que tout le monde avait regagné ses pénates, que le jardin avait été remis en ordre, et toute la vaisselle, lavée et rangée, Honor alla enfin se coucher. Elle s'attendait à être tourmentée à la pensée de Tom, mais non : elle sombra dans un sommeil de plomb.

Elle se réveilla en sursaut. Jeta un coup d'œil à son radio-réveil :

2 h 41 du matin. Pourtant, il devait être au moins 6 heures car une lumière orangée baignait la pièce. Peut-être y avait-il eu une coupure de courant dans la nuit, ce qui expliquerait que son réveil ne soit pas à l'heure ?

C'est alors qu'elle l'entendit. Un rugissement sourd. Son cerveau n'avait pas encore identifié ce son que, déjà, elle se ruait vers la fenêtre.

A deux cent cinquante mètres de là, la Maison Vieille était la proie des flammes.

Un jean. Un pull épais, des chaussures, une couverture. Avant même d'avoir eu conscience d'attraper son téléphone, elle avait déjà appelé les pompiers.

— Feu d'habitation, indiqua-t-elle au répartiteur en dévalant l'escalier. Chez les Holland, sur Lake View Road.

Chacune de ses enjambées, chaque claquement sourd de ses pas, tout était incroyablement clair dans sa tête. Le bruit de sa respiration — inspiration, expiration — tandis qu'elle courait, la couverture en laine roulée en boule sous son bras comme un ballon de football américain. L'air frais du printemps.

Alors qu'elle arrivait devant la Maison Vieille, le feu lui sembla vivant, créature infernale qui lançait des rugissements, des gémissements, faisant craquer sous ses assauts la vieille demeure coloniale. Cette maison était une véritable poudrière, combien de fois l'avait-on dit ? Pourquoi avait-elle autorisé ses grands-parents à y rester ? Ce genre d'accident devait arriver un jour ou l'autre. Fatalement.

Pops était à genoux dans le jardin, à six mètres environ de la porte de la cuisine par laquelle il avait dû prendre la fuite. Il toussait, se balançant d'avant en arrière pour tenter d'avaler de l'air. Il avait inhalé de la fumée, mais il était vivant.

— Pops ! Où est Goggy ?

Le visage ruisselant de larmes, incapable de parler, son grand-père pointa la maison du doigt.

Regardant dans la direction indiquée, Honor évalua la situation. *Tu es l'âme de cette famille.*

Elle pouvait le faire. Elle était calme, posée et réfléchie. Elle avait l'habitude de prendre les choses en mains, n'est-ce pas ?

— Reste ici, Pops. Les pompiers arrivent. Je vais la sortir de là, je te le promets !

Elle lui lança son téléphone portable, puis se mit à courir, ignorant son cri de protestation étouffé. Il devait être fou d'inquiétude.

La Maison Vieille possédait quatre entrées : la porte de la cuisine, la plus utilisée, à présent envahie par les flammes ; la porte de devant, que Pops avait hermétiquement clouée l'hiver dernier ; la trappe extérieure, qui donnait accès à la cave ; et la porte de côté, qui permettait d'entrer directement dans la salle à manger. Elle se dirigea vers celle-ci en réfléchissant à la façon dont elle allait s'y prendre.

L'échelle ? Non, elle ne la trouverait pas ici. Elle l'avait aperçue chez Jack à peine deux soirs auparavant, lorsqu'ils s'étaient retrouvés pour regarder *Cauchemars dermatologiques.*

Elle ouvrit le robinet qui alimentait le tuyau d'arrosage. *Robinet ouvert : OK !* Elle se souvint du Dr Chu, qui avait recousu Tom. *Elle était marrante, cette interne, elle disait tout le temps OK ! Oh ! regarde ! Les tulipes ont fleuri.* Les pensées se bousculaient dans son esprit. Pourtant, elle se sentait en pleine possession de ses moyens, d'un calme presque surnaturel. Elle arrosa la couverture d'eau et s'en enveloppa.

Levant les yeux vers la fenêtre, elle perçut un mouvement.

Sa grand-mère était toujours en vie. Et il était hors de question qu'elle périsse dans un incendie.

Non, elle ne laisserait jamais une chose pareille se produire.

Au loin, elle entendit les sirènes des pompiers de Manningsport. S'agissant d'une brigade de volontaires, ils avaient d'abord dû rejoindre la caserne pour aller chercher les camions. Certains arriveraient sûrement en avance sur les lieux, dans leur pick-up, mais ils ne disposeraient ni d'une lance à incendie ni d'une grande échelle. Elle les avait vus faire des dizaines de fois, ces hommes en combinaison ignifugée qui attendaient l'arrivée des fourgons-pompes.

Levi allait se rendre sur les lieux, lui aussi, en sa qualité de chef de la police. Et puis Ned. Jessica Dunn, Kelly Matthews. Gérard Chartier, le grand baraqué. Lui pourrait sans doute sauver Goggy : c'était un pompier doublé d'un secouriste chevronné. Ces pensées se gravaient dans son esprit avec la netteté du laser, mais cela ne l'empêcha pas d'entrer seule par l'étroite porte de côté.

Elle ne pouvait pas se permettre d'attendre.

C'était la première fois qu'elle pénétrait dans un bâtiment en flammes. Elle marqua un temps d'arrêt pour observer rapidement la scène. Le feu, splendide et terrifiant, dévorait les murs de la cuisine ; une épaisse fumée donnait à Honor l'impression que la distance qui la séparait de cette pièce était énorme, bien plus grande que dans la réalité. Les bruits étaient effroyables : le souffle rugissant des flammes affamées, les craquements et les explosions.

« Dépêche-toi, Honor. »

C'était la voix de sa mère.

Elle traversa la salle à manger et décida de gagner le vestibule, espérant que le feu ne se serait pas encore propagé à l'escalier qui menait à l'étage. La fumée lui laissait dans la bouche un goût âcre et huileux. Cette maison regorgeait de combustibles pour alimenter l'incendie ! Les revues œnologiques de Pops, les boîtes à couture de Goggy, remplies de patrons, le buffet de l'arrière-grand-mère… Elle pénétra dans le salon. Ses vêtements étaient brûlants. *Miséricorde !* On serait cru dans un four… et c'était exactement ce que racontaient les gens qui s'étaient trouvés pris dans un incendie ! La fumée était si épaisse qu'elle réduisait pratiquement sa visibilité à néant. Honor se cogna violemment sur un côté du canapé, fut prise d'une quinte de toux et alla heurter le mur. La photo de mariage de ses parents. Un calendrier des îles grecques, périmé de six ans… « Trop beau pour qu'on le décroche », disait Goggy.

Le feu poussa un rugissement, et elle ne put se défendre d'un sentiment de terreur respectueuse.

Comme dans de nombreuses demeures de la même époque, chaque pièce de la Maison Vieille possédait une porte, afin de lutter contre les courants d'air. Honor tâtonna à la recherche de celle qui menait à l'escalier. Le bouton de porte était déjà brûlant.

Referme derrière toi.

Excellent conseil. Elle s'exécuta et entreprit de monter au premier, le souffle court, la gorge irritée par la fumée, les yeux noyés de larmes. De la vapeur s'élevait de la couverture qui protégeait son corps. Elle grimpa les marches quatre à quatre. C'était incroyable, tout de même ! Pourquoi Goggy s'obstinait-elle à garder ses quartiers là-haut ? Bon, inutile de s'affoler. Kate Winslet avait bien réussi à sauver une vieille dame d'un incendie, non ? Alors, si Kate Winslet pouvait le faire, Honor Holland aussi. D'accord, la vieille dame pesait une cinquantaine de kilos à tout casser. Goggy, elle, était de corpulence nettement plus robuste. Mais c'était sa grand-mère. Pas question de la laisser périr carbonisée. Non, c'était impossible.

Arrivée en haut des marches, elle ouvrit la porte palière et la referma derrière elle. Elle avait la gorge serrée, desséchée, brûlante.

— Goggy ! hurla-t-elle en émettant un croassement qui n'avait rien de rassurant.

Les chambres du haut communiquaient toutes par des portes intérieures et n'étaient pas desservies par un couloir. Elle pénétra dans la première, la chambre lilas dans laquelle elle avait dormi avec Faith les rares fois où leurs parents s'étaient absentés. La chambre de Goggy était tout au fond, au-dessus de la salle à manger par où Honor était entrée, en face de l'escalier de service qui redescendait vers la cuisine.

Or, la cuisine était en flammes. Et, si Honor avait pu le voir depuis la salle à manger, cela signifiait que la porte entre les deux pièces n'était pas fermée. Donc que le feu avait déjà dû gagner la salle à manger… Salle à manger qui était leur unique issue…

Ça se présentait plutôt mal, quoi !

Elle sentit sous ses doigts la porte de communication avec la dernière chambre. Le panneau était chaud, mais pas encore brûlant.

— Goggy !

Elle se mit à tousser, cherchant l'air mais n'inhalant que de la fumée, sentant le souffle lui manquer. Elle tourna le bouton.

La porte était verrouillée de l'intérieur.

Pour la première fois depuis qu'elle était entrée dans la maison, l'idée lui vint qu'elle risquait d'y mourir. C'était même fort probable. Son père ne s'en remettrait jamais. Elle ne connaîtrait pas les enfants de Faith. Elle n'assisterait pas à la remise de diplôme d'Abby ni au mariage de Ned. Jack serait anéanti, et Pru ne serait plus jamais la même.

Elle s'accroupit. L'air au niveau du sol était un peu plus respirable.

Tu as à peu près une minute.

— Goggy ! Je suis là !

Mon Dieu, je Vous en supplie ! Maman, je t'en supplie !

La porte s'ouvrit, laissant apparaître sa grand-mère échevelée et secouée par une toux qui n'en finissait plus.

— Viens ! Suis-moi !

Elle jeta la couverture sur la tête et les épaules de sa grand-mère. Le visage de Goggy était mouillé de larmes, elle suffoquait.

— On va sortir d'ici, lui promit Honor d'une voix sifflante. Pas question de mourir comme ça.

Et, saisissant Goggy par la main, elle lui fit rebrousser chemin par la chambre lilas.

Tout près d'elles, quelque chose céda avec fracas. Le plafond de la cuisine était en train de s'effondrer. Honor assistait à chaque épisode de cet incendie comme si un film s'était déroulé devant ses yeux. Les secondes étaient devenues des heures, et son esprit était étrangement clair.

Elle ouvrit la porte donnant sur l'escalier de devant.

— Accroche-toi à moi, Goggy !

Ferme la porte, ma chérie.

Honor ferma la porte. L'escalier était plus dégagé que les chambres, on y respirait un peu mieux. Goggy continuait de tousser, violemment. Elles entreprirent de descendre les marches, sa grand-mère s'agrippant à ses épaules sous le rire crépitant et sifflant du feu, qui semblait se moquer de leurs efforts.

Si la porte d'entrée n'avait pas été clouée, elles seraient déjà dehors, en train de courir sur la pelouse, inspirant à pleins poumons le doux air frais du printemps.

Mais la porte était condamnée. Par acquit de conscience, elle appuya tout de même sur la poignée, tambourina, s'arc-bouta de toutes ses forces sur la porte, y donna des coups de pied… Mais elle s'ouvrait vers l'intérieur, et Pops avait fait tout ce qu'il fallait pour qu'aucune rafale ne puisse plus l'ébranler. Elle expédia encore un puissant coup de pied dans le panneau. Puis un autre. La porte ne bougea pas d'un millimètre.

Et elle avait laissé son téléphone portable à Pops.

Elle se mit à hurler :

— Au secours ! Aidez-nous !

Mais personne ne pouvait entendre sa voix par-dessus le rugissement des flammes. Elle se tourna vers Goggy.

— Bon, il va falloir courir.

Peut-être les pompiers seraient-ils là pour les sauver ? Par pitié ! Si la porte de la salle à manger était inaccessible, peut-être parviendrait-elle à casser une fenêtre ? Même si les petits carreaux traditionnels de quinze centimètres sur quinze n'allaient guère lui faciliter la tâche…

— Garde la couverture sur la tête et ne lâche pas ma main !

— Vas-y sans moi, répliqua Goggy en toussant. Sors de là, ma chérie !

Honor planta son regard dans celui de sa grand-mère.

— Non. On va y arriver. Nous sommes des Holland, d'accord ? Je ne te laisserai pas ici, Goggy. Alors, tu es prête ?

Sa grand-mère lui agrippa la main.

— Oui.

Honor tourna le bouton.

Elle fut accueillie par un mur de flammes et de fumée. Refermant la porte en toute hâte, elle repoussa Goggy dans les escaliers.

Ce fut à cet instant que le toit s'effondra.

31

Tom n'arrivait pas à trouver le sommeil.

Son corps tout entier vibrait d'adrénaline.

Charlie allait surmonter son chagrin. Charlie allait très bien s'en tirer, en fait. Il l'avait ramené chez les Kellogg après dîner.

— A très bientôt, lui avait-il dit.

— Ouais, ça serait bien.

Charlie avait hésité, puis il s'était penché vers son siège pour lui donner une accolade.

— Merci, avait-il murmuré avant de rentrer en courant dans la maison.

Tom était resté encore une minute avant de redémarrer et avait dû s'essuyer les yeux. Peut-être Charlie pourrait-il venir habiter chez lui ? A moins que ce soit mieux pour lui qu'il vive avec les parents de Mélissa ? Dans ce cas, il se contenterait de quelques visites par semaine.

On verrait bien. Pour le moment, il fallait se satisfaire de la situation actuelle.

Charlie s'en sortirait, oui. Ce n'était pas lui qui empêchait Tom de s'endormir, ce soir.

C'était Honor.

Il entendit la sirène des pompiers se déclencher. Ils ne devaient pas être bien loin, car Tom pouvait nettement distinguer le triste son qui s'élevait dans la nuit.

Il se sentait seul. Certes, il avait maintenant quelques amis dans cette petite ville : Colleen et Connor, Droog… les jeunes du club de boxe, Mme Didier, le proviseur du lycée, qui lui demandait régulièrement d'être son partenaire d'haltérophilie… et même Levi Cooper, qui lui avait payé une bière, l'autre soir, alors qu'il était le beau-frère de Honor.

Honor… C'était *elle* qui lui manquait. Sa voix douce, sa façon de toujours réfléchir avant de s'exprimer, la saveur de sa bouche, ses mains, ses cheveux…

Bon sang, il l'avait dans la peau !

Ça faisait vingt-deux jours très exactement qu'il lui avait brisé le cœur. Huit qu'il l'avait croisée chez O'Rourke. Environ cent quatre-vingt-six heures qu'il l'avait vue pour la dernière fois, cinq cent vingt-huit qu'il l'avait embrassée lors de cette ultime et déchirante rencontre dans le chai… ce fameux jour où il lui avait balancé qu'il ne l'aimait pas.

Quel imbécile !

Et menteur, de surcroît !

Sans réfléchir, il sortit du lit et passa quelques vêtements. John Holland allait sans doute l'étrangler avant qu'il ait eu le temps de s'expliquer et il aurait raison ! Il agirait de même si sa propre fille se faisait mener en bateau par le dernier des salauds.

N'empêche.

Il valait peut-être mieux téléphoner avant.

Il composa le numéro de Honor, mais tomba sur sa boîte vocale. Après tout, rien d'étonnant : il était 2 h 50 du matin.

— C'est Tom. Tu me manques. Je t'aime. Je suis en route pour venir te voir, alors si ton père a un fusil, s'il te plaît, dissuade-le de s'en servir. Et préviens Ratibus de ne pas m'attaquer. Je t'aime, je te l'ai dit, ça ?

Il marqua une pause.

— Et je te demande pardon, Honor.

Puis il descendit l'escalier, attrapa ses clés et sauta dans sa voiture.

Un premier pick-up le doubla. Son gyrophare bleu indiquait qu'il appartenait à la brigade des pompiers volontaires de Manningsport. Tom n'en fit aucun cas.

Mais quand un deuxième, puis un troisième véhicule le dépassèrent en trombe, tous fonçant dans la même direction que lui, une terreur indicible l'envahit, comme si un sinistre passager venait soudain d'apparaître sur le siège à côté de lui.

Les pompiers se dirigeaient vers la Colline. Honor avait des ennuis.

Il appuya sur l'accélérateur.

Un halo de clarté au sommet de la Colline le renseigna sur ce qui l'attendait. Des gyrophares rouges, clignotant sur fond de brasier orange, des véhicules garés sur la pelouse des grands-parents Holland, des gens qui s'affairaient tout autour, des jets d'eau s'élevant en arc par-dessus le toit de ce qui avait été la Maison Vieille et qui ressemblait à présent à une énorme boule de feu.

Mon Dieu, je Vous en prie, faites que Pops et Goggy s'en soient sortis.

Un homme âgé en veste de pompier lui demanda de s'avancer vers lui, mais Tom le contourna, ignorant ses cris. Il s'engagea dans l'allée, sur la pelouse, dépassant les voitures, les pick-up et un véhicule de patrouille.

Seulement deux camions de pompiers. *Merde.*

Il aperçut Levi Cooper s'époumonant dans sa radio portative. Le grand-père de Honor était là, lui aussi. Faith, à genoux dans l'herbe, sanglotait.

Soudain, toute une partie du toit s'effondra sous leurs yeux, dans un énorme nuage de fumée et d'étincelles.

Il ne s'aperçut qu'il courait que lorsque quelqu'un le saisit par le bras.

C'était Brogan Cain, en uniforme de pompier.

— Où est-elle ? hurla Tom.

— Je suis terriblement désolé, bredouilla l'autre, les yeux humides.

— Pourquoi tu n'es pas dans la maison ?

— C'est trop dangereux. Le chef nous a rappelés.

— Et Honor, elle est à l'intérieur ?

Pour toute réponse, le visage de Brogan se voila de chagrin. Tom se remit à courir, de nouveau rattrapé par Brogan, qui le tira vers lui.

— Tu ne peux rien faire, Tom ! C'est trop dangereux ! Et c'est trop tard.

Sans vraiment réaliser ce qu'il venait de faire, Tom vit la tête de Brogan partir en arrière et, alors que le pompier s'écroulait, il sentit une douleur dans sa main droite. Des cris le poursuivirent tandis qu'il traversait la pelouse et, à l'approche de la maison, la chaleur le heurta de plein fouet.

Par les fenêtres de la façade, les flammes se tordaient et jaillissaient de toutes parts, rugissant d'allégresse. L'arrière de la bâtisse avait disparu, il ne restait plus qu'un amas de décombres en train de se consumer. Il pouvait voir d'ici le réfrigérateur de la cuisine.

Seigneur !

Sa peau le tiraillait, desséchée par la chaleur, et l'air brûlant qui parvenait jusqu'à sa gorge ressemblait à du verre pilé.

Il saisit la poignée de la porte d'entrée. Il sentait une drôle d'odeur… La gâche joua, mais la porte ne bougea pas d'un pouce. Reculant d'un pas, il donna un grand coup de pied dans le panneau, puis un second. Il y eut un épouvantable fracas au-dessus de sa tête. Du coin de l'œil, il vit un pompier courir vers lui, sans doute pour l'éloigner de l'incendie.

Il s'aperçut que ses vêtements fumaient.

Un troisième coup de pied eut raison de la porte.

Honor n'avait jamais imaginé mourir intoxiquée ni brûlée vive… Ces deux façons de mourir figuraient tout en bas de sa liste. Mourir d'hypothermie, voilà une fin qui lui avait toujours paru paisible. Un coma irréversible… pas mal non plus, tant que l'accident qui l'avait provoqué n'était pas trop violent.

Mais pas ça.

La fumée les tuerait bientôt… à condition que les flammes ne s'en chargent pas avant.

L'air était de plus en plus chaud, et les forces de Goggy diminuaient.

— Goggy ? Reste avec moi, d'accord ? J'ai peur. J'ai besoin de toi.

Reste avec nous, maman.

Sa grand-mère lui pressa les doigts.

Papa. Faith, Pru, Jack, Abby et Ned. Mme Johnson.

Tom.

Son cœur fit un bond dans sa poitrine et, à cet instant, elle se sentit heureuse d'avoir connu l'amour, d'avoir aimé un homme de toute son âme, d'avoir vécu ce court laps de temps durant lequel elle avait pu croire que le bonheur était possible. Quel cadeau d'avoir pu aimer Tom et de s'être sentie aimée en retour !

Et puis la porte d'entrée explosa vers l'intérieur. Goggy et elle firent un saut en arrière. Et, soudain, il fut là. Tom se tenait devant elles. Il leur tendit une main poisseuse. Les souleva l'une après l'autre et les fit sortir. L'air, enfin ! Un air merveilleusement doux et frais… A moins qu'elles ne soient montées directement au paradis ? Mais, dans ce cas, où était maman ?

Tu t'en es tirée, ma chérie.

Suffocant toujours, elle se mit à pleurer. Les pompiers s'agitaient, des gens hurlaient, puis Pops apparut. Il prit Goggy dans ses bras, il sanglotait. Et Levi était là lui aussi… et Faith ! *Oh ! Faithie !* Qui pleurait, s'accrochait à elle, tandis que son policier de mari les conduisait vers une ambulance… Et Jessica, superbe même en tenue de pompier, qui souriait et s'essuyait les yeux…

Kelly Matthews lui appliqua un masque sur le visage. Reconnaissante, elle prit une grande bouffée d'oxygène, s'étouffa et inhala de plus belle, la poitrine en feu. Pops agrippa sa main et la lui embrassa.

— Merci, articula-t-il, en larmes. Merci, mon ange.

— On doit vous emmener à l'hôpital, déclara Kelly avec un grand sourire. Vous êtes une sacrée bonne femme, vous !

La suite des événements se perdit un peu dans le brouillard : un brancard à roulettes, Gérard, noir de suie mais le visage rayonnant. Le transport en ambulance — une première pour elle. Seigneur, qu'elle était fatiguée ! Jack l'attendait aux urgences avec Jeremy Lyon, Dieu le bénisse, qui déposa un baiser sur sa joue et lui tint la main. Tour à tour, les médecins, le chef des pompiers et Levi la sermonnèrent sur sa folie, elle qui s'était précipitée dans un bâtiment en flammes… Ils l'encensèrent aussi pour son courage, elle qui s'était précipitée dans un bâtiment en flammes !

Goggy allait bien. Elle aussi était soignée pour avoir inhalé des fumées d'incendie. Tout comme Pops, qui refusait de quitter le chevet de sa femme.

— Où est Tom ? demanda Honor.

Elle ne reconnut pas sa propre voix.

— Il est ici, hoqueta Faith, toujours secouée de sanglots. Il est venu dans le pick-up de quelqu'un.

Elle lui tendit son téléphone portable.

— Tiens, c'est papa. Je l'ai appelé il y a cinq minutes, Mme Johnson et lui sont sur le chemin du retour. Dis-lui bonjour. Il ne veut pas croire que tu vas bien.

— Je vais bien, papa...

Son père fondit en larmes.

— Ma courageuse, mon incroyable petite fille, sanglota-t-il, au comble de l'émotion.

Honor n'avait envie que d'une chose, dormir.

Et voir Tom.

Mais les médecins refusaient de la laisser en paix. Il lui fallut subir des examens, garder le masque à oxygène... Puis, d'un seul coup, le sommeil la prit.

Lorsqu'elle se réveilla, le calme était revenu. Elle se trouvait dans une chambre individuelle — on l'avait transférée du service des urgences — et elle portait une chemise d'hôpital nouée dans le dos. La lumière du couloir éclairait la semi-pénombre.

Tom était assis à son chevet.

— *Hello.*

Ses yeux s'emplirent de larmes. Elle murmura :

— Merci de m'avoir sauvé la vie. Une fois de plus.

— Merci à toi de m'avoir fait vieillir de vingt ans, répliqua-t-il. Une fois de plus. Si ça continue, je serai mort d'ici un mois.

Il se baissa pour ramasser quelque chose. Spike.

— Dis *hello*, Ratibus.

Spike gigotait pour escalader le lit et, toute gémissante de joie, elle grimpa sur la poitrine de sa maîtresse pour lui lécher le visage.

Ses larmes, plus précisément. Honor adressa à Tom un sourire mouillé, puis fronça les sourcils en apercevant ses mains.

— Que t'est-il arrivé ?

Il avait les deux mains bandées.

— Je me les suis brûlées sur la poignée de la porte.

Elle tressaillit.

— Oh ! Désolée.

— Par saint George ! Ça en valait la peine. Et maintenant pousse-toi un peu.

Il abaissa la barrière du lit et grimpa sur le matelas, qui grinça sous son poids.

— Remets-moi ça tout de suite et ne l'enlève plus jamais.

Il lui glissa sa bague de fiançailles au doigt.

— Tom…

— Chut…

Et, à son grand étonnement, elle vit les larmes monter aux yeux de Tom.

— Tu vas te marier avec moi. Point final.

Honor ressentit à ces mots une douleur douce-amère qui la submergea.

— C'est très gentil à toi, murmura-t-elle. Et je vois bien que je t'ai encore fait la peur de ta vie, mais tu n'es pas obligé de…

— Ecoute plutôt tes messages, *darling*. J'avais un train d'avance sur ton petit cinéma.

— Pardon ?

Il lui lissa les cheveux en arrière de sa main bandée.

— Je n'ai pas eu besoin de croire que j'allais te perdre pour me rendre compte que je t'aimais, Honor.

Ratibus — euh, Spike — se remit à lécher ses larmes qui semblaient s'échapper sans retenue, puis se retourna pour mordiller la main de Tom.

Elle contempla son sourire, adorable et asymétrique, celui qui faisait bondir son cœur d'amour, et s'aperçut qu'elle lui souriait en retour.

— Dites oui, miss Holland.

— Quelle était la question, déjà ?

Le sourire de Tom s'élargit.

— Est-ce que tu veux bien m'épouser ? Cette fois pour une seule raison : je ne peux pas vivre sans toi et je mourrai sans doute de chagrin si jamais tu refuses.

— Dans ce cas, je n'ai pas le choix…

Il se pencha pour l'embrasser.

— Je prends ça pour un oui.

Epilogue

Dix-huit mois plus tard

L'auditorium était bondé, bruyant, et il y régnait une odeur pas vraiment agréable. Pas déplaisante non plus, à vrai dire. Depuis le temps, Honor s'y était habituée.

— Tu as besoin de quelque chose, *darling* ? Tu es bien installée ? Tu as faim ?

— Je vais très bien, Tom. Assieds-toi. Tu me donnes le tournis.

— Oui. Bonne idée.

Pourtant, il n'en fit rien. Il se pencha pour lui donner un baiser avant de se remettre à arpenter la rangée.

— J'ai peur de m'asseoir sur ces sièges, déclara Goggy en s'asseyant quand même. Ça doit grouiller de microbes, ici, c'est sûr ! Tu crois qu'ils sont nettoyés tous les jours ?

— Je n'en sais rien, Goggy.

— Ils auraient dû organiser ça à Rushing Creek… C'est bien plus propre.

Le centre d'activités de Rushing Creek n'aurait jamais suffi à contenir tout ce monde, mais oui ! Goggy et Pops avaient emménagé à « l'hospice » un mois après l'incendie de la Maison Vieille. Et ils s'y trouvaient comme des coqs en pâte. Pops contait fleurette à « ces espèces de grues septuagénaires », selon l'expression de Goggy, et continuait d'aller inspecter ses vignes chaque jour. Goggy, elle, s'était mise à la natation et aucune noyade n'était encore à déplorer. Pas d'intoxication alimentaire non plus, quoique Goggy vînt au moins deux fois par semaine à la Maison Neuve pour faire la cuisine et se disputer avec Mme Johnson (que tout le monde continuait à appeler ainsi, mariée ou pas).

Aujourd'hui, tout le clan Holland était venu assister au grand événement, et au premier rang, encore ! Même Abby était rentrée exprès de l'université de New York, follement glamour avec sa nouvelle frange et son blouson en cuir. Ned flirtait avec Sarah Cooper, la petite sœur de Levi, au grand dam de ce dernier. Faith et lui se tenaient la main et s'embrassaient de temps en temps. Tout près d'eux, leur petit garçon dormait dans sa poussette. Même les Kellogg avaient fait le déplacement ! Certes, Janice reluquait Tom comme si elle voulait l'enduire de beurre et le dévorer, mais leur présence à tous était quand même importante pour Charlie.

— Tiens, bois ça !

Mme Johnson tendit une thermos à Honor, tout en tapotant la tête de Spike.

— Tu dois t'hydrater en permanence. C'est de l'eau de concombre. Très sain et tout à fait délicieux.

— Comment va mon futur petit-enfant ? demanda John Holland en caressant le ventre de Honor. Coucou, là-dedans ! Grand-père a hâte de te voir !

Eh oui, elle était enceinte. De quatre mois et demi, et déjà folle d'amour pour le petit être qui remuait dans son ventre. Elle était impatiente de savoir si c'était un garçon ou une fille, mais Tom et elle préféraient attendre la naissance pour avoir la surprise. A l'ancienne.

Six mois après leur mariage, Charlie avait demandé à Tom la permission de venir habiter chez eux, à la Maison Neuve. Au début, les Kellogg avaient opposé un semblant de résistance (qu'allaient penser leurs amis ?), mais ce n'était qu'une protestation de façade. Tout le monde, y compris Charlie, savait que Janice et Walter ne tenaient pas vraiment à assumer l'éducation de leur petit-fils jusqu'à sa majorité.

Alors que Tom, si. Et Honor aussi.

Mitchell DeLuca leur avait posé davantage de problèmes. Il raccrochait au nez de Tom quand celui-ci l'appelait, culpabilisait le pauvre Charlie à grands coups de textos manipulateurs. Tom avait bien pensé se rendre à Philadelphie pour lui casser la gueule, mais Honor avait préféré inviter Mitchell à dîner à la Maison Neuve. Elle avait demandé à Goggy de servir son fameux jambon aux pommes de terre et à Mme Johnson de confectionner sa tarte Tatin à l'ananas. Enfin, elle avait extorqué à Tom la promesse qu'il resterait calme et qu'il la laisserait mener la négociation à sa guise. Le jour venu, elle avait tout simplement expliqué à Mitchell que personne ne songeait à prendre sa place auprès de son fils, mais que Tom et elle aimaient Charlie, qu'ils étaient en mesure de l'éduquer dans un environnement stable, au sein d'une famille élargie, et que Mitchell serait toujours le bienvenu chez eux s'il voulait voir Charlie. Le garçon pourrait aussi lui rendre visite s'il le souhaitait. Puis elle avait soutenu son regard jusqu'à ce qu'il accepte.

Ce qui n'avait pas manqué de se produire. Elle était douée pour ce genre de choses.

Quand Mitchell était parti, Tom l'avait serrée dans ses bras. Il l'aimait plus que tout au monde, lui avait-il avoué. Heureusement qu'ils étaient mariés, parce qu'il serait perdu sans elle.

C'est ainsi que, cinq ans pratiquement jour pour jour après la rencontre de sa mère avec Tom Barlow, Charlie avait emménagé dans la Maison Neuve. C'était un adolescent taciturne et affreusement négligé, qui rapportait des notes médiocres et dont les goûts musicaux ne s'étaient guère améliorés. Mais, de toute évidence, il avait une profonde affection pour Tom. Et elle sentait bien qu'il l'aimait aussi, même s'il ne le lui avait jamais dit.

Et, à présent, un bébé… Elle avait hâte de découvrir la petite frimousse de leur enfant. De voir la tête de Tom quand on lui mettrait leur bout de chou dans les bras, de voir Charlie se comporter en grand frère.

— Ça commence, dit Tom en s'asseyant à côté d'elle.

Elle prit sa main, qui était moite tant il était nerveux.

— Il va s'en sortir haut la main, affirma-t-elle.

Tom esquissa un timide sourire, puis se mit à se masser la nuque.

— Je suis au bord de la crise cardiaque.

— Moi aussi.

— Lequel des deux est Charlie ? s'enquit Goggy en louchant sur le ring.

— Pourquoi refuses-tu de porter des lunettes ? lui demanda Pops.

— Parce que je n'en ai pas besoin. De nous deux, c'est toi la vieille taupe !

John Holland se pencha en avant pour serrer l'épaule de Tom.

— Bonne chance !

Le gong retentit.

— Allez, Charlie ! rugit Abby. Tu peux le faire, mon pote !

Le règlement du championnat régional des Gants d'Or catégorie junior de l'ouest de l'Etat de New York stipulait que Charlie devait remporter trois rounds, chacun d'une durée de quatre-vingt-dix secondes. Il avait déjà gagné ses deux premiers combats : celui-ci, c'était la finale. Manque de chance, son adversaire était un croisement d'Oscar De La Hoya et de l'Incroyable Hulk. Il semblait peser vingt-cinq kilos de plus que Charlie. Tom prétendait que c'était impossible, mais Honor avait du mal à le croire.

Les deux cent soixante-dix secondes les plus longues de son existence, c'était certain, songea-t-elle en se rongeant l'ongle du pouce. Elle faillit ne pas pouvoir regarder.

Mais, bien entendu, elle n'en perdit pas une miette, tressaillant chaque fois qu'un coup atteignait Charlie. Tom, debout, lui hurlait des encouragements.

— Allez, Charlie ! C'est bien, sors-le, éloigne-toi ! Tu y es presque, renvoie-le dans les cordes, mon grand !

N'y tenant plus, Honor aussi bondit.

— Garde haute ! Rentre-lui dans le lard, Charlie !

A la fin, tout le clan Holland s'égosillait et, quand l'arbitre leva le bras de Charlie pour le proclamer vainqueur, ce fut le délire !

Charlie, titubant d'épuisement, s'approcha des cordes et fit signe à Tom de s'approcher.

Avant d'y aller, ce dernier se retourna vers Honor.

— Je t'aime.

Il le lui disait au moins cinq fois par jour et, invariablement, elle s'en trouvait bouleversée. Et il en irait toujours ainsi, c'était pour elle une évidence. Tom se pencha pour caresser son ventre.

— Toi aussi, je t'aime, mon bébé.

Puis il escalada le ring pour aller rejoindre son fils.

Remerciements

Chez Maria Carvainis Agency, Inc., merci au Boss, à Chelsea Gilmore, Martha Guzman et Elizabeth Copps. J'ai beaucoup de chance de vous avoir dans mon équipe !

Chez Harlequin, j'adresse d'immenses remerciements à toutes les personnes qui triment pour mon compte, en particulier à Margaret O'Neill Marbury, Susan Swinwood, Kate Dresser, Tara Parsons, Michelle Renaud et Leonore Waldrip.

Kim Castillo, de l'Author's Best Friend, et Sarah Burningham, de Little Bird Publicity, m'assistent de tant de manières différentes qu'il me serait impossible de les énumérer toutes, et pour couronner le tout, ce sont des amours.

Merci à Kyle Bennett, alias l'Entraîneur canon, pour m'avoir remodelé le fessier, tout en m'enseignant le noble sport de la boxe. J'aime souffrir ! Merci également à Jennifer, des Services de l'immigration et de la naturalisation des Etats-Unis (qui ne ressemble en rien à la Bethany du roman). Toutes les erreurs et exagérations commises sont entièrement de mon fait. Merci à Hank Robinson, mon second père, pour ses conseils en aéronautique et en ingénierie. Je t'adore ! Je remercie mon frère Mike Higgins, propriétaire du Litchfield Hills Wine Market, pour l'aide qu'il m'a apportée dans le domaine de la vigne et du vin. Ainsi que ma mère, pour avoir relu mon travail et ri à gorge déployée aux passages mettant en scène Droog Dragul. Merci, maman !

Dans la région des Finger Lakes de l'Etat de New York, je remercie les merveilleux employés du Fingers Lake Wine Country et du Steuben County Conference & Visitors Bureau pour leur disponibilité à mon égard, et plus particulièrement Sayre Fulkerson et John Iszard, de la Fulkerson Winery, sans oublier Kitty Oliver, du Heron Hill Vineyard.

Dans le monde de la plume, j'ai la chance d'avoir de nombreuses amies, vu que cet univers semble peuplé des personnes les plus sympathiques et les plus généreuses qui soient. Un merci tout particulier à Jill Shalvis, Robyn Carr, Susan Andersen, Huntley Fitzpatrick, Shaunee Cole, Karen Pinco, Jennifer Iszkiewicz et

Kelly Matthews pour leur affection, leur bonne humeur et leur soutien.

Merci à l'homme de ma vie, Terence Keenan, et à nos deux magnifiques enfants qui sont pour moi une source infinie de joie, de bonheur et de rires… bref ! Tout ça pour dire que je vous aime plus que tout au monde.

Enfin merci à vous, mes chers lecteurs, pour m'avoir accordé le privilège de vous distraire grâce à ce roman. Ce sera toujours à mes yeux le plus grand des honneurs.

CHEZ MOSAIC

Par ordre alphabétique d'auteur

ANNE BARTON	*Secrets et préjugés*
ANNE BARTON	*Orgueil et volupté*
ANNE BARTON	*Le bal de Mayfair*
KARMA BROWN	*Des millions de larmes et de rires*
T.J. BROWN	*Le temps des insoumises*
LAURA CALDWELL	*La coupable parfaite*
LAURA CALDWELL	*Le piège des apparences*
PAMELA CALLOW	*Indéfendable*
PAMELA CALLOW	*Tatouée*
DIANE CHAMBERLAIN	*Des mensonges nécessaires*
JOSHUA CORIN	*La prière de Galilée*
SUSAN CRAWFORD	*Qu'est-il arrivé à Celia Steinhauser ?*
SYLVIA DAY	*Afterburn/Aftershock*
BARBARA DELINSKY	*Le goût salé du secret*
ANDREA ELLISON	*L'automne meurtrier*
LORI FOSTER	*La peur à fleur de peau*
LORI FOSTER	*Le passé dans la peau*
JAMES GRIPPANDO	*Les profondeurs*
HEATHER GUDENKAUF	*L'écho des silences*
HEATHER GUDENKAUF	*Le souffle suspendu*
ADENA HALPERN	*Les dix plus beaux jours de ma vie*
MEGAN HART	*L'ange qui pleure*
KRISTAN HIGGINS	*L'Amour et tout ce qui va avec*
KRISTAN HIGGINS	*Tout sauf le grand Amour*
KRISTAN HIGGINS	*Trop beau pour être vrai*
KRISTAN HIGGINS	*Amis et RIEN de plus*
KRISTAN HIGGINS	*L'homme idéal… ou presque*
KRISTAN HIGGINS	*Un grand amour peut en cacher un autre*
KRISTAN HIGGINS	*A un détail près*
KRISTAN HIGGINS	*Sans plus attendre*

…/…

CHEZ MOSAÏC

Par ordre alphabétique d'auteur

ELAINE HUSSEY	*La petite fille de la rue Maple*
ELAINE HUSSEY	*Sweet Mama's Café*
LISA JACSKSON	*Le couvent des ombres*
LISA JACSKSON	*Ce que cachent les murs*
LISA JACSKSON	*Passé à vif*
LISA JACSKSON	*De glace et de ténèbres*
LISA JACSKSON	*Linceuls de glace*
LISA JACSKSON	*Le secret de Church Island*
LISA JACSKSON	*Dernier soupir*
PAM JENOFF	*La fille de l'ambassadeur*
ANDREA KANE	*La petite fille qui disparut deux fois*
ANDREA KANE	*Instincts criminels*
ALEX KAVA	*Effroi*
ALEX KAVA	*Au cœur du brasier*
MARY KUBICA	*Une fille parfaite*
CHRISSIE MANBY	*Une semaine légèrement agitée*
RICK MOFINA	*Zone de contagion*
RICK MOFINA	*Vengeance Road*
JASON MOTT	*Face à eux*
BRENDA NOVAK	*Kidnappée*
BRENDA NOVAK	*Tu seras à moi*
BRENDA NOVAK	*Repose en enfer*
ANNE O'BRIEN	*Le lys et le léopard*
AMY REED	*Invincible*
TIFFANY REISZ	*Sans limites*
TIFFANY REISZ	*Sans remords*
TIFFANY REISZ	*Sans détour*
TIFFANY REISZ	*Sans peur*
EMILIE RICHARDS	*Le parfum du thé glacé*
EMILIE RICHARDS	*Le bleu de l'été*
EMILIE RICHARDS	*La saveur du printemps*

../...

CHEZ MOSAIC

Par ordre alphabétique d'auteur

NORA ROBERTS	*La fierté des O'Hurley*
NORA ROBERTS	*La saga des O'Hurley*
NORA ROBERTS	*Par une nuit d'hiver*
NORA ROBERTS	*Retour au Maryland*
NORA ROBERTS	*Rêve d'hiver*
NORA ROBERTS	*L'été des amants*
NORA ROBERTS	*Des souvenirs oubliés*
NORA ROBERTS	*Sous les flocons*
NORA ROBERTS	*Petits délices et grand Amour*
NORA ROBERTS	*Des baisers sous la neige*
ROSEMARY ROGERS	*Une passion russe*
ROSEMARY ROGERS	*La belle du Mississippi*
ROSEMARY ROGERS	*Retour dans le Mississippi*
ROSEMARY ROGERS	*Les nuits de Ceylan*
KAREN ROSE	*Elles étaient jeunes et belles*
KAREN ROSE	*Tout près du tueur*
KAREN ROSE	*Dors bien cette nuit*
KAREN ROSE	*Personne pour t'entendre*
KAREN ROSE	*Pour que tu n'oublies pas*
KAREN ROSE	*Tes larmes et ton sang*
KAREN ROSE	*La cible de trop*
MAGGIE SHAYNE	*Dans les yeux du tueur*
GENA SHOWALTER	*Alice au pays des zombies*
GENA SHOWALTER	*Alice et le miroir des Maléfices*
GENA SHOWALTER	*La reine des zombies*
DANIEL SILVA	*L'affaire Caravaggio*
ERICA SPINDLER	*Les anges de verre*
ROBIN TALLEY	*Des mensonges dans nos têtes*
MARYLISE TRECOURT	*Au-delà des apparences*
ANTOINETTE VAN HEUGTEN	*La disparue d'Amsterdam*
LOUISE VIANEY	*Une mariée de trop*
SUSAN WIGGS	*Là où la vie nous emporte*
SUSAN WIGGS	*Avec vue sur le lac*
SUSAN WIGGS	*Les héritières de Bella Vista*

La plupart de ces titres sont disponibles en numérique.

Composé et édité par HARLEQUIN

Achevé d'imprimer en Allemagne
par GGP Media GmbH, Pößneck
en septembre 2015

Dépôt légal en octobre 2015

Cet ouvrage a été imprimé sur Classic 65g
de la gamme Printing & Reading Stora Enso,
usine d'Anjala, Finlande

storaenso

Pour l'éditeur, le principe est d'utiliser des papiers composés de fibres naturelles, renouvelables, recyclables, et fabriquées à partir de bois issus de forêts qui adoptent un système d'aménagement durable. En outre, l'éditeur attend de ses fournisseurs de papier qu'ils s'inscrivent dans une démarche de certification environnementale reconnue.